GOLDMANN

Buch

Erin Grant ist Tänzerin in einem Nachclub. Sie arbeitet nicht gerade aus Überzeugung im *Eager Beaver*, eher der Not gehorchend. Denn Erin braucht Geld, viel Geld. Nach der Trennung von ihrem Mann will sie sich mit Hilfe eines renommierten Anwalts das Sorgerecht für ihre kleine Tochter erstreiten. Ihren momentanen Job erträgt sie nur dank der anderen Tänzerinnen – und dank des hünenhaften Rausschmeißers Shad, der dafür sorgt, daß seine Damen nicht belästigt werden. Doch dann kommt es eines Abends im Lokal zu einer wüsten Schlägerei. Plötzlich sieht sich Erin mit einer Welt konfrontiert, in der mit harten Bandagen gekämpft wird. Dabei geht es um Geld und Macht; auf Frauenwünsche kann man hier keine Rücksicht nehmen. Aber Erin ist fest entschlossen, sich nicht so einfach beiseite drängen zu lassen.

Striptease –
jetzt erfolgreich mit Demi Moore in der Hauptrolle verfilmt.

Autor

Carl Hiaasen, Reporter und Starkolumnist des *Miami Herald*, ist beim Establishment von Florida mehr als unbeliebt, scheut er sich doch nicht, mit spitzer Feder genau jene Themen aufzugreifen, die die skrupellosen Geschäftemacher im Sunshine State nicht an die große Glocke hängen möchten: Profitgier, Touristennepp und rücksichtslose Zerstörung der Natur. In seinen Romanen prangert er Mißstände auf bissige, bisweilen auch bizarr-komische Weise an. *Striptease* ist sein fünftes Buch.

Als Goldmann Taschenbuch erhältlich:
Große Tiere. Roman (42957)

Carl Hiaasen

STRIPTEASE

Nachtclub

Aus dem Amerikanischen
von Michael Kubiak

GOLDMANN VERLAG

Die Originalausgabe erschien 1993 unter dem Titel
»Strip Tease« bei Alfred A. Knopf, New York

Der Roman erschien unter dem Titel
»Nachtclub« als Goldmann Hardcover 30660

Umwelthinweis:
Alle bedruckten Materialien dieses Taschenbuches
sind chlorfrei und umweltschonend.
Das Papier enthält Recycling-Anteile.

Der Goldmann Verlag
ist ein Unternehmen der Verlagsgruppe Bertelsmann

Ungekürzte Taschenbuchausgabe 8/96

Umschlaggestaltung: Design Team München
Umschlagfoto:
Kerry Hayes © 1996 Castle Rock Entertainment
Druck: Presse-Druck Augsburg
Verlagsnummer: 43628
AB · Herstellung: Heidrun Nawrot
Made in Germany
ISBN 3-442-43628-1

1 3 5 7 9 10 8 6 4 2

Für die erstaunliche Esther Newberg

Dieses Buch ist reine Fiktion. Alle Namen und Personen sind Phantasieprodukte und werden als solche verwendet. Die beschriebenen Vorfälle sind ebenfalls der Phantasie entsprungen, obgleich die Darstellung von Oben-ohne-Ringkämpfen in süßem Mais mit Schlagsahne auf Tatsachen basiert.

1. KAPITEL

Am Abend des 6. September, dem Tag vor Paul Gubers Hochzeit, schleppten seine Freunde ihn zu einer Junggesellenparty in einen Stripteaseschuppen in der Nähe von Fort Lauderdale. Der Club trug den Namen Eager Beaver und war im ganzen Bezirk berühmt für seine üppigen Nackttänzerinnen und verwässerten Rumcocktails. Gegen Mitternacht war Paul Guber sehr betrunken und hatte sich hoffnungslos in acht oder neun der Stripperinnen verliebt. Für zwanzig Dollar setzten sie sich auf Pauls Schoß und ließen ihn an ihren betörend duftenden Busen knabbern. Er war der glücklichste Mensch auf diesem Planeten.

Pauls Freunde machten weiterhin ihre derben Späße, krakeelten wie besessen herum und spritzten Sekt auf die Bühne. Anfangs störte es die Tänzerinnen, besprüht zu werden, doch dann wurden sie von der Zügellosigkeit der Feier angesteckt. Feuchtglänzend imitierten sie eine lachende Revuetanztruppe und schmissen die Beine zu einem alten Bob-Seger-Titel in die Luft. Sekttropfen funkelten unschuldig zwischen ihren Schamhaaren. Paul Guber und seine Kumpels brüllten sich heiser vor Lust.

Gegen halb drei sagte ein furchteinflößend aussehender Rausschmeißer die letzte Runde an. Während Pauls Freunde ihre Barschaft zusammenwarfen, um die schwindelerregende Rechnung zu bezahlen, kroch Paul heimlich, still und leise auf die Bühne und hängte sich an eine der Schaustellerinnen. Zu betrunken, um gerade zu stehen, balancierte er auf den Knien und umarmte leidenschaftlich die Frau in Höhe ihrer nackten

Taille. Sie lächelte gutmütig und bewegte sich weiter im Rhythmus der Musik. Paul klammerte sich an sie wie ein ertrinkender Seemann. Er preßte seine Wange gegen ihren sonnengebräunten Bauch und schloß die Augen. Die Tänzerin, sie hieß Erin, strich über Pauls Haar und riet ihm, nach Hause zu gehen, Schätzchen, schlaf dich lieber noch mal aus vor deinem großen Tag.

Ein Mann brüllte, Paul solle von der Bühne verschwinden, und Pauls Freunde nahmen an, es wäre der Rausschmeißer. In dem Club gab es strenge Regeln, was das Gratisanfassen der Tänzerinnen betraf. Paul Guber selbst hörte die Warnung nicht – er schien vor Seligkeit in ein Koma gefallen zu sein. Sein bester Freund, Richard, mit dem Paul sich ein Büro in der Brokerfirma teilte, holte eine Kamera hervor und begann Fotos von Paul und der nackten Frau zu schießen. Erpressung, verkündete er scherzhaft. Zahl, oder ich schicke diese Schnappschüsse deiner Schwiegermutter in spe! Jeder im Club schien seinen Spaß zu haben. Deshalb waren Pauls Freunde auch so geschockt, als ein Fremder auf die Bühne sprang und begann, mit einer leeren Sektflasche auf ihn einzudreschen.

Drei, vier, fünf wuchtige Schläge auf den Kopf, und Paul Guber wollte noch immer nicht die Tänzerin loslassen, die sich alle Mühe gab, nicht auch noch von den Schlägen getroffen zu werden. Der Mann mit der Flasche war groß und massig und trug einen teuren Anzug. Sein Haar war silbergrau, allerdings war sein buschiger Schnurrbart schwarz und irgendwie schief. Keiner der Teilnehmer an Paul Gubers Junggesellenparty erkannte ihn.

Rasselnde schmatzende Laute drangen aus der Kehle des Mannes, während er auf dem Schädel des Börsenmaklers herumprügelte. Der Rausschmeißer kam in dem Moment auf die Bühne, als die Sektflasche zerschellte. Er packte den silberhaarigen Mann unter den Armen und schickte sich an, ihn auf eine

Art und Weise von der Bühne zu werfen, bei der auch größere Knochen hätten brechen können. Aber der Rausschmeißer war aufmerksam genug zu bemerken, daß der Silberhaarige einen Begleiter hatte, und dieser Begleiter trug eine Pistole, die möglicherweise sogar geladen war. Da er den Produkten von Colt Industries hohen Respekt entgegenbrachte, ließ der Rausschmeißer vorsichtshalber den silberhaarigen Mann frei und gestattete ihm, zusammen mit seinem bewaffneten Freund aus dem Club zu flüchten.

Erstaunlicherweise fiel Paul Guber nicht um. Die Sanitäter mußten mit Gewalt seine Finger vom Gesäß der Tänzerin lösen, ehe sie ihn ins Krankenhaus brachten. Im Wartezimmer der Unfallstation tranken seine besorgten Freunde Kaffee und strickten eine Geschichte für Pauls Verlobte zusammen.

Als die Polizei eintraf, war der Gastraum des Eager Beaver leer. Der Rausschmeißer, der Blut vom Bühnenboden aufwischte, beteuerte, er habe nichts gesehen. Die Cops waren sichtbar enttäuscht, daß die nackten Frauen schon nach Hause gegangen waren, und verspürten wenig Lust, eine Prügelei unter Betrunkenen ohne Tatopfer aufzuklären. Alles, was von der mutmaßlichen Tatwaffe noch existierte, war ein Häufchen funkelnder grüner Glasscherben. Der Rausschmeißer erkundigte sich, ob er sie in den Abfall werfen dürfe, und die Cops sagten, aber sicher.

Paul Gubers Hochzeit wurde auf unbestimmte Zeit verschoben. Seine Freunde erzählten Pauls Ehefrau in spe, er sei auf dem Parkplatz der Synagoge überfallen und ausgeraubt worden.

In dem Auto, das auf dem Federal Highway nach Süden jagte, massierte das Mitglied des Repräsentantenhauses, Congressman David Lane Dilbeck, seine Schläfen und fragte: »War es sehr schlimm, Erb?«

Und Erb Crandall, der loyale Sekretär und langjährige

Schmiergeldbriefträger des Kongreßabgeordneten, sagte: »Es war einer der schlimmsten Auftritte.«

»Ich hab keine Ahnung, was über mich gekommen ist.«

»Sie haben einen Mann tätlich angegriffen.«

»Einen Demokraten oder einen Republikaner?«

Crandall zuckte die Achseln. »Keinen blassen Schimmer.«

Congressman Dilbeck sog zischend die Luft ein, als er die Pistole auf dem Schoß des andern entdeckte. »Jesus, Maria und Josef! Das ist doch nicht möglich!«

Crandall antwortete gleichmütig. »Ich hatte keine andere Wahl. Sie wären beinahe zum Krüppel gemacht worden.«

Fünf Minuten verstrichen, bis der Kongreßabgeordnete wieder etwas sagte. »Erb«, beteuerte er, »ich liebe nackte Frauen, ganz ehrlich.«

Erb Crandall nickte gleichgültig. Er machte sich Gedanken über den Fahrer des Kongreßabgeordneten. Dilbeck hatte ihm zwar versichert, der Mann verstünde kein Englisch, sondern nur Französisch und Kreolisch. Dennoch betrachtete Crandall nachdenklich den schwarzen Schädel des Chauffeurs und fragte sich, ob der Mann lauschte. Heutzutage konnte jeder ein Spion sein.

»Alle Männer haben ihre Schwächen«, sagte Dilbeck. »Mein Laster ist nun mal fleischlicher Natur.« Er pellte sich den falschen Schnurrbart von der Oberlippe. »Lassen Sie hören, Erb. Was genau habe ich getan?«

»Sie sind auf die Bühne gesprungen und haben einen jungen Mann attackiert.«

Dilbeck krümmte sich. »Auf welche Art und Weise?«

»Mit einer Flasche auf den Schädel«, sagte Crandall. »Mehrmals.«

»Und Sie haben mich nicht gebremst! Das ist Ihr gottverdammter Job, Erb, nämlich mich aus solchen Situationen herauszuhalten. Dafür zu sorgen, daß mein Name nicht in die Zeitungen kommt.«

Crandall erklärte, er sei auf der Toilette gewesen, als es zu dem Vorfall kam.

»Habe ich die Frau angefaßt?« fragte der Kongreßabgeordnete.

»Diesmal nicht.«

Auf französisch bat Crandall den haitianischen Chauffeur anzuhalten und zu warten. Crandall bedeutete Dilbeck auszusteigen. Sie spazierten zu einer leeren Bank an einer Bushaltestelle und setzten sich.

Der Kongreßabgeordnete wunderte sich. »Was soll dieser Blödsinn? Sie können vor Pierre frei reden.«

»Wir haben ein Problem.« Crandall preßte die Fingerspitzen gegeneinander. »Ich denke, wir sollten Moldy benachrichtigen.«

Dilbeck erwiderte, auf keinen Fall.

»Jemand hat Sie heute abend erkannt«, sagte Crandall. »Jemand in dem Stripteaseschuppen.«

»O Gott.« Dilbeck schloß die Augen und kniff sich in die Nase. »Wir sind mitten im Wahljahr, Erb.«

»Irgendeine miese kleine Ratte. Den Namen habe ich nicht rausbekommen. Er stand an der Hintertür, als wir rausrannten. Ein magerer kleiner Wichser mit Brillengläsern so dick wie Flaschenböden.«

»Was hat er gesagt?«

»›Gut gemacht, Davey.‹ Dabei hat er Sie direkt angesehen.«

»Aber der Schnurrbart.«

»Dann sagte er: ›Es gibt doch noch Kavaliere.‹« Crandall machte ein finsteres Gesicht.

»Sah er aus wie jemand, der Ärger machen könnte?«

Crandall hatte Mühe, nicht in schallendes Gelächter auszubrechen. »Das Aussehen kann manchmal täuschen, David. Das müßten Sie doch am besten wissen. Ich rufe morgen früh Moldy an.«

Wieder im Wagen und wieder unterwegs nach Süden erkundigte Dilbeck sich nach dem Zustand des Mannes, den er angegriffen hatte.

»Ich habe nicht den leisesten Schimmer«, sagte Crandall. Er würde später im Krankenhaus nachfragen.

»War er tot?«

»Schwer zu sagen«, erwiderte Crandall. »Da war zuviel Blut.«

»Mein Gott«, stöhnte der Kongreßabgeordnete. »Herr im Himmel. Ich muß das Ganze in den Griff bekommen. Erb, Sie und ich, wir müssen beten. Reichen Sie mir die Hände.« Er streckte seine Arme nach Crandall aus, der die feuchten, lästigen Tatzen des Kongreßabgeordneten abschüttelte.

»Vergessen Sie's«, schnauzte Crandall.

»Bitte, Erb, fassen wir uns bei den Händen.« Dilbeck krümmte bittend seine Finger. »Verbinden Sie sich mit mir, und beten Sie.«

»Ganz bestimmt nicht«, erwiderte der Schmiergeldbote. »Beten Sie lieber für uns beide, David. Beten Sie wie der Teufel.«

Am nächsten Abend, während Erin sich auszog und sich für den Auftritt bereitmachte, erzählte sie Shad, daß sie im Krankenhaus nachgefragt habe. »Sie ließen durchblicken, er sei aus der Intensivstation entlassen worden – der Mann, der verletzt worden war.«

Shad blickte keine Sekunde vom Kartentisch hoch. »Gott sei Dank«, sagte er. »Jetzt kann ich wenigstens wieder schlafen.«

»Die Pistole hat mir schon einen Schrecken eingejagt.« Erin schlüpfte in ihren Bühnen-BH. »Er sah überhaupt nicht aus wie ein Leibwächter, oder? Ich meine den mit der Pistole?«

Shad war völlig weggetreten. Mit einer chirurgischen Gefäßklemme versuchte er, den Sicherheitsstreifen aus Aluminiumfolie von einem Hundertgrammbecher fettarmen Blaubeerjoghurt zu entfernen. Das Licht in der Garderobe war schlecht, und Shads Augen waren nicht die besten. Er beugte sich wie ein Uhrmacher über den Joghurt.

»Ich muß mich konzentrieren«, sagte er unwirsch zu Erin.

Mittlerweile hatte sie auch die tote Kakerlake entdeckt, ein ziemlich stattliches Exemplar selbst nach Floridamaßstäben. Die Beine in die Luft reckend, lag die Kakerlake neben Shads linkem Ellbogen auf dem Tisch.

»Laß mich raten«, sagte Erin. »Du hattest eine neue Jahrhundertidee.«

Shad hielt inne, schob eine Zigarette von einem Winkel seines Mundes in den anderen. Er nahm einen tiefen Zug, dann blies er den Rauch in zwei dünnen Strömen aus den Nasenlöchern aus.

»Wonach zum Teufel sieht es denn aus?« fragte er.

»Nach Betrug«, sagte Erin. Sie trat hinter eine Tür und schlüpfte aus ihrem Rock. »Für mich sieht es nach Betrug aus.«

Triumphierend nahm Shad die Verschlußfolie (unversehrt!) von dem Joghurtbecher ab und legte sie behutsam auf den Tisch. Dann, wieder mit der Klemme, hob er die tote Kakerlake an einem ihrer zerbrechlichen braunen Beine hoch.

»Ist das nicht deine Musik?« sagte er zu Erin. »Van Morrison. Beweg lieber deinen Hintern nach draußen.«

»Gleich«, sagte Erin. Sie streifte ihren Tanga über, diesmal den roten mit den Seepferdchen. Als Erin ihn gekauft hatte, dachte sie, er habe ein Paisleymuster, aber eine der anderen Tänzerinnen hatte erkannt, daß das Muster in Wirklichkeit aus Seepferdchen bestand. Aus lachenden Seepferdchen.

Erin kam hinter der Tür hervor. Shad blickte nicht auf.

»War die Polizei schon hier?« fragte sie.

»Nee.« Shad grinste vor sich hin. Cops – gewöhnlich kamen sie gerade bis zur vorderen Bar und vergaßen dann schnell, weshalb sie gekommen waren. Sie schlenderten völlig benommen und mit Glotzaugen durch den Eager Beaver und glichen kleinen Kindern in Disney World. Cops waren absolute Trottel, wenn sie nackte Titten sahen.

Erin erklärte, sie habe noch nie gesehen, daß ein Mann so

schlimm verprügelt worden sei wie der Junggeselle, der es mit der Sektflasche besorgt bekommen hatte. »Ein Wunder, daß er keinen Hirnschaden davongetragen hat«, sagte sie.

Shad verstand das als Kritik an seiner Reaktionszeit. »Ich bin so schnell ich konnte raufgeklettert.« Seine Stimme klang andeutungsweise rechtfertigend.

»Mach dir deswegen keine Vorwürfe«, beruhigte Erin ihn.

»Er sah überhaupt nicht danach aus. Daß ausgerechnet er durchdrehen mußte.«

Erin pflichtete ihm bei. Der Mann, der die Sektflasche geschwungen hatte, sah nicht gerade aus wie der typische Strip-Show-Knilch. Er hatte eine Seidenkrawatte getragen und mit Zwanzigern wie mit Gummibärchen um sich geworfen.

Erin untersuchte ihre Stöckelschuhe auf Blutflecken. »Das ist ein mieses Geschäft«, stellte sie fest.

»Was du nicht sagst. Was meinst du denn, weshalb ich sonst hier sitze und mich mit einer toten Kakerlake abmühe? Dieser kleine Freund wird mir dabei helfen, endgültig auszusteigen.«

So ruhig wie ein Chirurg legte Shad die Kakerlake in den fettarmen Blaubeerjoghurt. Mit der Spitze der Klemme drückte er leicht darauf. Langsam versank das Insekt in der cremigen Substanz und hinterließ nicht die geringste Spur.

Erin schüttelte den Kopf. »Du verrückter Träumer.«

Shad schluckte den Sarkasmus gleichmütig. »Liest du das *Wall Street Journal*?«

»Nein.« Sie war gespannt, worauf er nun hinauswollte.

»Laut dem *Journal*«, sagte Shad, »ist die Delicato Dairy Company hundertzweiundachtzig Millionen Dollar wert dank der Tatsache, daß der fettarme Delicato-Früchtejoghurt die am besten verkaufte Marke im ganzen Land ist. Die Aktien werden stets mit Höchstkursen notiert.«

Erin konnte nicht glauben, daß er es schon wieder versuchte. »Shad, darauf werden sie nicht reinfallen.«

»Du verspätest dich, Babe.« Shad deutete mit dem Daumen in Richtung Bühne. »Deine Fans warten schon.«

»Ich habe Zeit. Es ist eine lange Nummer.« Erin schlüpfte in ihren Teddy (den sie schon nach der ersten Musiknummer wieder ausziehen würde) und in ihre Stöckelschuhe (die sie den ganzen Abend tragen würde).

Shad sagte: »Wie kommt es, daß du diesen Song so gerne hast? Du hast noch nicht mal braune Augen.«

»Niemand achtet auf meine Augen«, sagte Erin. »Man kann sehr gut zu diesem Song tanzen, findest du nicht?«

Shad studierte den Joghurt. Ein behaartes kupferfarbenes Bein war aus dem cremigen Sumpf aufgetaucht. Bewegte es sich? Shad sagte zu Erin: »Kennst du *Beim Sterben ist jeder der erste*? Den Film, nicht das Buch. Die letzte Szene, wenn die verschrumpelte Totenhand aus dem Wasser hochkommt? Nun, dann komm her und sieh dir diese verdammte Kakerlake an.«

»Nein, vielen Dank.« Erin fragte Shad, ob Mr. Peepers an diesem Abend im Publikum war. Das war der Spitzname für einen ihrer Stammkunden, ein knochiger, wie ein Gelehrter wirkender Mann mit merkwürdigen rechteckigen Brillengläsern. Gewöhnlich saß er an Tisch drei.

Shad schüttelte den Kopf. »Soll ich jetzt auch noch den Leibwächter spielen?«

»Er hat angerufen und eine Nachricht hinterlassen«, sagte Erin. »Er habe eine große Überraschung für mich. Das ist genau das, was mir noch gefehlt hat.« Sie tupfte sich Parfüm auf – weshalb, wußte sie selber nicht. Niemand kam nahe genug heran, um es zu riechen. Im Gegensatz zu den anderen Stripperinnen weigerte sich Erin, auf Tischen zu tanzen. Zehn Bucks waren zu jämmerlich, dachte sie, um zuzulassen, daß irgendwelche Besoffenen ihre Knie anatmeten.

»Wenn du es verlangst«, sagte Shad, »schmeiße ich den Heini raus.«

»Nein, wenn du nur in der Nähe bleiben könntest«, sagte Erin. »Vor allem nach dem, was gestern abend passiert ist.«

»Kein Problem.«

»Wahrscheinlich ist es gar nichts«, sagte Erin. Als nächstes kam der Lippenstift. Der Boss bevorzugte Himbeerrot, aber Erin benutzte Burgunderrosé. Die anderen Tänzerinnen würden wieder herummeckern, aber das war ihr egal.

Shad lehnte sich von seiner Joghurtbehandlung zurück und sagte: »Hey, komm und sieh es dir an. Es ist so gut wie neu.«

»Du kannst dafür in den Knast kommen. Man nennt so etwas Betrug.«

»Man nennt es genial«, widersprach Shad. »Und zu deiner Information – ich habe bereits einen Anwalt an der Hand, der es kaum erwarten kann, den Fall zu übernehmen. Und einen Gehirnschlosser aus Palm Beach, der Stein und Bein schwört, daß ich total traumatisiert bin, seitdem ich den Joghurtbecher geöffnet und diese verdammte Kakerlake gefunden habe . . .«

Erin lachte. »Traumatisiert? Du weißt ja noch nicht mal, was das heißt.«

»Geistig angeschlagen, das heißt es. Und sieh mal hier . . .« Shad hob die Schutzfolie mit der Klemme an. »Makellos! Nicht mal 'ne Knickfalte. Deshalb können die Schweine niemals behaupten, irgend jemand sei in den Laden eingebrochen und habe an dem Becher herumgefummelt.«

»Sehr clever«, sagte Erin. Sie überprüfte ihre Frisur im Spiegel. Die meisten Tänzerinnen trugen Perücken, aber Erin hatte das Gefühl, daß eine Perücke ihre Posen behindere. Eine Perücke zu verlieren, war ungefähr das Schlimmste, was einem auf der Bühne passieren konnte. Das und plötzlich die Periode zu bekommen.

»Wie sitzt mein Unterteil?« fragte sie Shad. »Sieht man die Spalte?«

»Nee, Babe, alles bedeckt.«

»Danke«, sagte Erin. »Ich seh dich später.«

»Mach nur weiter und lach mich aus. Eines Tages werde ich reich sein.«

»Nicht mal das würde mich überraschen.« Gegen ihren Willen beneidete sie Shad um seinen Optimismus.

»Meistens läuft es so«, erklärte er, »daß die richtig großen Firmen es bei so einer Sache gar nicht erst zum Prozeß kommen lassen, wegen der schlechten Publicity. Sie zahlen einfach den Kläger aus, wie mein Anwalt mir verraten hat. Und zwar richtig dickes Geld.«

Erin nickte. »Der Gast heißt Killian. Tisch drei. Gib mir Bescheid, wenn er reinkommt.« Dann war sie verschwunden. Er konnte ihre Pfennigabsätze auf der Bühne hören, den Applaus, die Hochrufe der Besoffenen.

Shad linste in den Becher. Das Kakerlakenbein war wieder versunken. Die Oberfläche der Joghurtfüllung sah glatt und unversehrt aus. Ein meisterliches Werk der Sabotage! Shad verstaute das Foliensiegel in einem Ziploc-Beutel und verschloß ihn, indem er Daumen und Zeigefinger zusammenpreßte und damit an dem Haftstreifen entlangstrich: ein Beweisstück. Er legte den Beutel auf ein zweites Tablett, zwischen einem Sechserpack Sprite Light und einem Becher Hüttenkäse. Auf das Etikett des Delicato-Joghurts klebte er eine handschriftliche Warnung:

»Nicht verzehren, sonst passiert was!«

Er überflog die Botschaft zwei- oder dreimal und entschied, daß sie noch nicht drastisch genug war. Er beschriftete einen weiteren Aufkleber und pappte ihn unter den ersten: »Shads persönliches Eigentum!«

Dann ging er hinaus in den Gastraum, um nachzusehen, ob er irgendwen verprügeln müsse. Und tatsächlich. An Tisch acht versuchte ein Volvo-Vertreter mit riesigen Glotzaugen, an den Zehen einer Cocktailkellnerin herumzulutschen. Mühelos beförderte Shad ihn durch die Hintertür nach draußen. Dann holte er sich eine Pepsi aus dem Kühlschrank und ließ sich auf einem Hocker an der Bar nieder.

Gegen Mitternacht kam der magere Bursche mit den eckigen Brillengläsern rein und nahm seinen Stammplatz an Tisch drei ein. Shad schlenderte zu ihm hinüber und setzte sich neben ihn.

Auf der Bühne gab Erin ihr Letztes.

In einem Punkt irrt sie sich, dachte Shad. Ich sehe ihre Augen immer, jeden Abend. Sie sind ganz eindeutig grün.

2. KAPITEL

Malcolm J. Moldowsky zögerte nicht, Congressman Dave Dilbeck, Mitglied des Repräsentantenhauses der Vereinigten Staaten, als »amtlich eingetragenes Arschloch« zu bezeichnen.

Worauf Dilbeck, der sich über Moldowskys Einfluß und Bedeutung durchaus im klaren war, erwiderte: »Es tut mir leid, Malcolm.«

Während er im Büro des Kongreßabgeordneten auf und ab ging, betrachtete Moldowsky mit kaltem, spöttischem Blick jede Plakette, jeden als Erinnerungsstück gestalteten Briefbeschwerer, jedes jämmerliche Blechandenken an Dilbecks lange und durchschnittliche politische Karriere.

»Ich sehe Probleme«, stellte Malcolm Moldowsky fest. Er war als Trickser für Trickser tätig, allerdings führte er diese Tätigkeit nicht in seiner Einkommensteuererklärung auf.

Es gibt kein Problem, beteuerte Dilbeck, überhaupt keins. »Wir waren längst weg, als die Polizei erschien.«

Moldowsky war ein kleinwüchsiger Mann, beunruhigend kleinwüchsig sogar, aber er glich diese Tatsache aus, indem er sich geradezu königlich kleidete und sich mit teurem Herrenparfüm überschüttete. Es geschah leicht, daß man von Moldys erlesener Garderobe und exotischem Duft derart beeindruckt war, daß man nicht auf seine Worte achtete, die immer bedeutsam waren.

»Hören Sie zu?« fragte er Dave Dilbeck.

»Sie sagten, es gebe ein Problem, und ich sagte, ich sehe kein Problem.«

Moldowskys Oberlippe kräuselte sich und entblößte die kleine und spitze Bezahnung eines niedrigen Primaten. Er trat auf Dilbeck zu und sagte: »Klingelt es bei Ihnen, wenn Sie den Namen Gary Hart hören? Das war ein Schlamassel hoch zehn – oder soll ich Ihr Gedächtnis auffrischen?«

»Das war doch etwas ganz anderes«, wiegelte der Kongreßabgeordnete ab.

»Das stimmt. Mr. Hart hat niemandem zu einem Besuch in der Unfallstation verholfen.«

Dilbeck spürte Moldowskys Aura immer deutlicher – er roch den stechenden Pfefferminzatem und inhalierte den importierten italienischen Moschusduft, der stark genug war, um damit Termiten zu vergasen. Dilbeck stand hastig auf. Er fühlte sich wohler, wenn er mit der Schädelplatte des Mannes sprach, als mit ihm auf gleicher Augenhöhe zu sein. Der Kongreßabgeordnete sagte: »Es geschieht nie wieder, ganz bestimmt nicht.«

»Tatsächlich?«

Die Schärfe in Moldowskys Bemerkung machte den Kongreßabgeordneten nervös. »Ich habe ein wenig Gewissensprüfung betrieben.«

Moldowsky trat zurück, so daß Dilbeck sein Gesicht sehen konnte. »David, das Problem ist nicht Ihr Gewissen. Es steckt vielmehr in Ihrer verdammten Hose.«

Der Kongreßabgeordnete schüttelte weise den Kopf. »Die Schwäche ist etwas Geistiges, Malcolm. Nur ihre Manifestation ist physisch greifbar...«

»Sie sind voll Scheiße ...«

»Hey, ich habe das voll im Griff«, sagte Dilbeck. »Ich kann diese animalischen Triebe kontrollieren, Sie werden sehen.«

Moldowsky hob ungeduldig die Hände. »Sie und Ihre verdammten Triebe. Wir haben Wahljahr, Davey. Erstens: Nur ein amtlich eingetragenes Arschloch wagt sich während eines Wahljahrs in einen Nacktschuppen. Zweitens: Ihr Begleiter holt eine Kanone raus, was nichts anderes als ein Verbrechen ist.«

»Malcolm, machen Sie Erb keine Vorwürfe.«

»Und drittens«, fuhr Moldowsky fort, »wurden Sie während Ausübung der Tat von einem Gast dieses distinguierten Etablissements erkannt. Wodurch sich eine Menge Möglichkeiten ergeben, und keine davon besonders angenehm.«

»Halt, halt!« Dilbeck bildete wie ein Footballcoach mit den Händen das Auszeitsignal. »Wir sollten keine voreiligen Schlüsse ziehen.«

Malcolm Moldowsky lachte rauh. »Das ist mein Job, Mr. Congressman.« Erneut begann er auf und ab zu gehen. »Warum haben Sie den Mann mit der Flasche bearbeitet? Lassen Sie mich raten – Sie haben etwas mit der Stripperin, stimmt's? Ist sie möglicherweise von Ihnen geschwängert worden?«

Dilbeck schüttelte den Kopf. »Ich weiß noch nicht mal, wie sie heißt.«

»Aber Sie haben trotzdem diesen unkontrollierbaren Drang verspürt, ihre Ehre zu verteidigen, wie immer die auch aussehen mag. Ich verstehe, David. Ich verstehe nur zu gut.«

»Es ist eine Krankheit, mehr nicht. Ich sollte mich niemals in die Nähe nackter Frauen wagen.«

Jegliche Kampfbereitschaft hatte den Kongreßabgeordneten verlassen. Moldowsky kam um den Schreibtisch herum und trat auf ihn zu. Seine Stimme klang etwas leiser, sanfter. »Sie können einen solchen Mist jetzt nicht brauchen. Da ist erst mal der Wahlkampf. Dann die Abstimmung über das Zuckergesetz.

Und Sie sitzen einem Ausschuß vor.« Moldowsky versuchte dem Kongreßabgeordneten auf die Schulter zu klopfen, aber dafür war er nicht groß genug. Am Ende tätschelte er seinen Ellbogen. »Ich bringe das schon in Ordnung«, sagte er.

»Danke Mmm – Malcolm.« Fast hätte Dilbeck sich versprochen und ihn Moldy genannt. Diesen Spitznamen benutzte jeder hinter Moldowskys Rücken. Als Sauberkeitsfanatiker haßte Moldowsky diesen Spitznamen, denn er signalisierte Moder und Fäulnis.

»Eine Bitte habe ich noch«, sagte er. »Behalten Sie David jr. bis November in der Hose. Sie täten mir damit einen persönlichen Gefallen.«

Dilbecks Wangen liefen rot an.

»Weil«, fuhr Moldowsky fort, »ich mir gar nicht vorzustellen wage, wie Ihre Wähler auf ein solches Verhalten reagieren könnten – ich denke an all die Pensionäre in ihren Eigentumswohnungen, an die konservativen Kubaner in der Eighth Street, an die idealistischen jungen Managertypen am Strand. Was würden sie wohl vom Kongreßabgeordneten Dilbeck denken, wenn der mit einer ganzen Bande von Go-go-Girls in der Grünen Minna abtransportiert würde? Was denken Sie denn, wie das aussehen würde?«

»Sehr übel«, gab der Kongreßabgeordnete zu. Er brauchte etwas zu trinken.

»Sind Sie immer noch im Kirchenvorstand?«

»Als Diakon«, sagte Dilbeck.

»Hält man so was für möglich?« Malcolm Moldowsky grinste bösartig. »Wenn Sie wieder mal der Hafer sticht, dann rufen Sie mich an. Ich arrangiere dann etwas.« Er senkte die Stimme. »Wir haben Wahljahr, Herr Diakon, Sie müssen vorsichtig sein. Wenn Sie sich eine Party wünschen, dann bringen wir sie zu Ihnen. Sind Sie damit einverstanden?«

»In Ordnung«, sagte der Kongreßabgeordnete. Als Moldy

sich verabschiedet hatte, riß er ein Fenster auf und sog gierig frische Luft ein.

Alle paar Jahre stimmte das Repräsentantenhaus der Vereinigten Staaten von Amerika für großzügige Subventionen zugunsten einer Handvoll Agrarmillionäre im wunderschönen Staat Florida. Die nützliche Pflanze, die ihnen zu ihren Millionen verhalf, war Zuckerrohr, dessen Preis kraß überhöht war und von der amerikanischen Regierung garantiert wurde. Dieser schamlose Akt der Plünderung bewirkte zwei Dinge: Er bewahrte den amerikanischen Zuckerrohrfarmern ihren enormen Reichtum, und er schwächte die dahinsiechende Wirtschaft der armen Karibikstaaten, die ihre eigene Zuckerrohrernte noch nicht einmal für die Hälfte des Phantasiepreises an die Vereinigten Staaten verkaufen konnten.

Aus politischen Gründen wurden die Preisgarantien als patriotische Hilfe für die darbenden Familienfarmbetriebe verkauft. Sicher, einige der großen zuckererzeugenden Unternehmen befanden sich tatsächlich in Familienbesitz, aber die Familienangehörigen kamen nur selten mit dem eigentlichen Ackerland in Berührung. Für die meisten bestand der direkte Kontakt mit dem eigentlichen Produkt darin, daß sie Zuckerwürfel in den Kaffee plumpsen ließen, den sie im Banker's Club tranken. Die Sprößlinge der Zuckerrohrpflanzer betraten niemals ein in brütender Hitze kochendes Zuckerrohrfeld, wo es am Boden von Schlangen und Insekten wimmelte. Statt dessen wurde die brutal harte Erntearbeit den jamaikanischen und dominikanischen Wanderarbeitern überlassen, denen schändlich niedrige Löhne dafür gezahlt wurden, daß sie den ganzen Tag unter glühender Sonne ihre Macheten schwangen.

So war es schon seit einer Ewigkeit, und Männer wie Malcolm Moldowsky hatten deswegen keine schlaflosen Nächte. Seine Aufgabe – eine unter vielen – bestand darin, zu gewährleisten, daß die Subventionsanträge der Zuckerindustrie das Repräsentantenhaus ohne Schwierigkeiten passierten. Um das zu erreichen, brauchte Moldowsky Senatoren und Abgeordnete, die den Farmern wohlwollend gesonnen waren. Glücklicherweise war Sympathie in Washington immer noch sehr einfach zu kaufen; Wahlkampfspenden reichten dazu gewöhnlich aus.

Auf diese Weise bekam Moldowsky stets die notwendigen Stimmen zusammen. Das war kein Problem. Aber die Stimmen nutzten nichts, wenn der Zuckererlaß nicht vom Ausschuß verabschiedet wurde, und dieses Jahr stritt der Kongreßausschuß über Themen, die überhaupt nichts mit Landwirtschaft zu tun hatten. Nicht weniger als drei bisher gefügige Kongreßabgeordnete entdeckten seltsamerweise plötzlich ein Gewissen und verkündeten, daß sie gegen Subventionen stimmen würden. Angeblich wollten sie damit gegen die Not der Wanderarbeiter protestieren und gegen die katastrophale Verschmutzung der Everglades, in die die Pflanzer regelmäßig Millionen Liter Abwasser pumpten.

Malcolm Moldowsky wußte, daß die aufmüpfigen Kongreßabgeordneten sich überhaupt nicht um die armen Zuckerrohrarbeiter kümmerten und daß ihnen im Grunde gleichgültig war, wenn die Everglades völlig abbrennen würden. In Wahrheit war die Opposition gegen den Zuckererlaß eine Art Rache am Vorsitzenden des Ausschusses, einem gewissen David Dilbeck, der die ausschlaggebende Stimme abgab, mit der eine üppige Diätenerhöhung von zweiundzwanzig Prozent für ihn und seine ehrenwerten Kongreßkollegen abgeschmettert wurde.

Dilbeck hatte diese unverzeihliche Sünde rein zufällig begangen. Er war betrunken gewesen und hatte ganz einfach den falschen Hebel betätigt, als die Diätenerhöhung zur Abstimmung aufgerufen wurde. In seinem angeschlagenen Zustand war es überhaupt ein Wunder, daß Dilbeck den Weg zu seinem eigenen Platz gefunden, geschweige denn gewußt hatte, wie die

Abstimmungsmaschine zu bedienen war. Am Mittag des darauffolgenden Tages schaltete der verkaterte Kongreßabgeordnete den Fernseher ein und erlebte, wie George Will ihn für seinen Mut lobte. Dilbeck hatte keine Ahnung, was er damit meinte. Er erinnerte sich nicht mehr an den vorhergehenden Tag. Als das Büropersonal ihm erklärte, was er getan hatte, kroch er zu einem Papierkorb und übergab sich.

Anstatt die Wahrheit zuzugeben – daß der Dank für diese Tat eigentlich den Herstellern von Barbancourt-Rum gebühre –, trat David Dilbeck in »Nightline« auf und erklärte, er sei stolz darauf, gegen den Vorschlag gestimmt zu haben, dies sei schließlich nicht gerade die Zeit, in der der Kongreß den Menschen noch tiefer in die Tasche greifen dürfe. Insgeheim war Dilbeck wütend auf sich selbst. Er brauchte das zusätzliche Geld dringender als jeder andere.

Und nun schlugen seine Politikerkollegen zurück. Sie wußten, daß Dilbeck von den Wahlkampfspenden der Zuckerindustrie abhängig war, und sie wußten, daß die Zuckerindustrie sich hinsichtlich der Preisstützung auf Dave Dilbeck verließ. Daher beschlossen die Angehörigen des Kongresses, ihn gründlich fertigzumachen, ihm eine Lektion zu erteilen.

Malcolm J. Moldowsky sah deutlich, wie die Katastrophe sich anbahnte. Seine sämtlichen verborgenen Talente wären nötig, um den Zuckererlaß zu retten, und das könnte er wohl kaum schaffen, wenn Dilbeck an einem Sexskandal beteiligt war. Nach Jahren, die er in der politischen Gosse verbracht hatte, staunte Moldowsky noch immer darüber, wie absolut dämlich die meisten Politiker sein konnten, und das praktisch jederzeit. Er empfand nicht den Hauch von Mitleid für Congressman Dilbeck, aber er würde ihm trotzdem helfen.

Millionen von Dollar standen auf dem Spiel. Moldy würde tun, was getan werden mußte, egal, was es kostete.

Die anderen Tänzerinnen merkten, daß Erin etwas beschäftigte; sie merkten es an ihrer Darbietung.

»Schon wieder Darrell«, stellte Urbana Sprawl fest, die bei weitem größte und schönste Tänzerin im Eager Beaver.

»Nein, es ist nicht Darrell«, sagte Erin. »Nun ja, er ist es und auch wieder nicht.«

Darrell Grant war Erins früherer Ehemann. Nach fünf Jahren schlimmer Ehe und nach einem wunderbaren Kind, einer Tochter, hatten sie sich scheiden lassen. Die gerichtliche Auseinandersetzung war langwierig und sehr teuer, und Erin hatte beschlossen, ihr Glück als Schönheitstänzerin zu versuchen, was besser bezahlt wurde als Büroarbeit. An ihrem Job war nichts Exotisches, aber er war auch nicht so schäbig, wie sie befürchtet hatte. Das Geld reichte fast genau für ihre Anwalts- und Prozeßkosten.

Dann wurde Darrell gemein. Er reichte einen Antrag ein, in dem er Erin beschuldigte, eine ungeeignete Mutter zu sein, und lud den Scheidungsrichter ein, sich selbst anzusehen, wie die zukünftige Ex-Mrs. Grant ihren Lebensunterhalt verdiente. Der Richter sah sich sieben Tanznummern an und kam, als Angehöriger der Auferstehungskirche, zu dem Schluß, daß Erins für Eindrücke sehr empfängliche junge Tochter bei ihrem Vater besser aufgehoben sei. Daß Darrell tablettensüchtig, ein Ex-Sträfling und Händler für gestohlene Rollstühle war, störte den Richter bei weitem nicht so sehr wie die Tatsache, daß Erin in der Öffentlichkeit ihre Unterwäsche auszog. Der Richter hielt ihr einen strengen Vortrag über Sitte und Moral und teilte ihr dann mit, sie dürfe ihr Kind jedes dritte Wochenende und am Heiligen Abend sehen. Ihr Anwalt ging gegen die Sorgerechtsregelung in Berufung, und Erin brauchte nun die Tänzerinnengage noch dringender als je zuvor. Unterdessen war der Scheidungsrichter Stammgast im Eager Beaver geworden und saß immer in einer schattigen Nische unweit der Kickerautomaten. Erin redete mit dem Mann kein Wort, aber Shad machte es sich zur Gewohnheit, heimlich in den Jack Daniels zu pinkeln, den er ihm vorsetzte.

Urbana Sprawl sagte zu Erin: »Nun komm schon. Laß es mich nicht aus dir rausprügeln müssen.« Sie schminkten sich vor dem lädierten Spiegel in der Garderobe gerade ab.

Ein Gast, gab Erin zu. »Ich nenne ihn Mr. Peepers. Sein richtiger Name lautet Killian.«

»Tisch drei«, sagte eine andere Tänzerin, die man als Monique Jr. kannte. In dem Club tanzten zwei Moniques, und keine der beiden wollte ihren Namen ändern. »Ich kenne den Typ«, sagte Monique Jr. »Seltsame Brille, billige Krawatte, mickriges Trinkgeld.«

»Macht er dir irgendwelchen Ärger?« wollte Urbana Sprawl von Erin wissen.

»Er war an zwei Abenden nicht mehr da, das ist alles.«

»Donnerwetter«, sagte Monique Jr. »Dann ruf lieber das Scheiß-FBI.«

»Du verstehst nicht. Es geht um meinen Fall.« Erin öffnete ihre Handtasche und holte eine Cocktailserviette hervor, die zu einem winzigen Quadrat zusammengefaltet war. Sie reichte sie Monique Jr. »Das hat er mir neulich gegeben. Er wollte reden, aber Shad saß da, deshalb hat er es lieber aufgeschrieben.«

Monique Jr. las die Nachricht stumm. Dann gab sie sie an Urbana Sprawl weiter. Mr. Killian hatte Druckschrift benutzt, kleine Blockbuchstaben, und sich offensichtlich bemüht, sauber und ordentlich zu schreiben:

> Ich kann Ihnen helfen, Ihre Tochter zurückzubekommen. Ich wünsche mir als Gegenleistung lediglich ein freundliches Lächeln. Könnten Sie außerdem ZZ Top in Ihr Musikrepertoire aufnehmen? Am liebsten irgendeinen Titel vom ersten Album. Vielen Dank.

»Männer versuchen alles«, stellte Monique Jr. skeptisch fest. »Alles für ein bißchen Fleisch.«

Erin dachte, es lohne sich vielleicht, sich Killians Vorschlag anzuhören. »Wenn er es nun ernst meint?«

Urbana Sprawl faltete die Nachricht zusammen und gab sie zurück. »Erin, woher weiß er von Angela?«

»Er weiß alles.« Es war ihre erste Erfahrung mit einem Gast, der leicht verrückt war. Drei ganze Wochen lang hatte Killian sie an Tisch drei angeschmachtet. »Er sagt, daß er mich liebt«, sagte Erin. »Ich habe ihn nicht ermutigt. Ich habe ihm auch nichts Persönliches erzählt.«

»So was passiert schon mal«, sagte Urbana. »Da bleibt man am besten ganz cool.«

Erin sagte, er käme ihr ziemlich harmlos vor. »Es kann doch nicht schaden, ihm zuzuhören. Ich bin an einem Punkt angelangt, an dem ich alles versuchen würde.«

Monique Jr. sagte: »Eins kann ich dir flüstern. Dieser kleine Geizhals muß erst einmal lernen, wie man richtige Trinkgelder gibt.«

Shad steckte den Kopf durch die Türöffnung. Er hustete. »Personalversammlung«, verkündete er dann. »In fünf Minuten, im Büro.«

»Verpiß dich«, schnauzte Urbana Sprawl, die so gut wie nackt war. Aber Shad hatte es nicht bemerkt. Elf Jahre Arbeit in Stripschuppen hatten ihn gegen den Anblick von nackten Brüsten abgestumpft. Eine Berufskrankheit, dachte Shad bei sich. Ein weiterer Grund, schnellstens auszusteigen, ehe es zu spät war.

Erin winkte ihm. »Bestell Mr. Orly, wir kommen gleich.«

Shad verschwand, ohne die Tür zu schließen. Für Erin glich er einer Schildkröte – sein massiger runder Kopf war feucht und unbehaart, seine Nase hatte die Form eines Adlerschnabels und deutete auf die dünne, scharfe Linie seiner Lippen und bildete so einen tödlich aussehenden Überbiß. Soweit Erin es erkennen konnte, besaß Shad auch keine Augenbrauen und keine Wimpern.

»Widerling«, sagte Monique Jr.

»Er ist nicht so übel.« Erin schlüpfte in einen blauen Frotteebademantel und Sandaletten. Sie erzählte den anderen Tänzerinnen von Shads Plan mit der toten Kakerlake.

»Joghurt!« rief Monique Jr. aus. »Mein Gott, das ist ja ekelhaft.«

Urbana Sprawl sagte: »Hoffentlich klappt es. Hoffentlich bekommt er eine Million Bucks und zieht nach Tahiti.«

Träum ruhig weiter, dachte Erin. Shad würde nirgendwohin gehen, wenn Mr. Orly es ihm nicht ausdrücklich befahl.

Orlys Büro war mit rotem Samtimitat tapeziert. Er haßte das Zeug genauso wie jeder andere. Die bunte Einrichtung stammte vom vorherigen Besitzer des Clubs, bevor er erschossen und im Mittelstreifen der Interstate 95 verscharrt wurde. Orly behauptete, das Verbrechen habe nichts mit der Vorliebe des Mannes für Samtimitat zu tun gehabt, sondern eher mit seiner Unfähigkeit, anständige Profite auf anständige Art und Weise abzurechnen. Mit anderen Worten, er hatte betrogen. Die Tapete aus Samtimitat blieb an Orlys Wänden hängen, um Angestellte daran zu erinnern, daß man, wenn man nicht sehr gut darin war, professionelle Betrüger niemals betrog.

Während die Tänzerinnen sich vor Orlys Schreibtisch versammelten, wurde er von der Mischung süßlicher Parfums überwältigt und begann krampfartig zu niesen und zu husten. Shad hatte einen Karton Papiertaschentücher und eine Dose Dr. Pepper mitgebracht. Orly machte aus dem Schneuzen seiner Nase eine Riesenaktion und untersuchte danach das Papiertuch, um zu sehen, was er zutage gefördert hatte. Erin sah zu Urbana Sprawl hinüber und verdrehte die Augen. Der Mann war ein Schwein.

»Na schön«, begann Orly. »Wir wollen uns heute über das Tanzen unterhalten. Mir sind Klagen zu Ohren gekommen.«

Keine der Stripteasetänzerinnen sagte etwas. Orly zuckte die Achseln und fuhr fort: »Im Grunde gibt es nur ein Problem: Ihr müßt euch mehr bewegen. Ich meine damit eure Hintern und auch eure Möpse. Ich habe heute abend zugesehen, und bei einigen von euch hat man das Gefühl, einer Leiche beim Verfaulen zuzusehen. Da zuckt und regt sich gar nichts.« Orly hielt inne und riß das Dr. Pepper auf, das aus der Dose hervorschäumte. Als er den Dosenrand mit der Zunge ableckte, stöhnten mehrere Tänzerinnen auf.

Orly sah hoch und fragte: »Hat irgend jemand Probleme? Wenn ja, dann heraus damit.«

Erin hob eine Hand. »Mr. Orly, unser Tanzstil hängt von der Musik ab.«

Orly winkte mit der Dose. »Und weiter.«

Erin sagte: »Wenn die Songs schnell sind, dann tanzen wir schnell. Wenn die Songs langsam sind, tanzen wir langsam ...«

»Wir haben das doch schon früher durchgehechelt«, unterbrach er sie. »Ihr wolltet eure eigenen Songs aussuchen, und ich sagte, okay, unter der Bedingung, daß es gute, heiße Tanznummern sind. Aber einiges ist Scheiße, ehrlich, die reinste Fahrstuhlmusik.«

Urbana Sprawl wehrte sich. »Janet Jackson, Madonna – das ist wohl kaum Fahrstuhlmusik. Oder Paula Abdul? Ich bitte Sie.«

Das war die falsche Argumentationsweise bei Orly, der Janet Jackson nicht von Bo Jackson unterscheiden konnte. Er stellte die Limonadendose ab. »Ich weiß nur, daß ich heute abend einen Knaben gesehen habe, der an Tisch vier wie ein Baby geschlafen hat. Geschlafen! Das Gesicht nicht mehr als dreißig Zentimeter von Sabrinas Pelz entfernt, und der Bursche schnarcht. Mit meinen eigenen Augen mußte ich das mitansehen.« Orly beugte sich vor und erhob die Stimme. »Mal ehrlich, was ist das für eine Stripperin, die einen Gast einschlafen läßt?«

Sabrina, die eine auf ihrem Schoß liegende kastanienbraune Perücke kämmte, sagte nichts. Die Tänzerinnen zogen es vor, Mr. Orly, der sich mit seinen Beziehungen zum organisierten Verbrechen brüstete, nicht zu widersprechen. Außerdem waren einige der Frauen wirklich nicht gut auf der Bühne, und sie wußten es. Lustlos war noch eine wohlwollende Beschreibung ihrer Tanzkünste. Erin versuchte, bei den verschiedenen Schrittfolgen auszuhelfen, aber im allgemeinen waren die anderen Tänzerinnen nicht besonders scharf auf Proben.

Orly schüttelte den Kopf. »Schnell, langsam oder dazwischen – darum geht es gar nicht. Der Punkt ist, daß ihr mit dem, was Gott euch geschenkt hat, etwas mehr anstellen und es bewegen sollt.« Er nieste plötzlich, griff nach einem Taschentuch und stopfte es sich in beide Nasenlöcher. Er redete weiter, wobei das Taschentuch bei jedem Wort flatterte. »Betrachtet das Ganze als Bumsen. Bumsen zur Musik. Was zählt, ist nicht das gottverdammte Tempo, es ist die Bewegung, verdammt noch mal, es ist die innere Einstellung. Ich bezahle euch nicht, damit ihr meine Gäste langweilt, verstanden? Jemand, der schläft, bestellt nichts von meinem Fusel, und er stopft euch schon gar nicht Geld in den Strumpfhalter.«

Wieder meldete Erin sich zu Wort. »Mr. Orly, Sie haben gerade die innere Einstellung erwähnt. Ich gebe zu, daß wir hier im Club Probleme mit der Arbeitsmoral haben, aber ich glaube, ich weiß auch weshalb.«

Das weckte die Aufmerksamkeit aller. Sogar Shad wurde munter.

»Es ist der Name«, sagte Erin. »Eager Beaver – das klingt doch sehr primitiv.«

Orly riß sich das Papiertuch aus der Nase. Normalerweise hätte er eine Frau für eine solche Bemerkung hinausgeworfen, aber Erin holte viele Gäste in den Club. Sie war eine der wenigen Tänzerinnen, die wirklich tanzen konnten.

»Mir gefällt Eager Beaver«, sagte Orly. »Er ist einprägsam, und er ist clever, und er reimt sich beinahe.«

Erin hielt dem entgegen, er sei plump und abwertend. »Und es ist schlecht für die Arbeitsmoral. Der Name vermittelt den Eindruck, wir seien ein Haufen Huren, und das sind wir nicht.«

Orly riet ihr, das Ganze nicht so eng zu sehen. »Es ist ein Wortspiel, Schätzchen. Wir sind nun mal ein Stripschuppen, verdammt noch mal. Wer bezahlt schon sieben Dollar Eintritt, um sich hübsche Girls anzusehen?«

Damit hatte der Mann nicht unrecht, dennoch beharrte Erin auf ihrer Meinung. »Ich bin mir über unser Gewerbe durchaus im klaren, aber das bedeutet doch nicht, daß wir nicht auch so etwas wie Stolz haben können. Wenn Freunde und Bekannte wissen wollen, wo wir arbeiten, lügen einige von uns. Es ist uns peinlich, den Namen auszusprechen.«

Orly schien eher amüsiert als beleidigt zu sein. Er sah die anderen Tänzerinnen fragend an. »Stimmt das?«

Ein paar nickten. Orly wandte sich an Shad. »Was ist mit dir? Ist es dir peinlich, hier zu arbeiten?«

»O nein«, antwortete Shad. »Das war schon immer mein großes Ziel.« Er zwinkerte Erin zu, die ein Lachen unterdrückte.

Orly lehnte sich in seinem Sessel zurück und verschränkte die Hände hinter dem Kopf. Sein weißes Hemd wies in beiden Achselhöhlen gelbliche Flecken auf. »Der Name bleibt«, entschied er.

»Wie wäre es mit einer Art Wettstreit?« schlug Erin vor. »Um einen besseren zu finden?«

»Nein!«

Urbana Sprawl erinnerte sich. »Ich weiß noch, als das hier der Pleasure Palace war. Und davor hieß der Laden Booby Hatch.«

Monique Jr. nickte. »Und ich erinnere mich, daß es Gentleman's Choice hieß, bis die staatlichen Behörden den Betrieb wegen Prostitution zumachten.«

Orly krümmte sich gequält bei diesem Wort. »Nun, jetzt heißt der Schuppen Eager Beaver, und er bleibt so lange der Eager Beaver, wie ich es will.« Er war immer noch zwei Riesen für die Markise mit dem Namenszug schuldig.

»Na schön«, sagte Erin. »Dann bleibt es eben bei Eager Beaver. Das hat wirklich Klasse.«

Er ignorierte die Bemerkung. »Also, arbeitet an eurer verdammten Tanzerei.« Er öffnete eine Schublade und holte einen Stapel Videokassetten hervor. »Die stammen aus einem Laden in Dallas. Nehmt sie nach Hause mit und seht euch genau an, wie diese Girls sich bewegen. Drei-, vierhundert pro Abend an Trinkgeldern verdienen sie damit, und das wundert mich gar nicht.«

Shad gab jeder Tänzerin eine Kassette.

Urbana Sprawl sagte: »Mr. Orly, ich habe keinen Videorecorder.«

»Ich habe einen, den du mieten kannst.«

Erin sagte: »Für vierhundert pro Abend, was? Vielleicht lohnt sich ein Trip nach Dallas. Es könnte doch sein, daß sie dort noch Personal suchen.«

Auch diesmal ging Orly nicht auf sie ein. »Ein weiterer Punkt noch«, sagte er, »dann könnt ihr nach Hause. Es geht um das, was gestern passiert ist. Die Schlägerei auf der Bühne.«

Monique Jr. widersprach, es sei wohl kaum eine Prügelei gewesen, sondern irgendein Gast habe nur ein wenig mit der Flasche zugeschlagen.

»Wie ihr wollt«, sagte Orly. »Ich habe überhaupt nichts gesehen, klar? Wenn irgend jemand Fragen zu dem Vorfall stellt, dann sagt ihr sofort Shad Bescheid.«

Erin war überrascht über diese Anweisung. Im Eager Beaver gab es immer wieder mal Streit, aber Mr. Orly interessierte sich nur selten dafür. »Was ist los?« wollte sie wissen. »Macht die Polizei Schwierigkeiten?«

»Der Grund ist ganz einfach der, daß ihr nicht dafür bezahlt werdet, Fragen zu beantworten. Ihr bekommt euer Geld dafür, daß ihr eure Klamotten auszieht.« Er leerte sein Dr. Pepper, rülpste und warf Shad die Dose zu, der sie lässig auffing. Orly nickte zufrieden. »Das wär's wohl. Ist damit alles geklärt?«

Die Stripperinnen murmelten gleichgültig.

»Gut«, sagte Orly. Er wollte niesen, unterdrückte den Drang jedoch. Die Tänzerin namens Sabrina meldete sich schüchtern, Orly riet ihr, sich kurz zu fassen.

Sie sagte: »Der Typ, der an Tisch vier eingeschlafen ist, Mr. Orly. Das war nicht meine Schuld, Mr. Orly. Er hatte Tabletten geschluckt.«

»Schätzchen, das interessiert mich nicht, und wenn er an einem Scheißbeatmungsgerät hinge! Ich erwarte, daß die Kerle in meinem Club die Augen offen haben. Verstanden?«

Die Tänzerinnen erhoben sich und drängten sich, umgeben von einer erstickenden Parfümwolke, nach draußen. Orly bat Erin, noch einen Moment dazubleiben. Als sie allein waren, sagte er: »Dieser Bursche hat dich an dem Abend doch nicht verletzt, oder?«

»Welcher Bursche – derjenige, der mich angefaßt hat, oder der mit der Sektflasche?«

»Beide«, sagte Orly. »Ich meine, wenn du verletzt wurdest, dann sag Bescheid. Platzwunden, Blutergüsse, egal was, wir schaffen dich zu einem Arzt. Auf Kosten des Hauses.«

Auf Kosten des Hauses? Erin war verblüfft. Sie erklärte Orly, ihr ginge es gut.

»Prima«, sagte er, »aber verlaß dich darauf, so etwas passiert nicht noch mal. Ich habe schon mit Shad gesprochen.«

»Es war nicht seine Schuld . . .«

Er schnitt ihr mit einer Handbewegung das Wort ab. »Der Job

eines Rausschmeißers besteht darin, Leute rauszuschmeißen. Ich zahle dem Arschloch dafür gutes Geld.«

Erin erhob sich, um zu gehen.

Orly sagte: »Eine Sache noch. Bei dem Gespräch gerade habe ich nicht dich gemeint. Wenn es ums Tanzen und so weiter geht, bist du die letzte, die sich irgendein Scheißvideo ansehen muß. Du bist eine der besten, die wir je hatten.«

»Danke, Mr. Orly.«

»Mit der Musik kann ich nicht viel anfangen. Die ist verdammt ruhig, aber verdammt noch mal, du machst wenigstens was daraus. Die Typen können die Blicke nicht von dir abwenden.«

»Vielen Dank«, sagte sie wieder.

»Nur weiter so«, sagte Orly. »Wenn du irgendwas brauchst, ich meine egal was, dann melde dich.«

Erin verließ das Büro in dem sicheren Bewußtsein, daß erheblicher Verdruß auf sie zukam.

Als sie zu ihrem Wagen kam, wartete dort der Mann, den sie Mr. Peppers nannte.

3. KAPITEL

Als Paul Guber das Bewußtsein wiedererlangte, war das erste, was er am Fußende seines Bettes sah, ein Anwalt. Er wußte es sofort, ohne daß man es ihm mitteilte. Der Fremde in seinem dreiteiligen Anzug konnte keinem anderen Gewerbe nachgehen.

»Mein Name ist Mordecai«, stellte der Anwalt sich vor. An einen mächtigen Bauch preßte er eine dünne burgunderfarbene Aktenmappe aus Leder. »Ich bin gekommen, um Ihnen in jeder erdenklichen Weise behilflich zu sein.«

In Paul Gubers Hirnschale schwappte Morphium. Er versuchte zu antworten, aber es fühlte sich an, als spucke er Asche aus. Sein Sichtfeld war sehr eng und flimmerte an den Rändern wie ein billiger Fernseher. Eine Frau kam ins Bild. Ihre Lippen bewegten sich.

»Liebling,wie fühlst du dich?«

Es war Joyce, seine Verlobte. Paul Guber sah, wie sie die Hand ausstreckte und einen Klumpen unter der Bettdecke berührte – seinen linken Fuß. Paul Guber stellte zu seiner Freude fest, daß er nicht paralysiert war.

Mordecai sagte: »Ihre Freunde haben mir erzählt, was passiert ist. Um ganz ehrlich zu sein, ich war entsetzt. In was für einer Welt leben wir eigentlich.«

Paul Guber blinzelte heftig, um seine Sehkraft zu verbessern.

»Sie haben Glück, daß Sie noch am Leben sind«, vertraute Mordecai ihm an.

Paul war sich nicht so sicher. Er fragte sich, was Richard und die anderen Joyce über die Junggesellenparty erzählt hatten. Das Erscheinen eines Anwalts in seinem Krankenzimmer ließ ihn mit dem Schlimmsten rechnen.

Er öffnete den Mund, um sich schon mal provisorisch zu verteidigen, aber Mordecai bremste ihn mit einer hochgehaltenen schlaffen rosigen Hand. »Es wäre besser, Sie würden nicht reden«, sagte er und grinste wie ein Wolf.

Zum besseren Verständnis lieferte Joyce nun eine Erklärung. »Mordecai ist mein Cousin. Onkel Dans ältester Sohn – du kennst Onkel Dan. Ich habe ihn sofort angerufen, nachdem ich gehört hatte, was geschehen war.«

Sie schien nicht im Traum an Mord zu denken. Paul Guber war erleichtert, aber wachsam.

Mordecai ergriff wieder das Wort. »Wahrscheinlich erinnern Sie sich nicht mehr an sehr viel. Das war auch zu erwarten.«

Aber Paul erinnerte sich an alles. Joyce tätschelte seine

Schienbeine unter der Bettdecke. »O Paul«, seufzte sie. »Ich kann noch gar nicht fassen, daß so etwas passieren konnte.«

»In meinem Gewerbe«, sagte Mordecai, »nennt man so etwas grobe Fahrlässigkeit.«

Paul hustete. Es fühlte sich an, als habe jemand seine Kehle mit einer Käsereibe bearbeitet.

»Versuchen Sie, nicht zu sprechen«, riet der Anwalt ihm erneut. »Sie wurden brutal verprügelt, was zu körperlichen und seelischen Schäden führte. *Dauernden* Schäden als Folge grober Fahrlässigkeit.«

Die Worte kamen wie aus einem Tunnel, aber Paul begriff in etwa den Grundgedanken. Der Anwalt war ganz wild darauf, jemanden zu verklagen. Paul wollte dieses Vorhaben schon im Keim ersticken – ein längerer Rechtsstreit gegen einen Stripteaseladen würde weder seinem Arbeitgeber noch seinen zukünftigen Schwiegereltern gefallen.

»Uns interessiert nicht, wer es getan hat«, sagte Mordecai nun. »Vielmehr interessieren wir uns dafür, wie es überhaupt dazu hat kommen können. Wir suchen nach dem oder der Verantwortlichen. Wir wollen eine Wiedergutmachung in einer Höhe, die kein simpler Straßenräuber zusammenkratzen könnte.«

Joyce kam nun zum Kopfende des Bettes und begann Pauls Stirn zu streicheln. »Jemand muß dafür bezahlen«, sagte sie leise.

Mordecai deutete schnell die weiteren Schritte an. »Sie sind nicht die einzige geschädigte Partei, Mr. Guber. Die Absage einer Hochzeit ist ein schreckliches Ereignis für alle Beteiligten. Ich denke zum Beispiel an die Braut.«

»All die gedruckten Einladungen«, zählte Joyce auf. »Die Musiker, die Blumenlieferanten, die Kaution für den Festsaal. Das Hyatt ist nicht gerade billig.«

Paul schloß die Augen. Vielleicht war alles nur ein Traum.

Vielleicht gab es gar keine nackte Frau, die zu Van Morrison tanzte.

Der Anwalt fuhr fort: »Ich traute meinen Ohren kaum, als Ihr Freund Richard die Begleitumstände beschrieb. Auf dem Gelände einer Synagoge überfallen zu werden!«

Paul stöhnte innerlich.

»Keine Sorge, wir werden einen Prozeß vorbereiten«, versprach Mordecai. »Sie können sich darauf verlassen.« Er hob die Aktenmappe hoch, als stecke in ihr irgendeine geheimnisvolle Macht.

»Ngh...«, sagte Paul, aber Joyce legte zwei Finger auf seine Lippen.

»Ruh dich jetzt aus«, flüsterte sie. »Wir kommen später noch mal her.«

»Und kein Wort zu irgend jemandem«, warnte Mordecai der Anwalt. »In meinem Gewerbe ist ein hilfloser Klient immer der beste Klient.«

Paul Guber spürte einen Stich in seinem Arm, und er schlug die Augen auf und sah eine wunderschöne Krankenschwester, die ihm irgendwelche Medikamente injizierte. Er war ihr dafür so dankbar, daß er sie auf der Stelle hätte mitten auf den Mund küssen können.

Erins Mutter lebte mit ihrem fünften Ehemann in Kalifornien. Alle zwei Wochen schrieb sie Erin einen Brief – ausführliche Beschreibungen von Einkaufsorgien. Stets schlossen die Briefe mit der Bitte: »Gib den furchtbaren Job auf! Verlaß diesen schrecklichen Ort! Komm und wohne bei uns!«

Erins Mutter hielt nichts vom Nackttanzen als Beruf. Erin hielt nichts davon, Männer wegen ihres Geldes zu heiraten. Die beiden Frauen unterhielten sich nur selten, ohne gleich in Streit zu geraten. Jeder von Erins Stiefvätern hatte ihr finanzielle Unterstützung angeboten, aber Erin wollte nicht einen Cent annehmen. Das versetzte ihre Mutter in Rage. Geld lautet der Name des großen Spiels, sagte sie immer. Wir Mädels müssen zusammenhalten!

Erins leiblicher Vater, ebenfalls reich, war bei einem Autounfall ums Leben gekommen, als sie noch sehr klein gewesen war. Eines Abends betrank er sich und lenkte seinen Eldorado in einen Entwässerungskanal. Die drei jungen Frauen auf dem Rücksitz schafften es, hinauszuklettern und ans Ufer zu schwimmen. Es war schon ganz gut für Erins Vater, daß er es nicht schaffte.

Auf dem Weg zur Beerdigung sagte ihre Mutter, es sei eine Schande, daß der Hurensohn den Unfall nicht überlebt habe, denn dann hätte sie sich auf eine Art und Weise von ihm scheiden lassen können, die seinen Sünden entsprach. Im Laufe der Jahre entwickelte Erins Mutter sich zu einer Spezialistin in Sachen Scheidung und Witwenschaft. Es war kein Zufall, daß jeder von Erins Stiefvätern reicher und älter war als sein jeweiliger Vorgänger. Als Erin älter wurde, fand sie sich mit der Tatsache ab, daß ihre Mutter eine ruhelose Goldgräberin war, die niemals glücklich, niemals zufrieden sein würde. Andererseits wußten ihre Ehemänner immer genau, was sie bekamen, und schienen sich nicht daran zu stören. Das lehrte Erin eine der wichtigen Lektionen des Lebens: Eine attraktive Frau konnte bekommen, was sie wollte, weil Männer so lächerlich schwach waren. Sie würden absolut *alles* tun für jede noch so vage Verheißung auf Sex.

Erin hatte diese Erkenntnis beinahe vergessen, bis ihre Ehe in die Brüche ging und sie pleite zurückblieb und um ihre Tochter kämpfte. Sie wurde unsanft daran erinnert an dem Tag, an dem ihr Scheidungsanwalt erklärte, was es kosten könnte, das ständige Sorgerecht für Angela zu erstreiten. Erin war wie vom Donner gerührt über die Summe, die eine Sekretärin nicht einmal in zwei oder drei Jahren verdienen konnte. Es hinge nur davon ab, sagte der Anwalt, als wie großes Arschloch ihr Ex-Mann Darrell sich entpuppen würde. Als das größte, erwiderte Erin.

Sie begriff in diesem Moment, daß ein normaler Achtstundenjob nicht ausreichen würde und daß sie eine andere Möglichkeit finden mußte. An diesem Abend war sie nach Hause gekommen, hatte sich vor den großen Schlafzimmerspiegel gestellt und sich langsam ausgezogen, angefangen mit der Bluse. Es wirkte lächerlich. Sie legte etwas Musik auf, Mitch Ryder und die Detroit Wheels, aber sie hatte sich noch nie splitternackt in einem mannshohen Spiegel tanzen sehen. Obgleich sie eine gute Figur hatte, kam sie sich albern vor, und sie fragte sich, wer um alles in der Welt Geld bezahlen würde, um sich das anzusehen?

Am nächsten Abend ging Erin in den Eager Beaver, um die dortige Atmosphäre kennenzulernen. Der Laden war überfüllt, die Musik sehr laut. Es dauerte etwa eine Stunde, bis sie locker genug war, um sich sowohl die »Künstlerinnen« als auch die Kundschaft anzusehen. Erin bemerkte, daß viele der Frauen außerordentlich schlechte Tänzerinnen waren, die versuchten, ihre Unfähigkeit mit irgendwelchen Bühnentricks zu kompensieren. Sehr oft deuteten sie eine Pirouette an, bückten sich und boten ihr Gesäß dar. Ein anderer Trick, wenn sie aus dem Rhythmus gerieten, bestand darin, mitten in der Bewegung innezuhalten und auf besonders lüsterne Weise am Zeigefinger zu lecken. Das riß das männliche Publikum aus seiner Langeweile und stachelte es zu wilden Anfeuerungsrufen an. Erin sah amüsiert zu, wie die Gäste zur Bühne schwankten, schrille Pfiffe ausstießen und mit biergetränkten Geldscheinen wedelten. Wie leicht sie doch zu erfreuen sind! dachte sie. Es gab keinen nennenswerten Unterschied zwischen diesem Treiben und dem, was ihre Mutter tat. Es war das gleiche Spiel der Verlockung, es folgte der gleichen Grundformel. Setz ein, was du hast, um zu bekommen, was du willst.

Am folgenden Morgen trank Erin zwei Tassen schwarzen Kaffee und rief ihre Mutter in San Diego an. »Weißt du was?« sagte Erin und verkündete die Neuigkeit mit fröhlich zwitschernder Stimme.

Erins Mutter äußerte ihre Mißbilligung. Sie sagte, es sei eine geschmacklose Art und Weise, seinen Lebensunterhalt zu verdienen, auch wenn man es nur ein paar Monate lang tue. Sie sagte, an einem solchen Ort lerne man keine Klassemänner kennen.

»Aber die Bezahlung ist okay«, sagte Erin, »und ich glaube, ich bin darin ganz gut.«

»Aber nicht mit deinen Titten«, sagte ihre Mutter.

Der bescheidene Umfang von Erins Busen war lange Zeit ein beherrschendes Thema gewesen. Erins Mutter (die sich bereits das dritte Paar Implantate hatte einsetzen lassen) war überzeugt, daß eine chirurgische Vergrößerung Erins Chancen steigern würde, einen anständigen Mann auf sich aufmerksam zu machen. Sie hielt ihr Darrell Grant als Beispiel für den nichtswürdigen Abschaum vor, bei dem kleinbusige Frauen gewöhnlich landeten. Sie beharrte darauf, daß es eine mathematische Beziehung zwischen der Brustgröße und den finanziellen Möglichkeiten des jeweiligen Freiers gab.

Erin sagte, sie sei zufrieden mit der von Gott gegebenen Größe ihrer Brüste und vertraue darauf, daß die Gäste sie sexy finden würden.

»Ha!« erwiderte Erins Mutter. »Du wirst dich umsehen, junge Dame. Du wirst erleben, wer die dicksten Trinkgelder bekommt – die Girls mit den dicken Titten, niemand sonst!«

Erins Mutter irrte sich. Ihre Tochter war eine gute Tänzerin.

Erin erschrak ein wenig, als sie Jerry Killian auf dem Parkplatz des Eager Beaver antraf. Er überreichte ihr einen Strauß gelber Rosen und ein Schächtelchen, in der sich ein kleines Brillantgehänge befand. Dann gestand er ihr, daß er sie mehr liebte als sein Leben.

»Kommen Sie auf den Teppich«, erwiderte Erin.

»Ich bin verloren!«

»Offensichtlich.«

»In der Liebe!«

Erin sagte: »Sie kennen mich gar nicht. Wenn Sie überhaupt in irgend etwas verliebt sind, dann in mein Tanzen. Und wahrscheinlich in die Tatsache, daß ich zu diesem Zeitpunkt nackt bin.«

Killians Gesicht verzerrte sich schmerzhaft. »Ich würde Sie genauso lieben«, sagte er, »wenn Sie bei einer Bank angestellt wären.«

»In voller Kleidung?«

»Auch in einem Kartoffelsack«, beteuerte er.

Erin nahm die Rosen an, gab aber das Brillanthalsband zurück. Sie schloß den Wagen auf, legte den Blumenstrauß auf den Vordersitz und tastete auf dem Wagenboden nach der .32er, nur für alle Fälle.

»Erin, ich weiß alles über Sie. Haben Sie meine Nachricht erhalten?«

»Jeder kann ins Gericht gehen, Mr. Killian, und im Archiv alles nachlesen.«

Plötzlich ließ Killian sich auf dem Asphalt auf ein Knie sinken. »Ich bin ein ehrlicher Mann.«

»Lassen Sie das«, sagte Erin müde.

»Ich liebe Sie. Ich kann auf den Sorgerechtsfall Einfluß nehmen.« Seine Stimme war beschwörend. »Ich kann Ihnen Ihr Kind zurückholen.«

Bleib ganz ruhig, dachte Erin. Sie wollte ihn fragen, wie er es bewerkstelligen würde. »Mr. Killian, stehen Sie auf. Sie ruinieren Ihre gute Hose.«

Killian blieb in seiner knienden Haltung und faltete die Hände vor der Brust, als bete er. »Der Richter sehnt sich nach einem höheren Amt. Er hat ein Auge auf das Bundesgericht geworfen.«

»Und ich nehme an, Sie haben gewisse Beziehungen.«

Killian strahlte. »Ein Telefonanruf, und er sieht Ihren Fall in einem völlig anderen Licht.«

»Ich erzähle Ihnen mal ein wenig von diesem Richter«, sagte Erin. »Er kommt in den Club, setzt sich ganz hinten hin und spielt mit sich selbst, während ich tanze.«

Killians Augen leuchteten. »Das ist eine gute Information. Die können wir benutzen.«

»Vergessen Sie's...«

»Bitte«, unterbrach er sie, »unterschätzen Sie mich nicht.«

Was wäre, überlegte Erin, wenn er wirklich etwas bewirken könnte? Wenn er tatsächlich irgendwelchen Einfluß hätte?

»Erzählen Sie mir von Ihren Beziehungen. Weshalb sollte ein Anruf von Ihnen der Sache eine neue Wendung geben?«

»Nicht von mir«, erwiderte Killian. »Sondern von einem bestimmten Kongreßabgeordneten der Vereinigten Staaten.«

Erin holte die Wagenschlüssel aus ihrer Handtasche und ließ sie ungeduldig klirren.

Killian fuhr in fröhlichem Tonfall fort: »Überlegen Sie mal, Erin. Ein Angehöriger des Repräsentantenhauses der Vereinigten Staaten bittet um einen Gefallen. Würden Sie es wagen, ihm den abzuschlagen? Nicht, wenn Sie berechtigte Hoffnungen auf einen Posten als Bundesrichter hätten. Nicht, wenn Sie jemanden mit Einfluß in Washington bräuchten.«

Er berührte sacht ihren Arm, und sie bemerkte, daß seine Finger zitterten. »Ihr kleines Mädchen – Angela. Sie gehört zu Ihnen.«

Erin spürte, wie ihr der Atem schwer wurde. Der Name ihrer Tochter aus dem Mund dieses Fremden erfüllte sie mit Trauer und Sorge.

»Ich bin auch allein«, sagte Killian.

»Fangen Sie nicht an zu phantasieren.«

»Sie haben recht, Erin. Es tut mir leid.« Er stand auf und wischte sich den Schmutz von den Hosenbeinen. »Ich habe an diesem Plan gearbeitet und mache Fortschritte. Geben Sie mir nur eine Woche, und Sie haben einen neuen Gerichtstermin. Und Sie werden feststellen, daß der Richter dem Fall sehr viel aufgeschlossener gegenübersteht.«

Er beugte sich vor, um ihr die Hand zu küssen, als Shad ihn von der Seite rammte. Das Ganze war wohl kaum als Handgemenge zu bezeichnen, da Killian sich nicht wehrte. Er schien völlig zu erschlaffen. Als seine Brille davonflog, trat ein verträumter Ausdruck in sein Gesicht.

Erin bat Shad, ihm nicht weh zu tun.

»Warum nicht?«

Killian lag ausgestreckt auf dem feuchten Asphalt. Als er den Kopf hob, klebten lächerlicherweise einige Kiesel an seiner Wange. »Ich stehe zu meinem Wort«, sagte er mit undeutlicher Stimme.

Shad schien ihn mit dem Zeigefinger durchbohren zu wollen. »Komm ja nicht wieder her, du kleiner Scheißer.«

»Sprechen Sie als Vertreter der Geschäftsleitung?« wollte Killian wissen.

Shad setzte einen Schuh der Größe siebenundvierzig auf seinen Hals.

»Sei vorsichtig«, bat Erin noch einmal.

»Es ist so verlockend.«

»Aber ich liebe sie«, krächzte Killian. »Ich bin wahnsinnig vor Liebe.«

Shad schüttelte den Kopf. »Du übertreibst«, sagte er zu Killian. »Aber du hast einen guten Geschmack.«

»Unterschätzen Sie mich nicht. Ich bin nicht ohne Einfluß.«

Shad sah zu Erin, die die Achseln zuckte.

»Werden Sie meine Frau«, rief Killian.

Shad bückte sich und packte ihn am Kragen. »Das reicht jetzt«, sagte er.

Erin startete den Wagen. Shad ließ Killian nicht aufstehen, bis sie losgefahren war.

Am nächsten Abend verkündete Monique Sr. in der Garderobe, daß Carl Perkins an Tisch sieben sitze.

Erin, die gerade einen Absatz ihrer Stöckelschuhe reparierte, blickte auf. »Carl Perkins, der Gitarrist?«

Monique Sr. strahlte. »Gibt es denn noch einen anderen?« Sie entdeckte regelmäßig Prominente im Publikum. Am vorangegangenen Dienstag war es William Kunstler, der berühmte Anwalt, gewesen. In der Woche davor Martin Balsam, der Filmschauspieler.

Ihre Entdeckungen entsprangen ihrer Phantasie, aber keine der anderen Tänzerinnen nahm daran Anstoß. Jede von ihnen hatte einen ganz persönlichen Trick der Selbstmotivierung, um auf die Bühne zu gehen, wenn die Musik begann. Monique Sr. gewann ihre Inspiration aus dem Glauben, daß irgendeine Berühmtheit sich im Club aufhielt, jemand, der von ihren Posen beeindruckt war, der sie aus dem Club entführte und ihrem Leben eine völlig andere Wendung gab. Erin fand, daß es von Monique Sr. recht clever war, sich Persönlichkeiten auszusuchen, deren Namen vage bekannt, deren Gesichter jedoch nicht jedem präsent waren. Carl Perkins, zum Beispiel, war eine geradezu geniale Idee. In den rauchgeschwängerten und von bläulichen Schatten erfüllten Nischen des Eager Beaver waren mindestens ein Dutzend Gäste dem legendären Musiker ähnlich. Es war eine absolut kugelsichere Phantasie.

»Old Carl hat mir vierzig Bucks zugesteckt«, erzählte Monique Sr. nun. »Nicht, daß er sich das nicht leisten kann. Er hat nur ›Blue Suede Shoes‹ geschrieben.«

»Ein toller Song«, sagte Erin und klopfte den neuen Absatz fest. Monique Sr. war in Sachen Rock 'n' Roll ein wandelndes Lexikon.

Ohne anzuklopfen betrat Shad die Garderobe. Er reichte Erin einen zerknitterten Briefumschlag, der eine Aufschrift in roter Tinte trug. Es war ihr letzter Brief an Angela, der als nicht zustellbar zurückgeschickt worden war.

Urbana Sprawl seufzte: »O nein!«

Erin zerknüllte den Brief voller Verbitterung. Dieses Schwein Darrell hatte es schon wieder getan – er war umgezogen, ohne es ihr mitzuteilen. Und er hatte Angie mitgenommen.

»Keine Nachsendeadresse?« fragte Monique Sr.

Erin fluchte. Dieser Mann war ein abscheuliches Arschloch. Wie hatte sie jemals für ihn etwas übrig haben können?

»Nimm dir den Abend frei«, riet Shad ihr.

»Das kann ich nicht.« Erin holte ihren Lippenstift und ihre Haarbürste heraus und machte sich vor dem Spiegel ans Werk. »Tanzen, tanzen, tanzen«, murmelte sie leise.

Monique Sr. hatte fiktive Berühmtheiten, die sie motivierten, Erin hatte Darrell Grant. Der Scheidungsrichter hatte ihm befohlen, sich nicht aus dem Staub zu machen, aber genausogut hätte er mit einem streunenden Kater reden können. Jedesmal, wenn ihr Ex-Mann wieder abhaute, stiegen Erins Anwaltskosten um fünf Riesen. Das Schwein zu suchen und ihm dann eine neue gerichtliche Verfügung zustellen zu lassen, kostete ein Vermögen.

»Dein Glückstag«, sagte Shad zu ihr. Er hielt einen zweiten Briefumschlag hoch. Er war blauviolett und mit den vertrauten Blockbuchstaben beschriftet. »Ich war so frei«, sagte Shad.

»Du hast ihn geöffnet?«

»Nach dem, was passiert ist, ja. Du hast verdammt recht.«

Erin nickte. »Ich hab dir ja gesagt, er ist harmlos.«

»Wenn nicht«, sagte Shad, »dann sorge ich dafür, daß er es wird.«

Erin las die Botschaft zweimal:

> Der Plan ist angelaufen. Bald erhalten Sie den Beweis meiner Liebe. Ich warte immer noch auf ein Lächeln und auf ZZ Top.

Die anderen Tänzerinnen wollten ebenfalls die Nachricht lesen, aber Erin stopfte sie in ihre Handtasche. »Nein, das ist etwas Persönliches.«

»Eins ist klar – er hört nicht sehr gut«, stellte Shad fest. Er hatte Mr. Pepper gewarnt, daß seine Aufmerksamkeiten höchst unwillkommen seien.

Erin war entschlossen, sich nicht allzu kühnen Hoffnungen hinzugeben. Monique Jr. hatte vermutlich recht. Killian versuchte lediglich, sich an sie ranzumachen, mehr nicht. Wahrscheinlich war die Geschichte von dem Kongreßabgeordneten und dem Richter heiße Luft. Vielleicht auch nicht. Die Frage war, wie weit Killian gehen würde, um bei ihr Eindruck zu schinden?

Sie begann, ihr Haar mit langen, gleichmäßigen Strichen zu bürsten, und lauschte auf ihren Song aus den Lautsprechern. Sie mußte als nächste auf die Bühne.

Malcolm J. Moldowsky hatte keinerlei Skrupel, mit dem Eigentümer eines von der Mafia kontrollierten Stripladens zu verhandeln. Es war besser als der Umgang mit Kongreßabgeordneten und Senatoren.

Zuerst war Orly verschlossen und voller Hohn. Er wollte wissen, weshalb das Büro eines ach so wichtigen Kongreßheinis sich dafür interessiert, wer sich in einem Nackttempel rumtreibt. Aber sobald Moldowsky das Thema Alkoholausschanklizenzen und deren Verlängerung zur Sprache brachte, wurde Orly zu einem Vorbild an Freundlichkeit und Kooperationsbereitschaft. Er identifizierte den Gast von Tisch drei anhand von Kreditkartenquittungen, und dann, als der Gast wieder im Club erschien, griff Orly umgehend zum Telefon und gab die Neuigkeit durch. Zu diesem Zeitpunkt kannte Moldowsky natürlich längst die Identität des Mannes. Und zu diesem Zeitpunkt hatte der Mann sich längst mit dem Kongreßabgeordneten David Lane Dilbeck in Verbindung gesetzt.

Trotzdem war Moldowsky dankbar für Orlys Information. Es war gut, über Jerry Killians Aktivitäten Bescheid zu wissen.

»Es ist nichts passiert«, sagte Orly. »Mein Angestellter hat rechtzeitig eingegriffen.«

»Der jungen Dame ist nichts zugestoßen?«

»Nein, aber grundsätzlich ist festzustellen, daß ich es nicht dulden kann, wenn irgendein geiler Knilch hinter meiner besten Tänzerin hersteigt.«

»Ich verstehe, Mr. Orly.«

»Sehen Sie, ich habe durchaus hübschere Girls. Mit längeren Beinen, größeren Titten. Diese ist noch nicht mal blond. Aber sie kann tanzen wie verrückt, und sie hat eine ganze Menge Gäste in den Laden geholt, womit man in meinem Gewerbe schon mal die Grundkosten bezahlt hat.«

»Es wird nicht wieder passieren«, versicherte Moldowsky ihm.

»Dieses Girl könnte einem auf der Straße entgegenkommen, und man würde kein zweites Mal hinsehen. Aber auf der Bühne kann sie sich verdammt noch mal bewegen.«

»Naturtalente sind selten«, sagte Moldowsky. »Das gilt auch für mein Gewerbe.«

»Wissen Sie, ich kann es nicht zulassen, daß Kerle sich auf dem Parkplatz rumtreiben und auf die Mädchen warten. Irgendwann taucht irgendein besonders scharfer Cop auf, und schon ist die Rede von Herumlungern zum Zweck der Ausübung unsittlicher Handlungen. Ich hab das alles schon mal durchgemacht. Wie Sie sagen, ich muß an meine Lizenz denken.«

»Mr. Killian hatte einige persönliche Probleme.«

»Wer hat die nicht«, sagte Orly. »Es ist schon eine verdrehte Welt, nicht wahr?«

»Ja, in der Tat.« Erneut lobte Moldowsky Orly für seine Hilfsbereitschaft und seine Diskretion. »Wenn es irgend etwas gibt, womit wir uns bei Ihnen revanchieren können, dann sagen Sie uns Bescheid.«

»Legen Sie nur ein gutes Wort ein«, sagte Orly.

Ein gutes Wort? Für wen – die Gambino-Familie? Moldowsky grinste innerlich. »Wird gemacht«, sagte er zu Orly.

»Außerdem hat mein Bruder Probleme mit dem Finanzamt. Vielleicht kennen Sie dort jemanden.«

Nichts ist so einfach, wie es sich auf den ersten Blick darstellt, dachte Moldowsky. »Ich kann Ihnen keine Wunder versprechen«, sagte er. »Aber ich führe ein paar Telefongespräche.«

Orly bedankte sich und fügte hinzu: »Ich habe nicht vor, diesem Killian irgendwelche Schwierigkeiten zu machen. Ich versuche viel eher, ihm die zu ersparen. Mein Mann, Shad, ist sauer genug, um den Wichser völlig fertig zu machen.«

Moldowsky nickte. »Mr. Killian wird sich nicht mehr blicken lassen.«

»Wie Sie meinen.«

Orly fragte nicht nach Einzelheiten. Und Moldowsky hatte nicht die Absicht, sie ihm zu schildern.

4. KAPITEL

Darrell Grant wohnte schon seit längerer Zeit in einem Vorort namens Lauderhill, wo es eine außerordentlich breite Palette von heruntergekommenen Apartments gab. Er hatte ein möbliertes Doppelhaus in einer Sackgasse gemietet, in der in jedem Vorgarten ausnahmslos ein Schrottauto auf Ziegelsteinen aufgebockt war. Erin fragte sich, ob dies vielleicht eine allgemeine Bauvorschrift war.

Vor Darrell Grants Wohnung stand ein verrosteter Buick Riviera, aus dessen Armaturenbrett ein Holunderbusch herauswuchs. Das Nummernschild verriet, daß der Wagen dort schon seit 1982 ruhte, lange vor Darrell Grants Ankunft. Weshalb niemand ihn entfernt hatte, war klar: Abschleppwagen kosteten Geld.

Die andere Hälfte von Darrells tristem Doppelhaus wurde von zwei jungen mormonischen Missionaren bewohnt, die Erin höflich grüßten, als sie sich auf dem Bürgersteig näherte. Die Missionare schmierten gerade in Vorbereitung einer weiteren Rundreise unter den Sündern Südfloridas ihre Fahrräder. Erin bewunderte ihre Hingabe und Entschlossenheit; Südflorida war eine heikle Gegend für Bekehrungsarbeit.

»Haben Sie Mr. Grant heute schon gesehen?« erkundigte sie sich.

Die Missionare verneinten, Mr. Grant sei schon seit ungefähr einer Woche nicht mehr da. Erin wahrte Haltung und klopfte. Darrell hatte Aluminiumfolie auf die vorderen Fenster geklebt, so daß Erin nicht ins Haus spähen konnte. Als sie sich anschickte, zur Rückseite des Hauses zu gehen, warnte sie einer der Mormonen, sie solle sich in acht nehmen, der Hinterhof sei voller Rollstuhlteile.

Erin folgte vorsichtig einem Hindernisparcours durch vor

sich hin rostende Radfelgen, lose Speichen, Bremsen, Rahmen und Fußrasten. Das Rollstuhl-Diebstahl-Geschäft mußte für Darrell Grant ganz gut laufen, wenn er derart viel wertvolles Material einfach zurückließ – oder die Cops saßen ihm wieder im Nacken und hatten seinen übereilten Aufbruch erzwungen.

Typischerweise hatte Darrell die Hintertür nicht abgeschlossen.

Als Erin sie öffnete, war ihr klar, daß ihr Ex-Mann wirklich auf und davon war. Entsprechend seiner Angewohnheit hatte er alles mitgehen lassen, was nicht irgendwie befestigt gewesen war, sowie mehrere Gegenstände, die es doch gewesen waren. Möbel, Teppiche, Haushaltsgeräte, Lampen, Sanitäreinrichtungen, Deckenventilatoren, Wasserboiler, Telefondosen, sogar der Wassertank des Spülklosetts fehlte. In mühevoller Arbeit hatte er sogar die Fliesen des Küchenbodens herausgerissen. Erin konnte nicht glauben, daß es einen Markt für gebrauchtes Linoleum gab, aber es war durchaus möglich, daß Darrell dem Trend schon ein wenig voraus war. Der Handel mit gestohlenem Gut war nicht immun gegen eine wirtschaftliche Rezession.

Darrell hatte jedes Zimmer bis auf eins ausgeräumt: Angies Kinderzimmer. Als Erin es betrat, hielt sie die Luft an.

Die Wände waren kahl bis auf ein Dutzend alter Nägel und einen herzförmigen Spiegel. Der Fußboden war bedeckt mit zerbrochenen Puppen – geköpften Barbies, zerstückelten Muppets, zerfetzten Cabbage Patch Kids – denen eins gemeinsam war: Sie alle waren Geschenke von Erin an Angela.

Das war typisch Darrell Grant. Ziemlich beschränkt, was seine sprachlichen Fähigkeiten anging, hatte er die Gewohnheit, sich in Demonstrationen wahnwitziger Gewalt mitzuteilen.

Erins Herz schlug rasend vor Zorn. Sie stellte sich Darrell im Zimmer ihrer Tochter vor, wie er die Puppen sorgfältig und methodisch aus Angelas übrigen Spielsachen aussortierte, sie dann mit einem Küchenmesser oder einer Gartenschere oder mit wer weiß Gott was noch attackierte... und den Spiegel hängenließ, damit er sich bei seiner eigenen Aktion zusehen konnte.

Nein! dachte Erin. Das war nicht der Grund für den Spiegel. Er hatte ihn für Erin hängenlassen, damit sie sich selbst im Augenblick der Entdeckung sehen konnte, damit sie den Schock in ihrem Gesicht wahrnahm, sobald ihr klarwurde, was er in Angies Zimmer getan hatte. Damit sie sich selbst weinen sah.

Aber sie weinte nicht.

Sie berührte nichts und verließ das Zimmer. Dann eilte sie nach draußen und fragte die freundlichen Mormonen, ob sie ihr einen Fotoapparat ausborgen könnten.

Darrell Grants Schwester wohnte in einem Campingwagenpark dreißig Meilen südlich von Miami. Sie teilte sich einen Doppelwagen mit einem Mann, der nachts als Wächter im Kernkraftwerk in Turkey Point arbeitete. Der Name des Nachtwächters lautete Alberto Alonso. Er begrüßte Erin freundlich an der Campingwagentür. Die Tatsache, daß sie eine Berufsstripperin war, machte ihn schwindelig vor Aufregung.

»Komm rein, komm rein!« jubilierte Alonso. Er breitete die Arme aus und versuchte eine Umarmung. Es war eigentlich mehr ein Vorstürzen. Erin wich geschickt seinem Zugriff aus.

»Wo ist Rita?« fragte sie.

»Draußen bei den Welpen«, sagte Alberto. »Lupas neuem Wurf – möchtest du sie dir mal ansehen? Wir haben sogar ein Albinobaby.«

»Später vielleicht«, sagte Erin. Lupa war das Haustier der Familie, eine Kreuzung zwischen einem deutschen Schäferhund und einem wilden Alaskawolf vom Mount McKinley. In regelmäßigen Abständen ließ Rita die Hündin Lupa von anderen Wölfen decken. Sie konnte die Welpen für dreihundert Dollar pro Tier verkaufen, manchmal sogar für noch mehr. Das war der letzte Schrei, da Pitbulls ein wenig aus der Mode gekommen waren.

»Sechs Junge«, berichtete Alberto, »und der einzige Rüde ist ein Albino. Du solltest mal sehen, wie dick seine Eier sind.«

Erin nickte. »Du bist sicher sehr stolz.«

»Ich versuche, die Betreiber des Kraftwerks dafür zu interessieren.«

»Für was?«

»Wolfshunde, wofür sonst?« Albertos Grinsen entblößte zahlreiche Zahnlücken. Erin fragte sich, wie jemand soviel Vertrauen in einen Nachtwächter setzen konnte, dem derart viele Zähne fehlten.

»Stell dir nur mal vor«, fuhr Alberto fort, »ganze Wolfsrudel bewachen das Gelände. Und schon droht keine Gefahr mehr durch Terroristen. Und es gibt keine Sabotage mehr.«

Die Fliegentür schwang auf, und Rita stürmte herein. »Al, wie oft habe ich dir schon erklärt – das sind keine Wachhunde. Sie haben nicht den geeigneten Charakter dafür.«

Sie trug einen Hausanzug, Riemchensandalen, eine Baseballfängermaske und dicke Schutzhandschuhe aus Leinen, die bis zu ihren Ellbogen reichten. Ihr Anblick erinnerte Erin daran, daß keiner von Darrells Angehörigen auch nur annähernd normal war. Bei den Grants war die Fortpflanzung das reinste genetische Roulette.

»Hallo, Rita«, sagte Erin.

»Oh. Grüß dich.« Rita nahm die Fängermaske ab und entblößte eine häßliche Spur frischer Wundnahtstiche von der Mitte ihrer Stirn bis hinunter zu ihrem Nasensattel. »Lupa«, erklärte sie. »Sie reagiert verdammt gereizt, wenn man ihren Welpen zu nahe kommt.«

Alberto fragte: »Erin, Liebling, möchtest du etwas trinken?«

»Mit einem Glas Wasser wäre ich schon zufrieden.«

»Nein, ich meine einen richtigen Drink.«

»Mach gleich noch einen zweiten«, meldete sich Rita.

»Nur Wasser«, sagte Erin. »Ich kann nicht lange bleiben.«

Alberto war eindeutig enttäuscht. Er schlurfte zum Kühlschrank und machte sich an einer Eisschale zu schaffen. Rita streifte die Arbeitshandschuhe ab und sagte: »Also, das ist aber eine Überraschung.«

Erin sagte: »Es geht um Darrell. Er hat es schon wieder getan.«

»Nun reg dich doch nicht auf.«

»Weißt du, wo er ist?«

»Nein, Ma'am, das weiß ich nicht.« Rita ließ sich auf ein schwarzes Kunstledersofa sinken, das unter ihrem Gewicht leise seufzte. Sie fragte: »Arbeitest du immer noch in diesem Tittenladen?«

Rita war nicht so einfach zu nehmen. Sie spielte ständig mit Hingabe die Dumme und Unwissende. Alberto war das schwächere Glied in der Kette.

»Ich habe gehört, daß die Bezahlung sehr gut ist«, bemerkte Rita. »Aber das ist auch verdammt noch mal richtig so.«

»Wann hast du das letztemal mit deinem Bruder geredet?« wollte Erin wissen.

»Mein Gott, daran kann ich mich nicht erinnern.«

Alberto erschien wieder mit Wasser für Erin und einem Bourbon für Rita. Beides wurde in Marmeladengläsern serviert, die mit Fred Feuerstein verziert waren. Unvermittelt fragte Alberto: »Wie steht es denn mit Privatpartys? Einige von den Jungs in der Firma wollen es wissen. Sie redeten außerdem davon, einen Bankettsaal im Ramada-Hotel zu mieten.«

»Ich trete nicht auf Privatpartys auf«, erwiderte Erin. »Ich tanze im Club. Und mehr nicht.«

»Was ist mit den anderen Girls?«

»Die mußt du schon selbst fragen, Alberto.«

»Er war mal oben in deinem Laden«, sagte Rita. »Wie heißt er noch mal?«

»Eager Beaver«, sagte Alberto hilfsbereit.

Rita legte die Stirn in Falten. »Ich dachte, der Name lautete Flesh Farm.«

Alberto winkte ab. »Nein, das ist ein anderer Schuppen.«

»Nun, von mir aus. Er hat dich tanzen gesehen.«

»Tatsächlich?« Erin gefiel der Gedanke gar nicht, daß Alberto sich in den Club schlich und heimlich einen Blick auf sie warf. Sie konnte sich ausmalen, wie er den Jungs in Turkey Point ausführlich Bericht erstattete. Erin war so ungefähr das Prominenteste, was Alberto persönlich kannte und jemals kennen würde.

»Hoffentlich war es eine gute Show«, sagte sie freundlich. »Hoffentlich hast du auch etwas für dein Geld bekommen.«

»Mein Gott.« Rita zündete sich eine Zigarette an. »Er hat nachher wochenlang über nichts anderes gesprochen. Man hätte meinen können, daß er vorher noch nie Schamhaare in natura gesehen hat.«

Alberto Alonso errötete endlich. Erin sagte: »Du hättest mir Bescheid sagen sollen, daß du kommst. Ich hätte dir eine Flasche Sekt an den Tisch geschickt.«

»Machst du Witze? Rosa Sekt?«

Ein wildes Geheul brach im Hinterhof aus. Rita schnappte sich die Fängermaske und eilte durch die Fliegentür hinaus.

»Sei vorsichtig!« rief Alberto ihr nach.

Erin gab ihm durch eine Geste zu verstehen, er solle sich doch setzen. »Wir sehen uns gar nicht mehr so oft«, stellte sie fest.

»Na ja, da war die Scheidung und so weiter.«

»Das heißt nicht, daß wir nicht trotzdem Freunde bleiben können«, sagte Erin.

»Das finde ich auch«, sagte Alberto. Er schob seinen Stuhl

näher an sie heran. »Also Freunde. Wir beide!« Sein Atem war deutlich schwerer geworden, und seine Augenbrauen waren plötzlich schweißfeucht.

Erin sah nicht oft, daß Männer an den Augenbrauen schwitzten. »Jedes Ding hat zwei Seiten«, fuhr sie fort. »Darrell hatte auch seine Fehler.«

»Das ist klar. Er ist sicher kein Heiliger.«

Sie konnten hören, wie Rita draußen mit dem Wolfshund schimpfte. Dann erklang ein schriller Schrei.

»Verdammt«, sagte Alberto. »Bestimmt wieder eine Katze.«

Erin berührte sacht sein Knie. »Ich muß Darrell finden. Es ist sehr wichtig.«

»Er ist umgezogen, Erin.«

»Das weiß ich.«

»Mach dir keine Sorgen, Schätzchen.« Alberto legte eine fette feuchte Hand auf ihre. Unbeholfen versuchte er, seine Finger mit ihren zu verschränken, aber Erin zog ihre Hand weg.

»Wo ist er, Alberto?«

»Rita bringt mich um.«

»Es geht um meine Tochter.«

Alberto warf einen nervösen Blick zur Fliegentür. »Weißt du, er ruft dreimal in der Woche hier an. Er brauchte Geld, wie üblich. Aber ich weiß nicht, wo er ist.« Alberto versuchte erneut, ihre Hand zu ergreifen, aber Erin schüttelte ihn ab.

»Jede Information würde mir weiterhelfen«, sagte sie. »Staat, Bezirk, was auch immer. Mir reicht sogar schon eine Telefonvorwahl.«

Alberto hob hilflos die Schultern. »Rita redet immer mit ihm, nicht ich. Er traut dem Gesetz nicht, basta.«

Es war ziemlich übertrieben, daß Alberto Alonso sich selbst als Gesetzesvertreter bezeichnete, aber Erin ließ es unwidersprochen stehen. Albertos Einstellungsgesuche waren von jeder örtlichen Polizeiorganisation im Südosten der Vereinigten Staaten abgelehnt worden. Wenn er auch die geistige Haltung eines Gesetzesvertreters hatte, fehlte ihm jedoch das dazu erforderliche psychologische Profil. »Unzuverlässig« war das Wort, das meistens genannt wurde, wenn über Albertos Gesuch entschieden wurde.

»Keine Angst«, sagte er zu Erin, »Angie geht es ganz bestimmt gut.«

»Es geht ihr nicht gut, Alberto. Sie ist nämlich bei diesem Scheißkerl von Ex-Ehemann von mir.«

Alberto verstummte erschrocken. Draußen auf dem Hinterhof brach der Lärm unvermittelt ab. Rita schob den Kopf durch die Fliegentür. »Wo ist die verdammte Schaufel?«

»Ich dachte, sie steht bei den anderen Gartengeräten«, erwiderte Alberto.

»Nun, da steht sie nicht!« Die Tür schloß sich mit einem Knall.

Erin bat Alberto um Aspirin.

»Hast du Kopfschmerzen?«

»Mörderische«, antwortete sie.

»Du Ärmste.« Er stand auf und legte die Hände an ihre Wangen. »Du bist ganz heiß, Liebes.«

»Alberto, ich habe kein Fieber. Nur Kopfschmerzen.«

»Ich hol dir ein paar Bayers. Bin gleich wieder da.« Er verschwand im Badezimmer und durchwühlte den Wandschrank. »Ich habe Advil!« rief er. »Tylenol. Anacin. Exedrin. Willst du Tabletten oder diese neuartigen Gelkapseln?«

Alberto kehrte mit einem Armvoll Pillen, Pulvern und Kapseln in den Wohnraum zurück. Dort hatte sich Rita auf der Kunstledercouch ausgestreckt und zog gierig an einer Zigarette. Erin war verschwunden.

»Sieh an, sieh an.« Ritas Stimme war messerscharf. »Dr. med. Marcus Welby persönlich!«

Erin war sich darüber im klaren, daß der Diebstahl von amerikanischer Post ein Offizialdelikt war und mit Geldstrafen, Gefängnis oder gar beidem geahndet wurde. Außerdem wußte sie, daß im südlichen Teil Floridas der Bundesstaatsanwalt genau null Stunden darauf verwandte, Postdiebe zu suchen und zu überführen. Die Vertreter der Regierung wurden nämlich durch die Verfolgung von Drogenhändlern, Waffenschmugglern, aus dem Amt vertriebenen ausländischen Diktatoren, Spar- und Darlehenskassenmanagern, betrügerischen Politikern und korrupten Polizisten aller Ränge in Trab gehalten.

Die Arbeitsweise des staatlichen Rechtssystems war Erin gut bekannt, denn in ihrem vorherigen Job, ehe sie Nackttänzerin wurde, hatte sie für das Federal Bureau of Investigation Geheimberichte getippt und abgelegt. Erin war effizient, exakt und scharfsinnig. In einiger Hinsicht war sie mehr auf Draht als der FBI-Agent, dem sie unterstand. Obgleich sein Ablagesystem makellos war, erwies sich sein Instinkt im aktiven Einsatz als unzuverlässig. Erin mochte ihn und versuchte, ihm zu helfen, aber der Agent war jung, unerfahren und hoffnungslos hinterwäldlerisch in seinen Methoden. Südflorida packte ihn ein und wieder aus.

Als Erin aus ihrem Job entlassen wurde, war der Agent (er hieß Cleary) betroffener als sie selbst. Er versuchte alles innerhalb der Grenzen der strengen Hierarchie der Institution Mögliche, um die Entscheidung zu revidieren, aber es hatte keinen Sinn. Erin war als Sicherheitsrisiko eingestuft worden, nachdem ihr Ehemann der vierten Gesetzesübertretung seines Lebens angeklagt worden war: nämlich des Diebstahls von elf Rollstühlen aus dem Sunshine Groves Retirement Village. Es war dabei gleichgültig, daß Erin zu dieser Zeit bereits von Darrell Grant getrennt lebte – er hatte sie aus dem Gefängnis angerufen, und das reichte schon aus. An ihrem Arbeitsplatz hatte er sie angerufen, dieser Idiot! Er hatte ihr gesagt, sie solle schnellstens den

Camaro wegschaffen und auf keinen Fall die Cops in den Kofferraum schauen lassen. Darrell Grant hatte diese Anweisungen lauthals hinausgebrüllt und dabei vergessen, daß die meisten Telefongespräche aus dem Broward County Jail (und alle Telefongespräche ins FBI-Gebäude) automatisch auf Tonband mitgeschnitten wurden.

Erin selbst wurde niemals der Komplizenschaft verdächtigt, denn auf beiden Tonbandaufnahmen war ihre Antwort an Darrell Grant deutlich zu verstehen:

»Du Arschloch! Wo ist meine Tochter?«

Obgleich sie den Job ungern aufgab, war Erin nicht verbittert, sondern hatte Verständnis für das Problem. Niemand sollte mit einem aufstrebenden Kriminellen verheiratet sein, ganz besonders nicht Angestellte des FBI. Agent Cleary war am Boden zerstört und stellte ihr auf offiziellem FBI-Briefpapier ein glänzendes Zeugnis aus, was für seine Verhältnisse eine geradezu tollkühne Geste war. Es stellte sich heraus, daß dieses Zeugnis nicht nötig war, als Erin sich um eine Anstellung im Eager Beaver bewarb. »Zeigen Sie mir Ihre Möpse«, hatte Mr. Orly sie aufgefordert. »Prima. Wann können Sie anfangen?« Erin brachte es nicht übers Herz, Agent Cleary von ihrer neuen Tätigkeit zu erzählen.

Ironischerweise wurde die Anklage gegen Darrell Grant fallengelassen, da er sich bereit erklärte, als geheimer Informant für das Sheriff's Department tätig zu werden. Seine erste Aufgabe bestand darin, drei seiner schmierigen Komplizen zu verpfeifen. Dafür erhielt er dank der Löschtaste des Polizeicomputers eine astreine neue Vergangenheit. Die Vernichtung von Darrells bisherigem Vorstrafenregister war eindeutig illegal, geschah aber nicht zum erstenmal. Auf entsprechende Fragen konnten Darrells Beschützer immer behaupten, es sei ein Unglücksfall gewesen. Polizeicomputer waren berüchtigt für unbeabsichtigte Löschungen.

In der darauffolgenden Schlacht um das Sorgerecht für Angela kämpfte Erin, wie sie feststellen mußte, nicht nur gegen Darrell Grant, den rechtschaffenen Musterbürger, sondern auch gegen die Detectives, die in ihrem Wahn glaubten, daß er eifrig für sie arbeitete. Wann immer ein neuer Gerichtstermin anberaumt wurde, sorgten die Detectives dafür, daß Darrell in irgendeiner Undercovermission auswärts tätig war. Bescheinigungen, in denen auf die Dringlichkeit des jeweiligen Einsatzes verwiesen wurde, wurden bündelweise vorgelegt. Bei den seltenen Gelegenheiten, wenn Darrell sich tatsächlich vor Gericht blicken ließ, trat kein Mensch vor, der sich zu seinen verbrecherischen Machenschaften geäußert hätte. Das Aktenarchiv war genauso gründlich gesäubert worden wie der Speicher des Computers. Was die Einschätzung von Darrell Grants krimineller Persönlichkeit betraf, konnte der Richter sich so nur an Erins Aussage halten, die er kühl verwarf.

Obwohl pleite und völlig entmutigt, weigerte sich Erin, den Kampf aufzugeben. Sie war entschlossen, Darrell Grant mit Hilfe des Rechtssystems so lange und so gründlich zu verfolgen wie nötig. Angela war nicht in Gefahr, weil Darrell sie mißhandelte, sondern weil er so unvorsichtig war. Es war nur eine Frage der Zeit, bis ihm irgend etwas Schlimmes zustieß, und dann würde der Alptraum erst richtig anfangen. Dann käme Erins Tochter in die Obhut des wunderschönen Staates Florida, der nicht gerade für seine Aufmerksamkeit gegenüber Kindern bekannt war.

Angie durfte niemals ein Pflegekind werden. Um das Mädchen zu retten, würde Erin alles tun, selbst wenn sie Rita Grants Post von der Küchenanrichte stehlen mußte.

Erin legte eine Tonbandkassette von Jimmy Buffett auf, machte es sich auf ihrem Bett bequem und ging Ritas Briefe durch. Sie trug eine Jeans mit abgeschnittenen Beinen, ein weites Hawaiihemd und eine blaugetönte Sonnenbrille. Das Haar hatte sie zu einem Pferdeschwanz gebunden und unter eine pinkfarbene Baseballmütze gestopft. Ihre nackten Füße wippten rhythmisch zur Musik.

Der größte Teil der gestohlenen Post war für Erins private Ermittlungen wertlos – die Stromrechnung, eine Mahnung von *Penthouse* für den noch ausstehenden Abonnementbeitrag, einen vor Heimweh triefenden Brief eines weiteren ungeratenen Familienmitglieds (Darrells jüngster Bruder, der in einer Irrenanstalt in Chattahoochee den Irren simulierte) und eine Bestätigung der National Rifle Association, für die Rita und Alberto sich beworben hatten.

Nur ein Stück war für Erin von Interesse: die Telefonrechnung. Eine FBI-Ausbildung war nicht erforderlich, um die Liste der Ferngespräche zu überfliegen und Darrell Grants Aufenthaltsort herauszufinden. Er hatte keinen sehr weiten Weg zurückgelegt: Erin zählte sieben R-Gespräche von einer Nummer in Deerfield Beach. Irgendwie einleuchtend. Deerfield Beach wurde überwiegend von Pensionären und Rentnern bewohnt. Wo Rentner sind, findet man auch Rollstühle.

Erin drehte die Stereoanlage leise und griff zum Telefonhörer. Ihre Hand zitterte, als sie die Nummer wählte – nicht vor Nervosität, sondern vor Wut. Es klingelte sechsmal, ehe er abnahm. Erin benutzte ihrer Großmutterstimme. Sie sagte, sie rufe im Auftrag der St. Vitus Society an und bitte um Spenden für die Obdachlosen.

»Was für Spenden?« wollte Darrell Grant wissen.

»Alles, was Sie entbehren können. Lebensmittel, Kleidung, medizinische Hilfsmittel.«

»Auch Rollstühle?« fragte Darrell Grant.

Erin lauschte auf Kinderlaute im Hintergrund. Sie hörte nur den Fernseher, wo gerade eine Talk-Show lief.

Darrell Grant meldete sich wieder. »Hallo? Meinen Sie auch Rollstühle?«

»Eigentlich haben wir sehr viele Rollstühle und Rollbetten. Aber für jedes andere medizinische Hilfsmittel wären wir dankbar.«

»Das ist aber schade«, sagte Darrell Grant. »Ich habe nämlich gerade ein paar sehr gut erhaltene Rollstühle.«

Erin widerstand dem Drang, irgend etwas Gemeines ins Telefon zu brüllen. Immer noch mit ihrer Großmutterstimme sagte sie: »Nun, wir haben gerade erst eine Lieferung nagelneuer Stühle erhalten, die uns von der regionalen Krankenhausverwaltung gestiftet wurden. Aber haben Sie trotzdem vielen Dank.«

»Wirklich? Welcher Typ?«

»Das kann ich wirklich nicht sagen. Kann ich Sie für ein paar Konserven und vielleicht auch für Bettzeug eintragen?«

»Klar«, sagte Darrell. »Noch besser, ich schaff das Zeug selbst rüber. Geben Sie mir mal Ihre Adresse. Und würden Sie den Namen dieses Heiligen noch mal buchstabieren?«

Erin lächelte. Was für eine Pfeife.

5. KAPITEL

Moldowsky wußte nicht, daß Jerry Killian vor Liebe völlig von Sinnen war. Das wäre auch gleichgültig gewesen. Erpressung war Erpressung.

»Wo ist Dilbeck?« wollte Killian wissen.

»Ich bin hier als der persönliche Repräsentant des Kongreßabgeordneten.« Malcolm Moldowsky holte ein mit seinem Monogramm versehenes Notizbuch heraus. Aus einer Innentasche folgte ein goldener Füllfederhalter. »Na schön, dann lassen Sie mal die Bedingungen hören.«

»Nicht so hastig.«

Sie saßen auf dem Oberdeck der *Jungle Queen,* einem bunten

Pseudoraddampfer, der auf dem Intercoastal Waterway in Fort Lauderdale hin und her pendelte. Es war Killians Idee gewesen, sich dort zu treffen, unangreifbar und sicher, umringt von aufgeregt plappernden Touristen und Tagungsgästen.

Er sagte: »Ich hatte aber ausdrücklich nach dem Kongreßabgeordneten verlangt.«

Moldowsky seufzte schicksalsergeben. »Mr. Dilbeck ist sehr beschäftigt. Heute vormittag stattet er Little Haiti einen Besuch ab. Heute nachmittag weiht er in Little Havanna einen Dominospielpark ein. Heute abend spricht er zu den Democratic Sons and Daughters of Nicaragua in Exile.«

Killian stieß einen scharfen Pfiff aus. Malcolm Moldowsky fügte hinzu: »Schließlich sind wir mitten in einem Wahljahr, mein Freund.«

»Er hat von mir nichts zu befürchten.«

»Ich wollte damit nur andeuten, daß er ein vielbeschäftigter Mann ist.«

Killian verschränkte die Arme vor der Brust. »Daher schickt er einen Burschen, der stinkt wie ein Bidet in Bangkok.«

»Soll das eine Anspielung auf mein Eau de Cologne sein?«

»Das war nicht böse gemeint. Ich bin selbst Brut-Mann.«

Moldowsky kritzelte auf seinem Notizblock herum. »Ich nehme es Ihnen auch gar nicht übel.«

»Ein leicht erregbarer Knabe, Ihr Kongreßabgeordneter. Prügelt diesem Heini im Tanzclub fast die Seele aus dem Leib.« Killian wartete auf eine Erwiderung, aber Moldowsky kritzelte weiter und sagte nichts.

»Er hat wohl ein kleines Problem mit den Ladies«, bohrte Killian weiter. »Er braucht ärztliche Hilfe, ehe es sich herumspricht.«

»Können wir endlich zum Geschäft kommen?« fragte Moldowsky.

»Ich erwähne das nur, weil ich mir Sorgen mache. Er könnte

zu Schaden kommen oder jemand anderen verletzen. Diese Tanzbars sind ziemlich verrufen.«

»Ich werde das weitergeben. Können wir jetzt anfangen?«

Punkt für Punkt erläuterte Killian seine Forderungen. Es gab nur zwei. Moldowsky hörte ungeduldig zu und machte sich Notizen. Als der Erpresser geendet hatte, blickte Moldowsky auf und sagte: »Das ist unerhört.«

Die *Jungle Queen* gab vier lange Pfeiftöne von sich. Der Kapitän wollte einen Brückenwart auf sich aufmerksam machen.

»Welcher Teil ist denn so unerhört?« fragte Killian.

»Natürlich das Geld. Eine Million Dollar!«

»Vergessen Sie das Geld. Was ist mit dem anderen Punkt?«

Moldowsky musterte ihn prüfend. »Ich soll das Geld vergessen?«

»Klar. Ich wollte Sie nur ein wenig nervös machen.« Killian lachte herzlich. Er winkte dem Kellner und bestellte zwei weitere Bier.

Moldowsky blinzelte. »Nur um mich zu vergewissern, daß ich Sie richtig verstanden habe: Sie wollen kein Geld. Keinen Penny.«

Killian nahm seine dicke Brille ab und hielt sie gegen die Sonne, um nach Flecken zu suchen. Er sagte: »Für jemanden, der so schrille Klamotten trägt, sind Sie aber ziemlich dämlich. Nein, Mr. persönlicher Repräsentant, ich will kein Geld. Ich möchte nur, daß er einen simplen Gerichtsprozeß regelt.«

»Sprechen Sie leise.«

»*Grant* gegen *Grant*.«

»Ja, das habe ich schon beim erstenmal verstanden«, sagte Moldowsky. »Eine Sorgerechtsangelegenheit. Welches Interesse haben Sie an dem Fall?«

»Das geht Sie nichts an«, entgegnete Killian. »Und falls Sie in dieser Richtung Nachforschungen anstellen sollten, gehe ich sofort zur Polizei und berichte, was ich im Eager Beaver gesehen habe. Daß darauf die entsprechenden Schlagzeilen folgen, dürfte so gut wie sicher sein.«

Schließlich öffnete sich die Zugbrücke, um die *Jungle Queen* passieren zu lassen, und die Touristen spendeten dämlich, wie Touristen nun mal sind, begeistert Applaus. Ein Kellner erschien mit dem Bier. Moldowsky und Killian tranken schweigend, bis die allgemeine Heiterkeit an Deck sich gelegt hatte.

»Das ist eine wunderschöne Bootsfahrt«, sagte Killian fröhlich. »Unten in Miami gibt es auch so etwas, nicht wahr?«

»In Biscayne Bay. Eine Besichtigungstour zu den Prominentenhäusern.« Moldowsky blieb höflich, obgleich er längst entschieden hatte, daß Jerry Killian ein Spinner war. Aber auch Spinner konnten Schwierigkeiten verursachen.

»Wer zum Beispiel? Welche Prominenten?« wollte Killian wissen.

»Die Bee Gees.«

»Welche Bee Gees?«

»Die ganze verdammte Blase. Sie haben alle eine Villa am Wasser.«

»Liegt das Haus von Madonna auch auf der Tour?«

»Zweifellos«, sagte Moldowsky seufzend. Er brachte die Unterhaltung zurück auf die Erpressung. »Wie kommen Sie darauf, daß der Kongreßabgeordnete Dilbeck einen örtlichen Scheidungsrichter beeinflussen kann? Ich meine, selbst wenn er das wollte.«

»Ganz einfach. Der Scheidungsrichter ist es leid, Scheidungsrichter zu sein. Er möchte ein wenig aufsteigen, nämlich bis in ein Bundesgericht. Dazu bräuchte er politische Beziehungen.«

Moldowsky runzelte die Stirn. »Aber es ist doch der Senat, der am Ende ...«

»Das weiß ich!« Killian umklammerte wütend die Tischkante. »Ich weiß das, Sie aufgeblasener Scheißer. Ich weiß, daß der

Senat die Kandidaten bestätigt. Aber ein Brief von einem Abgeordneten des Repräsentantenhauses wäre doch hilfreich, oder nicht? Er könnte für bestimmte Senatoren einige Bedeutung haben, richtig?«

»Sicher«, sagte Moldowsky. »Sie haben recht.« Sein Blick ruhte auf Killians schäbiger Krawatte, die in seinen Bierkrug hineinhing. Killian bemerkte es und zog sie hastig heraus. Wenn er sich schämte, so ließ er es sich nicht anmerken.

»Der Richter wäre beeindruckt, wenn er von einem Kongreßabgeordneten der Vereinigten Staaten hören würde. Das ist der Punkt, um den es geht, Mr. persönlicher Repräsentant – nicht so sehr um Einfluß, sondern um den Anschein davon. Wen interessiert es schon, ob dieser Hinterwäldler jemals den Sprung auf die Bundesrichterbank schafft? Wir wollen, daß er denkt, er könnte es. Wir wollen, daß er glaubt, Dilbeck habe die Macht, etwas zu bewirken oder zu verhindern. Und ich habe das Gefühl, daß Sie genau die hinterlistige kleine Made sind, um diese Nachricht zu überbringen.

Manchmal bedauerte Malcolm Moldowsky seine eigene Coolness. Nach so vielen Jahren als politischer Manipulator hatte er die Fähigkeit verloren, persönlich beleidigt zu sein. Praktisch nichts provozierte ihn mehr. In seinem Gewerbe waren Emotionen ziemlich riskant. Sie beeinflußten die Sinne, führten zu schweren Fehleinschätzungen und törichten Spontanreaktionen. Natürlich wäre es ein Spaß gewesen, so heftig auf Jerry Killian einzuschlagen, daß er Blut kotzte, aber es wäre auch kontraproduktiv gewesen. Der Mann wurde von Mächten getrieben, die stärker waren als Habgier, und das machte ihn wirklich gefährlich.

Daher sagte Moldowsky: »Ich werde sehen, was ich tun kann.«

»Das habe ich erwartet.«

»Bis dahin dürfen Sie nicht in den Stripclub zurück.« Moldowsky klappte sein Notizbuch zu und schraubte die Kappe auf seinen Füllfederhalter. »Wenn Sie sich in dem Laden blicken lassen, ist das Geschäft geplatzt. Verstanden?«

»Das geht in Ordnung«, sagte Killian. »Damit komme ich schon zurecht.« Aber er verspürte bei dem Gedanken heftige Stiche in der Herzgegend.

Eine Synagoge zu verklagen, war auch unter den günstigsten Umständen eine Herausforderung. Mordecai hatte Schwierigkeiten, sich dazu eine Anleitung zu beschaffen. In seinen Gesetzesbüchern gab es keine Präzedenzfälle. Begeisterung dafür aufzubringen war genauso schwierig. Als er seiner Mutter von dem Fall erzählte, schlug sie ihm mit einem Backofenhandschuh ins Gesicht. Das war ihre Methode, um ihn daran zu erinnern, daß zwei seiner Onkel orthodoxe Rabbiner waren.

Mordecais Pläne für Paul Guber wurden außerdem durch die Freunde des Opfers behindert, die sich nicht an den Namen oder die Adresse der Synagoge erinnern konnten, wo der brutale Überfall stattgefunden hatte. Die jungen Männer erklärten ihre Verwirrung mit Dunkelheit, später Uhrzeit und Alkohol, aber Mordecai wußte es besser. Eine kollektive Amnesie war ein sicheres Zeichen für eine Verschwörung. Er zog in Erwägung, Paul Guber nach den wahren Details des Vorfalls zu fragen, aber dadurch hätte sich die Notwendigkeit ergeben, daß Paul Guber den Mund aufmachte und redete, wodurch der Hauptpunkt von Mordecais Prozeßstrategie ruiniert worden wäre. Er wollte den Geschworenen einen Börsenmakler vorführen, der durch ein Gewalttrauma stumm und völlig hilflos geworden war. Ein Börsenmakler, der noch telefonieren konnte, war als Kläger bei weitem nicht so bemitleidenswert. Mordecais Plan verlangte, daß der arme Mr. Guber schwieg.

Der Anwalt beschloß, zu visuellen Hilfsmitteln zu greifen. Er besorgte sich eine Landkarte des Broward County und befestigte sie an einem Stativ. Mit farbigen Nadeln markierte er die Position jeder Synagoge von Tamarac bis nach Hallandale. Mordecai wollte Paul Guber und seine Kumpel vor dieser Karte versammeln. Entweder würde dadurch ihre Erinnerung aufgefrischt, oder es half ihnen, sich auf eine plausible Geschichte zu einigen. Synagogen in den reichsten Gegenden wurden durch glänzende grüne Nadeln markiert – Mordecais raffinierte Art und Weise, auf einen angemessen betuchten Beklagten hinzuweisen.

Die Landkarte wurde in Paul Gubers Krankenzimmer gebracht, und seine Freunde drängten sich zu beiden Seiten des Bettes. Mordecai hielt sich im Hintergrund und wartete. Die Männer betrachteten blinzelnd die Karte. Sie murmelten. Sie deuteten. Sie massierten sich vor Konzentration das Kinn. Es war eine furchtbare Szene. Nach einer Stunde befahl Mordecai ihnen allen, nach Hause zurückzukehren und über die Angelegenheit nachzudenken.

Vor dem Krankenzimmer fragte Pauls Verlobte: »Was bedeutet das?«

»Es bedeutet, daß ich allmählich das Interesse verliere«, erwiderte der Anwalt.

Als er wieder in seinem Büro eintraf, schien Mordecais Sekretärin erleichtert zu sein, ihn zu sehen, was ungewöhnlich war. Sie führte ihn in den Konferenzraum, wo ein neuer Klient wartete. Mordecai mußte allen Mut aufbringen, um die Hand des Mannes zu schütteln.

»Ich bin Shad«, sagte der Mann. »Wir haben miteinander telefoniert.«

Der Mann war breitschultrig, unruhig und unbehaart. Er trug ein ärmelloses T-Shirt, Fallschirmspringerhosen und schwarze Westernstiefel. Er hatte den Händedruck eines Berufsringers.

Mordecais Sekretärin verschwand. Der Anwalt nahm am Tisch Platz und bedeutete Shad mit einer Handbewegung, sich ebenfalls zu setzen.

»Haben Sie einen Kühlschrank?« fragte Shad.

»Wie bitte?«

Shad öffnete eine braune Einkaufstüte und holte den Plastikbeutel mit dem unbeschädigten Folienverschluß hervor. Er hielt ihn dramatisch hoch, damit Mordecai ihn betrachten konnte. Dann griff Shad erneut in die Tüte und präsentierte den Becher Delicato Fettarmer Fruchtjoghurt. »Blaubeergeschmack«, erläuterte er dazu und nahm den Deckel ab.

»Ach ja«, sagte Mordecai. »Sie sind der Mann mit dem Insekt.«

»Mit der Kakerlake«, korrigierte Shad mit Nachdruck. Er schob den Joghurtbecher über den Tisch. Mordecai untersuchte ihn zögernd und fand nichts.

»Ist es da drin?« Er starrte die makellos cremige Oberfläche an.

»Na klar«, sagte Shad. »Und zwar ein Riesending.«

Mordecai hielt den Becher aus gewachster Pappe gegen das Licht. »Ich wünschte, ich könnte es sehen.«

Shad reichte ihm einen Löffel und sagte: »Gute Jagd!«

Der Anwalt zögerte. »Zuerst sollten wir vielleicht ein paar Fotos machen.« Er meldete sich per Sprechanlage bei seiner Sekretärin und bat sie, die Kamera hereinzubringen. Sekunden später rief sie zurück und antwortete, daß kein Film eingelegt sei.

»Hoffentlich haben Sie einen Kühlschrank«, sagte Shad.

»Natürlich haben wir einen.«

»Und ich hätte gerne eine Quittung.«

Mordecai war pikiert. »Sie trauen mir nicht?«

»Noch nicht«, antwortete Shad.

»Keine Sorge. Wir schließen einen Vertrag.«

»Trotzdem hätte ich gerne eine Quittung. Das da ist meine Zukunft.« Er deutete auf den Joghurtbecher. »Das ist meine Altersversorgung.«

Mordecai erläuterte nun die üblichen Vereinbarungen in solchen Fällen. Als er auf das Erfolgshonorar zu sprechen kam, sah er, wie Shad zusammenzuckte.

»Vierzig Prozent? Soviel bekommen Sie?«

»Das ist Standard, Mr. Shad. Sie können sich informieren.«

»Vierzig verdammte Prozent?«

»Die meisten Anwälte verlangen das gleiche Honorar.«

»Tatsächlich?« Shad senkte den Kopf und beugte sich über den Tisch. »Ich kannte mal einen Kerl. Der hat einen Rattenfall für dreiunddreißig Prozent plus Spesen übernommen.«

»Nun«, sagte Mordecai ungerührt, »meine vierzig schließen alle Nebenkosten ein.« Er wollte eigentlich nichts über den anderen Fall hören, aber er mußte trotzdem darüber Bescheid wissen. »Wenn Sie von Ratten reden...«

»Eine junger Norweger.« Mit den Händen deutete Shad die ungefähre Größe an. »Etwa so lang. Es war oben im Beef N'Reef in Wilton Manors. Ich öffne den Behälter mit der Steaksauce, und Bingo!, da liegt sie, eine Ratte! Mitten auf meinem Rib-eye Special. Ich war total traumatisiert.«

Die Vorstellung ließ Mordecai kurz innehalten. »Und Sie haben geklagt?«

»Ja, aber etwas Seltsames ist passiert. Die andere Seite... ich weiß wirklich nicht. Sie haben Gegenklage erhoben, und ob Sie es glauben oder nicht, mein Anwalt sagte, es sei wohl besser, die ganze Sache zu vergessen.« Shad schilderte diese Erfahrung voller Bitterkeit. »Ich habe dem Bastard keinen Nickel bezahlt«, fügte er bedeutsam hinzu. »So lautete die Abmachung.«

»So sieht der allgemein gängige Honorarvertrag aus.« Mordecai fühlte sich schon viel besser, da er sich wieder auf vertrautem Terrain bewegte. »Gegen eine große Firma zu klagen, ist nicht so einfach. Es ist harte Arbeit. Und es ist teuer.«

»Am Telefon sagten sie, sie würden sich außergerichtlich einigen.«

»Das werden sie wahrscheinlich tun, Mr. Shad, aber nicht kampflos. Dort verdiene ich meine vierzig Prozent – wenn wir gewinnen.«

Mordecai legte nicht den feurigen Optimismus an den Tag, den Shad sich gewünscht hätte. Er fragte sich, ob er unter all den Anwälten die richtige Wahl getroffen hatte. »Wie lange hält Joghurt sich halbwegs frisch?« wollte er wissen.

Der Anwalt sagte, er wisse es nicht.

»Sie sollten es lieber in Erfahrung bringen.« Shad hielt den Becher hoch. »Wenn dieses Scheißzeug umkippt, dann Gnade Ihnen Gott, Freundchen. Bei dem Gestank fallen die Tapeten von den Wänden.«

Mordecai beruhigte ihn. »Wenn nötig, frieren wir alles ein.«

»Das ist kein Mittagessen«, sagte Shad, »sondern ein Beweismittel. Unterbrechen Sie ja nicht die Gewahrsamskette.«

»Ganz bestimmt nicht.« Mordecai dachte: Gewahrsamskette? Was für ein Bursche ist das denn?

»Dann erzählen Sie mir mal von Ihrem Gehirnklempner.«

»Ein guter Mann. Ich habe ihn auch schon in anderen Fällen eingesetzt. Sie sollten ihn schnellstens aufsuchen, und so häufig wie möglich.«

»Und wer bezahlt das?«

Mordecai lächelte väterlich. »Zerbrechen Sie sich darüber nicht den Kopf. Am Ende übernimmt die Delicato Company alle Kosten. Bis dahin müssen wir einen detaillierten medizinischen Krankenbericht produzieren.«

Shad schüttelte den Kopf. »Ich war noch nie bei einem Gehirnklempner. Irgendwie habe ich das Gefühl, als würde mir das nicht gefallen.«

»Es ist wichtig, Ihren Schmerz und Ihr Leiden zu dokumentieren. Damit lassen sich die endgültigen Schäden viel besser bestimmen.«

»Das Geld, meinen Sie.«

»Genau. Das Gericht muß schließlich wissen, was Sie alles durchgemacht haben. Vielleicht sollten Sie sogar daran denken, Ihren Job aufzugeben.«

»Das kann ich nicht«, erwiderte Shad kurz angebunden.

»Ein verlorenes Einkommen würde einen von den Geschworenen festgelegten Betrag erheblich in die Höhe treiben. Wie wäre es denn, wenn Sie sich krankschreiben ließen?«

Shad sagte nein, er könne seinem Job nicht fernbleiben. Mordecai ließ das Thema fallen. Sie könnten später darüber reden. »Was für einen Job haben Sie denn?« fragte er.

»Im Unterhaltungsgewerbe«, sagte Shad.

»Tatsächlich?« Mordecai konnte es sich kaum vorstellen. »Sind Sie ... eine Art Künstler?« Er dachte an einen Zirkus.

Shad schüttelte den Kopf. »Sicherheit. Ich liefere Sicherheit.«

»Darf ich fragen wo?«

»In einem Unten-ohne-Laden.«

Mordecai holte tief Luft. Er stellte sich vor, daß Geschworene genauso reagieren würden. Er stellte sich vor, wie es im Gerichtssaal wäre, wenn er hilflos mitansehen müßte, wie jegliches Mitgefühl sich aus ihren Augen verflüchtigte. Mordecai begann sich selbst leid zu tun. Es war wirklich ein beschissener Tag. Zuerst das Paul-Guber-Debakel und nun dies. Warum bekam er denn niemals Eins-A-Kläger – die anbetungswürdigen kleinen Kinder, die liebreizenden jungen Witwen, die traurigen, aber mutigen Pensionäre?

Niemals ich, dachte Mordecai. Ich erwische den Rausschmeißer einer Tittenbar. Und dann noch nicht einmal einen normal aussehenden Rausschmeißer, sondern irgendeinen haarlosen, glotzäugigen Außerirdischen aus »Raumschiff Enterprise«.

Der Mann namens Shad sagte: »Was zum Teufel haben Sie? Wenn Sie nicht mit dem Herzen dabei sind, dann sagen Sie es lieber.« Er stocherte mit dem Löffel im Joghurt herum. »Sehen Sie sich das mal an.«

»Nicht nötig«, protestierte der Anwalt. »Ich glaube Ihnen auch so.«

Mordecai stieß sich mit beiden Füßen ab und rollte mit seinem Sessel vom Konferenztisch zurück. Er stand auf, als Shad gerade fündig wurde.

»Ha!«

»Mein Gott«, sagte Mordecai.

»Habe ich es Ihnen nicht gesagt? Ist das nun eine verdammte Kakerlake oder was?«

Das prähistorische Ungeziefer füllte völlig den Löffel aus. Shad hob ihn bis in Mordecais Augenhöhe an. Der Anwalt würgte angeekelt. Die Flügel etwas schief, kniete die Kakerlake in einer cremigen blauen Pfütze. Ihre mit Joghurt verklebten Fühler hingen leblos herab.

Shad war sehr stolz. »Nun?«

»Tun Sie es zurück«, krächzte der Anwalt.

»Stellen Sie sich nur mal vor«, fuhr Shad fort. »Sie sitzen am Frühstückstisch und –«

»Nein!«

»Da kommt es einem doch sofort hoch, nicht wahr?«

»Ja«, flüsterte Mordecai. Um sich wieder zu fangen, hielt er sich krampfhaft an der Tischkante fest. »Tun Sie es jetzt bitte wieder weg.«

Shad ließ das Insekt sorgfältig wieder im Joghurt versinken und rührte sacht um. Der knusprige Kadaver verschwand. »So«, sagte er. »Wo ist jetzt der Kühlschrank?«

»Beverly zeigt es Ihnen.« Der Anwalt fuhr sich mit einem Taschentuch über das Gesicht.

»Soll das heißen, daß wir ins Geschäft kommen?«

»Ja«, erwiderte Mordecai.

Die Zeiten waren hart, und eine Kakerlake war eine Kakerlake.

6. KAPITEL

Monique Sr. verkündete, daß Alan Greenspan am Tisch vierzehn ein Bier trank.

Orly klatschte in die Hände. »Siehst du! Noch ein Grund, um zu arbeiten.« Er wollte nicht, daß Erin den Abend frei nahm. »Ein berühmter Komiker sitzt im Publikum. Die Chance solltest du dir nicht entgehen lassen.«

»Alan Greenspan«, sagte Erin freundlich, »ist Nationalökonom.«

»Genau der ist es.« Monique Sr. blieb bei ihrer Behauptung. »Sieh selbst nach. Corona aus der Flasche, keine Limone.«

»Abgesehen davon haben wir Dienstag«, nörgelte Orly. »Am Dienstag finden immer die Ölringkämpfe statt. Das ist einer unserer besten Tage.«

»Ich nehme an keinem Ringkampf teil«, erinnerte Erin ihn. »Nicht in Öl, nicht in Buttercreme, nicht in Schlamm. Für Ringkämpfe habe ich nichts übrig.«

Die nackten Ölringkämpfe waren eine Tradition des Eager Beaver, aber Erin weigerte sich, daran mitzuwirken. Ihrer Ansicht nach sollten professionelle Tänzerinnen sich nicht mit hemdlosen, halbsteifen Säufern in einem Whirlpool herumwälzen. Außerdem hatte Erin für Öl nicht viel übrig. Orly äußerte sich nur vage zum Fabrikat. An einem Tag sagte er, es sei Wesson, an einem anderen Tag beteuerte er, es sei Mazola. Erin hegte den Verdacht, daß es keins von beiden war. Einmal war ein Inspektor des Gesundheitsamtes aufgetaucht, um an Ort und Stelle eine bakteriologische Untersuchung durchzuführen. Erstaunlicherweise war nicht eine einzige lebendige Mikrobe im Ringkampfbecken gefunden worden. Das Wunder fand später am Abend des gleichen Tages seine Erklärung, als nämlich der Inspektor des Gesundheitsamtes mit vier seiner Kollegen erschien. Sie besetzten einen Tisch in der ersten Reihe und bekamen mit den besten Wünschen von Mr. Orly so viel Amaretto, wie sie trinken konnten.

»Der Dienstag ist ein wichtiger Abend«, sagte Orly. »Das heißt, wir brauchen unsere besten Tänzerinnen.«

»Bitte, Mr. Orly. Es ist etwas Persönliches.«

»Erzähl mal.«

»Ich treffe meinen Ex-Ehemann«, sagte Erin, »um mit ihm über weitere Sorgerechtsvereinbarungen für unsere Tochter zu reden.«

An dieser Stelle äußerte Urbana Sprawl ihre Meinung über Killian Grant und beschrieb ihn in so grellen Farben, daß Mr. Orly sofort anbot, ihn umbringen zu lassen.

Erin winkte ab. »Das ist nicht nötig.«

»Soll ich ihn verprügeln, ihn zum Krüppel schlagen lassen?« Orly deutete pantomimisch das Wählen einer Telefonnummer an. »So einfach geht das, wenn man die richtigen Leute kennt.«

»Danke, aber ich komme damit schon allein zurecht.« Erin ging aus Höflichkeit auf Mr. Orlys Mafianummer ein. Er sah etwa genauso sizilianisch aus wie David Letterman.

Urbana Sprawl drängte Orly, Erin im Namen ihrer kleinen Tochter den Abend frei zu geben. Orly reagierte nicht im mindesten mitfühlend. »Schwöre, daß es wirklich nur um eine familiäre Sache geht. Daß du nicht ein Stück weiter die Straße runter einen Vorstellungstermin hast.«

»Sie haben recht«, erwiderte Erin spöttisch. »Ich träume schon mein ganzes Leben lang davon, für diese Halbirren zu arbeiten.«

Mr. Orly litt unter der paranoiden Vorstellung, seine besten Stripperinnen an die Flesh Farm zu verlieren, die bei Unterzeichnung eines Arbeitsvertrags umfangreiche Vergünstigungen versprach. Die Eigentümer hatten vor kurzem den Körperkontakt-Tanzabend eingeführt, um mit den Ölringkämpfen des

Eager Beaver konkurrieren zu können. Das Körperkontakttanzen war weniger ein Tanzen als vielmehr ein heftiges Reiben an der Vorderseite vollständig bekleideter Gäste. Es war eindeutig erotischer als ein Ölringkampf und nicht annähernd so glitschig. Orly spürte den Konkurrenzdruck recht deutlich.

»Sei ehrlich«, sagte er zu Erin.

»Ich hab Ihnen die Wahrheit gesagt. Ich bin mit meinem Ex-Ehemann verabredet.« Sie griff nach der Handtasche, um damit anzudeuten, daß das Gespräch für sie beendet war. »Wenn Sie mir nicht glauben, dann fragen Sie Shad. Er begleitet mich.«

»Mein Shad?« Orlys Augenbrauen rutschten besorgt hoch.

»Er tut mir einen Gefallen«, erklärte Erin. »Es könnte Ärger geben.«

»Dann sei bloß vorsichtig.«

»Das bin ich.«

»Gute Rausschmeißer sind schwer zu finden«, sagte Orly. »Weitaus schwerer als Tänzerinnen, ob du es glaubst oder nicht.«

Erin hatte Darrell Grant im General Hospital in Broward kennengelernt, wohin ihre Mutter sich wegen einer kosmetischen Operation begeben hatte. Sie hatte einem Schönheitschirurgen tausendfünfhundert Dollar dafür bezahlt, daß er ihren leicht nach außen ragenden Bauchnabel in einen versenkten verwandelte. Erin hatte keine Ahnung, daß so etwas überhaupt ausgeführt werden konnte, aber ihre Mutter hatte ihr versichert, alle berühmten Fotomodelle hätten sich dieser Prozedur unterzogen.

Erin stand am Bett ihrer Mutter und bewunderte die Arbeit des Operateurs, als Darrell Grant mit frischer Bettwäsche und einer sauberen Bettpfanne das Zimmer betrat. Er arbeitete als Pfleger im Krankenhaus, und dort hatte er, wie Erin später erfuhr, seine Vorliebe für Narkotika und seine Fähigkeit für den Diebstahl von Rollstühlen erworben. Dem äußeren Anschein nach war Darrell jedoch alles andere als ein Krimineller. Erin war so naiv gewesen, zu glauben, daß alle Gauner schlechte Zähne, fettige Haare und Gefängnistätowierungen hatten. Sie ging davon aus, daß adrette, gutaussehende Männer die gleichen natürlichen Vorzüge hatten wie adrette, gutaussehende Frauen: die Welt behandelte einen besser, und daher gab es keinen Grund für einen verdorbenen Charakter.

Und Darrell Grant war ungewöhnlich gutaussehend, hatte ein schmales Gesicht und leuchtende Augen. Er schleppte sie in die Krankenhauscafeteria ab und verzauberte sie mit einem hastig zusammengeschusterten Lebenslauf. Mittelpunkt dieser Saga war ein echter Bronze Star, den Darrell in der Brusttasche seines Krankenhauskittels bei sich trug. Er erzählte Erin, er habe ihn sich für das Ausschalten eines kubanischen Scharfschützen während der Invasion von Grenada verdient. Erin sah keinen Grund, Darrells Geschichte in Frage zu stellen, wußte sie doch, daß das Pentagon etwa hunderttausend Medaillen und Orden als Belohnung dafür verteilt hatte, daß das winzige Inselchen wieder zu einem sicheren Ort für Holiday-Inn-Hotels gemacht worden war. Erin sollte erst später erfahren, daß Darrell den Bronze Star zusammen mit zwei Kästen Michelob-Bier bei einem Einbruch in ein Vereinslokal der American Legion hatte mitgehen lassen.

Ein halbes Jahr lang trafen sie sich regelmäßig zum Schrecken von Erins Mutter. Diese hatte ihrer Tochter eine lange Reihe von Ärzten, Anwälten und Buchhaltern zugeführt, aber für Erin waren sie alle zu seriös und von sich selbst eingenommen gewesen. Einige waren sogar alt genug, um ihre Väter zu sein. Darrell Grant hingegen war impulsiv, steckte voller Tricks und brachte sie zum Lachen. Damals erschien ihr das sehr wichtig. Erins Entschluß, ihn zu heiraten, fiel recht plötzlich und hatte außerdem die willkommene Wirkung, sie aus den Klauen ihrer Mutter zu befreien.

Die soziopathische Seite von Darrell Grants Charakter blieb etwa achtzehn Monate lang verborgen, dann jedoch bemühte er sich nicht einmal mehr um den Anschein, einer ehrlichen Arbeit nachzugehen, sondern wurde zum Berufsbetrüger. Um die seltsamen Dienststunden und das schwankende Einkommen zu begründen, machte er Erin weis, er handle mit medizinischem Hilfsgerät. Darrells jungenhafte Lustigkeit und Wärme verflüchtigten sich auf dramatische Weise unter dem kälteerzeugenden Einfluß von Amphetaminen und Methaqualonen. Entweder erschien er als wilder Derwisch oder als Zombie, je nachdem, welchen chemischen Zyklus er gerade durchlief. Gerade erst schwanger geworden, wollte Erin die eheliche Gemeinschaft nicht einfach verlassen, ohne Darrell Grant eine Chance auf Besserung einzuräumen. Der Gedanke an eine Scheidung war mindestens ebenso abschreckend wie die Aussicht auf das schrille »Hab ich es dir nicht gleich gesagt?« ihrer Mutter.

Als er erfuhr, daß Erin ein Kind erwartete, schwor Darrell, seine Lebensweise zu ändern. Er hörte mit dem Tablettenkonsum auf, leerte die Garage von sämtlichem Diebesgut und nahm einen Job als Rostschutzmittelverkäufer bei einem Chrysler-Vertragshändler an. Für etwa einen Monat war er ein völlig neuer Mensch. Aber eines Donnerstags kam Erin nach der Arbeit nach Hause und ertappte Darrell im Wohnzimmer dabei, wie er die Seriennummer aus dem Gestell eines Kinderrollstuhls herausfeilte. Zur Rede gestellt, bekam er einen Wutanfall und schlug Erin zweimal ins Gesicht. Der unterhaltsame Teil endete abrupt, als Erin ihm mit der Faust gegen den Kehlkopf schlug, ihn zu Boden stieß und ihm einen Besenstiel in die Hoden knallte. Es war das erste Mal, daß Darrell den Zorn einer Frau kennenlernte, und es machte einen nachhaltigen Eindruck auf ihn. Von da an erhob er nie wieder die Hand gegen sie. Statt dessen machte er seinen Empfindungen Luft, indem er Dinge vernichtete, die ihr etwas bedeuteten – Kunstwerke, Möbel, Fotoalben, ihre Lieblingskleidung. Bis Angela zur Welt kam, war die Ehe unwiderruflich zerstört.

Erin hielt sich nicht lange damit auf zu trauern. Sie war ausgetrickst worden und hatte ihre Lektion gelernt. Nun ging es nur noch darum, ihre Tochter zurückzuholen.

Während sie im Wagen mit Shad wartete, erläuterte sie ihren Plan.

»Demnach ist es eine Falle«, stellte er fest.

»Genau!«

»Er bringt gar keine Rollstühle für die Armen mit.«

»Nein«, sagte Erin, »er versucht, welche zu stehlen.«

Shad spuckte aus dem Fenster. »Und mit diesem Stück Scheiße warst du verheiratet?«

»Jeder macht mal einen Fehler.«

»Findest du es nicht schlimm«, fragte Shad, »wenn aus Liebe Haß wird und du dich wie vor einer Klapperschlange in acht nehmen mußt? Aber so was passiert, bei Gott. Jeden Tag kann man es erleben.«

Erin zeigte ihm die Fotos von den zerfetzten Puppen in Angelas Kinderzimmer. »Allmächtiger Gott«, sagte Shad.

»Ich mache mir nur wegen meiner Tochter Sorgen. Das ist alles, was mich interessiert.«

Für mehrere Minuten sagte Shad gar nichts. Dann fragte er Erin, ob sie mit ihrem Anwalt zufrieden sei. »Bei meinem bin ich mir nicht so sicher«, fügte er hinzu. »Ihm muß man Feuer unterm Hintern machen.«

Erin hob die Schultern. »Mein Anwalt ist ganz in Ordnung. Es ist das System, das einen frustrieren kann.«

»Erzähl doch mal.« Shad war froh, mit Erin über diese Dinge reden zu können. Er hatte das Gefühl, als seien sie Kämpfer auf dem gleichen Schlachtfeld. »Wenn es so etwas wie wahre Gerechtigkeit gibt«, sagte er, »dann bekommst du dein kleines

Mädchen zurück, und ich werde dank meiner toten Kakerlake steinreich.«

»Das wäre schön«, pflichtete Erin ihm leise bei.

Der Wagen stand in der dunklen Ecke eines Parkplatzes, der zu einem langgestreckten Einkaufszentrum in Oakland Park gehörte. Die Adresse, die Erin Darrell Grant genannt hatte, war die eines pleitegegangenen Videoladens, der sich am anderen Ende der Plaza befand. Ein paar Filmplakate hingen noch im Schaufenster. Vom Wagen aus konnte Erin einen überlebensgroßen Arnold Schwarzenegger mit Sonnenbrille erkennen.

»Woher weißt du, daß er heute abend herkommt?« fragte Shad.

»Weil ich ihm erzählt habe, daß jeden Mittwochmorgen Rollstühle geliefert werden. Er wird versuchen, an das Zeug ranzukommen.«

»Irgendein spezielles Modell?«

»Er bevorzugt Everest-and-Jennings«, sagte Erin. »Rolls-and-Theradynes sind auch ganz gut.«

Shad erwärmte sich für das Thema. Bisher war für ihn ein Rollstuhl so gut wie der andere gewesen. »Rolls wie ein Rolls-Royce?«

Erin schüttelte den Kopf und sagte, das sei eine völlig andere Firma. Shad wollte von ihr wissen, weshalb ihr Ex-Mann nicht Automobile stehle wie jeder andere auch.

»Weil er noch nicht mal einen verdammten Toaster kurzschließen kann«, sagte Erin. »Autos sind für Darrell Grant viel zu kompliziert.«

Shad spuckte wieder aus dem Fenster. Er schien dabei auf einen ganz bestimmten Begrenzungsstein zu zielen. »Du willst also, daß ich ... ja, was genau soll ich eigentlich tun? Wenn er hier erscheint, meine ich.«

»Am besten improvisieren wir.«

»Ich könnte ihm etwas brechen. Vielleicht zuerst den Finger.«

Shad wackelte mit einem seiner kleinen Finger. »Kommt ganz darauf an, wie wütend du bist.«

»Ich will nur mit dem Mann reden.« Erin lehnte sich gegen die Kopfstütze und schloß die Augen. Sie dachte an den Junggesellen, der auf der Bühne des Eager Beaver bewußtlos geprügelt worden war – ob er noch im Krankenhaus lag? Sie erinnerte sich an den rasenden Gesichtsausdruck seines Angreifers, an die pfeifenden animalischen Grunzlaute, als er mit der Sektflasche ausholte.

Sie dachte: Liegt es an mir? Bringe ich die Männer dazu, so zu reagieren?

Sowohl Orly wie auch jetzt Shad boten ihr an, ihren Ex-Mann zu mißhandeln. Ein kleiner Gefallen, als ginge es nur darum, ihren Wagen anzuschieben oder die Stereoanlage zusammenzubauen.

»Die Elle ist ganz gut«, führte Shad gerade aus. Er klopfte auf Erins Arm, um ihr die richtige Stelle zu zeigen. »Ein Hebelgriff dort angesetzt, und schon ist er ganz Ohr.«

Erin richtete sich auf. »Darf ich dich mal was fragen? Bin ich der Typ Frau, den man nur mit Gewalt beeindrucken kann?«

Er gab einen undeutbaren Laut von sich.

»Es ist mein Ernst, Shad. Hast du von mir diese Meinung?«

Er legte seinen massigen Kopf auf die Seite und betrachtete sie mit einem seltsamen Gesichtsausdruck. In der Dunkelheit glich er einem rasierten Bären. »Nun, es ist das, was ich am besten kann, mehr nicht – jemandem auf die Zehen treten. Es ist mein Job.«

»Dann liegt es nicht an mir?«

»Ha! Nein, an dir ganz bestimmt nicht.«

»So etwas macht nämlich herzlich wenig Eindruck auf mich.«

»Hast du deshalb eine Kanone unter deinem Sitz?«

Erin fiel darauf keine passende Erwiderung ein.

Shad grinste. »Schon gut, Baby. Es ist dein gutes Recht.«

»Ich habe sie noch nie benutzt«, beteuerte sie.

»Aber es könnte dazu kommen.« Shad verschränkte die Arme. »Ich will damit nur sagen, daß Gewalt hilfreich sein kann. Manchmal ist es die beste Methode, um einem Argument Nachdruck zu verleihen.«

»Nicht bei Darrell.« Erins Ex-Gatte würde eine Verletzung begrüßen. Welchen besseren Beweis gäbe es, daß sie sich mit zwielichtigen Leuten herumtrieb und nicht angemessen für Angela sorgen konnte! Darrell, dieser durchtriebene Bastard, würde alles aus einem gebrochenen Arm herausholen, was herauszuholen war. Er würde den Gips so lange tragen, bis er verfault wäre und von selbst abfiel.

»Es ist deine Entscheidung«, sagte Shad.

»Ich möchte nur mit dem Mann reden.«

»Na gut.«

Aber tief in ihrem Innern weidete Erin sich kurz an der Vorstellung, wie Shad Darrell Grant zu Hundefutter verarbeitete. Wahrscheinlich hätte sie sich wegen dieses heimlichen Wunsches schämen müssen, aber das tat sie nicht.

Vor allem als sie wieder vor sich sah, was er mit Angelas Puppen angestellt hatte.

Gegen Mitternacht begab Shad sich auf die Suche nach einem Coca-Cola-Automaten. Erin legte eine Jimmy-Buffett-Kassette ein und stellte die Musik leiser. Die karibischen Songs gefielen ihr am besten. Es dauerte nicht lange, da träumte sie von funkelnden Stränden und verschwiegenen Buchten. Sie wanderte barfuß durch die Brandung und spielte mit den Zehen im Sand.

Als sie die Augen aufschlug, waren ihre Schuhe verschwunden. Beide Türen des alten Fairlane waren geöffnet worden. Als sie aus dem Wagen stieg, trat sie auf ein Plastikteil, das in scharfkantige Teile zerbrach. Es war die Buffett-Kassette, die auf dem Asphalt lag.

Erin erstarrte. »Shad?«

Eine Hand packte ihr Haar und riß ihren Kopf nach hinten, so daß sie nur noch den Himmel sah. Sie spürte etwas Scharfes, Schneidendes an ihrer Kehle.

»Du schnarchst noch immer wie ein Schwein.« Es war Darrell Grant.

Erin zitterte unkontrolliert. Es war beschämend, ihm so offen ihre Angst zu zeigen.

Er sagte: »Ich kann nicht glauben, daß du versucht hast, mich hereinzulegen. Ich fasse es einfach nicht!«

»Wie bitte?« Erin erkannte ihre eigene Stimme nicht mehr.

Darrell Grant schlug ihr mit der flachen Hand auf den Mund und befahl ihr, verdammt noch mal die Klappe zu halten. Beide hörten Schritte. »Dein Freund«, flüsterte Darrell. »Das paßt ja prima!«

Shad tauchte aus der Dunkelheit auf, in der einen Hand eine Dose Cola Light, in der anderen eine noch nicht geöffnete Dose Canada Dry. Er setzte beide Dosen ab, sobald er das lange Messer an Erins Hals gewahrte. Darrell Grant riet ihm, nichts Dummes zu versuchen. In der Dunkelheit war Shads Gesichtsausdruck nicht zu erkennen.

»Ich habe eine Idee«, sagte Darrell und befahl Shad, sich auf den Bauch zu legen, falls er nicht einen Eimer holen wolle, um Erins Blut aufzufangen. Shad nickte und streckte sich auf dem Asphalt hin. Darrell Grant ließ Erin los, stürzte sich sofort auf den Rausschmeißer und kniete sich auf die massigen Schulterblätter des Mannes. Lachend schaffte es Darrell, Shads dicke Handgelenke mit einem Paar Plastikhandschellen zu fesseln.

»Hör auf«, sagte Erin immer noch zitternd.

Mit beiden Händen drückte Darrell Grant den Dolch gegen Shads kahlen Schädel. Das weiche Fleisch gab unter dem Druck der Klinge nach.

Erneut bat Erin ihn, aufzuhören, und erneut lachte ihr Ex-

Mann gackernd. Er rollte den Messergriff zwischen seinen Handflächen hin und her, so daß die Messerspitze auf Shads Haut rotierte. Erin sah den ersten Tropfen Blut, der im matten Licht schwärzlich glänzte.

»Tut das weh?« erkundigte sich Darrell Grant.

»Nee«, erwiderte Shad wahrheitsgemäß. Er empfand nur wenig, wenn es sich um physische Schmerzen handelte. Die Ärzte schienen den Grund dafür nicht zu kennen.

»Seit wann trägst du ein Messer bei dir?« fragte Erin.

»Seit wann treibst du dich mit häßlichen glatzköpfigen Urwaldbewohnern herum?« Darrell Grant stand auf und hieb mit dem Dolch wie mit einem Schwert durch die Luft. Er war völlig aufgedreht von Speed. »Ich nehme doch an, daß es ein reiner Zufall ist, daß du ausgerechnet heute nacht auf diesem Parkplatz aufgetaucht bist, oder? *En garde!*« Er zeichnete ein schnelles Z in die Luft. »Denkst du etwa, ich bin blind? Ich hab deinen Wagen schon drei Straßen vorher entdeckt, Erin. Mein Gott, du bist wirklich eine Spitzenspionin. Vielleicht kannst du das nächste Mal auch noch ein Feuerwerk abbrennen.«

»Du bist ein Riesenarschloch«, seufzte sie.

Darrell Grant grinste schief. »Reden sie so bei der St. Vitus Society? Das warst doch du am Telefon, nicht wahr? Quasselst von all den brandneuen Rollstühlen.«

»Du hast ja den Verstand verloren.«

»Dann erklär mir dies doch mal.« Anklagend deutete er mit dem Dolch auf den Fairlane. »Und dies!« Er trat mit der Spitze seines braunen Cowboystiefels in Shads Seite. »Du hast mir eine verdammte Falle gestellt!«

Ungerührt entgegnete Erin: »Darrell, ich führe eine Liste: tätlicher Angriff mit einer verbotenen Waffe, Freiheitsberaubung, Einbruchdiebstahl, Besitz von Rauschgift...«

»Halt die Schnauze«, fauchte er sie an. »Was sollte ich denn glauben? Daß du und dein Igor hier angehalten habt, um herumzuschmusen? Ich weiß, daß du dich einsam fühlst, aber das ist ja lächerlich. Ich habe schon hübschere Iguanas gesehen.«

Sie dachte an die Pistole im Wagen, berechnete die Schritte zurück zur Fahrerseite. Dann verscheuchte sie den Gedanken aus ihrem Kopf. Darrell zu erschießen würde bedeuten, daß sie Angie nie wiedersehen würde. Der Richter würde dafür sorgen.

»Junior?« Shad meldete sich, sprach aus dem Mundwinkel. Er hatte keine andere Wahl, da er auf dem Bauch auf dem Asphalt lag. »Junior, hör zu. Die Lady und ich sind Arbeitskollegen. Sie nahm mich nach Hause mit, als dieses Stück Scheiße von einem Ford überkochte. Wir haben hier angehalten, damit der Motor sich abkühlt. Mehr nicht. Das ist die ganze Geschichte.«

Darrell Grant ging in die Hocke und kniff in Shads Nase. »Mich laust der Affe, das Ding kann reden.«

»Was ist mit deinem Haar los?« fragte Erin. Darrell fuhr bei ihrem sarkastischen Tonfall hoch. Für jemanden, der hilflose Personen bestahl, war er in bezug auf seine äußere Erscheinung erstaunlich eitel.

»Ich habe es ein wenig aufgehellt. Na und?« antwortete er.

»Und die Bartstoppeln?« fragte Erin. »Komm her, laß mich mal sehen.«

»Kommt nicht in Frage.« Er stand mürrisch auf.

»Ist das deine Don-Johnson-Phase?«

»Halt die Schnauze, Erin.«

Sie versuchte ihn von Shad und dem Messer abzulenken. »Ich wette, du hast dir auch passend zum Haar einen weißen Leinenanzug von Armani geholt.«

»Du kannst mich mal«, bellte Darrell Grant. Als er den Dolch hinter seinen Gürtel schob, entspannte sich für Erin die Situation etwas. Sie hoffte, daß er sich allmählich beruhigte, damit man sich wieder halbwegs normal mit ihm unterhalten konnte.

Dann stellte er sich mit den Absätzen seiner Cowboystiefel auf Shads Schädel.

»Geh da runter!« schrie Erin.

»Sag Feigling.«

»Darrell, hör auf!«

Shad gab keinen Laut von sich. Erin hatte keine Ahnung, ob er noch bei Bewußtsein war.

»Mir gefällt es hier oben«, zwitscherte Darrell Grant und balancierte auf Shads Kopf hin und her.

»Nicht«, flehte Erin.

»Was ist es dir wert? Einen Zwanziger?«

Erin blickte in Shads Gesicht unter den Stiefelsohlen. Seine Augen waren geschlossen, aber er biß die Zähne zusammen.

»Zwanzig Bucks«, wiederholte Darrell Grant. »Beeil dich!«

Er hatte Erins Handtasche unter den Wagen geschleudert. Um sie zurückzuholen, mußte sie über den Boden kriechen. Darrell Grant grinste lüstern, als er sie auf allen vieren am Boden sah. »Das gefällt mir«, sagte er. »Es weckt Erinnerungen.«

Mechanisch suchte Erin in der Handtasche nach ihrem Geld. Sie fand einen Zwanzigdollarschein und reichte ihn ihrem Ex-Mann. Er roch daran, als sei es Kognak. »Erstaunlich«, sagte er. »Du brauchst nur deine Spalte zu entblößen, und schon schmeißen Männer mit Geld. Ist das nicht ein wunderbares Land, Erin? Bist du nicht stolz darauf, Amerikanerin zu sein?«

In diesem Moment war die einzige Person, die sie noch mehr haßte als Darrell Grant, sie selbst, nämlich dafür, ihn geheiratet zu haben. »Geh von dem Mann runter«, sagte sie eisig. Darrell sprang von Shads Schädel herab.

»Wo ist Angie?«

»In Sicherheit«, sagte Darrell Grant. »Wenn du eine brave Mummy bist, darf sie dich zu Weihnachten anrufen.«

»Wir gehen wieder vor Gericht.« Erins Stimme zitterte. »Du hast schon wieder die Vorschriften des Richters verletzt.«

»Zurück vor Gericht!« Darrells johlende Stimme hallte durch die Nacht. »Zurück vor Gericht! Das liebe ich.«

»Was ist mit dir passiert, Darrell?« Sie wollte es wirklich wissen. Er war in einem schlimmeren Zustand als je zuvor.

Er zog das Messer aus seinem Gürtel und beugte sich über Shad. Für einen Moment befürchtete Erin, er wolle ihm die Kehle durchschneiden.

»Tu es nicht«, sagte sie.

»Was soll ich nicht tun?«

Indem er den Dolch wie einen Schreibstift benutzte, kratzte Darrell spielerisch den Buchstaben G in die Haut auf Shads nacktem Schädel. Blut rann herab und sammelte sich in den Muskelfalten im Nacken. Erin hatte ein flaues Gefühl im Magen und fror. Shad schwieg weiterhin, hatte jedoch die Augen geöffnet.

»Sieh mal.« Darrell Grant trat zurück und bewunderte sein Werk.

»Was beweist das?« wollte Erin wissen.

»Wir gehen nicht wieder vor Gericht.«

»Du irrst dich, Darrell.«

»Ich habe gewonnen, Schätzchen. Alle Murmeln, weißt du noch?«

»Was hast du mit meinen Schuhen getan?«

Erneut erklang sein johlendes Gelächter. »Wach auf, kleine Dorothy«, sagte er. »Du bist nicht mehr in Kansas!«

Darrell Grant umrundete Erins Wagen und durchlöcherte die Reifen mit einem Messerstich. Dann kickte er jede Limonadendose weg und schlenderte über den Parkplatz davon. Während er in der Dunkelheit verschwand, konnte Erin ihn singen hören: »Somewhere Over the Rainbow.«

Vor ihren Füßen drehte Shad sich auf den Rücken und schaute blinzelnd zu den Sternen hinauf.

»Netter Bursche«, sagte er. »Wirklich schade, daß es mit euch beiden nicht geklappt hat.«

7. KAPITEL

Am nächsten Abend tanzte Erin zu der Musik von ZZ Top.

Ihr Schallplattenladen führte das erste Album der Band nicht, daher hatte sie sich für eine der neueren Veröffentlichungen entschieden. Kevin, dem Discjockey des Clubs, gefiel der harte Gitarrensound und der schnelle Baßrhythmus. Ihre Stammkunden schienen nichts gegen die Temposteigerung zu haben.

Der Gast, den sie Mr. Peppers nannte, war nicht im Publikum. Erin befürchtete, daß Shad ihn für immer vom Eager Beaver vertrieben hatte. Oder er hatte seine Bemühungen aufgegeben.

Soviel zu seiner großen Liebe.

Gegen ihr besseres Wissen war Jerry Killian für Erin zu einem Strohhalm der Hoffnung in ihrem Kampf um Angela geworden. Sich mit Darrell Grant zu einigen war unmöglich, aber vielleicht kam Killian tatsächlich an den Richter heran. Erin mußte mehr über Killians Beziehung, den Abgeordneten des Repräsentantenhauses, in Erfahrung bringen.

Zuerst einmal seinen Namen.

Sie tanzte lange genug außerhalb der Spotlights, um die Augen zu überschatten und die hinteren Tischreihen abzusuchen. Der Richter saß in seiner Stammnische unweit der Kickerautomaten. Monique Sr. tanzte wie wild auf dem Tisch. Der Richter beobachtete sie mit trüben Augen und völlig reglos. Erin vermutete, daß seine Hände unterm Tisch beschäftigt waren.

Nach dem Auftritt kam Mr. Orly in die Garderobe und erklärte, er sei mit der neuen Musik einverstanden. »Je schneller, desto besser«, sagte er.

Urbana Sprawl meinte, ZZ Top sei schädlich für ihre Gesundheit. »Meine Titten bringen mich um.«

»Hey«, sagte Orly, »wir ertragen ja auch deinen Rap-Scheiß. Ice Puke oder wie er heißt.«

»Ice Cube!«

»Fazit ist, daß du acht Minuten Hardrock aushalten kannst.«

»Davon bekomme ich Dehnungsstreifen«, klagte Urbana.

»Ich suche ein paar langsamere Stücke aus«, versprach Erin.

»Niemals!« protestierte Orly. »Schnell ist gut. Jeder schwitzt und jeder trinkt.«

»Und jeder gibt Trinkgeld«, fügte Monique Sr. hinzu und wedelte mit einem Fünfziger. Die anderen Tänzerinnen pfiffen anerkennend.

»Damit wäre die Sache erledigt«, sagte Orly und war schon verschwunden.

Als die Schicht vorüber war, schminkte sich Erin sofort ab und zog sich schnell an. Urbana fragte, weshalb sie es so eilig habe.

»Ich habe etwas zu erledigen.«

»Um drei Uhr morgens?«

»Ich bin mit jemandem verabredet.«

»Sag mir, daß es nicht Darrell ist.« Urbana und die anderen Tänzerinnen wußten über den schlimmen Vorfall vom Vortag Bescheid. Sie hatten die Schnitte auf Shads kahlem Schädel gesehen.

»Keine Angst«, sagte Erin. »Es ist nur Jerry Killian.« Sie schloß den Reißverschluß ihrer Jeans und schlüpfte in ein Paar Sandaletten.

»Mr. Peepers?« fragte Monique Jr. »Weshalb?«

»Um mit ihm zu reden.«

»Eine schlechte Idee«, sagte Monique Sr.

»So viele gute hat man nicht mehr um drei in der Frühe.« Erin kontrollierte ihre Erscheinung im Spiegel. »Schlechte Zeiten verlangen verzweifelte Maßnahmen.«

»Hab Geduld«, riet Urbana Sprawl ihr. »Er kommt schon zurück. Vor allem, wenn du weiter die Musik spielst.«

»Ich kann nicht warten«, sagte Erin.

»Und wie willst du ihn finden?«

»Er wurde schon gefunden.«

Urbana Sprawl lächelte. »Das Telefonbuch!«

»Nein«, sagte Erin. »Da steht er nicht drin. Eine Geheimnummer.«

»Und wie hast du's geschafft?«

»Recherchen«, erklärte Erin rätselhaft. Erin konnte ihnen nicht die Wahrheit sagen. Ein Anruf hatte Agent Cleary den Computer anzapfen lassen. Er freute sich, ihr behilflich sein zu können und stellte kaum Fragen. Ihm tat ihre Entlassung immer noch leid.

Monique Jr. meinte zu Erin, es sei verrückt, Mr. Peepers mitten in der Nacht aufzusuchen. »Er könnte doch trotz allem irgendein verrückter Lustmörder sein.«

»Ach, ich glaube, er ist harmlos.«

»Das haben sie auch von Ted Bundy gesagt.«

»Vielen Dank für die Aufmunterung«, sagte Erin und suchte ihre Handtasche und ihr Tanzkostüm zusammen.

Ohne viel Mühe versperrte Urbana Sprawl ihr die Tür. »Gib ihm bis zum Wochenende Zeit«, sagte sie.

Erin spürte einen Anflug von Erschöpfung. Ihre Freundinnen hatten recht. Es war verrückt.

»Hab Geduld«, sagte Urbana.

»Bis zum Wochenende«, versprach Erin. »Wenn du die neue Musik so lange ertragen kannst.«

Monique Jr. meinte, ZZ Top sei Spitzenklasse. Sie schwor, sie würde nie mehr zu Rap-Nummern tanzen. Sie wünschte sich einen weißen Zylinder und einen Frack als Kostüm für den Song »Sharp-Dressed Man«.

Mit finsterer Miene wog Urbana in jeder Hand eine enorme Brust. »Versuch mal, mit diesen Dingern rumzuhüpfen, und du landest im Streckverband. Deshalb scheiß auf deine ZZ und laß mir meinen Ice-Cube.«

Erin hatte dafür Verständnis. Sie konnte sich nicht vorstellen, mit einem derartigen Busen durchs Leben zu gehen. Keine der Tänzerinnen bezweifelte den Wahrheitsgehalt des Gerüchts, daß Urbana mal einen Mann auf einer Schlafcouch damit erdrückt habe.

»Bis morgen«, verabschiedete Erin sich von ihren Freundinnen.

»Du fährst nach Hause?« fragte Monique Sr. »Sei ehrlich.«

»Nach Hause«, versprach Erin.

Shad folgte ihr mit seinem eigenen Wagen, nur um sicherzugehen.

Moldowsky traf den Congressman während einer Massage an. Eine rothaarige Frau in einem goldenen Badeanzug hockte rittlings auf seinem Rücken und schlug mit den Handkanten auf seine bleichen Schulterblätter ein. Für eine Masseuse hatte die Frau ziemlich lange Fingernägel.

»Sagen Sie hallo zu Eve.« Dilbecks Worte kamen durch die Schläge auf seinen Rücken ein wenig abgehackt heraus.

»Hallo, Eve«, sagte Moldowsky. »Wir müssen mal für einen Moment ungestört sein. Macht Ihnen das etwas aus?«

Eve erwiderte, das sei völlig in Ordnung. Sie hatte einen leichten englischen Akzent.

»Geh schon mal unter die Dusche«, empfahl Dilbeck ihr. »Ich komme auch gleich.«

Als sie den Raum verlassen hatte, fragte Moldowsky: »David, wo ist Ihre Frau?«

»Einkaufen, glaube ich.«

»Sie glauben?«

»Ja, einkaufen. Ich habe Pierre gebeten, langsam zu fahren.«

Moldowsky schüttelte den Kopf. »Sie sind ein hoffnungsloser Schwachkopf.«

Dilbeck setzte sich auf und bedeckte sich mit einem Handtuch. »Was habe ich denn jetzt getan, Malcolm? Teufel, Sie führen sich auf wie meine Mutter.«

Sie hörten, wie in der Dusche am Ende des Korridors das Wasser zu rauschen begann.

Moldowsky deutete mit einem Kopfnicken in die Richtung. »Ist sie eine Nutte?«

»Das weiß ich noch nicht«, erwiderte der Kongreßabgeordnete. »Und selbst wenn sie eine ist, was soll's? Sie hat nicht die leiseste Ahnung, wer ich bin, Malcolm. Sie ist erst vor kurzem aus London hergezogen.«

»Wie schön. Die reinsten Königskinder.«

»Was wollen Sie?«

»Es geht um das Zuckergesetz, Davey. Ihre Kollegen machen Schwierigkeiten, und meine Klienten sind von tiefer Sorge erfüllt. Sie wollen wissen, ob sie ihr Geld aufs falsche Pferd gesetzt haben.«

»Beruhigen Sie sich. Ich bin heute abend mit dem jungen Christopher verabredet.«

Ich soll ruhig sein? dachte Moldowsky. Der Idiot hatte eine Nutte in der Badewanne, das Opfer einer Körperverletzung im Krankenhaus und einen Erpresser, der nur darauf wartet, die Zeitungen zu informieren. »Haben Sie mit dem Richter geredet?« fragte er.

Dilbeck nickte. »Ja, wir haben zusammen zu Mittag gegessen.«

»Und?«

»Er war erfreut über mein Interesse an seiner Karriere. Wie Sie schon sagten, er spekuliert wirklich auf einen Sitz beim Bundesgericht.« Dilbeck stand auf und befestigte das Handtuch. Sehnsüchtig blickte er zum Ende des Korridors, wo leise Geräusche aus der Dusche drangen.

»Und was ist mit *Grant* gegen *Grant?*« wollte Moldowsky wissen.

»Ach, darüber haben wir auch geredet.« Dilbeck begann auf und ab zu gehen, wobei er versuchte, Moldys Eau de Cologne zu entgehen. »Der Richter ist tief religiös. Zumindest tut er so.«

»Wiedergeboren, nehme ich an.«

»Mehrmals. Er ist davon überzeugt, in dem Sorgerechtsfall die richtige Entscheidung getroffen zu haben. Er scheint ein persönliches Interesse an der Angelegenheit zu haben.«

»Das kann schon sein«, sagte Moldowsky.

»Er sagte, die Mutter sei eine Hure. Stimmt das, Malcolm?«

»Ich habe nicht die geringste Ahnung.«

»Da ist doch etwas, das Sie mir nicht erzählen wollen.«

»Es gibt vieles, was ich Ihnen nicht erzähle, David.«

»Ich habe eine Schwäche für Huren.«

»Vergessen Sie's!« Moldowsky gab Dilbeck nicht die geringsten Informationen. Je weniger er wußte, desto besser. »Und? Wie hat der Richter reagiert?«

»Er braucht mich nicht, Malcolm. Er spielt mit einem verdammten Senator Golf...«

Moldowsky stieß einen enttäuschten Fluch aus.

»...und zwar mit einem Senator im Rechtsausschuß. Sobald die nächste Stelle frei wird, ist sie dem Richter sicher. Er braucht uns wirklich nicht.«

»Demnach dreht er nicht an dem Fall«, sagte Moldowsky. »Nicht mal aus Entgegenkommen.«

»Die Frau treibt sich herum und lebt in Sünde. Sie ist nicht geeignet, ein Kind großzuziehen! So lauten seine Worte, Malcolm. Außerdem zitiert er aus der Bibel.«

»Das ist aber eine schlechte Nachricht.«

»Ja«, gab Dilbeck zu. »Es war kein besonders produktives Mittagessen.«

Moldowsky preßte vor innerer Anspannung die Fingerknöchel gegeneinander. »Würde er auf eine Bestechung eingehen? Auf Bargeld?«

»Das widerspricht seinen Prinzipien«, sagte Dilbeck. »Aber für eine Gratisblasnummer ließe er mit sich reden.«

Eine Ader an Moldowskys Hals begann deutlich zu pulsieren. »Mal sehen, ob ich das richtig verstanden habe: Nur wenn die Lady dem Richter einen bläst, bekommt sie das Sorgerecht zugesprochen . . .«

»Er sagt, er würde es in Erwägung ziehen. Das ist alles. ›Pluspunkte sammeln‹ nannte er es.«

»David, ich muß staunen. Sie sind ein einmaliger Unterhändler. Einen wie Sie hätte man bei den SALT-Verhandlungen gebraucht.« Moldowsky begann fluchend auf und ab zu gehen. »Was denkt sich dieser abgewichste Richter eigentlich? Bibelzitate – aus welcher Bibel? Aus dem Buch der Schwänze vielleicht?«

»Hey«, meldete der Congressman sich wieder zu Wort, »es ist doch nur von einer einzigen lausigen Blasnummer die Rede.«

Moldowsky drängte Dilbeck in eine Ecke und packte ihn an den Armen. »Killian macht nicht mit. Die Mutter macht nicht mit. Hey, Davey, ich habe überhaupt keine Skrupel, aber nicht einmal ich würde dabei mitmachen. Das ist das Schlimmste, was ich je gehört habe.«

Die Duftwolken von Moldowskys Eau de Cologne trieben dem Kongreßabgeordneten das Wasser in die Augen. »Der Richter nimmt kein Bargeld an, Malcolm. Ich habe es versucht.«

»Das ist eine Schande!«

»Noch nicht einmal für seinen Wahlkampf«, fügte Dilbeck hinzu. »Ich habe ihm vorgeschlagen, es ihm als eine neutrale Spende zukommen zu lassen, aber er lehnte ab. Sehen Sie, das ist nämlich der Hauptgrund, weshalb er so scharf ist auf einen Bundesposten. Dann braucht er sich nämlich nicht mehr zur Wahl zu stellen. Er hat von Politikern eine ziemlich beschissene Meinung.«

Die sanitäre Anlage gab einen schrillen Pfeiflaut von sich, als die Dusche zugedreht wurde. Dilbeck zuckte bei dem Geräusch zusammen. Sein Gesicht zeigte den vertrauten Ausdruck sexueller Trance.

»Sie sind ein hoffnungsloser Fall«, knurrte Moldowsky.

»Wie bitte?« Dilbeck leckte sich über die Unterlippe.

»Ich sagte, Sie sind ein hoffnungsloser Fall. Gehen Sie schon zu Ihrer Freundin. Ich finde allein hinaus.«

»Danke, Malcolm.«

»Und bringen Sie sich heute nicht wieder in Schwierigkeiten.«

»Natürlich«, versprach der Abgeordnete. »Erb ist ja da.«

»Prima«, sagte Moldowsky. Erb Crandall war gut, aber an manchen Abenden brauchte Dilbeck Doppelbewachung.

Während Moldowsky durch den Korridor schritt, flog die Badezimmertür auf, und er wurde in eine Wolke aufreizend duftenden Wasserdampfs eingehüllt. Eve stand in der Türöffnung, schlank und naß und mit erregt geröteten Wangen. Falls Moldowsky von diesem Anblick auch nur andeutungsweise irritiert wurde, dann zeigte er es nicht. Höflich trat er zur Seite und bedeutete ihr mit einer Geste, an ihm vorbeizugehen.

»Sie haben noch Seifenschaum in den Ohren«, sagte er.

Knapp zwei Stunden später war Congressman David Lane Dilbeck ein Sinnbild männlicher Sattheit und Entspannung. Er lächelte, er produzierte Rauchkringel, er wippte mit den Füßen im Takt, er summte die Musik mit. Ein frisches Glas Rum-Cola stand wenige Zentimeter von seinen Fingern entfernt und beflügelte seine gute Laune noch mehr. Rechts von ihm saß Erb Crandall, der wachsam über einem Orangensaft kauerte. Immer wieder schaute er zur Tür in Erwartung einer Razzia. Zur Linken des Kongreßabgeordneten saß ein Mann namens Christopher Rojo, faltete aus einem Fünfzigdollarschein ein Flugzeug und ließ es in Richtung Bühne segeln, wo eine Frau vorsichtig mit einer fast drei Meter langen burmesischen Pythonschlange tanzte. Das

Schlangenmaul war mit Scotch-Klebeband gesichert, und jemand hatte einen Zahnbürstenschnurrbart auf das Maul gemalt. Erb Crandall vermutete darin einen Hitler-Witz.

«Ich finde es herrlich«, sagte Dilbeck. »Ist sie nicht toll, Erb? Was halten Sie von der Schlange?«

»Ja«, sagte Crandall, »die hat's am besten.«

Die Frau, deren Künstlername Lorelei lautete, hatte den Python auf aufreizende Art und Weise arrangiert. Der Schwanz lag in der Kerbe ihres nackten Gesäßes, schlängelte sich an ihren Beinen entlang und ringelte sich dem Schoß entgegen.

»Das ist aber ein sehr kluges Tier«, stellte der Congressman fest.

Christopher Rojo war genauso beeindruckt. Er faltete ein weiteres Papierflugzeug, diesmal aus einem Hunderterschein. Rojo war ein reicher junger Mann mit wenig Ehrgeiz und jeder Menge Freizeit. Seine Familie besaß ein riesiges Zuckerrohrunternehmen am Südufer des Lake Okeechobee. Christopher hatte die Farm noch nie betreten, aber er hatte schon Fotos von ihr gesehen. Die Zuckerrohrfelder sahen aus wie ein stinkendes Höllenloch. Er staunte über den Gewinn, den sie abwarfen. Es gab so viel Geld, daß man es unmöglich alles ausgeben konnte. Dabei bemühte er sich nach Kräften.

»Da, Davey«, sagte er. »Sie sind dran.«

Dilbeck griff nach dem Papierflieger und warf ihn der Schlangentänzerin zu. Er landete genau zwischen ihren Füßen. Sie zwinkerte den Männern zu und ging elegant in den Spagat. Während sie den Geldschein aufhob, tat sie so, als zeige sie ihn der Schlange. Dilbeck lachte unkontrolliert. Lorelei sprang auf, winkte noch einmal und verschwand von der Bühne. Die Nummer war beendet.

Erb Crandall entspannte sich erleichtert. Vielleicht brachten sie den Abend ohne Zwischenfall hinter sich.

Rojo wandte sich an Dilbeck. »Was wetten Sie?«

Der Kongreßabgeordnete trank mit nachdenklicher Miene von seiner Rum-Cola. »Achtunddreißig B«, antwortete er. »Und naturbelassen.«

»Und ich«, sagte Rojo und wedelte mit weiteren Geldscheinen, »sage ein Meter Plastik.« Er strich einen Fünfziger auf der Tischplatte glatt. Dave Dilbeck tat das gleiche. Sie drehten sich zu Crandall um, der mit einer Handbewegung andeutete, sich nicht an der Wette beteiligen zu wollen. Sie trieben dieses Spiel schon den ganzen Abend, sobald eine neue Tänzerin auf der Bühne erschien. Die Wette umfaßte zwei Punkte: die Größe der Brüste und ob sie chirurgisch vergrößert waren oder nicht. Rojo verlor die ganze Zeit, was Crandall nicht überraschte; der Kongreßabgeordnete hatte einen unfehlbaren Blick für weibliche Formen. Es war die große Leidenschaft seines Lebens, dicht dahinter folgte der Schmiergeldempfang.

Rojo erhob sich schwankend und rief nach einem Mann namens Ling. Kurz darauf erschien ein kleiner Asiate in schwarzem Smoking und mit einer Yankee-Mütze auf dem Kopf am Tisch. Er sah nicht aus wie der Mitinhaber des Stripschuppens, aber er war es.

»Mr. Ling!« sagte Rojo und breitete die Arme aus. »Geben Sie uns die Daten der Schlangenlady.«

»Sie heißt Lorelei«, sagte Dilbeck. »Zeigen Sie etwas mehr Respekt.«

Rojo setzte sich. Dilbeck deutete auf das Geld. »Mr. Ling, Sie sehen den Einsatz.«

Ling nickte verständnisvoll. »Sie wünschen den Tittenreport?«

»Aber selbstverständlich.«

»Miss Lorelei trägt 38 B.«

»Ha!« krähte Dilbeck.

Er griff nach dem Geld, aber Christopher Rojo hielt seinen Arm fest. »Künstlich!« zischte der junge Mann. »Sagen Sie es ihm, Mr. Ling, sagen Sie ihm, daß es Implantate sind, und wir teilen uns das Geld.«

»Nein, Sir«, erklärte Ling. »Lorelei ist durch und durch Lorelei.«

»Mierda«, fluchte Rojo.

Der Kongreßabgeordnete strahlte zufrieden, während er das Geld zusammenraffte.

»In der Flesh Farm gibt es nur das Beste vom Besten«, erklärte Ling. »Stets erste Sahne.«

»Spitzenqualität«, bestätigte Dilbeck.

»Wo sieht man sonst schon eine so große Schlange?« prahlte Ling. »Ein solches Tier könnte ein ganzes Pferd verschlingen.«

»Ich wette, Lorelei würde das auch schaffen.« Dilbeck kicherte über seinen unglaublichen Humor. Es war kein leichtes, fröhliches Kichern, sondern klang tief und unheilschwanger. Erb Crandall wurde schlagartig wachsam.

Er sagte: »Davey, es ist schon spät.«

»Unsinn.« Der Abgeordnete zündete sich eine Zigarette an. »Mr. Ling, ich würde die Schlangenprinzessin gerne mal persönlich kennenlernen.«

»Ich auch«, schloß Christopher Rojo sich an.

Ling zuckte die Achseln. »Mit oder ohne Schlange?«

»Ohne«, antwortete Dilbeck. »Bestellen Sie ihr, ich hätte selbst eine bei mir.«

Rojo brach sich fast einen ab vor Aufregung. Erb Crandall rutschte unbehaglich auf seinem Platz hin und her. Das war keine kluge Idee, überhaupt nicht. Er sagte: »Kommen Sie, Davey, Sie müssen morgen früh eine Rede halten.«

Der Congressman nahm eine idiotische Rednerpose ein. »Vor vier Nummern und sieben Jahren gründeten unsere Vorhäute eine neue Nation...«

Crandall lachte nicht. Dilbeck sagte: »Na schön, Erb, wer zum Teufel ist es diesmal?«

»Die Handelskammer.«

»Scheiße.« Dilbeck schlug Rojo auf die Schulter. »Chris, solche Pfeifen haben Sie noch nie gesehen. Leichenkammer würde besser dazu passen.«

»Trotzdem«, sagte Crandall, »ist die Rede für halb acht angesetzt.«

»Wir bringen ihn schon hin«, versprach Rojo.

»Also«, fragte Ling in leicht ungeduldigem Ton, »wollen Sie einen engen Tanz oder nicht?«

Der Congressman breitete die Arme aus. »Klingt verlockend, Bruder Ling. Holen Sie Wie-heißt-sie-Noch her.«

»Miss Lorelei?«

»Genau die.«

Crandall rückte näher an Dilbeck heran und sprach eindringlich in sein rechtes Ohr. Dilbeck schüttelte den Kopf und hielt dabei die ganze Zeit das Rum-Cola-Glas an seine Lippen. »Nur ein bißchen engen *lambada*«, sagte er nach einem Schluck. »Was ist daran so schlimm?«

»Ja«, sagte Rojo. »Lassen Sie dem armen Mann doch seinen harmlosen Spaß.«

Es war sinnlos zu widersprechen. Crandall entfernte alle Flaschen und andere möglichen Waffen vom Tisch. Dann unternahm er einen langsamen Rundgang durch den Club, um festzustellen, ob er irgendein bekanntes Gesicht entdeckte. Wegen der Presse machte er sich keine Sorgen, denn Reporter verdienten nicht genug, um in Läden wie der Flesh Farm herumzuhängen. Es waren Republikaner, von denen Erb Crandall Angst hatte – nur ein einziger brauchte irgendwo herumzuhocken und alles mitanzusehen, und schon wäre David Lane Dilbeck geliefert. Die zerzauste Perücke und die Sonnenbrille machten ihn nur noch verdächtiger. Die Chauffeursmütze, die er sich von dem schweigsamen Pierre ausgeborgt hatte, war mindestens drei Nummern zu klein. Damit sie nicht herunterfiel, hatte Dilbeck sie an seine Perücke geheftet. Immer wenn die Mütze sich bewegte, bewegten sich auch die Haare. Nicht einmal Christopher Rojo schien es zu bemerken. Das war das Gute an Dilbecks kleinem Problem. Besucher von Nacktlokalen vergeudeten nicht viel Zeit damit, einander zu beobachten. Die gesamte Aufmerksam galt den Tänzerinnen.

Heute abend war der Club kaum zur Hälfte gefüllt, und Crandall entdeckte niemanden aus der wunderschönen Welt der Politik. Als er an den Tisch zurückkehrte, war der Stuhl des Kongreßabgeordneten leer. Rojo deutete zum hinteren Teil des Clubs, wo eine Reihe vergoldeter Kabinen eine Wand säumte. Die Kabinen waren für enges Tanzen und andere private Vergnügungen reserviert.

»Ich hab ihm zweihundert zugesteckt«, verriet Rojo. »Er wollte dreihundert, aber ich beließ es bei zwei.«

»Zwei reicht völlig.« Crandall setzte sich und sah auf die Uhr. Er würde ihm zehn Minuten genehmigen.

Rojo seufzte. »Ich bin vielleicht müde, Mann.« Er griff in seine Sakkotasche und holte ein kleines mit Stanniolpapier umwickeltes Päckchen hervor. »Wollen Sie auch was für die Nase?«

Erb Crandall fühlte sich total verbraucht. »Das ist ja toll, Chris. Was für eine glänzende Idee. Darf ich?« Er faltete das Stanniolpapier auseinander und betrachtete das Pulver. Rojo grinste aufmunternd. Crandall erwiderte das Grinsen. Dann zog er hoch und spuckte einen Schleimbrocken auf Christopher Rojos Dope.

»Herrgott im Himmel!« rief Rojo aus.

Crandall schob das offene Stanniolpäckchen über den Tisch. »Sehen Sie zu, daß Sie das auf dem Weg nach draußen loswerden.«

»Sie verrückter Heini!«

»Chris, hören Sie gut zu. Wenn Sie nicht innerhalb von dreißig Sekunden verschwunden sind, erzähle ich Ihrem alten Herrn von dieser Sache. *Manana,* in aller Frühe.«

Vor seinem geistigen Auge sah Rojo, wie das Familienerbe sich verflüchtigte. Hastig wickelte er das speichelgetränkte Kokain in ein mit seinem Monogramm versehenes Taschentuch. »So«, sagte er zu Crandall. »Sind Sie jetzt zufrieden?«

»Ich sagte, Sie sollen verschwinden.«

»Aber wann komme ich denn an die Reihe?«

Crandall schaute ihn verständnislos an.

»Bei der Schlangenlady, Erb. Ich bin als nächster nach Davey dran.«

»Lassen Sie sich Ihr Geld zurückgeben«, riet Crandall ihm. Er stand auf, um den Kongreßabgeordneten zu suchen.

Nichts lenkte David Dilbeck so nachhaltig von seinen Problemen ab wie enges Tanzen. Die Abstimmung über das Zuckergesetz, der Kampf um die Wiederwahl, die Ehefrau, die Erpressung – wen kümmerte das? Er war allein mit der Pythonprinzessin, hatte seine Hände auf ihren Hintern gelegt und wiegte sich zu einem imaginären Johnny-Mathis-Song. Lorelei rieb ihre erfreulich natürlichen Wölbungen an seinem mittelalterlichen Speck. Ihre Stimme klang lieblich und aufrichtig. Ihr Haar duftete nach Orchideen. Dilbeck wurde allmählich steif. Das Leben war herrlich.

Als er Loreleis Oberteil aufhaken wollte, stoppte sie den Versuch.

»Das geht aber nicht«, flüsterte sie.

»Wie bitte?«

»Das ist gesetzlich verboten, Baby.«

»Mach dir deshalb keine Sorgen«, sagte er.

»Sieh mal, wenn du mit mir tanzen willst, dann darf ich nicht nackt sein. So lautet das Gesetz. Wenn ich nackt bin, darfst du mich nirgendwo anfassen.«

Dilbeck besaß flüchtige Kenntnisse der Obszönitätsverordnungen des County.

Lorelei hob die Schultern. »Tut mir leid, Baby.« Sie preßte ihre Hüften gegen ihn und bewegte sich schlangenhaft. »Das ist doch auch nicht so übel, oder?« Sie hatte ihn gegen die Kabinentür gedrängt.

»Ich habe eine Idee«, sagte Dilbeck.

»Ja, und?«

»Wie wäre es, wenn du halbnackt wärst? Dann könnte ich den Teil berühren, der nicht nackt ist.«

»Ein hübscher Gedanke«, sagte Lorelei, »aber es heißt alles oder nichts.«

Also tanzten sie weiter, bis Dilbeck spürte, wie er sie durch seine Hose anstieß. Mit gedämpfter Stimme raunte er: »Und was tun wir nun mit *ihm*?«

»Ihn bewundern«, sagte Lorelei, »aber mehr nicht.«

Dilbeck blickte gedankenverloren auf seinen Schoß.

»Weißt du«, sagte sie nun, »du könntest trotz allem ein Cop sein.«

Er riß sich die Mütze und das Haarteil vom Kopf und präsentierte der Schlangenlady sein wahres Ich. »Ich bin kein Polizist. Ich bin ein Mitglied des Repräsentantenhauses der Vereinigten Staaten.«

»Jaja und ich bin Gloria Steinem.«

Dilbeck spürte aus Loreleis Haltung, daß der Körpertanz bald beendet sein würde.

»Wieviel Zeit haben wir noch?« fragte er.

»Etwa fünfundvierzig Sekunden, Baby.«

David Dilbeck knöpfte hastig sein Hemd auf, ließ sich zu Boden sinken und streckte sich auf dem Rücken aus. Lorelei betrachtete ihn prüfend.

»Tanz auf mir«, forderte er sie auf.

»Wieviel?«

»Zweihundert Bucks.«

»In Stöckelschuhen oder barfuß?«

»Jeweils eins von beidem«, sagte der Congressman und schloß die Augen.

Vorsichtig stieg Lorelei auf seine Brust. »Woher hast du die Narbe dort?«

»Ein doppelter Bypass«, antwortete Dilbeck ächzend. »Keine Angst, ich bin so gut wie neu. Und jetzt tanz, bitte.«

»Mein Gott«, murmelte die Pythonfrau.

»Ah, ja. Gutes Kind.«

»Sag Bescheid, wenn ich dir weh tue.«

»Ich sag dir, wenn du es nicht tust«, erwiderte der Kongreßabgeordnete.

Lorelei hatte Probleme, das Gleichgewicht zu halten, da Dilbecks Topographie schwammig und uneben war.

»Du bist ganz wunderbar«, sagte Dilbeck und grunzte lustvoll unter dem Gewicht. Seine Hände krochen spinnengleich in Richtung seines Schoßes.

»O nein, das tust du nicht.« Lorelei stieg hart auf seine Hände. »Das ist nicht gestattet.«

»Laß mich, Mommy!«

»Wenn du mit dir selbst herumspielen willst, dann geh nach Hause und tu's dort.«

David Dilbeck schrie einmal auf. Als nächstes kam eine Reihe feuchter, saugender Laute. Dann begann er sich wie in epileptischen Zuckungen unter der verblüfften Tänzerin aufzubäumen und hin und her zu werfen. Seine Beine versteiften sich, zuckten, seine Augen hatten plötzlich einen irren Ausdruck und rollten in ihren Höhlen hin und her.

Lorelei hatte Angst, ihre Füße von den Händen des Mannes zu nehmen. Insgeheim schimpfte sie sich eine Idiotin, weil sie nicht auf Vorauskasse bestanden hatte. Falls dieser Heini abkratzte, würde sie seine Taschen durchsuchen müssen.

Dilbeck begann zu zucken, als stünde er unter Starkstrom. Damit sie nicht herunterstürzte, stützte Lorelei sich mit beiden Armen an den Kabinenwänden ab. Da wurde die Tür aufgerissen, und ein Fremder packte sie unter den Armen. Er trug sie hinaus und fragte, ob ihr irgend etwas zugestoßen sei. Sie sagte, sie habe in der Kabine einen Schuh vergessen. Der Mann erwiderte, in Anbetracht der Umstände würde sie sicherlich nicht darauf bestehen, ihn zurückzubekommen. Er reichte ihr drei Hundertdollarscheine.

»Danke«, sagte Lorelei. »Kommt er wieder auf die Beine?«

»Das braucht nicht Ihre Sorge zu sein.«

Die Hände der Tänzerin zitterten, während sie die Geldscheine zusammenfaltete. »Wissen Sie, was er mir erzählt hat? Er sei Kongreßabgeordneter.«

Erb Crandall lachte. »Manche Typen«, sagte er, »versuchen es wirklich mit jedem Trick.« Er griff in die Tasche, um einen weiteren Hunderter herauszuholen.

8. KAPITEL

Am nächsten Tag erledigte Malcolm Moldowsky den Anruf. Das Treffen wurde in einer Bowlingbahn auf dem Sunrise Boulevard vereinbart. »Nehmen Sie irgendeine Bahn, die Sie kriegen können«, sagte der Mann. »Es ist Trainingsabend zu verbilligten Preisen.«

Moldowskys Füße waren so zierlich, daß er Frauenschuhe leihen mußte. Er entschied sich für eine Neunpfundkugel und versuchte die schmierigen Grifflöcher mit seinem monogrammbestickten Taschentuch zu säubern. Er zwang sich dazu, nicht darüber nachzudenken, wer vor ihm seine Finger in die Kugel gesteckt hatte.

Nach etwa einer Stunde tauchte der Mann auf. Er war so massig wie ein Weinfaß und trug ein braunes UPS-Hemd. Er überflog Moldowskys Ergebnisse und sagte: »Gar nicht übel.«

»Ich hab gemogelt«, sagte Moldy und warf eine Kugel in die Rinne. Er hatte insgesamt sicher nicht mehr als vierzig Pins abgeräumt. Auf dem Spielformular hatte er sich großzügig 164 zugestanden.

Der Mann zog seine Bowlingschuhe an und bowlte Strike – Spare – Strike. »Sie haben eine gute Bahn ausgesucht«, sagte er zu Moldowsky.

Eine Serviererin kam vorbei, und der Mann schickte sie mit einer Handbewegung weg. Moldowsky reichte ihm ein dickes braunes Briefkuvert. »Es ist alles drin«, sagte er dazu. »Auch die Tickets. Überzeugen Sie sich.«

»Nee-nee«, erwiderte der Bowler. »Mir ist egal, was drin ist. Ich bin nur der Laufbursche.«

Er warf gekonnt eine Kurve und ließ ein Sieben-zehn-Bild stehen. »Spielen oder wetten Sie gerne?« fragte er Moldowsky. »Warten Sie, das war eine dumme Frage. Natürlich sind Sie ein Spielertyp. Anderenfalls hätten Sie mit der ganzen Sache nichts zu tun.«

»Sehr scharfsinnig.«

»Fünf Bucks, daß ich diesen Split schaffe.«

»Klar«, sagte Moldy. »Fünf ist okay.« Sein Mangel an Interesse wäre nicht einmal einem Dreijährigen verborgen geblieben.

Bei dem massigen Mann sah es ganz einfach aus. Er tippte den Siebenerpin gerade hart genug an, damit er auch den Zehner abräumte. »Das ist der schwierigste Split beim Bowling«, erklärte er. »Wußten Sie das?«

»Erstaunlich«, sagte Moldowsky gähnend. Er gab dem Mann fünf Dollar. »Bestellen Sie Ihren Leuten, sie sollen so schnell wie möglich handeln. Wir haben nämlich eine ziemlich knappe Frist bekommen.«

»Ich weiß nicht, wovon zum Teufel Sie reden«, sagte der Mann, »aber ich gebe es gerne weiter. Sie sind dran, Sportsfreund.«

Moldowsky stellte sich unglücklich am Anfang der Anlaufbahn auf. Er machte drei kleine, unbeholfene Schritte und wuchtete die Kugel auf die Bahn. Irgendwie schaffte er einen Strike.

»Reines Glück«, gab Moldy zu.

»Was gibt es Besseres«, sagte der Mann im UPS-Hemd. »Sie können jetzt getrost nach Hause zurückfahren, okay? Es ist alles unter Kontrolle.«

Eine einzige schlechte Nachricht verstärkte das bedrückende Gefühl der Sinnlosigkeit, das Mordecai seit dem Tag befallen hatte, an dem er seine Examensurkunde der juristischen Fakultät erhielt – als 207. in einem Jahrgang von 212.

Der Rückschlag war besonders grausam, da er in einem seltenen optimistischen Moment erfolgte. Ein Anwalt der Delicato Dairy Company war in Mordecais Kanzlei aufgetaucht, um über eine mögliche außergerichtliche Vereinbarung im Fall des kakerlakenverseuchten Blaubeerjoghurts zu verhandeln. Für Mordecai war die Verhandlungsbereitschaft der Firma (ohne den an sich üblichen Austausch häßlicher Korrespondenz) eine wunderbare Überraschung. Eine außergerichtliche Einigung würde ihm lange Stunden mühsamer Vorbereitung auf einen Prozeß ersparen. Sie bewahrte ihn außerdem davor, der Jury den Anblick seines Klienten zuzumuten.

Der informelle Charakter der Zusammenkunft ließ Mordecais Hoffnungen geradezu in die Höhe schießen. Der Rechtsanwalt der Delicato Dairy Company war sehr gesittet, vernünftig und hatte für rhetorische Schaumschlägereien nichts übrig. Er war sich der imageschädlichen Auswirkungen eines aufgebauschten Ungezieferprozesses durchaus bewußt. Seine Hauptsorge betraf das Fernsehen: In Florida waren TV-Kameras sogar im Gerichtssaal zugelassen. Die beiden Männer waren sich darin einig, daß eine Farbvideoaufnahme von einer Kakerlake, die aus einem Delicato-Becher herausgefischt wird, einen negativen Effekt auf das Vertrauen des Verbrauchers haben würde. Das Ausmaß des Schadens, umsatzmäßig betrachtet, hinge einzig und allein davon ab, wie viele Stationen die Satellitenübertragung aus dem Gerichtssaal übernähmen. Das Interesse des Anwalts, ein solches Risiko zu vermeiden, wurde deutlich durch die Höhe seines ersten Angebots – ein »mittlerer sechsstelliger« Betrag. Mordecai hatte Mühe, seine Freude zu kaschieren.

Natürlich verlangte der Delicato-Anwalt, sich Shads Kakerlake ansehen zu können. Eine reine Formalität, versicherte er Mordecai. Der Anwalt hatte eine Kleinbildkamera mitgebracht, um die Verschmutzung zu dokumentieren. Fotos seien wichtig, erklärte er, falls seine Klienten die Plausibilität einer außergerichtlichen Einigung anzweifeln sollten. Eine kurze Diaschau im Konferenzraum des Firmenvorstands würde sie sicherlich überzeugen.

Mordecai war beeindruckt von der Gründlichkeit des Anwalts. Er konnte erkennen, daß das weite Feld der Produkthaftung ein interessantes Arbeitsgebiet sein könnte, falls man Prozesse vermeiden konnte.

Er wünschte sich, daß Beverly zugegen wäre, um an seinem Triumph teilzuhaben, aber sie hatte sich mit einer ihrer Dreitagemigränen krank gemeldet. Mordecai beschäftigte dafür eine Teilzeitkraft namens Rachel, deren unermüdlich sprudelndes Temperament ihre mangelnden Kenntnisse in Stenographie und ihr schleppendes Tempo an der Schreibmaschine durchaus wettmachte. Mordecai rief Rachel in sein Büro und bat sie, den Blaubeerjoghurt aus dem Kühlschrank zu holen. Das Lächeln wich schlagartig aus ihrem Gesicht, und Mordecai wußte alles.

»Ich hole frischen«, versprach sie hastig, »gleich in der Mittagspause.«

Mordecai fand keine Worte, um sein Mißfallen auszudrükken. Der Delicato-Anwalt bat höflich, das Telefon im Nebenzimmer benutzen zu dürfen.

»O Rachel«, sagte Mordecai niedergeschlagen.

»Ich kaufe auch die Großpackung. Acht Geschmacksrichtungen tropischer Früchte.«

»Rachel!«

»Ja, Sir?«

»Wie konnten Sie nur!«

»Ich hatte Hunger.«

»Haben Sie denn nicht bemerkt, daß der Becher schon offen war?«

»Ich dachte, er gehört Bev. Ich wollte nicht, daß er schlecht wird.«

»Rachel«, sagte Mordecai. »Sie verstehen nicht.«

»Es tut mir furchtbar leid.« Sie begann zu schluchzen.

»Hören Sie auf«, sagte Mordecai. »Auf der Stelle!« Als er an Shad dachte, brach ihm der kalte Schweiß aus. Wie sollte er es ihm beibringen? Welche Katastrophe würde daraufhin ausbrechen? Mordecai trauerte außerdem seinem eigenen finanziellen Verlust nach: vierzig Prozent von Nichts war Nichts. Sein großer leerer Magen verkrampfte sich.

»Ich wußte nicht, daß der Joghurt Ihnen gehörte«, sagte Rachel schluchzend. »Ich wußte nicht, daß auch Sie so etwas mögen.«

»Ich hasse Joghurt. Ich bekomme davon Durchfall!«

Das traurige Gesicht der Sekretärin bekam nach und nach einen verwirrten Ausdruck. »Weshalb regen Sie sich denn dann so auf?«

»Weil Sie mein Beweismittel verspeist haben.« Mordecai benutzte nun eine seltsame Singsangstimme. »Wie war er denn, Rachel?«

»Der Joghurt?«

»Ja, der Joghurt. Ein wenig grobkörnig, vielleicht?«

»Jetzt, wo Sie es erwähnen.« Ihre Stimme klang besorgt. »Werfen Sie mich nun raus?«

»Ach, noch etwas viel Schlimmeres«, sagte Mordecai. »Bitte, setzen Sie sich.«

»Was haben Sie vor?«

»Etwas, das mir noch viel mehr Vergnügen machen wird. Ich werde Ihnen nun genau erklären, was Sie gegessen haben.«

Besuchstag.

Erin wartete unter einem bedeckten Himmel im Holiday Park. Sie entschied sich für eine Bank unweit der öffentlichen Tennisplätze, wo Chris Evert den Umgang mit dem Tennisschläger gelernt hatte. Heute spielten dort französisch-kanadische Touristen ein Doppelmatch. Sie hatten die weißeste Haut und die blauesten Adern, die Erin je gesehen hatte.

Darrell Grant ließ Erin immer warten, weil ihm dies ein Gefühl der Macht verschaffte, wußte er doch, daß sie nur für diese Nachmittage lebte. Heute kam er eine Dreiviertelstunde später und schob Angela in einem Rollstuhl vor sich her.

»Mami, sieh mal, was wir im Krankenhaus bekommen haben.«

Erin hob ihre Tochter aus dem Stuhl und stellte sie auf den Gehsteig. Dann verlangte sie von Darrell Grant zu verschwinden.

»Wie geht's denn deinem arschgesichtigen Freund?« erkundigte er sich.

»Mami hat einen Freund?« wollte Angela wissen.

»Nein, Baby, ich habe keinen.«

Erin war wütend, daß Darrell Angie bei seinen Rollstuhldiebereien benutzte. Wenn er erwischt würde, wären die Folgen furchtbar – die staatlichen Behörden würden das kleine Mädchen in ihre Obhut nehmen. Erin verspürte unbändige Lust, Darrell anzubrüllen, aber sie wollte sich die kurze Zeit mit Angela nicht verderben.

Darrell Grant sagte: »Wie ich sehe, hast du neue Reifen.«

Erin ignorierte ihn. Sie überprüfte die Kleidung, die Socken und die Unterwäsche ihrer Tochter, um sich zu vergewissern, daß alles sauber war. Für einen Soziopathen achtete Darrell erstaunlich sorgfältig auf die Wäsche.

»Paß gut auf meine hübsche kleine Partnerin auf«, sagte er und schob den leeren Rollstuhl zurück zu seinem Van, um dort zu warten. An Besuchstagen ließ er Erin und Angela niemals aus den Augen. Falls sich die Gelegenheit ergab, würde Erin ganz bestimmt mit dem Mädchen durchbrennen. Davon war Darrell überzeugt.

Erin nahm die Hand ihrer Tochter, und sie schlenderten los.

»Wie geht es dir, mein Baby?«

»Ganz gut.«

»Lernst du neue Freunde oder Freundinnen kennen?«

»Am Freitag war ich bei Tante Rita. Sie hat einen richtigen Wolf!«

Toll, dachte Erin. Die verrückte Rita und ihre kuscheligen Raubtiere. »Nimm dich vor dem Wolf in acht, Angela. Die können manchmal sehr gefährlich sein.«

»Sie sagte, ich könnte eins der Babys bekommen, Mami.«

»Nein, wir kaufen dir einen richtigen Hund –«

»Aber Daddy sagte nein. Er sagte, vielleicht einen Vogel.«

»Einen Vogel?« wiederholte Erin. Genau das, was jedes vierjährige Kind sich wünscht.

»Einen sprechenden«, sagte Angie. »Wie Big Bird aus der Sesamstraße, nur kleiner.«

»Würde dir das gefallen?«

»Er sagte, wir können ihn Humpy nennen. Ist das ein schöner Name?«

»Nein«, sagte Erin. »Eigentlich nicht.«

Sie gingen am Park entlang. Darrell Grant folgte ihnen langsam in seinem Van. Erin veranstaltete ein Picknick unter den Bäumen. Sie und Angela aßen Brote mit Erdnußbutter und sangen Lieder aus »The Electric Company«. Ein graues Eichhörnchen erschien, und sie fütterten es mit Käsekräckern.

Um zehn vor drei betätigte Darrell die Hupe. Als Erin nicht reagierte, wurden die Huptöne immer länger und störender. Das Heulen deckte schließlich alle anderen Geräusche zu. Die Kanadier unterbrachen ihr Tennisspiel und begannen, Darrell Grant auf französisch zu beschimpfen.

»Um Gottes willen«, sagte Erin.

»Macht Daddy diesen Lärm?«

»Ich fürchte ja.« Erin umarmte ihre Tochter und gab ihr einen Kuß. Sie roch Darrells gottverdammte Zigaretten im Haar ihrer Tochter.

»Mami, ich habe vergessen, dir noch etwas zu erzählen.«

»Was denn, Liebling?«

»Ich habe alle meine Puppen verloren.«

»Das tut mir aber leid.«

»Als wir umgezogen sind. Daddy sagte, er kann sie nicht mehr finden.«

»Ich besorg dir ein paar neue«, versprach Erin. Sie würde Angela niemals erzählen, was ihr Vater getan hatte. So etwas konnte man nicht erklären.

»Ich liebe dich, Angie.«

»Ich liebe dich auch, Mami. Kann ich Daddy von den neuen Puppen erzählen?«

»Laß mal. Es soll eine Überraschung sein.«

Von Agent Cleary hatte Erin die folgenden allgemeinen Informationen über Jerry Killian erhalten: er war achtundvierzig Jahre alt und ungefähr einsachtzig groß, wog siebzig Kilo und war geschieden. Er arbeitete als Redakteur in der örtlichen CBS-Filiale, war eingetragener Demokrat und fuhr einen 1988er Chevrolet Caprice. Seine Brillen kaufte er bei einem Billigoptiker. Er abonnierte *Newsweek, Harper's, The New Yorker,*

Rolling Stone, Consumer Reports und *Hustler.* Seine Ex-Frau hatte vor kurzem einen Kunstgewerbeladen in einem Vorort von Atlanta eröffnet, und er hatte für das Existenzgründungsdarlehen gebürgt. Er hatte zwei Töchter an der George State University. Er besaß eine Saisonkarte für die Miami Dolphins. Er lieh jeden Film aus, den Debra Winger je gedreht hatte. Der Überziehungskredit seiner Visakarte betrug dreitausend Dollar. Im Herbst fuhr er zum Forellenfischen nach Montana und mietete dazu stets einen Kleinwagen. In seinem ganzen Leben war er noch nie mit der Polizei in Konflikt geraten.

Und er wohnte in Apartment 317 am 4566 Green Duck Parkway in Fort Lauderdale, Florida.

Erin rief vorher an. Killian war völlig fassungslos, als er ihre Stimme hörte. Er zog Sakko und Krawatte an, um sie an der Tür zu empfangen.

»In meiner Handtasche«, sagte Erin, »befindet sich eine geladene Pistole.«

»Dort kann sie bleiben.«

»Ich bin rein geschäftlich hergekommen.«

»Schon verstanden«, erwiderte Killian.

Sie hatte erwartet, daß in seiner Wohnung Ordnung herrschte, und so war es auch. Es roch nach Lemon Pledge. Sie nahmen auf einander gegenüberstehenden Stühlen an einem ovalen Eßtisch Platz.

»Ich wollte mich nur bei Ihnen bedanken«, begann sie. »Die Musik, die Sie vorgeschlagen haben, ist ganz toll zum Tanzen.«

Killian strahlte. »Sie haben es ausprobiert? Das freut mich sehr.«

»Sie sollten mal in den Club kommen und es sich ansehen. Ich habe Shad gesagt, es sei in Ordnung, wenn Sie kommen.«

»Tatsächlich?« Er betrachtete sie versonnen. »Vielleicht später mal.«

»Weshalb später? Weshalb nicht jetzt?«

»Ich habe die Sache in Gang gebracht. Ein Teil der Abmachung besagt, daß ich mich vorerst vom Eager Beaver fernhalten muß.« Killian hielt inne. »Das ist das Schwierigste, das ich je getan habe. Ich vermisse Sie sehr.«

Da geht's schon los, dachte Erin. Her mit dem Wasserschlauch.

Sie fragte: »Darf ich Sie Jerry nennen?«

»Ich wäre im siebten Himmel, wenn Sie es täten...«

»Jerry, sehen Sie, ich muß mehr über das sogenannte Geschäft wissen. Es geht schließlich um mich und meine kleine Tochter.«

»Natürlich trauen Sie mir nicht.«

»Ich *kenne* Sie nicht.«

»Erin«, sagte er, »ich würde nichts tun, was Sie oder Ihre Tochter in irgendeine Gefahr bringen würde. Meine Zuneigung ist tief und echt. Ich verzehre mich nach Ihnen. Ich ertrinke in Liebe.«

Erins Herz flatterte nicht einmal leicht. Sie sagte: »Jerry, wer ist dieser Kongreßabgeordnete?«

»Sein Bezirk liegt ganz woanders. Sie kennen seinen Namen sowieso nicht.«

»Versuchen Sie's. Ich lese schließlich die Zeitung.«

»Der Name ist unwichtig«, sagte Killian. »Wichtig ist nur, daß er ein ernstes Frauenproblem hat. Es wäre mir gar nicht angenehm, wenn ich auf Einzelheiten zu sprechen kommen müßte.«

»Ich bitte Sie...«

»Ich bin ein Gentleman. So wurde ich erzogen.«

»Und ich bin Stripteasetänzerin, Jerry. Ich hatte mal einen Gast, der zog mir mit den Zähnen den Tanga vom Hintern – er zerkaute ihn, schluckte und spülte mit Southern Comfort nach. Danach rülpste er und spuckte das Gummiband aus.«

Killians Ohren wurden puterrot.

»Tatsache ist«, sagte Erin, »daß nichts, wozu ein Mann in der Lage ist, mich noch schockieren kann. Ich habe einen Ex-Ehemann, der anderen Leuten seine Initialen in den Schädel ritzt. Kommt Ihr Congressman auch auf solche lustigen Ideen?«

»Es ist nicht zu seinem Schutz«, sagte Jerry Killian, »sondern zu Ihrem.«

»Falls es Ärger gibt?«

Killian stand auf und sagte: »Kommen Sie mal mit.«

Erin folgte ihm, die Handtasche fest unter ihrem linken Arm geklemmt, damit sie die Pistole durch den Stoff spüren konnte. Killian öffnete die Tür eines kleinen Gästezimmers, das er in eine ganz private Ruhmeshalle umgewandelt hatte. Die Wände waren mit den Werbefotos von Nackttänzerinnen dekoriert. Interessanterweise waren die Fotos allesamt züchtige Porträtaufnahmen, die man auch in einem Kindergarten hätte zeigen können, ohne Angst haben zu müssen, daß jemand dadurch verdorben wurde. Erins Werbefoto, das in einem Holzrahmen steckte, befand sich in der Mitte des Pantheons und wurde von einer Messinglampe beleuchtet.

Indem er seine Sammlung überflog, sagte Killian: »Nichts ist schöner als das Lächeln einer Frau.«

»Ach wirklich?« fragte Erin. »Kommen Sie deshalb in den Eager Beaver – wegen unseres Lächelns?«

»Es ist das Tor zu wahrer Liebe und Hingabe. Ohne Lächeln, was bleibt da noch übrig? Nur Brüste und ein paar krause Haare.«

»Jerry?«

»Ja?«

»Sie machen mir angst.«

»Nun, Erin, ich bin ein hoffnungsloser Fall. Das gebe ich zu.«

»Sie kennen all diese Frauen?«

»Ich kannte sie. Ich war mit ihnen befreundet. Und wann immer ich konnte, habe ich ihnen geholfen.« Er deutete auf eine platinblonde Frau mit einer spitzen Nase und stachligen, getuschten Augenlidern. »Allison hatte ein Drogenproblem. Ich habe sie in einer sehr erfolgreichen Therapie untergebracht, und jetzt ist sie clean.«

Erin fragte, ob sie noch immer tanze.

»Nein, das tut sie nicht.« Killian trat dicht an das Foto heran und betrachtete eindringlich jedes Detail, als sei es ein echter Monet. »Eine Woche, nachdem sie aus der Therapie entlassen worden war, heiratete sie einen Baumchirurgen und zog mit ihm nach Tallahassee. Ich habe noch nicht einmal eine Postkarte von ihr bekommen.« Er wandte sich zu Erin um, und seine Miene hellte sich auf. »Aber das ist schon in Ordnung! Ich erwarte und wünsche nichts.«

»Bis auf ein Lächeln.«

»Aber nur, wenn es von Herzen kommt.

Erin knipste das Licht aus und bugsierte Killian zurück ins Wohnzimmer. Sie setzte sich neben ihn auf die Couch und redete auf ihn ein wie auf einen kleinen Jungen.

»Das ist kein Spiel«, sagte sie.

»Ich habe gehört, Sie nennen mich Mr. Peepers.«

»Wir alle mögen Sie, Jerry. Es ist ein liebevoller Spitzname.«

»Ich weiß, daß ich ziemlich mager bin und wie ein Bücherwurm aussehe.«

»Gelehrtenhaft würde ich es nennen.«

»Lassen Sie sich nicht täuschen, Erin. Ich kann Baseball spielen.«

Sie ergriff seine beiden Hände – eine Standardgeste, um sie vom Herumtasten abzuhalten. »Was genau wissen Sie von dem Kongreßabgeordneten?«

Killian beteuerte, er könne es ihr nicht verraten. Er löste eine Hand aus ihrem Griff und vollführte eine Geste, als würde er seinen Mund mit einem Reißverschluß zuziehen.

»Es muß etwas Gutes sein«, lockte Erin ihn, »um einem Richter auf die Pelle zu rücken.«

»Ich kann darüber nicht reden«, wiederholte Killian. »Das ist reine Männerarbeit.«

Erin seufzte und lockerte ihren Griff. »Ich habe ein Problem, Jerry. Glaube ich Ihnen Ihre Geschichte? Mach ich mir umsonst Hoffnungen? Die ganze Sache mit Darrell und Angela war bisher ein einziger Alptraum.«

»Ich verstehe«, sagte er. »Ich habe die Akten im Gerichtsarchiv gelesen. Dort habe ich auch den Namen des Richters erfahren.«

»Wenn ich etwas mehr wüßte, könnte ich vielleicht dabei helfen, das Ganze zu organisieren.«

»Es ist alles bestens vorbereitet«, sagte Killian.

Es hatte keinen Zweck. Gewöhnlich schaffte man es mit einem freundschaftlichen Händchenhalten, aber diesmal nicht. Erin erhob sich und sagte: »Na schön, Jerry. Wie lange dauert es?«

»Ich erwarte heute nachmittag einen Telefonanruf.«

»Arbeiten Kongreßabgeordnete auch sonntags?«

»Ja, wenn ihre Karriere auf dem Spiel steht.«

Erin stand an der Tür und suchte nach möglichst behutsamen Worten, um zu sagen, was gesagt werden mußte. »Wenn das klappt, wenn ich Angela wirklich zurückbekomme ... nun, dann kann ich Ihnen im Gegenzug nichts dafür geben, Jerry. Das sollten Sie wissen.«

»Mit nichts meinen Sie auch ...«

»Sie wissen, was ich meine«, sagte Erin. »Ich werde Ihnen für immer dankbar sein. Das ist alles, was ich versprechen kann.«

»Sehe ich jetzt aus, als sei ich am Boden zerstört?«

»Ein wenig.«

»Nun, wer wäre das nicht?« Er kicherte verhalten. »Ich wette, dann geben Sie auch den Job im Club auf.«

»Aber sicher. Sobald ich Angie zurückhabe, verschwinde ich von dort.«

»Dann gibt es eine Sache, die Sie für mich tun können.« Er ging zur Stereoanlage und schaute einen Stapel CDs durch. »Einen Moment«, sagte er zu Erin. »Bitte!«

Nicht lange, und das Apartment füllte sich mit Heavyrockklängen – »She's Got Legs« von ZZ Top. Erin warf Killian einen gespielt mißbilligenden Blick zu.

»Lassen Sie mich raten«, sagte sie.

»Macht es Ihnen etwas aus?«

»Aber nur ein Tanz«, sagte Erin. Urbana hätte ihr den Hals umgedreht.

Als sie das erste Mal im Club auf die Bühne mußte, übergab Erin sich vor und nach dem Auftritt. Urbana Sprawl nahm sie beiseite. »Es ist genauso wie Bergsteigen, klar? Es geht dir gut, so lange du nicht nach unten schaust.« Monique Jr. umarmte sie und flüsterte: »Es ist eine Schlafsaalparty, Schätzchen. Deshalb tragen wir alle unsere Hemden.« Und Monique Sr. meinte: »Hör um Gottes willen auf zu heulen. Bobby Knight sitzt an Tisch neun!«

Erin hatte eine Woche gebraucht, um eine Methode zu finden, die funktionierte. Immer wenn sie innehielt und sich dabei ertappte, wie sie nach dem Warum fragte, dachte sie an Angie. Sobald sie dann auf der Bühne stand, wandte sie den Trick an, sich von der Musik in Traumwelten entführen zu lassen. Deshalb war sie wählerisch, was die verschiedenen Titel betraf: Die Songs mußten eine besondere Bedeutung haben. Wenn alles stimmte, dann verflog die schreckliche Nervosität, und Erin ging auf wunderbare Weise zu ihrer direkten Umgebung auf Distanz. Sie vergaß einfach, daß sie in einem Saal voller Besoffener im Evaskostüm herumhüpfte. In Erins Phantasie applaudierten die Männer ihren Sprungfiguren und Schrittfolgen und nicht der Form ihres Hinterns.

Lächeln fiel ihr anfangs schwer, denn Erin war von ihrer

Arbeit nicht gerade begeistert. Überdies bemerkte sie, daß viele von den Gästen auch nicht lachten. Statt dessen sahen sie mit einem unbewegten Ausdruck zu wie Preisrichter bei einer Viehauktion. Auch dafür hatte Urbana einen wertvollen Ratschlag: »Ein nettes Lächeln ist allemal besser als ein Paar Rieseneuter.«

Also zwang Erin sich zu lächeln, und das Geld floß reichlicher. Die Männer kamen nach vorne und schoben ihr zusammengefaltete Zehndollarscheine in den Strumpfhalter oder hinter den Gummibund ihres Tangas. Viele Gäste wurden nervös, wenn sie ihr so nahe kamen, und hatten ganz offensichtlich Angst, ein fremdes Bein zu berühren. Erin wurde ständig an die lächerliche Macht des Sex erinnert. Weibliche Nacktheit ließ Männer zu stammelnden Narren mit flatternden schweißfeuchten Händen zusammenschrumpfen. Bei der etwas kühneren Klientel verhinderte Shads Anwesenheit dreistes Grapschen und sonstige rüde Übergriffe.

Erin hatte ihre Schüchternheit nach etwa einem Monat überwunden. Im Gegensatz zu den anderen Tänzerinnen fühlte sie sich aber auf der Bühne niemals uneingeschränkt wohl. Das aufreizende Verhalten vermittelte ihr schon mal einen leichten Kitzel, aber sie verspürte niemals eine heiße Woge des Triumphs beim Gebrüll und den Pfiffen von Fremden. Die beiden Moniques hingegen liebten diese laute, ungezügelte Aufmerksamkeit, denn dadurch kamen sie sich vor wie echte Stars. Je wilder das Publikum reagierte, desto wilder wurde ihre Darbietung. Erin hingegen ging nicht auf die Zuschauer ein. Die Musik bestimmte ihre Aktionen, und sie bot ihr ebenfalls eine Fluchtmöglichkeit. Wenn Van Morrison sang, dann tanzte Erin tatsächlich im Mondlicht.

Aber das war im Club und nicht im Apartment eines Gastes.

Trotzdem hatte sie keine Angst. Mr. Peepers war in ihrer Nähe offenbar hilflos. Er hätte seine Zunge auch in eine Steckdose geschoben, wenn sie das von ihm verlangt hätte. Erin neutralisierte den Mann noch mehr, indem sie sich nach dem sepiafarbenen Porträtfoto einer Frau mit lockigem Haar erkundigte, die sie beide von der Anrichte aus ansah. Es war, wie Erin vermutet hatte, Jerrys liebe verstorbene Mutter. Erin fühlte sich unter dem wachsamen Blick der alten Mrs. Killian völlig sicher.

Killian räumte den ovalen Tisch ab und half Erin hinaufzusteigen. Sie reichte ihm ihre Sandaletten und ihre Handtasche. In diesem Moment hatte Killian die Pistole, den Kongreßabgeordneten, die Erpressung und das aktuelle Datum schon längst vergessen...

Das Holz war glatt und kühl unter Erins Füßen. Sie tanzte vier Minuten lang und zog dabei nicht mal ihren Pulli aus. Killian war völlig verzaubert. »Wundervoll«, murmelte er immer wieder vor sich hin.

Als der Titel zu Ende war, schob er etwas in die Gesäßtasche ihrer Jeans. Es war kein Trinkgeld.

An der Tür gab sie ihm einen schwesterlichen Schmatz auf die Wange. Killian zuckte im Augenblick des Kontakts zusammen. Er sagte: »Wenn ich gute Neuigkeiten habe, sehen Sie mich draußen vor dem Club stehen.«

»Seien Sie vorsichtig«, sagte Erin, obgleich sie sich keine ernsthaften Sorgen machte. Das Schlimmste, was passieren konnte, war, daß der Kongreßabgeordnete Killian befahl, sich endlich zu verpissen.

Er stand in der Haustür und winkte, während Erin zu ihrem Wagen ging. Sie erwiderte das Winken und schenkte ihm ein besonders freundliches Lächeln. Im Grunde war er ein guter Kerl.

Zu Hause holte sie den Zettel aus der Gesäßtasche und faltete ihn auf der Küchenanrichte auseinander. Die Botschaft lautete:

Danke für die Rettung meiner Seele.

An diesem Abend machte Erin eine Doppelschicht im Eager Beaver in der Hoffnung, daß Jerry Killian auftauchen würde. Er tat es nicht. Am folgenden Morgen rief sie in seiner Wohnung an, aber niemand meldete sich. Als sie ihr Glück beim Fernsehsender versuchte, erklärte ihr der Nachrichtenchef, Mr. Killian sei in Urlaub gefahren. Er werde in zwei Wochen zurück erwartet.

Im Club verlegte Erin sich wieder auf ihre üblichen Tanznummern – Clapton, Credence Clearwater, die Allman Brothers. Schon bald verlor sie sich in den Klängen der Bluesgitarre, und die Welt erschien ihr als ein schönerer Ort, obgleich sie es nicht war.

Sie sah Jerry Killian nie wieder.

9. KAPITEL

Am Abend des 16. September tranken die Skyler-Brüder in einer Kneipe namens Lozeau Lounge in West-Montana pro Mann sechs Bier, zielten mit Wurfpfeilen auf einen ausgestopften Elch und diskutierten über die kosmische Bedeutung eines Randy-Travis-Songs.

Danach begaben sie sich auf den Heimweg in ein Tal in den Bitterroot Mountains. Johnny Skyler fuhr, weil der Führerschein von Bruder Faron viermal vorübergehend ausgesetzt und zweimal endgültig eingezogen worden war. Das war keine geringe Leistung im großen und freien Staat Montana, wo Autofahren und Alkoholkonsum als unveräußerliche Rechte betrachtet wurden.

Johnny Skyler folgte der Schotterstraße zum Clark Fork River und der einspurigen Stahlbrücke, die sie zu ihren jeweiligen Ehefrauen und Kindern brachte, die in identischen extrabreiten

Wohnwagen auf sie warteten. Sie hatten sie mit einem Nachlaß von zwanzig Prozent vom ursprünglichen Preis auf einer Frühjahrsausstellung in Spokane erworben. Das Geld, das die Skyler-Brüder beim Kauf der Wohnwagen gespart hatten, war sinnvoll angelegt worden: eine große Satellitenschüssel war auf einer ebenen Lichtung zwischen den beiden Wohnwagen in der Erde verankert. Die Fernsehschüssel, ein paraboler Schandfleck zwischen den majestätischen Douglasfichten und Ponderosakiefern, war immer noch die beste Investition, die Johnny und Faron je getätigt hatten: Wrestlemania! Japanische Spielshows! Eines Abends, als sie durch die Kanäle wanderten, waren sie sogar auf einen Typen gestoßen, der sich mit echten Playboy-Bunnies unterhielt! Der Interviewer war derart braungebrannt, daß die Skyler-Brüder annahmen, er sei ein Indianer, nur redete er zu schnell und lachte zu laut. Um den Hals des Mannes hing an einer Kette ein goldenes Medaillon so dick wie ein Stück Gänsekacke. Johnny und Faron konnten es kaum fassen.

Eines war nicht zu bezweifeln: Das Satellitenfernsehen hielt die Skyler-Familien zusammen. An den langen, düsteren Wintertagen bewahrte es die Männer davor, vor Langeweile den Verstand zu verlieren. Im Sommer unterhielt es die Frauen und die Kinder, so daß Faron und Johnny besonders lange von zu Hause wegbleiben konnten, um noch eine weitere Dose Rolling Rock zu öffnen, es sich gemütlich zu machen und zuzusehen, wie die Sonne über den Bergen unterging.

An diesem Abend jedoch zog ein Unwetter von Idaho herüber. Es würde keinen Sonnenuntergang geben, sondern eine unheilvolle und plötzlich einbrechende Dunkelheit. Schwarze Wolken türmten sich über den Bitterroots auf, und ein kalter Wind fegte über den Fluß. Er ließ das blecherne Preisschild klappern, das über der Benzinzapfsäule vor der Lozeau Lounge hing. In der Lounge lehnte Johnny Skyler sich weit nach hinten und schleuderte einen weiteren Wurfpfeil auf den ausgestopften

Elch, zog anschließend seinen Bruder vom Barhocker und meinte, sie sollten lieber nach Hause fahren, solange sie noch den Weg sehen konnten.

Die Schotterstraße verlief geradeaus bergab zu der alten Stahlbrücke über den Fluß. Fette Regentropfen klatschten auf den Bronco und vermischten sich mit dem feinen braunen Staub auf der getönten Windschutzscheibe. Wegen des heftigen Windes wollte Johnny Skyler die Brücke nur langsam überqueren. Im ersten Gang. Bei Fernlicht. Mit beiden Händen am Lenkrad. Als er sich der Brücke näherte, dirigierte er die Räder des Truck auf die dünnen Holzplanken, die vom ersten Regen bereits schlüpfrig waren.

Etwa in der Mitte der Brücke sagte Faron Skyler: »Halt mal an.«

Johnny bremste und brachte den Truck zum Stehen. Der Motor brummte im Leerlauf.

»Da draußen«, sagte Faron.

»Auf dem Fluß?«

»Ja. Ich hab ein Schlauchboot gesehen.«

»Unmöglich«, erwiderte Johnny Skyler. Er drehte das Seitenfenster herunter. Es war zu dunkel, um auf dem Clark Fork irgend etwas zu erkennen.

Sein Bruder sagte: »Wir müssen auf einen Blitz warten.«

Er zuckte mitten im Tal auf, ein ultravioletter Lichtschein, der den Fluß für den Bruchteil einer Sekunde erhellte. In diesem kurzen Augenblick entdeckte Johnny Skyler das Schlauchboot flußabwärts, etwa zwanzig Meter von der Brücke entfernt.

»Da – vor dem Buckel im Fluß«, sagte Faron.

»Ja, ich hab's gesehen.«

»Auch den Burschen darin?«

»Nein.« Johnny löschte die Scheinwerfer und starrte blinzelnd in die zunehmende Finsternis. Der Regen fiel jetzt dichter und durchnäßte seinen linken Ärmel. Johnny spuckte aus, aber der Wind schleuderte ihm den Speichel ins Gesicht.

Ein weiterer Blitz, hoch und weit entfernt. Ein blaues Gleißen überstrahlte das Tal, dann war es wieder dunkel. Aber die Szene hatte sich in Johnnys Gedächtnis eingebrannt: ein rotes Schlauchboot, die Ruder im Wasser treibend, rutschte an einem schmalen Schotterstreifen entlang, der den Fluß in der Mitte teilte. Der Mann im Boot wandte der Brücke den Rücken zu. Er trug eine olivfarbene Weste und eine bunte Baseballmütze. Beides wies ihn als nicht aus dieser Gegend stammend aus. Seine Arme hingen an den Seiten herab. Eine Angel lag quer über seinem Schoß.

»Verrückter Hund«, sagte Faron Skyler.

»Glaubst du, er braucht Hilfe?«

»Natürlich braucht er Hilfe, verdammt noch mal. Er sollte mal seinen Kopf untersuchen lassen. So ein verrückter Forellenfreak.«

Johnny wußte nicht recht, was man als nächstes tun sollte, was überhaupt getan werden konnte. Die vor Elektrizität knisternde Gewitterfront schob sich auf sie zu, und eine Stahlbrücke war bestimmt nicht gerade der günstigste Aufenthaltsort. Der Donner ließ die Streben erzittern.

»Er sollte lieber zusehen, daß er aus dem Wasser rauskommt«, bemerkte Johnny Skyler und starrte auf den Punkt, wo sich das Schlauchboot während des letzten Blitzes befunden hatte. Johnny erwog kurz eine Rettung, dann verwarf er den Gedanken. An dieser Stelle waren die Ufer des Clark Fork felsig und steil, und die Skyler-Brüder hatten die Bäuche voller Bier. Katastrophe war das Wort, das Johnny nun in den Sinn kam.

Er hielt die Hände wie einen Trichter an den Mund und brüllte gegen den Wind: »Hey, da draußen!«

Faron schüttelte den Kopf. »Vergiß es, Mann. Er kann dich nicht hören.«

Johnny versuchte es erneut. »Hey, Sie!«

Der nächste Blitz, wieder ein kurzer Blick auf das Boot, das weiter stromab schaukelte. Der Angler schien die Rufe nicht gehört zu haben. Die Angelrute lag noch immer auf seinem Schoß; die Ruder hingen weiter nutzlos in den Dollhaken – eines zeigte flußaufwärts, das andere in die entgegengesetzte Richtung.

»Das ist vielleicht ein Irrer«, schimpfte Faron.

»Irgend etwas stimmt da nicht.«

Ein Blitz explodierte ganz in der Nähe, und die Brüder bedeckten ihre Köpfe. Sie hörten das Krachen einer Bergkiefer, die in drei Teile zerbrach.

»Zeit zu verschwinden«, sagte Faron. »Meinst du nicht auch?«

Johnny Skyler hatte ein ungutes Gefühl im Bauch. Er blickte auf den Clark Fork hinaus, wartete auf weitere Blitze, wollte noch einen Blick auf den verrückten Forellenfischer werfen.

»Ihm passiert schon nichts, Johnny. Während der nächsten Meile beruhigt sich der Fluß und wird flacher. Ein blinder Hund würde es dort bis ans Ufer schaffen.«

»Wie du meinst.« Johnny hatte auf diesem Teil des Clark Fork so spät am Abend noch nie ein Schlauchboot gesehen. Die nächste Landungsstelle befand sich zwölf Meilen flußabwärts. Und wer zum Teufel fuhr des Nachts und während eines Gewitters schon zum Angeln raus?

»Würdest du dich verdammt noch mal beeilen?« schimpfte Faron Skyler nun. »Ich habe keine Lust, auf dieser verdammten Brücke gegrillt zu werden. Außerdem versäumen wir das Spiel im Fernsehen.«

Seitdem Denver eine Mannschaft in der Nationalliga hatte, war Faron ein Baseballfan. Seinen Bruder konnte man damit nicht reizen. Er begeisterte sich für Football. Mit der Schüssel konnten sie sogar die Spiele der Argonauten verfolgen.

»Es ist schon halb zehn«, stellte Johnny Skyler fest. »Das Spiel ist fast vorbei.«

»So eine Scheiße.«

»Faron, ich kann ihn nicht mehr sehen.«

»Vielleicht hat er schon die große Biegung hinter sich.«

»Ohne zu rudern hat er das niemals geschafft. Oder er müßte einen Motor an seinem Boot haben.«

Faron winkte ab. »Er braucht sich nur festzuhalten, dann kann ihm nichts passieren. Und jetzt laß uns fahren.«

»Nur einen kleinen Moment noch.« Der Regen fiel jetzt in schweren Güssen und prasselte auf das Dach des Bronco. Johnny kurbelte schließlich das Seitenfenster hoch, aber er löste seine Blicke nicht vom Wasser.

Der Himmel knisterte, und der Fluß verwandelte sich in einen blauvioletten Spiegel. Diesmal hatten die Brüder keinerlei Schwierigkeit, das kleine rote Boot zu finden, das sich in der schwachen Strömung drehte, während es flußabwärts trieb.

»O mein Gott«, sagte Johnny Skyler.

Faron umklammerte das Armaturenbrett mit beiden Händen. »Verrückter gottverdammter Bastard!« schimpfte er.

Das Boot war leer. Der Mann war verschwunden.

Die Skylers sprangen aus dem Truck und rannten zum Fluß.

Der Regen hörte zwei Stunden später auf. Mittlerweile war das Sheriff's Office des Mineral County mit einem Motorboot und einem hilfsbereiten Taucher erschienen. Der U. S. Forestry Service hatte versprochen, vier Ranger und einen Hubschrauber zu schicken, vorausgesetzt, das Wetter verschlechterte sich nicht wieder. Ein paar Anwohner fuhren mit Schlauchbooten, Ruderbooten und wasserdichten Taschenlampen hinaus. Der kleine Lagerplatz am Fluß in Forest Grove diente als Organisationszentrale für die Suche, die nach örtlichen Maßstäben heldenhaft und gründlich durchgeführt wurde.

Im Morgengrauen wurde das Boot gefunden, mit der Längsseite halb unter einer Querstrebe der I-90er Brücke westlich von Lozeau verklemmt. Die Ruder waren verlorengegangen, und das Schlauchboot enthielt keinerlei Hinweise auf die Identität des vermißten Anglers. Eine leere Dose Colt 45 und ein zerknülltes Snickers-Papier waren die einzigen Spuren, die der Passagier hinterlassen hatte.

Die Suche nach der Leiche dauerte achtzehn Stunden und erwies sich als vergeblich. Ein Reporter des *Missoulian* erschien in Forest Grove und interviewte die Skyler-Brüder, die eine reichlich ausgeschmückte Beschreibung dessen lieferten, was sie während des Gewitters auf dem Fluß gesehen hatten. Dann stellten sie sich für Fotos neben dem Hubschrauber der Forstmeisterei auf. Während der nächsten Tage verfolgten die Brüder gespannt das Programm von C-Span auf der Satellitenschüssel, sahen jedoch keinen Bericht von der Rettungsaktion am Clark Fork oder von ihrer Mitwirkung. Ruhm wurde den Skylers auf etwas bescheidenere Weise zuteil: Sie brauchten während der nächsten Jahre in der Lozeau Lounge für ihr Bier nichts zu bezahlen.

Die Kinder von Al Garcías zweiter Frau nannten ihn Al, und das war in Ordnung. »Dad« kam nicht in Frage. Die Kinder hatten bereits einen Vater, der dank Al García im Gefängnis saß.

Auf diese Art und Weise hatte García seine zweite Frau kennengelernt – während er ihren Ehemann wegen eines Drogenmords verhaftete. Es gab keinerlei Animositäten. Sechs Monate nach der Gerichtsverhandlung reichte sie die Scheidung ein und heiratete Al.

Vom Haschischdealer zum Detective des Morddezernats, hatte García zu ihr gesagt, ist es in dieser Welt ein ziemlicher Sprung nach oben. Aber kein großer, hatte Donna erwidert. Donna war sehr schlagfertig. Die Kinder waren auch in Ordnung: ein Junge und ein Mädchen, acht und neun oder neun und zehn Jahre alt – García hatte Schwierigkeiten, sich das zu merken. Insgesamt hatte er die Kinder sehr gerne und verspürte wegen der Umstände keinerlei Schuldgefühle.

Als der Junge ihn das erste Mal fragte, wann sein richtiger Dad aus dem Gefängnis komme, ergriff Al García seine kleine Hand und sagte: »Niemals, Andy.« Als der Junge fragte, weshalb nicht, antwortete García: »Weil dein Daddy einem Mann zwischen die Augen geschossen hat.« Andy begriff die Tragweite dieses Vorfalls. Seine Schwester, Lynne, die entweder ein Jahr älter oder ein Jahr jünger war, meinte, vielleicht habe ihr Dad einen guten Grund gehabt, den anderen Burschen zu erschießen. Hunderttausend Gründe, hatte Al García erwidert, aber keiner sei gut genug gewesen. In diesem Augenblick war Donna aus der Küche gestürzt und hatte ihnen befohlen, endlich davon aufzuhören.

Als der Zeitpunkt für ihren ersten Familienurlaub heranrückte, entschied Donna sich für West-Montana, denn sie und die Kinder hatten noch nie Berge gesehen. Al García war damit einverstanden. Er führte einige Telefongespräche und brachte in Erfahrung, daß Montana mit all seinem Wildwestzauber eine sichere und ruhige Gegend war. Es gab Straßenkreuzungen in Dade County mit einer weitaus höheren Mordrate.

Donna mietete eine kleine Blockhütte am Clark Fork River, etwa sechzig Meilen von Missoula entfernt. García war zwar kein Naturfreund, aber ein Häuschen am Wasser schien eine glänzende Idee. Er versprach Andy und Lynne, daß er ihnen beim Fangen einer großen Regenbogenforelle helfen würde, die sie zum Abendessen braten könnten. Er versprach Donna, nicht über seinen Job zu reden und auch nicht ein einziges Mal in Miami anzurufen, um sich zu erkundigen, wie die Arbeit an seinen noch ungelösten Fällen vorankomme.

In vierzehn Jahren Tätigkeit als Detective des Morddezernats hatte Sergeant Al García selbst eintausendzweiundneunzig

Morde aufgeklärt. Es war sein Fluch, daß er sich an jeden einzelnen erinnern konnte. Auch an die seltsamsten Begleitumstände. Daran, daß gerade »Rescue 911« im Fernsehen lief, als sie die Umrisse der Leiche mit Kreide nachfuhren. Oder an die geschmuggelte Rolex, die sich am Arm des Opfers befand. An den Geruch verbrannter Plätzchen in der Küche. An ein Foto an der Wand, auf dem der Tote gerade seinen Spaß in Disney World hatte. Al García haßte die unfehlbare Gründlichkeit seiner Erinnerung. Dank ihr war er ein hervorragender Detective, aber zugleich auch ein zutiefst gepeinigter Mensch.

Montana war besser als erwartet. Weit und offen und freundlich, aber mit einigen Ausnahmen. Der Mann an der Rezeption des Motels in Missoula bedachte ihn mit einem mißtrauischen Blick, als er seinen Namen auf der Kreditkarte las. Ein García aus Miami zu sein, war in diesen Zeiten nicht gerade einfach. Einigen Leuten kam automatisch der Verdacht, daß man sechs Kilo Stoff im Kofferraum und eine geladene Uzi unter dem Vordersitz hatte.

Am nächsten Tag, als sie an der Blockhütte am Fluß eintrafen, vergaß Al García beinahe, woher er kam und womit er seinen Lebensunterhalt verdiente. Er stand auf der Holzveranda und dachte, daß das Flußtal der schönste Ort sei, den er je gesehen hatte. Er pumpte die vom würzigen Kieferndunft erfüllte Luft in seine Lungen, schloß die Augen und verlor sich in der Stille der Wälder ringsum. Am ersten Tag beobachtete Andy zwei Rehe. Am zweiten Tag fand Lynne den kleinen ausgebleichten Schädel eines toten Stinktiers. Sie wollte ihn nach Florida mitnehmen, aber Donna verbot es. Lieber sollte sie ihn auf würdige Art im Garten beerdigen.

Am dritten Tag rannte Andy so schnell am Flußufer entlang auf ihn zu, daß García glaubte, ein Bär sei hinter ihm her. Der Junge rief etwas. »Al, komm mit! Beeil dich!«

García riet ihm, sich zu beruhigen und tief Luft zu holen.

Andy umklammerte seinen Arm und zerrte daran. »Komm schon. Es ist ein Stück flußabwärts.«

»Was denn, mein Sohn?«

»Ein Abgesoffener!« rief Andy aus.

García spürte, wie sich in seinem Magen ein säuerlicher Kloß zusammenballte. Das Zusammenleben mit einem Detective des Morddezernats hatte Donnas Kinder zu einem ziemlich rüden Wortschatz verholfen. Sie wußten alles über Kofferraumleichen, namenlose Mordopfer, Schußwunden.

Und natürlich über Wasserleichen.

García folgte dem Jungen den Hügel hinunter zum Flußufer. Der Detective watete durch das Wasser und tastete sich in Tennisschuhen über den kiesigen Untergrund. Die Leiche trieb mit dem Gesicht nach oben und hatte sich in einem Gebüsch im seichten Uferbereich verfangen. Das Gesicht war blauviolett und aufgedunsen. Die Augen wölbten sich comichaft vor.

»Ist er tot, Al?« Andy stand am Ufer. Er verschränkte die mageren Arme vor der Brust und machte ein sehr ernstes Gesicht. »Er ist doch tot, nicht wahr?«

»Und wie«, bestätigte García.

»Ich hab's dir gesagt!«

Der tote Mann trug eine dicke Gummihose und eine olivfarbene Weste mit vielen kleinen Taschen. García öffnete den Reißverschluß der linken Brusttasche und holte eine Brieftasche heraus. Die Brieftasche enthielt drei Hundertdollarscheine, ein halbes Dutzend Reiseschecks und eine in Plastik eingeschweißte Fahrerlaubnis in vertrauten Farben.

García sagte: »Gottverdammte Hölle!«

»Wer ist es, Al?« erkundigte sich der Junge.

»Sag deiner Mutter Bescheid, sie soll die Polizei benachrichtigen.«

Der Junge rannte davon. Das Gesicht des toten Mannes starrte ihn glotzäugig aus dem leise plätschernden Fluß an.

»Du bist ein Arsch«, sagte Al García zu der Leiche. »Du bist ein Arsch, weil du mir den Urlaub vermasselst.«

Er blickte wieder auf den Führerschein des toten Mannes und fluchte. Der Hurensohn stammte aus Fort Lauderdale, Florida.

Warum? fragte García. Warum lassen sie mich nicht in Ruhe?

10. KAPITEL

Shad war von den Augenbrauen des Psychiaters fasziniert. Sie waren buschig und mehrfarbig.

»Sind die echt?« fragte er.

»Bitte«, sagte der Arzt und wich zurück. »Nicht berühren.«

Es war Shads erster Besuch bei einem Psychiater – Mordecais Experte. Er hieß Vibbs und ergriff stets Partei für den Kläger. An einer Wand hing ein in Plastikfolie eingeschweißtes Diplom der Yale-Universität. Shad interessierte sich jedoch viel mehr für ein Glas Bonbons auf dem Schreibtisch des Arztes. Er stopfte sich die Backen voll und begann zu kauen.

»Erzählen Sie mir von der Kakerlake«, forderte Dr. Vibbs ihn auf.

»Ein kapitaler Bursche.« Die Worte kamen knirschend aus Shads Mund.

»Hat das Tier Sie erschreckt?«

Shads Gelächter gab den Blick auf ein matschiges Gemisch aus Pfefferminz- und Karamelmasse frei. »Erschreckt? Zum Teufel, ich bin traumatisiert! Schreiben Sie das auf.«

Dr. Vibbs war durch Shads haarlose, massige Erscheinung verunsichert. Die meisten von Mordecais Kunden hatten keine Schäden. Dieser hier war jedoch völlig anders. Als der haarlose Mann sich vorbeugte, um ein Bonbonpapier vom Fußboden aufzuheben, bemerkte der Psychiater ein in die Haut des Schädels eingeritztes G. Er vermutete, daß Shad selbst dieses Werk vollbracht hatte.

Vibbs tastete sich vorsichtig weiter. »Ich muß Ihnen einige persönliche Fragen stellen – das ist bei solchen Beurteilungen üblich.«

»Beurteilen Sie ruhig drauflos«, erwiderte Shad. »Ich sagte schon, ich war verdammt noch mal traumatisiert. Was wollen Sie sonst noch?«

»Haben Sie irgendwelche Angstträume?«

»Nee.«

»Nicht einmal im Zusammenhang mit der Kakerlake? Versuchen Sie sich zu erinnern.«

»Ah«, sagte Shad. Er begann zu begreifen. »Wo Sie es erwähnen, ich hatte einige schreckliche Alpträume.«

»Das ist durchaus verständlich«, sagte der Psychiater und schrieb wie ein Wilder. »Erzählen Sie mir davon.«

»Ich werde von einer riesigen Kakerlake über den Sunrise Boulevard gejagt. Joghurt tropft dem Vieh aus den Augenhöhlen.«

»Ich verstehe«, sagte der Psychiater. Er schaute kaum von seinen Notizen hoch. Shad interpretierte dies als Aufforderung, noch eins draufzupacken.

»Ja, dieses Monstrum hetzt mich hin und her. Dabei faucht und brüllt es wie tausend Tiger. Der Bursche ist so groß wie ein Tankwagen. Außerdem ist er gerade dabei, ein totes Baby aufzufressen.«

»Ich verstehe.«

»Und wenn er ganz nah bei mir ist … verwandelt er sich in meine Mom.«

»Gut«, sagte Dr. Vibbs teilnahmslos. »Erzählen Sie mir jetzt von Ihrer Mutter.«

»Häh?«

»Bitte. Mich interessiert Ihre Beziehung zu Ihrer Mutter.«

»Tatsächlich?« Ein seltsames Funkeln erschien in Shads Augen. Er zog Dr. Vibbs aus seinem Sessel hoch und legte ihn bäuchlings auf den Fußboden. Dann schnappte er sich eine Schere mit Holzgriffen und schlitzte die Kleidung des Psychiaters vom Hals bis zum Gesäß auf. Auf dem Schreibtisch fand Shad einen Drehständer mit mehreren Gummistempeln. Er suchte sich einen roten mit dem Text KEINE VERSICHERUNG aus und bestempelte damit Dr. Vibbs nackten Oberkörper. Es dauerte einige Zeit, bis Shad die Stempelfarbe verbraucht hatte. Unterdessen drangen welpenhafte Winsellaute aus der Kehle des Arztes.

»Was für ein Schwindler«, beschwerte sich Shad. Er warf den Stempel auf den Schreibtisch und raffte eine Handvoll Bonbons für den Heimweg zusammen.

»Sie sind ernsthaft gestört!« rief Vibbs.

»Ich bin nicht gestört. Das Wort lautet traumatisiert. Sie hätten es aufschreiben sollen.«

»Gehen Sie«, sagte Vibbs.

Shad beugte sich über ihn. »Nicht bevor Sie es buchstabiert haben.«

»Wie bitte?«

»Komm schon, Schädelbohrer. *Trau-ma-ti-siert.* Ich sag dir sogar das schöne große T vor.«

»Ich bin richtig stolz auf dich«, sagte Shad und stieg über ihn hinweg. »Und vergiß den Quatsch mit meiner Mom. Ich weiß gar nicht, was in mich gefahren ist.«

Um Unruhe unter den Angestellten des Eager Beaver im Keim zu ersticken, pflegte Orly auf den Tisch zu hauen und mit der Mafia zu drohen. Er brüstete sich dann mit seinen engen Kontakten zu Angelo Bruno, Nick Scarfo, Fat Tony Salerno und anderen berühmten Gangstern, deren Namen er aus Krimimagazinen kannte. Er erzählte von Blutschwüren und davon, daß jeden, der einen solchen Schwur brach, der sichere Tod erwartete. Orlys Vorstellung hatte gewöhnlich die gewünschte Wirkung, Forderungen nach Lohnerhöhungen, Gesundheitsfürsorge oder auch nur nach geringfügigen Verbesserungen der Arbeitsbedingungen im Club zum Verstummen zu bringen. Tatsächlich existierte überhaupt keine Verbindung zum organisierten Verbrechen. Der Mob war nicht am Eager Beaver interessiert, weil Stripschuppen zu oft Schwierigkeiten mit der Polizei hatten. Orly erfuhr das aus erster Hand vom einzigen echten Mafioso, den er je kennengelernt hatte, nämlich einem Kredithai, der vor Gericht stand, weil er die Daumen eines mit seiner Rückzahlung in Verzug geratenen Chrysler-Händlers gebrochen hatte. Orly hatte aus Studienzwecken das Gericht aufgesucht, um sich darüber zu informieren, wie der Mob tatsächlich operierte. Während einer Prozeßpause hatte er sich an den Kredithai herangemacht und ein freundschaftliches Gespräch angefangen. Als Orly den Kredithai fragte, ob er irgend jemand kenne, der an einem Nackttanzclub interessiert sei, hatte der Mann das Gesicht abfällig verzogen und gesagt, nichts zu machen, dort wimmle es zu sehr von Polizei. Videohallen, fuhr der Moptyp fort, das sei eine ganz andere Sache. Eine Videohalle sei weitaus reizvoller, investitionsmäßig betrachtet. Orly war enttäuscht, aber aus Höflichkeit blieb er noch da, um das Urteil zu erfahren. Nicht schuldig, lautete es schließlich. Die Geschworenen (unter ihnen mehrere Käufer von Chrysler-Produkten) waren sichtlich unbeeindruckt von der Leidensgeschichte des Opfers. Orly bemerkte sogar, wie einige von ihnen lächelten, als der Händler beschrieb, wie seine Hände auf den Türpfosten einer stahlblauen New Yorker Limousine gelegt wurden. Soviel Aufwand für eine Schuld von sechshundert Dollar! Orly staunte. Er klammerte sich an den Traum, daß die Mafia ihn eines Tages als Partner akzeptieren würde.

Einstweilen mußte jedoch die Illusion ausreichen. Orly sah

sich einer geschlossenen Front unzufriedener Tänzerinnen gegenüber. Wie üblich war Erin das Sprachrohr der Gruppe.

»Punkt Nummer eins«, begann sie, »die Klimaanlage.«

Orly musterte sie finster. »Was ist damit?«

Urbana Sprawl meldete sich zu Wort. »Der Thermostat ist auf zwanzig Grad eingestellt. Das ist verdammt kalt.«

Orly wandte sich zu Shad um, der ausdruckslos in einer Ecke stand. »Frierst du?«

»Nein«, sagte Shad, »aber ich fühle kaum einen Unterschied zwischen heiß und kalt.«

»Nun«, sagte Orly, »ich fühl mich bei zwanzig Grad ganz wohl.«

Weil du ein Reptil bist, dachte Erin. Sie sagte: »Sie tragen eine Strickjacke, Mr. Orly. Wir hingegen frieren uns den nackten Hintern ab.«

Orly rieb seine Handflächen gegeneinander. »Wenn es etwas kühl ist, seht ihr viel sexier aus. Dadurch werden die Warzen schön groß und hart. Die Gäste stehen drauf, hab ich recht?«

Gespannte Stille breitete sich im Raum aus. Erin sagte zu Orly: »Herzlichen Glückwunsch. Damit haben Sie einen neuen Tiefpunkt erreicht.«

»Achtung«, warnte er. »Sei vorsichtig mit dem, was du sagst.«

Monique Jr., normalerweise eher ängstlich, sagte: »Ich kann's nicht glauben – deshalb lassen Sie es so kalt? Damit wir hart werden?«

»Brustwarzen«, dozierte Orly, »sind ein ganz wesentliches Element dieses Gewerbes.«

In der Ecke unterdrückte Shad mühsam ein Lachen.

Erin stampfte mit dem Fuß auf. »Drehen Sie den Thermostaten hoch, oder wir tanzen nicht.«

»Ich tue mal so, als hätte ich das nicht gehört«, entgegnete Orly.

Erin griff nach einem Kugelschreiber und schrieb auf die Schreibunterlage: 22 GRAD ODER NIEMAND TANZT!

Orly sagte: »Ich tue so, als hätte ich das nicht gesehen.« Er wartete darauf, daß Erin nachgab. Das taten auch die anderen Tänzerinnen. Orly schlug nun einen drohenden Ton an. »Insubordination kann gefährlich sein, junge Dame. Denk nur daran, was dem armen Gonzalo zugestoßen ist.«

Der arme Gonzalo war der vorherige Besitzer des Eager Beaver, dessen von Kugeln durchlöcherte Leiche auf der Interstate abgelegt worden war – als Strafe dafür, wie Orly behauptete, daß er sich aus den Münzkästen der Kickerautomaten bedient hatte.

»Fat Tony erwartet, daß alles glatt läuft«, sagte Orly.

Erin hegte den Verdacht, daß Fat Tony und die Mafia nichts mit Gonzalos Tod zu tun hatten. Eher war es wohl ein Streit zwischen Gonzalo und einem seiner PCP-Lieferanten gewesen.

»Passen Sie mal auf«, sagte Erin. »Warum fragen Sie Fat Tony nicht, ob er heute Lust hat, mal im Club vorbeizuschauen?«

Orly war perplex. Er schaukelte nervös in seinem Sessel hin und her.

»Ich will, daß er sich auszieht«, sagte Erin. »Mal sehen, ob er sich nicht seine alten, schlaffen Mafiatitten abfriert.«

Die anderen Tänzerinnen gaben Laute des Erstaunens von sich. Was war in dieses Girl gefahren?

»Nun?« fragte Erin. »Rufen Sie den Mann an.«

Orly machte ein gequältes Gesicht. »Du wandelst auf sehr dünnem Eis«, sagte er matt.

Erin grinste. »Ich wette, in der Flesh Farm ist es schön warm und gemütlich.«

»O Gott«, sagte Orly. »Wagt ja nicht auch nur daran zu denken.«

Erin drehte sich zu ihren Kolleginnen um. »Handzeichen?« Nacheinander schlossen die Frauen sich ihr an.

»Nein!« brüllte Orly. »Bleibt ja weg von diesen beschissenen Lings!«

»Dann drehen Sie gefälligst diesen verdammten Thermostaten hoch«, verlangte Urbana Sprawl, die sichtlich mutiger geworden war. »Fat Tony möchte nicht, daß seine Tänzerinnen mit einer Bronchitis krank feiern.«

Die beiden Moniques begannen zu kichern. Shad drehte das Gesicht zur roten Samtimitattapete, um sein Grinsen zu verbergen. Er wußte, daß es keinen Fat Tony und keine Verbindung zum Mob gab. Die Hauptinvestoren des Eager Beaver waren eine Gruppe relativ harmloser orthopädischer Chirurgen aus Lowell, Massachusetts.

Widerstrebend erklärte Orly sich bereit, die Temperatur im Gastraum auf einundzwanzig Grad anzuheben. Erin beharrte auf zweiundzwanzig Grad.

»Na schön«, gab Orly sich geschlagen. »Aber ich will ein paar steinharte Kirschen sehen. Das ist mein Ernst!«

Erin kam nun zu Punkt zwei der Tagesordnung. »Wir haben uns Gedanken über einen neuen Namen gemacht.«

»Vergiß es«, schniefte Orly. »Ich hab bereits nein gesagt.«

»Etwas mit Klasse.«

»Du willst Klasse? Dann bring diesen blöden Schnallen das Tanzen bei. Vielleicht unterhalten wir uns dann über einen Namen mit Klasse. Bis dahin ist Eager Beaver genau richtig.«

»Candy Rockers«, schlug Erin vor. »Sexy, aber nicht so primitiv. Was halten Sie davon?«

»Ich denke«, sagte Orly, »daß ich diesen Girls ein Video aus dem heißesten Schuppen in Dallas gebe, klar? Sie brauchen es nur in ihre Recorder zu schieben und sich das verdammte Band anzusehen. Ich meine, ein Schimpanse könnte die gleichen Tanzschritte machen ...«

»Es dauert seine Zeit«, sagte Erin.

»Von wegen.« Orly deutete auf Sabrina, die darin vertieft war, ihre Zehennägel zu polieren. »Hast du dir das Band angesehen?«

Sabrina senkte den Kopf und verneinte.

Orly schlug mit der flachen Hand auf die Armlehne seines Sessels. »Punkt erledigt. Wir unterhalten uns über einen Namen mit Klasse, wenn ich ein paar Klassetänze sehe.«

Urbana Sprawl hob die Hand. »Mr. Orly, ich hab mir das Video angesehen. Ich glaube, daß diese Girls aus Dallas von irgend etwas high waren.«

»Ach, tatsächlich?« Orlys Stimme troff vor Sarkasmus.

»Candy Rockers«, wiederholte Erin. »Denken Sie mal darüber nach, okay?«

Jemand klopfte leise an die Tür. Orly gab Shad ein Zeichen. Der Rausschmeißer verzog sich zur Rückwand des Büros und postierte sich strategisch günstig neben der Tür.

»Wer ist da?« fragte er.

Eine dumpfe Stimme auf der anderen Seite sagte: »Polizei.«

Shad sah seinen Boss an und wartete auf Instruktionen.

»Scheiße«, sagte Orly. »Was nun?« Sein Gesicht nahm die Farbe von Fensterkitt an.

Erin war sich nicht ganz sicher, was sie von Sergeant Al García halten sollte. Sie wußte nicht, ob er ein guter oder ein schlechter Polizist war, aber sie wußte, daß er niemals vom FBI akzeptiert würde. Er war kein eifriger Notizenschreiber.

Andere Faktoren dagegen sprachen für ihn. Elf geschlagene Minuten waren bereits verstrichen, und Al García hatte ihr noch keinen unsittlichen Antrag gemacht oder sie gar gefragt, ob sie verheiratet sei. Das unterscheidet ihn grundlegend von den meisten Cops, die im Eager Beaver vorbeischauten.

Er saß Erin in einer der hinteren Nischen gegenüber. Orly, der irgendwelche Erkältungssymptome vorgetäuscht hatte, war durch den Vordereingang davongeschlichen. Shad war an der

Bar und feilschte mit einem Großhändler um zwei Kisten Haiti-Rum. Auf der Bühne tanzte Urbana Sprawl zu einem schmutzigen Rapsong.

Erin trug einen Spitzenteddy, einen weißen Tanga und Stökkelschuhe – nicht gerade die angemessene Kleidung für ein polizeiliches Verhör. García rauchte seine Zigarre und achtete nicht auf seine parfümierte Umgebung. Er reichte Erin eine Fotokopie des in Florida gültigen Führerscheins. Als sie das Foto von Jerry Killian sah, wußte sie, daß sie einen Toten ansah. García hatte es ihr bereits mitgeteilt.

»Was genau ist passiert?« Ihr Mund war trocken geworden.

»Ertrunken«, antwortete der Detective. »Ihr Bild hängt in seiner Wohnung.«

»Meins und ein Dutzend andere.«

»Ich habe einen Stapel Cocktailservietten auf dem Nachttisch gefunden. Wußten Sie davon? Cocktailservietten des Eager Beaver.«

Mit besonderem Nachdruck erklärte Erin: »Ich habe sein Schlafzimmer niemals von innen gesehen.«

»Er hat Nachrichten auf diese verdammten Servietten geschrieben. Nachrichten an sich selbst, an seine Kinder, an Sie.« García hielt inne. »Stört Sie der Rauch?«

»Nein«, sagte Erin. »Es ist mein absoluter Lieblingsduft. Das und Gummilösung.«

Ohne sich zu entschuldigen, drückte der Detective die Zigarre aus.

»Erzählen Sie mir, was passiert ist«, sagte Erin. Sie konnte es noch immer nicht fassen – Mr. Peepers war tot. »Ich will alles wissen«, sagte sie.

»Passiert ist folgendes: Ihr Freund trieb als Leiche im Clark Fork River und hat mir das Forellenfischen verdorben. Waren Sie schon mal dort – am Clark Fork?« García griff in seine Jacke und holte einen Umschlag mit Familienbildern hervor. Er fand ein Foto, auf dem der Fluß und die Berge zu sehen waren, und reichte es Erin. »Mineral County, Montana. Eine schöne Gegend, oder?«

Erin stimmte zu. Im Vordergrund des Fotos befanden sich eine attraktive Frau und zwei Kinder. Sie sahen völlig normal aus. Es war Al Garcías Familie.

»Es gibt nicht viele Morde in Mineral County«, erklärte der Detective. »Der Polizeiarzt wirft einen Blick auf Mr. Tourist, angetan mit seinem Gummizeug, und sagt, Tod durch Ertrinken. Da ich ein aufdringlicher, tolpatischer Großstadt-Kubaner bin, frage ich höflich, ob ich mal einen Blick in die Brust von Mr. Tourist werfen darf. Der Gerichtsarzt, ein netter Kerl, sagt, sicher. Und macht ihn an Ort und Stelle auf.«

Erins kalorienarmes Mittagessen vollführte einen langsamen Salto in ihrem Magen. Sie fragte García, was in Jerry Killian gefunden wurde.

»Nicht viel.« García hielt seine erloschene Zigarre hoch wie einen Malerpinsel. »Ein wenig Wasser in den Lungen. Das war zu erwarten. Aber wenn jemand in einem See oder einem Fluß ertrinkt, dann saugt er auch Gras, Käfer, Sand ein – Sie würden sich wundern. Einmal fanden wir eine Wasserleiche vor Key Biscayne, die einen jungen Königsfisch in den Bronchien hatte!«

Al García redete laut, damit er über der Tanzmusik zu verstehen war. »Sie sehen nicht sehr gut aus. Soll ich Sie lieber zu einem anderen Zeitpunkt aufsuchen?«

»Könnten Sie endlich zum Wesentlichen kommen?« bat Erin ungeduldig. »In zehn Minuten beginnt mein Auftritt.«

»Klar«, sagte García. »Es geht um folgendes. Der Clark Fork war voller Kleingetier und Laub – holen Sie mal einen Eimer Wasser aus dem Fluß, und Sie werden sehen, was ich meine. Aber das Wasser in Killians Leiche war erstaunlich sauber.«

»Leitungswasser«, sagte Erin.

»Sie sind ein schlaues Mädchen.«

»Also hat ihn jemand getötet?«

»Wahrscheinlich in einer Badewanne«, sagte García, »wenn ich raten müßte.«

»Können wir rausgehen?« fragte Erin.

»Nur, wenn Sie mich rauchen lassen.«

Shad folgte ihnen zum Parkplatz. Erin bedeutete ihm wegzugehen. Aber Al García schien es gleichgültig zu sein, ob er verschwand oder blieb. Er zündete seine Zigarre an und lehnte sich gegen seinen Wagen, einen neutralen blauen Caprice.

Erin fragte: »Ist es Ihr Ernst, daß Jerry ermordet wurde?«

»Seine Ex-Frau sagt, daß er jedes Jahr zum Angeln in den Westen fuhr. Aber als er diesmal dort ankam, besorgte er sich keine Angelerlaubnis. Seltsam, nicht?« García wandte sich ab und blies Rauch in die Dunkelheit. »Zwei Typen aus der Umgebung sahen ihn in einem Schlauchboot flußabwärts treiben, ganz alleine während eines Gewitters.«

»Lebend?«

»Das bezweifle ich. Haben Sie eine Idee, Mrs. Grant?«

Erin sagte: »Ich muß erst mal nachdenken. Die Dinge sind ziemlich kompliziert.« Ihr mütterlicher Instinkt riet ihr, das Thema Angela und Jerry Killians Versprechen nicht zu erwähnen. Aber es war möglich, daß García bereits Bescheid wußte.

»Nur für die Akten«, sagte er, »Sie haben ihn nicht umgebracht, oder?«

Erin lachte in bitterer Verwunderung. »Nein, Sir. Ich habe ihn nicht geliebt, ich habe nicht mit ihm geschlafen, und ich habe ihn ganz bestimmt nicht umgebracht.«

»Ich glaube Ihnen«, sagte García. »Aber bei Stöckelschuhen werde ich sowieso immer schwach.«

Er reichte ihr seine Visitenkarte. Sie studierte sie neugierig. »Hier steht Dade County.«

»Ja, das ist das Problem. Wir sind hier in Broward, nicht

wahr?« García ließ die Zigarre in seinem Mund hin und her wandern. »Montana ist weit weg, Mrs. Grant.«

»Aber rein technisch betrachtet ist es nicht Ihr Zuständigkeitsbereich.«

»Das stimmt«, gab er bereitwillig zu. »Ich mische mich ungefragt ein, so einfach ist das.«

»Weshalb?« fragte Erin.

»Weil es mein Junge war, der ihn gefunden hat.« García holte seine Wagenschlüssel aus der Tasche. »Sie haben Kinder, Sie verstehen das.«

»Geht es ihm o. k. – Ihrem Sohn?«

»Sicher. Er möchte wissen, was passiert ist, und ich sage ihm immer lieber die Wahrheit. Außerdem sind Wasserleichen genau mein Spezialgebiet, wie ich nicht ohne Stolz behaupten möchte.«

Al Garcías Stimme verstumme. Er sah müde und nachdenklich und zehn Jahre älter aus, als er wahrscheinlich war. Erin unterdrückte den Impuls, ihm alles zu erzählen.

»Ich würde Ihnen gerne helfen«, sagte sie, »aber ich bezweifle, daß ich das kann. Mr. Killian war ein Gast. Mehr nicht. Ich kannte den Mann kaum.«

García schnippte die Asche von seiner Zigarre. Sie landete zischend in einer Pfütze.

Nachdem er in den Wagen gestiegen war, bedeutete Erin ihm, die Scheibe herunterzukurbeln. Sie trat an die Tür und fragte: »Wenn das Ganze keine offizielle Untersuchung ist, wie kamen Sie dann in seine Wohnung hinein?«

»Ich habe lediglich den Hausmeister gefragt.« García zwinkerte. »Eine Polizeimarke wirkt schon mal Wunder.« Er startete den Wagen. »Gehen Sie wieder rein«, riet er Erin, »bevor Sie sich erkälten.«

»Wird ein Gottesdienst stattfinden?« fragte sie.

»Für Killian? Vorerst nicht. Der Gerichtsarzt hat versprochen, die Papiere erst in der nächsten Woche zu unterschreiben, wenn ich mich wieder melde.«

»Wo ist Jerrys Leiche?«

»In einer Tiefkühlkammer in Missoula«, erwiderte García. »Er und zwei Tonnen Elchfleisch.«

Cousine Joyce war nicht gerade die letzte Person auf der Welt, die Mordecai jetzt sehen wollte, aber sie stand auf der Liste ziemlich weit oben.

»Katastrophe«, sagte sie und legte einen Stapel Farbdias auf seinen Schreibtisch. »Dies habe ich in einer Schublade zwischen Pauls Unterwäsche gefunden.«

»Und wie geht es Paul?« fragte Mordecai.

»Er fühlt sich besser«, sagte Joyce. »Zeitweise.«

»Irgendwelcher Erfolg bei der Suche nach der Synagoge?«

»Es gab keine Synagoge«, sagte sie. »Sieh dir die Dias an, Mordecai.«

Es waren die Fotos, die von Paul Gubers Freund während der unheilvollen Junggesellenparty geschossen worden waren. Der Anwalt ging die Dias sorgfältig durch und hielt jedes gegen seine Schreibtischlampe.

Joyce setzte sich und begann zu schniefen. »Und das ist der Mann, den ich heiraten wollte.«

Während Mordecai die Bilder betrachtete, wünschte er sich insgeheim einen Projektor und eine Leinwand. Die Frauen sahen fröhlich aus, waren wunderschön und nackt. Der Anwalt hatte Mitleid mit Paul Guber, denn sein jugendliches Gesicht, das friedlich im nackten Schoß einer Brünetten ruhte, war unverkennbar. Er sah aus, als habe er einen gekräuselten Spitzbart.

»Offenbar war Alkohol im Spiel«, sagte Mordecai. »Zuviel Alkohol.«

»Such nicht nach Entschuldigungen. Ich will den Bastard verklagen.«

»Wegen was? Ihr seid noch nicht verheiratet.«

»Du bist mir vielleicht ein Anwalt«, sagte sie und putzte sich die Nase.

»Was ist das?« Mordecai untersuchte das letzte Dia, auf dem ein Mann mit silbernem Haar und beachtlichem Bauch vor einem immer noch knienden Paul Guber stand. Mit beiden Händen hob der Fremde eine grüne Flasche hoch, als hole er mit einer Axt aus. Sein Gesicht war wutverzerrt. Hinter dem Fremden war die Gestalt eines größeren Mannes zu sehen. Er streckte die Arme aus und versuchte, die Attacke zu verhindern.

»Reinstes Dynamit«, sagte Mordecai. Er holte ein Vergrößerungsglas aus der obersten Schreibtischschublade und beugte sich über das Dia.

»Es freut mich, daß du dich so nett amüsierst«, sagte Joyce. »Meine Zukunft liegt in Scherben, aber Gott sei Dank hast du deinen Spaß.«

»Joyce?«

»Was ist?«

»Halt bitte den Mund.«

Das Schniefen hörte schlagartig auf. Der Gesichtsausdruck seiner Cousine wurde eisig und boshaft.

Mordecai strahlte, als er von den Bildern hochsah. »Ich kenne diese Burschen!«

»Wen? Weshalb lachst du?«

»Joyce, geh sofort nach Hause. Kümmere dich um deinen Verlobten.«

»Das kann ich nicht. Er spielt Golf.«

»Nein!« rief Mordecai aus. »Er darf auf keinen Fall Golf spielen. Er ist ein sehr kranker Mann. Er hat schwere Migräneanfälle. Blackouts. Sieht alles doppelt. Such ihn, Joyce. Pfleg ihn.«

Der Anwalt brachte sie zur Tür. »Ich komme morgen zu euch raus. Wir haben eine Menge zu bereden.«

Joyce sträubte sich. »Und was ist mit mir? Erwartet man etwa, daß ich vergesse, was ich auf den Bildern gesehen habe? Mein Verlobter, der Mann, den ich heiraten wollte, schmust mit dem Bauch einer dreckigen Hure herum. Soll ich dieses schreckliche Bild aus meinem Bewußtsein streichen?«

»Wenn du klug bist, dann tust du es«, sagte der Anwalt, »denn wir haben immer noch einen tollen Fall.«

»Eine Klage gegen eine Nacktbar?«

»Sei nicht albern.« Mordecai legte die Hände auf die Schultern seiner Cousine. »Die erste Regel des Schadensersatzrechtes lautet: Halte dich stets an die dicksten Brieftaschen – in diesem Fall an den Burschen, der Paul angegriffen hat.«

»Und wer ist das?« wollte Joyce wissen.

»Darüber reden wir später.«

»Ein Prominenter?« Sie hoffte auf einen Filmstar. »Zeig mir das Bild noch mal.«

»Später«, sagte Mordecai und schob sie zur Tür.

»Hat er Geld? Bist du dir absolut sicher?«

»Oh, ich bin sicher, daß er welches beschaffen kann«, sagte der Anwalt. »Da bin ich mir sogar ganz sicher.«

Endlich zahlt es sich aus, Demokrat zu sein! dachte Mordecai.

11. KAPITEL

Gegen Mitternacht saßen Congressman Dilbeck und Christopher Rojo in ausgelassener Stimmung in der Flesh Farm. Sie feierten Dilbecks gute Nachricht, überbracht von Malcolm Moldowsky durch Erb Crandall: Die Erpressung hatte sich erledigt! Der selige Kongreßabgeordnete fragte nicht nach Einzelheiten, und es wurden auch keine genannt. Moldy war ein Zauberer, seine Tricks mußten geheim und rätselhaft bleiben. Dilbeck und

Rojo tranken auf den schmierigen kleinen Rattenbändiger und schenkten dann ihre ganze Aufmerksamkeit der Tanzbühne. Schon bald füllte sich der blaue Dunst mit Papierfliegern, die aus amerikanischer Währung gefaltet worden waren. Zur Sperrstunde hatten Dilbeck und Rojo sich mit zwei Tänzerinnen der Flesh Farm ganz dick angefreundet.

Das Morgengrauen fand das Quartett achtzig Meilen entfernt auf einem Schutzdeich am südöstlichen Ufer des Lake Okeechobee. Nur mit Socken und Unterhosen bekleidet, lieferte Chris Rojo einen Abriß der Geschichte des Zuckerrohranbaus und der Rolle, die Congressman Dilbeck dabei gespielt hatte und immer noch spielte. Die Tänzerinnen beklagten sich, von Feuerameisen attackiert zu werden, und zogen sich auf ihren Stöckelschuhen in den klimatisierten Luxus der Limousine zurück, wo Pierre ihnen Bloody Marys kredenzte.

Rojo stolzierte auf dem Damm umher und redete nonstop, ein typischer brillianter Kokainmonolog. »Zweihunderttausend Morgen Dreck, wunderbarer Dreck«, sagte er, »herrliches Zuckerrohr, so weit das Auge reicht...«

Dilbecks gingetrübte Augen blickten kaum über seine Schnürsenkel hinaus. Die ersten Sonnenstrahlen des Tages wärmten seine nackten Schultern und brachten reihenweise Insektenstiche zum Jucken. Dilbeck schaukelte von einem Fuß auf den anderen, als hätte er die Nacht in einem sehr kleinen Boot verbracht. »Ich kotze gleich«, kündigte er Rojo an.

Es war des jungen Millionärs erster Besuch auf den Feldern, von denen das Vermögen seiner Familie stammte. Er reckte magere braune Arme zum Himmel und rief: »Dreiundzwanzig Cents das Pfund!« Das Geschrei ließ Dilbeck zusammenzucken. »Dreiundzwanzig Cents!« heulte Rojo erneut. »Hab Dank, *Tio Sam*! Dankeschön, Davey!«

Dreiundzwanzig Cents pro Pfund war der durchschnittliche Großhandelspreis für Zucker, der vom Betrieb der Familie Rojo angebaut wurde. Der aufgeblähte Betrag wurde vom Repräsentantenhaus der Vereinigten Staaten festgesetzt und von der Commodity Credit Corporation, einer Abteilung des Landwirtschaftsministeriums, überwacht. Rojo hatte allen Grund, dankbar zu sein: Zuckerrohr aus der Karibik wurde auf dem Weltmarkt mit nur zwölf Cents pro Pfund gehandelt. Strenge Importquoten hielten den meisten ausländischen Zucker aus Amerika fern, wodurch die Rojos ihren festgesetzten Preis halten und sich daher ihren exzessiven Lebensstil leisten konnten. Wann immer die Importquoten von internationalen Handelsorganisationen attackiert wurden, trat das Repräsentantenhaus als Retter auf den Plan. Dilbeck war einer der besten Freunde der Zuckerindustrie, und Chris Rojo ließ keine Gelegenheit verstreichen, um seine Dankbarkeit zu demonstrieren. Nun, auf dem Damm, drückte er den Kongreßabgeordneten in einer heftigen Umarmung an sich.

Dilbeck spürte, wie er ins Schwanken geriet, und befreite sich. »Ich fühl mich nicht so gut. Wo sind die Girls?«

»Keine Ahnung«, sagte Rojo. »Entspannen Sie sich, mein Freund. Es wird immer neue Girls geben.«

Der Congressman schaute blinzelnd in die Sonne. »Wurden wir gestern flachgelegt?«

»Ich habe keinen Schimmer.«

»Ich auch nicht«, sagte Dilbeck. »Aber vermutlich schon.«

»Für tausend Dollar will ich das doch schwer hoffen.«

Dilbeck verzog das Gesicht zu einer Grimasse. »Soviel haben Sie bezahlt?«

»Fünfhundert für jede. Na und?« Chris Rojos Stimme klang schrill und ächzend. »Für mich ist das gar nichts«, sagte er. »Nur Geld.«

Dilbeck spürte, wie seine Körpertemperatur mit der aufgehenden Sonne anstieg. Er legte eine Hand auf seinen Nacken und spürte, daß er feucht war. Er fragte sich, was mit seinem

Hemd passiert war. Er hoffte, daß eine von Mr. Lings Tänzerinnen es ihm in sexueller Raserei mit den Zähnen vom Körper gefetzt hatte.

Rojo sagte: »Es ist eine verrückte Welt, Davey. Ich gebe einem Girl fünfhundert Bucks, nur um mitzufahren, okay? Die armen Teufel, die dieses Zuckerrohr ernten«, er deutete mit einer ausholenden Geste auf die Felder, »für die ist das der Lohn für drei Wochen.«

»Ist das Ihr Ernst?« fragte Dilbeck.

»Das ist wirklich ein tolles Land, mein Freund. Und jetzt muß ich meine Hose suchen.«

Als sie zur Limousine zurückkamen, war Christopher Rojo aus seinem Kokain-High abgestürzt, und David Dilbeck stand kurz vor einem Herzanfall. Pierre hielt die Wagentür auf, während die beiden Männer sich auf die Rückbank fallen ließen. Die Tänzerinnen schliefen. Sie waren ein buntes Gewirr von blonden Haaren und Spitzenwäsche, Dilbecks Hemd und Rojos Hose lagen zerknautscht auf dem Wagenboden. Der Kongreßabgeordnete holte eine Handvoll Eiswürfel aus dem tragbaren Kühlschrank und packte sie sich auf die Stirn.

»Es ist so verdammt heiß«, sagte er.

Chris Rojo knurrte. »Das ist Florida, Mann.«

Auf dem Fahrersitz wandte der stumme Pierre den Kopf, um Anweisungen entgegenzunehmen.

»Ab in die Zivilisation«, befahl Rojo. »Aber dalli.«

Dilbeck sah die flachen braunen Felder mit neunzig Meilen in der Stunde vorüberfliegen, ein endloses Meer von hohen Halmen, das sich bis zum Horizont erstreckte. Er konnte nicht glauben, daß menschliche Wesen von morgens bis abends in einer derartig stickigen Hitze arbeiten konnten. Er hatte schon gehört, daß es schlimm war, aber, allmächtiger Gott, er hatte es sich niemals so schlimm vorgestellt.

»Wieviel haben Sie ihnen gezahlt?« fragte er Rojo.

»Den Mädchen? Ich hab's Ihnen doch gesagt, Davey – fünfhundert pro.«

»Nein, ich meine den Wanderarbeitern.«

»Ach das.« Rojo hatte Mühe, seine Beine in die zerknautschte Hose zu bugsieren. »Mein Vater sagt, bis dreißig Dollar pro Tag. Es hängt davon ab, ob der Vorarbeiter gute Laune hat. Aber wenn man Unterkunft und Verpflegung, Schnaps und Zigaretten abzieht – wer weiß das schon? Und die medizinische Versorgung ist auch nicht billig.«

»Mein Gott«, sagte der Kongreßabgeordnete.

»Hey, sie kommen aber immer wieder her. Verglichen mit Santo Domingo ist das hier der reinste Club Mediterrané.«

»Und wie lange arbeiten sie?«

»Bis alles geerntet ist«, sagte Rojo. »Mein Vater sagt, ein guter Arbeiter schneidet eine Tonne Zuckerrohr pro Stunde. Können Sie sich das vorstellen? Eine ganze gottverdammte Tonne – erstaunlich, was ein Mensch schaffen kann, wenn er dementsprechend motiviert ist.«

David Dilbeck wandte sich vom Fenster ab und schloß die Augen. Es machte ihn benommen und verursachte ihm Übelkeit, nur daran zu denken.

Der Richter schrak zusammen, als Erin sich an seinen Tisch setzte.

»Sie erinnern sich an mich?« fragte sie. »Ich bin die unfähige Mutter.«

Der Richter griff linkisch nach seinem Glas Jack Daniels und leerte es. »Ich hatte gehofft, es wäre ein Freundschaftsbesuch«, sagte er.

Erin zwang sich ruhig zu bleiben. Sie hatte während ihrer Pause zwei Martinis getrunken – ein seltener Exzeß während ihres Dienstes. Das Problem war der Tod Jerry Killians. Auch eine nur andeutungsweise Verwicklung in einen Mord konnte ihre Chancen, Angie zurückzubekommen, völlig ruinieren. Bei seinem liebeskranken Bemühen, ihr zu helfen, war Killian vielleicht bei den falschen Leuten angeeckt. Wie weit hatte er seinen Geheimplan vorangetrieben? Hatte er tatsächlich versucht, Druck auf einen Angehörigen des Repräsentantenhauses der Vereinigten Staaten auszuüben? Erin mußte mehr wissen, ehe sie Al García von ihrer eigenen Rolle als Beteiligte erzählen konnte. Der Richter war ihre deutlichste Spur, aber auch die riskanteste.

Erin täuschte einen Vorstoß in die zu erwartende Richtung an. »Ich würde Ihnen gerne meine Sicht des Falles darstellen.«

»Das haben Sie bereits getan«, erwiderte der Richter, »im Gerichtssaal.«

Eine Serviererin brachte einen frischen Drink, den der Richter sehnsüchtig betrachtete. Aber er trank nicht davon. Erin fragte sich, ob Shad ihn wie üblich präpariert hatte.

»Dank Ihnen«, sagte sie, »befindet sich meine Tochter in der Obhut eines unverbesserlichen Gauners.«

»Aus den Akten geht etwas Derartiges nicht hervor.«

»Die Akten wurden gesäubert, Euer Ehren. Darrell Grant ist ein bezahlter Informant des Sheriff's Office, und Sie wissen das. Sein Vorstrafenregister wurde gelöscht.«

Als er nervös in der dunklen Nische herumrutschte, wirkte der Richter auch nicht annähernd so imposant wie im Gerichtssaal. Hier im Eager Beaver war er nur ein geiler alter Knacker mit unmöglichen Phantasien.

Erin sagte: »Mein Ex-Mann handelt mit gestohlenen Rollstühlen. Er benutzt unsere Tochter als Komplizin.«

Der Richter erwiderte, er bilde sich seine Meinung anhand der bekannten Fakten des Falls; so laute nun mal das Gesetz. »Aber es trifft auch zu, daß eine Entscheidung revidiert werden kann.« Er ließ die Eiswürfel im Uhrzeigersinn im Bourbon kreisen. »Würden Sie auf meinem Tisch tanzen?«

»So etwas tue ich nicht.«

»Die anderen tun es.«

»Ich nicht«, sagte Erin.

»Dann vielleicht etwas anderes?« Der Richter umklammerte das Glas mit beiden Händen, als sei es ein geweihter Kelch. Seine Stimme bekam einen verschlagenen Unterton: »Ich habe Ihrem Freund gegenüber eine bestimmte Idee geäußert.«

»Welcher Freund war das?«

»Ihr ›spezieller‹ Freund.«

Natürlich, dachte Erin. »Ich habe eine Menge spezielle Freunde«, sagte sie, »mit einer Menge spezieller Ideen.«

Der Richter schürzte seine wurmartigen Lippen und sagte: »Sie weichen mir aus.« Er fummelte unter dem Tisch herum, als kratzte er sich, holte aber dann eine Bibel hervor. »Ich komme sehr oft hierher, um für Sünderinnen wie Sie zu beten.«

»Das ist aber ein guter Witz!«

»Ich habe jedesmal das Buch der Bücher in meinem Schoß liegen.«

»Und trotzdem steigt es manchmal hoch?«

»Ich bekämpfe den Teufel auf seinem eigenen Terrain.«

»Wie Sie meinen«, sagte sie.

»Gut gegen Böse, Böse gegen Gut. Es ist eine immerwährende Schlacht.« Der Richter fand eine trockene Stelle auf dem Cocktailtisch und legte die Bibel dorthin. Dann genehmigte er sich einen gluckernden Schluck von seinem Bourbon. Auf der Bühne tanzten die beiden Moniques als Revolverheldinnen: mit Fransen besetzte Stiefel, Stetsons, Holster und ein silberner Stern auf jeder nackten Brust. Der Richter war kurzfristig abgelenkt.

»Ich muß mich jetzt fertig machen«, sagte Erin und erhob sich vom Tisch.

Der Richter zuckte herum und musterte sie aufmerksam. »Soll das heißen, daß die Antwort nein lautet?«

»Was hat denn mein spezieller Freund gesagt, wie die Antwort ausfallen würde?«

»Mr. Dilbeck war sich nicht sicher.«

Endlich, dachte Erin: Jerrys Kongreßabgeordneter.

»Wir haben uns über Ihren Sorgerechtsfall unterhalten«, sagte der Richter. »Ich habe eine orale Vereinbarung vorgeschlagen. Hat er Ihnen das nicht mitgeteilt?«

Orale Vereinbarung. Wie unglaublich clever! Der Kerl war ein echter Noël Coward. »Euer Ehren«, sagte Erin, »ich kenne niemanden namens Dilbeck. Und was immer Sie ihm vorgeschlagen haben, ich verspreche Ihnen, daß meine Antwort immer nein lauten wird.«

Der Richter schien eher verblüfft als enttäuscht zu sein. »Na schön«, sagte er und ließ wieder die Eiswürfel kreisen. »Aber vielleicht können wir an irgendeinem schönen Sonntagmorgen mal gemeinsam beten.«

Der Anwalt, der wie ein Schwachsinniger grinste, wartete an der Tür. »Kommen Sie rein, kommen Sie rein, kommen Sie rein.«

Shad mißtraute übertriebener Freundlichkeit. »Ich hab's schon beim erstenmal verstanden. Was gibt es Neues von Delicato Dairy?«

Mordecai geleitete ihn zum Konferenzraum. »Kaffee, Mr. Shad?«

»Antworten, Mr. Mordecai.«

Aus seinem Hosenbund zog Shad eine schnurlose Black & Decker-Bohrmaschine. Wortlos begann er, zahlreiche Löcher in Mordecais Lieblings-Matisse-Druck zu bohren. »Der neue Pointilismus«, erklärte Shad dem entgeisterten Anwalt.

Sehr bald fiel das Bild von der Wand und gab den Blick auf ein identisches Muster frischer Löcher im Verputz frei. Mordecais Sekretärin klopfte aufgeregt an die Tür, und Shad befahl ihr, zu verschwinden. Mordecai fiel auf die Knie und flehte um

Gnade. Das hatte er geprobt, seit Dr. Vibbs angerufen hatte, die Stimme weinerlich dank der Wirkung von Nembutal. Seine Sitzung mit Shad war ziemlich katastrophal verlaufen.

»Bringen Sie mich nicht um«, jammerte Mordecai. »Ich tue alles, was Sie wollen.«

Shad klemmte sich die Bohrmaschine unter den Arm. »Erzähl von vorne, du Scheißhacke.«

Der Bericht des Anwalts wurde von Schluchzlauten und Gewimmer begleitet. Der Joghurt sei sicher im Kühlschrank deponiert worden. Eines Tages habe Beverly krankgefeiert. Die Teilzeitkraft habe sich einfach bedient, ohne vorher zu fragen... und den ganzen verdammten Becher geleert, mitsamt Kakerlake. So eine dämliche Schnalle!

Shads Amphibienaugen schlossen sich langsam und blieben so für längere Zeit. Er dachte, daß er lieber eine Warnung an dem Joghurtbecher hätte anbringen sollen.

Die Knie das Anwalts schmerzten, aber er hatte zuviel Angst, um sich zu rühren. Beverly hämmerte wieder gegen die Tür, und diesmal erschrak Mordecai, als er seine eigene Stimme vernahm, die ihr erklärte, sie solle sich beruhigen, es sei alles in Ordnung. Er unterhalte sich nur mit einem ganz normalen narkoleptischen Soziopathen, der juristischen Beistand brauche.

»Geht es Ihnen gut?« fragte der Anwalt Shad.

Der haarlose Riese schlug die Augen auf. Sein Gesicht verriet nichts. Aus seiner Brusttasche holte er eine Handvoll knisternder toter Insekten – Kakerlaken, Grashüpfer, Maikäfer, sogar einen Skorpion –, die er vor Mordecais Augen auf dem Tisch ordnete.

»Diesmal«, sagte Shad, »keine Panne.«

Der Anwalt erhob sich, umrundete langsam den Tisch und tat so, als bewundere er Shads Kollektion.

»Wir sollten darüber reden«, schlug Mordecai vor.

»Es gibt nichts zu reden, Partner. Schicken Sie Ihr Girl zum Supermarkt. Nur Fruchtgeschmack.«

»Sie verstehen nicht.«

»Und verlangen Sie von ihr, das Verfallsdatum auf den Bechern zu kontrollieren. Ich stecke meine Finger nicht in abgelaufenen Joghurt. Niemals.« Shad setzte sich und wartete darauf, daß Mordecai in die Gänge kam.

Der Anwalt sagte: »Aber das ist Betrug. Ich könnte meine Zulassung verlieren.«

»Sie könnten *zerstückelt* werden«, sagte Shad, »wenn Sie nicht bald Ihren fetten Hintern bewegen.«

Mordecai spürte, wie das Blut aus seinen Beinen abfloß. Schon bald verlor er jegliches Gefühl unterhalb der Gürtellinie. Seine Kehle zog sich zusammen. »Ich ... habe ... einen ... anderen Plan.«

»Aber sicher.«

»Ich ... habe ihn wirklich!«

Mit einem einzigen Schwinger gegen die Schulter warf Shad den Anwalt um. Mordecai heulte. Shad riet ihm, den Mund zu halten und nicht so eine Memme zu sein. Mordecais Heulen steigerte sich.

Shad stand über ihm und zielte. Alles, was er sagte, war: »Erbärmlich.« Dann ließ er den toten Skorpion in Mordecais Mund fallen. Augenblicklich hörte der Anwalt auf zu weinen, um dafür zu würgen.

»Wo das herkommt, gibt es noch mehr«, sagte Shad.

Plötzlich stürmte Mordecais Sekretärin durch die Tür, aber es war nur eine halbherzige Attacke. Als Waffe hatte Beverly sich einen vergoldeten Brieföffner ausgesucht, der sich wie billiges Blech verbog, als er gegen Shads massigen Brustkorb gestoßen wurde. Gemütlich entwaffnete er die Frau und schickte sie hinaus, ein Glas Wasser für den Chef zu holen.

Später, nachdem Mordecai den Skorpion hochgehustet und

ausgespuckt hatte und sich alle etwas beruhigt hatten, bestätigte Beverly die anwaltliche Version dessen, was Shads beweiskräftiger Kakerlake zugestoßen war.

»Mmmm«, sagte Shad, »ich wittere Vernachlässigung der anwaltlichen Sorgfalt.« Er arrangierte die anderen toten Insekten in militärischer Formation auf dem Tisch.

Mordecai sagte: »Bitte, es war ein Unfall.«

»Die verdammte Kakerlake war meine Rente. Kapiert?«

»Wenn Sie sich als reicher Mann zur Ruhe setzen wollen, Mr. Shad, dann hören Sie sich meinen Vorschlag an.« Mordecai gab seiner Sekretärin mit einem Winken zu verstehen, den Raum zu verlassen. »Bitte hören Sie gut zu«, sagte er zu Shad.

Shad hielt einen Grashüpfer und eine Kakerlake zwischen Daumen und Zeigefinger jeder Hand. Er ließ die toten Tierchen einen kleinen Tanz auf dem Tisch aufführen. »Nur weiter!« forderte er den Anwalt auf. »Ich höre genau zu.«

Mordecai reichte ihm das Farbdia von Paul Gubers Junggesellenparty. »Sehen Sie es sich an.«

»Was ist das?«

»Da. Halten Sie es an der Ecke fest.«

Shad legte die Insekten wieder in ihre Formation zurück und wandte seine Aufmerksamheit dem Dia zu. Er hielt es gegen die Lampe und betrachtete, indem er ein Auge zukniff, das briefmarkengroße Bild.

Er sagte: »Sieh mal da.«

»Wissen Sie, wo das Foto aufgenommen wurde?«

»Sicher. Im Club.«

»Und wer ist auf dem Bild zu sehen?«

»Ich und Erin und zwei betrunkene Arschlöcher.«

»Erin ist die Stripperin, nicht wahr?«

Shads Kopf drehte sich langsam. »Sie ist Tänzerin. Die beste.«

Seine Stimme klang mörderisch. Lieber Gott, dachte Mordecai, jetzt habe ich auch noch die Freundin dieses Monsters beleidigt. Geht denn wirklich alles schief?

Der Anwalt fuhr zögernd fort: »Der Name des jungen Mannes ist Paul Guber. Er ist mein Klient.«

»Dann braucht er die Hilfe Gottes.«

»Der ältere Mann, der mit der Weinflasche ausholt – erkennen Sie ihn?«

Shad warf wieder einen Blick auf das Bild. »Nee. Und es ist eine Sektflasche. Korbel, würde ich raten.«

»Der Name des Mannes ist David Dilbeck. Interessieren Sie sich für Politik, Mr. Shad?«

»Sehe ich so aus, als interessiere ich mich für Politik?«

»Mr. Dilbeck ist Mitglied des Repräsentantenhauses der Vereinigten Staaten.«

Shad verarbeitete das, während er noch einmal das Dia betrachtete. Dann sagte er: »Der Mann bringt sich selbst aber in eine verdammt miese Lage. Ich nehme an, Sie wollen ihn verklagen.«

»Soweit könnte es kommen«, sagte Mordecai. »Ich hoffe jedoch, die Angelegenheit privat in einer vernünftigen Atmosphäre zu regeln.«

»Das hoffen Sie?« Shad hatte etwas gegen hochgestochene Ausdrucksweisen. Er kniff in eine von Mordecais prallen Bäckchen und sagte: »Mit dem Skorpion in der Schnute haben Sie mir viel besser gefallen.«

»Lassen Sie das!« schrie der Anwalt auf.

Shad ließ ihn los. »Wo stehe ich in dieser Sache? Und keine Gehirnschlosser mehr. Ich hab genug von Schaumschlägern.«

Mordecai massierte seine Wange, um den Schmerz zu betäuben. »Sie haben alles gesehen, Mr. Shad, die gesamte Attacke. Wenn Dilbecks Leute erfahren, daß ich mit einem Augenzeugen aufwarten kann, dann werden sie wohl – verzeihen Sie den Ausdruck – Ziegelsteine scheißen.«

»Verraten Sie mir mal eins«, sagte Shad, »wieviel Geld kann ein lausiger Congressman schon aufbringen?«

»Vertrauen Sie mir. Je lausiger sie sind, desto mehr haben sie.« Mordecai zog sich vorsichtig aus Shads Reichweite zurück. »Wir müssen uns nur immer darüber im klaren sein, daß wir nicht hinter Dilbeck her sind. Das richtige Geld befindet sich bei den Leuten, die seine Seele besitzen.«

Shad spielte wieder mit den toten Insekten. »Ich sollte es damit mal auf einem Schachbrett versuchen«, bemerkte er.

»Bitte«, sagte Mordecai. »Verlassen Sie sich auf mich. Ich kenne Dilbeck – wir beide waren damals, 1984, Delegierte von Walter Mondale.«

Shad sagte: »Ich fang gleich an zu weinen.«

»Wir reden hier von Millionen von Dollars.«

Der Mann schien es ernst zu meinen. Shad verschob seine Entscheidung, dem Mann die Scheiße aus dem Leib zu prügeln.

»Millionen«, wiederholte Mordecai heiser. »Die Leute, die David Dilbeck besitzen, die Leute, die alles tun würden, um ihn im Amt zu halten – sie sind einige der reichsten Bastarde in Florida. Sie haben genug Geld, um damit jeden Tag ein Feuerchen anzuzünden.«

»In diesem Fall«, sagte Shad, »sollten auch wir uns ein wenig daran wärmen.«

12. KAPITEL

Orly stellte eine neue Tänzerin ein, deren Künstlername Marvela lautete. Sie war eine hochgewachsene Blondine mit einer schönen Figur, und sie konnte sich bewegen. An ihrem ersten Abend, als sie im Vogelkäfig arbeitete, bekam sie doppelt soviel Trinkgelder wie Erin.

Später, bei einer Schale Häagen-Dazs-Vanilleeis, meinte Urbana Sprawl zu Erin, es wäre auch allmählich Zeit, daß sie Konkurrenz bekäme.

»Ein verkorkster Abend«, murmelte Erin. Sie hatte schlecht getanzt und dabei ein derart gezwungenes und unaufrichtiges Lächeln aufgesetzt, daß auch der besoffenste Gast es bemerkt hätte. »Meine Konzentration ist zum Teufel«, stellte sie fest.

»Möchtest du darüber reden?«

»Mr. Peepers ist tot.«

Urbana flüsterte: »O mein Gott.«

»Wahrscheinlich ermordet.«

»Um Himmels willen...«

Bis jetzt hatte Erin niemandem den wahren Grund für den Besuch Sergeant Al Garcías im Eager Beaver mitgeteilt. Die anderen Tänzerinnen hatten angenommen, es gehe mal wieder um Erins Ex-Mann, an dem viele Polizeidienste Interesse bekundeten.

Urbana Sprawl wollte Einzelheiten über Jerry Killians Tod wissen.

»Das ist eine lange Geschichte«, erwiderte Erin, »und ich glaube, ich stecke mittendrin.« Sie schloß die Garderobentür. »Offenbar hat irgend jemand den kleinen Burschen ertränkt.«

»Wegen dir?«

»Indirekt.«

»Dann solltest du dich lieber verstecken, Mädchen. Komm, wohn bei mir und Roy.« Urbanas Freund, Roy, war Mechaniker bei einer gesetzesscheuen Motorradbande. Er und Urbana waren spezialisiert auf unerwartete Hausgäste. Erin lehnte ab, bedankte sich aber trotzdem.

»An deiner Stelle würde ich die nächste Maschine nehmen und verschwinden.«

»Nicht ohne Angela. Und vorher brauche ich noch mehr Geld.« Ihre Möglichkeiten waren begrenzt, und alle waren teuer.

Urbana schlug Tischtänze und Privatpartys vor. »Du bist die einzige, die das nicht mitmachen will.«

»Durchaus möglich, daß es doch soweit kommt.«

»Es gibt auch noch andere Möglichkeiten«, sagte Urbana ernst. »Ich weiß, daß du so etwas niemals tun würdest, aber es gibt einige, die sind dazu bereit. Es kommt nur darauf an, was du brauchst und wie dringend.«

Erin tätschelte die Hand ihrer Freundin und sagte, sie brauche sich keine Sorgen zu machen. »Eher überfalle ich Supermärkte, bevor ich auf den Strich gehe. Urbana, würdest du Mr. Orly bestellen, daß ich heute abend schon früh Schluß mache?«

Erin war zu müde, um das Make-up zu entfernen oder ihr Tanzkostüm auszuziehen. Deshalb zog sie einfach eine graue Jogginghose und ein weites T-Shirt über den roten Teddy und den Tanga. Sie raffte das Haar zu einem losen Pferdeschwanz zusammen, verstaute das Trinkgeld in ihrer Handtasche und stopfte die Stöckelschuhe in einen Plastiksack. Sie betrachtete das Gesicht mit den tief eingesunkenen Augen im Spiegel und sagte: »Du bist wirklich eine ganz heiße Nummer.«

»Wenn ich dir irgendwie helfen kann«, bot Urbana an, »dann sag's nur.«

»Würdest du auch Marvela die Beine brechen?«

»Fahr nach Hause, Honey. Schlaf dich aus.

»Schlaf? Was ist das?« Erin verabschiedete sich und öffnete die Garderobentür. Monique Sr. stand im halbdunklen Flur und mühte sich ab, einen gerissenen Strumpfhalter zu reparieren.

»Ausgerechnet heute«, sagte sie. »Dabei sitzt John Chancellor an Tisch sieben.«

»Tatsächlich?« sagte Erin. »Ich bin auch ein Brokaw-Fan.«

Erin begab sich nach Hause und mixte sich einen Martini, legte Tom Petty ins Kassettendeck ein und zog sich aus. Während sie sich auf dem Bett ausstreckte, betrachtete sie vertraute hagere

Gesichter an der Wand – Poster von legendären Rockstars, darunter ein paar, die sogar noch am Leben waren. Die Poster waren ein Geschenk von einem von Erins glühendsten Verehrer, einem Konzertagenten. Er war so wild entschlossen, auf sie Eindruck zu machen, daß er sogar einmal ein Autogramm von Peter Frampton gefälscht hatte. Das war schon nicht mehr lustig, sondern geradezu tragisch.

Erins Wohnung war nur spärlich eingerichtet, denn es war eine vorübergehende Bleibe. Sie weigerte sich, Geld für etwas auszugeben, das nicht aus Kunststoff bestand und nicht an einem einzigen Tag von einer alleinstehenden Frau schnell eingepackt werden konnte. Selbst die Stereoanlage, Erins einziger Luxus, ließ sich in vier leichtgewichtige Kästen zerlegen.

Nichts band ihre Seele an diesen Ort, nicht einmal Erinnerungen. Die drei Männer, die das Schlafzimmer kennengelernt hatten, waren genauso leicht zu vergessen wie der billige Raumschmuck. Einer von ihnen hatte seine Hose bereits ausgezogen, bevor Erin ihm klarmachen konnte, daß er verschwinden solle. Sie hatte sich gerade »60 Minutes« angesehen, ihre bevorzugte TV-Sendung, als der junge Besucher meinte, daß ihm diese Show gar nicht gefalle, weil »dort zuviel geredet wird«. Erin befahl ihm, seine Hose zuzuknöpfen und sich aus dem Staub zu machen. Nie wieder würde sie sich mit einem Baseballspieler verabreden – zumindest mit keinem ohne Collegeabschluß.

Sie schob sich ein Kissen unter den Kopf. Ich führe wirklich ein tolles Leben, dachte sie kritisch.

Das Telefon stand feuerrot auf dem Nachttisch. Es bot so viele Möglichkeiten. Sollte sie Mom anrufen und sich bei ihr Geld für weitere Anwälte leihen? Vielleicht an dem Tag, an dem Biscayne Bay zufriert.

Wie wäre es mit einem Anruf bei García, um ihm alles zu erzählen? Erin hatte Zweifel, daß der Detective durch eine Schilderung ihrer persönlichen Probleme zu Tränen gerührt wäre. Er würde statt dessen großes Interesse für die seltsamen Details von Jerry Killians Erpressungsplan zeigen. Ein Mord mit politischen Elementen wäre eine willkommene Abwechslung zu den Familien- und Drogenmorden.

Vielleicht war das der Anruf, den sie endlich erledigen sollte, dachte Erin. Dann hätte sie es hinter sich.

Sie überlegte es sich anders und stellte das leere Martiniglas auf den Fußboden. Jimi Hendrix hing über dem Kopfbrett und bezüngelte seine linkshändige Stratocaster. Gestorben mit siebenundzwanzig. Aber nicht ich, Freundchen, dachte Erin.

Sie nahm das Telefon vom Nachttisch, wählte die Nummer in Deerfield Beach, schloß die Augen und dachte *bitte, bitte, bitte.*

Angela hob nach dem dritten Klingeln ab.

»Baby?«

»Mami?«

»Ich bin's. Habe ich dich geweckt?«

»Wo bist du, Mami?«

»Ist dein Vater da? Wenn ja, dann sprich leise.«

»Kannst du uns nicht besuchen? Wir fahren jeden Tag ins Krankenhaus.«

»Welches Krankenhaus, Baby?«

»Immer in andere. Daddy verkleidet sich dafür wie Doktor Shaw.«

»O Gott«, sagte Erin.

»Dann setzt er mich in einen Rollstuhl und schiebt mich ganz schnell. Kannst du nicht herkommen? Wir rennen dann – du darfst auch mal schieben.«

»Angela, hör mir mal zu.«

»Ich glaube, ich muß aufhören. Ich hab dich lieb, Mami.«

»Angela . . .«

Eine längere Pause. Atmen. Dann ein feuchtes Husten.

»Angie?«

Darrell Grant lachte, schrill und aufgedreht von Speed. »Ich muß diese Nummer wohl ändern lassen.«

»Du bist ein dämlicher Scheißkerl!« schrie Erin. »Wenn du erwischt wirst, wie du das Kind benutzt ...«

»Zum Teufel, ich werde nicht erwischt. Es ist ein traumhaftes Arrangement. Hat sie es dir nicht erzählt? Ich habe eine echte Arztjacke gestohlen, ein echtes Stethoskop und was sonst noch dazugehört. Mann, ich sehe richtig scharf aus! Tatsache ist, daß ich sogar daran denke, es nebenbei mal als Gynäkologe zu versuchen ...«

»Darrell, sie bringen sie weg! Sie nehmen sie uns beiden weg. Für immer!«

»Mein Gott, hast du Sorgen. Ich hab dir doch gesagt, ich werde nicht erwischt. Ich stecke Angie in einen Pyjama, so daß sie aussieht wie eine Patientin. Meistens trägt sie den Pyjama mit dem Cookie Monster. Du erinnerst dich sicherlich ...«

»Du Arschloch.«

»Aber, aber, Erin, das sagst ausgerechnet du, die davon lebt, daß sie ihre Titten herzeigt. Spiel mir ja nicht die Tugendhafte vor, Herzchen ...«

Erin schleuderte das Telefon auf den Fußboden. Sie war zu wütend, um zu weinen, und zu aufgeregt, um zu schlafen. Sie zog ein Sweatshirt und Bluejeans über und nahm die Wagenschlüssel von der Kommode.

Special Agent Tom Cleary trug einen burgunderfarbenen Bademantel und braune Pantoffeln. Erin erschien er auf eine praktische Art anbetungswürdig. Sie hatte ihn noch nie zersaust und ungepflegt gesehen. Der Schlaf hatte seine blonden Haare zu einem spitzen Gebilde aufgetürmt, das an eine Bischofsmütze erinnerte.

»Kaffee?« fragte er krächzend.

Sie saßen in der Küche und unterhielten sich halblaut, während Clearys Frau eine Milchflasche für das Baby anwärmte, das oben schrie. Es war das vierte Kind des Ehepaars in sechs Jahren, und die Last der Fruchtbarkeit forderte seinen Tribut. Als Erin sich wegen ihres späten Besuchs entschuldigte, sagte Mrs. Cleary, das sei doch nicht schlimm. Überhaupt nicht! Sie schien jeden Moment vor künstlicher Höflichkeit zu explodieren. Als sie nach oben entschwand, entspannte sich ihr Mann sichtlich erleichtert.

»Ich brauche Hilfe«, sagte Erin und beugte sich vor.

»Schon wieder Darrell?«

»Natürlich.« Sie erzählte ihm, daß ihr Ehemann nun Informant der Polizei sei, berichtete von ihren teuren Auseinandersetzungen vor Gericht, von Darrell Grants Rollstuhlraubzügen mit Angela...

»Moment mal«, unterbrach der Agent sie. »Und er hat das Sorgerecht? Das ist doch nicht möglich.«

Erins Kehle fühlte sich staubtrocken an. »Der Richter sagt, ich sei als Mutter ungeeignet. Kann ich einen Apfel haben?«

Cleary wollte es nicht glauben. »Ungeeignet?« Das Wort kam als entsetztes Flüstern heraus, als spräche er von einer schrecklichen Krankheit. »Was um alles in der Welt... Erin, ist was passiert?«

Erin wußte, daß sie ihm nichts von dem Job erzählen konnte. Das mit dem Eager Beaver würde er niemals verstehen.

»Es ist eine lange Geschichte«, sagte sie ausweichend.

»Hat Darrell sich an den Richter herangemacht?«

»Nun, jemand hat es offenbar getan.«

Der Kaffee war fertig. Cleary schenkte ein. Oben hatte das Baby endlich aufgehört zu schreien. Erin sagte: »Tom, er macht aus meiner Tochter eine Zigeunerin.«

Der FBI-Mann nickte ernst. »Das Problem ist, daß wir Zuständigkeitsbereiche nicht ausdehnen können.« Sie wollte etwas sagen, aber Cleary schnitt ihr das Wort ab. »Laß mich ausreden,

Erin. Deine Scheidung ist eine zivilrechtliche Angelegenheit, da haben wir keinen Zugriff. Aber wenn du Beweise dafür hast, daß der Richter bestechlich ist, dann können wir vielleicht etwas unternehmen...«

»Ich habe keine Beweise«, sagte Erin bissig. »Ich dachte, die zu beschaffen sei deine Aufgabe.«

Clearys Augen blitzten auf, aber er fuhr fort: »Diese Rollstuhl-Sache – ich gebe zu, die ist sicherlich sehr schlimm, aber grundsätzlich ist es nur Diebstahl, und damit befaßt sich das FBI nicht.«

»Aber die Polizei hat Darrell auf der Lohnliste!«

»Hör mir zu«, sagte Cleary. »Wenn ich versuchen würde, das meinem Vorgesetzten unterzuschieben – ach, es besteht nicht die geringste Chance. Er würde mir die Sache vor die Füße knallen.«

Cleary war zwar voller Mitgefühl, aber er ließ sich nicht umstimmen. Erin fühlte sich am Boden zerstört. »Ein Telefonanruf von dir, und die Cops würden ihn fallenlassen wie eine heiße Kartoffel«, sagte sie. »Ein lausiger Anruf, Tom.«

»Ich arbeite nicht in diesem Stil. Vorschriften sind nun mal zum Einhalten da.«

»Aber du hast mir doch schon früher geholfen.«

»Ich habe einen Namen überprüft. Das ist einfach, Erin.« Cleary nahm seine Brille ab und massierte seine Schläfen. »Aber ich kann nicht gegen deinen Ex-Mann bundespolizeilich vorgehen«, sagte er trübsinnig. »Es tut mir sehr leid.«

»Mir auch«, murmelte Erin in ihre Kaffeetasse.

Cleary erkundigte sich, ob die Information über Jerry Killian hilfreich gewesen sei, und Erin antwortete ja, sehr hilfreich. Sie bedankte sich für den Kaffee und stand auf, um zu gehen, aber Cleary wurde seine Frage doch noch los. »Was hat er mit all dem zu tun? Killian, meine ich.«

»Das ist eine andere lange Geschichte«, antwortete Erin.

Cleary würde völlig ausflippen, wenn er erfahren würde, daß Jerry Killian tot war. Automatisch würde er den Mord mit seiner eigenen Computerüberprüfung in Verbindung bringen und als nächstes seinen Verstoß gegen die Vorschriften beichten. Mehrere Kubikmeter Papier würden sich anhäufen, bevor eine praktische Untersuchung sich mit Killians Tod durch Ertrinken befassen würde. Unterdessen würde Tom Cleary so gut wie sicher ins FBI-mäßige Sibirien versetzt, wo seine Frau sich mit eisigen Wintern und begrenzten Kindergartenplätzen herumschlagen müßte. Am Ende würde das FBI möglicherweise sogar Killians Tod aufklären und den verbannten Cleary rehabilitieren. Bis dahin könnte Darrell Grant jedoch längst mit Angela in Tasmanien oder sonstwo in Sicherheit sein.

Erin hatte keine Zeit, auf das FBI zu warten. Und sie wollte, daß Agent Tom Cleary in Miami blieb, für den Fall, daß sie ihn brauchte.

Während er sie zur Tür brachte, fragte Cleary, wo sie arbeitete.

»In einem Nachtschuppen«, erwiderte Erin. »Hinter der Bar.« Eine geläufige Lüge. Die gleiche, die sie auch ihren Großeltern aufgetischt hatte.

»In welchem Laden?« wollte Cleary wissen.

»Du kennst ihn sowieso nicht, Tom. Der liegt ganz sicher nicht in deinem Zuständigkeitsbereich.«

Der Agent schluckte den Sarkasmus gleichmütig und sagte, ihm gefalle die Vorstellung gar nicht, daß sie mit Drinks herumhantiere. Erin sagte, der Verdienst sei nicht übel.

Clearys Stimme klang schuldbewußt. »Ich wünschte, ich könnte in dieser Darrell-Sache die Vorschriften umgehen, aber das geht einfach nicht. Es ist unmöglich.«

»Das verstehe ich schon, Tom.« Erin sah sich verstohlen nach der Ehefrau um, dann gab sie ihm einen Kuß auf die Wange. »Trotzdem vielen Dank«, sagte sie.

Als sie nach Hause kam, lief auf ESPN ein Boxkampf um die mexikanische Meisterschaft. Das Gesicht des einen Boxers war voller blauer und roter Flecken und seltsam verformt. Es sah aus, als liefe Blut aus drei Nasenlöchern. Der andere Mann schickte sorgsam gezielte Jabs auf die gebrochene Nase des Mannes, bis die Blutung so heftig wurde, daß der Ringrichter auf dem glitschigen Boden beinahe ausrutschte.

Früher hatte Erin nicht begreifen können, wie ein menschliches Wesen einem Gegner, den es kaum kannte, soviel Leid zufügen konnte. Nun, als sie an ihren Ex-Mann dachte, begann Erin den inneren Antrieb des Boxers zu verstehen. Es war eine ganz simple Aggressionsübertragung, vom Alltagsleben auf den Boxring.

Gegen Morgen hatte sie sich beruhigt. Sie absolvierte hundert Sit-ups, setzte das Telefon wieder zusammen und versuchte ihr Glück mit einem anderen Anruf. Auch dieser war ein Schuß ins Blaue.

Erb Crandall bemerkte etwas Neues im Entree von Malcolm J. Moldowskys Penthaus: ein Porträt von John Mitchell, dem ehemaligen, inzwischen vorbestraften Justizminister.

»Ein lieber Freund und Mentor«, erklärte Moldy. »Ihm wurde furchtbar übel mitgespielt. Das war lange vor Ihrer Zeit. Eine amerikanische Tragödie.«

»Ich weiß über ihn Bescheid, Malcolm.«

»Ein politisches Genie«, sagte Moldowsky. »Eine fehlgeleitete Loyalität war sein tödlicher Fehler. Er wurde für Nixon geopfert.«

»Wer nicht?« Erb Crandall war während der Watergate-Affäre auf dem College gewesen. Er hatte John Mitchell als mürrischen alten Hund in Erinnerung, der sich aus keiner noch so harmlosen Klemme herauslügen konnte.

»Der absolute Insider«, sagte Moldy bewundernd. Er streichelte den Bilderrahmen derart zärtlich, daß Crandall begann, sich Sorgen zu machen.

»Haben Sie keinen Helden?« wollte Moldowsky wissen.

»Nee.«

»Das ist aber sehr zynisch, Erb.«

»Leute mit Helden glauben gewöhnlich an irgend etwas. Wie sieht es da bei Ihnen aus?«

Moldy dachte über die Frage nach, während er zwei Cognacs einschenkte. Er reichte Crandall ein Glas und antwortete: »Ich glaube an die Einflußnahme um der Einflußnahme willen.«

»An die Hebel der Macht.«

»Das ist doch aufregend – meinen Sie nicht?«

Crandall hob die Schultern. »Um ganz ehrlich zu sein, manchmal ist es ganz schön beschissen.«

»Noch kämpfen Sie in vorderster Front, Erb. Haben Sie Geduld.«

»Sie meinen, eines Tages könnte ich enden wie... er?« Er deutete auf John Mitchells Krötengesicht. »Donnerwetter, Malcolm, ich kann es kaum erwarten.«

»Sie sind wirklich ein zynischer Hund.«

Sie saßen in Moldowskys elegantem Wohnzimmer, von dem aus man einen grandiosen Blick auf den Atlantik hatte. Vom Golfstrom blinkten ferne Lichter von Frachtern und Kreuzfahrtschiffen herüber. Crandall wurde durch den Anblick beruhigt und vom Cognac gewärmt.

Moldowsky bat um einen Lagebericht zum Wahlkampf. Er erfuhr zu seiner Freude, daß David Dilbecks republikanischer Gegner, ein weit rechts stehender Händler für Haushaltsgeräte, bisher nur sechzigtausend Dollar an Spenden hatte aufbringen können. Der unglückliche Trottel verbrachte die meiste Zeit des Tages damit, die Presse abzuwimmeln und sich wegen zwei lang zurückliegender Verurteilungen wegen Postbetrugs in Little Rock, Arkansas, zu rechtfertigen. Moldy selbst hatte das obskure Vorstrafenregister ausgegraben und es einem freundlich gesonnenen Journalisten in Miami zukommen lassen.

Dann berichtete Erb Crandall, daß jeder lebende Rojo, darunter auch Scharen entferntester Cousins, pflichtschuldigst Barschecks über den gesetzlich erlaubten Spendenhöchstbetrag an das Komitee zur Wiederwahl David Dilbecks geschickt hatte. Weitere Tausende von Dollars kamen von angeblich einfachen Bürgern, die die beispielhafte Arbeit des Kongreßabgeordneten unterstützen wollten. Die Spendernamen in den Wahllisten oder auch nur im Telefonbuch zu suchen, wäre sinnlos gewesen, denn die Namen gehörten zu Landarbeitern aus der Karibik, die von der Zuckerindustrie auf die Zuckerrohrfelder geschickt wurden. Es war Moldowskys geniale Idee gewesen, die nicht ausfindig zu machenden Wanderarbeiter als Tarnung für illegale Rojo-Spenden zu benutzen.

»Davey weiß es noch immer nicht«, sagte Crandall.

»Erzählen Sie's ihm nicht«, sagte Moldy.

»Er glaubt, die Massen verehren ihn.«

»Unterstützen Sie diese Meinung, Erb. Wir lieben Kandidaten mit Selbstvertrauen.«

»Oh, das hat er«, sagte Crandall. »Er hat so viel gottverdammtes Selbstvertrauen, daß ich ihn kaum unter Kontrolle halten kann.« Er reichte Moldy die jüngste Rechnung des Kongreßabgeordneten aus der Flesh Farm. Mr. Ling hatte kühn vierzig Dollar für den »Ersatz von beschädigtem Verpackungsmaterial« – womit einige lädierte Dessous gemeint waren – hinzugefügt.

»Und wo waren *Sie*?« wollte Moldowsky von Crandall wissen.

»Er verdrückte sich durch die Hintertür, Malcolm. Chris Rojo hat den Wagen geschickt.«

»Ich fragte, wo Sie waren?«

»Ich habe im Wohnzimmer geschlafen.«

»Gute Arbeit.«

»Sie können mich mal«, schimpfte Crandall. »Heute abend bringen *Sie* ihn ins Bettchen. Ich würde wer weiß was dafür zahlen, um das sehen zu dürfen.«

Moldowsky war aufs höchste beunruhigt, als er hörte, daß Dilbeck wieder seine alten ausschweifenden Gewohnheiten aufgenommen hatte. Offenbar hatte der Idiot aus der Episode im Eager Beaver nichts gelernt.

Erb Crandall seufzte. »Können wir ihm nicht irgendwas ins Essen tun? Ich dachte an Salpeter.«

»Ja? Ich dachte an Thorazin.« Moldowsky war über die Dummheit des Kongreßabgeordneten verblüfft. Begriff er denn nicht, wie haarscharf er an einer Katastrophe vorbeigeschrammt war? Jerry Killian war verschwunden, aber es würden andere Jerry Killians kommen, andere gefährliche Erpresser, wenn Dilbeck sich nicht endlich von den Nacktbars fernhielt.

»Da ist noch etwas anderes«, sagte Crandall.

Moldowsky lockerte seine Krawatte mit heftigen Bewegungen, als wolle er sich von einer Galgenschlinge befreien. »Lassen Sie mich mal raten. Er hat ein Cheerleader-Girl geschwängert, das auch noch minderjährig ist. Vielleicht sogar von einer katholischen Mädchenschule?«

»Sie baten mich doch, Sie über alle Verrückten auf dem laufenden zu halten, die sich bei uns melden.«

»Schießen Sie los.«

Crandall schnippte sich ein Hustenbonbon in den Mund. »Der Kongreßabgeordnete bekam heute morgen einen ungewöhnlichen Anruf.«

»Hier oder in seinem Büro in Washington?«

»In Washington. Eine der Sekretärinnen nahm die Nachricht entgegen.« Während er redete, schob Erb Crandall die Pastille im Mund hin und her. »Es war eine Frau.«

»Wie schockierend.«

»Sie sagte, sie sei eine Freundin von Jerry Killian.«

»Sie verscheißern mich.« Moldys Mund klaffte auf. »Erb, ich hoffe, das ist ein Scherz.«

»Lache ich etwa?«

»Was sonst noch?« bellte Moldowsky. »Was hat sie sonst noch gesagt?«

»Das war's schon, Malcolm. Sie hatte weder einen Namen noch eine Nummer hinterlassen. Sie war laut der Sekretärin sehr höflich und sagte, sie würde später noch mal anrufen, wenn der Congressman erreichbar sei.«

Moldowsky fuhr sich fahrig mit den Fingern durchs Haar – daran erkannte Crandall, wie beunruhigt er war. Eine makellos gepflegte Erscheinung war nämlich eines von Moldys Markenzeichen.

»Haben Sie Davey informiert?« fragte er.

»Natürlich nicht.«

»Welche Sekretärin hat den Anruf entgegengenommen?«

»Die ältere – Beth Ann. Keine Sorge. Sie weiß nichts. Der Name Killian hat für sie überhaupt keine Bedeutung.« Crandall zerkaute geräuschvoll das Hustenbonbon und spülte es mit Cognac hinunter. »Malcolm, jetzt ist es wohl an der Zeit, daß Sie mich ins Bild setzen.«

»Seien Sie froh, daß ich es noch nicht getan habe.«

»Aber Sie sagten, die Angelegenheit sei erledigt.«

Moldowsky schaute aufs Meer hinaus. »Das dachte ich auch.«

Als sein Piepser sich meldete, saß Sergeant Al García auf einer Gefriertruhe, kaute Kaugummi und füllte amtliche Formulare aus. In der Gefriertruhe befanden sich Ira und Stephanie Fishman, Alter einundachtzig und siebenundsiebzig, zusammengefaltet wie Verandamöbel. Sie waren innerhalb von zwei Tagen im Monat Juli des ersten vollständigen Jahres der Präsidentschaft Gerald Fords verstorben. Tochter Audrey, ihr einziges Kind, hatte die toten Fishmans in eine Industriegefriertruhe von Sears gepackt, die sie eigens zu diesem Zweck angeschafft hatte. Zusammen hatten Ira und Stephanie Fishman etwa siebzehnhundert Dollar an Sozialhilfe erhalten. Da ständig arbeitslos und ohne Aussicht auf einen Job, verspürte Audrey keinen übermäßigen Drang, die Behörden oder sonst jemanden davon zu informieren, daß ihre Eltern gestorben waren. Freunde nahmen an, das Paar sei das heiße Wetter leid geworden und nach Long Island zurückgekehrt. Niemand außer Audrey wußte, daß Ira und Stephanie perfekt erhalten unter drei Dutzend Fertigmenüs, vorwiegend Salisbury-Steaks, lagen. Die Schecks der Sozialhilfe kamen weiterhin an, und in all den Jahren hatte Audrey sie stets eingelöst.

Ihr Geheimnis war bis zu diesem Tag nicht gelüftet worden. Sie war schon früh aufgestanden und wie üblich mit dem Bus der Kirchengemeinde zum Bingo ins Seminolen-Reservat gefahren. Gegen Mittag hatte ein junger Bandit namens Johnnie Wilkinson ein Schlafzimmerfenster zertrümmert und war auf der Suche nach Bargeld, Handfeuerwaffen, Kreditkarten und Stereogerät in die Wohnung der Fishmans eingedrungen. Neugier (oder vielleicht auch Hunger) hatten Johnnie Wilkinson die große Gefriertruhe öffnen lassen, und seine nachfolgenden Schreie waren von einem vorbeifahrenden Briefträger gehört worden. Als Audrey zurückkehrte, wimmelte es in dem kleinen Haus von Cops. Sie wurde sofort in Gewahrsam genommen, aber die Detectives wußten nicht genau, wessen sie sie beschuldigen sollten.

Tage würden verstreichen, ehe die Fishmans für eine ordnungsgemäße Autopsie ausreichend aufgetaut sein würden, obgleich es García so vorkam, als seien sie eines natürlichen Todes gestorben. In Florida gab es kein spezielles Gesetz gegen das Einfrieren toter Familienangehöriger, aber Audrey hatte sich verschiedener kleinerer Vergehen schuldig gemacht. Zum Beispiel indem sie den Tod ihrer Eltern nicht gemeldet und die

Leichen in einer Wohngegend aufbewahrt hatte. Was den Trick mit der Sozialhilfe betraf, so war dies ein Bundesvergehen. Al García war dafür nicht zuständig und interessierte sich auch nicht dafür. Er war ziemlich froh, als sein Piepser losging.

Erin traf ihn in einem Café auf dem Biscayne Boulevard. Sie suchten sich die Nische, die vom Gefrierschrank mit den Eistorten am weitesten entfernt war. Als García Anstalten machte, eine Zigarre anzuzünden, riß Erin sie ihm aus dem Mund und tunkte sie in eine Tasse Kaffee.

»Völlig unnötig«, meckerte der Detective.

»Holen Sie Ihr Notizbuch raus«, sagte sie.

Al García lächelte. »Die gute alte FBI-Ausbildung.«

»Sie wissen davon?«

»Ich bin nicht so dumm wie ich aussehe.« Eine Kellnerin erschien, und García bestellte einen Hamburger mit Pommes. Erin entschied sich für einen Salat.

Sie sagte: »Was wissen Sie sonst noch?«

»Sie waren mal blond.«

Erin lachte. »Mein Gott.«

»Als Brünette sehen Sie besser aus.« Al García holte das Notizbuch heraus. Er klemmte sich die Kappe des Schreibstifts zwischen die Zähne, um Ersatz für die fehlende Zigarre zu haben, und sagte: »Ich bekam nur die grundlegenden Daten: Größe, Gewicht, Familienstand. Eine dicke Null vom Polizeicomputer, sehr erfreulich. Ach ja, und Sie haben Ihre Visakarte um etwa hundert Bucks überzogen. Aber davon, mein Gott, kann ich auch ein Lied singen.«

»Ich bin beeindruckt«, sagte Erin.

»Brauchen Sie nicht zu sein.«

»Sie wissen von Darrell?«

»Es ist schwer, den zu übersehen. Aber erzählen Sie mal von dem verstorbenen Mr. Killian.«

Je mehr Erin redete, desto besser fühlte sie sich. García tat so, als glaube er ihr jedes Wort, obgleich sie sich fragte, ob das nicht eine routinemäßige Reaktion war. Der Detective wirkte in keiner Weise bedrohlich. Er machte seine Notizen in undeutlicher Stenoschrift und achtete darauf, daß die Schreibarbeit ihn nicht vom Verzehr seines Hamburgers ablenkte. Erwartungsgemäß merkte er auf, als er hörte, daß Killian sich mit seinen Kontakten zu einem Kongreßabgeordneten gebrüstet hatte. »Den Namen habe ich von einem Richter erfahren«, erklärte Erin und verfolgte aufmerksam, wie der Detective das Wort DILBECK in sauberen Blockbuchstaben in sein Notizbuch eintrug.

»Was immer Jerry versucht hat, ich hoffe inständig, daß es nicht der Auslöser dafür war, daß er getötet wurde«, sagte sie.

»Liebe kann etwas Gefährliches sein«, stellte García fest.

»Ich habe ihn nicht aufgehalten, weil – okay, ich dachte, das sei vielleicht eine zusätzliche Chance, meine Tochter zurückzubekommen. Ich weiß, das klingt ein wenig verrückt.«

»Für mich nicht«, sagte García. »Ich habe die Akten des Scheidungsprozesses eingesehen.«

»Wunderbar«, sagte Erin. Die Akten waren voller Verleumdungen. Darrell Grant hatte schauerliche Lügen über ihren sexuellen Appetit erfunden und zwei seiner Kumpane bestochen, diese Märchen zu bestätigen. Dann waren da die verletzenden Worte des Richters über Erins Unfähigkeit, eine gute Mutter zu sein. Sie sah García beschwörend an. »Ich würde um nichts in der Welt meiner Tochter schaden wollen.«

»Ich weiß, ich weiß.«

Erin stürzte sich wie besessen auf ihren Salat. Er schmeckte wie feuchte Servietten.

»Für mich«, sagte García, »klingt es gar nicht so verrückt – ihr Eingehen auf Mr. Killians Plan, meine ich. Ihr Ex-Mann ist ein Mistkerl, wenn ich das mal bemerken darf. Er dürfte niemals für das Mädchen sorgen. Sie heißt Angela, nicht wahr?«

»Was er dem Richter erzählt hat, das ganze Zeug in den Akten.«

»Vergessen Sie's«, sagte García.

»Es sind Lügen.«

»Ich sagte doch, machen Sie sich keine Sorgen. Wie wäre es mit einem Stück Zitronenkuchen?«

Erin nahm ein Stück. Al García aß zwei. Dann wickelte er eine frische Zigarre aus und hielt sie vorsichtshalber außer Erins Reichweite. »Bitte«, sagte er, »ich flehe Sie an.« Sie ertappte sich dabei, wie sie lächelte. Während García die Spitze abschnitt, griff Erin nach seinem Feuerzeug und zündete die Zigarre an.

»Sie haben die Leiche überführt«, sagte García und stieß dabei Rauch aus. »Nach Atlanta. Killians Ex-Frau möchte ihn dort beerdigen.«

»Was ist mit den Ermittlungen zum Mord?«

»Dieses Wort mögen sie draußen in Mineral County überhaupt nicht. *Mord,* meine ich. *Unbekannte Todesursache* ist das Äußerste, wozu sie sich hinreißen lassen. Der Gerichtsarzt versprach, er werde den Fall wieder aufrollen, wenn ich etwas neues herausbrächte. Etwas mehr als nur ein paar Tropfen Leitungswasser in der Lunge.«

»Und Sie bleiben an der Sache dran?«

»Klar doch, in meiner Freizeit.« García lehnte sich total entspannt zurück und fragte Erin, ob im Eager Beaver in der letzten Zeit irgend etwas Ungewöhnliches vorgefallen sei. »Überlegen Sie genau«, sagte er.

»Es ist dort eigentlich immer ruhig. Wir haben einen ziemlich imposanten Saalmanager.«

»Keine Zwischenfälle? Keine gewalttätigen Auseinandersetzungen?«

Erin erwähnte den betrunkenen Verrückten mit der Sektflasche. »Er hat einen jungen Mann krankenhausreif geschlagen«, sagte sie. »Bestimmt gibt es darüber etwas in den Akten.«

»Wo war denn ihr toller Saalmanager in diesem Moment?«

»Er konnte nicht viel machen. Er wurde mit einer Pistole in Schach gehalten.«

»Reden Sie weiter«, sagte García.

»Es war nicht der Typ, der die Flasche schwang. Sein Leibwächter hatte die Pistole.«

»Kommen viele Leibwächter in den Eager Beaver?«

»Es fiel kein Schuß«, sagte Erin. »Die ganze Sache war innerhalb von fünf Minuten vorbei.«

»Und Sie haben diesen Betrunkenen nicht erkannt?«

»Er tauchte wie aus dem Nichts auf.«

García beugte sich vor. »Haben Sie sein Gesicht gesehen? Würden Sie ihn wiedererkennen, wenn er Ihnen noch einmal begegnete?«

»Schon möglich.« Erin hielt inne. »Shad hat ihn besser gesehen als ich.«

»Der Rausschmeißer?«

»Nennen Sie ihn niemals so. Sein Titel lautet Saalmanager.«

García nickte. »Ich muß mit ihm reden.«

Erin war skeptisch. »Er ist einer von der starken, stillen Sorte.« Sie unterließ es lieber, García mit Shads Meinung über Polizisten zu belasten.

»Ich komme an irgendeinem der nächsten Abende mal in den Club«, sagte der Detective. »Sie machen uns miteinander bekannt, und wir improvisieren ein wenig. Mehr als nein sagen kann er nicht.«

Falsch, dachte Erin. Er kann viel mehr tun.

García fragte, ob Jerry Killian auch an dem Abend unter den Gästen gewesen sei, als die Attacke mit der Sektflasche stattgefunden habe. Erin konnte sich nicht daran erinnern. Sie versprach, sich bei den anderen Tänzerinnen zu erkundigen.

»Wahrscheinlich eine dumme Frage«, sagte Al García, »aber sie erspart mir einige Zeit. Wurde jemand verhaftet?«

Erin mußte unwillkürlich kichern.

»Ich interpretiere das als nein«, sagte der Detective und verlangte die Rechnung.

Erin sagte, es gebe noch etwas, das er wissen sollte. »Heute habe ich im Büro des Kongreßabgeordneten angerufen. Ich erzählte, ich sei eine enge Freundin von Jerry Killian.«

»Raffiniert«, sagte García. »Ich vermute, er hat den Anruf nicht angenommen.«

»Richtig.«

»Und ich hoffe, daß Sie Ihren Namen nicht genannt haben.«

»Stimmt«, sagte Erin. »Soll ich es noch mal versuchen?«

»Bitte nicht.« García rutschte aus der Nische und ging zur Kasse, um zu zahlen. Erin wartete an der Eingangstür und folgte ihm dann hinaus. Ein leichter Sommerregen hatte eingesetzt. Die Palmen am Boulevard sahen ausgemergelt aus und ließen die Blätter hängen.

García blieb unter dem Vordach stehen und kritzelte etwas auf ein Stück Papier. Er reichte es Erin und sagte: »Meine Privatnummer. Behüten Sie sie mit Ihrem Leben.«

Erin verstaute den Zettel in ihrer Handtasche. »Weiß Ihre Frau, woran Sie arbeiten?«

»Machen Sie sich keine Sorgen. Sie können jederzeit anrufen.« Er schützte seine Zigarre vor dem Regen und brachte Erin zu ihrem Wagen. »Donna hat für alles Verständnis. Vertrauen Sie mir.«

Erin sagte: »Ich wette, sie hatte auch einen Darrell.«

»Einen Spitzen-Darrell. Daneben ist Ihrer das reinste Waisenkind.«

»Was ist passiert?«

»Zuerst habe ich diesen Arsch in den Knast gebracht«, erzählte García, »und dann habe ich seine Frau geheiratet.«

»Das nenne ich Stil«, sagte Erin.

»Genau. Das sagt Donna auch.«

13. KAPITEL

Am Morgen des 25. Septembers, einem windigen Herbsttag, wurde Jerry Killian in den Decatur Memorial Gardens, wenige Meilen außerhalb von Atlanta, zur ewigen Ruhe gebettet. Auf die Beerdigung folgte eine kleine Andacht, an der Killians Ex-Frau, seine Töchter und neun Kollegen aus dem Fernsehsender in Florida teilnahmen. Jeder, der der Beerdigung beiwohnte, wurde heimlich von einem Mann fotografiert, der sich etwa fünfzig Meter entfernt in einer Gruppe junger Georgia-Kiefern versteckt hielt. Der Mann trug den dunklen Overall eines Totengräbers, arbeitete jedoch für Malcolm J. Moldowsky. Er benutzte eine Leica-Kleinbildkamera mit einem Teleobjektiv und schoß gleich mehrere Bilder, um auf Nummer Sicher zu gehen. Am späten Nachmittag lagen sechs Streifen Schwarzweißnegative auf Moldowskys Schreibtisch in Miami. Jede Person auf jedem Foto war identifiziert worden. Es schien, als hätte niemand den verstorbenen Mr. Killian mit Congressman David Lane Dilbeck in Verbindung bringen können. Moldy war überzeugt, daß die Frau, die Dilbecks Büro angerufen hatte, bei der Beerdigung nicht zugegen gewesen war. Wer war sie – eine Geliebte? Eine heimliche Partnerin bei dem Erpressungsversuch? Sie zu finden, würde nicht einfach sein. Hätte Killian in einem anderen Betrieb als in einem Fernsehsender gearbeitet, hätte Moldowsky einen getarnten Privatdetektiv hinschicken können, der sich dann mit seinen Freunden und Kollegen unterhalten hätte. In diesem Fall aber war das zu riskant. Presseleute waren meistens reizbar und mißtrauisch, und ein Besuch von einem Privatermittler hätte nur Unruhe gestiftet. Die sicherste Strategie bestand darin, abzuwarten. Vielleicht würde die geheimnisvolle Frau sich noch einmal melden, vielleicht auch nicht.

Malcom J. Moldowsky konnte sich nicht beruhigt zurücklehnen. Es war, als habe man eine Kobra im Haus. Irgendwann würde man unweigerlich darauf treten. Die Frage war nur wann.

Darrell Grant verlud gerade Rollstühle, als Merkin und Picatta erschienen, unangemeldet. Die Detectives des Diebstahldezernats in Broward stiegen aus ihrem neutralen Wagen und umkreisten den Transporter mit gemächlichen Schritten dreimal. Schließlich fragte einer Darrell, was zum Teufel er da tue.

»Ich arbeite«, antwortete dieser.

»Hast du die gestohlen?« fragte Merkin.

»Natürlich nicht.« Darrell Grant war hektisch und hatte Schweißperlen im Gesicht.

»Welcher Stoff ist heute gefragt, Tiger?« fragte Picatta.

»Folger's«, erwiderte Darrell und rollte einen Everest-and-Jennings die Rampe hinauf. »Würdet ihr mal Platz machen, damit ich fertig werde? Bitte?« Er machte sich Sorgen wegen etwas, das Erin gesagt hatte – nämlich was mit Angie geschehen könnte, wenn er wieder erwischt würde.

Picatta und Merkin warfen einander Polizistenblicke zu, wodurch Darrell Grants Nervosität noch zunahm. Er fädelte eine lange Gummischnur durch die Speichenräder der gestohlenen Rollstühle und hakte sie an einem Ring in der Seitenwand des Lastwagens fest.

Picatta fragte: »Was ist mit deinem Van?«

»Was soll damit sein?«

»Weshalb mietest du dir einen Lastwagen, das meine ich.«

»Der Van ist zu klein«, sagte Darrell Grant. »Das ist doch wohl offensichtlich, oder?«

»Ja«, sagte Merkin. »Das Geschäft mit gestohlenen Rollstühlen boomt unwahrscheinlich. Nicht mehr lange, und du eröffnest die ersten Filialen.«

Picatta lachte. Darrell Grant verriegelte den Transporter und setzte sich auf die Stoßstange.

»Das ist was anderes als Autos zu stehlen«, sagte Picatta. »Autos haben Fahrgestellnummern, die man überprüfen kann.«

»Und sie werden registriert«, fügte sein Partner hinzu.

»Und sie haben auch Nummernschilder«, sagte Picatta. »Das ist das schöne an Rollstühlen. Sie sind praktisch nicht identifizierbar.«

Darrell Grant holte den Dolch heraus und begann sich die Fingernägel zu säubern, dann wischte er die Klinge an seiner Jeans ab. Die Cops konnten die Dreistigkeit des Kerls nicht fassen.

»Denkt ihr, ich hätte sie gestohlen?« fragte Darrell. »Oder andersherum gefragt: Wollt ihr wirklich die Wahrheit wissen? Wenn ich diese verdammten Stühle geklaut hätte, würdet ihr das tatsächlich wissen wollen?«

»Nein«, sagte Merkin. »Würden wir nicht.«

»Dann hört endlich mit dem blöden Herumgequatsche auf.«

Picatta sagte: »Seltsam, wir wollten dich gerade um das gleiche bitten.«

Darrell Grant blickte auf und spielte den Unschuldigen.

»Du hast uns diesen Monat insgesamt drei Tips zukommen lassen.« Picatta hielt inne. »Drei mickrige Hinweise. Willst du wieder zurück auf die Reservebank, Tiger? Kein Treffer, kein Run, niemand auf der Base.«

Darrell trommelte mit dem Messer auf seiner Kniescheibe. »Ihr wißt, wie es läuft«, sagte er. »Mal gewinnt man, mal verliert man.«

»Du«, stellte Merkin fest, »hast offensichtlich die Weisheit mit Löffeln gefressen.«

Die Detectives gingen die Liste von Darrells jämmerlichen Tips durch: ein angeblicher Kokainhändler verhökerte in Wirklichkeit unverschnittenes Tide-Waschpulver. Ein angeblicher

Superbankräuber entpuppte sich als Teenager, der mit Vorliebe in den Vororten Geldautomaten demolierte (aber nur selten aufbrach). Und ein Ring von angeblich gerissenen auf Luxuskarossen spezialisierten Autodieben erwies sich am Ende als ein Trio glückloser Radkappensammler.

»Ich hatte eben eine Pechsträhne«, sagte Darrell Grant und betrachtete nachdenklich seine Turnschuhe.

Picatta ging in die Knie, bis er mit ihm auf Augenhöhe war. »Sieh mich an, mein schöner Freund, ich rede mit dir.«

»Ich bekam lausige Informationen, mehr nicht.«

»Wir haben für dich den Hals riskiert, Tiger.«

»Und dafür bin ich euch auch dankbar.«

»Nicht einmal, sondern zweimal haben wir den Hals riskiert. Wo ist denn deine Kleine?«

Darrell Grant straffte sich. Das Messer rutschte aus seiner Hand. »Das geht euch überhaupt nichts an«, sagte er.

Merkin packte ihn grob an den Haaren. »Blondie, ich erklär dir jetzt mal die Spielregeln. Alles, was du tust, geht uns was an. Welchen Wagen du fährst, was du ißt, wo du schläfst, was du stiehlst oder nicht stiehlst. Ob du dir den Hintern mit der linken oder der rechten Hand abwischst. All das geht uns etwas an.«

»Sie ist im Kinderhort«, sagte Darrell Grant. »Es geht ihr gut.« Er schob Merkins Hand weg und strich sich durchs Haar. Als er sich bückte, um das Messer aufzuheben, beförderte Picatta es mit einem Tritt außer Reichweite.

»Wir können jederzeit diesen Richter anrufen.«

»Ihr seid Mistkerle«, sagte Darrell Grant.

»Dann liefere uns ein paar Fälle«, verlangte Merkin. »Anständige Fälle.«

»Was bedeutet«, übernahm Picatta wieder das Wort, »daß du hinaus in die Szene mußt, um deine schönen blauen Augen weit offenzuhalten. Laß die Finger von den Rollstühlen. »Überleg dir doch mal folgendes: Was wäre, wenn dieser Richter dich plötzlich einfängt, um sich von dir 'ne Urinprobe geben zu lassen? Wenn du das Sorgerecht für das kleine Mädchen behalten willst, dann werd lieber sauber.«

»Speedfreaks sind lausige Eltern«, sagte Picatta. »Das ist allgemein bekannt.«

Darrell Grant stand auf. »Vielen Dank, Dr. Spock.« Mit finsterer Miene hob er den Dolch auf und stieg ins Führerhaus des Transporters. »Ich melde mich bei euch«, versprach er.

Während der Lastwagen sich entfernte, schüttelte Merkin den Kopf. »So was sieht man gar nicht gerne – soviel Bitterkeit bei einem noch so jungen Mann.«

»Was hättest du denn anderes von einem solchen Oberarschloch erwartet?«

»Na ja«, sagte Merkin, »aber wenigstens ist er *unser* Arschloch.«

Shad war in diesen Tagen reizbar und wortkarg. Schuld daran war zweifellos der Job – die Betrunkenen, die unberechenbaren Frauen, Orly, das ganze andere Theater drumherum. Und jetzt war Kevin, der Diskjockey, auch noch auf einem M. C. Hammer-Trip: zwanzig geschlagene Minuten die abscheulichste Musik, die Shad je gehört hatte. Schließlich hielt er es nicht mehr aus. Er hechtete in die Kabine, schubste Kevin zur Seite und riß die CD aus dem Player. Im Eager Beaver herrschte schlagartig tiefe Stille – die Tänzerinnen hielten mitten in der Bewegung inne. Gäste brachen in besorgtes Gemurmel aus. Ein peruanischer Tourist, der mit einer Razzia rechnete, stürzte zur Tür. An seinem verlassenen Tisch fluchte Monique Jr.: Der das Weite suchende Peruaner hatte ihren Strumpfhalter mit Zwanzigdollarscheinen garniert.

Shad zerkaute die Hammer-CD wie eine große glänzende Waffel, wobei er nicht spürte, wie die scharfen Splitter sich in seine Zunge und sein Zahnfleisch bohrten. Dann spuckte er die ganze blutige Schweinerei auf Kevins Mikrofonkonsole und befahl ihm, Bob Seger zu spielen oder sein Testament zu machen. Orly, der das Geschehen von hinten verfolgt hatte, zog sich unauffällig in sein Samtimitatgemach zurück.

Erin ließ Shad etwa eine Stunde Zeit, sich zu beruhigen. Als sie sich an ihn heranwagte, saß er allein in einer Ecknische und las in einer Großdruckausgabe von Kafkas »Die Verwandlung«.

»Gutes Buch?« fragte sie.

Shad blickte auf. »Ich fange an, Mitleid mit Kakerlaken zu entwickeln.«

»Danach wollte ich dich auch fragen«, sagte Erin. »Wie klappt es mit deinem Prozeß?«

Shad schüttelte düster den Kopf. »Reden wir lieber von etwas anderem, Babe.«

»Von was, zum Beispiel?«

Auf diesen Moment hatte Shad gewartet: Sollte er Erin in Mordecais Plan einweihen? Sie war Shads engste Freundin oder zumindest die Person, die ihm so nahestand wie niemand sonst. Würde es sie überraschen, wenn sie erfuhr, daß der betrunkene Irre mit der Sektflasche ein Abgeordneter des Repräsentantenhauses war? Allein um das wunderschöne Lächeln zu sehen, würde es sich lohnen, es ihr zu erzählen.

Andrerseits stand eine möglicherweise riesige Geldsumme auf dem Spiel. Je mehr Leute an Mordecais-Erpressungs-Unternehmen beteiligt wären, desto geringer würde jeder Anteil. Es gab nun mal Zeiten, entschied Shad, in denen finanzielle Erwägungen jede Freundschaft überschatteten.

«Ich bin zur Geheimhaltung verpflichtet«, sagte er. »Nimm es nicht persönlich.«

»Immer noch die Joghurt-Nummer?«

Er lachte und entspannte sich etwas. »Kein Joghurt, keine Scheißinsekten.«

Erin erkundigte sich nach der Kopfhautverletzung. Shad

senkte den Kopf, um ihr zu zeigen, wie gut Darrell Grants Messerspuren verheilten. »Die Narbe verblaßt«, sagte er. »Das enttäuscht mich ein wenig.«

Zum fünfzehntenmal entschuldigte Erin sich für das, was passiert war.

»Vergiß es«, sagte Shad. »Ich nehme an, wir sehen uns noch mal, ich und dein Ex.«

»Ganz bestimmt nicht, wenn es nach mir geht«, sagte Erin. Vor ihrem geistigen Auge sah sie, wie Darrell Grant in einen Krankenwagen geschoben wurde.

Die neue Tänzerin, Marvela, kam auf die Hauptbühne. Mit beiden Händen ergriff sie eine der goldenen Stangen, streckte ihre langen Beine und lehnte sich aufreizend lässig zurück. Sie begann ihren Kopf wie einen Mop zu schütteln, drehte ihn dabei im Rhythmus zur Musik. Die Männer in der ersten Reihe johlten begeistert.

»Was meinst du?« wollte Erin von Shad wissen. »Liegt es an den Möpsen oder an den Haaren?«

»Eindeutig an den Haaren.«

»Angeblich hat sie neulich vierhundert an einem Abend eingenommen.«

»Ach ja?« Shad nahm sich vor, mit dieser Marvela zu reden; sie hatte ihm nur fünf Dollar Trinkgeld zukommen lassen. »Du bist noch immer die Beste«, versicherte er Erin.

»Ich weiß nicht. Sie kann wirklich tanzen.«

»Nicht so wie du.« Er vertiefte sich wieder in seinen Kafka.

Erin wußte, daß sie eigentlich auf der Bühne stehen und ein paar Dollars verdienen sollte, aber es tat gut, einmal eine Pause einzulegen. Sie fühlte sich wohl dabei, in der dunklen Nische zu sitzen und sich mit Shad zu unterhalten.

»Ich habe ein kleines Problem«, offenbarte sie ihm.

»Was ist los?« Er sah von seinem Buch hoch.

»Ich möchte, daß du mit jemandem redest.«

»Mit wem?«

»Er ist in Ordnung. Ich glaube, er kann mir behilflich sein.«

»Ich sagte, mit wem?«

Als Erin ihm gestand, daß der Betreffende ein Cop war, schnaubte Shad abfällig. »Dann hast du mehr als nur ein kleines Problem.«

»Nun, er ist Detective im Morddezernat.«

»Allmächtiger Gott.«

»Es klingt schlimmer, als es ist.« Aber als Erin damit herausrückte, was Mr. Peepers zugestoßen war, klang es ganz schlimm. Shad konnte nicht begreifen, weshalb jemand sich die Mühe gemacht hatte, den kleinen Kerl zu töten, und eigentlich war es ihm auch gleichgültig. Er machte sich mehr Sorgen wegen Erin.

»Meinst du nicht, daß du reif bist für einen Urlaub?« fragte er. »Ich würde dir den Mars empfehlen.«

»Der Detective möchte etwas über den Abend vor ein paar Wochen erfahren, als dieser Typ dich mit einer Kanone in Schach hielt.«

»Daran kann ich mich nicht erinnern. Tut mir leid.«

»Na komm schon«, sagte Erin und legte eine Hand auf seinen Arm. »Es würde mir bei Angela helfen. Es hat auch damit zu tun.«

»Wie?« fragte Shad. »Deine Tochter hängt mit drin – wie hast du denn das geschafft?« Er konnte nicht glauben, daß Erin sich in einen solchen Schlamassel gebracht hatte.

»Shhh«, sagte sie.

Monique Jr. kam zur Nische und sagte, Mr. Orly wolle Shad sprechen. Kevin verlange eine Entschuldigung. Shad erwiderte, er werde sich entschuldigen, sobald Kevin ein wenig guten Geschmack bei seiner Musikauswahl beweise. Monique Jr. versprach mißmutig, Mr. Orly Bescheid zu sagen.

Nachdem sie sich entfernt hatte, wandte Shad sich wieder

Erin zu und erklärte, der Job des Saalmanagers ging ihm allmählich auf die Nerven. »Ich muß so bald wie möglich etwas anderes anfangen.«

»Ich auch«, pflichtete Erin ihm bei. »Ich brauche einen Job, bei dem ich wieder einen normalen Schlüpfer tragen kann.«

Shad legte seine Hände um den Kopf und drückte sacht, als überprüfe er eine Melone auf ihren Reifegrad. Er kniff die Augen zu, dann zwinkerte er heftig. »Ich sehe nicht mal mehr ganz normale Dinge, und das macht mir Sorgen. Zum Beispiel ist mir gerade erst klargeworden, daß deine Möpse heraushängen.«

Erin bedeckte sich. »Mein Gott, entschuldige. Ich hab mitten im Auftritt Schluß gemacht.«

»Der Punkt ist, daß ich das längst hätte sehen müssen. Meinst du nicht auch?«

»Aber du siehst das doch so oft.«

»Genau! Viel zu oft. Ich muß raus aus diesem Geschäft.« Shad deutete auf das Buch auf dem Cocktailtisch. »Der Typ in dieser Geschichte verwandelt sich in einen Tausendfüßler. Eines Morgens wacht er auf, und peng!, schon ist er ein Käfer. Das klingt zwar bescheuert, aber es macht einen nachdenklich. Man verwandelt sich praktisch über Nacht, wenn man nicht aufpaßt.«

Erin sagte: »Vielleicht brauchst *du* Ferien.«

»Ja, vielleicht.« Shad trommelte mit den Fäusten sacht auf dem Tisch. »Okay, ich rede mit deinem verdammten Detective. Aber wie ich schon angedeutet habe, mein Gedächtnis ist nicht so toll.«

Erin beugte sich vor und gab ihm einen Kuß auf die weitflächige Stirn.

Shad sagte: »Hey, das ist ja ein neuer Tanga.«

»Richtig beobachtet.«

»Todschick.«

»Sieh mal, Klettband anstelle von Verschlüssen.« Erin demonstrierte ihm, wie es funktionierte.

»Mich laust der Affe.« Shad untersuchte den Kunststoffstreifen nachdenklich. »Wer sich das ausgedacht hat, dürfte ein Vermögen verdient haben.«

»Es war eine Sie, die damit reich wurde.«

Shad zuckte die Achseln. »Eines ist auf jeden Fall sicher, wir stehen am völlig falschen Ende dieses Business.«

»Amen«, sagte Erin.

Als David Dilbeck die letzten Wahlkampfspendenzahlen hörte, wies er Erb Crandall an, die Limousine kommen zu lassen. Es war Zeit zum Feiern! Crandall sagte, ganz bestimmt nicht, heute würden sie zu Hause bleiben.

»Erb«, sagte der Kongreßabgeordnete, »sehen Sie sich mal meinen bisherigen Tag an. Ich war bei drei beschissenen Anti-Castro-Kundgebungen. Fidel ist ein Tyrann. Fidel ist ein Penner. Fidel ist ein Monster.«

»Jeder Politiker muß dieses Lied singen.«

»Es ist ermüdend, Erb. Nach so etwas braucht jeder ein wenig Entspannung.«

»Das kommt überhaupt nicht in Frage.«

»Ich hab eine neue Perücke angeschafft.«

»Vergessen Sie's.«

»Wir sitzen ganz weit hinten, Erb. Kein Körpertanz, Ehrenwort. Rufen Sie bei den Lings an, und lassen Sie für uns einen Tisch reservieren.«

Crandall bot einen Alternativplan an. Der Kongreßabgeordnete machte ein interessiertes Gesicht.

»Wo ist Pamela?« erkundigte sich Crandall.

»In Virginia. Eine der Kennedys veranstaltet eine Wohltätigkeitsparty für irgendeine Krankheit. Ich weiß nicht welche.«

»Nicht, welche Kennedy?«

»Nein, nicht welche Krankheit«, sagte Dilbeck. »Irgendeine Anämieart.«

»Aber Pamela kommt heute abend ganz bestimmt nicht nach Hause?«

»Nicht vor Sonntag.«

»Demnach kann man getrost Besuch empfangen.«

Der Kongreßabgeordnete strahlte. »Je mehr, desto lustiger wird's.«

Um halb zehn erschienen die Tänzerinnen aus der Flesh Farm. Sie brachten ihre eigene Musik mit. Erb Crandall dirigierte die beiden Frauen zu einem Rauchtisch aus Teakholz im Herrenzimmer. Dilbeck erschien in einem weiten weißen Bademantel und ließ sich mit übereinandergeschlagenen Beinen auf dem Fußboden nieder. Er bat Crandall, eine Flasche Champagner aus dem Kühlschrank zu holen. Die Tänzerinnen äußerten Bedenken, auf dem edlen Holz zu tanzen, daher gestattete Dilbeck ihnen, ihre Stöckelschuhe auszuziehen und barfuß zu arbeiten. Erb Crandall kam mit dem Champagner zurück. Er schenkte drei Gläser voll, stellte die Flasche in einen Eiskübel und verließ den Raum. Er rückte sich einen Sessel in den Flur und postierte sich in der Nähe der Tür zum Herrenzimmer. Die Musik pulsierte durch die Wände und klang unerträglich monoton. Nach etwa einer Stunde ging Erb Crandall an Pamela Dilbecks Medizinschrank, um nach Migränetabletten zu suchen. Er hatte Glück, fand eine Flasche Darvon und schluckte zwei Tabletten, die er mit einem Glas Bitterorangensaft aus der Küche hinunterspülte.

Als er auf seinen Posten zurückkehrte, schien die Tanzmusik lauter zu sein als zuvor. Crandall bemerkte, daß die Tür des Herrenzimmers offenstand. Ehe er einen Blick hineinwerfen konnte, tauchte eine der Tänzerinnen aus einem Badezimmer auf der anderen Flurseite auf. In der einen Hand hielt sie eine lockige schwarze Perücke, in der anderen ein nasses Handtuch. Sie schien es eilig zu haben.

»Alles okay?« erkundigte sich Crandall.

»Bestens«, erwiderte die Tänzerin. »Ich hoffe, Sie verstehen was von Erster Hilfe.«

Im Herrenzimmer war von der zweiten Tänzerin nichts zu sehen. Der Kongreßabgeordnete lag bewußtlos neben dem Rauchtisch. Sein Bademantel klaffte auf und enthüllte rosigen Bauchspeck und seidene Boxershorts mit Paisleymuster. Erb Crandall kniete sich hin und legte eine Hand auf David Dilbecks Brust, die sich heftig hob und senkte.

»Herzattacke«, vermutete Crandall.

»Falsch«, sagte die perückenlose Tänzerin. Sie berichtete Crandall, was geschehen war.

Er verdrehte die Augen. »Lieber Himmel. Wo hat sie ihn erwischt?«

»Zwischen den Augen.«

»Mit was?«

»Einer rechten Geraden.«

»Mit der Faust?« Erb Crandall fand das erstaunlich. Er untersuchte sorgfältig Dilbecks bleiches Gesicht. Eine häßliche blaue Beule wölbte sich zwischen den Augenbrauen des Kongreßabgeordneten. In der Mitte des Blutergusses war ein winziger, eindeutig rechteckiger Eindruck zu erkennen.

»Sie trägt einen Ring«, stellte Crandall fest.

»Aquamarin«, sagte die perückenlose Tänzerin. »Ihr Geburtsstein.«

Erb Crandall schob ein Kissen unter Dilbecks Kopf und drapierte das nasse Handtuch um seinen Hals. Die Tänzerin schlug vor, den Notarzt anzurufen, aber Crandall lehnte ab.

»Wo ist Ihre Partnerin?« fragte er.

»Draußen im Wagen. Sie zittert vor Angst.«

Dilbeck rührte sich und stieß ein mausähnliches Quieken aus. Crandall beugte sich zum Ohr des Kongreßabgeordneten hinab und sagte: »Davey, aufwachen!« Dilbeck beruhigte sich wieder. Crandall ging zum Schreibtisch und suchte die Telefonnummer von Dilbecks Hausarzt heraus. Er wählte sie und hinterließ beim Auftragsdienst eine dringende Nachricht.

Die perückenlose Tänzerin sagte: »Es wäre besser, ihn ins Krankenhaus zu bringen.«

»Klar«, sagte Erb Crandall sarkastisch. Kaum wären sie im Mount Sinai, schon stünde es am nächsten Tag in allen Zeitungen:

CONGRESSMAN DURCH SCHLAG GEGEN KOPF VERLETZT
Nachrichtensperre wegen nächtlichen Vorfalls –
Dilbeck-Wahlkampf vorerst gestoppt.

Crandall betrachtete den Abgeordneten mit einer Mischung aus Wut und panischer Angst. Ob Dilbeck starb oder am Leben blieb, Malcolm Moldowsky würde rasen vor Wut – und die Schuld fiele wieder mal auf Crandall. Es war nicht fair, denn es schien unmöglich, Dilbecks fleischliche Gelüste unter Kontrolle zu halten.

»Er sieht schlecht aus«, sagte die Tänzerin, nun wieder in Straßenkleidung. »Was ist, wenn er abkratzt?«

»Dann verliert diese Nation eine ihrer großen Führerpersönlichkeiten. Wieviel sind wir Ihnen schuldig?«

»Mr. Ling sagte, fünf für jede.«

Erb Crandall nahm zweitausend aus einem Briefumschlag, der an der üblichen Stelle eingeschlossen war, nämlich der untersten rechten Schublade von Dilbecks Schreibtisch. Crandall reichte der perückenlosen Tänzerin das Geld mit der Bemerkung: »Sie waren heut abend gar nicht hier, Sie haben mich nicht gesehen und ihn auch nicht. Dasselbe gilt für die andere Frau, klar? Sie kennen diesen Mann nicht.«

»Aber ich kenne ihn nicht. Wirklich nicht.«

»Das ist ein Segen«, sagte Erb Crandall.

»Er hätte nicht tun dürfen, was er tat. Ganz gleich, wer er ist.«

»Das bedauern wir außerordentlich. Wenn Sie das Geld zählen, werden Sie sicherlich erkennen, wie leid es uns tut.«

Etwas rührte sich auf dem Fußboden. Es war das rechte Bein des Kongreßabgeordneten, das gerade nach irgendwelchen unsichtbaren Hunden trat.

Die perückenlose Tänzerin verstaute das Geld, hängte sich die Handtasche über die Schulter und sagte: »Das, was er tat, wäre wirklich nicht nötig gewesen. Alles lief bestens, eine hübsche kleine Party. Ich hab keine Ahnung, was ihn überkam.«

»Ich auch nicht«, sagte Crandall. Wo blieb der Arzt?

»Vielleicht sollte er mal die Finger vom Champagner lassen.«

»Ja, das war es wohl. Der Champagner.«

Die Tänzerin kam einen Schritt näher und warf einen letzten Blick auf die Beule zwischen Dilbecks Augenbrauen. »Verdammt«, sagte sie. »Sie trägt aber einen großen Stein.«

»Auf Wiedersehen«, sagtc Crandall.

»Können wir mit dem Wagen nach Fort Lauderdale zurückfahren?«

»Klar«, sagte er. »Nehmen Sie ihn. Und gute Fahrt.«

14. KAPITEL

Paul Guber war überhaupt nicht begeistert von Mordecais Plan. »Ich will damit nichts zu tun haben«, entschied er.

Der Anwalt schnalzte mißbilligend mit der Zunge. »Das ist eine seltene Gelegenheit.«

»Ich habe Sie schon verstanden. Aber die Antwort lautet nein.«

Joyce, die neben ihrem Verlobten saß, bedrängte ihn heftig. »Wir unterhalten uns hier über unsere Zukunft, Paul. Wir hätten für unser ganzes Leben ausgesorgt.«

Die trübsinnige Miene des jungen Mannes verriet deutlich, daß er gar nicht den Wunsch hatte, für ein Leben mit Joyce ausgesorgt zu haben. Mordecai spürte, wie sein dünnes Lügengespinst zu reißen drohte, und beeilte sich, es zu retten.

»Kommt«, sagte er zu dem Paar. »Unternehmen wir eine kleine Spazierfahrt.«

Eine Stunde später waren sie in einem Lincoln auf einer zweispurigen Lkw-Route, bekannt als Bloody 27, in Richtung Norden. Mordecai hielt einen stetigen Monolog, um seine Nervosität auf dem Highway zu kaschieren. Joyce hatte vergessen, was für ein furchtbar schlechter Autofahrer ihr Cousin war: schlechte Augen, schwerfällige Reflexe und eine nur begrenzte Bewegungsfähigkeit hinter dem Lenkrad dank eines enormen Leibesumfangs. Paul Guber war das reinste Nervenbündel, als sie endlich in Clewiston eintrafen. Mordecai parkte den Wagen und hievte sich aus dem Fahrersitz.

»Wo sind wir?« fragte Paul.

»Bei einer Zuckerfabrik«, antwortete der Anwalt. »Haben Sie schon mal eine gesehen?«

Die Fabrik bestand aus einer ausgedehnten Ansammlung von wahllos verstreuten Schuppen, Schornsteinen und Lagerhäusern. Bis zur Ernte dauerte es noch einige Wochen, daher standen alle Maschinen still. Lediglich das Klappern von Ventilen war zu hören. Zahlreiche Mechaniker mit nackten Oberkörpern machten sich an Treckern, Anhängern und Autobussen für Wanderarbeiter zu schaffen. Ein Schild, vom dem die weiße und blaue Farbe abblätterte und das neben der Straße stand, verkündete ROJO FARMS. In kleinen Buchstaben stand darunter:

Division of Sweetheart Sugar Corp.

»Nun«, sagte Mordecai. »Sollen wir um eine Führung bitten?«

»Wir sollen nicht«, sagte Paul. Joyce schloß sich ihm an, da sie befürchtete, daß die unangenehmen landwirtschaftlichen Gerüche ihre französische Bluse verderben könnten.

Der Anwalt ließ sich schwerfällig gegen den Kotflügel des Wagens plumpsen. »Na schön«, sagte er, »wie ihr wollt.«

Joyce verschränkte die Arme ungeduldig. »Es ist heiß und drückend hier draußen. Könntest du endlich zur Sache kommen?«

Mordecai seufzte wie eine Schildkröte. »Der Zweck dieses Ausflugs besteht darin, euch die finanzielle Dimension eures Falles vor Augen zu führen. Die Rojos« – er deutete mit einem Kopfnicken auf das Schild – »sind an die vierhundert Millionen Dollar wert.«

»Hmmm«, sagte Joyce.

»Vorsichtig geschätzt.«

»Wir klagen nicht gegen die Rojos«, stellte Paul Guber fest.

»Richtig«, sagte der Anwalt, »aber wir verklagen ihren geschätzten Kongreßabgeordneten, nämlich den Burschen, der all diesen Reichtum erst ermöglicht hat. Fangt ihr endlich an zu kapieren? Es geht um Zucker-Millionen.«

»Verstehen Sie endlich, ich wurde in einem Striplokal zusammengeschlagen. Mehr nicht.«

»Nicht sehr weit gedacht«, sagte Mordecai tadelnd.

»Ich habe verdammtes Glück, daß mein Chef es noch nicht erfahren hat. Wenn diese Sache vor Gericht kommt, dann bin ich meinen Job los.«

»Paul, Sie werden keinen Job mehr brauchen«, sagte der Anwalt. »Statt dessen einen Geldtransporter. Erklär es ihm, Joyce.«

Der Zorn über die Fotos von der Junggesellenparty hatte sich offenbar gelegt, denn Joyce unterstützte uneingeschränkt den Plan ihres Cousins. »Mordecai versichert, daß es niemals zum Prozeß kommen wird. Vergiß nicht, Darling, wir haben ein Wahljahr.«

»Was bedeutet«, schaltete sich der Anwalt ein, »daß der Vergleich schnell, großzügig und überaus geheim werden dürfte. Auch der Kongreßabgeordnete hat viel zu verlieren.«

Paul Guber kommentierte dies mit einem skeptischen Knurren.

»Wir reden von zwei, drei Millionen Dollar«, sagte Mordecai. »Das ist doch ein recht hübscher Grundstock für zwei Jungverheiratete.« Er verschwieg wohlweislich Shads Rolle und Anteil an dem Unternehmen.

Paul kickte ein paar Steine über die Straße, während ein Düsenjet über ihnen vorbeidröhnte und die Unterhaltung erstickte. Als es wieder still war, sah er Joyce und Mordecai an. »Die Antwort lautet noch immer nein«, sagte er.

»Überschlaft es erst einmal«, riet der Anwalt. Er zwinkerte Joyce vielsagend zu. »Beredet die Sache mal ungestört unter euch.«

Paul sagte, daß er nicht darüber zu schlafen und auch nicht in Ruhe zu reden brauche: Er weigere sich ganz einfach, irgendwen zu verklagen. »Was geschehen ist, ist geschehen. Es gibt keine bleibenden Schäden – verdammt noch mal, meine Versicherung hat sogar die Krankenhauskosten übernommen.« Er begann lebhaft umherzuhüpfen, so daß Joyce besorgt aufseufzte.

»Seht ihr?« sagte Paul ein wenig atemlos. »In der nächsten Woche kehre ich schon wieder in die Firma zurück.«

Wütend schlug Mordecai mit seiner fleischigen Hand auf die Motorhaube des Lincoln. »Für Ihren Zustand gibt es einen juristischen Begriff«, erklärte er Paul. »Er lautet ›verminderte Zurechnungsfähigkeit‹. Das bedeutet, daß Ihre Kopfverletzung Ihr Urteilsvermögen beeinträchtigt.«

Joyce nickte. »Er schläft seit längerer Zeit sehr schlecht.«

Paul Guber hörte auf zu hüpfen und ließ die Arme schlaff herabsinken. »Ihr beide seid unglaublich«, sagte er keuchend.

Joyce stechender Blick konnte ihn nicht einschüchtern. »Es muß in der Familie liegen«, sagte er, »dieses Schmieden von Komplotten.«

»Nennst du es so?« Joyces Stimme klang angespannt.

Mordecai trat zwischen sie. »Hört auf. Fahren wir erst mal friedlich nach Hause.«

Joyce bestand darauf, sich ans Lenkrad zu setzen. Mordecai zwängte sich neben sie auf den Beifahrersitz. Paul Guber saß allein auf der Rückbank. Er döste bereits, bevor sie die Auffahrt auf die I-595 erreicht hatten. Sein Schnarchen ließ Mordecai freudlos kichern.

»Unser junger Freund ist ein wenig dumm«, sagte er.

»Wem sagst du das.«

»Das ist eine solche Gelegenheit«, sagte der Anwalt. »So eine überaus seltene Gelegenheit.«

Joyce betrachtete im Rückspiegel ihren schlafenden zukünftigen Ehemann. Es war nicht gerade ein Blick reiner, bedingungsloser Liebe.

»Ich dachte gerade ...«, fing sie an.

»Red weiter.«

»Brauchen wir ihn? Ich meine, wenn alles unter Dach und Fach ist ...« Sie tat so, als konzentriere sie sich ausschließlich auf die Straße. »Angenommen, sie erklären sich sofort mit einem außergerichtlichen Vergleich einverstanden – dann brauchtest du doch nicht einmal irgendwelche Prozeßunterlagen vorzulegen, oder?«

»Richtig. Ein paar Telefongespräche, ein paar Verabredungen, ein Barscheck, der auf ein Treuhandkonto eingezahlt wird – das ist der einfachste Weg für alle Beteiligten.«

Joyce senkte die Stimme. »Also... brauchen wir ihn tatsächlich?«

Der Anwalt strich sich über seine zahlreichen Kinnfalten und lauschte dem unschuldigen Schnarchen seines Mandanten.

»Das ist eine gute Frage«, sagte er zu seiner Cousine. »Eine sehr gute Frage.«

Als Erin zum Eager Beaver kam, sah sie einen Trupp Arbeiter auf dem Dach die Neonreklame abmontieren. Orly und Shad standen auf dem Parkplatz und waren in ein Gespräch vertieft. Während Erin aus dem Wagen stieg, winkte Orly sie zu sich herüber.

»Sieh mal, dein Wunsch geht in Erfüllung«, sagte er.

»Sie ändern den Namen?«

»Er muß«, sagte Shad, der sich darüber zu freuen schien.

Orly warnte Erin, sich jetzt nicht zu toll vorzukommen. Die Entscheidung habe nichts mit den Beschwerden der Tänzerinnen zu tun, es sei eine rein juristische Angelegenheit.

»Sag bloß«, sagte Erin, »daß es noch einen anderen Stripladen mit dem gleichen schrecklichen Namen gibt.«

»Keinen Stripladen«, sagte Orly. »Eine Kettensäge.«

Shad biß sich auf die Unterlippe und hatte Mühe, nicht laut herauszuplatzen. Erin stand kurz vor einer Explosion. Mit ernstem Gesicht sagte sie: »Mr. Orly, ich hab noch nie was von Eager-Beaver-Kettensägen gehört.«

Er verzog das Gesicht. »Ich auch nicht. Aber offenbar sind sie in New England sehr gefragt.«

»Sie haben ein Einschreiben geschickt. Mit einer Klageandrohung«, verriet Shad.

»Ist so was zu fassen?« Orly reckte die Hände zum Himmel. »Sie erklären, ich beschädige ihr Firmenimage, indem ich ihren Namen benutze. Scheißanwälte.«

Ein Schnapstransporter hielt vor dem Club, und Shad entfernte sich, um die Lieferung zu kontrollieren. Oben auf dem Dach kapitulierte der Plastikschriftzug BEAVER vor einem Schraubenschlüssel. Orly krümmte sich bei dem Anblick, da er noch drei Raten für die Leuchtreklame zahlen mußte.

»Wie«, sagte er nachdenklich, »kann man ein beschissenes Gartenwerkzeug schädigen?«

Erin sagte, sie sei zutiefst beeindruckt, daß die Eager-Beaver-Kettensägenfabrik von Orlys Club behört habe. Nach New England sei es schließlich ganz schön weit. Orly erklärte, ein Kettensägenvertreter, der seinen Urlaub in Florida verbracht hatte, habe es gemeldet: »Wahrscheinlich ist er nur vorbeigefahren und hat den Namen gesehen.«

»Ganz bestimmt«, sagte Erin.

»Wie dem auch sei, mein Scheißanwalt hat mit deren Scheißanwälten gesprochen, und das Ergebnis war, daß es einfacher ist, den verdammten Namen zu ändern, als einen Prozeß zu führen.«

Erin konnte sich eine Anspielung auf die Mafia nicht verkneifen. »Ich hätte niemals angenommen, daß der Mob aus Angst vor einem Prozeß so schnell den Schwanz einzieht.«

»Von Angst kann keine Rede sein«, brummte Orly. Diesmal hatte sie ihn in die Enge getrieben. «Typen wie Little Nicky haben was gegen Aufsehen. Ein solcher Fall könnte am Ende noch Schlagzeilen machen.«

»Daran hatte ich gar nicht gedacht.«

»Deshalb sagten sie, pfeif drauf, ändere einfach den Namen.«

»Das Ende einer Ära«, sagte Erin wehmütig.

»Du kennst mich. Ich hätte mich liebend gern mit den Schweinen angelegt.«

»Aber die Sache hätte sich über Jahre hinschleppen können«, sagte sie. »Da sollte man das Ganze lieber praktisch sehen.«

Orly massierte seine Nase, als versuchte er, eine Hummel daraus zu verscheuchen. »Wenn jemand behauptet, dies sei ein freies Land, dann redet er gequirlte Scheiße. Das ist alles, was ich dazu sagen kann.« Er trottete auf den Clubeingang zu, dicht gefolgt von Erin. Sie wollte wissen, ob er sich schon über einen neuen Namen Gedanken gemacht habe.

»Ja, das habe ich tatsächlich. Und ich will keine Proteste hören, alles klar?«

»Dann lassen Sie mal hören«, forderte Erin ihn auf.

Orly schlurfte in den Club. Erin war nicht beleidigt, daß er ihr nicht die Tür aufhielt; der Mann war ein Trampeltier, er konnte nichts dafür. Im Büro öffnete er sofort den Kühlschrank und holte eine Dr. Pepper heraus. Der Gedanke, Erin auch eine anzubieten, kam ihm gar nicht erst in den Sinn.

»Verraten Sie mir schon den neuen Namen«, drängte sie.

»Du bist ganz tapfer? Fängst nicht an zu lamentieren?«

»Ich meckere nicht.«

»Na schön«, sagte Orly und trank seine Limonade. »Tickled Pink. Wie findest du das?«

»Das ist wohl ein Witz.«

»Ich find's gut.« Orly schmatzte genußvoll. »Feminin. Lustig. Ich mag's.«

»Es ist furchtbar«, sagte Erin. Sie machte Anstalten zu gehen.

»Jetzt mach da draußen ja keinen Ärger...«

»Tickled Pink?«

»Hey, das ist hier schließlich keine Bethalle, sondern eine Tittenbar. Ich muß schließlich meine Ware an den Mann bringen.«

Erin nickte. »Sie sind der Boss.«

»Manchmal habe ich den Eindruck, ihr vergeßt, was ihr für euren Lebensunterhalt tut, nämlich für Geld eure Klamotten ausziehen. Vielleicht vergeßt ihr das aber auch ganz bewußt.« Orly wiegte sich hinter dem Schreibtisch in seinem Sessel vor und zurück. »Es ist nur ein Name, Honey. An der Ware ändert sich nichts.«

Erin gab nicht klein bei. Sie wollte, daß Orly in der Defensive blieb.

Er sagte: »Den beiden Moniques gefällt Tickled Pink. Sie meinten, es klinge wie der Name einer französischen Boutique.«

»Nein«, sagte Erin, »es klingt wie der Name einer Gynäkologenyacht.«

Orly stellte die Limonadendose mit einem Knall auf den Tisch. »Das ist alles nur in deinem Kopf!« bellte er. »Ich kann doch nichts dafür, wenn du eine schmutzige Phantasie hast!«

Während Erin durch den Korridor ging, hörte sie Orly brüllen: »Verdammt noch mal, es hat mehr Klasse als Flesh Farm! Und mehr Klasse als diese beschissenen Lings!«

Sergeant Al García verbrachte den Vormittag an einem Baggersee in der Umgebung von Hialeah, auf der Suche nach Francisco Goyos Kopf. Goyo war ein Waffenhändler, der auf Key Biscayne gekidnappt, in Carol City ermordet und in Homestead zerstükkelt worden war. Körperteile tauchten von einem Ende von Dade County bis zum anderen auf. Al García hatte Hunderte von Meilen in seinem Caprice zurückgelegt und dabei Francisco Goyos Hände, Füße, Oberkörper und Gliedmaßen aufgesammelt. García haßte Zerstückelungen, denn der Papierkrieg vervielfachte sich in direktem Verhältnis zur Anzahl der Körperteile. Man brauchte Stunden, um einen einzigen abgetrennten Daumen schriftlich zu bearbeiten. Natürlich hatte der Goyo-Fall eine Bürowette in Gang gesetzt. Um zu gewinnen, mußte man einen bestimmten Teil Francisco Goyos dem Datum seines Auffindens zuordnen. Als ein anonymer Anrufer einen in Hialeah angetriebenen Schädel meldete, stieß ein Detective namens Jimbo Fletcher einen lauten Freudenschrei aus – wenn es der Kopf des ermordeten Waffenhändlers war, würde Fletcher fünfundsechzig Dollar verdienen. Sosehr García Fletcher auch verabscheute, so ertappte er sich doch bei der Hoffnung, daß der angetriebene Schädel dem verstorbenen Señor Goyo gehörte. García wollte, daß der Fall endlich abgeschlossen werden konnte. Er hatte einen Verdächtigen und ein Motiv. Was er jetzt noch brauchte, war eine halbwegs vollständige Leiche.

Während Polizeitaucher in den milchigen Fluten des Baggersees herumstocherten, ging García am Ufer entlang. Es war so windig, daß er sich nicht einmal eine Zigarre anzünden konnte. Sand von den aufgeschütteten Kalksteinhalden peitschte über den See und brannte in den Augen des Detectives. Während er durch den kalkweißen Staub stapfte, beschäftigte García sich mit Jerry Killian und den fast unüberwindlichen Hindernissen, diesen Mord aufzuklären. Schon die Frage der Zuständigkeit war ziemlich verwickelt. Es kam darauf an, wo Killian gestorben war. Wenn er in seinem Apartment ermordet worden war, dann gehörte der Fall der Polizei in Fort Lauderdale. Hatte er jedoch in der Nähe des Flusses in Montana den Tod gefunden, dann oblagen die Ermittlungen den Behörden in Mineral County. Und wenn Killian gegen seinen Willen von Florida nach Montana entführt worden war, müßte eigentlich das FBI mitmischen.

García selbst war in keinster Hinsicht zuständig. Er hatte keine legitime Begründung, diesen Fall zu verfolgen, außer einer einzigen: niemand sonst schien sich dafür zu interessieren. Der Detective hing der ziemlich altmodischen Überzeugung an, daß niemand so einfach mit einem Mord durchkommen dürfe. Er wollte außerdem die Kerle bestrafen, die seiner Familie den Urlaub verdorben hatten. Die mögliche Beteiligung eines einflußreichen Politikers machte die Aufklärung um einiges spannender. Tatsächlich war García mittlerweile von dem Killian-Fall derart fasziniert, daß er geneigt war, sich von seinem Job im Morddezernat von Dade County krankheitshalber beurlauben zu lassen. Er ärgerte sich über jede Minute, die er mit sinnlosen Morduntersuchungen vergeudete, wie zum Beispiel mit dem Einsammeln der Einzelteile Francisco Goyos, eines notorischen Spitzbuben mit einem fünf Seiten langen Vorstrafenregister. Die Welt war durch sein plötzliches Hinscheiden eindeutig zu einem angenehmeren Ort geworden.

Weshalb, fragte García sich, treibe ich mich eigentlich hier draußen herum, um den Kopf dieses Mannes zu suchen? Der tiefere Sinn des Ganzen blieb ihm ein Rätsel.

Gegen Mittag kam einer der Polizeitaucher an die Oberfläche. Während er zum Ufer kraulte, hielt er einen Gegenstand hoch aus dem Wasser. Das Objekt hatte die Form einer großen Kokosnuß. Da er mit dem Schlimmsten rechnete, holte García den umfangreichen Papierwust des Goyo-Mordes aus dem Kofferraum des Caprice und kehrte zum Seeufer zurück, wo die Taucher sich um den abgetrennten Schädel eines großen Wildschweins versammelt hatten. Das Schwein trug eine Baseballmütze der Atlanta Braves.

»Fletcher wird sauer sein«, sagte García.

Die Taucher diskutierten über die Bedeutung des Fundes. Tieropfer waren durchaus üblich unter den Anhängern von Santería, einem schwarzmagischen Kult, der in Teilen Süd-Floridas verbreitet war. Hühner, Ziegen, Truthähne und andere Lebewesen wurden geschlachtet, um spezielle Götter gnädig zu stimmen. Je nach Art der Zeremonie war es nicht ungewöhnlich, derartige schauerliche Opfergaben an öffentlichen Plätzen zu finden. Die Baseballmütze war allerdings rätselhaft. Keiner der Polizisten wußte eine Erklärung. War das Schwein als Fluch gegen die Atlanta Braves enthauptet worden oder als eine Opfergabe? Um sich weitere Anweisungen zu holen, kamen die Taucher zu Al García. Als ältester Kubaner verfügte er nach ihrer Meinung über die gründlichsten Kenntnisse im Bereich des Okkulten.

»Das ist kein religiöses Opfer«, sagte García abwehrend. »Das ist ein Haustier.«

»Unmöglich«, widersprach der Taucher, der den Schädel gefunden hatte.

»Habt ihr noch nie ›Unsere kleine Farm‹ gesehen? Dort trat doch auch ein solches Schwein auf.«

Der Taucher schüttelte den Kopf. »Jetzt hören Sie aber auf, Al. Welcher Mensch bringt denn sein eigenes Haustier um?«

»Hey, *chico*, wir haben eine Rezession. Jetzt gelten andere Regeln.« Nach diesem ernsten Hinweis verließ García den Baggersee, aber anstatt zum Revier zu fahren, fuhr er auf der nördlichen Umgehungsstraße in Richtung Broward County. Unterwegs stoppte er an einer Mautstation, rief Donna an und teilte ihr mit, daß er es bis zum Abendessen nicht schaffen werde.

»Was ist los?« fragte sie.

»Das übliche«, erwiderte García. »Mord. Oben-ohne-Girls. Nackte Ölringkämpfe.«

»Du Ärmster.«

»Ich bin gegen neun zu Hause.«

»Gut«, sagte Donna. »Ich erwarte von dir einen ausführlichen Bericht, damit ich auch etwas davon habe.«

Shad entsprach allem, was García erwartet hatte, und weit mehr. Die Muskeln des Mannes waren enorm, aber für sein Gewerbe durchaus typisch. Viel beeindruckter war der Detective von der geballten Bösartigkeit von Shads Erscheinung – glänzende kahle Schädelplatte, ein abnormer Überbiß, blutunterlaufene, ausdruckslose Augen. Es war unmöglich, das Alter des Mannes zu schätzen. Er war weniger ein Freak als viel eher ein lebendiger Dinosaurier mit trägem Lidschlag. Wenn er redete, klang seine Stimme tief, aber der Tonfall war hart. Wenn er lächelte, was nur selten vorkam, zeigte er nicht die Zähne.

Dennoch schien Erin ihm zu trauen. Daraus schloß García, daß Shad trotz seines brutalen Äußeren sich gegenüber den Tänzerinnen wie ein Gentleman benahm – ein hoffnungsvolles Zeichen.

Sie fanden eine verhältnismäßig saubere Nische neben einem Tanzkäfig. Erin bat Kevin, die Lautstärke ein paar Stufen runterzudrehen, damit García nicht gegen die Musik anbrüllen mußte. Der Detective breitete mehrere Schwarzweißfotos auf dem Tisch aus. Ohne dazu aufgefordert zu werden, erkannte Erin sofort den Betrunkenen mit der Sektflasche.

»Nur hatte er einen Schnurrbart«, sagte sie und deutete auf das betreffende Bild.

García war offensichtlich erfreut. »Wissen Sie, wer das ist? Das ist unser berühmter Congressman Dilbeck!«

Während sie das Bild betrachtete, dachte Erin: Na wunderbar. Typisch, daß mir das passieren muß. »Aber er führte sich auf wie ein Irrer«, sagte sie. »Er war stockbesoffen.«

Der Detective nickte begeistert. »Begreifen Sie allmählich? Ihr kleiner Freund Jerry wird Zeuge der Attacke. Er erkennt Dilbeck auf der Bühne und begreift auf Anhieb, welche wunderbaren Möglichkeiten sich dadurch ergeben. Aber von allen sich anbietenden Erpressungsoptionen entscheidet er sich für die selbstloseste: Er versucht zu arrangieren, daß Sie Ihr Kind zurückbekommen. Jedenfalls hat er es sich so vorgestellt.«

Erin konnte ihren Blick nicht von dem Dilbeck-Foto lösen – das erstarrte Lächeln, die hochmütigen Augen. Er hatte gar nicht so vornehm ausgesehen, während er Paul Gubers Kopf traktierte. »Hurensohn«, murmelte sie.

Al García wartete darauf, daß Shad die Identität des Betrunkenen bestätigte. Es kam nichts dergleichen. »Klingelt es bei Ihnen?« erkundigte er sich.

»Nee«, erwiderte Shad. Er müßte sich so bald wie möglich mit Mordecai beraten. Eine Einmischung der Polizei könnte den Plan des Anwalts vereiteln und Shads Pensionsplan in Gefahr bringen.

García kramte ein Foto von Erb Crandall hervor. »Was ist mit dem?«

Shads Stirn legte sich in Falten. »Ich bin mir nicht sicher.«

»Ich aber«, sagte Erin. »Das ist der Typ mit der Pistole.«

»Durchaus möglich«, sagte García. »Mr. Crandall hat die

offizielle Genehmigung, eine Waffe zu tragen. Er und fünfundsiebzigtausend andere aufrechte Bewohner Floridas.«

Shad wollte wissen, ob Crandall ein professioneller Leibwächter war. García antwortete, sein offizieller Titel laute »Persönlicher Berater des Congressman Dilbeck«. »Das heißt soviel wie Babysitter«, fügte der Detective hinzu, wobei er mit dem Finger auf Crandalls neutral dreinschauendes Gesicht klopfte. »Auch Schmiergeldbote, wenn man den Gerüchten glauben kann. Aber das interessiert uns weniger.«

García fragte Erin nach den anderen Fotografien – diverse Helfer und Spießgesellen David Dilbecks –, aber davon kam ihr keiner bekannt vor.

»Demnach hätten wir folgendes Szenario«, sagte García und legte die Fingerspitzen zu einer Pyramide gegeneinander. »Mrs. Grant hat den Kongreßabgeordneten Dilbeck und Mr. Crandall zweifelsfrei als Gäste des Eager Beaver am Abend des sechsten September identifiziert. Sie hat außerdem in dem Kongreßabgeordneten den Mann erkannt, der auf die Bühne geklettert ist und einen anderen Gast tätlich angegriffen hat. Die Attacke hörte erst auf, als Mr. Crandall eine Handfeuerwaffe hervorholte und Mr. Dilbeck aus dem Club geleitete. Ist das so richtig?«

»Ja«, bestätigte Erin. Sie warf einen prüfenden Blick auf Shad, der unbehaglich auf seinem Platz hin- und herrutschte. Es bedrückte ihn, Erin hinters Licht zu führen. Wenn sie und der Cop doch nur über Mordecais belastendes Foto Bescheid wüßten!

García nickte. »Ist schon gut, Mr. Shad. Wenn Sie sich nicht erinnern können, müssen wir uns damit abfinden. Ich bitte Sie nur, noch einmal darüber nachzudenken.«

»Ich sehe jeden Abend Scharen von Arschlöchern. Allmählich sehen sie alle gleich aus.«

»Gott ja, ich weiß genau, was Sie meinen. Erin, kann ich eine Cola Light bekommen?«

»Sie ist keine Kellnerin«, protestierte Shad.

»Tut mir leid, Sie haben recht. Ich hol sie mir selbst...«

García machte Anstalten aufzustehen, aber Erin drückte ihn auf seinen Stuhl zurück. »Ich muß mich sowieso umziehen. Ich bringe drei Gläser mit.«

Während Erin die Garderobe aufsuchte, wollte sich Shad aus der Nische verdrücken. Aber Al García packte ihn am Ellbogen und befahl ihm, sitzenzubleiben. Es war nicht festzustellen, ob Shad darüber verblüfft oder belustigt war.

Der Detective beugte sich zu ihm vor. »Hören Sie, Mr. Saalmanager, ich weiß nicht, wo Sie in der Sache stehen und weshalb Ihr Gedächtnis plötzlich solche Löcher hat. Das ist Ihre Angelegenheit, und Sie schulden mir natürlich überhaupt nichts. Aber ich weiß, daß die hübsche Lady Ihnen was bedeutet, habe ich recht?«

Shads massiger Hals pulsierte. Die Adern traten hervor.

»Es sieht folgendermaßen aus«, fuhr García fort. »Sie steckt in einer Erpressungssache drin. Nicht aus eigener Schuld – irgendein verliebter Gast versucht den Helden zu mimen und will für die Lady die Tochter von ihrem Ex-Gatten zurückholen. Sie kennen doch Mr. Darrell Grant, oder?«

Shad nickte kaum wahrnehmbar.

»Aha! Ihr Gedächtnis wird von Sekunde zu Sekunde besser.« García lachte laut. »Wie dem auch sei, der Kongreßabgeordnete sollte unter Druck gesetzt werden, damit er beim Scheidungsrichter interveniert. Die Lady sollte ihre Tochter bekommen, und der Gast wäre sich vorgekommen wie Sir Galahad persönlich. Nur hat jemand ihn vorher abserviert, und deshalb sitze ich hier.«

»Soll das heißen, daß Erin in Schwierigkeiten ist?«

»Schon möglich«, sagte der Detective. »Wir haben Wahljahr, und das ist nicht gerade die günstigste Zeit für einen Sexskandal. Vielleicht kommt man auf die Idee, daß niemand eine tote Stripperin vermissen würde.«

»Sie ist keine Stripperin. Sie tanzt.«

»Der Punkt ist, daß Sie nicht wollen, daß sie stirbt. Ich auch nicht. Sie ist ein prima Kerl, arbeitet fleißig, liebt ihr Kind und so weiter. Falls also irgendwo in Ihrem unglaublich riesigen Schädel eine Klappe fallen sollte, dann rufen Sie mich an.« García schob die Fotos zu einem Stapel zusammen und verstaute sie in seiner Jackentasche. Er fügte hinzu: »Falls Sie es noch nicht bemerkt haben sollten, ich brauche jede Hilfe, die ich kriegen kann.«

Shads Gesichtsausdruck blieb steinern, aber in seinem Inneren herrschte ein wilder Aufruhr. Er konnte Polizisten sehr gut einschätzen und wußte, daß dieser Mann kein Quatschkopf war. Erin schien wirklich in echter Gefahr zu schweben, und weshalb – wegen etwas Politischem? Die Frau war Tänzerin, mehr nicht. Sie wollte nichts anderes, als ihre Tochter zurückhaben.

Es war der reinste Wahnsinn. Die ganze Welt spielte verrückt. Shad verspürte eine seltsame Hitze in seiner Brust.

García stand auf und legte einen Fünfdollarschein auf den Tisch. »Trinken Sie ruhig meine Cola«, sagte er. »Sie sehen durstig aus.«

15. KAPITEL

Congressman Dilbeck wurde durch den scharfen Geruch von Malcolm Moldowskys Eau de Cologne geweckt. Krampfhaft hustend richtete er sich auf. Am Fuß des Bettes standen Moldy und Erb Crandall und wirkten mürrisch und wenig mitfühlend.

Moldowskys Begrüßung bestätigte Dilbecks Eindruck. »Guten Morgen, Spatzenhirn.«

»Hallo, Malcolm.«

»Erb hat mir von Ihrem Abendvergnügen erzählt.«

»Es tut mir leid, Malcolm. Ich habe mich hinreißen lassen.«

»Wissen Sie, was wir tun müssen? Wir müssen Ihnen beibringen, phantasievoll zu masturbieren. Vielleicht lassen Sie dann die Frauen in Ruhe.«

Crandall hatte einen Vorschlag. »Wir könnten es mit diesen aufblasbaren Puppen schaffen. Am besten bestellen wir ihm ein ganzes Sortiment in allen Formen und Farben.«

Dilbeck war leicht benommen. Langsam ließ er seinen pochenden Kopf aufs Kissen zurücksinken. Erleichtert stellte er fest, daß er in seinem eigenen Schlafzimmer lag und nicht im Krankenhaus. Daraus zog er den vielleicht voreiligen Schluß, daß seine Verletzung doch nicht so ernst war. Indem er den Bluterguß betastete, stöhnte er melodramatisch. Die Schwellung war ziemlich groß.

»Brauche ich einen Arzt?« wollte er wissen.

»Der war schon hier und ist längst wieder weg«, berichtete Crandall. »Sie haben sehr viel Glück gehabt – keine Gehirnerschütterung, keine bleibenden Schäden.«

»Da bin ich mir nicht so sicher«, sagte Moldy.

Der Kongreßabgeordnete flehte sie an, ihn zu schonen. Sein Kopf bringe ihn um.

»Aber Sie haben heute abend eine Benefizveranstaltung für Ihren Wahlkampfetat, David.«

»Unmöglich, Malcolm. Sehen Sie mich an. *Sehen Sie mich nur an!*«

Moldowsky trat neben Dilbecks Bett und beugte sich mit ernster Miene über ihn wie ein Zahnarzt. »Sie werden unter keinen Umständen diesem Anlaß fernbleiben, verstanden? Die Schirmherrschaft liegt bei Bradley, Kerry und Moynihan, die sich nicht versetzen lassen wollen. Noch wichtiger ist, daß wir sechs potentielle zuckerfreundliche Stimmen vom Capitol Hill zu Gast haben.«

»Diese Kerle sind doch immer noch sauer wegen der Diätenerhöhung . . .«

»Außerordentlich sauer sogar«, bestätigte Moldowsky. »Deshalb fliegen wir sie erster Klasse ein. Deshalb lassen wir ihnen auch Dom Perignon auf die Zimmer bringen. Jetzt wird in den Arsch gekrochen, Davey. Jedermann verläßt sich darauf, Davey, daß Sie die Angelegenheit wieder ins Lot bringen.«

»Was soll das heißen?«

»Es heißt, daß unter anderen sich auch der alte Rojos gemeldet hat.«

Überwältigt von Moldowskys Ausdünstung begann Dilbeck heftig zu niesen. Moldy wich sprungartig zurück, bedeckte Mund und Nase zum Schutz vor umherfliegenden Bazillen. Als der Kongreßabgeordnete wieder normal atmete, verkündete er, daß er sich niemals in dieser jämmerlichen Form, in der er sich gerade befinde, in der Öffentlichkeit zeigen würde.

Erb Crandall winkte ab. »Es ist nicht öffentlich, David, sondern es sind nur Trottel da, die tausend Dollar für ihren Platz am Tisch bezahlt haben. Erzählen Sie ihnen, was Sie wollen. Erzählen Sie ihnen, Sie seien von einem Golfball getroffen worden.«

»Wir halten die Medien draußen«, fügte Moldy hinzu. »Sie können das Blaue vom Himmel herunterlügen.«

David Dilbeck verzog schmerzhaft das Gesicht, während er mit den Fingern über die Schwellung strich. »Was ist mit Röntgenaufnahmen?« fragte er. »Wie kann man sich hinsichtlich einer möglichen Gehirnerschütterung sicher sein, wenn keine Röntgenaufnahmen gemacht wurden?«

»Der Arzt hat Ihre Ohren auf frisches Blut untersucht«, erklärte Crandall.

»Heilige Maria Muttergottes!«

Dilbecks Gewinsel zerrte an Moldowskys Nerven. »Wir pakken Ihren verdammten Schädel in Eis, okay? Verbringen Sie den Tag im Bett, und heute abend ist die Schwellung abgeklungen.«

»Genau«, schloß Crandall sich an. »Dann sind Sie so überwältigend wie eh und je.«

»Verschonen Sie mich mit Ihren Scherzen.«

Moldowsky schraubte den Verschluß einer Tablettenflasche auf und schüttelte zwei orangefarbene Tabletten heraus. Er wies Dilbeck an, sie gegen seine Kopfschmerzen zu schlucken. »Erb hat mir erzählt, was passiert ist. Ich denke, Sie haben Glück gehabt, daß die Kleine Ihnen nicht die Eier zerquetscht hat.«

Wie üblich hatte der Kongreßabgeordnete so gut wie keine Erinnerung an den Vorfall. Er fragte: »Wie hieß sie eigentlich.

»Jeanne Kirkpatrick«, antwortete Erb Crandall. »Eine ganz heiße Nummer.«

»Ich kann mich verdammt noch mal an überhaupt nichts erinnern. Weder an ihren Namen noch an ihr Aussehen. Mein Gott, es ist alles weg.«

»Dann lassen Sie es auch so«, riet Moldy. Er zog die Vorhänge zu, damit es im Zimmer dunkel wurde. »Ruhen Sie sich aus. Sie haben einen wichtigen Abend vor sich.«

»Malcolm?«

»Was ist Dave?«

»Dies war das letzte Mal, ich schwöre es bei Gott. Ich bin kuriert.«

»Ich würde Ihnen das gerne glauben, von Herzen gern.«

»Beim Grab meiner Mutter, Malcolm. Nie wieder. Niemals! Es tut so verdammt weh.«

Moldowksy verabschiedete sich und verließ das Zimmer, aber sein Duft blieb zurück wie eine Smogwolke. Crandall packte Eiswürfel in ein Handtuch und legte dieses auf die Stirn des Kongreßabgeordneten.

»Erb, glauben Sie mir«, sagte Dilbeck. »Ich habe es endgültig überwunden.«

»Natürlich haben Sie das«, sagte Crandall. »Ich bin im Flur, wenn Sie mich brauchen. Versuchen Sie zu schlafen.«

Als David Dilbeck einschlief, zogen hinter seinen zuckenden Augenlidern psychodelische Visionen vorbei. Am Ende gingen wilde Sternenexplosionen in beruhigende Szenen über. Der Kongreßabgeordnete träumte von einer liebreizenden Tänzerin mit üppigem, braunem Haar und kleinen runden Brüsten und einem Lächeln, das das Herz eines Scharfrichters hätte erweichen können.

Als er erwachte, war das Eis im Handtuch geschmolzen, und der Kopfkissenbezug klebte naß an seiner Wange. Sein Atem war heiß und unregelmäßig, aber sein Kopf pochte nicht mehr. Er richtete sich ruckartig auf, mit frischer Energie erfüllt durch die Erkenntnis, daß die Frau, die in seinem Schlaf getanzt hatte, real war, daß er ein solches Lächeln niemals geträumt haben konnte.

Er hatte die Tänzerin irgendwo gesehen, in einem klaren Augenblick, der durch einen Vollrausch tief in seiner Erinnerung vergraben war.

Ja, er hatte sie gesehen. Und sie hatte ganz eindeutig gelächelt.

»Was hat sie gesagt?« Der Kongreßabgeordnete sprach mit den stummen Zimmerwänden. »Wer ist diese Schönheit?« Er schlug die Laken zurück und sprang aus dem Bett. Das Zimmer schwankte unter seinen Füßen. Er stolperte ins Badezimmer und knipste die Beleuchtung an. Besorgt untersuchte er seine beiden Ohren auf Blutspuren, fand aber nichts als verklumptes Ohrenschmalz.

»Wer ist sie?« flehte er den Spiegel an. »Was will sie von mir?«

Nach weniger als einer Woche quittierte Marvela im Club ihren Dienst und wechselte zur Flesh Farm. Das Lockmittel waren fünfhundert Dollar bei Unterzeichnung des Arbeitsvertrags, freie Montage und neue Bühnenkleidung. Orly war außer sich. Jedem, der bereit war, ihm zuzuhöhren, erzählte er, daß die

Ling-Brüder schon so gut wie tot seien – Alligatorfutter, Orchideendünger, Frühstückswürstchen, T-O-T. Orly drohte, niemand nehme ihm die Tänzerinnen weg und komme ungeschoren davon!

Am nächsten Tag installierte er zwischen den Rampenlichtern auf der Hauptbühne eine Windmaschine und sagte, dies sei Teil eines neuen Programms, um das Rickled Pink zu einem hochklassigen Laden aufzumotzen – neuer Name, neu aufpoliertes Image. Erin und die anderen Tänzerinnen argwöhnten, daß Orly die Verbesserung nur deshalb vornahm, um den verhaßten Lings Konkurrenz zu machen.

Die Windmaschine, ein ringsum verkleideter elektrischer Ventilator, sollte die Haare der Tänzerinnen zum Flattern bringen; der angestrebte Effekt war ein wildes, ungezähmtes, verruchtes Aussehen. »Ich hab die Idee von verschiedenen Stevie-Nicks-Videos abgekupfert«, gestand Orly Erin. »Geh raus und probier es mal aus.«

Sie absolvierte einen kurzen Auftritt vor der Windmaschine. Die Luft, die ihr ins Gesicht blies, ließ sie ständig blinzeln. Sie fühlte sich nicht besonders sexy.

Nachher sagte Orly: »Es liegt an deinen Haaren.«

»Aha.«

»Hör nur einmal in Ruhe zu. Würde es dich umbringen, dir die Haare bis auf die Schultern wachsen zu lassen? Oder wenigstens eine Dauerwelle zu versuchen?« Den Vorschlag, die Haare auch noch färben zu lassen, verkniff er sich wohlweislich.

Erin sagte: »Stevie hat ihren Look, ich habe meinen.«

»Ich habe außerdem eine Nebelmaschine und ein blaues Stroboskoplicht gekauft.«

»Sie geben sich wirklich alle Mühe«, sagte Erin, »und wir alle finden das auch ganz toll.« Wenn er doch nur die verdammten Ölringkämpfe streichen würde.

Orly öffnete einen Karton neuer Cocktailservietten – rosig,

naturfarben. »Fällt dir etwas auf?« fragte er. »Sieh doch: keine Titten, keine Muschi.«

Auf den früheren Servietten waren Zeichnungen von üppigen Nackten mit Federhüten und Stiefeln mit Stöckelabsätzen zu sehen gewesen. Erin gefielen die neuen rosigen viel besser. »Die sind im Vergleich dazu richtig elegant«, meinte sie.

Orly war zufrieden. »Ich dachte mir, warum sollen wir es mit den Titten und so weiter übertreiben? Es gibt eigentlich keinen Grund, Mädels auf einer Serviette anzustarren, während einem das echte Fleisch direkt vor der Nase herumtanzt.«

»Scharfsinnig gedacht«, sagte Erin. Orly war ein hoffnungsloser Fall, aber er gab sich wenigstens Mühe. Tatsächlich schienen die Tänzerinnen mit langen Haaren recht gerne vor der Windmaschine aufzutreten. Nur Urbana Sprawl weigerte sich, sie einzusetzen, und beklagte sich, daß der Ventilator ihre Allergie gegen Hausstaub noch verstärke. Sie sagte, es gebe absolut keine dezente Art und Weise, wie eine nackte Person mit einer laufenden Nase fertig werden könne, vor allem während des Tanzens. Orly gab ihr widerstrebend recht. Die Diskussion über die neue Windmaschine dauerte den ganzen Abend in der Garderobe an. Die meisten Tänzerinnen betrachteten die Maschine als lohnende Investition und freuten sich, daß Orly Geld für bedeutende Verbesserungen ausgab. Die Reaktion von seiten der Gäste war in Anbetracht der Trinkgelder positiv. Für Stammgäste des Clubs waren vom Wind zerzauste Haare eine exotische Abwechslung zu träger Fußarbeit und halbherziger Unterleibsgymnastik.

»Apropos Gäste«, sagte Erin, »erinnert ihr euch noch an Mr. Peepers?«

Die beiden Moniques bejahten. Erin fragte sie, ob sie sich daran erinnern könnten, ihn am Abend des Sektflaschenvorfalls im Club gesehen zu haben. Monique Jr. sagte ja, sie habe gerade auf Tisch drei für ihn eine private Tanzvorführung gegeben, als die Schlägerei losging. Sie erinnere sich deshalb so deutlich, weil Jerry Killian zur Hauptbühne geeilt sei, um den Vorfall genau zu verfolgen, und sie nicht bezahlt habe und sie daraufhin auf einem leeren Tisch tanzte.

»Ich war sauer«, sagte Monique Jr., »aber er kam später zurück und gab mir ganze zehn Dollar.« Sie verdrehte mißbilligend die Augen.

»Hat er irgend etwas gesagt?« hakte Erin nach.

»Er sagte, ich hätte kecke Brustwarzen, was immer das bedeuten sollte.«

»Nein, redete er über das, was er gesehen hatte – den Kampf?«

»Er fragte, ob ich den Typ mit der Flasche kennen würde, und ich sagte nein. Dann fragte er mich, ob ich wisse, was Ritterlichkeit sei, und ich sagte klar, natürlich weiß ich, was Ritterlichkeit ist. ›Nun‹, fuhr er fort, ›dann freut es Sie sicher zu hören, daß sie noch nicht ausgestorben ist.‹ Und ich sagte prima, freut mich aufrichtig. Dann fing er wieder von meinen Brustwarzen an.«

Urbana Sprawl war beeindruckt von der detaillierten Wiedergabe einer drei Wochen alten Unterhaltung durch die junge Monique. Die meisten Tänzerinnen achteten nicht auf das zusammenhanglose Geschwätz der Gäste.

»Ich erinnere mich immer an miese Trinkgeldgeber«, erklärte Monique Jr., »genauso wie ich mich an die großzügigen erinnere.«

Erin fuhr sich durchs Haar, frischte ihren Lippenstift auf und verschwand zu einem drei Tänze währenden Auftritt im Käfig. Kevin legte eine ihrer bevorzugten Musiknummern der Allman Brothers auf, und Erin hauchte ihm einen Kuß zu. Lange Titel waren schlecht fürs Geschäft, aber gelegentlich brauchte sie einen, um ein wenig aus der Routine auszusteigen und sich von der Musik treiben zu lassen.

An diesem Abend nutzte sie die Zeit, um über alles nachzudenken. Die Fakten schienen in Sergeant Al Garcías Szenario hineinzupassen: Killian befand sich unter den Zuschauern, als der scharfe Kongreßabgeordnete durchdrehte. Der kleine Kerl hatte Dilbeck wahrscheinlich erkannt, trotz seines zerzausten Schnurrbarts, und dabei die Idee zu der Erpressung ausgeheckt.

Und Tage später wurde er ermordet...

Erin war derart in Gedanken vertieft, daß sie den Gast nicht sofort bemerkte. Er stand unter dem Käfig, betrachtete ihr Gesäß und wartete darauf, daß sie sich in seine Richtung drehte. Schließlich rief er Erins Namen, und sie tanzte an die Gitterstäbe heran. Er streckte die Hand aus und schob einen zusammengefalteten Geldschein in ihren Strumpfhalter. Es war ein Fünfzigdollarschein. Erin lächelte, kreuzte die Arme vor der Brust und spielte die Verliebte. Später setzte sie sich an seinen Tisch, um sich zu bedanken. Es war ein in Stripteaseclubs übliches Ritual, wenn ein Gast ein besonders großzügiges Trinkgeld gegeben hatte. Ein drei oder vier Minuten langer Besuch wurde als ausreichend betrachtet. Alles, was darüber hinausging, ging von der wertvollen Arbeitszeit der Tänzerin ab. Aus gesprächiger Freundlichkeit wurde schnell ein Verkaufsgespräch, und erfahrene Stripperinnen waren darin wahre Meister. Eine gute Tischtänzerin konnte so zwischen den einzelnen Auftritten ein halbes Dutzend private Vorstellungen aus einem Gast herausholen. Auf diese Weise verdienten die meisten ihr Geld. Erin war die einzige, die sich mit Trinkgeldern auf der Bühne zufriedengab.

Dieser Trinkgeldgeber war Mitte Fünfzig und gekleidet wie ein höherer Sparkassenangestellter. Er nippte zaghaft an seinem Jack Daniels und hatte nicht einmal die Krawatte gelockert. Offenbar hatte er noch weitere Pläne für den Abend. Als Erin sich bei ihm für das Geld bedankte, griff er nach ihrer Hand. »Wenn ich soviel zahle, nur um zu schauen, dann stell dir mal vor, wieviel ich zahlen würde, um auch mal anzufassen.«

Nicht schon wieder, dachte Erin. Sie versuchte sich zu befreien, aber der Mann wollte nicht loslassen. Sie sagte: »Offensichtlich sind Sie zum erstenmal hier.«

»Woher wissen Sie das?«

»Ich tippe auf den Mittleren Westen – Chicago, Minneapolis?«

»St. Paul«, sagte der Mann. »Du bist ziemlich gut, Zuckerpüppchen.«

»Zuckerpüppchen? Ist das alles, was Ihnen einfällt?« Erin war nicht in der Stimmung für dummes Geschwätz. Es war schon einige Monate her, seit sie das letzte Mal von einem Gast begrapscht worden war – Zuckerschnütchen hatte er sie genannt. Er war aus Syracuse gekommen und hatte die behaartesten Arme, die sie jemals außerhalb eines Zoos gesehen hatte.

»Bitte lassen Sie mich los«, sagte sie zu St. Paul.

»Tanz für mich.«

»Das habe ich getan.«

»Nicht hier. Ich habe ein Zimmer am Strand.« Sein Griff war trocken und fest. »Ein Zimmer mit Sauna.«

»Nein, vielen Dank.«

»Für zweitausend Dollar?«

»Das bin ich nicht wert, glauben Sie mir.« Erin bohrte die Fingernägel in die weiche Stelle am Handgelenk des Mannes. Er brüllte wütend auf und löste den Griff. Während sie von dem Tisch zurückwich, schoß der Fuß des Mannes vor und trat gegen ihren Stuhl. Erin kippte nach hinten.

Das Gelächter des Gastes verstummte mit einem kehligen Quieken. Als Erin sich erhob, sah sie das blutige Gesicht des Mannes eingeklemmt in Shads Armbeuge. Shad schlug auf seine übliche ruhige und methodische Art und Weise auf ihn ein, aber in seiner Miene erkannte Erin echte Wut, was selten war.

»Das reicht jetzt«, sagte sie zu ihm.

Shad ließ den Mann mit dem Gesicht nach unten einfach fallen. Der Gast wälzte sich auf den Rücken und stotterte etwas von einer Anzeige.

»Tatsächlich?« fragte Shad. »Wollen Sie Ihre Frau anrufen? Ich hole Ihnen sofort das Telefon.« Er trat ihn unsanft mit dem Stiefel. »Nun?«

Zehn Minuten später saß der Mann aus St. Paul in seinem gemieteten schwarzen Thunderbird und verstellte den Rückspiegel, um den Zustand seiner Nase und seiner Lippen zu überprüfen. Letztere waren zu der Größe von Cocktailwürstchen angeschwollen.

Shad stützte sich auf die Wagentür. »Kommen Sie nie wieder her«, empfahl er dem Mann.

»Ich hatte nichts Schlimmes vor.«

»Sieht sie wie eine Nutte aus?« Shads kahler Schädel füllte die Fensteröffnung aus. »Antworte, Freundchen. Sieht die Lady wie eine Hure aus?«

Der Mann aus St. Paul zitterte. »Es tut mir wirklich leid.«

Shad rief Erin an den Wagen und befahl dem Mann, sich noch einmal zu entschuldigen, was er auch voller Inbrunst tat.

Erin nickte gnädig. »Sie sollten sich etwas mehr Respekt angewöhnen.«

»Es tut mir leid. Das schwöre ich bei Gott.«

Shad sagte: »Was meinen Sie denn, was das für ein Laden ist? Sieht er vielleicht aus wie ein Freudenhaus voller Huren?« Der Mann schüttelte krampfhaft den Kopf.

»Das ist ein richtiger Klassebetrieb«, fiel Erin mit ein. »Bestimmt haben Sie längst die Servietten entdeckt.«

Der Mann aus St. Paul startete zügig in die Floridanacht. Erin legte einen Arm um Shads Taille. »Du bist heute aber in einer lausigen Stimmung«, stellte sie fest. »Was ist denn los?«

»Ich mache mir Sorgen wegen dir, mehr nicht.«

»Weshalb?«

»Es gibt zu viele schlechte Menschen auf der Welt, deshalb.«

Sie lachte. »Aber du bist doch da, um mich zu beschützen.«

»Richtig«, sagte Shad. Gleich morgen früh würde er zu Mordecai gehen und die ganze Sache abblasen. Das Risiko war zu verdammt hoch geworden.

Sirenengeheul näherte sich. Schon bald raste ein Streifenwagen am Tickled Pink vorbei. Dann ein Krankenwagen, zwei weitere Streifenwagen, dann ein Rettungswagen. Shad und Erin gingen zum Bordstein, um nachzusehen, ob ein Verkehrsunfall stattgefunden hatte. Nach einigen Sekunden gesellte Orly sich zu ihnen. Er sprudelte über vor Heiterkeit.

»Es gibt doch noch einen Gott!« verkündete er.

»Was ist denn los?« fragte Erin.

»Hört nur zu.«

Wie auf ein Stichwort hin begannen die Sirenen zu verstummen, eine nach der anderen. Die Blaulichter hatten sich einen halben Block weiter gesammelt, auf der gegenüberliegenden Seite der Schnellstraße.

»Da muß aber einiger Schaden entstanden sein«, sagte Shad.

Orly kicherte. »Da ist kein Unfall. Es ist die Flesh Farm!«

»Was haben Sie getan?« fragte Shad. »Etwa irgendein Ding gedreht?«

»Das war ich nicht, sondern Marvela. Sie hat angerufen und sich die schönen Augen ausgeheult.« Orly war außer sich vor Freude. »Sie möchte ihren alten Job zurückhaben. Ha! Ha!«

»Dann ist wohl etwas Schlimmes passiert«, sagte Shad.

Orly grinste. »Ja, etwas sehr Schlimmes. Ein Typ ist an ihrem Tisch gestorben.«

Erin dachte: Die arme Marvela.

»Und zwar nicht nur irgendein Typ«, sagte Orly. »Sondern ein gottverdammter Richter.«

»Welcher Richter?« hörte Erin sich fragen.

»Wen interessiert's? Ein toter Richter ist ein toter Richter.

Diese Scheiß-Lings, hoffentlich pinkeln sie jetzt Rasierklingen...«

Erin machte sich auf den Weg die Straße hinunter zu den blinkenden blauen und roten Warnlichtern. Orly rief ihren Namen, aber sie ging einfach weiter. Der Straßenverkehr verlangsamte sich, und einige Autofahrer hupten herausfordernd. Erin stolzierte dahin in ihren hohen Stöckelschuhen, dem paillettenbesetzten Tanga und dem schwarzen Spitzen-BH. Ihr Ziel waren die blinkenden Lichter. Sie ging schneller und sagte sich: Vielleicht, oh, vielleicht hat Mr. Orly recht. Vielleicht gibt es doch noch einen Gott.

Für den Richter war Marvela ein schöner und betörender Engel. Sie war die einzige in Orlys Club, die richtig flirten konnte. Die anderen Tänzerinnen waren distanziert, gleichgültig, sogar kühl. Einige weigerten sich glattweg, für ihn zu tanzen. Der Richter hatte den Verdacht, daß Erin die anderen gegen ihn aufgehetzt hatte – sie verachteten ihn wahrscheinlich dafür, daß er ihre Freundin von ihrem einzigen Kind getrennt hatte. Wie unfair! Die Rechtfertigung dafür befand sich in der Bibel, ganz eindeutig, aber keine der Tänzerinnen wollte seine Erklärung hören, ganz gleich, wieviel Geld er ihnen als Trinkgeld gab. Jedermann hatte ein Talent, sagte der Richter. Jedermann hatte einen bestimmten Zweck auf dieser Welt zu erfüllen. Die Mutterschaft war der eine, sagte er, nackt zu tanzen ein anderer.

Da sie neu war, wußte Marvela nicht, daß der Richter inoffiziell geächtet wurde. Sie spendierte ihm ein paar heiße Tischtänze, und nach wenigen Tagen war er von ihr geradezu besessen. Als sie in Orlys Club kündigte, folgte er ihr zur Flesh Farm.

Die Entfernung zwischen den Clubs betrug eine halbe Meile, aber die Fahrt dorthin schien ewig zu dauern. Der Richter fand einen Parkplatz weit genug von der Straßenbeleuchtung entfernt, um zu vermeiden, daß ein vorbeifahrender Verkehrsteilnehmer ihn erkannte. Diskretion war überaus wichtig, bis er auf seinem Posten als Bundesrichter bestätigt war. Danach konnte er sich frei und ungehindert zerstreuen. Seines Wissens war bisher noch niemand seines Postens enthoben worden, weil er eine Tittenbar aufgesucht hatte.

Während der Richter den Motor ausschaltete, pochte sein Herz heftig gegen die Rippen seiner Hühnerbrust. Er war leicht benommen, schrieb dieses Gefühl jedoch seiner Erregung zu. Ehe er das erotische Etablissement der Lings betrat, sprach er ein stummes Gebet und dankte Gott im voraus für die Gnade, die ihm schon bald zuteil werden würde. Hand an die wunderschöne Marvela zu legen, zu spüren, wie diese seidigen Lenden sich gegen ihn preßten und an ihm rieben – das alles wäre ein wahrgewordener Traum!

Leider war dem nicht so. Die Erwartung tötete ihn wenige Sekunden, ehe der Kontakt stattfand. Er starb mit heraushängender Zunge an seinem Tisch, die Bibel auf den Knien. Die eine Hand krallte sich in seinen Schoß wie die Schere einer Languste. Dort blieb sie während umfangreicher Rettungsmaßnahmen, darunter auch eine ausgedehnte Herzmassage.

Der Tod war in Form einer schweren Gehirnblutung eingetreten: Ein umfangreicher Teil des Richterhirns war mehr oder weniger explodiert, als die sich hin und her wiegende Marvela ihr Bustier auf seinem Kopf drapiert hatte. Ein reaktionsschneller Rausschmeißer hatte das Kleidungsstück entfernt, ehe die Sanitäter erschienen.

Die Sanitäter waren in Windeseile da. Und innerhalb von Sekunden nach Erscheinen des ersten Polizisten leerte sich die Flesh Farm, als habe ein Giftgasangriff stattgefunden. Die Barkeeper und die Tänzerinnen flüchteten als letzte.

Als Erin dort eintraf, sah sie einen alten Mann auf dem Fußboden liegen, umringt von jungen Sanitätern in blauen Overalls. Einer von ihnen kniete neben der leblosen Gestalt und bearbeitete die Brust des Mannes im perfekten Rhythmus von Janet Jacksons Song »Rhythm Nation«, der aus den Clublautsprechern dröhnte. Die Lings hielten sich von der Szene fern, jammerten über die schlechte Publicity, den Einnahmeverlust und über einen möglichen Besuch staatlicher Ausschankkontrolleure.

Erin ging so nahe heran wie möglich. Schließlich endeten die Lebensrettungsversuche sowie die Musik; der Mann auf dem Fußboden war eindeutig verstorben. Erin beugte sich vor, um sein Gesicht zu betrachten. Er sah aus wie »ihr« Richter, aber sie war sich nicht ganz sicher. »Können Sie ihm mal die Sauerstoffmaske abnehmen?« fragte sie.

Hingerissen von ihrer Dienstkluft, erfüllte einer der Sanitäter ihr freudig die Bitte. Er fragte sie, ob sie das Opfer kenne.

»Flüchtig«, antwortete sie.

Marvela, die in ihre Straßenkleidung geschlüpft war, wurde von zwei uniformierten Polizisten und einem Detective in Zivil vernommen. Sie rauchte eine Zigarette nach der anderen und klopfte die Asche in einen Bierkrug. Erin saß an der Bar und wartete darauf, daß die Cops fertig wurden. Shad kam herein und setzte sich zu ihr. Er sagte: »Du hättest dir draußen den Helikopter ansehen sollen.«

»Reine Spritvergeudung«, sagte sie. »Er ist so tot wie eine Flunder auf dem Trockenen.«

»Er kommt nicht vom Krankenhaus, sondern von Channel 7.«

»Tatsächlich?« Erin lachte dumpf. »Shad, ich genieße das. Ich gebe es ungern zu, aber ich finde es ganz toll.«

»Na ja, der Kerl war ein Arsch.«

»Und so was von verlogen.«

»Vielleicht bekommst du jetzt deine Kleine zurück.«

Erin nickte. »Das denke ich schon die ganze Zeit. Ich weiß, es ist furchtbar unter diesen Umständen, aber...«

»Vergiß es. Der Mann war Abschaum.« Shad griff hinter die gut bestückte Bartheke der Lings und holte zwei Gläser hervor. Er hakte die Zapfpistole los und spendierte ihnen beiden zwei Coca-Cola. Erin sah zu, wie die Sanitäter den toten Richter auf eine Bahre legten, ihn anschnallten und eine braune Decke über ihn breiteten.

»Mein Anwalt«, sagte sie, »wird staunen.«

»Dein Ex sicher auch.« Shads Lippen verzogen sich zu einem eisigen Grinsen. »Ich würde liebend gerne dabei sein, wenn du es ihm erzählst.«

»Ich bezweifle, daß ich dieses Vergnügen haben werde«, sagte Erin.

Als die Polizei Marvela vernommen hatte, kam das Mädchen zur Bar und ließ sich neben Erin nieder. »Ich habe ihn nicht mal berührt«, gestand sie. Ihre Stimme klang heiser vor Fassungslosigkeit. Dann begann sie zu weinen, und Erin nahm sie in den Arm. Sie kannte Marvela kaum, aber sie konnte sich den Schock vorstellen, wenn man sah, wie ein Gast plötzlich umkippte und verschied.

Shad flankte über die Bar und schenkte einen Dewar's für Marvela ein, die unaufhörlich schluchzte. Sie sagte, sie wisse nicht, was geschehen sei – sie habe gerade ihr Oberteil abgelegt. »Ich kann nicht glauben, daß er einfach gestorben ist. *Gestorben!* Ich war noch nicht mal an seinem Hosenschlitz ...«

»Das reicht jetzt«, unterbrach Erin sie. »Es war nicht deine Schuld.« Sie strich über Marvelas Haar, das nach Marlboros und Festiger roch. Marvelas Tränen tropften auf Erins nackte Schulter.

»Betrachte es doch mal von einer anderen Seite«, sagte Shad. »Der Mann starb mit einer Muschi vor Augen. Es gibt schlimmere Arten, den Löffel abzugeben.«

Aber für Marvela war das kein Trost. Sie leerte ihr Glas und kramte nach einer weiteren Zigarette. »Ich hätte im Mannequingeschäft bleiben sollen. Badekleidung und Damenunterwäsche, das wäre es gewesen.«

Shad griff nach einem Feuerzeug und ließ die Flamme aufschnippen. »Reg dich ab.«

»Es ist meine Schuld. Er ist wegen mir gestorben.«

»Sei still«, sagte Erin. »Du hast nur deine Arbeit getan.«

16. KAPITEL

Rita und Alberto Alonso nahmen Angela zu sich, während Darrell Grant eine Ladung gestohlener Rollstühle nach St. Augustine transportierte. Alberto hatte die Kleine gern, aber Rita zog die Gesellschaft von Hunden vor. Lupas Welpen wuchsen und wurden immer reizbarer. Darrell Grant riet seiner Schwester, Angie im Wohnwagen zu behalten, möglichst weit weg von den verdammten Wölfen. Rita erkundigte sich nach den Spielsachen des Kindes, und Darrell erwiderte, in seinem Van habe er keinen Platz dafür. Alberto meinte, nicht schlimm, es gebe im Wohnwagen genug, womit das Kind spielen könne. Dann holte er einen Sack Golfbälle hervor und schüttete sie auf den Fußboden. Angela vergnügte sich damit so gut es ging.

Alberto schlief den ganzen Tag, während Rita einen Großteil ihrer Zeit mit den Tieren im Hof verbrachte. Angela war fasziniert von der exzentrischen Erscheinung ihrer Tante – Baseballfängermaske, Zigarette, Holzfällerhandschuhe, ausgebeulter Hausanzug. Das kleine Mädchen saß stundenlang am Fenster und schaute Rita bei der Arbeit mit ihren nervösen Tieren zu. Einmal, als sie allein im Wohnwagen war, nahm Angela den Telefonhörer ab und wählte die Nummer ihrer Mutter, die sie auswendig kannte. Niemand nahm am anderen Ende ab, aber Angela ließ es fünfundzwanzig Minuten lang klingeln. Rita kam herein und bekam einen Wutanfall. Sie riß dem Mädchen das Telefon weg und stellte es auf den Kühlschrank außer Reichweite der Kleinen.

Darrell Grant war froh, die Stadt verlassen zu können, auch wenn es nur für kurze Zeit war. Befreit von elterlicher Verantwortung konnte er ganz ungeniert seine Speedpillen schlucken. Er wurde immer abhängiger von dem Zeug. Die Drogen verliehen ihm den Mut zu stehlen und die Frechheit, sich nichts anmerken zu lassen. Sie halfen ihm auch, mit Merkin und Picatta zurechtzukommen, die ihm unbarmherzig zusetzten. Die Detectives waren lästige Quälgeister und ständig scharf auf heiße Tips. Darrell machte es nichts aus, andere Kriminelle zu verraten, zumal die Alternative dazu das Gefängnis war, aber manchmal gab es einfach nichts zu verraten. Merkin und Picatta schienen nicht zu begreifen, daß viele Ganoven chronisch faul waren. Wochen, sogar Monate konnten zwischen einzelnen kriminellen Operationen vergehen. Dennoch verlangten die Detectives dauernd frische Hinweise und warme Leichen. Wenn es mal keine schwerwiegenden Vergehen zu verfolgen gab, erwarteten sie, daß Darrell Grant sich in der Szene umsah und selbst einige Dinge in Gang brachte.

Das Problem war, daß Darrell keine Zeit hatte, sich mit irgendwelchen miesen Kerlen herumzutreiben. Der Handel mit Rollstühlen war ein Full-time-Job. Die St.-Augustine-Lieferung zum Beispiel würde rein netto an die drei Riesen einbringen – ein Altersheim wartete auf ihn, Zahlung bei Lieferung. Dann riefen Merkin und Picatta an und drängten ihn, sich mit einem kubanischen Barkeeper im beschissenen Hallandale zu treffen, der angeblich kiloweise Stoff anzubieten hatte. Darrell Grant mußte sich schnellstens etwas einfallen lassen, und hier war das Speed seine Rettung. Der Stoff half seinem Gedächtnis auf die Sprünge, und er erinnerte sich an einen gewissen Tommy Tinker, seines Zeichens Heroindealer. Darrell wußte, wie scharf die

Cops in Süd-Florida auf einen H-Fall waren. Es war nicht nur eine erfrischende Abwechslung nach dem ständigen Ärger mit den Crackheads, sondern es wartete garantiert auch eine Belobigung, gewöhnlich als Officer des Monats. Daher nannte Darrell Tommy Tinker den größten Heroinhändler diesseits der I-95 und erklärte Merkin und Picatta genau, wo auf dem Sunrise Boulevard sie ihn antreffen könnten.

»Gramm- oder unzenweise?« wollte Picatta wissen.

»Unzenweise«, antwortete Darrell Grant schnell, »aber er verkauft nicht an Weiße. Sonst würde ich nämlich am liebsten die Sache selbst in die Hand nehmen.«

Und schon zogen die beiden Detectives los, während Darrell in Richtung St. Augustine aufbrach. Er überfuhr die Stadtgrenze von Vero Beach, als sein Gehirn immerhin soweit auf normal schaltete, um sich zu erinnern, daß Tommy Tinker damals im Jahr 1987 in New Orleans nach Explosion einer Brandbombe ums Leben gekommen war. Darrell Grant geriet kurzzeitig in Panik, zog aber zu keinem Zeitpunkt in Erwägung, zurückzukehren und diese Information weiterzugeben. Er warf drei weitere Pillen ein und trat aufs Gaspedal. Bald raste der Van genauso schnell wie sein Herz, und das Leben erschien einfach wunderbar.

Der Kongreßabgeordnete erholte sich rechtzeitig für das bevorstehende Galadinner. Er konnte sich ohne fremde Hilfe anziehen, sich mit einer stumpfen Klinge rasieren und sich selbst die Haare kämmen. Braunes Make-up tarnte den Bluterguß, der zu einer grünlichen Murmel in der Mitte seiner Stirn zusammengeschrumpft war.

Erb Crandall fuhr ihn zum Hotel und blieb während des ganzen Abends in seiner Nähe. Das Dinner war gut besucht, und die Reden waren schmeichelhaft. Das überschwenglichste Lob kam von Senator Moynihan, der David Dilbeck noch nie persönlich kennengelernt hatte und daher durch keinerlei unschöne Erinnerungen belastet war.

Nach dem Dessert trat Dilbeck selbst ans Rednerpult und schaffte es, elf Minuten lang zu reden, ohne sich einmal zu wiederholen. Dabei stimmte er absurde Loblieder auf Kollegen an, deren Stimmen für die Preisstützungen des einheimischen Zuckers entscheidend waren. Insgeheim betete Dilbeck darum, daß seine Bemerkungen die feindselige Stimmung bei den Senatoren auftauten – wie oft kam es schließlich vor, daß solche kleinen Lichter mit den Roosevelts und den Kennedys verglichen wurden! Erb Crandall berichtete, daß die anderen Kongreßabgeordneten zutiefst gerührt waren. Das hoffte Dilbeck; er war praktisch an den Komplimenten erstickt, die er so freigebig verteilt hatte.

Später wanderte er wie eine Flipperkugel von Tisch zu Tisch und bedankte sich bei den zahlenden Gästen für ihre Großzügigkeit. Normalerweise liebte Dilbeck es, im Mittelpunkt des Interesses zu stehen, aber an diesem Abend war das Scheinwerferlicht eine Qual. Mit seinem linken Auge konnte er nur verschwommen sehen, und in beiden Ohren dröhnte die Musik eines unsichtbaren nur mit Steeldrums besetzten Orchesters. Er hielt durch, indem er in Gedanken ständig Erbs Mantra wiederholte: Jeder Händedruck ist einen Tausender wert. An einem der hinteren Tische wurde der Kongreßabgeordnete von einem rundlichen Besucher mit geröteten Wangen und nervös hin und her huschenden Mausaugen begrüßt. Der Mann war gekleidet, als befände er sich auf einem Begräbnis. Er sagte, er sei Anwalt, und stellte eine ernste weibliche Begleitung als seine Cousine vor. Dilbeck bemerkte eine leichte verwandtschaftliche Ähnlichkeit.

»Erinnern Sie sich an mich?« fragte der Anwalt.

»Nun, Sie kommen mir tatsächlich bekannt vor«, log Dilbeck.

»San Francisco. Der Mondale-Wahlexpreß.«

»Natürlich, natürlich.« Dilbeck hatte nicht die leiseste Erinnerung. Er hatte die meiste Zeit des Parteikongresses auf einem Barhocker bei Carol Dodas Oben-ohne-Revue verbracht. »Ich habe erst vor drei Wochen mit Fritz gesprochen«, improvisierte Dilbeck. »Er sieht einfach fantastisch aus.«

Der Anwalt lud den Kongreßabgeordneten ein, sich für ein paar Minuten zu setzen, aber Dilbeck lehnte mit dem Hinweis auf seinen Terminplan dankend ab. In diesem Moment reichte der Anwalt ihm ein Foto. »Für Ihr Erinnerungsalbum«, sagte er.

»Jesus, Maria und Josef!« stieß der Kongreßabgeordnete hervor.

Dilbeck deckte sein lädiertes Auge ab und betrachtete den Farbabzug seiner betrunkenen Erscheinung, die mit einer Flasche auf den Kopf eines Fremden eindrosch. Dilbeck hatte überhaupt keine Erinnerung an diese wüste Szene, außer an die Frau auf der Bühne. Es war die Tänzerin in seinem Traum – bei Gott, es gab sie wirklich! Der Kongreßabgeordnete verspürte ein Kitzeln, das für diesen Moment völlig unangebracht war.

Der Anwalt sagte: »Wir haben das Foto aus einem Dia heraus-vergrößern lassen. Das Dia befindet sich an einem sicheren Ort.« Er hielt inne, strich sich mit einem Finger über die Oberlippe. »Wenn ich etwas bemerken darf, Sir, ohne Schnurrbart sehen Sie besser aus.«

Dilbeck lächelte matt. Erb Crandall, der über die Schulter des Kongreßabgeordneten linste, tröstete sich damit, daß er seine eigene Erscheinung nicht im Hintergrund des Fotos sah. Er fragte sich jedoch, ob es noch andere Bilder in dieser Richtung gab – Bilder von ihm, wie er die Pistole zog, zum Beispiel. Mein Gott, war das ein lausiger Abend gewesen.

»Seltsam«, sagte Dilbeck, »ich kann mich an nichts erinnern.«

»Aber das sind doch Sie, nicht wahr?« Der Anwalt grinste hämisch. Crandall verlangte in knappem Ton eine Legitimation. Mordecai reichte ihm eine Visitenkarte und sagte: »Sicherlich wollen Sie wissen, welches Interesse Joyce an dieser Sache hat. Der Mißhandelte ist ihr Verlobter.«

Crandall beugte sich zu Dilbecks Ohr vor. »Sagen Sie kein Wort mehr.«

»Schon in Ordnung, Erb. Ich erinnere mich wirklich nicht.«

Der Anwalt fuhr fort: »Wahrscheinlich interessieren Sie sich auch für den Zustand des jungen Mannes. Unglücklicherweise sind die Nachrichten in dieser Hinsicht nicht sehr gut. Er hat von dem Angriff schwerwiegende Schäden davongetragen.«

Dilbeck sank in sich zusammen. »Was soll ich dazu sagen? Es tut mir schrecklich leid.«

»Seien Sie still!« zischte Crandall.

Joyce ergriff nun das Wort. »Daß es Ihnen leid tut, ist schön und gut, aber mein Paul wird nie mehr so sein wie früher.«

»Ein schweres Schädeltrauma«, fügte der Anwalt hinzu. »Sie haben immerhin mit einer Sektflasche zugeschlagen. Korbel, wenn ich mich nicht irre.«

Der Kongreßabgeordnete reichte Crandall das Foto und sagte: »Sie waren dort, Erb. Was zum Teufel ist passiert?«

Aus dem Augenwinkel bemerkte Crandall eine Schlange Gratulanten, darunter mehrere prominente Rojos, die durch den Saal auf David Lane Dilbeck zukamen. Crandall versteckte das gefährliche Foto schnell in seinem Smoking und bat Mordecai, im ersten Stock in der Empfangssuite auf ihn zu warten.

Der Anwalt nickte zufrieden. »Sehr gut, wir hatten gehofft, irgendwo ungestört zu sein.«

»In einer Viertelstunde«, sagte Crandall knapp. Dann eilte er davon, um Malcolm J. Moldowsky zu suchen.

Während seine Kraft nachließ, schaffte David Dilbeck es, seine Runde zu beenden – er schüttelte Hände, mimte Wiedererkennen, lachte verhalten über flaue Witze und verbeugte sich nach jedem banalen Kompliment ... und dachte dabei nur an die schlanke Tänzerin, deren Ehre er an jenem Abend im Eager Beaver so edelmütig verteidigt hatte. Ob sie auch an ihn dachte?

Joyce ging in der Halle auf und ab, während Mordecai sich mit Moldowsky allein in die Empfangssuite zurückgezogen hatte. Sie kamen schnell zur Sache. Der Anwalt nannte seine Forderung. Moldowsky machte sich ein paar Notizen. Das Foto, durch Crandalls Smoking ein wenig zerknickt, lag auf dem Tisch zwischen ihnen.

»Erpressung«, sagte Moldy nachdenklich.

»In meinem Spiel nennt man dies das Treffen zum Zweck einer außergerichtlichen Vereinbarung. Meinen Sie, ich scherze, wenn ich die Absicht äußere, einen Zivilprozeß anzustrengen? Das Bild spricht für sich selbst, Mr. Moldowsky.«

»Ich habe etwas gegen Abkassieren.«

Mordecai zuckte die Achseln. »Andere Anwälte hätten zuerst geklagt und dann einen Vergleich angeboten. Natürlich würde ein Prozeß die Angelegenheit direkt in die Öffentlichkeit zerren. In Anbetracht von Mr. Dilbecks Position gehe ich davon aus, daß er jedes Aufsehen zu vermeiden wünscht.«

»Vielen Dank, daß Sie so verdammt rücksichtsvoll sind.« Moldowsky stand auf und mixte sich einen Drink. Seine Blicke wanderten immer wieder zu dem inkriminierenden Foto des ehrwürdigen David Lane Dilbeck – mordlustig, außer Kontrolle, verrückt vor Leidenschaft. Es wäre eine ziemlich große Sensation auf den Frontseiten der Zeitungen.

Der Anwalt sagte: »Ich kann mir vorstellen, daß Sie etwas Zeit brauchen. Es muß für Sie ein hübscher Schock sein.«

»Eigentlich nicht«, sagte Moldy. »Der Name des Mannes lautet Paul Guber. Er hat fünf Tage lang mit ein paar Platzwunden, Blutergüssen und einer leichten Gehirnerschütterung im General Hospital in Broward gelegen. Jetzt geht es ihm wieder gut, aber ich glaube, das trifft nicht ganz den Punkt. Stimmt's?«

Mordecai war so verblüfft, daß er einen Augenblick lang keinen Ton hervorbrachte. Nach ein paar Sekunden sagte er: »Soll ich daraus schließen, daß Sie das Krankenhaus aus Sorge um die Gesundheit meines Mandanten angerufen haben?«

Malcolm Moldowsky trommelte mit den Fingernägeln gegen sein Glas. »Wir beschützen den Kongreßabgeordneten«, sagte er. Erb Crandall hatte den jungen Mr. Guber seit dem Abend der Attacke überwachen lassen.

»Ich bin beeindruckt«, sagte Mordecai. »Ihr Interesse am medizinischen Zustand meines Klienten könnte jedoch als Anerkenntnis einer gewissen Verantwortung gedeutet werden. Eine Jury könnte wissen wollen, weshalb Mr. Dilbeck sich nicht freiwillig zu der Angelegenheit bekannt hat. Diese Frage könnte ebensogut auch einen Staatsanwalt interessieren.«

Moldy lächelte amüsiert. »Was meinen Sie denn, mit wem Sie es hier zu tun haben?«

»Um das in Erfahrung zu bringen, bin ich hergekommen. Ich hatte auf ein zivilisiertes Gespräch gehofft.« Mordecai erhob sich und glättete die Knautschfalten seines Anzugs. »Gleich morgen früh gehe ich aufs Gericht. Bereiten Sie den Kongreßabgeordneten schon mal auf das Schlimmste vor.«

Moldowsky winkte ab. »Setzen Sie sich, Weltmeister.«

»Nein, Sir. Ich habe gesagt, was zu sagen war.«

»Drei Millionen sind zuviel.«

»Tatsächlich?« Nun war die Reihe an Mordecai, amüsiert zu sein. »Wissen Sie, was Sweetheart Sugar im vergangenen Jahr verdient hat?«

Moldy sog die Luft durch seine Schneidezähne, was ein saugendes Geräusch erzeugte. Im Zeitlupentempo stellte er sein Glas auf den Tisch. Der Anwalt grinste weiterhin überheblich. Er wünschte, daß Joyce ihn so in Aktion sehen konnte, wie er den großen Tieren an die Eier ging.

Moldowsky fragte: »Kennen Sie einen Jerry Killian?«

Der Anwalt erwiderte, er habe noch nie von ihm gehört. Moldy entschied, daß er die Wahrheit sprach. Das war typisch Dilbeck, zweimal wegen des gleichen Schlamassels erpreßt zu werden – dreimal sogar, wenn man die geheimnisvolle Frau hinzuzählte, die in seinem Büro in Washington angerufen hatte.

»Ich muß wissen, wer sonst noch an der Sache beteiligt ist.«

Mordecai sagte: »Meine Klienten sind Joyce und Paul.« Er erwähnte nicht, daß Paul Guber, nachdem er sich von dem Plan distanziert hatte, niemals von dem Geld erfahren würde. Auch enthüllte Mordecai nicht, daß ein bescheidener Anteil an der Vergleichssumme mit einem gewalttätigen Rausschmeißer namens Shad geteilt werden würde.

»Der Scheck«, sagte der Anwalt, »sollte auf das Treuhandkonto meiner Firma ausgeschrieben werden.«

»Ein Scheck?« Malcolm Moldowsky lachte heiser.

»Sie haben doch sicherlich nicht vor, bar zu zahlen.«

»Nein. Per telegrafischer Überweisung.«

»Aus Übersee?«

»Nassau«, sagte Moldy. »Vielleicht auch von den Caymans. Ist das ein Problem?«

»Nicht solange es amerikanische Dollars sind.« Der Anwalt hielt sich wohl für besonders abgebrüht.

Moldowsky schüttelte nun den Kopf. »Drei Millionen sind aber nicht möglich. Wie wär's mit zweifünf?«

»Mr. Moldowsky, wir beide kennen den Zuckerpreis und wissen, weshalb er so hoch ist.«

»Überstrapazieren Sie ja nicht Ihre Glückssträhne. Laut meinen Informationen hat Paul Guber sich wieder vollständig erholt.«

»Das kann man bei einem menschlichen Gehirn nie so genau wissen«, sagte Mordecai nachdenklich. »An dem einen Tag geht es dem Mann noch blendend, aber schon am nächsten könnte er ein Fall für die Intensivstation sein.«

»Sie sind die reinste Granate.«

»Die Aussichten auf einen Prozeß wären für den jungen Mann und seine zukünftige Braut eine große Belastung. Ich empfehle einen langfristigen Aufschub.«

Moldy schnippte mit den Fingern. »Hören Sie auf mit dem Quatsch. Ich rede mit einigen Leuten und lasse wieder von mir hören.«

»Natürlich.«

»Bis dahin sprechen Sie mal mit Joyce. Erklären Sie ihr, daß Vertraulichkeit überaus wichtig ist.«

»Keine Sorge«, sagte Mordecai. »Sie ist eine schlaue Lady.«

Und schon bald eine sehr reiche.

Das Boot der Rojos, neunzig Fuß lang, trug den Namen *Sweetheart Deal* und war in den Niederlanden vom Stapel gelaufen. Alle drei Salons verfügten über eine Bar und eine Hifi-Anlage.

Die Yacht lag bei Turnberry Isle auf dem Intracoastal Waterway vor Anker. Als Moldowsky dort eintraf, war es fast zwei Uhr morgens. Die älteren Rojos, Joaquin und Willie, boten ihrem Gast eine Tasse kubanischen Kaffee an. Moldy brauchte ihn nicht. Er war hellwach. Zwei junge Frauen nahmen ein Schaumbad in der Jacuzzi. Christopher lag schlafend auf dem Teppich neben einem gefleckten Ozelot mit einem brillantenbesetzten Halsband. Die Wildkatze schnurrte.

Die Rojos geleiteten Moldowsky in einen kleinen Salon auf dem Kapitänsdeck. Willie erkundigte sich nach Erb Crandall.

»Ich habe ihn nicht mitgebracht«, antwortete Moldy, »zu seinem eigenen Schutz.«

»Erklären Sie uns das Problem, Malcolm.«

Er beschrieb es so simpel wie möglich: Der Kongreßabgeordnete hatte sich selbst in eine unangenehme Situation gebracht. Ein komprimittierendes Foto war geschossen worden. Nun war ein Anwalt erschienen und verlangte drei Millionen Dollar.

Die Rojos waren sehr besorgt und konferierten leise in Spanisch. Moldowsky bemerkte, daß die Brüder ähnliche Hausmäntel trugen, bei denen der Name des Bootes über der linken Brust eingestickt war. Eins von Joaquins Ohrläppchen war weiß von getrocknetem Seifenschaum.

Moldy sagte: »Unsere Möglichkeiten sind begrenzt.«

»Drei Millionen Dollar«, sagte Willie, »sind nicht möglich.«

»Ich bin sicher, er gibt sich mit zwei zufrieden.«

Joaquin Rojo stieß flüsternd einen Fluch aus. Der Zeitpunkt dieser Prozeßandrohung konnte nicht ungünstiger sein – Dilbeck sollte die Zucker-Vorlage sofort durch den Ausschuß jagen, damit das Repräsentantenhaus noch vor der Wahl im November darüber abstimmen konnte.

Unmöglich, sagte Moldowsky. »Diese Idioten würden noch nicht mal einen Nierenstein durchbringen. Jeder ist zu Hause und führt seinen Wahlkampf.« Außerdem, fügte er hinzu, wollte der Speaker nicht so bald über den Vorschlag abstimmen – er sei zu umstritten. Ralph Nader war in »Nightline« aufgetreten und hatte sich kritisch über die Beihilfen für die Landwirtschaft geäußert. Die Lobbyisten der Tabak- und der Reisindustrie waren in Panik geraten, woraufhin ihre Handlanger im Kongreß genauso reagierten. Eine Abstimmung zu diesem Zeitpunkt wäre eine heikle Angelegenheit. Klüger wäre es zu warten. Was bedeutete, daß die Rojos gezwungen waren, noch einige weitere Monate lang auf David Dilbeck zu setzen – und daß er blitzsauber dastehen müsse.

»Wie schlimm ist das Foto?« wollte Willie wissen.

»Tödlich«, sagte Moldy.

»*Mierda.* Zahlen wir das verdammte Geld.«

»Nein!« widersprach Joaquin heftig. »Ich lasse mich nicht erpressen.«

»Haben wir eine andere Wahl?« wandte Willie sich an Moldowsky. »Was meinen Sie, Malcolm?«

Ohne Jerry Killians Namen zu erwähnen, gestand Moldy, daß ein ähnlich gelagertes Problem ein paar Wochen zuvor aufgetaucht sei. »Ich habe es selbst gelöst. Aber diese Sache hier ist komplizierter.«

»Wegen des Fotos?«

»Und weil es ein Anwalt ist.«

Willie Rojo nickte. »Das macht mir auch Sorgen. Bezahlen wir den Bastard und vergessen wir die Sache.«

Sein Bruder sprang auf und schüttelte eine bleiche Faust. »Nein, Wilberto. Wenn du bezahlen willst, dann tue es mit dem Erbe deiner Kinder. Ich mache nicht mit!«

Wieder brandete ein spanisches Stimmengewirr auf, und diesmal wurde die Diskussion der Brüder noch hitziger. Moldowsky schnappte hier und da ein Wort auf. Schließlich setzte sich Joaquin Rojo. »Malcolm«, sagte er, »wieviel wissen Sie über den Zuckerrohranbau?«

Moldowsky zuckte die Achseln und gab zu, daß er nicht sehr viel wußte.

»Wir pflanzen in Sumpferde«, sagte Joaquin. »Vorwiegend in Riedgrassümpfen, manchmal auch in Annonensumpf. Man nennt diesen Boden schwarzes Gold, weil er einen sehr reichhaltigen Zucker hervorbringt. Ein Farmer holt vielleicht zehn gute Jahre aus einem Feld heraus, dann nimmt die Menge ab. Weshalb? Weil mit jeder Ernte die Sumpfschicht dünner wird.« Er veranschaulichte es mit Daumen und Zeigefinger. »Am Ende ist der Boden nicht mehr tief genug für Zuckerrohr, und das Land ist nutzlos. Darunter befindet sich solider Kalkstein.«

Willie ergriff nun das Wort. »Wenn der Sumpf verschwunden ist, Malcolm, dann für immer. Für uns heißt das, in fünf oder sechs Jahren.«

»Was dann?«

Joaquin hob die Hände in einer ratlosen Geste. »Ein Steinbruch. Apartmenthäuser. Golfplätze. Aber das ist im Augenblick nicht so wichtig.«

»Später schon«, sagte sein Bruder. »Aber im Augenblick ist das Zuckerrohr unser Geschäft. Diese letzten Jahre müssen gute Jahre sein.«

»Um das Erbe zu mehren«, gab Moldowsky ihm recht.

»Bitte sorgen Sie dafür, daß Mr. Dilbecks Problem verschwindet.«

»Ich nehme an, Sie wollen den Anwalt nicht bezahlen.«

»Mein Bruder und ich haben uns dagegen entschieden.«

Der Ozelot trottete gelangweilt die Treppe hoch und kauerte sich vor Willie Rojos Pantoffel. Der alte Mann griff in die Falten seines Hausmantels und holte ein fettiges Hühnerbein hervor. Erfreut sahen die Brüder zu, wie das Tier das Ding mitsamt Knochen und allem verschlang. Das Knacken und Knirschen störte Malcolm J. Moldowsky, der für Katzen nicht viel übrig hatte.

Joaquin gähnte und verkündete, daß es Zeit sei, zu Bett zu gehen. »Rufen Sie uns an, wenn es erledigt ist«, bat er Moldowsky.

»Es ist aber immer noch teuer.«

Willie Rojo kicherte, während er dem Ozelot gestattete, das Fett von seinen Fingern abzulecken. »Wie teuer?« fragte er. »Bestimmt keine drei Millionen Dollar, oder?«

»Nicht einmal annähernd soviel«, sagte Moldy, »aber es besteht ein gewisses Risiko.«

»Nicht für uns, hoffe ich doch.«

»Nein, Gentlemen. Nicht für Sie.«

Darrell Grant verkaufte die Rollstühle für dreitausendzweihundert in bar und fuhr von St. Augustine direkt nach Daytona Beach. Dort kaufte er sich eine Kollektion farbiger Pillen und las zwei Prostituierte von der Straße auf. Später, als sie annahmen, er schlafe, ließen die Nutten ihren Zuhälter in Darrells Motelzimmer herein und durchsuchten seine Habseligkeiten. Darrell wartete einige Zeit, dann schob er die Hand unter das Kopfkissen, wo er den Dolch versteckt hielt. Mit einem gräßlichen Schrei sprang er vom Bett hoch und stach dem Mann in den Oberschenkel. Während der Mann sich auf dem Fußboden wälzte, hockten die Prostituierten sich aufgeregt auf ihn und versuchten die Blutung zu stillen. Darrell Grant zerrte in aller Seelenruhe das Laken vom Bett und riß es in lange Streifen. Dann fesselte er den sich aufbäumenden Zuhälter und die beiden Nutten und stopfte ihnen schmutzige Socken in die Münder. Die Frauen wehrten sich nicht, als sie aus nächster Nähe einen ausgiebigen Blick auf Darrell Grants stecknadelkopfgroße Pupillen hatten werfen können.

Während er den Zuhälter abfertigte, summte Darrell eine Melodie aus dem *Dschungelbuch*, von dem Angie eine Videokassette besaß. Fröhlich seifte er das lockige schwarze Haar des Mannes ein und rasierte ihn kahl. Dann griff er wieder nach dem Dolch und ritzte ihm ein sauberes großes G in die Kopfhaut. Der Zuhälter stöhnte. Blut sickerte in zwei winzigen Rinnsalen an beiden Seiten seines Kopfes herab. Die Frauen sahen stumm zu, zitterten vor Angst und fürchteten, sie kämen als nächste an die Reihe.

Darrell Grant kicherte. »Jetzt werde ich euch eine Lektion erteilen.« Er schnappte sich seine Schlüssel und rannte hinaus zum Van. Zwei Minuten später kam er zurück, in der Hand eine elektrische Heftmaschine, die er auf einer Baustelle in Boca Raton hatte mitgehen lassen. Beim Anblick der Heftmaschine begann eine der Prostituierten zu weinen. Darrell Grant ging zu dem Zuhälter und band einen seiner Arme los.

Immer noch etwas außer Atem fragte er: »Wolltet ihr mich ausrauben?«

Der Zuhälter schüttelte heftig den Kopf.

»Gelogen, gelogen, auf die Nas' geflogen«, sang Darrell.

Er stöpselte die Heftmaschine in die Wandsteckdose und sagte: »Wenn ihr das nächste Mal Geld haben wollt, dann fragt gefälligst höflich.« Er packte die Hand des Zuhälters und nagelte ihm einen Eindollarschein auf die Handfläche. Er drückte den Abzug lange – ping, ping, ping – bis die Heftmaschine leer war. Die Augenlider des Zuhälters flatterten, dann wurde er bewußtlos. Die Frauen bebten vor Angst.

Plötzlich fühlte Darrell Grant sich matt und ausgelaugt. Er streckte sich auf dem Bett aus und wählte Ritas Nummer. Sie schimpfte, daß er sie so spät noch anrufe, es sei schon halb vier Uhr morgens!

Ihr Bruder entschuldigte sich und sagte: »Hör mal, es kann sein, daß ich noch ein paar Tage hierbleibe. Ist das okay?«

»Wie du willst. Erin kommt morgen.«

»Wie bitte?«

»Besuchstag.«

»Nein!«

»Das hat sie uns gesagt.«

»Mein Gott, Rita, hast du ihr etwa verraten, daß Angie bei euch ist? Woher zum Teufel hat sie das gewußt?«

»Ich kann nichts dafür, daß deine Tochter weiß, wie man ein Telefon bedient. Und außerdem kann sie klettern wie ein Affe.«

»Angie hat sie angerufen?« Darrell Grant schlug mit der Faust auf die nackte Matratze. »Verdammt, ich kann nicht glauben, daß du das zugelassen hast.« Er war viel zu überdreht von seinen Pillen, um sich auf zwei Krisensituationen gleichzeitig zu konzentrieren. Er bemerkte nicht, daß eine der gefesselten Nutten es geschafft hatte, einen Arm zu befreien, und behutsam die anderen Knoten zu öffnen versuchte.

Darrell erwürgte beinahe den Telefonhörer und brüllte: »Laß diese Fotze auf keinen Fall ins Haus, verstanden?«

»Es ist Besuchstag«, wiederholte Rita.

»Es ist kein verdammter Besuchstag!«

»Dann komm gefälligst her und mach ihr das klar. Ich muß Wölfe dressieren.«

»Herrgott im Himmel!«

»Noch eine andere Sache, es kam in den Nachrichten – wer ist der Richter, der deine Scheidung geregelt hat?«

Darrell Grant nannte ihr den Namen.

»Ja, Alberto sagte schon, er sei es. Er ist tot, Darrell.«

»Moment mal.«

»Es kam im Fernsehen«, sagte Rita. »Er starb gestern abend in einer Nacktbar.«

Darrell Grant ließ seine Wange auf die stinkende Matratze sinken. Es wurde eindeutig Zeit für weitere Pillen.

Am anderen Ende der Leitung erzählte Rita die ganze Geschichte. »Seine Familie sagte, er sei dorthingegangen, um den nackten Mädchen Gottes Wort zu verkünden. Glaubst du diesen Scheiß? Sie haben eine Bibel auf seinem Schoß gefunden – es war alles im Fernsehen.«

»Ich komme morgen zurück«, sagte Darrell Grant schwerfällig.

»Was ist mit Erin?« fragte Rita. Aus Daytona Beach kam keine Antwort. »Darrell? Hey, hör doch, kleiner Bruder, wach auf!«

Aber er war total weggetreten, nachdem eine Nutte ihm die Heftmaschine mit voller Wucht auf den Schädel gedonnert hatte. Sie machten sich mit dem Geld, den Drogen, dem Dolch und natürlich mit dem Van aus dem Staub. Darrell Grants schmutzige Socken nahmen sie nicht mit. Sie waren das erste, was er schmeckte, als er vier Stunden später das Bewußtsein wiedererlangte.

17. KAPITEL

Am Morgen des 28. September fuhr Sergeant Al García durch einen leichten Nieselregen zum Flightpath Motel, das etwa zweihundert Meter westlich der Start- und Landebahn des Fort Lauderdale-Hollywood International Airport lag. Der Geschäftsführer des Hotels, ein freundlicher Grieche namens Miklos, führte den Detective zu Zimmer 233. Während Miklos den Schlüssel ins Türschloß schob, sagte García: »Ich wette, der Teppichboden ist braun.«

»Woher wissen Sie das?«

»Ich hab's im Traum gesehen«, erwiderte García. Miklos öffnete die Tür und deutete auf den Teppich: kakaobraun.

»Manchmal bin ich mir selbst unheimlich«, sagte der Detective. Der Gerichtsarzt von Mineral County hatte drei braune Teppichfasern unter Jerry Killians linkem Daumennagel gefunden.

»Was haben Sie sonst noch geträumt?« wollte Miklos wissen.

»Ein Mann namens Killian wurde in diesem Zimmer ermordet.«

»O nein«, sagte Miklos. »Das gibt's doch nicht.« Er sagte, das Zimmermädchen habe Killians Scheckheft unter dem Bett gefunden.

»Wahrscheinlich hat er es absichtlich dorthin geworfen«, sagte García, »damit die Ganoven es nicht in die Finger bekamen.« Menschen taten seltsame Dinge im Angesicht des Todes.

Miklos sagte: »Ich habe es sofort zurückgeschickt, gleich am nächsten Tag.«

»Sie haben das Richtige getan.«

»Wer hat die Polizei gerufen?«

»Niemand«, sagte Al García. »Ich habe Mr. Killians Post geöffnet. Darin waren das Scheckheft und Ihre Nachricht.«

Miklos runzelte die Stirn. »Ist das denn erlaubt? Seine Briefe zu öffnen?«

»Aber sicher. Ich bin Gesetzesvertreter.« García kniete sich hin und kroch unter das Bett. Seine Finger tasteten den schmuddeligen Teppich auf der Suche nach anderen Spuren ab. Alles, was er fand, waren ein steinhartes Stück Pizza und eine Zehncentmünze. García stand auf und wischte sich die Staubflusen von der Hose.

Miklos sagte: »Seitdem ich hier arbeite, starben sieben Menschen. Es ist furchtbar traurig. Sieben Menschen in sieben Monaten.«

»Gäste?«

»Ja, Sir. Drogen, Pistolen, Messer, Herzprobleme. Die Polizei ist sehr oft bei uns. Ständig ersetzen wir Teppiche und Bettlaken.«

»Vielleicht ist es die Lage«, sagte García, wobei er seine Stimme über das Getöse eines landenden Jets erhob. Er holte eine Fotografie von Jerry Killian hervor.

»Ich habe ihn noch nie gesehen«, sagte Miklos. »Sie sagen, dieser Mann wurde hier ermordet?«

»Ja. Ich tippe auf die Badewanne.«

»Wir säubern die Badezimmer dreimal in der Woche.«

»Donnerwetter«, sagte García. »Ihre Lysolrechnung muß ja enorm sein. Darf ich mal nachsehen?«

Miklos ließ sich auf das Bett sinken und wartete. Er hörte, wie der Detective sich an den Armaturen der Badewanne zu schaffen machte. »Mr. Miklos, wo ist der Heißwasserknauf abgeblieben?«

»Den hat jemand abgebrochen.«

»Wie?«

»Keine Ahnung. Es ist etwa vor zwei Wochen passiert.«

Der Detective kam heraus und trocknete sich die Hände an einem Handtuch ab. Ein weiterer Düsenjet heulte über sie hinweg. García sagte: »Es sieht so aus, als habe jemand das Ding mit einem Tritt abgerissen.« Der ertrinkende Jerry Killian hatte sich heftig gewehrt.

Miklos sagte: »Sie reden von Mord, aber das Zimmermädchen hat keine Leiche gefunden.«

»Aber nur, weil der Mörder den Toten nach Montana gebracht und dort in einen Fluß geworfen hat.«

»Weshalb?«

»Um mir den Urlaub zu verderben«, sagte Al García. »Darf ich mal einen Blick ins Gästeverzeichnis werfen?«

Miklos ging mit ihm ins Büro, das nicht viel größer war als das Badezimmer. Killians Name tauchte auf den Meldeformularen nicht auf. García wäre auch geschockt gewesen, wenn er ihn dort gefunden hätte. Er machte sich Notizen über jeden, der während der vergangenen beiden Wochen Zimmer 233 bewohnt hatte. Ein Name tauchte gleich fünfmal auf.

»Ein hiesiger«, sagte Miklos.

»Wie das?«

»Er ist Geschäftsmann«, erklärte Miklos. »Hat manchmal Gäste.«

»Aha«, sagte García. »Sie meinen, er ist Zuhälter.«

Miklos wand sich. »Mein Gott, das weiß ich wirklich nicht.«

Der Detective fragte, ob irgendwelche anderen Gäste in 233 einen besonderen Eindruck hinterlassen hätten. Miklos sagte ja, ein Mann habe einen Koffer mit lebendigen Rennmäusen und eine Videokamera bei sich gehabt.

»Und das finden Sie ungewöhnlich?« García lächelte. »Weiter.«

»An einem anderen Abend waren es drei Jamaikaner. Ich erklärte ihnen, in dem Zimmer stehe nur ein einziges Bett, aber sie erwiderten, das sei okay. Mann, drei ziemlich große Kerle in diesem Zimmer – sie haben ja gesehen, wie klein es ist.«

García klopfte auf das Gästeregister. Miklos fand den Namen.

»John Riley.« Ein Allerweltsname. Die Adresse war ein Postfach ausgerechnet in Belle Glade. Am Lake Okeechobee.

»Große, kräftige Burschen«, berichtete Miklos. »Sie sind noch vor Mitternacht wieder ausgezogen.«

»Bestimmt haben sie bar bezahlt, oder?«

»Wir bekommen selten Kreditkarten zu sehen«, sagte Miklos.

»Erinnern Sie sich noch daran, womit sie gefahren sind? Saß noch jemand anderer in dem Wagen?«

»Himmel, das weiß ich nicht.«

»Was sonst noch?« fragte García. »Sie sagten, sie seien auffällig gewesen.«

»Alle hatten Narben. Schlimme Narben.«

»Im Gesicht?«

»An den Beinen.«

»Erzählen Sie mal«, forderte García ihn auf.

»Sie trugen kurze Hosen. Rot, Grün, ich weiß nicht, aber es waren ziemlich leuchtende Farben.«

»Turnhosen«, sagte der Detective.

»Deshalb konnte ich die Narben sehen.« Er bückte sich und klopfte auf seine Schienbeine. »Alle da unten.«

»Sie waren eine große Hilfe, Mr. Miklos.«

Der freundliche Motelmanager bot an, Al García auch noch die anderen Zimmer zu zeigen, in denen Gäste gestorben waren. Der Detective lehnte dankend ab, vielleicht ein anderes Mal.

»Dann waren es vielleicht Jamaikaner, die den Mann getötet haben, der sein Scheckbuch verloren hat.«

»Das wäre eine Möglichkeit«, sagte García.

Miklos zwinkerte. »Vielleicht verraten Ihre Träume Ihnen, wer es getan hat.«

Der Detective lachte. »Verdienen würde ich es.«

Der Motelmanager begleitete ihn zum Wagen. Miklos erzählte, er habe sich als Nachtportier im Ramada-Hotel am Strand beworben, aber die Warteliste dort sei zwei Seiten lang.

»Aber ich habe mehr Erfahrung als die meisten anderen.«

»Das ist sicher keine Übertreibung«, sagte García. »Viel Glück mit diesem Job.«

»Vielen Dank«, sagte Miklos. »Viel Glück mit Ihrem Mord.«

Erin kam gegen sieben Uhr im Wohnwagenpark an. Rita war bereits draußen auf dem Hof und schrie mit den Wolfshunden herum. Alberto Alonso öffnete die Tür. Er war gerade vom Kernkraftwerk zurückgekommen und trug noch immer seine Wachuniform aus Gabardine. Erin fand es erschreckend, daß er eine Waffe tragen durfte.

»Kaffee?« fragte Alberto. Er öffnete sein Holster und hängte es lässig über eine Stuhllehne. Erin wurde von einer plötzlichen Übelkeit befallen. Sie hatte ein deutliches Bild von ihrer Tochter vor sich, wie sie nach Albertos Pistole griff, in dem Glauben, es sei ein Spielzeug.

»Wo ist Angela?« fragte sie nervös.

»Sie schläft, glaube ich.«

Erin sah in den Schlafzimmern nach, die leer waren. Sie kam in die Küche zurück, wo Alberto an der Kaffeemaschine herumhantierte.

»Wo ist meine Tochter?« fragte Erin.

»Rede lieber mit Rita.«

»Nein, ich will von dir eine Antwort.« Sie spürte, wie ihre Arme vor verhaltener Wut zitterten. »Alberto, es ist Besuchstag.«

Er schenkte sich eine Tasse Kaffee ein. »Ich erinnere mich noch, wie du das letzte Mal hier warst. Bist einfach wieder abgezogen, ohne dich auch nur zu verabschieden.«

Erin nickte. »Ich habe mich nicht sehr wohl gefühlt.«

»Rita war ganz schön wütend wegen der Post.«

»Ich habe alles zurückgeschickt.«

Alberto Alonso betrachtete sie über den Rand der Kaffeetasse hinweg. »Du siehst in Bluejeans gut aus«, stellte er fest. »Was macht der Job? Wie ich hörte, wurde der Name des Ladens geändert.«

Erin hatte Mühe zu atmen. Was hatten diese beiden Kretins mit ihrer Tochter angestellt? Sie sagte: »Okay, ich frage Sheena, die Dschungelkönigin.«

»Moment mal.« Alberto kicherte nervös. »Vielleicht können wir uns einigen, nur wir beide.«

Sie hörten Rita draußen fluchen. Es klang, als würde sie durch die Büsche geschleift. »Lupa wehrt sich gegen die Leine«, erklärte Alberto.

Erin sammelte sich. Albert zu überlisten, dürfte nicht allzu schwierig sein. Er ging zu einem Fenster und linste durch die Jalousie. »Rita hat alle Hände voll zu tun«, meldete er mit leiser Stimme. Er kam zurück in die Küche und räumte das Geschirr und das Besteck vom Tisch.

»Wie wäre es mit einer kleinen Show?« fragte er Erin flüsternd. »So wie du es immer im Club tust, nur ganz privat.«

Sie dachte an jenen letzten Abend, als sie auf dem Tisch in Jerry Killians Apartment getanzt hatte – er war deswegen so nett und so schüchtern gewesen. Alberto Alonso war dagegen ein ganz anderer Fall.

Er sagte: »Eine kleine Nummer nur, okay? Dann zeige ich dir, wo Angie ist.« Er setzte sich auf einen Hocker und bedeutete Erin mit aufgeregten Gesten, auf den Tisch zu steigen.

»Musik wäre mir eine große Hilfe«, sagte sie.

»Tu einfach so als ob«, sagte Alberto. »Wenn Rita die Stereoanlage hört, dann will sie wissen, was los ist.«

Erin war sich nicht ganz sicher, ob sie in diesem Moment tanzen konnte, ganz gleich, ob mit oder ohne ihren Songs. Sie dachte nur daran, daß sie Angela suchen müsse. Darrell Grant mußte angerufen und von Rita verlangt haben, das Kind zu verstecken. Wenn er wußte, daß der Richter tot war, dann ahnte er ganz sicher auch Erins nächsten Schritt. Daß er sich nicht um eine einstweilige Verfügung oder um einen Gerichtsbeschluß scheren würde, war so gut wie sicher. Der Mann würde viel eher das Land verlassen, als das Sorgerecht für seine Tochter aufzugeben. Für Darrell war es keine Frage einer rechtmäßigen Elternschaft, sondern ein Wettstreit – eine Art Versteckspiel mit Angela als Preis. Erin wußte, daß sie schnell zuschlagen mußte, ehe ihr Ex-Mann in die Stadt zurückkehrte.

Als sie auf den Tisch stieg, stieß sie sich beinahe den Kopf an der niedrigen Decke des Wohnwagens. Sie begann »Browneyed Girl« zu summen, bewegte dazu langsam ihre Hüften und wartete auf Albertos unvermeidlichen Griff.

»Schneller«, sagte er.

Erin setzte ihr Bühnenlächeln auf. Während sie tanzte, rutschten ihre Turnschuhe auf der Kunststoffoberfläche hin und her. Nach etwa einer Minute begann sie die Musik klar und einschmeichelnd in ihrem Kopf zu hören. Albertos kaffeefleckiges Grinsen erschien weit weg und harmlos. Sie zuckte nicht, als er seine Hände um ihre Fußknöchel legte.

»Tanz schneller«, sagte er.

Erin dachte: Alles wird gut werden. Leise sang sie die erste Strophe.

»Nicht zu laut«, warnte Alberto und blickte zur Fliegentür.

»Es ist so ein schöner Song«, sagte Erin zu niemand bestimmtem.

Alberto redete noch leiser. »Wie wäre es mit etwas Fleisch obenrum?«

Erin hob die Augenbrauen.

»Nur einen kurzen Blick«, sagte er. »Vielleicht wenn du dein Oberteil ausziehst.«

Immer noch lächelnd öffnete Erin die obersten beiden Knöpfe. Dann sagte sie: »Du erledigst den Rest, okay?«

Ein seliges Strahlen breitete sich auf Alberto Alonsos Gesicht aus. Er erhob sich vom Hocker und streckte die Hände nach ihr aus, wobei seine Finger zuckten und sich wanden wie Erdwürmer. Erin wußte, daß Alberto niemals die winzigen Knöpfe ihrer Bluse finden, viel weniger noch bewältigen würde. In einem derart extremen Zustand der Begierde verloren Männer schon mal ihre feinmotorischen Fähigkeiten. Albertos Pranken landeten am Ende auf Erins Brust und begannen sie in rhythmischen Kreisen zu massieren. Sein grober Griff ließ sie unangenehm frösteln, aber Erin tanzte weiter wie ein Profi. Albertos Stöhnen wurde mit dem zunehmenden Tempo seiner Bewegungen immer heftiger. Seine Zungenspitze erschien zwischen den Zähnen, ein feuchtglänzender schneckenhafter Vorposten der Erregung.

Erins nächste Aktion bestand darin, die Hände in Albertos Haaren zu vergraben, was schon mehr war, als er überhaupt ertragen konnte. Er packte unbeholfen ihre Brüste und versuchte sie zu sich herabzuziehen, zu einem erwartungsvoll geöffneten Mund. Damit bot er Erin ein unwiderstehliches Ziel. Sie riß ihr rechtes Knie abrupt hoch und rammte es hart gegen Albertos unrasierte Kinnspitze. Der Zusammenprall klang wie ein Gewehrschuß.

Plötzlich lag Alberto flach auf dem Rücken und spuckte Blut. Erin stand über ihm. Das Bühnenlächeln war verschwunden. Ihre Bluse war völlig zugeknöpft. In einer Hand hielt sie die Kaffeekanne. Alberto konnte sehen, wie Dampf aufstieg.

»Ich werde dir das auf die Eier kippen«, sagte Erin.

Alberto versuchte zu reden, aber die Worte kamen nur undeutlich heraus.

»Ich weiß nicht, ob dich das umbringt«, sagte Erin und zielte, »aber du wirst wünschen, daß es so wäre.«

Ein Schrei drang aus Albertos Kehle. »N'em'an! Sie is' n'em' an!«

»Nebenan?«

Er nickte hysterisch. Erin stellte die Kaffeekanne hin und stürmte aus dem Wohnwagen. Alberto verschluckte sich an dem abgetrennten Stück seiner Zunge und begann zu würgen. Rita platzte durch die Fliegentür. Hinter ihr stand Lupa und spitzte die Ohren.

»Aiyeeee!« schrie Alberto und schützte sich mit beiden Armen. Aber der Wolfshund hatte bereits die Witterung der frisch verwundeten Beute aufgenommen.

Während der ganzen Rückfahrt nach Fort Lauderdale hielt Erin Angelas Hand.

»Was ist los?« fragte das Mädchen.

«Ich freue mich nur, dich zu sehen, Baby.« Es war vierzehn Monate her, seit sie und ihre Tochter miteinander allein gewesen waren, ohne daß Darrell Grant in der Nähe lauerte – das schlimmste Jahr in Erins Leben. Sie fragte sich, was in dieser Zeit verlorengegangen war.

Angela sagte: »Mrs. Bickel hat ein Aquarium. Sie läßt mich ihre Aale füttern.«

Mrs. Bickel war die ältliche Nachbarin von Rita und Alberto Alonso. Sie hatte für Angela zum Frühstück gerade Doghnuts mit Zuckerguß im Mikrowellenherd zubereitet, als Erin bei ihr erschienen war, um ihre Tochter abzuholen.

»Ich habe kein Aquarium bemerkt«, sagte Erin.

»Es steht im Schlafzimmer neben dem Fernseher. Die Aale sind grün und haben alle ihre schönen Fische aufgefressen.«

»Ich verstehe«, sagte Erin. Es klang so, als passe Mrs. Bickel perfekt in den Wohnwagenpark.

»Fahren wir jetzt zu deinem Haus?« erkundigte sich Angela.

»Aber sicher. Es ist jetzt *unser* Haus.«

»Den ganzen Tag?«

»Noch viel länger«, sagte Erin.

Angela machte ein besorgtes Gesicht. Erin wurde das Herz

schwer bei dem Gedanken, daß ihre Tochter vielleicht lieber bei Darrell oder Rita oder der alten Dame mit den Aalen wäre. Sie fühlte sich völlig gelähmt und hatte Angst vor Angies möglicher Reaktion. *Ich will meinen Daddy!* Erin hätte es nicht ertragen können.

Das kleine Mädchen brach das Schweigen mit einem Wort: »Pyjama.«

Sie trug ihren Lieblingsschlafanzug mit Big Bird und dem Cookie Monster. »Aber er ist schmutzig«, sagte Angela. Sie zupfte an einem Ärmel, um ihn ihrer Mutter zu zeigen. »Alle meine Kleider sind bei Daddy. Und was ist mit sauberen Unterhosen?«

»Wir kaufen dir neue Kleider«, versprach Erin.

»Au ja!«

»Gehst du gerne einkaufen?«

»Ich weiß nicht. Daddy nimmt mich immer nur in Krankenhäuser mit.«

»Richtig. Um Rollstuhl zu fahren.« Erin dachte: Wie soll ich jemals meiner Tochter diesen Mann erklären? In welchem Alter ist ein Kind fähig zu begreifen, daß sein Vater Abschaum ist?

»Einmal sah ich einen Jungen in einem Rollstuhl«, erzählte Angela.

»In einem Krankenhaus?«

»Ja. Daddy sagte, der kleine Junge sei sehr krank, deshalb dürften wir ihn nicht so schnell schieben.«

»Damit hatte dein Daddy ganz recht«, sagte Erin.

»Als sie den Jungen in sein Zimmer gebracht hatten, holte Daddy den Rollstuhl und nahm ihn mit nach Hause.«

»Ach?«

»Um ihn zu reparieren«, fuhr Angela mit stolzer Stimme fort. »Er brauchte eine neue Bremse.«

»Hat Daddy das gesagt?«

»Und neue Räder. War das nicht lieb von ihm?«

Erin seufzte. »Angie, ich bin so froh, daß du gestern angerufen hast.«

»Ich auch.«

Für Mordecai war der Begriff »Erpressung« viel zu melodramatisch, um das zu beschreiben, was er mit dem Kongreßabgeordneten David Lane Dilbeck vorhatte. Er griff lediglich hart durch, mehr nicht. Und schließlich war sowohl vor Gericht wie auch bei einer außergerichtlichen Einigung das grundlegende Verhandlungselement immer die Drohung.

Jemand stürzt in einem Supermarkt und engagiert einen Anwalt. Der Supermarkt zahlt eine sechsstellige Summe. So etwas geschieht jeden Tag, und niemand nennt es Erpressung. Hier wird ein Unschuldiger von einem betrunkenen Kongreßabgeordneten mißhandelt und schaltet einen Rechtsanwalt ein – und sie nennen es Abkassieren! Mordecai amüsierte sich über diese doppelte Moral.

Der Angriff auf Paul Guber war gemein und nicht aus der Welt zu schaffen. Jeder auf Schadenersatzprozesse spezialisierte Anwalt hätte den Fall mit Kußhand genommen. Natürlich hätten die meisten Anwälte keinen Vergleich gegen den Willen ihres Mandanten vorgeschlagen und alles so gedreht, daß der Löwenanteil des Geldes bei ihnen landete. Es war nicht gerade Mordecais stolzester Moment als Mitglied der Anwaltskammer, aber in diesen harten Zeiten durfte man nicht lange fackeln. In fünfzehn Jahren Praxis waren seine jugendlichen Träume von unermeßlichem persönlichen Wohlstand in Enttäuschung umgeschlagen. Das Fiasko mit der Kakerlake im Delicato-Joghurt war ein hervorragendes Beispiel für sein ständig wiederkehrendes sprichwörtliches Pech. Aber nun bot der geile Congressman Mordecai die erste realistische Chance zum Einkassieren einer siebenstelligen Summe.

Anfang der siebziger Jahre gehörte Mordecai zu den unzähligen Juraabsolventen, die nach Süd-Florida strömten und davon träumten, Drogenschmuggler für astronomische Honorare zu verteidigen. Er hatte sogar Spanisch gelernt in Erwartung seiner kolumbianischen Klientel! Aber Mordecai war in Miami angekommen, um dort nur eine deprimierend kleine Anzahl inhaftierter südamerikanischer Drogenbarone vorzufinden, und die Strafverteidiger schienen die Beklagten zahlenmäßig bei weitem zu übertreffen. Ein Anwalt mit durchschnittlicher Begabung hatte nur eine geringe Chance, einen millionenschweren Drogenhändler als Klienten gewinnen zu können, und Mordecai konnte schon glücklich sein, gelegentlich einen Kurier oder Zwischenhändler abzubekommen. Nicht lange, und er zog nach Fort Lauderdale und eröffnete dort eine Kanzlei, die sich auf Personenschäden spezialisierte.

Dies schien eine durchaus vernünftige Strategie zu sein: Broward County wuchs viel schneller als Dade County, und die meisten der Neuankömmlinge waren ältere Menschen. Diese stürzten viel häufiger als die jüngeren Leute, wie Mordecai richtig erkannte, und ihre Verletzungen waren gewöhnlich weitaus komplizierter. Hinzu kam, daß es einen schier unerschöpflichen Nachschub an alten Leuten gab, Tausende und Abertausende, und jeden Winter wurden es mehr. Wohnanlagen erstreckten sich vom Strand bis zum Rand der Everglades – in Mordecais Augen lauter Banktresore.

Also ließ er sich dort nieder und schmiedete Pläne, wahnsinnig reich zu werden, doch dazu kam es nicht. Mordecais Einkommen konnte sich zwar sehen lassen, aber es war nicht gotteslästerlich hoch. Er lebte von unbedeutenden Fahrlässigkeitsfällen, Versicherungsstreitigkeiten und Testamentsangelegenheiten, die er haßte. Er erklärte seiner Sekretärin, daß sie beide sich auf den Bermudas zur Ruhe setzen könnten, wenn seine Klienten nur halb soviel Zeit mit Stürzen zubrächten wie damit, immer wieder neue Testamente aufzusetzen.

Aber Mordecai konnte es sich nicht leisten, wählerisch zu sein. In Süd-Florida wimmelte es von jungen Anwälten, die die Gerichtsgebäude belagerten und sich wie Schakale um jede noch so geringe Beute balgten, denn es gab nicht für alle genügend Arbeit. Die Verzweiflung manifestierte sich im sprunghaften Anstieg von Klientenwerbung im Fernsehen.

Mordecai weigerte sich, einen Werbespot zu produzieren, denn das schloß die unangenehme Notwendigkeit ein, sich für den Auftritt vor der Kamera fit zu machen. Seine Mutter drängte ihn unaufhörlich – sie war ganz wild darauf, ihren Sohn im Fernschen zu bewundern! –, aber Mordecai sträubte sich beharrlich dagegen. Vielleicht war das ein Fehler gewesen, vielleicht hätte seine Karriere eine günstigere Wendung genommen, wenn er sich für diese zweifelhafte Art der Selbstwerbung entschieden hätte. Aber auch dabei ergab sich die Frage, was schlimmer war: bei einem schmierigen Politiker abzukassieren oder wegen Trunkenheit aus dem Verkehr gezogene Autofahrer wieder auf die Straßen zurückzubefördern?

»Ich muß mir schließlich immer noch in die Augen blicken können«, vertraute er Joyce an.

»Du hast das Richtige getan«, beruhigte sie ihn.

Sie waren unterwegs zu Malcolm J. Moldowsky, der als erster am Morgen angerufen hatte, um mitzuteilen, er habe eine gute Nachricht und wolle sich mit ihnen beiden in einer Stunde treffen. Mordecai wies Beverly an, seine Vormittagstermine zu verschieben, und verließ in euphorischer Stimmung sein Büro. Als er die Eingangshalle durchquerte, weckte ein Aufblitzen die Aufmerksamkeit des Anwalts – ein Sonnenstrahl, der sich auf Shads enormem Schädel brach. Der Rausschmeißer wartete mit zusammengekniffenen Lippen vor einem der Lifte, Mordecai geriet beinahe ins Stolpern: Was wollte der Verrückte denn heute von ihm? Hatte er irgendwie Wind davon bekommen, daß ein Vergleich unmittelbar bevorstand? Unbeobachtet stahl er sich durch den Nebenausgang davon. Als er Joyce auflas, meinte sie: »Du bist zu aufgeregt. Laß mich fahren.«

»Nein, ich fühle mich pudelwohl«, protestierte Mordecai.

Joyce seufzte resigniert, warnte ihn vor den nassen Straßen und überprüfte den Sitz ihres Sicherheitsgurtes. »Bist du sicher, daß du alles richtig verstanden hast?«

»House of Pancakes. Das hat er gesagt.«

»In Davie? Weshalb so weit?«

»Ich weiß es nicht, Joyce, aber das war es, was der Mann gesagt hat.« Mordecais Stimme klang angespannt. »Glaubst du ernsthaft, daß ich so etwas nicht aufschreiben würde – etwas derart Wichtiges?« Er kramte den Notizzettel aus der Tasche und hielt ihn ihr vor die Nase.

»Augen auf die Straße«, befahl sie. Dann, nachdem sie das Gekritzel ihres Vetters überflogen hatte: »Na schön, House of Pancakes, so steht es da. Wir werden sehen.«

Mordecai schwieg mehrere Meilen lang, während Joyce einen Radiosender nach ihrem Geschmack suchte. Mordecai fragte sich, weshalb Moldowsky auf ihrer Anwesenheit bei der Zusammenkunft bestanden hatte.

»Joyce, ich möchte dich um einen Gefallen bitten. Wenn wir dort sind, dann überlaß mir die Verhandlungen.«

»Du mußt nicht gleich wieder so ekelhaft sein...«

»Jetzt hör mal...«

»Außerdem war es meine Idee, Paul nicht einzuweihen.«

Mordecai atmete tief durch. »Das war es.«

»Dann bin ich vielleicht doch nicht so dumm, oder?«

»Ich habe nicht gesagt, daß du dumm bist. Es ist eine sehr delikate Situation, das ist alles. Wir haben es mit Leuten zu tun, die es ernst meinen, und müssen aufpassen, was wir sagen.«

Joyce klappte die Sonnenblende herunter und überprüfte ihr Make-up im Spiegel auf der Rückseite. »Ich meine es auch ernst«, sagte sie. »Etwas langsamer bitte, da ist die Ausfahrt.«

Sie verließen die Interstate an der Davie Road und entdeckten schon bald den Imbiß. In seiner Aufregung parkte Mordecai den Lincoln irrtümlich auf einem Platz für Behinderte. Ehe er zurücksetzen konnte, klopfte ein Mann in Blau gegen die Windschutzscheibe. Mordecai kurbelte das Seitenfenster herunter.

»Ich arbeite für Mr. Moldowsky«, sagte der Mann. Das Blau gehörte zu einem Bowlinghemd. »Er erwartet Sie im Country Club.«

»Wer sind Sie?« fragte der Anwalt.

»Ein Bote«, erwiderte der Mann. »Halbtags. Wollen Sie meinen Ausweis sehen?«

Mordecai zuckte die Achseln. »Steigen Sie ein.«

Der Mann wies Mordecai an, den Orange Drive nach Westen zur Flamingo Road zu nehmen. »Wie weit?« fragte der Anwalt.

»Nicht weit.«

Joyce verzog spöttisch das Gesicht. Sie streckte die Hand aus und klopfte ihrem Vetter auf den Arm. »Ich hab's dir doch gesagt«, meinte sie. »House of Pancakes! Ich wußte, daß das nicht stimmen konnte.«

»Jetzt reicht's«, sagte Mordecai.

Joyce wandte sich an den Fremden auf dem Rücksitz. »Wie heißt der Country Club? Brook Run oder Pine Abbey?«

Der Mann zögerte, aber nicht lange genug, als daß Joyce es nicht bemerkt hätte. »Brook Run«, sagte er.

»Ich habe gehört, er soll wunderschön sein.«

»Ja«, sagte der Mann. »Das habe ich auch gehört.«

»Kann man dort einen Brunch einnehmen?«

Mordecai schüttelte den Kopf. »Joyce, um Gottes willen, ich bitte dich.«

Der Mann im Bowlinghemd beugte sich vor. »Ja, dort gibt es einen sensationellen Brunch«, sagte er. »Sie müssen jetzt etwas langsamer fahren und bei der nächsten Gelegenheit abbiegen.«

18. KAPITEL

Nachdem sie Angela geholt hatte, zog Erin noch am gleichen Tag aus ihrem Apartment aus. Sie fand eine neue Bleibe in einer Vorortsiedlung namens Inverarry, wo Jackie Gleason mal in einer Luxusvilla mit Billardzimmer gewohnt hatte. Erin war in Schwierigkeiten, daher nahm sie, was gerade angeboten wurde – ein Haus mit zwei Zimmern, das viel zu teuer war. Die Kaution betrug tausend Dollar sowie die Miete für den ersten und den letzten Monat. Sie zahlte bar und unterschrieb den Mietvertrag mit ihrem Mädchennamen. Sie und Angela zogen ohne Hilfe mit dem gesamten Haushalt in drei Fahrten um. Das einzige Opfer war das Jimi-Hendrix-Poster, das zerriß, als Erin es von der Wand löste.

Am nächsten Tag hob sie weitere zweitausend Dollar von Ihrem Sparkonto ab, fuhr zur Praxis ihres Anwalts und gab ihm das Geld – womit (nach Berechnung seiner Sekretärin) sich Erins Schulden von elftausend auf neuntausend Dollar verringerten. Am gleichen Nachmittag verlangte der Anwalt von dem neuen Richter, der für Erins Scheidung zuständig war, Darrell Grant das Sorgerecht für Angela abzuerkennen, weil er das Kind in die Obhut höchst unzuverlässiger Angehöriger gegeben hatte. Albertos Dienstwaffe und Ritas Wolfshunde tauchten als wesentliche Elemente in der Entscheidung des Richters auf. Weder Darrell noch sein Anwalt erschienen, um der Verfügung zu widersprechen. Der Richter ordnete eine ausführliche Anhörung zu dem Fall in vier Wochen an. Er äußerte großes Interesse, mehr über Erins berufliche Tätigkeit zu erfahren.

Die anderen Tänzerinnen beglückwünschten Erin zu dem Erfolg und spielten abwechselnd mit Angela, bis die Kleine auf dem Fußboden der Garderobe einschlief. Erin war nicht sehr glücklich über dieses Arrangement. Der Club war nicht gerade der ideale Aufenthaltsort für ein Kind. Der neue Richter hätte dazu sicherlich einige Einwände.

Tänzerinnen, die Kinder hatten, arbeiteten gewöhnlich tagsüber, damit sie abends zu Hause bleiben konnten. Erin konnte es sich jedoch nicht leisten, die Tagschicht zu übernehmen, weil die Bezahlung armselig war. Sie war nämlich so gut wie pleite – die neue Wohnung, der Anwalt und Angies neue Garderobe hatten sie eine Menge gekostet.

»Die Schuhe sind wunderschön«, sagte Urbana Sprawl und streichelte die winzigen Reeboks. »Wo hast du die denn gefunden?« Sie flüsterte, um das Mädchen nicht aufzuwecken.

Anstelle einer Antwort sagte Erin: »Ich tanze heute auch auf dem Tisch. Also fall nicht von der Bühne, wenn du mich siehst.«

»Verdammt, dir muß das Wasser wirklich bis zum Hals stehen.« Urbana wußte, wie sehr Erin das Tanzen auf den Tischen haßte. »Aber du verdienst ganz gut dabei«, tröstete sie ihre Kollegin. »Sehr gut sogar.«

»Der erste, der mich anfaßt...«

»Nein, Kindchen. Ruf Shad. Dazu ist er schließlich da.« Urbana nahm ihr Oberteil ab und betrachtete ihre Brüste kritisch im Spiegel. »An der linken hat mich tatsächlich eine Mücke gestochen«, meldete sie.

Erin meinte, man könne es kaum sehen.

»Kaum ist nicht gut genug.« Urbana öffnete einen Tiegel mit dunklem Make-up und verdeckte den Mückenstich. »Mach dir keine Gedanken«, sagte sie zu Erin. »Jeder tanzt auf dem Tisch. Tatsächlich bist du die einzige, die sich bis jetzt dagegen gesträubt hat. Daran erkennst du, was für eine gute Tänzerin du bist. Die meisten Girls würden mit dem, was sie auf der Bühne verdienen, glatt verhungern.«

»Nun, ich muß jetzt für zwei tanzen«, sagte Erin.

Monique Sr. kam herein und verkündete, daß Keith Richards an Tisch fünf sitze. »Ich hab Kevin gebeten, ein paar Stones-

Titel zu spielen«, fuhr sie aufgeregt fort. »Beim nächsten Auftritt fallen ihm die Augen aus dem Kopf.«

»Keith Richards«, wiederholte Erin und schaffte es nicht, ein Grinsen zu verbergen.

»Was – glaubst du mir etwa nicht?«

Urbana erkundigte sich, was er trank.

»Black Jack mit Wasser.«

»Dann ist es nicht Keith. Er trinkt nur Rebel Yell, und zwar pur.« Urbana war das reinste Lexikon, wenn es um die Rolling Stones ging.

Monique Sr. war am Boden zerstört. Erin, die ein schlechtes Gewissen verspürte, sagte: »Hey, vielleicht hat er die Marke gewechselt.«

»Er ist es«, beharrte Monique Sr. »Kommt doch und seht selbst.«

Erin lächelte. »Wir glauben dir auch so.«

»Nein, das tun wir nicht«, widersprach Urbana. »Außerdem setzen die Stones überhaupt keine Tänzerinnen ein. Was könnte er denn schon für uns tun, selbst wenn er es wäre?«

Monique Sr. wollte Urbana beschimpfen und ihr sagen, sie könne sie am Arsch lecken, aber in diesem Moment entdeckte sie Angie, die auf dem Fußboden lag und schlief. In Gegenwart des Kindes wollte sie nicht fluchen.

»Wenn es Rod Stewart wäre«, fuhr Urbana fort, »ja, dann wäre auch ich interessiert. Er setzt nämlich bei fast allen Videoclips Tänzerinnen ein.«

Erin ergriff wieder das Wort. »Monique, sollen wir rauskommen und nachsehen?«

»Keith würde sich freuen«, sagte sie eisig.

»Los, gehen wir.« Erin öffnete die Tür, und vor ihr stand Orly. Er machte ein mürrisches Gesicht, als habe er Blähungen. Monique Sr. verdrückte sich schnell.

Orly betrat die Tür und starrte ungläubig auf Angela herab,

die zusammengerollt auf dem Teppich lag. »Das kann mich meine Lizenz kosten«, fuhr er Erin an. »Sag mir, daß das keine Minderjährige ist, sondern eine strippende Liliputanerin in Tennisschuhen. Denn anderenfalls bin ich meine Ausschanklizenz los.«

Erin entschuldigte sich dafür, daß sie Angie in den Club mitgebracht hatte, und erklärte Orly, es läge ein familiärer Notfall vor.

»Scheiße«, murmelte er und ließ sich auf einen Klappstuhl sinken.

Urbana Sprawl hob warnend die Hand. »Wecken Sie das Kind nicht auf, Mr. Orly.«

Überwältigt von kosmetischen Gerüchen, wurde Orly augenblicklich das Opfer eines Allergieanfalls. Er unterdrückte das feuchte Niesen so gut er konnte.

»Psst«, machte Urbana. »Sie haben in der Garderobe eigentlich nichts zu suchen. Oder haben Sie das vergessen?«

»Entschuldige«, sagte Orly. »Versteh doch, ich konnte mich nicht bremsen. Es ist mindestens zehn Minuten her, daß ich deinen fetten Hintern nackt gesehen habe, deshalb bin ich zurückgekommen, um noch einen Blick zu erhaschen. Du hast doch nichts dagegen, wenn ich mir jetzt einen runterhole, oder?«

Erin verdrehte die Augen. »Mein Gott, haben Sie eine Mistlaune.«

»Verdammt richtig.« Orly riß eine Handvoll Papiertücher aus einem Karton auf dem Schminktisch. »Bei den Ling-Brüdern gibt es nur noch Stehplätze, weil dieser alte Richter in ihrem Club abgekratzt ist. Sie haben soviel Zulauf, daß sie schon Reservierungen annehmen. *Reservierungen* – in einer gottverdammten Tittenbar!«

»Das haben nur die Fernsehnachrichten geschafft«, meinte Erin. »Soviel Publicity kann man gar nicht bezahlen.«

Orly begann wüst zu fluchen, dann riß er sich zusammen. Seine Stimme klang bitter. »Wir reden hier von einem Toten, einer Leiche – in etwa das Schlimmste, was man sich vorstellen kann. Und die Leute stehen bis auf die Straße Schlange, um zu sehen, wo es passiert ist. Ich begreife die menschliche Natur nicht, wirklich nicht.«

In Urbanas Augen funkelte es spitzbübisch. »Wir sollten alle die Daumen drücken. Vielleicht stirbt auch bei uns mal irgendeine Berühmtheit.«

»Ganz bestimmt nicht, wenn ich mir ansehe, wie diese Girls tanzen«, sagte Orly. »Das einzige, woran meine Gäste sterben könnten, ist Langeweile.«

»Das reicht jetzt«, sagte Erin in scharfem Ton. »Und das meine ich ernst.«

Urbana verschwand, um ihren Auftritt im Käfig zu beginnen. Orly sank noch tiefer in den Klappsessel, der seinen Körper einzwängte wie eine überdimensionale Wäscheklammer. »Sogar Marvela kassiert kräftig ab«, beklagte er sich.

»Sie hat ihren Schock überwunden?«

»Die Lings haben ihren Namen in Riesenlettern aufs Vordach geschrieben: Kommt und seht euch die Muschi an, die den Richter gekillt hat!«

»Steht das so da?«

»Ich hab's etwas freier formuliert«, gab Orly zu. »Kurz und gut, mein Laden macht fünfzehn Prozent weniger Umsatz.«

Indem sie sich innerlich gegen das Schlimmste wappnete, fragte Erin: »Und was verlangen Sie jetzt von uns?«

»Denkt mal wieder über Körpertänze nach.«

»Ganz bestimmt nicht. Wir haben darüber abgestimmt, Mr. Orly.«

»Ja, ja.« Er machte eine heftige Geste. »Wie wäre es dann mit süßem Mais in Sahne?«

Erin sagte nichts. Sie wollte, daß er jedes abstoßende Detail selber aussprechen mußte, sie wollte, daß er sich so unbehaglich wie irgend möglich fühlte.

»Anstatt mit Öl«, sagte er. »Was haltet ihr davon?«

Erins Gesicht verriet nichts. Sie blinzelte noch nicht einmal. Orlys Hände krabbelten nervös wie fette Krabben über seinen Bauch.

»Ringkämpfe!« platzte er heraus. »Verdammt noch mal, darüber rede ich die ganze Zeit. Süßer Mais mit Sahne anstatt Öl. Es gibt einen Laden in West Palm, wo es angefangen hat. Zuerst kommen die Girls raus und – na ja, du weißt schon, sie wälzen sich ein wenig herum und ziehen eine Show ab – dann steigen die Typen rein und ringen mit den Girls. Ich dachte an zwanzig Dollar die Runde.«

Schließlich ergriff Erin wieder das Wort. »Ich will nur wissen, ob ich alles richtig verstanden habe. Sie wollen, daß ich in eine Wanne voller Gemüse springe und mich nackt mit ein paar besoffenen Pennern darin herumwälze?«

»Nicht ganz nackt. Nur oben ohne.« Orly knabberte an einem Fingernagel und spuckte ihn auf den Fußboden. »Die Gesundheitsbehörden erlauben keine Nackten. Nicht zusammen mit Lebensmitteln.«

»Wo ist denn nun das neue Image geblieben?« fragte Erin. »Wie steht es damit?«

»Daran sind nur diese Scheiß-Lings schuld.« Orly blickte ziemlich bedröppelt drein. In seinen Worten schwang ein Ausdruck aufrichtiger Scham mit. »Wenn du die Wahrheit wissen willst, ich stecke in der Klemme. Ich brauche eine gottverdammte Attraktion, Erin. Diese Sache mit dem Mais ist der letzte Schrei. Die Yuppies sollen ganz heiß darauf sein.«

Sie nickte. »Soweit ist es also schon gekommen.«

»Ich kann euch nicht dazu zwingen.«

»Da haben Sie recht«, sagte sie. »Nicht mal mit 'ner Kanone bringen Sie mich dazu, so etwas zu tun.«

Orly straffte sich und setzte seine geschäftsmäßige Miene auf. »Was stört dich denn daran – die Ringerei oder der Mais? Mir ist nämlich noch eine andere Idee gekommen.«

»Ich kann es kaum erwarten«, sagte Erin.

»Wie wäre es damit? Vergessen wir den Mais –«

»Bravo!«

»– und nehmen wir italienische Pasta.« Orlys Augenbrauen führten einen zuckenden Tanz auf. »Du willst Klasse, okay, die sollst du haben. Was hat mehr Klasse als Pasta?«

»Nudelringkämpfe?«

»Eiernudeln, Linguini, sucht es euch aus.«

»Ich muß mich jetzt ausziehen, Mr. Orly. Darf ich um ein wenig Intimsphäre bitten?«

»Denk mal darüber nach«, sagte Orly zu Erin. »In West Palm ist es der letzte Schrei.«

Im Spiegel verfolgte sie, wie er die Tür der Garderobe hinter sich schloß. »Wie weit ist es mit dem guten alten Schönheitstanz gekommen?« fragte sie.

Sabrina kam herein, um während Erins Auftritt auf Angie aufzupassen. »Ich habe gehört, du gehst heute auch auf die Tische?« fragte sie und begann eine schwarze Perücke durchzubürsten. »Es ist nicht so schlimm.«

»Solange sie dich nicht anfassen«, sagte Erin.

»Heute greift niemand zu. Shad hat wieder eine seiner Launen.« Sabrinas Haarbürste blieb an einem Knoten hängen, und die Perücke hüpfte ihr vom Schoß. »Verdammt«, schimpfte sie.

Erin schlüpfte in ihren Tanga und überprüfte den Sitz im Spiegel. Sie sagte: »Ich brauch dringend das Geld.«

»Es wird schon klappen«, sagte Sabrina. »Paß nur auf, daß du nicht vom Tisch fällst.«

Kevin hatte »Honky Tonk Woman« aufgelegt, als Erin die Bühne betrat. Der Song hellte ihre Laune fast genauso auf wie der Anblick von Monique Sr., die wild auf dem Tisch eines Mannes tanzte, der, wenn man seine Einbildungskraft etwas anstrengte, tatsächlich so aussah wie Mr. Keith Richards.

Das reichte für Erin schon aus, um nicht völlig den Verstand zu verlieren.

Visionen von Valiumtabletten spuckten in Beverlys Kopf herum. Die Telefone piepten wie verrückt, die Post hatte sich zu einem Berg angehäuft, und dieser schreckliche glatzköpfige Mann saß im Wartezimmer und las den *National Geographic*, und zwar schon den zweiten Tag. Es war derselbe Mann, den sie mit dem Brieföffner hatte erstechen wollen. Ihn wiederzusehen, war ihr sehr peinlich gewesen. In sechzehn Jahren als Anwaltsgehilfin hatte sie noch nie einen Klienten tätlich angegriffen. Innerlich vor Angst zitternd hatte Beverly eine zaghafte Entschuldigung gemurmelt.

Weshalb? hatte der Kahlköpfige gefragt, der den Vorfall längst vergessen hatte. Danach hatte Beverly vor ihm noch mehr Angst als zuvor.

»Ich muß den Boss sprechen«, hatte Shad gesagt.

»Sie haben ihn um Haaresbreite verfehlt.«

Das war gestern gewesen. Der Anwalt war zu einem Termin gefahren und noch nicht zurückgekehrt. Er hatte nicht einmal angerufen, um sich zu erkundigen, ob etwas Wichtiges anliege. Heute verwandelte sich Beverlys Entrüstung in Sorge: Mordecai war nicht aufzufinden. Bisher hatte er vier Beratungstermine, zwei eidesstattliche Erklärungen und eine wichtige Anhörung vor dem Gericht platzen lassen. Die Anhörung war insofern wichtig, als in ihrem Verlauf über die Zuweisung von Anwaltshonoraren entschieden wurde, eine Gelegenheit, die Mordecai sich niemals entgehen ließ.

Beverly stand vor einem Rätsel. Nun hatte sie einen Bankangestellten an der Strippe, der die Nummer von Mordecais Treuhandkonto überprüfen wollte. Der Angestellte nannte die Kontonummer, und Beverly bestätigte ihre Richtigkeit. »Sämtliche Einzahlungen laufen gewöhnlich über mich«, sagte sie.

Der Bankangestellte erwiderte, es handle sich nicht um eine Einzahlung, sondern um eine Abhebung. Mordecai habe sich telefonisch gemeldet und Instruktionen zur sofortigen Kündigung des Kontos gegeben.

Beverly gefiel das überhaupt nicht. Eine weitere Leitung leuchtete auf – Paul Guber, der ein wenig besorgt war. Er hatte seit zwei Tagen nichts von seiner Verlobten gehört. Es war Joyce völlig unähnlich, ihn nicht stündlich zu belästigen. Ob Mordecai vielleicht eine Ahnung habe, wo sie stecke?

Die arme Beverly hatte auf diese Fragen keine Antworten. Jetzt tauchte Shad vor ihrem Schreibtisch auf. »Allmählich wird das Ganze ein wenig lächerlich«, stellte er fest. An diesem Tag trug er Armeekleidung in Tarnfarben.

»Ich weiß, ich weiß«, stimmte die Sekretärin ihm zu. »Ich habe keine Idee, wo er sein könnte.«

»Ich sehe mich mal um«, sagte Shad. Er ging an ihr vorbei und öffnete die Tür von Mordecais Büro. Zu ängstlich, um dagegen zu protestieren, folgte ihm Beverly.

»Haben Sie die Lampen eingeschaltet?« fragte Shad.

Die Sekretärin verneinte, das Licht habe schon gebrannt, als sie ins Büro gekommen sei. »Vielleicht hat er gestern abend noch spät gearbeitet«, meinte sie. Die Telefone summten und piepten, aber sie nahm nicht ab. Sie war entschlossen, Shad nicht aus den Augen zu lassen.

Er umrundete den Schreibtisch und berührte nichts. »Irgendwer hat alles durchsucht.«

»Woran sehen Sie das?«

»Es sieht zu ordentlich aus«, erwiderte Shad. Jemand, der nach Feierabend weiterarbeitete, würde Unordnung hinterlassen, aber Mordecais Schreibtisch sah unnatürlich aufgeräumt aus. Nicht ein Bleistift lag am falschen Platz. Sogar der Papierkorb sah aus, als sei er mit dem Staubsauber gereinigt worden.

Shad erkundigte sich, ob es einen Bürosafe gebe. Beverly verneinte auch das – Mordecai bewahrte alle heiklen Akten in einem Schließfach in einer Bank auf.

»Wie viele Schlüssel?« fragte Shad.

»Zwei, glaube ich.«

»Wo sind sie?«

»Keine Ahnung«, antwortete Beverly. »Das wollte er mir nicht verraten.«

»Das ist gut.«

»Er wollte mir noch nicht einmal mitteilen, in welcher Bank.«

»Das paßt.«

Beverly äußerte die Vermutung, daß der Putzdienst die Lampen habe brennen lassen. Das erkläre vielleicht auch, weshalb es so ordentlich aussah.

Shad schüttelte den Kopf. Der Raum war von Profis durchsucht worden. »Ich meine, ich hätte hier mal ein Rolodexverzeichnis gesehen.«

Beverly ließ den Blick über Mordecais Schreibtisch gleiten. »Ein verschließbares Rolodex, stimmt. Es stand neben dem Telefon.«

»Nun, jemand hat es mitgenommen«, sagte Shad. Verdammt, das sah beschissen aus.

»Soll ich die Polizei rufen?«

»Machen Sie, was Sie wollen«, sagte er. »Aber ich vermute, daß die sich bei *Ihnen* melden wird.«

Als sie nach Hause fuhr, folgte Erin ein Mann. Es war drei Uhr morgens, und die Straßen waren wie ausgestorben. Der Mann achtete darauf, einen Abstand von drei oder vier Straßen zwischen seinem Wagen und Erins betagtem Fairlane zu halten, und machte seine Sache gut, denn Erin bemerkte nicht, daß sie beschattet wurde.

Sie parkte unter einer Straßenlaterne und ging mit Angela ins Haus. Der Mann parkte nicht sehr weit entfernt, schaltete das Autoradio ein und döste bis zum Morgengrauen. Er beobachtete das Haus bis zehn Uhr vormittags, und als Erin bis dahin nicht herausgekommen war, verließ er seinen Beobachtungsposten.

Genau das gleiche geschah an zwei aufeinanderfolgenden Tagen. Am dritten Morgen trat Erin mit einem Wäschekorb in der Hand aus dem Haus, gefolgt von Angela. Sie stiegen in den Fairlane und fuhren zu einem Waschsalon am Oakland Park Boulevard. Auch dorthin folgte ihnen der Mann und parkte vor einem Videoverleih direkt gegenüber. Durch einen Feldstecher beobachtete der Mann, wie Erin die Waschmaschinen füllte. Danach fuhr der Mann ihr nicht zur Wohnung nach, sondern rannte statt dessen zu Fuß über die Straße zum Waschsalon. Er dachte: Das ist wohl das Abartigste, was ich je getan habe...

Der Kongreßabgeordnete war unnachgiebig gewesen.

»Erb«, hatte er gesagt und mit dem Foto von der Stripteasetänzerin gewedelt, »ich will sie.«

»Nein, das lassen Sie bleiben«, hatte Erb Crandall erwidert.

»So wie jetzt habe ich noch nie empfunden.«

»Doch, haben Sie.«

»Ich will sie auf jede wunderschöne Art, wie ein Mann eine Frau wollen kann.«

»Erzählen Sie mir verdammt noch mal nicht so einen Blödsinn«, hatte Erb Crandall erwidert.

»Wenn Sie mir nicht dabei helfen, suche ich sie selbst.«

»Nach der Wahl.«

David Dilbeck hatte den Kopf geschüttelt. »So lange kann ich nicht warten. Ich stehe wie unter einem Bann, Erb. Ich bin... besessen.«

»Tut mir leid«, hatte Crandall erwidert, »ich habe meine Anweisungen.«

Sie flogen erster Klasse mit einer Delta von Miami nach Dulles. Jemand gab dort eine dämliche Party für Tip O'Neill. Dilbeck schritt im Mittelgang auf und ab und preßte das belastende Foto an seine Brust.

»Haben Sie das Bild betrachtet? Haben Sie gesehen, wie sie aussieht?«

»Sehr attraktiv«, gab Erb Crandall zu.

»Ich will, daß Sie sie suchen und ihr einen Job in meinem Stab anbieten.«

»Frühstücken Sie erst einmal«, riet Crandall ihm. Andere Passagiere begannen schon zu murren. Als Dilbeck das nächste Mal in seine Reichweite gelangte, entriß Crandall ihm das Foto und versteckte es in einer Bordillustrierten, die er in seinem Aktenkoffer verstaute.

Dilbeck setzte sich ergeben und sagte: »Erb, ohne sie überstehe ich den Wahlkampf nicht. Sie verfolgt mich in meinen Träumen.«

»Sieh mal an. Wissen Sie, wer mir in *meinen* Träumen erscheint? Malcolm J. Moldowsky.«

»Ich muß alles über sie erfahren. Absolut alles.«

»Wir kennen noch nicht mal ihren Namen«, log Crandall.

»Dann erkundigen Sie sich gefälligst danach. Finden Sie alles über sie heraus.« In Dilbecks Augen loderte ein wildes Feuer. »Erb, sie ist nicht so wie die anderen.«

»Ja, das erkenne ich schon am Bild. Für einen kurzen Moment dachte ich, es sei Julie Andrews. Nur daß sie nackt war und das Gesicht irgendeines Kerls zwischen den Beinen hatte.«

Der Kongreßabgeordnete umklammerte Erb Crandalls Arm und sagte: »Mein Gott, ich bin ihr hoffnungslos verfallen.«

Da hast du recht, dachte Crandall. Hoffnungslos stimmt genau. »Essen Sie Ihr Omelett«, forderte er David Dilbeck auf.

»Nach der Wahl, haben Sie gesagt?«

»Ja.«

»Vielleicht schaffe ich es so lange, Erb. Vielleicht schaffe ich es, wenn ich etwas von ihr hätte, das man verehren kann!«

»Seien Sie leise«, sagte Crandall. »Ich werde sehen, was ich tun kann.«

Der Kongreßabgeordnete zerrte wieder an seinem Arm. »Nein, nicht so wie bei den anderen. Keinen Schlüpfer oder Strumpfhalter oder BH.«

»Was dann?«

Er traute seinen Ohren nicht, als Dilbeck es ihm erklärte. »Sie sind völlig verrückt«, sagte Crandall.

»Was ist so schlimm daran? Mal im Ernst, Erb.«

So fand Crandall sich in einem Waschsalon wieder, wo er eifrig die Flusen aus dem Filter eines Wäschetrockners puhlte. Nicht irgendwelche Flusen, sondern die Flusen der Wäsche dieser wundervollen Nackttänzerin. Crandall wickelte das rosafarbene Büschel gerade in ein Taschentuch ein, als er bemerkte, wie eine Kundin über einen Stapel zusammengefalteter Bettlaken hinweg mißtrauisch zu ihm herübersah. Schnell holte er eine glänzende nachgemachte FBI Dienstmarke hervor, die er für solche Gelegenheiten immer bei sich trug.

Als Crandall zum Haus zurückkam, erwartete der Kongreßabgeordnete ihn bereits in der Vorhalle. Dilbecks Haar war frisch gekämmt, und seine Wangen glänzten. Andächtig nahm er die Flusen entgegen. »Mein Gott«, stieß er hervor. »Sie haben es tatsächlich geschafft.« Dann verschwand er lange in seinem Schlafzimmer.

Erb Crandall verriegelte die Haustür, begab sich ins Herrenzimmer und streckte sich auf dem Sofa aus. Er suchte im Fernsehen eine Spielshow und ließ sich mit Gin vollaufen. Dann schloß er die Augen und versuchte sich an die Zeiten zu erinnern, als die Politik noch Spaß gemacht hatte.

19. KAPITEL

Shad rief Sergeant Al García an und teilte ihm mit, es sei nun Zeit zum Reden. García holte ihn gegen Mittag ab und fuhr über die neue Interstate nach Westen, aus der Stadt hinaus. Shad war gespannt, wo sie hinfuhren. Er erzählte dem Detective von Mordecais Plan, beim Kongreßabgeordneten abzukassieren. García wollte mehr über das Foto wissen.

»Wer ist noch beteiligt außer Dilbeck?«

»Der Typ, den er darauf verdrischt«, antwortete Shad, »dann ich und Erin.«

»Wo ist das Original?«

»Es ist ein Farbdia. Der Anwalt hat es, wahrscheinlich in einem Banksafe, aber ich weiß nicht wo. Nicht einmal die Sekretärin hat eine Ahnung.«

García erkundigte sich nach Mordecai. Wie Shad ihn kennengelernt habe? Wie er sei? Shad erzählte alles, angefangen mit der Kakerlaken-Nummer. Der Detective lachte vergnügt, als er hörte, wie die Aushilfskraft Shads Joghurt verzehrt hatte, aber ansonsten lauschte er mit ernster Miene. Schließlich meinte er: »Demnach vermuten Sie, daß der Anwalt Dilbeck mit einem Abzug des Fotos unter Druck gesetzt hat.«

»Ja.«

»Und er hat Ihnen einen Anteil von dem Schweigegeld versprochen?«

»Ja. Weil ich Augenzeuge war.«

»Und weil er Ihre Kakerlaken-Klage versiebt hat.«

»Und zwar gründlich«, bestätigte Shad und spuckte aus dem Fenster.

»Nun wird er vermißt, und Sie machen sich Sorgen. Sie denken, daß mit Ihrem Anwalt das gleiche geschieht wie mit Jerry Killian. Und Sie denken, Sie könnten der nächste sein.«

Shad schüttelte den Kopf. »Wegen mir mache ich mir keine Sorgen.«

»Ich auch nicht, Mr. Billardkugel. Es geht um Ihre Stripfreundin.«

»Tänzerin.«

»Stimmt. Sie ist richtig nett.«

Shad blickte stur geradeaus. »Sie hat ihre Tochter zurück. Damit erhöht sich ihr Risiko.«

»Ich verstehe, was Sie meinen.«

Sie gelangten zu einem Gewirr zusammenlaufender Schnellstraßen. García fuhr nun auf der U.S. 27 nach Norden. Zu beiden Seiten erstreckten sich Wasser und Riedgras bis zum Horizont.

»Wohin zum Teufel fahren wir?«

»In das schöne Städtchen Belle Glade. Wie wäre es mit einer Zigarre?

Shad sagte, klar, gerne. Al García freute sich. Sie zündeten sie an, und der Wagen füllte sich mit Qualm. Der Detective öffnete die Seitenfenster.

»Gut so?« fragte er.

»Alles bestens«, antwortete Shad.

»Hey, *chico*, Sie inhalieren ja.«

»Klar. Schmeckt mir.«

»Verdammt«, sagte García. »Brennt das denn nicht wie die Hölle?«

Shad entgegnete, er spüre überhaupt nichts. »Ich habe eine hohe Schmerzschwelle.«

Sie fuhren etwa zehn Meilen, konzentrierten sich auf ihre Zigarren und sprachen kein Wort. Schließlich wollte García wissen, wie die Arbeit in einer Nacktbar sei.

Shad gab einen tiefen Knurrlaut von sich. »Nach einer Weile nimmt man keine Notiz mehr davon.«

»Erzählen Sie mir nichts.«

»Doch. Ich bin schon an dem Punkt, daß ich ganz aufgeregt

werde, wenn sie sich *an*ziehen. Soweit kommt es, wenn man zu lange dabei ist.«

García schüttelte ungläubig den Kopf. »Ich kenne Typen, die würden für einen solchen Job sogar einen Mord begehen.«

»Sie können ihn haben. Sich den ganzen Tag in der Nähe von nackten Frauen aufzuhalten, verdirbt einem die Sicht. Am Ende sind es nur noch Titten und Ärsche und nichts Besonderes mehr.« Er klemmte sich die Zigarre zwischen die Zähne. »Und wenn man nicht mal mehr auf nacktes Fleisch reagiert, dann wird es Zeit, den Beruf zu wechseln.«

»Ich kann Ihnen gut nachempfinden, was Sie fühlen.« Al García deutete mit dem Daumen über seine Schulter nach hinten. »Wissen Sie, was ich im Kofferraum habe? Eine Kühlbox. Und wissen Sie, was darin ist? Ein menschlicher Schädel.«

Shad schleuderte die Zigarre aus dem Fenster und wischte sich den Mund mit dem Ärmel seiner Tarnjacke ab.

»Ohne Scherz«, sagte García. »Er gehört einem gewissen Francisco Goyo, der kürzlich verstorben ist. Und ich kann Ihnen gar nicht erzählen, wieviel Sprit ich in diesem Fall verfahren habe. Dieser fette Kerl wurde über ein Dutzend verschiedene Postzustellbereiche verteilt.«

»Weshalb«, wollte Shad wissen, »fahren Sie seinen Kopf in einer Kühlbox spazieren?«

»Damit sein Gestank den Wagen nicht verpestet.«

»Das meine ich nicht.«

Der Detective erzählte, ein Windsurfer auf Key Biscayne habe an diesem Morgen das gräßliche Stück gefunden. »Ich muß ihn auf dem Heimweg zur Leichenhalle bringen. Dort haben sie einen ganzen Kühlschrank voll Señor Goyo.«

»Verdammt«, sagte Shad düster.

»Aber ich weiß, was Sie mit langweilig meinen. Immer den gleichen alten Scheiß, Tag für Tag.« García schnippte die Asche von seiner Zigarre. »Wollen Sie den Job wechseln?«

»Verdammt noch mal«, fluchte Shad erneut.

García fuhr direkt zum Postamt von Belle Glade. Er bat Shad, im Wagen zu warten, damit er keine harmlosen Bürger erschreckte. Am Schalter zeigte García seine Polizeimarke und fragte nach der Postfachnummer, die die drei geheimnisvollen Jamaikaner im Flightpath Motel angegeben hatten. Die Postangestellte, eine gutaussehende Frau mit kräftigem grauen Haar, erklärte, das Postfach gehöre tatsächlich einem Mr. John Riley, der habe jedoch seit sechs Monaten seine Post nicht mehr abgeholt. Dafür gebe es einen einleuchtenden Grund.

»Er ist verstorben«, erklärte die Angestellte.

»Das tut mir aber leid.«

»Damit sind Sie wohl der einzige.«

»Wer könnte mir weitere Auskünfte geben?« fragte García.

»Jeder«, erwiderte die Angestellte. »Riley war Vormann auf den Rojo-Farmen. Er kassierte bei seinen Erntearbeitern ab, und jeder wußte es. Eines Morgens wurde er von einem Bus mit Wanderarbeitern überfahren.« Die Angestellte hielt inne. »Laut Information der Polizei war es ein Unfall.«

»Vielleicht aber auch nicht«, sagte García.

»Für mich war es eine Art göttliche Vorsehung. Riley war ein schlechter Mensch. Und schlechten Menschen stoßen schlimme Dinge zu.«

»Und das geschah vor sechs Monaten?«

»Mindestens. Aber sie verfluchen ihn noch immer – die Erntearbeiter, meine ich.«

»Gibt es jemanden, der noch schlechter auf ihn zu sprechen ist?«

Die Angestellte hob die Augenbrauen. »Ich verstehe nicht.«

»Hatte einer von den Männern einen besonderen Grund, Riley zu hassen, abgesehen von dem Geld, das er ihnen abknöpfte?«

Die Angestellte lächelte amüsiert. »Welchen anderen Grund

sollten sie brauchen?« Sie begann die Post zu sortieren und verteilte sie auf ordentliche Stapel. Viele der Briefumschläge trugen krakelhafte Aufschriften und waren mit ausländischen Briefmarken frankiert. Bella Glade war ein Mekka der Wanderarbeiter. Die Angestellte blickte auf. »Es klingt, als seien Sie hinter jemand ganz Speziellem her.«

»Lachen Sie nicht«, warnte García. »Ich suche drei Jamaikaner.«

»Ach du liebe Güte.«

»Ich habe Sie gebeten nicht zu lachen.«

»Aber seine gesamte Mannschaft bestand aus Jamaikanern.«

»Das habe ich mir gedacht«, sagte García. »Und sie alle haßten ihn, stimmt's?«

»Schlimmer als eine Klapperschlange.«

Wieder im Wagen fragte García, ob Shad nach Clewiston rüberfahren und sich eine Zuckerfabrik ansehen wolle. Shad erwiderte, daran habe er nicht das geringste Interesse.

»Aber danach würde einiges für Sie mehr Sinn ergeben«, wandte García ein.«

»Sparen Sie sich den Sprit, und erzählen Sie mir alles während der Rückfahrt nach Lauderdale.«

»Weshalb so eilig?«

Shads Hals schwoll an. »Weil dieser verdammte kubanische Schädel im Kofferraum liegt!«

»Señor Goyo stammte aus Panama.«

»Auch das noch«, ächzte Shad.

Ein Sumpfhase hockte plötzlich mitten auf der Straße. Al García wich ihm aus, ohne zu bremsen. »Die Zuckerindustrie hat diesen Kongreßabgeordneten an den Eiern«, erklärte er. »Sie brauchen ihn in Washington, damit er alles für sie regelt. Wenn daher der dämliche kleine Killian mit einer Erpressung droht, werden die Helfer der Zuckerleute nervös. Sie verstehen?«

Shad deutete nach vorne und sagte: »Achtung, eine Radarfalle.«

García winkte ab. »Ich bin Polizist, haben Sie das vergessen?« Er blinkte mit den Scheinwerfern den State Trooper an, als sie vorüberrauschten. »Sie hören ja nicht mal zu«, sagte er zu Shad.

»Doch, tue ich. Zucker-Geld.«

»Killian stellt seine Forderung, die so seltsam ist, daß Dilbecks Leute wahrscheinlich fast einen Herzinfarkt bekamen. Er soll in einen Sorgerechtsfall eingreifen? Einem Richter auf die Zehen treten? Wir haben es wohl mit einem durchgedrehten Crackhead zu tun, denken sie. Also führt jemand – nicht Dilbeck, sondern jemand aus seiner nächsten Umgebung – ein Telefongespräch.«

»Und adieu Crackhead.«

»Richtig. Drei Erntearbeiter tauchen auf und holen sich Killian, wahrscheinlich direkt aus seiner Wohnung.«

»Woher wissen Sie, daß es Zuckerrohrarbeiter waren?«

»Die Narben, Mann, sie hatten Narben an den Beinen. Die Arbeiter verletzen sich immer wieder selbst mit diesen verdammten Macheten. Sogar den Erfahrenen passiert es des öfteren. Wie dem auch sei, sie schaffen Killian in ein billiges Motel und – sozusagen als besonders üblen Scherz – tragen ihn unter dem Namen ihres toten Vormanns ein. Im Motel ertränken sie ihn. Dann legen sie ihn auf Eis . . .«

»Hören Sie auf«, sagte Shad. »Sicher in so eine Scheißkühlbox.«

»Unwahrscheinlich«, sagte Garcia und lenkte mit einer Hand, während er mit der anderen und dem erloschenen Zigarrenstummel herumwedelte. »Egal wie, sie ziehen ihn aus dem Verkehr und fahren mit ihm direkt nach Missoula in Montana. Vielleicht haben sie auch den Rojo Firmenjet benutzt, wer weiß . . .«

»Weshalb nach Montana?« fragte Shad.

»Dort verbrachte Killian immer seinen Urlaub. Wissen Sie, das Ganze sollte aussehen wie ein Angelunfall.«

Endlich verzog Shads Gesicht sich zu einem Lächeln. Seine riesige weiße Schädelkugel wackelte in dem Versuch, ein lautes Gelächter zu unterdrücken.

»Was ist los?«

»Mann«, kicherte Shad, »drei Jamaikaner unterwegs in Montana. Ist das nicht ein Riesengag? Jamaikanische Cowboys.«

»Sie waren ganz schön dreist«, gab Al García zu. »Wer immer es war.«

»Die schnappen Sie nie.«

»Da haben Sie recht.«

»In einer Million Jahren nicht.«

»Davon gehe ich aus«, sagte García. »Sie sind längst wieder in Kingston. Oder tot.«

Die Temperaturanzeige des Kühlers auf dem Armaturenbrett leuchtete rot auf. Daher lenkte García den Caprice an den Straßenrand, öffnete die Motorhaube und überprüfte den Sitz der Kühlschläuche. Sie schienen dicht zu sein, und er konnte im Kühler kein Leck entdecken. »Scheißkabel«, murmelte der Detective und schlug die Motorhaube zu.

Shad war ebenfalls ausgestiegen und stand in vierzig Metern Entfernung mitten in einem Zuckerrohrfeld.

»Das ist es also«, sagte Shad. Eine fette blaue Schmeißfliege saß auf seiner glänzenden Schädeldecke.

García brach einen Zuckerrohrhalm ab und roch daran. »Was für ein Geschäft diese Dreckskerle damit machen. Sie bekommen soviel Wasser, wie sie wollen, praktisch umsonst. Und importierte Arbeitssklaven für die Ernte. Dann dürfen sie dank des Repräsentantenhauses der Vereinigten Staaten die Ernte zu künstlich hochgehaltenen Preisen verkaufen. Und wenn sie ihre Schäfchen im trockenen haben, dürfen sie den dreckigen Rest auch noch in die Everglades ablassen.«

Shad war beeindruckt. »Das Land der unbegrenzten Möglichkeiten.« Er stocherte mit seiner Stiefelspitze im schwarzen Erdreich herum.

»Millionen und Abermillionen Dollars«, sagte García. »Killian hatte keine Ahnung, mit wem er es zu tun hatte. Das gleiche gilt auch für Ihren Staranwalt.«

Sie stiegen wieder in den Wagen. Shad schlug eine angebotene frische Zigarre aus. Die Schmeißfliege blieb auf seinem Schädel kleben. García streckte die Hand aus und verscheuchte sie.

Fünf Meilen später fragte Shad: »Was ist denn mit Ihrer Zuständigkeit bei dieser Sache? Ich sehe nichts von einer Verbindung zu Miami.«

Der Detective lächelte reumütig. »Dilbecks Wahlbezirk liegt in Dade County. Das ist das beste an Begründung, was ich anbieten kann.«

»Wie traurig«, bemerkte Shad.

»Niemand sonst interessiert sich dafür. Ich kann einen Mord doch nicht so einfach auf sich beruhen lassen.«

»Mit anderen Worten, Sie führen die Untersuchungen nebenbei durch.«

»Deshalb brauche ich Ihre Hilfe«, sagte García.

»Meinen Sie, die machen sich auch an Erin heran?«

»Ich glaube, sie werden sich jeden schnappen, der auf diesem Foto ist, falls das nötig sein sollte. Die zögern keine Sekunde.«

Shad schaute aus dem Fenster. Im Westen erstreckten sich die Everglades schimmernd bis zum Horizont. »Sie hat ihr kleines Mädchen zurück.«

»Das haben Sie schon gesagt.«

»Ich glaube, das zählt nicht.«

»Nicht bei diesen Leuten.« García hielt vor einem Anglercamp an und kaufte einen weiteren Sack Eis für Francisco Goyos abgetrennten Kopf. Shad runzelte die Stirn, als er die Kofferraumklappe aufspringen hörte. Dann purzelten die Eiswürfel aus dem Plastiksack heraus. Er hoffte, daß García nicht auf die Idee kam, ihm das verdammte Ding zeigen zu wollen. Es gab Cops, denen machte ein solcher Scheiß ungeheuren Spaß.

Als sie ihre Fahrt fortsetzten, erzählte Shad dem Detective, daß er schon mal im Gefängnis gesessen hatte.

»Ich weiß, wegen Totschlags.« García sah, daß die Temperaturanzeige wieder aufleuchtete. Er schlug mit der Faust auf das Armaturenbrett, und das Licht erlosch. »Gott segne General Motors«, murmelte er.

Shad fragte, ob er auch über die schweren Körperverletzungen Bescheid wisse. García bejahte.

»Mein Boss, Mr. Orly, würde an die Decke gehen«, sagte Shad. »Von wegen Beschäftigung eines Kriminellen und so weiter. Das könnte ihn seine Lizenz kosten.«

García blickte konzentriert auf die Straße. »Machen Sie sich keine Sorgen wegen Ihrcs Chefs«, sagte er. »Ich mußte mir nur Klarheit verschaffen. Er braucht es nicht zu wissen.«

»Nett von Ihnen.«

»Da ist noch etwas anderes. Ich möchte lieber nicht Bescheid wissen, falls Sie eine Kanone besitzen, okay? Denn wenn ich die Waffe sehe, dann muß ich etwas unternehmen. Zum Beispiel Sie verhaften, klar? So lautet das Gesetz: Vorbestrafte dürfen keine Waffe mit sich führen. Daher kommen Sie niemals auf die Idee und holen Sie sie heraus, um damit herumzuspielen. Dann haben wir nämlich ein Problem.«

Shad nickte. »Ich hab schon verstanden. Reden wir über Erin.«

»Ja.« Der Detective trommelte mit den Fingern auf dem Lenkrad. »Wir müssen uns etwas einfallen lassen.«

»Das sollte doch nicht allzu schwierig sein«, sagte Shad. »Mit meiner Schönheit und Ihrem Grips.«

Malcolm J. Moldowsky wanderte ruhelos durch sein Penthaus. Weder der phantastische Blick aufs Meer konnte ihn beruhigen noch der edle Kognak. Er war verärgert, zutiefst verärgert, daß eine Persönlichkeit wie er sich plötzlich gezwungen sah, sich wegen irgend etwas Sorgen zu machen.

Moldy hatte bis jetzt immer alles im Griff gehabt. Er war auf eine verborgene Art und Weise mächtig, unanständig reich und im großen und ganzen unantastbar. Aber in letzter Zeit hatte seine mühsam erworbene Selbstsicherheit empfindlich gelitten. Er begann sich verwundbar zu fühlen, reagierte sogar nervös und unsicher. Daran waren andere schuld, deren Inkompetenz ein Bauwerk zu zerstören drohte, das zu errichten Moldowsky Jahre gebraucht hatte. Er wußte, was sein Idol, John Mitchell, empfunden haben mußte, als diese Idioten einen simplen Einbruch vermasselten; ein Lebenswerk war durch unsagbare Dämlichkeit vernichtet worden.

Indem er Dilbecks Karriere beschützte, war Moldowsky in Bereiche vorgestoßen, die weit jenseits von reiner Einflußnahme lagen. Illegale Handlungen zu begehen war für ihn daher nichts Neues, aber es war die Art der kürzlich begangenen Vergehen, die Moldy Sorge machte.

Dieser verdammte Dilbeck!

Zum erstenmal seit vielen Jahren stellte Moldowsky sich und seine Tätigkeit in Frage. Er haßte dieses Gefühl, denn in seinem Gewerbe war der schlimmste Feind des Menschen ein funktionierendes Gewissen. Er schenkte sich einen weiteren Kognak ein und nahm die ziellose Wanderung durch die Wohnung wieder auf. Als er an einem Spiegel vorbeiging, bemerkte Moldy, daß er eine Gürtelschlaufe an der Rückseite seiner Hose überschlagen hatte. Außerdem hatte er die Manschette seines linken Hemdärmels falsch geknöpft. Mein Gott, was war er durcheinander!

Daran war nur dieser Scheidungsrichter schuld. Der Richter,

der nicht überredet werden konnte, einem Kongreßabgeordneten zu helfen und einen billigen Scheidungsfall neu zu regeln. Der Richter, dem man keinen Gefallen zu tun brauchte, weil er sich bereits auf bestem Weg zu einem Posten beim Bundesverfassungsgericht befand.

Jerry Killian war getötet worden, weil der Richter nicht nachgeben wollte. Moldowsky hatte keine andere Lösung gesehen. Indem der Erpresser eliminiert worden war, war David Dilbeck von einer drohenden Gefahr befreit worden. Es war simpel und logisch – aber war es wirklich notwendig gewesen? Moldowsky haderte mit sich selbst, weil er sich darüber den Kopf zerbrach. Zum gegebenen Zeitpunkt war die Killian-Entscheidung absolut einleuchtend gewesen. Wer hätte denn voraussehen können, daß der Richter so schnell das Zeitliche segnen würde?

Moldy war ein Mensch, der etwas für grausame Ironien übrig hatte. Normalerweise hätte er sich über die schäbigen Begleitumstände, unter denen der frömmelnde kleine Scheißkerl sein Leben ausgehaucht hatte, köstlich amüsiert – immerhin war sein Hirn zwischen lauter nackten Brüsten explodiert. Die Fernsehteams, die wie Heuschrecken in die Flesh Farm eingefallen waren, hatten nur wenig der Phantasie überlassen.

Das einzige, was sich jedoch in Moldowskys Bewußtsein regte, war das fremdartige bohrende Gefühl des Zweifels. Vielleicht habe ich zu überstürzt gehandelt. Wenn ich Killian irgendwie gestoppt hätte, ihn ein paar Wochen lang hingehalten hätte, dann hätte der Richter unser beider Probleme durch seinen Tod selbst gelöst. *Grant* gegen *Grant* wäre automatisch wiederaufgenommen worden, und Killian hätte David Dilbeck in Ruhe gelassen.

Nun gut, dachte Moldy, was geschehen ist, ist geschehen. Die drei jamaikanischen Zuckerrohrarbeiter sind in ihre Heimat zurückgekehrt. Im nächsten Monat würde es zu einem schrecklichen Verkehrsunfall mit einem Lastwagen in der Nähe von

Montego Bay kommen. Es würde keine Überlebenden geben. Und die Flugbücher der *Gulfstream II* der Rojos würden einen Trip nach Aspen verzeichnen und nicht nach Missoula. Wenn es hart auf hart ginge, würde die FAA diese Version mit entsprechenden Tonbandmitschnitten vom Sprechfunkverkehr mit dem Tower stützen. Die Tochter eines hohen Verwaltungsbeamten der Luftfahrtbehörde verdankte ihren Job schließlich Malcolm J. Moldowsky...

Das Telefon summte zweimal, und Moldy nahm den Hörer ab. Er stand vor dem Panoramafenster und blickte hinaus auf den Atlantik. Unter einem bewölkten Himmel war das Wasser grau und schaumgekrönt und überhaupt nicht verlockend. Gleich hinter dem Horizont, in Nassau, befand sich der Mann am anderen Ende der Telefonleitung. Es war ein Bankier, der seine Ausbildung in London absolviert hatte, dessen Sprache jedoch noch immer den beruhigenden Singsang der Insel enthielt. Er teilte Moldowsky mit, daß die telegrafische Überweisung ausgeführt worden sei.

»Was sollen wir mit dem Betrag tun?«

»Tun Sie damit, was Sie wollen«, sagte Moldowsky.

»Wir könnten ihn auf einem Treuhandkonto deponieren«, schlug der Bankier vor.

»Zum Teufel, von mir aus können Sie alles behalten. Kaufen sie sich eine neue Hatteras-Yacht.«

Der Bankier kicherte nervös. »Mr. Mordecai hat doch bestimmt irgendwelche Anweisungen hinterlassen.«

»Das hat er eben nicht getan.«

»Aber, Sir, der Kontostand beträgt über achtzigtausend Dollar. Bestimmt erwartet er, daß das Geld solide angelegt wird.« Der Bankier hielt inne. »Oder gibt es da ein Problem, von dem ich wissen sollte?«

»Nein, eigentlich nicht. Ein Treuhandkonto ist ganz in Ordnung, Mr. Cartwright.«

»Es sei denn, er möchte direkt an das Geld heran.«

»Nein«, sagte Moldy, »genau das wird er ganz sicher nicht wollen.«

Er bedankte sich bei Cartwright und legte auf. Gleich danach summte das Telefon erneut. Es war der Pförtner in der Eingangshalle – Erb Crandall sei auf dem Weg nach oben. Moldowsky stellte ein weiteres Glas bereit für den Fall, daß der Geldbote sich ein wenig entspannen wollte. Aber er wollte nicht. Er sagte, er habe die Absicht, aus David Dilbecks Wahlkampftruppe auszusteigen.

»Nun mal langsam, Erb«, bremste Moldy ihn.

Crandall stand steif da und hatte die Arme vor der Brust verschränkt. »Ich habe Sie immer gewarnt, daß er eine lebende Zeitbombe ist. Nun, jetzt brennt die Lunte.«

Moldowsky war froh, daß er so vorausschauend gewesen war und schon früh mit dem Trinken begonnen hatte. »Was hat er jetzt getan?« wolltc er wissen.

Crandall berichtete ihm von der geheimen Flusenmission im Waschsalon.

»Mein Gott«, stöhnte Moldy. »Das ist ja wirklich schlimm.«

»Und das ist nur der Anfang, Malcolm. Er will noch mehr.«

»Mehr was?«

»Er ist verrückt nach dieser Stripperin. Es ist die auf dem Bild.«

Moldowsky kniff die Augen zusammen. »Er will noch mehr Flusen?«

»Nicht nur Flusen.«

Er beschrieb die derzeitige Phantasie des Kongreßabgeordneten, während Malcolm Moldowsky auf den Füßen vor und zurück schaukelte und spürte, wie der Alkohol in seine Kehle hochstieg.

»Er ist total durch den Wind«, stellte Moldy heiser fest. »Komplett verrückt.«

»Vielen Dank, Dr. Freud.« Erb Crandall ging zur Bar und holte sich eine eisgekühlte Dose Ginger Ale heraus, die er auf seiner pochenden Stirn hin und her rollte. Er ließ sich in einen Sessel fallen. Hinter ihm wogte der Ozean. »Was nun, Malcolm?«

»Die Frau«, sagte Moldowsky. »Was sonst?«

Urbana Sprawl hatte mit dem, was sie über das Geld gesagt hatte, durchaus recht gehabt. Erin verdiente an ihrem ersten Abend, an dem sie auch auf Tischen tanzte, zusätzliche neunzig Dollar. Shad blieb in ihrer Nähe, und niemand faßte sie an. Die Tische im Club waren so klein, daß die Tänzerinnen die Füße kaum bewegen konnten, ohne dem Gast seinen Drink in den Schoß zu kippen. So war die Darbietung selbst weniger ein Tanzen als viel eher ein sich auf der Stelle wiegen, was für die Mädchen mit großen Brüsten ganz gut war – die Schwerkraft nahm ihnen die ganze Arbeit ab. Aber Erins Stärke war ein gewisses Maß an Choreographie, und sie hatte ganz einfach keinen Platz, um sich richtig in Szene zu setzen.

Ein weiteres Manko war die Musik. Die Tänzerin auf der Hauptbühne konnte sich die Songs aussuchen, was nur fair war. Das bedeutete jedoch, daß die Tischtänzerinnen nie wußten, was als nächstes kam. Der größte Teil von Kevins Repertoire bestand aus Disco, Techno, Dancefloor, Hip-Hop und Rap, alles Richtungen, die Erin verabscheute. Es lag kein Herz darin, kein Gefühl, und so zu tun als ob war sehr mühsam. Sie lächelte derart verkrampft, daß ihre Gesichtsmuskeln schon bald taub wurden. Gegen Ende der Schicht schaute sie in die Spiegelwände und sah ihr starres Grinsen, das völlig unsexy wirkte. Aber die Gäste an den Tischen bemerkten es nicht, da ihre Blicke ständig auf ihren Schritt fixiert waren.

Am zweiten Abend verdiente Erin zweihundertzehn Dollar auf den Tischen; am dritten Abend hundertfünfundachtzig. Am vierten Abend erschien der Detective aus dem Morddezernat und unterhielt sich mit Shad. Erin blickte neugierig von Tisch fünf hinüber, wo sie eigentlich gegen ihr besseres Wissen zu einem extrem langen Song von Paula Abdul tanzte. Sie hatte nur eines im Sinn, nämlich ihren Tanz so schnell wie möglich zu beenden, damit sie sich erkundigen konnte, weshalb Al García in den Club gekommen war. Während der Song langsam ausklang, streckte der Gast die Hand aus und schob einen zusammengefalteten Geldschein in Erins Strumpfgürtel. Während er ihr beim Heruntersteigen vom Tisch half, bedankte sie sich, und als sie ihren Tanga zurechtschob, sah sie, daß der Mann ihr einen Hundertdollarschein gegeben hatte. Sie bedankte sich erneut, diesmal mit der routinemäßigen Umarmung und einem flüchtigen Kuß für besonders großzügige Gäste.

»Wie wäre es mit einem zweiten Tanz?« fragte der Mann, ein gutaussehender Latino. Seine Kleidung war teuer, das Haar trug er glatt nach hinten gekämmt, und an beiden Händen funkelten dicke goldene Ringe. Er war noch nicht betrunken genug, um ihr Probleme zu machen, daher willigte Erin ein und stieg zurück auf den Tisch. Shad und García waren an der Bar immer noch in ihr Gespräch vertieft – sie hoffte, daß sie noch eine Weile dort sitzenblieben. Eine clevere Tänzerin ließ keinen spendablen Gast allein sitzen. Erst recht nicht, wenn sie ihrem Anwalt immer noch neun Riesen schuldete.

Erin absolvierte fünf Tischtänze für den jungen Latino, und jedesmal gab er ihr einen Hunderter. Sie freute sich über das Geld, war aber zugleich mißtrauisch. Der Kerl wollte noch etwas anderes. Ganz sicher sogar.

Schließlich war sie wieder an der Reihe für einen Auftritt auf der Hauptbühne. Kevin legte einen Titel von den Black Crowes auf, der den ganzen Laden aufweckte. Der Song war schnell und aggressiv, und Erin drehte und verrenkte sich, machte schnelle Wechselschritte und wurde dabei eine Menge überschüssiger Energie los. Shad saß nun allein an der Bar. Al García war zum Münzfernsprecher neben der Eingangstür gegangen und stand dort mit dem Rücken zur Bühne. Gleichgültig, dachte Erin, total unberührt von meiner Darbietung. Eigentlich witzig.

Der junge Latino am Bühnenrand winkte Erin heran und schob ihr zweihundert Dollar in den Strumpfgürtel. Als Erin sich zu ihm hinabbeugte, um sich zu bedanken, legte er eine Hand auf ihre Schulter und flüsterte ihr etwas ins Ohr.

Shads Körper spannte sich, und er war bereit, sofort zu reagieren und einzugreifen, falls der Bursche es wagen sollte zuzupacken. Aber Erin schien durch die Worte des jungen Mannes nur verwirrt, nicht verärgert zu sein. Als sie zur Mitte der Bühne zurückkehrte, wirkte ihr Lächeln wieder echt, und ihre Augen blickten ruhig und friedlich. Sie vollführte sogar eine lässige Pirouette vor der Windmaschine. Shad blieb sitzen.

Nach dem Auftritt ging Erin wieder zum Tisch des jungen Latinos, aber Shad sah sie nicht zu einem weiteren Tanz hinaufklettern. Kurze Zeit später erhob sich der Latino und verließ den Club. Erin trat an die Bar und sagte: »Jetzt brauche ich einen Martini.«

Shad erkundigte sich, ob irgend etwas nicht in Ordnung sei.

»Nein, nein«, erwiderte Erin. »Nur Showbusiness.«

»Das war aber ein begeisterter Fan.« Die Bemerkung kam von Al García. Er ließ sich neben Erin nieder. »Sie wissen, wer das war?«

»Er sagte, er heiße Chris.«

»Christopher Rojo«, sagte der Detective. »Einer von den Zukker-Rojos.«

Erin nickte verstehend. »Das erklärt das viele Geld. Aber das erklärt nicht dies!« Sie drehte sich auf dem Hocker und legte ihr rechtes Bein quer über Shads Schoß.

»Wo ist dein Schuh?« fragte er.

»Der junge Christopher hat ihn soeben gekauft«, sagte Erin. »Für eintausend Dollar.«

Der Rausschmeißer runzelte erstaunt die Stirn. Erin selbst war leicht benommen. Das Geld war ein Geschenk Gottes, aber es war nicht unbedingt ihr Traumjob – gebrauchte Schuhe an reiche Perverse zu verhökern.

»Ein verdammter Schuh«, murmelte Shad. »Wofür?«

Erin schlug die Hände vors Gesicht. »Ich mag gar nicht drüber nachdenken.«

»Liebe«, sagte Al García. »Ist das nicht rührend?«

20. KAPITEL

Merkin legte seine Hand auf die Sprechmuschel des Telefonhörers und fragte Picatta, ob sie ein R-Gespräch von Darrell Grant annehmen sollten.

»Ich kenne keinen Darrell Grant«, antwortete Picatta laut. »Du etwa?«

»Noch nie von ihm gehört.«

»Von wo ruft er denn an?«

»Aus dem Bezirksgefängnis in Martin«, sagte Merkin. Er grinste und hielt das Telefon ein Stück von seinem Ohr weg. Darrell war zu hören, wie er die Fernvermittlung anflehte, ihn zu verbinden.

Picatta beugte sich zu dem Hörer vor und rief: »Der einzige Darrell Grant, den ich kenne, ist ein verlogener Schwanzlutscher, dem die Bewährung gestrichen wird, sobald er Broward County betritt.«

Merkin schaltete sich ein. »Ist das etwa derselbe unglückliche Darrell Grant, der demnächst das Sorgerecht für sein Kind verliert, weil sein Vorstrafenregister plötzlich wieder im Gerichtscomputer auftaucht, nachdem es all die Jahre verschütt gegangen war?«

»Wirklich Pech«, sagte Picatta, »nach so vielen Jahren. Ich habe gehört, dieser neue Richter sei ehrlich überrascht gewesen.«

Am anderen Ende verstummte Darrell Grant. Die Fernvermittlung, die eine engelhafte Geduld bewies, fragte erneut, ob Detective Merkin den Anruf annehme.

»Nein, Ma'am«, sagte er. »Bestellen Sie Mr. Grant, wenn er gerne mit jemandem schwatzen will, dann soll er doch einen Mr. Thomas Tinker anrufen, diesen sogenannten Heroinbaron, von dem er uns erzählt hat. Die Telefonzentrale auf dem Friedhof stellt ihn bestimmt gerne durch. Auf Wiedersehen.«

Merkin legte auf. Die Fernvermittlung unterbrach ebenfalls die Verbindung. Darrell Grant gab das Telefon niedergeschlagen dem Streifenbeamten zurück.

»Sie erlauben sich einen Scherz mit mir«, erklärte Darrell Grant.

»Für mich klang das aber nicht nach einem Scherz.« Der Streifenbeamte zog Darrells Arme nach hinten und legte ihm die Handschellen an.

»Sie machen einen Riesenfehler. Ich arbeite nämlich für diese Jungs.«

»Tatsächlich? Haben die Ihnen etwa gesagt, den weiten Weg bis hierherzukommen und Miss Brillsteins Rollstuhl zu stehlen?«

Der Polizist brachte Darrell Grant in die Arrestzelle und sagte, jemand vom Büro der Pflichtverteidiger werde später vorbeikommen, um sich mit ihm über ein Teilschuldgeständnis zu unterhalten.

Darrell Grant fand einen freien Platz auf einer Stahlpritsche zwischen zwei schlafenden Säufern. »Sie sagen mir Bescheid, wenn Merkin zurückruft«, bat er den Streifenpolizisten.

»Am Sankt-Nimmerleins-Tag.«

»Ich arbeite für den gottverdammten Sheriff in Broward County!«

»Das muß aber schon lange her sein«, grinste der Cop und verschwand.

Darrell Grant wiegte sich unglücklich auf seiner Pritsche, knirschte mit den Zähnen und kratzte seine Hände. Blufften Merkin, oder hatten sie ihn tatsächlich abgeschrieben? Schlimmer noch, hatten sie Erins Anwalt wirklich sein Vorstrafenregister zukommen lassen? Darrell konnte nicht glauben, daß die Detectives solche Schweine waren. Er mußte zurück nach Lauderdale, um die Lage zu sondieren. Unterdessen brauchte er etwas, um seinen Kopf klar zu bekommen und seine Nerven zu beruhigen. Er fragte die anderen Gefangenen, wo er sich irgendwelchen Stoff besorgen konnte, aber sie waren nicht besonders hilfsbereit.

Ein stämmiger Rothaariger mit zwei Kobratätowierungen auf den Armen redete ihn schließlich an. »Hey, Freundchen, stimmt es, daß du einem Krüppel den Rollstuhl geklaut hast?«

»Ich wußte nicht, daß die Frau behindert war«, quakte Darrell. »Ich habe geglaubt, sie sei nur alt.«

Das Altersheim in Palm Lake – er hatte den Coup ziemlich geschickt durchgezogen, wenn man bedachte, daß er immer noch ein wenig weggetreten war, nachdem die Nutte ihn niedergeschlagen hatte ...

Mittagszeit. Die Krankenschwester, eine hübsche Filipina, fuhr Miss Elaine Brillstein die Auffahrt zum Kleinbus hinunter. Die Schwester plapperte in einem fort, während Miss Brillstein in die Sonne blinzelte und einen fusseligen weißen Pullover festhielt, der auf ihrem Schoß lag. *'ntschulden Sie, meine Damen.* Wer ist das? hatte Miss Brillstein gefragt und heftiger geblinzelt. *Entschuldigen Sie, kann ich Ihnen helfen?* Wie nett, hatte Miss Brillstein gesagt, vielen Dank. *Ich mach schon mal die Tür auf.* Halten Sie doch bitte meinen Pullover fest. *Kommen Sie, ich helfe Ihnen.* Nein, was für ein netter junger Mann…

Kaum saß Miss Brillstein in dem Bus – die Krankenschwester war halb drin und halb draußen und mühte sich mit dem Sicherheitsgurt der alten Dame ab – schnappte Darrell Grant sich den Rollstuhl und rannte los. Zwei Straßen weiter blockierte die Bremse, und Darrell flog genau vor einer Schule über den Rollstuhl. Ein schwarz-weißer Wagen parkte auf dem Mittelstreifen und blitzte Raser. Darrell Grant konnte sein verdammtes Pech überhaupt nicht fassen.

Der rothaarige Gefangene mit den Schlangen auf den Armen redete weiter. »Der Cop sagte, die alte Frau habe Kinderlähmung gehabt.«

Darrell Grants Augen fühlten sich wund und geschwollen an, und er verspürte den unwiderstehlichen Drang zu schlafen. »Ich dachte, die Kinderlähmung sei ausgemerzt«, sagte er.

Der Rothaarige kam näher. »Meine Tante hat Kinderlähmung.«

»Ah ja?« sagte Darrell. »Heißt sie vielleicht Brillstein?«

»Nein.«

»Dann kümmere dich um deinen eigenen Mist.« Ohne seine Drogen war Darrell oft auf das gesamte Universum sauer.

Der Rothaarige meinte: »Ich wette, du siehst in einem Rollstuhl richtig gut aus.«

»Nicht so gut wie du«, sagte Darrell Grant, »mit einem einen halben Meter langen Eselsschwanz im Arsch.«

Später, als er im Bezirkskrankenhaus aufwachte und feststellte, daß man sich nicht die Mühe gemacht hatte, ihn mit den Handschellen an die Tragbahre zu fesseln, beglückwünschte Darrell Grant sich zu einem solch kühnen und brillanten Plan.

In Süd-Florida war das Verschwinden eines Anwalts gewöhnlich keine Schlagzeilen wert. Es geschah oft genug, und zwar meistens in Verbindung mit dem Diebstahl irgendwelcher Mandantengelder. Der Mann von der Anwaltskammer benutzte den Begriff »Unterschlagung«, als er Beverly das Szenario beschrieb.

»Wieviel?« fragte die Sekretärin.

»Ungefähr fünfundachtzigtausend Dollar.«

»Unmöglich«, sagte sie. »Das glaube ich nicht.«

»Was meinen Sie denn, was passiert ist? Wo ist er?«

»Vielleicht wurde er gekidnapped.« Beverly erzählte ihm, daß Einbrecher in einer Nacht Mordecais Büro durchsucht hätten – sogar die Rolodex-Kartei sei gestohlen worden! Der Mann von der Anwaltskammer fragte, ob sie die Polizei benachrichtigt habe. Beverly verneinte.

»Weil Sie Angst hatten«, sagte der Mann, »daß die Spuren auf Mordecai selbst hinweisen könnten.«

»Ich hatte gehofft, daß er wieder auftaucht.«

»Das Treuhandkonto wurde auf seine direkten Anweisungen hin geleert. Das Geld wurde vor drei Tagen außer Landes überwiesen.«

»Ja«, sagte sie düster. »Die Bank hat hier angerufen.«

Der Mann von der Anwaltskammer saß vor einem offenen Aktenkoffer, der auf Mordecais Schreibtisch lag. Die Anwaltspraxis war geschlossen – laut einer Notiz an der Eingangstür vorübergehend. Beverly war nicht sehr optimistisch. Sie ließ die wütenden Anrufe von einem Auftragsdienst entgegennehmen.

Der Mann von der Anwaltskammer fragte: »Wissen Sie, was in Florida die Hauptursache für einen Ausschluß aus der Kammer ist?«

»Sittliche Verworfenheit?«

»Gut geraten, aber nein. Mißbrauch von Mandantengeldern.

Einige Anwälte können der Versuchung einfach nicht widerstehen.«

Beverly saß in einem hochlehnigen Sessel, in dem normalerweise Mordecais Klienten Platz nahmen.

Der Mann fragte: »Hatte er viele ältere Klienten?«

»Nicht genug«, erwiderte Beverly. »Weshalb?«

»Das gehört zu dem Muster. Ältere Klienten sind in Geldangelegenheiten eher konservativ. Sie deponieren es irgendwo und lassen es dort ruhen.«

»Zum Beispiel auf dem Treuhandkonto ihres Rechtsanwalts«, sagte Beverly.

Der Mann von der Anwaltskammer nickte. »Unterdessen wächst der Betrag stetig. Einige Anwälte bedienen sich und nennen es dann leihen. Einige machen sogar Anstalten, es zurückzuzahlen. Andere schnappen sich das Geld einfach.«

Beverly konnte Mordecai nicht besonders gut leiden, und sie machte sich über seinen Charakter keine Illusionen, aber sie hätte ihm niemals zugetraut, daß er sich mit dem Geld seiner Klienten aus dem Staub machen würde. Er schien eher ein kleiner Betrüger und Schwindler zu sein; Unterschlagung war für ihn eine Nummer zu groß.

Der Mann von der Anwaltskammer fuhr fort: »Keine Ahnung, was den Impuls auslöst. Ein finanzieller Engpaß, Spielverluste, eine heimliche Liebesaffäre. Wodurch wir zu der nächstliegenden Frage kommen . . .«

»Wir hatten nichts miteinander«, unterbrach Beverly ihn. »Sie sollten mir etwas Besseres zutrauen.«

»Das Aussehen ist nicht alles. Sogar ein rein physisch . . .«, der Mann suchte nach dem richtigen Wort, »unscheinbarer Mann kann gewisse Reize haben.«

»Nicht Mordecai«, erwiderte Beverly. »Glauben Sie mir.«

»Was empfand er für seine Cousine?«

Die Sekretärin reagierte verwirrt. »Welche Cousine – Joyce?«

»Ja. Wir glauben, daß die beiden zusammen sind. Hat er jemals über eine feste Bindung gesprochen?«

»Joyce und Mordecai!« Das erschien derart verschroben, daß Beverly beinahe hoffte, daß es zutraf. Joyce war ein habgieriges Biest. Vielleicht hatte sie Mordecai zu diesem Schwindel überredet. Kein Mann war gegen die Versuchung gefeit, aber Mordecai (der sich seit Jahren nicht mehr mit einer Frau getroffen hatte) war außerordentlich anfällig. Beverly stellte sich die beiden Cousins in enger Umarmung vor, und sie fröstelte.

Der Mann von der Anwaltskammer sagte: »Joyces Verlobter hält nicht viel von der Theorie, aber ich muß Ihnen gestehen, daß schon seltsamere Dinge passiert sind.«

»Vielleicht war es keine Liebesaffäre«, überlegte Beverly laut. »Vielleicht war es ein ganz normaler Geschäftsabschluß.«

Der Mann von der Anwaltskammer faltete die Hände auf der Brust. »Wofür hätte er sie brauchen sollen? Mordecai hatte ganz allein Zugang zu dem Treuhandkonto. Er brauchte keinen Komplizen.«

»In vielen dieser Fälle, wenn jemand plötzlich verschwindet, nimmt der Anwalt eine Frau mit. Sehr oft ist es seine eigene Sekretärin.«

»Nun, ich bin noch hier«, sagte Beverly säuerlich. »Und er schuldet mir den Lohn für zwei Wochen.«

»Es könnte schlimmer sein. Sie könnten zu den geschädigten Klienten gehören.«

»Hat sich einer von denen bei Ihnen gemeldet? Ein Klient?« Das Auftauchen des Ermittlers in der Anwaltskanzlei hatte Beverly überrascht. Die Anwaltskammer von Florida war nicht gerade dafür bekannt, irregeleitete Mitglieder schnell und entschlossen zu verfolgen.

Der Mann sagte: »Wir erhielten einen Tip. Das ist alles, was ich dazu sagen kann.« Er reichte ihr eine Visitenkarte. »Wenn Sie etwas von ihm hören sollten, dann überreden Sie ihn, schnellsten zurückzukehren und den Schaden wiedergutzumachen. Je länger er weg ist, desto schlimmer ist es am Ende.«

Beverly fühlte sich verlassener als je zuvor. »Was erzähle ich denn den Leuten über die geschlossene Praxis? Was soll ich an die Tür hängen?«

Der Mann von der Anwaltskammer klappte seinen Aktenkoffer zu und ließ die Messingschlösser zuschnappen. »Wir empfehlen ›Wegen eines Todesfalls in der Familie‹. Die meisten Klienten verlangen dann nicht mal eine Aufklärung.«

Sie zogen von der Bar in Orlys Büro um: Orly, Al García, Shad und Erin. Angela blieb mit einer der vollständig bekleideten Moniques in der Garderobe.

García hatte Orly in die Enge getrieben. »Ich möchte mehr über die Telefonanrufe erfahren.«

»Ich auch«, sagte Erin.

»Irgendein Typ, den ich nicht kenne.« Orly schlürfte ein Dr. Pepper. »Er erkundigte sich nach einem bestimmten Gast.«

»Jerry Killian.«

»Ja, was soll's schon. Es gab auf der Bühne eine Schlägerei, und dieser Killian saß unter den Zuschauern, als würde ich darauf achten. Ein Mann ruft an, und ich erzähle ihm, was er wissen will.«

»Woher kannten sie Killians Namen?«

»Kreditkartenquittungen«, antwortete Orly. »Wie dem auch sei, also dieser Typ, der da anrief, bat mich, ihm Bescheid zu sagen, falls der Gast wieder auftauchen sollte.«

Als García nickte. »Weshalb waren Sie einverstanden?«

»Weil ich an meine Lizenz denken muß, und dieser Kerl meinte, er könne mir Schwierigkeiten machen. Er sagte, er arbeite für einen Kongreßabgeordneten. Na ja . . . ein paar Tage später tauchte Killian wieder auf. Diesmal blieb er draußen und hing bei Erins Wagen herum. Ihr erinnert euch, oder?«

Shad und Erin nickten gleichzeitig.

»Sehen Sie«, fuhr Orly fort, »ich kann es nicht zulassen, daß Gäste meine Tänzerinnen belästigen. Der Typ am Telefon versprach, er werde dafür sorgen, daß es nie wieder passiert. Das war's. Ende der Story. Danach habe ich nichts mehr von ihm gehört, bis heute.«

García hatte sein Notizbuch gezückt, aber er schrieb nicht viel. »Warum verraten Sie mir nicht den Namen des Mannes?«

»Weil Sie es offenbar nicht begreifen. In meinem Geschäft kann ich keinen Verdruß brauchen. Ich muß auf meine Ausschanklizenz aufpassen.«

Erin erklärte Orly, daß Killian ermordet worden sei.

»Scheiße«, sagte Orly und sog zischend die Luft ein. Er sah García fragend an. »Sind Sie deshalb hier?«

»Wie scharfsinnig von Ihnen. Und jetzt nennen Sie mir endlich den verdammten Namen.«

Orly sah aus wie ein in die Enge getriebenes Wild. »Vielleicht sollte ich erst mal mit meinem Anwalt reden. Und Sie kommen morgen noch mal her.«

García zuckte die Achseln. »Wenn ich morgen wieder herkommen muß, bringe ich ein paar Jungs von der Schnapsbehörde mit. Klar? Dann machen wir den Laden zu, *chico*.«

»Mistkerl.« Orly fühlte sich ausgelaugt und wurde unvorsichtig.

Shad schaltete sich ein. »Mr. Orly, Sie sollten es lieber tun. Das ist keine leere Drohung.«

Al García trommelte mit einem Kugelschreiber auf seinem Knie. »Der Punkt ist, daß Erins Leben in Gefahr ist. Ich habe ihr geraten, die Stadt zu verlassen, aber es gibt einige Komplikationen.«

Der neue Richter hatte Erin verboten, Angela über die Grenzen Floridas zu bringen. »So lange ich sowieso hier festhänge, kann ich genausogut arbeiten«, sagte sie, »zumal ich pleite bin.«

Orlys Verwirrung nahm zu. »Wer will dich denn umbringen? Ich meine abgesehen von deinen Ex.«

Jemand klopfte an die Tür, und bevor Orly öffnen konnte, stürzte Sabrina herein. Sie trug ein dünnes ärmelloses T-Shirt und ein pinkfarbenes Bikinihöschen. Sie war mit einer gelblichen Masse bespritzt, die Erin resigniert als süßer Mais mit Sahne identifizierte. Vereinzelte Maiskörner klebten auch in Sabrinas platinblonder Perücke, die sie in einer Hand hielt.

»Ich kann das nicht!« jammerte sie.

»Später«, sagte Orly. »Wir haben hier eine Besprechung.«

»Aber mir ist das Zeug in die Nase geraten...«

»Später, sage ich.«

Die Tänzerin rannte wieder hinaus. Eine kurze Stille folgte. Schließlich sagte Orly: »Erin ist die beste von der ganzen Truppe.«

»Dann wollen Sie doch sicher nicht, daß ihr irgend etwas zustößt«, sagte García.

»Nein, das will ich ganz bestimmt nicht.«

Erin sagte, daß sie zutiefst gerührt sei. Orly kratzte an einem Fleck auf seinem Arm. »Und deiner Kleinen auch nicht. Das ist doch wohl klar.«

»Sie sind herzensgut«, stellte der Detective fest.

»Der Name des Typs ist Moldowsky. Aber fragen Sie mich nicht, wie man das schreibt. Melvin oder so ähnlich.«

García nickte zufrieden. »Na prima. Was wollte er heute?«

Orly deutete mit einem Daumen auf Erin. »Er hat sich nach ihr erkundigt. Was für ein Mensch sie sei. Ob sie Drogen nehme. Ob sie einen Freund habe.«

Erin verspürte plötzlich unerklärliche Angst.

»Noch was anderes«, fuhr Orly fort. »Er weiß auch über das Kind Bescheid. Weiß, daß es Probleme mit deinem Ex-Mann gibt. Der Knabe weiß eine ganze Menge.«

»Er hat Angie erwähnt?« Erins Stimme klang brüchig. Sie

beugte sich vor, ballte die Fäuste. »Was haben Sie geantwortet?«

»Ich habe nichts gesagt«, beteuerte er. »Ich schwöre, kein Wort.« Erins Blick schien ihn verbrennen zu wollen. Orly reckte zwei Finger der rechten Hand in die Höhe. »Sag es ihr, Shad. Erzähl ihr, wie ich reagiert habe.«

Shad bestätigte Orlys Version. »Ich war dabei, als das Arschloch anrief. Mr. Orly hat ihm nichts verraten.«

»Okay.« Erin lehnte sich aufatmend zurück. »Tut mir leid.«

»Er ist ein ziemlich dicker Fisch«, sagte Orly. »Er hat ein paar Namen genannt, um mich zu beeindrucken. Sonst hätte ich nämlich gesagt, er könne mich mal.« Seine Schweinchenaugen wurden ganz klein und richteten sich auf García. »Wenn ich meine Lizenz verliere, dann wird es verdammt teuer. Ich arbeite nämlich für ein paar wichtige Leute.«

»Keine Sorge, Mr. Orly. Zeigen Sie sich kooperativ, und alles geht am Ende friedlich aus.«

»Kooperativ?« Orly dehnte das Wort. »Um Gottes willen, was wollen Sie denn sonst noch? Ich hab Ihnen schon den verdammten Namen genannt.«

»Ja, das haben Sie«, sagte García. »Wenn es doch nur noch eine Telefonnummer gäbe, die dazugehört.«

Orly mimte nun den Ungeduldigen, der vielbeschäftigt ist und Besseres zu tun hat. »Jaja, Moldowsky hat eine Nummer hinterlassen. Ich hab sie hier irgendwo.« Er wühlte halbherzig in dem Durcheinander auf seinem Schreibtisch herum.

Der Detective strahlte. »Wunderbar. Ich will, daß Sie ihn anrufen.«

Orly musterte den Polizisten stirnrunzelnd. »Weshalb, zum Teufel? Ich rufe niemanden an.«

»Na, kommen Sie schon«, sagte Al García. »Suchen wir die Nummer.«

García blieb bis zum Ende im Club und wartete dann auf dem Parkplatz, bis Erin mit Angie herauskam. Der Detective versuchte sich mit dem Mädchen anzufreunden, aber die Kleine war müde und quengelig und legte sich auf den Rücksitz des Fairlanes. García meinte, es sei ein lausiges Arrangement, Angie in den Club mitzunehmen.

Erin zuckte die Achseln. »Tut mir leid, wenn es Ihnen nicht gefällt.« Sie war nicht in der Stimmung, sich männliche Moralpredigten anzuhören. »Die anderen Girls sind unheimlich nett zu ihr. Außerdem darf sie nicht in die Bar, um zu sehen, womit ihre verdorbene Mami ihren Lebensunterhalt verdient.«

»Immer mit der Ruhe«, sagte García. »Davon rede ich gar nicht. Mir geht es um die Sicherheit des Kindes.«

Er hielt die Tür auf, damit Erin einsteigen konnte. Sie drehte den Zündschlüssel herum und ließ den Motor mehrmals aufheulen. »Ich will sie die ganze Zeit in meiner Nähe haben«, sagte sie, »solange Darrell da draußen herumgeistert.«

Vom Rücksitz erklang eine Kinderstimme. »Mami, können wir jetzt nach Hause fahren?«

García senkte seine Stimme zu einem Flüstern herab. »Überlegen Sie doch mal. Wenn jemand hinter Ihnen her ist, wo ist der erste Ort, wo sie nachschauen würden? Genau hier. Angenommen, es wird tatsächlich Ernst und das Schlimmste passiert – wollen Sie, daß die Kleine dann schlafend in der Garderobe liegt?«

»Prima«, sagte Erin. »Dann suchen Sie mir einen Kindergarten, wo ich sie in der Nacht hinbringen kann.« Sie legte den Gang ein. »Außerdem, weshalb sollten wir uns Sorgen machen? Wir haben doch Sie und Shad, die uns beschützen.«

Erin gab Gas und bog mit quietschenden Reifen um die nächste Ecke. Kindisch, dachte sie, aber sehr befreiend. Den gesamten Heimweg legte sie mit Vollgas zurück.

Als Al García zwanzig Minuten später eintraf, saßen Erin und

Angela immer noch im Fairlane. Erin beobachtete mit starrem Blick die Hausfront. Als der Detective zum Wagen kam, entdeckte er auf dem Armaturenbrett eine kleine Pistole. Auf dem Rücksitz lag Angela und verhielt sich so still wie eine Porzellanpuppe.

García bat Erin, die Waffe wegzustecken. Sie deutete auf das Fenster im zweiten Stock und sagte: »Das Licht im Schlafzimmer brennt.«

»Sie haben es nicht brennen lassen?«

»Nein«, antwortete Erin. Sie hatte alle Lampen ausgeknipst, bevor sie zur Arbeit gefahren war. Es war eine alte Gewohnheit. Die Stromrechnungen waren mörderisch.

Sie beobachteten das Fenster und warteten auf einen Schatten. Nichts rührte sich hinter den halb zugezogenen Vorhängen.

»Geben Sie mir die Schlüssel«, sagte García.

»Wahrscheinlich ist die Tür offen.«

»Und die Pistole, bitte.«

Erin reichte ihm die Schlüssel und die .32er. »Sie ist gesichert«, sagte sie.

»Danke. Wenn irgend etwas passiert, dann stützen Sie sich auf die Hupe.«

Die Haustür war verschlossen. Der Detective öffnete sie behutsam und schlüpfte hinein. Mehrere Sekunden lang geschah nichts. Es war, als sei Al García von der Dunkelheit verschluckt worden. Erin behielt die Fenster im Auge und wappnete sich gegen das Geräusch eines gedämpften Pistolenschusses, aber alles, was sie hörte, waren Angelas ruhige Atemzüge auf dem Rücksitz. Schließlich wurde es hinter den anderen Fenstern hell, eins nach dem anderen, als García von Zimmer zu Zimmer ging. Als er wieder in der Haustür erschien, bedeutete er Erin zu kommen.

Die Wohnung sah unberührt aus. Der Detective begleitete

sie und Angela durch die Küche und das Wohnzimmer die Treppe hinauf ins Schlafzimmer. Nichts schien zu fehlen.

Dann habe ich mich wohl geirrt, dachte Erin. Ich hab tatsächlich die verdammte Lampe selbst brennen lassen.

»Ist das alles, was Sie besitzen?« fragte García.

»Angie und ich reisen mit leichtem Gepäck.« Es war ein seltsames Gefühl, den Detective in ihrem Schlafzimmer zu sehen. Erin bemerkte, wie er lächelnd die Rockplakate an den Wänden betrachtete.

Sie sagte: »Ich spare für einen van Gogh.«

»Mir gefällt es so.«

Angela rannte durch die Diele und kam mit einem mit Wachsmalstiften gemalten Bild zurück. »Das habe ich selbst gemacht«, sagte sie und hielt es García hin.

»Was für ein schöner Hund.«

»Nein, das ist ein Wolf. Von Tante Rita.« Angela fuhr mit einem Finger an den Umrissen entlang. »Sehen Sie den buschigen Schwanz? Und das da unter dem Baum sind die Babywölfe.«

»Richtig«, sagte der Detective. »Wölfe.«

Erin nahm ihm das Bild aus der Hand. »Das ist Darrells Familie. Ich brauche ein Aspirin.«

Das Badezimmer war der letzte Raum, wo sie mit Spuren eines Eindringlings gerechnet hätte. Zuerst bemerkte sie es gar nicht. Sie holte ein Fläschchen Advil-Tabletten aus dem Arzneischrank und schluckte drei Stück. Als sie vor dem Waschbecken stand und in den Spiegel blickte, spürte Erin, daß etwas nicht so war, wie es sein sollte. Sie wandte sich um, und da sah sie es.

»Mein Gott«, flüsterte sie. Ein eisiges Frösteln lief über ihren Nacken.

García trat ein. Erin bat ihn, sich den Duschvorhang anzusehen, der über der Badewanne aufgezogen war.

»Sie haben ihn nicht so hinterlassen?«

Sie schüttelte den Kopf. »Niemals.«

Angie zwängte sich zwischen den Beinen der Erwachsenen hindurch und sagte: »Wegen Schimmel.«

»Stimmt«, bestätigte ihre Mutter. »Es bildet sich Schimmel, wenn man ihn dauernd zusammengeschoben läßt.«

García lächelte. »Ich lerne jeden Tag etwas Neues.«

Erin brachte Angie zu Bett, dann durchsuchten sie und der Detective den Arzneischrank, die Regalfächer, den Schminktisch. Nichts fehlte oder war in Unordnung, dennoch war Erin sicher, daß jemand in dem Raum gewesen war.

Aber es war nicht Darrell Grant gewesen. Er wäre niemals eingedrungen und wieder verschwunden, ohne Spuren zu hinterlassen; sein Ego ließ kein anonymes Eindringen zu. Nein, Darrell hätte irgendeinen persönlichen Gegenstand zerstört und offen liegenlassen.

Erin saß am Rand der Badewanne und betastete den Duschvorhang, als enthielte er einen Hinweis.

»Merkwürdig«, sagte García. »Das war kein gewöhnlicher Einbrecher.«

»Ich kann es mir nicht leisten, schon wieder alles zusammenzupacken und umzuziehen. Ich kann einfach nicht.«

García lehnte sich gegen das Waschbecken. Er gierte nach einer Zigarre. »Ich möchte bloß wissen, was er wollte«, sagte er.

Erin sagte, sie sei zu müde, um weiter zu suchen.

»Ein einziges Mal noch«, entschied der Detective. »Ich habe eine Idee, die vielleicht weiterhilft. Erzählen Sie mir, was Sie alles tun, bevor Sie zur Arbeit fahren.«

»Ich bitte Sie«, protestierte Erin.

»Es ist mein Ernst. Jeder Mensch folgt einer bestimmten Routine, wenn er morgens aufsteht. Verraten Sie mir Ihre.«

»Ich würde sagen, der Höhepunkt ist die Reinigung der Zähne.«

»Egal. Gehen Sie jeden Punkt durch.«

Erin erklärte sich aus reiner Erschöpfung dazu bereit. »Nun, zuerst dusche ich, wasche die Haare und rasiere meine Beine. Dann möble ich meine Fingernägel und Fußnägel auf... Moment mal.« Sie schaute auf die Fensterbank, wo ihre Badeutensilien aufgereiht standen.

»Mein Gott, das ist ja furchtbar. Jetzt weiß ich, was fehlt.« Sie richtete sich zitternd auf. »Angela kann nicht hierbleiben«, sagte sie, »auch nicht eine weitere Nacht.«

Der Detective legte ihr einen Arm um die Schultern. »Verraten Sie mir, was sie mitgenommen haben.«

»Sie werden es nicht glauben«, flüsterte Erin. »Ich glaube es nicht mal selbst.«

21. KAPITEL

Der Kongreßabgeordnete lag auf dem Bett, trug einen schwarzen Cowboyhut, ein weißes Handtuch um die Hüften geschlungen und ein Paar Stiefel aus grünem Eidechsenleder. Die Operationsnarbe auf seinem Brustbein pulsierte im ultravioletten Licht wie ein Wurm.

»Was haben Sie jetzt getan?« fragte Erb Crandall.

»Mich in Stimmung gebracht.« David Dilbeck schlug die Augen auf. »Haben Sie bekommen, was ich haben wollte?«

»Ja. Wo ist Ihre Frau?«

»In Äthiopien, mit Empfehlung der Unicef. Dann Paris und vielleicht Mailand. Gefällt Ihnen das Licht?«

»Es weckt Erinnerungen.«

»Pierre fand die Lampen in einem Alternativladen im Grove. Lassen Sie mal sehen, was Sie haben, Erb.«

Crandall ging tastend durch den blauvioletten Lichtschein. Er sagte: »Herrgott, Sie sollten sich mal selbst sehen.«

Mit Taschentüchern hatte der Kongreßabgeordnete einen

Arm und beide Füße an den Bettpfosten gebunden. Oberhalb der Stiefel glänzten seine blassen Schienbeine, als seien sie lackiert worden.

»Vaseline«, erklärte Dilbeck. »Zuerst habe ich sie in der Mikrowelle angewärmt – man nimmt am besten die Einstellung für Saucen.« Erb Crandalls angeekelter Gesichtsausdruck ließ ihn hinzufügen: »Das passiert, wenn Sie mich nicht rausgehen und spielen lassen.«

»David«, sagte Crandall ruhig, »sagen Sie mir, daß Sie getrunken haben.«

»Nicht einen Tropfen.«

Er ist verrückt, dachte Crandall und fragte sich, was der Vorsitzende der Demokratischen Partei Floridas wohl sagen würde, wenn er den Kongreßabgeordneten in diesem Moment sehen könnte.

Dilbeck streckte seinen freien Arm aus. »Kommen Sie schon. Ich habe den ganzen Abend darauf gewartet.«

Crandall ließ das, was er aus der Wohnung der Stripteasetänzerin gestohlen hatte, in Dilbecks offene Hand fallen. Der Kongreßabgeordnete verrenkte sich auf dem Bett, als er den verbotenen Schatz begutachtete: ein rosafarbener Einwegrasierer.

»Ist das wirklich echt?«

»Direkt aus ihrem Badezimmer«, sagte Crandall teilnahmslos.

Dilbeck drehte den Rasierapparat zwischen den Fingern. Mit einem Ausdruck der Erregung sagte er: »Ich wette, sie hat ihn heute morgen benutzt.«

»Kann ich nicht feststellen.«

»Ich kann die kleinen Haare sehen.«

»Seien Sie vorsichtig, Davey.« Bei seinem Glück würde dieser dämliche Trottel sich noch die Pulsadern aufschneiden.

Dilbecks Brust hob und senkte sich heftig. »Erb, mögen Sie Garth Brooks?«

»Ist das der, den Sie darstellen?«

Dilbeck lächelte verträumt. »Meine Stiefel sind voll Vaseline.«

Nun, dachte Crandall, genug ist genug. Er holte eines der Einbruchswerkzeuge aus der Tasche – einen kleinen Schraubenzieher – und berührte mit der Spitze Dilbecks Hals. Der Kongreßabgeordnete schien überrascht zu sein, aber nicht unbedingt ängstlich.

Crandall sagte: »Ich würde uns beiden damit einen ungeheuren Gefallen tun.«

»Erb, bitte, das ist ein völlig harmloser Sport.«

»Sie sind ein kranker Irrer.«

Dilbeck sah ihn strafend an. »Unterlassen Sie das auf der Stelle.«

»Ich bin nicht in die Politik gegangen, um für einen perversen alten Scheißer wie Sie den Zuhälter und Dieb zu spielen. Ob Sie es glauben oder nicht, ich hatte mal Ideale.«

Crandall übertrieb stark, denn er war kein Mensch mit Idealen, sondern mit Instinkten. Er war von der günstigen Gelegenheit angelockt zur Politik gekommen, denn nach Watergate schien den Demokraten ein Erdrutschsieg sicher, und dies war der Moment, als Crandall sich ins Spiel brachte. Gelegentlich fragte er sich zwar, ob diese Entscheidung richtig gewesen war, aber noch nie war er so auf die Probe gestellt worden wie in diesem Moment.

»Wissen Sie was?« sagte er zu dem gefesselten Kongreßabgeordneten. »Sogar dieser Wichser Nixon hätte niemals so eine Nummer abgezogen.«

»Vielleicht wäre er ein besserer Präsident gewesen, wenn er es getan hätte.« Dilbeck hob seine silbergrauen Augenbrauen. »Schon jemals daran gedacht?«

Entnervt legte Crandall den Schraubenzieher beiseite.

»Braver Junge«, lobte David Dilbeck.

»Moldy kommt in einer Stunde. Wenn ich Sie umbrächte, bliebe nicht genug Zeit, um die Schweinerei zu beseitigen.«

Dilbeck betrachtete den Plastikrasierapparat von allen Seiten, als wäre er ein besonders seltenes Fundstück. »Wie heißt sie?«

»Erin«, antwortete Crandall.

»Wunderschön. Offenbar irisch. Erin, und wie weiter?«

»Vergessen Sie's.«

»Nun kommen Sie schon, Erb. Ich werde sie nicht suchen, ich versprech's Ihnen.«

Crandall ging zur Tür. »Ich brauche einen Drink. Übrigens, Sie sehen lächerlich aus.«

Der Kongreßabgeordnete reagierte nicht darauf. »Erb, nur einen weiteren kleinen Gefallen.«

»Lassen Sie mich mal raten. Sie wollen, daß ich Ihnen den anderen Arm ans Bett fessle.«

Dilbeck lachte gackernd. »Lieber nicht.«

»Was dann?«

Er wedelte mit dem rosafarbenen Rasierer in der Luft. »Rasieren Sie mich, Erb. Rasieren Sie mich am ganzen Körper.«

Crandall starrte ihn vernichtend an, während er den Raum verließ.

David Lane Dilbeck war der einzige Sohn von Chuck »Der Strohhalm« Dilbeck, dem einst wichtigsten Faulbehälterentleerer in den Counties Dade, Broward und Monroe. Zur Zeit des ersten Wirtschaftsbooms in Süd-Florida, bevor es Abwasserkanäle gab, verließ sich fast jede Familie auf einen im Hinterhof eingebuddelten Faulbehälter. Die soliden, gedrungenen Zylinder waren lebenswichtige Komponenten des Durchschnittshaushalts und eine ständige Quelle nur flüsternd geäußerter Furcht. Eine Faulbehälterverstopfung war nämlich der heimliche Alptraum eines jeden Ehemanns, etwa genauso gefürchtet wie ein Hurrikan oder ein Herzanfall. Verstopfungen zu beseitigen war eine abstoßende Angelegenheit, und nur wenige Unternehmer waren bereit, sich darum zu kümmern.

Der Name Dilbeck war weithin bekannt in der Müllindustrie, auch noch lange, nachdem die meisten Faulbehälter in Süd-Florida verrostet waren. Der junge David verbrachte keinen einzigen Tag damit, Abwässer abzupumpen, aber er erkannte schon früh den Wert der Tatsache, einen prominenten Vater zu haben. Im Jahr 1956, im Alter von vierundzwanzig Jahren, gab er kühn seine Kandidatur für den Stadtrat von Hialeah bekannt. Viele Bürger der Stadt waren seit sie denken konnten Kunden Chuck Dilbecks und unterstützten nun gerne seinen ambitionierten Sohn. Eine schnelle Reaktion war nämlich entscheidend, wenn eine Faulbehälterstörung auftrat, daher war es wichtig, sich mit dem Strohhalm gut zu stellen. Hunderte von örtlichen Faulbehälterbesitzern meldeten sich daher freiwillig, um bei Davids erstem politischem Kampf mitzuhelfen, den er schließlich auch gewann.

Sogar nach den in Florida üblichen Maßstäben war Hialeah – und ist es immer noch – ungeheuer korrupt, und die Mitglieder des Stadtrates manipulierten Bauverordnungen gegen Bargeld, Immobilien und andere Vergütungen. David Dilbeck hatte das Glück, während der Jahre des großen Durcheinanders in Hialeah zu wirken, als es immer noch eine Menge Land gab, das aufgeteilt werden sollte. Er verbrachte vier fruchtbare Wahlperioden damit, zuzuhören, zu lernen und erfolgreich eine Anklage zu vermeiden. Er leistete Erstaunliches bei Schmiergeldverhandlungen und wußte dieses Geschick auch nutzbringend einzusetzen, als er als jüngstes Mitglied in den staatlichen Senat in Tallahassee einzog.

Die Atmosphäre in der Hauptstadt Floridas war völlig anders. Das Leben dort pulsierte schneller, Korruption war gesellschaftsfähig und hatte eine alte Tradition, und die Einsätze waren höher. Aber aufgrund gelegentlicher prüfender Blicke unbequemer neuer Reporter war es unklug für die Vertreter der Legislative, allzu offen um private Lobbyisten herumzuscharwenzeln. David Dilbeck arbeitete hart daran, seine rauhen Ekken und Kanten abzuschleifen. Er lernte, sich zu kleiden und zu reden und zu trinken wie ein Landedelmann. Der Senat war dicht besetzt mit selbstgezüchteten Rednecks, und die meisten waren auf dreiste Art unehrlich. Aber die Hackordnung war streng, und Neuankömmlinge, die die Regeln mißachteten, zahlten für diesen Fehler teuer. Dilbeck paßte sich bestens an und lernte schon bald von einigen der gerissensten Gauner Floridas.

In Tallahassee machte er auch die Erfahrung, daß einige Frauen sich zu Politikern hingezogen fühlten und tatsächlich mit ihnen schliefen. Dilbeck erwarb sich dieses Wissen episodenhaft, und mit jeder Eroberung wurde er besessener. Schon immer hatte er angenommen, daß der öffentliche Dienst ihn reich machen würde, aber er hätte sich niemals träumen lassen, daß er damit auch in so manchen Betten landen würde. Acht Jahre lang erging Dilbeck sich in Promiskuität und heiratete dann – nach guter südstaatlicher Tradition – die halb jungfräuliche Tochter eines Phosphattycoons, die nur selten mit ihm schlief; Pamela Randle Dilbeck interessierte sich mehr für neue Mode und gesellschaftliche Anliegen. Von ihrem Mann wurde sie ermutigt, recht häufig zu verreisen.

Mitte der siebziger Jahre geriet Dilbecks Karriere, nachdem er genau zwei Gesetzesvorlagen eingebracht hatte, ins Stocken. Keiner dieser Vorschläge konnte als besonders bedeutend gelten. Ein Gesetz verbot Sportgeschäften, an Sonntagen Maschinengewehrmagazine an Minderjährige zu verkaufen; der Vorschlag wurde trotz heftigen Widerspruchs der National Rifle Association mit knapper Mehrheit angenommen. Dilbecks einzige andere Leistung war ein Beschluß, mit dem der Okaloosa-Zwergsalamander zum offiziellen Staatsamphibium von Florida ernannt wurde. Ein in begrenzter Auflage hergestelltes Nummernschild wurde der motorisierten Öffentlichkeit für fünfunddreißig Dollar plus Mehrwertsteuer angeboten. Das Salamanderemblem wurde von einer lebhaften Kunstlehrerin von der Florida-State-Universität entworfen, die dafür als Honorar vierzigtausend Dollar an Steuergeldern erhielt und die außerdem an Donnerstagnachmittagen mit einem gewissen Senator zu schlafen pflegte.

Dilbecks großer Durchbruch kam mit dem Hinscheiden des zweiundachtzigjährigen Wade L. Sheets aus Süd-Miami. Der ehrwürdige alte Demokrat war seit gut drei Wahlperioden todkrank und daher auf dem Capitol Hill nur selten anzutreffen gewesen. Diejenigen, die Sheets nahestanden, berichteten traurig, daß seine zahlreichen Gesundheitsprobleme durch eine rasch voranschreitende Senilität noch verstärkt wurden. Kurz vor seinem Ende weigerte er sich, lange Hosen zu tragen, und verlangte, mit »Captain Lindbergh« angesprochen zu werden. Als Sheets schließlich starb, hielt sich eine Schar örtlicher Politiker bereit, um sich für seinen Sitz im Repräsentantenhaus zu bewerben. Unter ihnen befand sich auch David Lane Dilbeck.

Bei Sheets Beerdigung hielt Dilbeck eine Rede, die ungewöhnlich taktvoll war und die umfangreiche Trauergemeinde zu verhaltenem Lachen und Tränen rührte. Die gefühlvolle Ansprache war um so bemerkenswerter, wenn man bedachte, daß Dilbeck Wade Sheets nur zweimal in seinem Leben getroffen hatte. Bei beiden Gelegenheiten war der kranke Congressman offenbar nicht bei Bewußtsein gewesen. Dilbecks erstaunliche Eloge (geschrieben von einem jungen Angehörigen seines Stabes namens Crandall) enthielt vieles aus alten John-F.-Kennedy-Reden, die wiederum vieles aus allen anderen Reden enthielten. Niemand in der andächtig stillen Kirche bemerkte das Plagiat. Die anderen Kandidaten für den Sitz des toten Sheets hielten ebenfalls Totenreden, doch keine blieb so gut im Gedächtnis aller haften. Als alle Fernsehsender in den Nachrichten einen

Videoclip von David Dilbeck auf der Kanzel brachten, wußten die anderen, daß sie gescheitert waren.

Dilbeck freute sich, endlich nach Washington zu kommen. Je weiter man sich von seinen Wählern entfernte, desto schwieriger fiel es ihnen, einen im Auge zu behalten. Und wieder paßte Dilbeck sich den örtlichen Sitten an. Direkte Bestechung mit Geld, das von Hand zu Hand wanderte, war auf dem Capitol Hill selten. Die verschiedenen Interessengruppen arbeiteten weitaus unauffälliger und raffinierter. Ein gefügiger Kongreßabgeordneter erhielt als Gegenleistung für eine entscheidende Stimmabgabe schon mal Karten für vier Spitzenplätze während eines Spiels der Redskins. Derartige Arrangements waren unmöglich nachzuweisen, geschweige denn zu bestrafen. Ein weiterer direkter Weg zum Herzen eines Politikers waren exorbitante Wahlkampfspenden. Auf diese Weise wurde Dilbeck von der mächtigen Zuckerlobby in Versuchung geführt. Andere Industriezweige fanden ihn genauso empfänglich für ihre Aufmerksamkeiten. Zwei Jahrzehnte lang machte er seinen Weg als gutgeschmierter Lakai. Er überstand mehrere ernste Angriffe der Republikaner und zahlreiche unschöne Zeitungsmeldungen und schaffte es immer, wiedergewählt zu werden. Diejenigen, die Dilbecks Seele besaßen, verhielten sich still, denn sie waren mit seinen Gefälligkeiten zufrieden. Infolgedessen drohte ihm niemals ein Skandal.

Bis jetzt.

»Hallo, Malcolm.« Wie immer schrumpfte der Kongreßabgeordnete in Moldowskys Gegenwart. Erb Crandall konnte herumkommandiert werden, aber Moldy war etwas anderes, denn der Mann war über das vertraglich Vereinbarte hinaus zu nichts verpflichtet.

»Wo ist das Cowboykostüm, Davey?«

»Dann hat Erb es Ihnen also erzählt.« Dilbeck hatte die Stiefel und den Cowboyhut gegen einen kastanienbraunen Jogginganzug eingetauscht, stand lässig im Herrenzimmer und trank einen Eistee.

»Erb macht sich Sorgen«, sagte Moldowsky. »Offen gesagt ich auch.«

Wie immer war Moldy äußerst elegant gekleidet: Er trug einen wunderbaren taubengrauen italienischen Anzug mit indigofarbener Krawatte, und das Eau de Cologne dieses Abends war besonders bemerkenswert.

»David«, sagte er, während er auf und ab ging, »ich habe da etwas von Vaseline gehört.«

»Ich versuche, das in den Griff...«

»Und von Wäscheflusen. Stimmt das?« Moldys vor Ekel verzerrtes Gesicht ließ erwarten, daß er jeden Moment auf den Teppich spucken würde.

»Malcolm, ich wünschte, ich könnte das erklären. Seltsame Mächte rühren sich in mir, tierische Gelüste... und es geht einfach nur darum, sie in der Gewalt zu haben.«

»Setzen Sie sich«, bellte Moldy. Da er nicht größer als ein Jockey war, haßte er es, zu jemandem emporzuschauen, den er beschimpfte. »Setzen Sie sich, verdammt noch mal!«

Dilbeck gehorchte. Moldowsky ging langsam durch das Zimmer und blieb von Zeit zu Zeit stehen, um finster die Fotografien und die in Plastik eingeschweißten Zeitungsausschnitte zu betrachten, die an der Wand hingen. Ohne Dilbeck anzusehen, sagte er: »Erb hat einen Damenschuh in Ihrem Schreibtisch gefunden. Woher kommt er?«

»Chris hat ihn für mich gekauft.«

»Von dieser Stripteasetante?«

»Ja, Malcolm.« Dilbeck trank einen Schluck Tee. »Diese kleinen Dinge – sie helfen mir durchzuhalten. Es ist völlig harmlos.«

Moldy verspürte einen Anflug von Verzweiflung. Verrücktheit war etwas, das er nicht manipulieren, beseitigen, verdrehen oder verbergen konnte. Und David Dilbeck war schlicht und einfach irre.

»Was hat Erb mit dem Schuh getan?« wollte der Kongreßabgeordnete wissen. »Er hat ihn doch nicht weggeworfen, oder?«

Unglaublich, dachte Moldowsky. Er ist genauso wie ein armseliger Junkie.

»Am liebsten«, sagte Moldy, »würde ich Ihren Arsch zurück nach Washington transportieren und Sie bis zur Abstimmung über die Zuckerpreise in meiner Wohnung einschließen. Unglücklicherweise müssen wir aber auch an den Wahlkampf denken. Es sähe ziemlich mies aus, wenn Sie plötzlich verschwänden.«

»Das glaube ich auch«, sagte Dilbeck geistesabwesend.

»David, verstehen Sie überhaupt, was auf dem Spiel steht?«

»Natürlich.«

»Wie wäre es, wenn ich eine Frau herholen würde, die nur für Sie da ist – wenn Sie wieder in eine dieser Stimmungen geraten. Zwei Frauen vielleicht ...«

Dilbeck bedankte sich bei Moldowsky für dieses Angebot, sagte jedoch, damit würde das Problem nicht gelöst. »Die Liebe hat mich völlig um den Verstand gebracht«, sagte er.

»Liebe?« Moldy lachte ätzend.

»Es ist beängstigend, Malcolm. Haben Sie noch nie derart leidenschaftlich für jemand anderen empfunden?«

»Niemals«, erwiderte Moldowsky wahrheitsgemäß. Er blieb lieber bei Callgirls. Sie redeten seine Sprache.

»Keine Sorge, es ist alles in Ordnung«, beteuerte Dilbeck. »Ich werde es bis zur Wahl schon schaffen.« Er stellte sein Glas auf der Armlehne des Sessels ab. »Erb sagt, Flickman wolle mit mir debattieren. Ich bin bereit.«

»Beachten Sie diesen kleinen Scheißer gar nicht«, empfahl ihm Moldowsky.

Eloy Flickman war Dilbecks glückloser Gegner im Rennen

um einen Sitz im Repräsentantenhaus. Unter normalen Umständen hätte eine Debatte vielleicht etwas gebracht, denn Flickman stand ideologisch leicht rechts von Attila dem Hunnenkönig, und zu seinen Wahlversprechen gehörten: im Fernsehen übertragene Exekutionen von Drogenhändlern, kostenlose Sterilisation der Mütter, die von der Fürsorge leben, und eine Invasion Kubas durch das amerikanische Militär. Sogar die Republikanische Partei betrachtete ihn mißtrauisch und unterstützte den ziemlich bizarr auftretenden Händler von Haushaltsgeräten nur pro forma.

»Ich kann ihn vernichten, Malcolm«, sagte Dilbeck.

»Weshalb die Mühe? Er zerstört sich selbst.«

»Ich mache mir wegen der Kubasache Sorgen.«

»Keine Debatte!« entschied Moldowsky. Er unterbrach seine Wanderung und baute sich direkt vor Dilbeck auf. »Davey, wir haben es mit einer dringlicheren Angelegenheit zu tun – mit dieser gottverdammten Stripperin, nach der Sie so verrückt sind.«

Der Kongreßabgeordnete neigte den Kopf. »Was soll ich dazu sagen? Ich habe meine Impulse nicht mehr unter Kontrolle.«

Für Malcolm Moldowsky befand sich Dilbeck bereits auf dem absteigenden Ast. Der Tag, an dem das Zucker-Gesetz den Ausschuß passiert haben würde, würde sein Ende bedeuten. Moldy und die Rojos würden ihn vom Posten des Ausschußvorsitzenden entfernen, und es würde ein leichtes sein, andere Kongreßabgeordnete zu finden, die Dilbecks ganz spezielle Rolle übernahmen. In der Zwischenzeit hatte Moldowsky einen Plan aufgestellt. Allerdings war er nicht ohne Risiko.

»Ich schlage Ihnen ein Geschäft vor«, erklärte er Dilbeck. »Zuerst müssen Sie jedoch versprechen, daß Sie nicht mehr ihre Wäscheflusen, ihren Rasierapparat und ihre gottverdammten Schuhe sammeln. Haben Sie das verstanden?«

»In Ordnung. Aber was bekomme ich dafür?« Der Kongreßabgeordnete klang skeptisch.

»Ein Rendezvous.«

Dilbeck erhob sich langsam, seine Augen weiteten sich.

»Ihr Boss hat mich heute angerufen. Er sagte, sie sei möglicherweise einverstanden, wenn der Preis stimmt.«

»Wann?« Dilbecks Stimme überschlug sich. »Sie meinen, jetzt gleich?«

Unglaublich, dachte Moldowsky. Ihm geht gleich einer in die Hose ab. »Machen Sie einen Knoten rein«, riet er Dilbeck.

»Ein Rendezvous, sagten Sie.«

»Ich kümmere mich um die Einzelheiten.«

Dilbeck wunderte sich offenbar überhaupt nicht über Moldys Beziehungen zum Inhaber einer Nacktbar. Er legte Moldowsky die Hände auf die Schultern. »Wenn Sie das arrangieren können, Mann Gottes . . .«

Moldy streifte Dilbecks Hände ab. »Reißen Sie sich dann bis zur Wahl zusammen? Hört dann dieser verrückte Scheiß auf?«

»Beim Grab meines Vaters, Malcolm.«

»Sehr witzig.«

Der Strohhalm – bis zu seinem Ende ein großer Showman – war in einem mit Seide ausgeschlagenen Faulbehälter beerdigt worden, und Moldowsky dachte, schade, daß sein verrückter Sohn nicht auch soviel Klasse hat.

Dilbeck rieb mit seinen feuchten Handflächen über die Knie des Jogginganzugs. »Malcolm, reden wir von einem richtigen Rendezvous oder von etwas anderem?«

»Sie meinen, ob Sie das Girl bumsen können? Das ist eine Sache zwischen Ihnen und ihr. Verflixt, ich kann doch nicht alles organisieren.«

»Sie haben ja recht.«

»Ich kann Ihnen doch keinen hochholen und ihn auch noch für Sie reinschieben. Etwas müssen Sie schon selbst erledigen.«

Der Kongreßabgeordnete war im siebten Himmel. »Mein Freund, Sie können sich gar nicht vorstellen, was das für mich bedeuten würde.« Er hob sein Glas und prostete Moldowsky zu. »Schon wieder eine Glanztat, Malcolm.«

»Sagen Sie lieber Wunder«, meinte Moldy. »Das paßt wohl besser.«

»Ihre Spezialität!«

»Jaja«, murmelte Moldowsky. Congressman David Dilbeck hatte keine Ahnung, welche drastischen Schritte bereits unternommen worden waren, um seine armselige Haut zu retten.

Anfang der siebziger Jahre waren die früher einmal paradiesischen Unterwasserriffe von Miami und Fort Lauderdale tot, vergiftet durch die ungeklärten Abwässer, die von den Toiletten eleganter Seehotels direkt in den Ozean geleitet wurden. Auf dem Meeresgrund verlaufende Rohre transportierten den Dreck ein paar hundert Meter von der Küste weg, damit Strandbesucher nicht die Wolken brauner Brühe sehen konnten. Man ging davon aus, daß selbst der erholungswilligste Tourist es sich zweimal überlegte, ob er in Scheiße herumschnorcheln wollte.

Jahrzehntelang auf diese Weise entsorgte Schmutzmassen töteten am Ende die empfindlichen Korallen ab und vertrieben die glitzernden Fischschwärme. Die Riffe verwandelten sich in graue Steinwüsten, kahl und absolut untropisch. Angelbootkapitäne und Tauchshopinhaber beklagten sich, ihre Kundschaft an die Florida Keys und die Bahamas zu verlieren, wo das Wasser immer noch klar genug war, um die eigene Hand vor Augen erkennen zu können. Ein paar Küstenstädte Süd-Floridas ergriffen bescheidene Maßnahmen, um die Meeresverschmutzung zu reduzieren, aber die Riffe regenerierten sich nicht. Einmal abgestorben, sind Korallen nicht wiederzubeleben.

Biologen stellten die Theorie auf, daß es möglich sein müßte, Fische auch ohne echte Korallen anzulocken. So entstand das

Konzept der »künstlichen Riffe«, die weder so exotisch noch so hochtechnisiert waren, wie der Begriff vermuten ließ. Künstliche Riffe wurden geschaffen, indem man alte Schiffe versenkte. Einmal auf dem Meeresgrund zur Ruhe gekommen, lockten die geisterhaften Kolosse Köderfische an, die wiederum Barrakudas, Makrelen, Haie, Barsche und Blaufische anzogen. Die Angelboot- und Tauchbootkapitäne waren selig, weil sie nicht mehr vierzig Meilen weit hinausfahren mußten, um ihren Kunden echte Fische zu zeigen.

Vom werbemäßigen Standpunkt aus gesehen, war das Programm der künstlichen Riffe ein Riesenerfolg – eine Art lebendiger Schrottplatz des Meeres. Endlich einmal konnten die menschlichen Praktiken der Abfallentsorgung ganz legitim als Segen für die Umwelt verkauft werden. Alle paar Monate wurde irgendein alter Frachter aufs Meer hinausgeschleppt und mit Dynamit gesprengt. Örtliche Fernsehsender strömten zu diesem Ereignis herbei, da es ihnen die Möglichkeit bot, die teuren Helikopter für etwas anderes einzusetzen als für Verkehrsberichte. Wie vorauszusehen war, wurden diese von großem öffentlichen Interesse begleiteten Aktionen zu einer regelmäßig stattfindenden Touristenattraktion Süd-Floridas. Hunderte von Bootsfahrern versammelten sich dann und applaudierten begeistert, wenn die rostigen Kähne explodierten und in den Wellen versanken.

Am Morgen des 2. Oktober wurde ein sechsundachtzig Fuß langer guatemaltekischer Bananendampfer namens *Princess Pia* von Port Everglades zu einer vorher festgelegten Position vor der Küste von Fort Lauderdale geschleppt. Die *Princess Pia* war sorgfältig ausgeschlachtet worden. Verschwunden waren die Zwillingsdieselmotoren, die verrostete Steueranlage, die Funkelektronik, die Taue, die Schläuche, die Rohrleitungen, die sanitären Armaturen, die Lukendeckel und die Schotts, die Windschutzscheibe, sogar der Anker – jedes Teil, das irgendeinen

Wert besaß, war aus dem Schiff entfernt worden. Was übrigblieb war der nackte Rumpf. Diesen hatte man weitgehend entfettet, um die in allen Farben schillernden Altölreste, die sich während des Untergangs der *Pia* bilden würden, so gering wie möglich zu halten.

Die Vorbereitung des Schiffs hatte nahezu einen Monat gedauert. Beaufsichtigt wurden die Arbeiten von einem Inspektor der Küstenwache, einem Umweltingenieur aus Broward County und einem Agenten der amerikanischen Zollbehörde, die das Schiff vierzehn Monate vorher aufgebracht hatte. Sobald der Zollagent sich überzeugt hatte, daß in der *Princess Pia* keine verborgenen Frachträume mehr existierten und dort kein Haschisch mehr zu finden war, erklärte er das Projekt für abgeschlossen. Der Inspektor der Küstenwache und der Umweltingenieur des Bezirks unternahmen am Abend des 1. Oktober einen letzten Rundgang durch den alten Kasten. Viel später sollten beide Männer aussagen, daß die *Pia* bis auf den Sprengstoff an diesem Abend leer war, vor allem im hinteren Frachtraum befand sich absolut nichts.

Ein einzelner Nachtwächter, engagiert von der Abwrackfirma, wurde an der Anlegestelle des Schiffs postiert, um zu verhindern, daß das Dynamit aus dem Rumpf gestohlen wurde. Der Wächter hielt pflichtgemäß Wache bis etwa drei Uhr morgens, als eine Gruppe freundlicher Hafenarbeiter ihn zu Kartenspiel und Pornovideos auf einen japanischen Holzfrachter einlud. Insgesamt war die *Princess Pia* mindestens drei, aber wahrscheinlich fünf Stunden unbewacht, je nachdem, welcher Aussage man Glauben schenkte.

Eines war unbestritten: Im Morgengrauen des nächsten Tages zogen zwei Schlepper die *Pia* bei einsetzender Ebbe hinaus aufs Meer. Drei Boote der Marinepatrouille und ein Kreuzer der Küstenwache fuhren voraus und gingen zwischen der Armada der Schaulustigen und dem mit Dynamit präparierten Frachter in Position. Der Platz für das neue künstliche Riff lag nur drei Meilen vor der Küste, aber es dauerte eine ganze Stunde, um die *Princess Pia* dorthin zu bringen. Das Meer war unruhig, und nordöstliche Winde wehten mit zwanzig Knoten. Die Schlepperkapitäne behielten vorsichtigerweise nur ein mäßiges Tempo bei.

Um neun Uhr morgens wurde die *Princess Pia* an Ort und Stelle verankert, mit dem Bug im Wind. Die Polizeiboote zogen einen weiten Kreis um den Kahn und schufen eine Sicherheitszone. Um Punkt zehn Uhr löste ein Funksignal zwei Explosionen in Rumpf und Heck des Schiffs aus. Dicke, schmutzige Qualmwolken stiegen von beiden Enden auf, und das Schiff neigte sich dramatisch nach Steuerbord. Es sank in genau neun Minuten. Die Menschen auf den Booten und Yachten klatschten Beifall, jubelten und ließen die Signalhörner ertönen.

Niemand ahnte, daß ein 1991er Lincoln Continental an den Stahlstreben des hinteren Frachtraums vertäut war. Und bis zu einem viel späteren Zeitpunkt wußte niemand, was sich in dem Wagen befand.

22. KAPITEL

Das Ringkampfbecken befand sich im hinteren Raum, der eine eigene Bühne und eine hufeisenförmige Bar aufwies. Erin arbeitete auf den Tischen, während Urbana Sprawl mit Teilnehmern einer Junggesellenparty in neunzig Gallonen Mais rangelte. Der gefeierte Junggeselle war ein junger Hypothekenbanker mit zahlreichen bleichen, etwas aus dem Leim gegangenen Freunden. Sie hatten gegen Urbana keine Chance, die ziemlich rauh zupackte und ihren prächtigen Busen vielseitig einsetzte. Als besondere Spezialität klemmte sie ihre Gegner ein, ohne die Arme zu benutzen.

Erin staunte immer wieder aufs neue über den Erfolg der Nacktringkämpfe, die in anspruchsvolleren Stripläden der absolut letzte Schrei waren. Es war nichts Erotisches daran, eine busenfreie Frau in einem Kübel voll kalten Gemüses zu begrapschen, obgleich diese trübe Erkenntnis für die meisten Gäste zu spät kam. Wenn der Gong ertönte, waren nur wenige in der Lage, ohne fremde Hilfe aus dem Bottich herauszuklettern. Die jungen Bankiers schienen vor allem nach ihren Duellen mit Urbana Sprawl ziemlich erschöpft zu sein.

Während sie von Tisch zu Tisch wanderte, achtete Erin kaum auf die spaßigen Gefechte im Ringkampfbottich, sondern dachte über die Politik nach, die plötzlich auf dramatische Art und Weise in ihr Leben eingedrungen war. Erin konnte sich nicht erinnern, wann sie das letzte Mal in einer Wahlkabine gestanden hatte. Wahlkämpfe langweilten sie. Jeder Politiker setzte das gleiche dämliche Grinsen auf und hielt die gleiche dämliche Rede, und Erin fragte sich verblüfft, ob tatsächlich jemand ein Wort davon glaubte. Sie konnte sich daran erinnern, mehrmals Darmkrämpfe bekommen zu haben, als sie versuchte, sich die Debatten zwischen Bush und Dukakis anzusehen.

Agent Cleary, Gott segne sein FBI-Herz, hatte sie ständig wegen ihres Zynismus kritisiert. Am Wahltag hatte er dem Büropersonal einen Vortrag gehalten und erklärt, daß jede Demokratie sinnlos sei ohne »eine informierte und verantwortungsbewußte Wählerschaft«. Er sagte, daß die Menschen immer genau die Regierung bekommen, die sie verdienen, und daß diejenigen, die nicht zur Wahl gehen, keinen Grund hätten sich zu beklagen. Er hatte recht, dachte Erin. Das geschieht mir nur, weil ich nicht aufgepaßt habe. Diebe wie David Lane Dilbeck würden ohne die unendliche Trägheit der Massen noch nicht einmal zum städtischen Hundefänger gewählt.

Und zur Strafe habe ich ein Rendezvous mit diesem Arschloch, dachte Erin.

Al García hatte ihr die Situation auf seine enervierend lakonische Art erklärt. Erin, die nur selten über das Ausmaß menschlicher Gemeinheit schockiert war, reagierte völlig fassungslos auf das, was sie da erfuhr: Jerry Killian war wegen *Zucker* ermordet worden. Der liebestolle kleine Kerl wurde getötet, weil er einem korrupten Kongreßabgeordneten in die Quere gekommen war. Laut García bestand der eigentliche Beitrag des Kongreßabgeordneten zur Verwaltung der Republik darin, unendliche Dollarströme in die Taschen der Zuckerkartelle zu leiten. Der arme Mr. Peepers hatte dieses Arrangement in Gefahr gebracht, daher wurde er totgeschlagen wie eine lästige Fliege.

García hatte gesagt, er wolle die Mörder fangen, bevor sie auch nach Erin suchten. Sie hatte erwidert, das sei eine großartige Idee, und hatte sich bereit erklärt, in jeder erdenklichen Weise zu helfen. Selbstschutz war die hauptsächliche Motivation, ihr Schuldgefühl die andere. Erin konnte nicht vergessen, daß es ihre aufreizenden Tanzkünste gewesen waren, die Jerry Killian so fatal den Kopf verdreht hatten.

Männer waren so hilflos, dachte sie, so leicht zu betören.

Das war es, was Erins Mutter bei Striplokalen nicht verstand: nicht die Frauen wurden benutzt und herabgewürdigt, sondern die Männer. Ihre Mutter dachte, daß diese Etablissements lediglich Fleischmärkte waren, und das waren sie tatsächlich, nur waren die *Gäste* das Fleisch. Erfahrene Tänzerinnen behielten ständig die Eingangstür im Auge und hielten Ausschau nach dem nächsten Trottel. Wenn man sein Geschäft verstand, konnte man einen Knaben den ganzen Abend in Atem halten und ihm auch den letzten Dollar aus der Tasche ziehen. Man brauchte ihm keinen zu blasen oder mit ihm zu bumsen oder auch nur so tun als ob. Ein mädchenhaftes Lächeln, eine schwesterliche Umarmung, ein paar Minuten persönlichen Gesprächs – Urbana Sprawl erklärte, es sei das am leichtesten verdiente

Geld der Welt, wenn man sich überwinden könne, dabei nackt zu sein.

Weil Männer so leicht zu betören waren.

Aber Erin hatte auch ein wenig Angst vor dem Kongreßabgeordneten. Er wäre sicher nicht schüchtern und höflich wie Killian und die anderen Stammgäste. Nein, Dilbeck wäre aufdringlich und grob und wahrscheinlich pervers. Al García hatte sie gewarnt, sich innerlich auf alles gefaßt zu machen.

»Denken Sie, er hat mir den Rasierapparat gestohlen?«

»Fragen Sie ihn«, hatte García erwidert.

Angst war nicht das schlimmste für Erin, viel schlimmer war, daß sie Angela wegschicken mußte. Es war ein vernünftiger Schritt, weil Angie ganz sicher nicht in der Wohnung bleiben konnte, bis die Gefahr vorüber war. Erin fühlte sich deswegen schrecklich. Zwar war Angie in Sicherheit, und Darrell Grant würde sie nicht finden, aber dennoch...

»Hey, Babe.«

Eine Hand umklammerte Erins Bein. Schlagartig kehrte sie in die Wirklichkeit zurück – Urbana wälzte sich in Mais mit Sahne, Aerosmith dröhnten aus den Lautsprechern, ihr eigener BH und ihr Tanga bildeten ein Häufchen Spitze zwischen den Flaschen zu ihren Füßen. Drei junge Bankiers saßen am Tisch und versuchten, cool und unbeeindruckt zu erscheinen. Der betrunkenste von ihnen ließ ständig Erins Strumpfgürtel gegen die Haut schnippen, wo die Geldscheine eingeklemmt waren. Sie bat ihn, damit aufzuhören, aber er tat es weiter. Sie wischte seine Hand von ihrem Bein und drehte sich auf dem Tisch, wobei sie das Ausweichen zu einem Teil des Tanzes machte. Als sie die Drehung vollendet hatte, kehrte die Hand des Bankiers zurück und krabbelte wie eine Gottesanbeterin an ihrem Bein hinauf. Erin ließ den Blick auf der Suche nach Shad durch den Raum schweifen, aber sie konnte ihn nicht entdecken.

»Das reicht jetzt«, erklärte sie dem Bankier.

Als nächstes spürte sie seine Zunge. Er beleckte ihr Bein vom Knöchel bis zum Knie, als sei es Eis am Stiel.

Erin griff in den Haarschopf des Mannes und riß seinen Kopf nach hinten. »Benimm dich«, sagte sie scharf.

Aber das wollte er nicht.

An diesem Morgen war eine kleine Meldung auf Seite sechs des *Sun Sentinel* in Fort Lauderdale erschienen mit der Überschrift: ANWALTSKAMMER SUCHT VERSCHWUNDENEN ANWALT. In dem vier Absätze langen Artikel wurde berichtet, die Anwaltskammer von Florida untersuche, ob ein Anwalt namens Mordecai das Treuhandkonto seiner Klienten leergeräumt habe und außer Landes geflohen sei. Weiter hieß es, der Mann sei seit mehreren Tagen nicht mehr gesehen worden und solle angeblich mit einer nicht namentlich genannten Frau auf die Bahamas geflogen sein.

Sergeant Al García schnitt die Meldung aus und legte sie in seinen Aktenkoffer. Dann fuhr er zu einer Straßenecke in Liberty City, wo zwei Crackdealer der Welt einen unendlichen Gefallen erwiesen hatten, indem sie sich im Verlauf einer frühmorgendlichen Schießerei gegenseitig umgebracht hatten. Zeugen waren genauso rar wie Trauernde, aber García holte trotzdem sein Notizbuch heraus und ging an die Arbeit.

Auch Erb Crandall hatte an diesem Morgen die Meldung aus dem *Sun Sentinel* ausgeschnitten. Gegenwärtig saß er in der Halle der Sunshine Fidelity Savings Bank auf der Galt Ocean Mile und stand kurz davor, ein Verbrechen zu begehen: Er wollte einen falschen Namen auf die Liste der Schließfachinhaber setzen und einen gestohlenen Schlüssel benutzen, um das Bankschließfach eines Fremden zu öffnen. Dort wollte er nach einem Kodak-Farbdia suchen, das Malcolm Moldowsky unbedingt brauchte. Das Dia war das Originalfoto von Congressman David Lane Dilbeck, wie er gerade Paul Guber mit einer Sektflasche auf der Bühne der Eager-Beaver-Bar verprügelte.

Erb Crandalls Plan zum Erwerb des belastenden Bildes begann in der Stahlkammer recht vielversprechend. Er setzte eine sorgfältig geprobte Version von Mordecais Namen auf die Liste und reichte dem Angestellten den Schlüssel. Der Angestellte holte den Stahlkasten aus der Wand und schloß ihn auf. Dann geleitete er Erb Crandall zu einer fensterlosen Kabine und ließ ihn allein.

Als Crandall den Deckel hochklappte, fand er kein Kodak-Dia. Mordecais Stahlbox war ausgeräumt worden. Auf dem Boden, mit der Schrift nach oben, lag eine Visitenkarte:

Sgt. Alberto García
Metropolitan Dade County Police
Morddezernat (305) 471-1900

Erb Crandalls Hände zitterten, als er den Stahlkasten zum Tisch des Angestellten zurückbrachte. Er mußte an sich halten, um die Bank nicht im Laufschritt zu verlassen.

An diesem Abend, während des Essens, holte Sergeant Al García den Zeitungsausschnitt hervor und las ihn noch einmal durch. Er staunte, daß jemand sich die Mühe machte, einen falschen Verdacht gegen einen Anwalt zu konstruieren, der höchstwahrscheinlich längst tot war. Die Sache mit dem Treuhandkonto war wirklich sehr raffiniert.

Andy fragte: »Hast du sie schon geschnappt, Al? Die Kerle, die den Mann im Fluß umgebracht haben?«

»Noch nicht«, antwortete Al García. Der Junge redete ständig über die Wasserleiche, den Höhepunkt der Familienferien.

»Hast du schon einen Verdächtigen?«

»Nein, Andy, das ist ein ganz vertrackter Fall.«

»Jetzt reicht es aber, ihr beiden«, sagte Donna. »Denkt an unsere Regel.«

Diese Regel lautete: keine Gespräche über Leichen während

des Abendessens. Über Als Job durfte erst geredet werden, nachdem das Geschirr abgeräumt war.

»Entschuldige, Mom«, sagte Andy.

Lynne, die kleine Tochter, fragte, ob sie im nächsten Sommer Sea World besuchen könnten. Sie wollte Wasserschildkröten und Haifische sehen. Andy meinte, er würde lieber noch einmal nach Montana zurückkehren und nach Hinweisen suchen.

Donna verscheuchte ihre Kinder vom Tisch und brachte ihrem Mann eine Tasse Kaffee. Al sagte entschuldigend: »Tut mir leid, daß ich euch da reingezogen habe.«

»Schon in Ordnung. Sie scheint eine nette Person zu sein.«

»Natürlich ist sie eine nette Person. Nächste Frage: Warum arbeitet sie in einer Nacktbar?«

Donna zuckte die Achseln. »Das ist kein großes Rätsel. Nimm dir ein Stück Kuchen.«

Garcías Interesse war geweckt. »Könntest du das – dich vor all diesen betrunkenen Fremden ausziehen?«

»Wenn ich müßte«, sagte Donna. »Für die Kinder.«

»Mein Gott, es gibt Tausende anderer Jobs. Die Frau ist doch nicht dumm.«

»Du hast doch gesagt, sie habe Schulden bei ihrem Anwalt.«

»Ja«, sagte García. »Wer hat die nicht?«

»Vielleicht will sie sich etwas auf die hohe Kante legen. Ist das etwa ein Verbrechen?«

»Du hast recht, Liebling.«

»Ich mag sie.«

»Ich auch«, gab er zu. »Aber es ist der Job, der sie in solche Schwierigkeiten gebracht hat.«

»Nein, Schätzchen, es sind die Männer.« Donna nahm sich auch ein Stück Apfelkuchen. »Wie sieht sie denn aus, Al?«

»Du hast sie doch gesehen.« Er neckte sie mit einer langen Pause. »Ach, du meinst ohne Kleider? Ganz ehrlich, ich hab es nicht bemerkt.«

Donna lächelte. »Du bist ein jämmerlicher Lügner. Iß deinen Nachtisch.«

Das Telefon klingelte. Donna machte sich gar nicht die Mühe aufzustehen; nur Cops riefen während des Abendessens an. García ging in die Küche, um das Gespräch anzunehmen. Als er zurückkam, machte er ein ernstes Gesicht.

»Das war das Sheriff's Office in Broward«, sagte er.

»Sie wollen den Fall noch immer nicht?«

»Ich wußte, daß sie ihn nicht wollen.« García ließ sich auf seinen Stuhl fallen. »Zur Hölle, ich kann noch nicht mal diesen Cowboydoktor dazu bringen, zu erklären, Killians Tod sei ein Mord. Unterdessen habe ich keine Waffen, keine Zeugen und keine Tatverdächtigen.« Er biß ein großes Stück Kuchen ab. »Ich mache dem Sheriff's Office in Broward keinen Vorwurf, daß man die Finger von diesem Fall läßt.« Ein weiterer großer Bissen. »Wenigstens waren sie einigermaßen anständig. Das heißt, sie haben nicht zu laut gelacht.«

»Iß langsamer. Du erstickst gleich«, sagte Donna.

»Leckerer Kuchen.«

»Aber nicht *so* lecker. Jetzt erzähl mal, was sonst noch im Busch ist.«

»Ich hatte zwei hirntote Detectives am Telefon. Weißt du, der Ex-Mann des Girls war ein Informant des Diebstahldezernats in Broward.« García brauchte für Donna den Polizeijargon nicht zu übersetzen; davon hatte sie eine Menge von ihrem ersten Mann, dem Dopedealer, gelernt.

»Ist der Ex noch immer Informant?«

García kaute mechanisch. »Nein, sie haben ihm den Laufpaß gegeben, nachdem er wegen schweren Diebstahls erwischt wurde.«

Donna schüttelte den Kopf. »Ich begreife das nicht. Wenn der Ehemalige der Tänzerin verhaftet wurde, ist das denn nicht eine gute Nachricht für sie?«

»Oh, eine tolle Nachricht«, sagte García, während er sich den Mund abwischte, »wenn sie es geschafft hätten, den Bastard im Gefängnis schmoren zu lassen.«

»Du machst wohl Witze.«

»Nein, er ist entkommen. Aus dem Bezirkskrankenhaus! Er hat einen Rollstuhl gestohlen und hat ihn einfach durch die Eingangstür nach draußen geschoben!«

Donna bat ihren Mann, leise zu reden. »Wir sind nicht allein«, erinnerte sie ihn. »Wo ist deine Zigarre?«

»Warte, die Geschichte ist noch nicht zu Ende.« García zerteilte die Luft wieder mit Handkantenschlägen. »Der Ex-Ehemann – der Vater des Kindes – er ist nicht nur niederträchtig, er ist nicht nur von Gewalt begeistert, er hat auch noch Drogenprobleme. Ist das nicht total irre? Allein das dürfte schon sensationell sein.«

Andy stürzte ins Eßzimmer und erkundigte sich, weshalb Al herumbrüllte.

»Wegen der Arbeit«, sagte Donna. »Weshalb sonst?«

Andy kletterte auf Garcías Schoß. »Vielleicht brauchst du noch mal Urlaub.«

Donna wandte sich ab und unterdrückte ein Lachen. »Sieh dir mal unseren kleinen Klugscheißer an«, sagte García und kitzelte den Jungen, bis er vor Lachen brüllte.

Shad saß an der Theke im Hauptraum der Bar und mußte sich um ein Managementproblem kümmern.

Orly hatte heimlich Lorelei, die berühmte Schlangenprinzessin, von den Ling-Brüdern abgeworben. An diesem Abend sollte sie zum erstenmal auftreten, aber sie war mit rotgeweinten Augen und völlig hysterisch im Tickled Pink eingetroffen. Orly hatte das Problem nicht eruieren können und die aufgelöste Tänzerin an Shad weitergereicht. Dieser hatte gerade Pause und las in einer Großdruckausgabe von *Die Pest* von Albert Camus.

Das Buch bewirkte, daß Shad das Leben in Süd-Florida nicht mehr so trist vorkam.

Er wurde bei seiner Lektüre durch Loreleis krampfhaftes Schluchzen unterbrochen. Ihre Schlange war verschwunden, und sie hatte den Verdacht, daß die auf Rache sinnenden Lings dahintersteckten. Als Orly darüber informiert wurde, befahl er Shad, eine andere Schlange für seinen neuen Star zu besorgen. Shad wies darauf hin, daß es in der Umgebung keinen rund um die Uhr geöffneten Reptilienladen gebe. Unglücklicherweise weigerte sich Lorelei, ohne Bubba zu tanzen, wie sie ihren knapp drei Meter langen burmesischen Python nannte.

»Sie sagt, sie seien ein Team«, berichtete Shad. »Sie sagt, die Schlange sei speziell ausgebildet worden.«

Orly zerquetschte eine leere Dose Dr. Pepper und schleuderte sie wie eine Handgranate hinter die Bar. »Erstens gibt es so etwas wie eine ausgebildete Schlange nicht, klar? Und zweitens, hast du die verdammte Tafel am Vordach gesehen? LORELEI steht darauf in fetten großen Lettern – ich habe Gäste, die extra den weiten Weg von Miami hergekommen sind. Bestell ihr, daß sie genau zehn Minuten Zeit hat, um ihre Möpse auf die Bühne zu bewegen.«

Shad blickte hinüber zum Korridor, wo die weinende Schlangenprinzessin kauerte. »Sie braucht mehr als zehn Minuten«, stellte er nüchtern fest. »Sie sieht unmöglich aus.«

Orly fluchte und hustete und massierte seine Nase. »Kennst du niemanden, der eine Schlange hat?«

»Keine große«, sagte Shad. »Ich kenne ein paar Typen, die Diamondbacks züchten.«

»Allmächtiger Gott!«

»Sie eignen sich nicht besonders gut zum Tanzen.«

»Okay«, sagte Orly. »Du machst jetzt folgendes. Geh zu den verdammten Lings. Versuch herauszubekommen, wieviel sie für den Python der Puppe haben wollen.«

»Er heißt Bubba.«

»Ist mir auch egal. Biete ihnen fünfhundert an.«

Shad meinte, die Lings würden ihm wahrscheinlich entgegnen, er solle sich verpissen. »Sie hassen Sie bis aufs Blut«, sagte er zu Orly.

»Nun, das ist eine rein geschäftliche Angelegenheit. Und jetzt beeil dich.«

Shad legte das Buch von Camus hinter die Bar unter die Popcornschüsseln und fuhr dann rauf zur Flesh Farm, wo die Ling-Brüder ihn eine Stunde warten ließen. Shad vertrieb sich die Zeit, indem er einige Virgin Marys trank und die Tänzerinnen begutachtete, falls Orly von ihm einen Bericht verlangte. Seine glatzköpfige Erscheinung vertrieb sehr schnell einen großen Teil des Publikums und erhöhte die Wut der Lings. Endlich erhielt er seine Audienz, aber die Brüder reagierten auf das Schlangenangebot weitaus gereizter als erwartet.

Er kehrte zurück und fand das Tickled Pink in heller Aufregung vor. Erin schien irgendwie mittendrin zu stecken. Sanitäter befestigten eine Stützmanschette am Hals eines blassen und benommenen jungen Mannes, der von einem Dutzend ähnlich geschwächter Gefährten mit Maiskörnern in den Haaren umringt wurde. Die Männer riefen den Sanitätern über die Preßlufthammermusik hinweg schrille Fragen zu. Als schützende Maßnahme hatte Urbana Sprawl ihre unüberwindlichen Brüste zwischen Erin und Orly geschoben, dessen Gesicht vor Wut rot angelaufen war.

»Verdammt noch mal«, sagte Shad und stürzte sich in das Chaos.

Später im Büro tönte Orly herum von wegen Schadenersatz und Gerichtsverfahren und Ausschanklizenz.

»Sie hören nicht zu«, protestierte Erin. »Der Mann hat mich angefaßt.«

Urbana Sprawl, geduscht und vollständig bekleidet, unterstützte ihre Freundin lautstark. »Ich habe den ganzen Vorfall beobachtet, Mr. Orly. Er hat nur bekommen, was er verdiente.«

Orly schnaubte. »Einen verrenkten Hals! Hat er das etwa verdient? Einen Krankenhausaufenthalt, nur weil er mal ein bißchen mit der Hand zugefaßt hat?«

»Er hat mich berührt«, wiederholte Erin. »Zwischen den Beinen.«

»Ach, er war betrunken.«

Erin wandte sich zu Urbana um. »Siehst du, deshalb hasse ich die Tischtanzerei.«

Orly sagte: »Du hättest den Knaben zum Krüppel machen können! Ihm so einfach gegen den Kopf zu treten!«

»Und was sollte sie sonst tun?« fragte Urbana. »Sich nett und höflich auf seinen Finger setzen?«

Orly schüttelte den Kopf. »Mein Gott, das reicht. Kein Wort mehr über die Sache.«

»Demnach ist es ganz okay, wenn Shad einem Gast in den Arsch tritt, aber nicht, wenn wir uns wehren. Läuft es hier in diesem Laden so?«

»Ich sagte, es reicht jetzt.«

»Urbana hat recht«, sagte Erin. »Das ist nicht fair.«

»Scheiß auf fair.« Orly blies die Backen auf. »Shad hat den Job, für Frieden zu sorgen. Euer Job ist es zu tanzen. So und nicht anders sieht es aus.«

An der Bürotür stehend, brach Shad nur widerstrebend das Schweigen. »Ich wurde zur Konkurrenz geschickt«, sagte er, »sonst wäre es nicht passiert.«

Orly lachte ätzend. »Wunderbar. Jetzt ist alles meine Schuld. Wißt ihr, ihr könnt mich mal alle am Arsch lecken.«

Urbana wurde fuchsteufelswild. Sie lehnte ihren übergroßen Busen über seinen Schreibtisch und fuchtelte ihm mit einem grellrot lackierten Fingernagel vor der Nase herum. »Niemand faßt mich an, wenn ich nicht angefaßt werden will, und schon gar nicht da unten. Dabei interessiert es mich nicht, wer er ist oder wie besoffen er ist oder wieviel Geld er in der Tasche hat. Ich dulde es nicht. Dieser kleine Scheißer kann von Glück sagen, daß er sich nur einen verrenkten Hals geholt hat, denn wenn er mir zu nahe getreten wäre, hätte ich ihm seine Eier mit bloßen Händen abgerissen, einfach so...«

Orlys Mund klappte auf, als Urbana ihre Technik demonstrierte und imaginäre Hoden von einem imaginären Flegel abtrennte.

»Und glauben Sie ja nicht, ich könnte das nicht!«

Damit rauschte sie hinaus. Für einen längeren Moment herrschte Stille. Dann sagte Orly: »Dieses Girl bringt dicke Titten in einen schlechten Ruf.«

Erin stand auf. »Nun, für mich ist der Abend gelaufen.«

»Moment mal, Sekunde...«

»Nein. Ich fahre jetzt zu meiner Tochter.«

Nachdem Erin gegangen war, verteidigte Shad sie und erzählte Orly, daß Erin eine Menge Gründe hatte nervös zu sein – der Sorgerechtsfall, der Einbruch in ihre Wohnung und nun ein Kongreßabgeordneter, der ihr nachstieg. »Sie macht im Augenblick eine schlimme Zeit durch. Deshalb ist sie heute abend auch explodiert.«

Orly wischte sich den Hals mit einem schmutzigen Taschentuch ab. »Du und ich, wir sind die einzigen in diesem Laden, die nicht irgendwelche Anfälle kriegen, und manchmal bin ich mir bei dir nicht allzu sicher.«

»Das liegt an der Musik«, sagte Shad. »Ich bekomme davon Kopfschmerzen.«

»Rede mit Kevin.«

»Kevin sagt, ich solle mich an Sie wenden.«

Orly hob die Schultern. »Ich kann Rap nicht von Reggae unterscheiden. Kennst du mein Geheimnis? Ich hör einfach nicht zu.« Er drehte an einem unsichtbaren Knopf an seinem rechten Ohrläppchen. »Ich schalte es einfach aus.« Dann erkundigte er sich, wie es bei den Lings gelaufen war.

»Lausig«, sagte Shad.

»Haben Sie die Schlange der Kleinen nicht?«

»Doch, doch, aber sie wollen sie nicht herausrücken, auch nicht gegen Lösegeld.«

Orly hob die Hände in einer flehenden Geste. »Weshalb denn nicht, verdammt noch mal? Geschäft ist doch Geschäft.«

»Ich denke, weil sie Sie auf den Tod nicht ausstehen können.«

»Weil ich Lorelei eingestellt habe?«

»Wegen allem«, erwiderte Shad.

»Demnach lautet die Antwort nein. Du hast zwei verdammte Stunden gebraucht, um dir von diesen abgewichsten Japsen ein N-E-I-N zu holen. Unterdessen zieht eine durchgedrehte Stripperin bei einem meiner Gäste eine Chuck-Norris-Nummer ab...«

»Die Antwort war nicht nur nein«, sagte Shad. »Das hier gehört auch dazu.« Er legte ein längliches Paket auf Orlys Schreibtisch. »Die Ling-Brüder schicken Ihnen das.«

Orly betrachtete das seltsame Paket, das in Cocktailservietten der Flesh Farm eingewickelt und mit Klebeband verschnürt war. »Was zum Teufel ist das?« wollte er von Shad wissen.

»Etwa dreißig Zentimeter vom toten Bubba.«

Orly stieß einen unterdrückten Schrei aus und wich zurück. »Hab ich dir nicht gesagt, daß sie keine Menschen sind, sondern Tiere? Habe ich das nicht gesagt? Mein Gott, was haben diese verdammten Lings denn noch gesagt?«

»Nur daß dort, wo das da herkommt, noch ein ganzes Ende von dem Zeug herumliegt.«

23. KAPITEL

Am Morgen des 3. Oktober, bei stahlblauem Himmel, wanderten Perry Crispin und Willa Oakley Crispin hinunter zum Strand.

Das gutaussehende junge Ehepaar bereitete Badetücher aus ihrer Suite im Breakers Hotel aus und lag anschließend nebeneinander im hellen Sand. Abwechselnd rieben sie sich gegenseitig mit einer Creme mit Sonnenschutzfaktor 29 am ganzen Körper ein. Perry schrieb »Ich liebe Dich!!!« auf den Bauch seiner Frau. Willa zeichnete ein fettiges Herz auf das untere Ende des mit Sommersprossen übersäten Rückens ihres Mannes.

Ein kräftiger Wind füllte die Luft mit Salzgeruch und trieb die Wellen schäumend auf den Strand. Die Crispins, die gleiche Ray-Ban-Sonnenbrillen trugen, hatten die Absicht, später, wenn sie schweißnaß waren, schwimmen zu gehen. Sie lachten und flüsterten miteinander und berührten sich häufig, wie es bei Jungverheirateten üblich ist. Willa und Perry stammten aus reichen Familien in Connecticut, daher war die Hochzeitsfeier entsprechend extravagant gewesen. Palm Beach war die erste Station einer vierwöchigen Hochzeitsreise, die sie nach Freeport, St. Bart's und schießlich nach Cozumel führen sollte. Die Sonne brannte vom Himmel, und die Crispins glänzten auf ihren Badetüchern. Sie waren unverfroren romantisch, total entspannt und völlig sorglos, was ihre gemeinsame Zukunft betraf; auf beide warteten beträchtliche Treuhandvermögen.

Gegen Mittag hatte Willas anbetungswürdige Nase sich rosig verfärbt, was Perry voller Sorge bemerkte. Sein Vater war an vier Hautkliniken beteiligt, und Hautkrebs war bei Familientreffen ein immer wiederkehrendes Thema. Schon seit früher Kindheit hatte Perry einen scharfen Blick für sich verfärbende Muttermale und bedenklich aussehende, ungewöhnliche Hauterscheinungen. Er erklärte seiner Braut, es werde Zeit, sich vor weiterer UV-Strahlung zu schützen.

»Aber ich bin hergekommen, um braun zu werden«, protestierte sie.

»Liebling, wir haben vier ganze Wochen vor uns.«

Während sie über den Strand zum Hotel gingen, wurden die Crispins von einem schlanken blonden Mann in schmuddeligen Jeans und Cowboystiefeln verfolgt. Perry und Willa bemerkten den Fremden nicht – sie unterhielten sich angeregt über die schlechte Qualität der Sonnenschutzcreme und über die Möglichkeit, Zinksalbe zu benutzen, zumindest auf ihren Nasen.

Der Mann hinter ihnen sagte: »'ntschuldigt mal, Leute.«

Perry und Willa wandten sich um. Der Mann war eindeutig nicht für Palm Beach gekleidet, und seine blauen Augen waren blutunterlaufen. Das Haar war auf einer Seite des Kopfes verklebt, als hätte er auf dieser Seite geschlafen.

»Habt ihr 'nen Wagen?« fragte er.

Willa musterte ihn ängstlich. Perry maß den Fremden abschätzend und machte einen kleinen Schritt vorwärts. Der Mann zückte ein verrostetes Steakmesser und sagte: »Laßt mich nicht ein zweites Mal fragen.«

Die Crispins führten Darrell Grant zu ihrem Mietwagen, einem kirschroten Thunderbird. Darrell Grant sagte, das Fahrzeug sei in Ordnung. Er ließ sich von Perry die Schlüssel geben und befahl dem jungen Paar, sich auf die Rückbank zu setzen.

»Weshalb?« fragte Willa.

»Bis wir über die Brücke sind«, erwiderte Darrell.

Der Intracoastal Waterway trennte Palm Beach von West Palm Beach. Zwei unterschiedlichere Welten waren nirgendwo zu finden: West Palm war den normalen Menschen vorbehalten. Palm Beach den exzentrisch Reichen. Die Cops auf der Insel waren dafür berüchtigt, drastisch gegen unerwünschte Besucher vorzugehen – gegen Schwarze, Hispanier und jeden, der kein Polohemd trug. Wenn man in einer der Villen arbeitete, dann war das in Ordnung, ansonsten wurde man schnell über die Brücke befördert. Darrell Grant rechnete sich aus, daß er die Crispins nötig haben könnte, um einer Verkehrskontrolle zu entgehen.

»Hast du eine Handtasche?« fragte er Willa.

Die Jungverheirateten hielten sich krampfhaft bei den Händen. Perry bemerkte zu seiner Erleichterung, daß Willa ihren Trauring mit dem zweikarätigen Brillanten im Hotel gelassen hatte. Er hoffte, daß sie das gleiche auch mit den Reiseschecks getan hatte.

»Was ist nun?« fragte Darrell Grant.

»Ja, ich habe eine Handtasche.«

»Braves Mädchen.«

»Ich habe aber nur vierzig Dollar bei mir.«

Darrell schnaubte unwirsch. »Und wie steht's mit dir, Kumpel?«

»Kreditkarten, was anderes habe ich nicht«, erwiderte Perry.

»Habe ich mir fast gedacht.« Darrell überfuhr eine rote Ampel auf der Worth Avenue. Ihm gefiel, wie leicht der Ford sich lenken ließ. »Na schön, Schätzchen. Dann gib mir das Geld, und deine Medikamente auch.«

Willa machte ein verblüfftes Gesicht, und ihr Mann deutete mit einem Kopfnicken auf die Handtasche. Sie holte zwei Zwanziger heraus und reichte sie nervös nach vorn, als füttere sie einen Bären im Zoo.

»Ich habe keine Tabletten«, erklärte sie Darrell Grant. »Außer meinen Antibabypillen.«

»Die sind genau richtig.« Er raffte das Geld mit seiner Lenkradhand zusammen. Die andere hielt das Steakmesser und fuhr damit durch die Bartstoppeln an seinem Kinn.

Vom Rücksitz sagte Willa: »Tut mir leid, aber meine Pillen bekommen Sie nicht.«

»Ach nein?« Darrell amüsierte sich offenbar.

»Davon wird Ihnen nur schlecht«, sagte Willa. »Sie sind nicht für Männer gedacht.«

»Schlecht?«

»Sie enthalten Hormone.«

»Ehrlich?« grinste Darrell Grant. »Demnach wachsen mir vielleicht Möpse. Meinst du das? Oder was ganz Neues zwischen den Beinen.«

»Nein, ich meinte nicht . . .«

»Sei ein braves Kind und rück endlich die verdammten Pillen raus.« Darrells Arm zuckte nach unten, bohrte die verrostete Messerklinge in das weiße Sitzpolster und fetzte einen langen Riß in das Kunstleder.

»Gib dem Mann, was er verlangt«, sagte Perry Crispin.

»Nein.«

»Mein Gott«, sagte ihr Mann. »Sei nicht dumm.«

»Na prima, Perry. Und was sollen wir während der nächsten vier Wochen tun – Händchen halten?« Willa schlang schützend beide Arme um die Handtasche. »Unsere Apotheke steht in Westport, erinnerst du dich?«

Perry Crispin schüttelte den Kopf. »Das glaube ich einfach nicht.«

»Was denn – willst du etwa, daß ich schwanger werde?«

Vorne auf dem Fahrersitz summte Darrell Grant die Titelmelodie aus *The Sound of Music*, der Lieblingsfilm seiner Schwester Rita. Vielleicht war es aber auch *Mary Poppins*. Er verwechselte die beiden Filme immer miteinander. »In welchem spielt Dick Van Dyke mit?« fragte er. »Meine ich den Richtigen?«

Die Crispins hatten keine Ahnung, wovon er redete. Ein Drogensüchtiger, der nicht wußte, was er sagte. Willa lehnte sich vor, um ein Wort für sich selbst einzulegen. »Bitte, nehmen Sie nicht die Antibabypillen mit. Das sind unsere Flitterwochen.«

Sie näherten sich einer der Klappbrücken, die nach West Palm führten. Endlich, dachte Darrell, kann ich diese hirnlosen Vögel rausschmeißen. Er trat auf das Gaspedal.

»Meine Schwester arbeitet im Krankenhaus«, fuhr Willa fort. »Diese Pillen sind sehr stark. Ihnen wird ganz bestimmt schlecht davon.«

Vor ihnen senkten sich die Absperrtore, und eine blecherne Glocke ertönte. Die Brückenhälften hoben sich. Darrell Grant fluchte und bremste scharf.

Perry Crispins matte Stimme erklang von hinten: »Es ist nur ein Segelboot, das durchfährt. Das dauert nicht so lange.«

Darrell Grant fuhr auf dem Fahrersitz herum. Er streckte Willa seine schwielige Handfläche entgegen. »Die Pillen!«

Sie schüttelte trotzig den Kopf. Ihr Mann war wie vom Donner gerührt.

Darrell sagte: »Paß mal auf, du dämliche Fotze. Ich schluck die verdammten Dinger nicht, ich verkauf sie, verstanden? Ich fahr über die Brücke und verscherbel sie jemandem, der so high ist, daß er Antibabypillen nicht von LSD unterscheiden kann. Kapiert?«

Tränen glitzerten in Willas Augen. Verzweifelt blinzelte sie ihren Mann an. »Perry, er hat mich Fotze genannt.«

Perry Crispin fühlte sich schrecklich. Er spürte, daß er den verrückten Drogenfreak angreifen sollte, um die Ehre seiner Frau zu verteidigen, aber er war vor Angst wie gelähmt. Er rechnete jeden Augenblick damit, daß seine Blase versagte.

»Mach dir keine Sorgen«, tröstete er Willa. »Wir besorgen andere Pillen.«

»Wie denn? Mein Rezept liegt in Westport.« Verzweiflung ließ ihre Stimme zittern.

»Wir lassen es per Expreß herschicken. Und jetzt tu, was der Mann verlangt hat.«

Die Klappbrücke senkte sich wieder herab, eine Seite nach

der anderen. Darrell Grant erklärte, er zähle bis fünf, dann werde er Willa das Herz aus der Brust schneiden und Perry zwingen, es aufzuessen. Willa öffnete augenblicklich ihre Handtasche und reichte dem Wahnsinnigen die Pillen. Darrell fuhr über die Brücke, parkte vor einem Mini-Mart und setzte sich Perrys Ray-Ban-Brille auf. Dann befahl er dem Paar, ihre armseligen Ärsche aus dem Wagen zu bewegen.

Der Asphalt war unter den nackten Füßen der Crispins glühend heiß, und sie hüpften wie lahme Flamingos zu einem dreieckigen Schattenfleck. Darrell Grant richtete den Außenspiegel des Thunderbird so aus, daß er den Sitz seiner neuen Sonnenbrille überprüfen konnte. Die Crispins sahen ihm bedrückt dabei zu und warteten darauf, daß der Gauner endlich losfuhr. Willas Zorn legte sich nicht. »Vielen Dank«, rief sie giftig, »vielen Dank, daß Sie uns die Flitterwochen verdorben haben!«

Darrell Grant verzog finster das Gesicht und ließ den Motor aufheulen. »Habt ihr schon mal was von Gummis gehört? Das ist jetzt der letzte Schrei, Freunde. Paßt wie angegossen auf jeden Schwanz.«

»Perry benutzt so was nicht.« In Willas Stimme schwang deutliche Abscheu mit. Perry Crispin schloß schicksalsergeben die Augen.

»Hab ich mir fast gedacht«, sagte Darrell. Er winkte ihnen mit dem Steakmesser zu, ehe er rasant davonfuhr. Es dauerte zwei Stunden, bis er einen Junkie fand, der ausreichend vollgeknallt war, um Antibabypillen zu kaufen und zu glauben, es seien belgische Dilaudids. Darrell verdiente nur dreißig Dollar mit diesem Schwindel, aber zusammen mit Willa Crispins vierzig Dollar hatte er genug, um den T-Bird vollzutanken und ein paar rote Pillen zu kaufen. Er war ziemlich high, als er die Interstate erreichte, die ihn auf seiner Jagd nach seinem geliebten kleinen Mädchen und ihrer unwürdigen Mutter nach Süden führte.

Die Rojos hielten sich in Santo Domingo auf, daher stand Malcolm Moldowsky ihre Yacht zur Verfügung. Erb Crandall setzte den Kongreßabgeordneten Punkt neun Uhr ab und suchte sofort die nächste Bar am Hafen auf. Er hatte bereits die schlimme Nachricht über das Stahlschließfach des Anwalts überbracht. Moldy hatte die Visitenkarte des Detectives des Morddezernats wie einen Schmetterling vorsichtig mit zwei Fingern ergriffen. »Das ändert vieles«, hatte er gesagt, wobei er die Karte hin und her drehte, als betrachte er staunend ein Hologramm. »Ich glaube, es wird Zeit für die Durchführung von Plan B.« Erb Crandall bat nicht um nähere Erläuterung. Der Augenblick war gekommen, um jegliche Parteiloyalität zu vergessen und endlich an die eigene Lage zu denken und daran, die eigene Haut zu retten. Crandall war im stillen dankbar, daß Moldy ihn nicht aufforderte, während des Treffens auf der Yacht zu bleiben.

Als David Dilbeck die Hauptkabine betrat, sah er als erstes *das Foto* aus dem Eager Beaver. Moldowsky hatte es über der Bar an die Wand geheftet.

»Eine kleine Erinnerung«, sagte er und schenkte Dilbeck einen Drink ein.

Die Blicke des Kongreßabgeordneten ruhten auf Erins Gesicht. »Ist sie nicht göttlich?« fragte er atemlos.

»Sehen Sie nicht sie«, sagte Moldy, »betrachten Sie lieber sich selbst.«

»Es war eine schlimme Nacht.«

»Was Sie nicht sagen.« Er stieß Dilbeck ein Glas vor den Bauch. »Setzen Sie sich, und trinken Sie etwas.«

Der Kongreßabgeordnete gehorchte. »Ginger Ale? Das finde ich etwas übertrieben, Malcolm.«

Moldowsky, der eine frisch gebügelte weiße Leinenhose und einen marineblauen Pullover trug, ließ sich in einen Sessel sinken.

»Sie müssen nüchtern sein«, begann er. »Sie sollen sich jedes gottverdammte Wort merken, das ich sage. Wie immer Sie und dieses Girl sich arrangieren, ist egal. Aber Sie sollen mit ihr reden, David. Es gibt bestimmte Dinge, die wir erfahren müssen.«

»Lieber Himmel, sie ist keine Spionin. Sie tanzt nur Striptease...«

»Sehen Sie zu, daß sie morgen hierherkommt«, sagte Moldowsky. »Hier ist es sicher.«

»Sicher wovor?«

»Vor Erpressern, David.« Moldy deutete auf die Fotografie. Erneut blieb Dilbecks Blick an Erin hängen, die vor dem Angriff mit der Flasche in Deckung ging.

»Was ist, wenn sie mich nicht mag?« fragte Dilbeck.

Moldowsky zerbiß mit den Backenzähnen einen Eiswürfel. »Sie wird Sie lieben, glauben Sie mir. Für zweitausend Dollar kauft man sich immer ernsthafte, wahre Liebe.«

»Und was bekomme ich dafür?«

»Zwei Stunden Tanz.«

»Ist das alles?«

»Das ist ein Anfang.«

David Dilbeck nahm einen Schluck von seinem Ginger Ale, das schal schmeckte. »Ich wünsche mir einschmeichelnde Musik, Champagner, Kerzen...«

Moldy erklärte, alles sei vorbereitet. Er ging eine Reihe Fragen durch, die Dilbeck der Nackttänzerin stellen sollte, aber Dilbeck lehnte ab. Nein, das würde er niemals tun, das würde nur die Stimmung stören.

»Nun kommen Sie schon«, sagte Moldowsky. »Sie sind der gerissenste Hurensohn, der mir jemals untergekommen ist. Sie schaffen das leicht. Bleiben Sie nur ganz cool.«

Der Kongreßabgeordnete wirkte skeptisch. »Malcolm, ich möchte Sie nicht abschrecken. Das ist vielleicht meine einzige

Gelegenheit.« Erneut wanderten seine Blicke zu dem grobkörnigen Foto an der Wand. »Phantastisch«, flüsterte er vor sich hin.

Moldy sprang auf und riß das Bild herunter. Mit wenigen Schritten war er vor Dilbecks Stuhl und funkelte ihn wütend an. »Sie werden es tun«, knurrte er. »Wir müssen einige Dinge wissen. Es ist lebenswichtig, David, wenn man in Betracht zieht, was im vergangenen Monat passiert ist.«

Moldowskys Atem roch nach Bourbon und einem Mundwasser mit Pfefferminzgeschmack. Diese Mischung kollidierte heftigst mit seinem Eau de Cologne. Dilbeck wandte den Kopf ab und schnappte mühsam nach frischer Luft. Die Yacht wiegte sich sanft in der Bugwelle eines vorbeijagenden Speedbootes.

»Sie werden es tun«, wiederholte Moldy und beugte sich zu dem Ohr des Kongreßabgeordneten hinab.

»Aber ich verstehe nicht...«

Moldowsky wirbelte herum. Mit einer schnellen Bewegung nahm er das Glas Bourbon von der Bar, trank einen Schluck und atmete tief durch. Sanft sagte er: »Es gibt Leute, die Ihnen schaden wollen, David. Wir müssen sicher sein können, daß sie nicht dazu gehört.«

Dilbeck schüttelte den Kopf. »Sie leiden ja an Verfolgungswahn.«

»Überzeugen Sie mich vom Gegenteil.«

»Aber sie ist doch nur eine Stripperin.«

Malcolm Moldowsky packte Dilbeck an der Hemdbrust. »Fanny Fox«, sagte er, »war auch ›nur eine Stripperin‹. Donna Rice war Model und Schauspielerin. Elizabeth Ray war eine Sekretärin, die nicht tippen konnte. Gennifer Flowers war Countrysängerin. Begreifen Sie denn nicht? Fragen Sie Chuck Robb. Oder diesen geilen Idioten Hart. Oder von mir aus auch Teddy Kennedy. Die erzählen Ihnen alle das gleiche: In der Politik bringt Stehlen Verdruß, aber jede Muschi ist tödlich.«

Moldy lockerte seinen Griff. Erschöpft ließ er sich auf einen

Barhocker sinken. »Diejenigen, die nicht aus der Geschichte lernen«, sagte er, »sehen am Ende ganz alt aus.«

David Dilbeck lenkte ein. »Na schön. Ich rede mit der Kleinen.«

»Vielen Dank.«

»Ich bin klüger als all die anderen.«

Moldowsky konnte sich einen Kommentar kaum verkneifen.

»Ich bin auch stärker«, fügte Dilbeck hinzu.

»Ja«, sagte Moldy. »Sie sind ein Fels. Der Felsen von Gibraltar.«

Der Kongreßabgeordnete ging zur Bar und stellte sein Glas Ginger Ale ab. Während er Moldowsky den Rücken zuwandte, mixte er sich eine ziemlich steife Rum-Cola. »Malcolm«, sagte der Kongreßabgeordnete schließlich, »meinen Sie, sie läßt es zu, daß ich sie rasiere?«

Moldowsky fiel auf die Knie und würgte spektakulär, als wolle er sich auf den Teppich der Rojos übergeben.

Al García hörte in Erins Wohnung Musik. Er klopfte laut und klingelte. Als niemand reagierte, holte er den Schlüssel heraus, den sie ihm gegeben hatte, und öffnete die Tür. Erin lag reglos auf dem Bett und hatte sich ein Kissen wie einen Helm um den Kopf gewickelt. Sie trug einen rosafarbenen Schlüpfer und einen ebenfalls rosafarbenen BH und schien ruhig und völlig normal zu atmen. Eine halbvolle Karaffe Martinis stand auf dem Nachttisch, und die Stereoanlage dröhnte mit voller Lautstärke. García drehte sie leise.

Erins Stimme klang gedämpft. »Was zum Teufel fällt Ihnen ein?«

Der Detective ließ sich auf die Bettkante sinken. »Wir müssen miteinander reden.«

»Orly läßt mich nicht mehr zu Jackson Browne tanzen.«

»Wie kommts?«

»Oder zu Van Morrison. Er sagt, die Musik sei zu langsam. Er sagt, die Mädchen auf den Tischen seien sauer auf mich.«

»Erin, was soll das mit dem Gin?«

»Das ist das erste Mal, daß Sie mich Erin nennen.« Ihr Gesicht tauchte aus den Kissen auf. »Übrigens, ich will meine Pistole zurückhaben.«

»Sie liegt in der Kommode«, sagte García.

»Geladen?«

»Jawohl, Ma'am.«

»Gut. Wie spät ist es?«

»Mittag.« García versuchte sie mit einem Laken zuzudecken. Erin schleuderte es von sich und lachte rauh.

»Jetzt behaupten Sie nur nicht, es sei Ihnen peinlich«, sagte sie.

Der Detective errötete. Erin erinnerte ihn daran, daß er sie im Club schon mehrmals nackt gesehen habe.

»Das hier ist etwas anderes«, sagte er.

»Ach.« Erin hakte den BH auf und warf ihn dem Mann zu. Er landete auf seiner rechten Schulter. Dann schlängelte sie sich aus dem Schlüpfer und schleuderte ihn auf den Fußboden. »Da bin ich«, sagte sie und breitete die Arme aus.

Der Detective starrte auf seine Schuhspitzen. »Lassen Sie mich mal raten. Es stört Sie, daß Sie sich mit dem Kongreßabgeordneten treffen sollen.«

»Sehr vornehm ausgedrückt. Ich bin nervös, angeekelt, habe Angst und fühle mich ziemlich allein. Das einzige auf der Welt, was mir wirklich wichtig ist, kann ich nicht haben...«

»Angela geht es gut«, unterbrach Al García ihren Redefluß. »Sie sind bald wieder zusammen.« Er nahm den Büstenhalter von der Schulter und legte ihn zusammengefaltet aufs Bett.

Erin seufzte. Sie sah für ihr Alter ziemlich ausgelaugt aus. »Gestern abend hat mich ein Kerl angefaßt.«

»Mein Gott.«

»Dabei bin ich etwas durchgedreht. Nichts Besonderes.«

»Haben Sie ihn umgebracht?«

»Nee.«

»Dann ist es nicht weiter schlimm.« Der Detective holte eine Zigarre aus der Hemdtasche, schob sie sich zwischen die Lippen, zündete sie aber nicht an.

Erin blickte zur Decke. »Ich hatte einen Traum, in dem der andere Mann auf diesem Foto vorkam. Ich meine den, der meine Knie umarmt hat. Ich habe geträumt, daß sie auch ihn getötet haben, genauso wie Mr. Peepers.«

García beruhigte sie, sie solle sich keine Sorgen machen. »Er heißt Paul Guber, und es geht ihm gut. Er ist für ein paar Wochen nach New York verreist.«

»Auf Ihren Rat hin?« Erin stieß ihn spielerisch mit einem Zeh an.

»Seine Firma hat eine Filiale in der Wall Street. Es schien der richtige Zeitpunkt für einen Abstecher dorthin zu sein.«

Sie nickte. »Sie kümmern sich wirklich um jeden, nicht wahr?«

Der Detective schüttelte unglücklich den Kopf und erzählte Erin von Darrell Grants verrückter Flucht. Sie nahm diese Nachricht weitaus ruhiger zur Kenntnis, als er erwartet hatte. Allerdings hatte sie mehrere Martinis intus.

»Darrell«, erklärte sie, »ist völlig von der Rolle.«

»Könnte er verrückt genug sein, plötzlich im Club aufzutauchen?«

»Schon möglich.« Erin drehte sich auf den Bauch. »Ich such mir offenbar immer die Richtigen aus, wie?«

García verließ das Zimmer, um zu telefonieren. Als er zurückkam, hatte Erin sich ein weißes T-Shirt und eine Jeans angezogen, stand vor dem Spiegel und bürstete sich das Haar. Die Martinikaraffe war leer.

»Ich hab das Zeug weggeschüttet«, sagte sie und musterte ihn mit eindringlichem Blick. »Ich bin nicht so hinüber, wie Sie denken.«

Sie fuhren zu Fridays und bestellten Cheeseburgers. García genehmigte sich ein Bier, Erin trank Kaffee. Ihr Gespräch verlief absolut freundschaftlich, bis der Detective sie fragte, ob sie einen Freund habe.

»Scheiße, tun Sie das doch nicht«, fuhr sie ihn an.

»Was?«

»Sie wissen genau, was ich meine.«

García kaute nachdenklich seinen Burger. »Mein Interesse ist rein beruflicher Natur. Ich möchte jede Möglichkeit überprüfen.«

»Sie wollen sich nicht mit mir verabreden?«

»Nein.« Er hob die rechte Hand mitsamt dem Cheeseburger. »Das schwöre ich bei Gott.«

»Ganz sicher?«

»Himmel, Erin, ich habe Ihnen meine Frau vorgestellt.«

Sie entschuldigte sich lahm. »Es ist nicht gerade so, daß ich mich für besonders sensationell halte...«

»Ich verstehe schon«, winkte García ab.

»Das liegt nur an diesem verdammten Job.« So sehr daran gewöhnt, daß man ihr irgendwelche Anträge machte, mißtraute sie automatisch jedem Mann, der es nicht versuchte, ein weiterer Beweis für ihre zynische Einstellung gegenüber dem anderen Geschlecht. Mit einem Darrell Grant verheiratet gewesen zu sein, verstärkte diese Einstellung noch.

»Die Antwort ist nein«, sagte sie. »Es gibt keinen Freund. Aber das wußten Sie doch schon, oder?«

»Ich hatte so eine Ahnung.«

»Nachts, wenn mein Dienst beendet ist, habe ich weder die Energie noch das Interesse, mich mit Männern zu beschäftigen.«

»Scheint eine Berufskrankheit zu sein«, sagte García und

nahm einen Berg Pommes in Angriff. »Gibt es denn einen Mann, dem Sie total vertrauen?«

»Lachen Sie nicht«, warnte Erin. »Ich vertraue Shad.«

Al García grinste. »Ich auch.«

Nach dem Essen fuhren sie hinaus ans Meer. Erin wollte die Sonne genießen und den Gin ausschwitzen. Der Detective parkte seinen Wagen in Bahia Mar, und sie schlenderten hinunter zum Strand. Als er die mißtrauischen Blicke der anderen Strandgänger bemerkte, bedauerte García im stillen, sein Sakko und seine Krawatte nicht ausgezogen zu haben.

Erin ging nahe genug ans Wasser heran, um sich die Füße zu benetzen. Der Detective blieb ein paar Schritte von den Wellen entfernt stehen. Er zündete sich eine Zigarre an und blies den Rauch über die rechte Schulter aus, damit er Erin nicht störte.

Sie sagte: »Sie halten mich für eine Hure, nicht wahr?«

»Reden Sie keinen Unsinn.«

Erin trat ein paar Schritte vom Wasser zurück. »Aber Sie würden sicher nicht wollen, daß Ihre Tochter das tut, was ich tue.«

»Meine Tochter«, sagte García, »geht nicht aus dem Haus, bevor sie dreißig ist.«

Erin lächelte. »Angie ist von Mamis Kostümen fasziniert.«

Der Detective lächelte ebenfalls. »Irgendwann wird sie alles verstehen.«

Erin streckte sich. Die Sonnenstrahlen fühlten sich auf ihrem Gesicht und ihren Armen wunderbar an. Sie sagte: »Ich rede mir ein, daß ich nur tanze.«

»Und ich sage mir, ich sei ein Meisterdetective. Na und?«

Erin verspürte den Drang, ins Meer zu springen. Sie rannte los und warf sich ins Wasser. Sie schwamm dreißig Meter weit hinaus, dann ließ sie sich auf dem Rücken treiben. Die Wellen hoben das T-Shirt an und bauschten es um ihren Busen herum auf. Seemöwen segelten durch die Luft und schrien heiser.

Silberne Meeräschen sprangen aus den Wellen und schossen in tieferes Wasser davon. Sie hörte das Zischen eines Windsurfers und den anerkennenden Pfiff des Teenagers, der auf dem Brett stand. Erin hob die Hand und zeigte ihm freundlich den Finger.

Als sie aus dem Wasser watete, bot Al García ihr sein Sakko an. Erin dachte: Wie ist es möglich, diesen Mann nicht gern zu haben? und: »Ich nehme an, Sie sind nicht scharf auf nasse T-Shirts, oder?«

»Bitte.« Er legte ihr das Jackett um die Schultern. »Haben Sie Nachsicht mit einem verklemmten alten Sack.«

Auf dem Parkplatz suchte García im Caprice nach einem sauberen Handtuch. Erin entdeckte die Kühlbox und äußerte die Hoffnung, daß sich darin ein kalter Sechserpack befände. Der Detective erklärte, die Kühlbox würde zur Aufbewahrung menschlicher Körperteile benutzt, nicht als Erfrischungsbar.

»Hmm«, sagte Erin und nahm eine Packung blauer Operationsmasken hoch. »Ich wette, mit so einem Ding vor der Nase sehen Sie richtig scharf aus.«

García sagte, die seien durchaus praktisch. Er reichte ihr ein gestreiftes Strandlaken, das Donna gehörte.

Erin sagte: »Ich muß Ihnen eine Frage stellen, die mich schon die ganze Zeit beschäftigt: Wie um alles in der Welt können Sie das tun?«

»Was tun?«

»Ihren Job. Tag für Tag neue Leichen – ich könnte das nicht.«

Der Detective zuckte die Achseln. »Es ist ein aufblühender Industriezweig. Der Staat sollte darauf Anleihen verkaufen.«

Während der Heimfahrt unterhielten sie sich über Erins Verabredung mit dem Kongreßabgeordneten. Sie hatte eine Menge Fragen. Würde er allein sein? Wie lange würde sie bei ihm bleiben müssen? Was sollte sie tun, falls er wieder verrückt spielen würde? Einige von Garcías Antworten waren beruhigender als andere.

Das Autotelefon des Detectives summte. Er redete knapp eine Minute lang, dann legte er mit finsterer Miene auf.

»Scheint, daß die Pflicht ruft«, sagte Erin.

»Eine Kofferraumleiche«, murmelte García. »Auf dem Miami International.«

»Das ist eine Fahrt von anderthalb Stunden.«

»Keine Eile. Der Typ liegt dort schon seit dem Labour Day.« Er sagte, der Gestank sei gar nicht so schlimm, wenn man Old Spice in die Operationsmaske schütte, ehe man den Kofferraum öffne. Für Erin war diese Vorstellung ein einziger Alptraum.

Wieder in ihrer Wohnung wartete sie an der Eingangstür, während Al García die Räume auf Eindringlinge überprüfte. Er kam nach draußen und versicherte ihr, alles sei in Ordnung. Er erzählte ihr jedoch nicht, daß er ihre Flasche Beefeater in den Badewannenabfluß gekippt hatte.

An der Tür riet der Detective ihr, sich noch einige Gedanken zu ihrem Solotreffen mit David Dilbeck zu machen. Wenn sie es sich anders überlegen wolle, habe er dafür Verständnis. Es sei keine ungefährliche Angelegenheit.

»Ich überlege es mir nicht anders«, sagte sie.

»Dann rechnen Sie mit dem Schlimmsten. Für zwei Riesen verlangt er sicher mehr als nur einen ausführlichen Blick.«

»Ach, er bekommt ganz bestimmt mehr als das«, sagte Erin. »Eine Sache noch: Kann ich meine eigene Musik mitnehmen?«

Al García nickte. Aber natürlich.

24. KAPITEL

Orly wollte von Shad wissen, woher er den Skorpion habe. Shad erwiderte, er habe ihn von jemandem in der Dania Jai-alai-Halle gekauft.

»Tot oder lebendig?«

»Lebendig«, sagte Shad.

Orly lehnte sich zu einer genaueren Betrachtung vor. »Ist er krank oder was?«

»Nein, ich habe ihn ertränkt«, antwortete Shad.

»Wie?«

»In Johnnie Walker.«

Orly lachte und zog zischend Luft durch die Zähne. »Red oder Black?«

»Red«, sagte Shad. Er benutzte seine Pinzette, um den toten Skorpion aus dem Glas zu holen.

»Fetter Bursche«, stellte Orly anerkennend fest. »Soll es wieder so aussehen, als sei die Firma dran schuld?«

»Klar.« Shad legte den toten Skorpion in einen Halbliterbecher Hüttenkäse. Er packte Käsebrocken auf den Kadaver, außer auf den Stachel, den er mit Absicht herausragen ließ.

Orly schüttelte den Kopf. »Und sie zahlen? Die Firma, meine ich.«

»Würden Sie das nicht?« Shad legte den Deckel auf den Behälter und drückte ihn am Rand fest. Er war sich noch unschlüssig, ob er den Käsehersteller oder die nationale Supermarktkette verklagen sollte, die dieses Produkt führte.

»Ist der Typ, der dir den Skorpion verkauft hat, derselbe, von dem du die Schlange hast?«

»Nein«, erwiderte Shad.

»Lorelei ist nämlich von der Schlange nicht gerade begeistert.«

»So was ist mir zu Ohren gekommen.«

In der knappen Zeit hatte Shad nur eine halbblinde Boa constrictor für zweihundert Dollar gefunden. Das gut zwei Meter lange Reptil war hinterlistig und auf der Tanzfläche extrem schwierig zu handhaben. Sogar mit zugeklebtem Maul schüchterte sie die arme Lorelei ein.

»Sie hat Angst, sie sich um den Hals zu legen«, sagte Orly.

»Dann sagen Sie ihr, sie soll sie sich nicht um den Hals legen.«

»Wohin dann? Sie ist splitternackt, Mann.«

Shad zuckte die Achseln. »Sie wollten eine neue Schlange, ich habe eine neue besorgt.«

»Sie hat sie bepinkelt«, sagte Orly.

»Das habe ich gehört.«

»Jetzt droht sie mir mit der Kündigung. Und damit, zur Flesh Farm zurückzugehen.«

»Was soll das Theater, Mr. Orly. Schlangen pinkeln schon mal.« Shad hatte das Gefühl, als fräße sich eine Kettensäge in seine Schädeldecke. Er stellte den Hüttenkäse in den Kühlschrank, versehen mit einer Mitteilung in Blockbuchstaben, in der er die Tänzerinnen warnte, sich an dem Becher zu schaffen zu machen. Orly sah aufmerksam zu. Monique Jr. kam in die Garderobe gehumpelt. Ihr war ein Absatz abgebrochen, und Shad reparierte ihn mit Alleskleber. Eine neu eingestellte Tänzerin namens Danielle kam wegen eines kosmetischen Notfalls hereingestürzt. Ein Gast mit besonders scharfen Augen hatte die Einschnittnarben ihrer letzten Operation entdeckt. Während die Tänzerin ihre runden neuen Brüste anhob, tupfte Shad Maybelline-Puder auf die Narben.

Als sie wieder alleine waren, sagte Orly: »Die Lings haben ja keine Ahnung, mit wem sie es zu tun haben.«

»Das habe ich ihnen erzählt.«

»Von Fat Tony? Nicky Scarfo?«

»Ja«, sagte Shad. »Aber es war ihnen völlig gleichgültig. Übrigens, Fat Tony ist gestorben. Die Lings haben die Meldung im *Herald* gesehen.«

Orly stützte seine Ellbogen auf den Toilettentisch. »Amerika geht den Bach runter, und weißt du, warum? Weil diese verdammten Fremden keinen Respekt vor unseren nationalen Institutionen haben – weder vor Detroit noch vor der Wall Street, noch vor der Mafia.«

Shad gefiel die Richtung, die das Gespräch nahm, ganz und gar nicht. Bald würde Orly ihn bitten, die Flesh Farm zu sabotieren. Über das Thema hatten sie schon oft gesprochen.

»Ich würde gerne helfen«, sagte Shad, »aber ich kann nicht.«

»Was ist denn los?«

»Ich kann einfach nicht.« Er hatte Hemmungen, Mr. Orly von seinem Vorstrafenregister zu erzählen, da die Alkoholkommission grundsätzlich gegen die Einstellung von Vorbestraften in Schankbetrieben war. »Rufen Sie doch Ihre Leute im Norden an«, riet Shad. »Lassen Sie einen Profi kommen.« Natürlich würde der Anruf niemals ausgeführt; Orly kannte niemanden, der zum Mob gehörte.

Der Clubbesitzer griff nach einer Haarbürste und trommelte damit auf den Schminktisch. »Diese Lings«, sagte er kopfschüttelnd. »Ich kann einfach nicht glauben, daß sie eine völlig intakte Schlange zerstückelt haben.«

Shad meinte, sie hätten damit sicher etwas ganz Bestimmtes ausdrücken wollen.

»Sie haben dem Girl das Herz gebrochen«, sagte Orly. »Hey, sieh doch mal im Kühlschrank nach, ob du ein kaltes Getränk findest.«

Shad holte eine Dose Cola Cream Soda heraus.

»Ich denke manchmal an früher«, sagte Orly und leckte den Büchsenrand ab. »Weißt du noch, als wir hauptsächlich Motorradfreaks als Kunden hatten? Damals hieß der Laden noch Booby Hatch und später Pleasure Palace. Biker-Girls, Biker-Kundschaft, Biker-Prügeleien. Damals waren die Regeln eindeutig.«

»Es war eine Spelunke«, stellte Shad völlig unsentimental fest.

»Aber wir wußten, wo es langging. Die Stripperinnen gingen

auf den Strich. Die Gäste dealten mit Dope. Und jeder hatte ein Messer oder eine Kanone in der Tasche.«

Shad grinste säuerlich. »Jaja, die gute alte Zeit. Ich fang gleich an zu heulen.«

»Na schön, es war tatsächlich eine Spelunke. Ein Dreckloch. Aber es herrschte verdammt noch mal Ordnung.« Orly nahm einen Schluck Soda. »Damals brauchte man sich keine Sorgen wegen Typen wie den Lings zu machen. Konkurrenz? Die gab es gar nicht. Discjockeys, Musikprogramme, Windmaschinen, ausgebildete Pythonschlangen, davon war keine Rede! Damals konnten die Girls kein bißchen tanzen, und ich muß auch zugeben, daß niemals die Gefahr bestand, daß eine vom *Playboy* entdeckt und weggelockt wurde. Erinnerst du dich noch an Thin Lizzie?«

Shad mußte unwillkürlich grinsen. Lizzie war eine Bikerin und Tänzerin gewesen, wog bei einer Größe von einssechzig hundertsiebenundzwanzig Pfund und hatte sich ein Stockcar-Emblem auf den Rücken tätowieren lassen. Wer konnte die vergessen?

»Erinnerst du dich?« Orly strahlte. »Mag sein, daß sie auf meinem Parkplatz halb Fort Lauderdale einen geblasen hat. Aber *die* Lady machte mir keine Probleme. Überhaupt nicht. Ich sag ihr, tanz schnell, dann tanzte sie schnell. Ich sag ihr, tanz langsam, dann tanzte sie langsam. Das war lange bevor diese Mode mit den Ringkämpfen anfing, aber eins weiß ich ganz sicher – wenn ich von Lizzie verlangt hätte, sie solle in Getriebeöl ringen, dann wäre sie bei Gott hineingestiegen und hätte losgelegt. Das Girl war ein richtiger Soldat, und sie begriff die Regeln.«

Shad öffnete eine Flasche mit Aspirintabletten und schluckte fünf Stück. Orly bot ihm einen Schluck Cream Soda zum Nachspülen an, aber Shad verzichtete.

»Sieh dir nur mal an, wie das ganze Gewerbe sich verändert

hat«, fuhr Orly fort. »Meine Tänzerinnen sind dank deiner Freundin Erin praktisch gewerkschaftlich organisiert. Sie suchen sich ihre eigenen Songs aus, legen ihre Arbeitszeit selbst fest. Gleichzeitig sind meine Schadenersatzzahlungen dank der Bankiers und Anwälte und Buchhaltertypen, die in meinem Laden herumhängen, um das Dreifache gestiegen. Jedesmal, wenn es irgendwelchen Streit gibt, bekomme ich fast einen Herzinfarkt bei der Vorstellung, daß so ein Yuppiearschloch mich wieder verklagt.«

Shad nickte. »Eins muß man den Motorradfreaks lassen. Die verklagen einen nicht.«

»Richtig.«

»Andererseits verdienen Sie jetzt richtig gutes Geld. Wir verkaufen vier- bis fünfmal soviel Alkohol.«

Orly zerdrückte die Sodadose und schmetterte sie gegen die Wand. »Der Aufschwung«, sagte er, »ist auch nicht mehr das, was er einmal war.«

Shad war ebenfalls desillusioniert, aber aus anderen Gründen. Aber er hielt es für besser, seinen Mund zu halten.

Orly räusperte sich. »Ich hatte die Gelegenheit, einen Taco-Bell-Laden oben in Orlando zu übernehmen. Eine Viertelstunde von Disney World entfernt – habe ich dir das nicht erzählt? Es war letztes Jahr im Oktober.«

»Sie haben es erzählt«, sagte Shad. Orlys Frau hatte gegen dieses Geschäft ein Veto eingelegt, weil die mexikanische Küche ihrer Verdauung nicht bekam.

»War meine einzige Chance auszusteigen«, sagte Orly. »Weg. Und nur, weil Lily von *fajitas* Durchfall bekommt.«

»Sieht sie es etwa lieber, daß Sie einen Stripteaseschuppen führen?«

»Es ist verrückt, ich weiß, aber sie hat nie dagegen protestiert.« Orly senkte die Stimme. »Unter uns: Ich hab das nackte Fleisch derart satt, daß ich es kaum mehr ertragen kann. Ich schwöre bei Gott, es ist sicherlich Jahre her, seit ich das letzte Mal einen richtigen Ständer hatte.«

Shad pflichtete ihm bei, daß es ein zermürbender Job war. Bei Gott, als ob er das nicht wüßte!

»Ich frage dich geradeheraus«, fuhr Orly fort, »was geschieht, wenn du mit diesem Skorpionschwindel einen Haupttreffer landest? Wenn die Hüttenkäsefarm dir zweihundert Riesen rüberschiebt? Ich glaube, dann brauch ich wohl einen neuen Rausschmeißer.«

»Vielleicht. Vielleicht auch nicht. Ich mag sie nämlich, Mr. Orly.«

»Hey, du könntest dir sogar ein Stück von diesem Laden kaufen. Dann wären wir verdammt noch mal Partner!«

»Wenn ich ganz ehrlich bin«, sagte Shad, »so gut kann ich Sie nun auch wieder nicht leiden.«

»Wie auch immer. Es ist schon okay.«

In elf Jahren war dies die längste Unterhaltung, die die beiden Männer miteinander geführt hatten. Orly war ganz eindeutig wegen irgend etwas zutiefst besorgt, und schließlich wollte Shad wissen, was los war.

»Nichts, verdammt noch mal«, schnappte Orly.

»Moldowsky hat wieder angerufen, nicht wahr? Wegen Erin.«

»Ja, stimmt.« Orly senkte die Stimme. »Er sucht nach einem Foto von diesem geilen Kongreßabgeordneten. Ein Bild, das hier im Club aufgenommen wurde. Bestimmt weißt du nichts darüber.«

»Nee«, sagte Shad. »Sonst noch was?«

»Er hatte eine Nachricht für Erin.« Orly holte einen Fetzen Papier aus seiner feuchten Brusttasche und reichte ihn Shad. »Um Punkt zehn Uhr abends unten in Turnberry. Und da ist auch der Name der Yacht.«

Shad hatte Mühe, Orlys Gekritzel zu entziffern. »*Sweetheart* und so weiter«, buchstabierte er mühsam. Die Vorstellung, daß Erin sich allein mit Dilbeck auf dem Boot traf, gefiel ihm überhaupt nicht.

»Ich nehme an, sie wird mit diesem Kerl bumsen«, sagte Orly.

»Weshalb?«

»Weil er Politiker ist, verdammt noch mal.«

Shad schüttelte den Kopf. »Sie sollten sie eigentlich besser kennen.«

»Ein Kongreßabgeordneter der Vereinigten Staaten, und du meinst, es sei nur eine private Tanzvorführung? Willst du mir weismachen, es gebe keinen Sex?«

»Mich würde es sehr überraschen.«

Orly gelang es nicht sehr gut, seine Enttäuschung zu verbergen. Shad seinerseits schaffte es nicht, seine Wut zu überspielen. Der Blick, mit dem er Orly musterte, war furchteinflößend.

»Scheiß auf die Ausschanklizenz«, sagte er.

Orly versteifte sich. »Aber der Kerl macht mich fertig.«

»Dann bumsen *Sie* doch mit ihm.«

»Immer mit der Ruhe.« Nervös klopfte Orly Shad auf den Unterarm. »Das ist es doch, was ich meine, das ist genau das richtige Beispiel. Früher brauchten wir uns über solchen Scheiß nie den Kopf zu zerbrechen. Rednecks, Biker und Huren – daraus bestand das Tittenbusiness. Und jetzt sieh dir an, was daraus geworden ist: Heinis mit Fönfrisuren und Designerhosenträgern, Mobiltelefone an jedem verdammten Tisch. Ich werd verrückt! Auf dem Parkplatz wimmelt es von allen möglichen noblen Schlitten, aber ich kann kaum eine Nacht durchschlafen. Nee, du kannst dir die neue tolle Kundschaft irgendwohin stecken.«

»Und die Politiker«, sagte Shad. Der Wunsch, Mr. Orly zu erwürgen, war nicht mehr so dringend wie vorher.

»Biker sind die besseren Gäste«, entschied Orly. »Ich schwöre dir, Shad, lieber habe ich eine Bar voller Biker als einen besoffenen Congressman im Publikum. Mit den Schlägereien kamen wir immer klar, weißt du noch? Verflixt, ich würde jederzeit eine Messerstecherei einem solchen Scheiß vorziehen. Kommt da so ein Typ, den ich nie gesehen habe, und macht mir Schwierigkeiten wegen meiner Lizenz.«

In fünf Minuten sollte Urbana Sprawl zu einem Ringkampf in einem Bottich voll frisch gekochter Linguini antreten. Shad hatte die Absicht, den Ringrichter zu spielen. Er stand auf und sagte: »Was sein muß, muß sein. Wir bringen schon alles auf die Reihe.«

»Wie?«

»Machen Sie sich keine Sorgen, Mr. Orly.«

Sie gingen zusammen durch den großen Gastraum. Rapmusik donnerte gegen die Wände. Auf der Bühne mühte sich Lorelei mit der neuen Schlange ab, die sich in voller Länge um ihr rechtes Bein gewickelt hatte. Selbst die besoffensten Gäste begriffen, daß dies nicht zu der Nummer gehörte.

Orly formte mit den Händen vor dem Mund einen Trichter, lehnte sich vor zu Shads Ohr und rief: »Vielleicht sollte ich ein Schild an der Tür anbringen: Zutritt für Politiker verboten! Axtmörder und Perverse jederzeit willkommen, aber keine verdammten Politiker!«

Shad produzierte ein gekünsteltes Grinsen. Er war in der Stimmung, einer Katze den Kopf abzubeißen.

»Motorradfreaks von morgens bis abends«, fuhr Orly fort. »Aber keine Kongreßabgeordneten mehr in meinem Laden . . .«

Auf der Bühne humpelte Lorelei unerschütterlich aus dem Scheinwerferlicht heraus. Dann brüllte sie etwas von einem blau angelaufenen Bein.

Ich muß schnellstens hier raus, dachte Shad. Bevor ich etwas Schlimmes tue.

Malcom J. Moldowsky wußte, daß der Kongreßabgeordnete nicht von einem Rausschmeißer mit langem Vorstrafenregister erpreßt werden konnte. Problematischer war der junge Börsenmakler, Paul Guber, doch der hatte plötzlich die Stadt verlassen. Es war die dritte Person auf den Fotos von der Junggesellenparty, die Moldy die größten Sorgen machte: die Stripteasetänzerin.

Falls sie dies beabsichtigte, konnte Erin Grant im Handumdrehen das fadenscheinige Ansehen des Kongreßabgeordneten vernichten. Weshalb Moldowsky das Rendezvous der beiden arrangiert hatte.

Moldy verbrachte den Vormittag des 4. Oktober mit einer Strategiekonferenz auf höchster Ebene – mit sich selbst. Weder brauchte noch suchte er den Rat anderer. Stille förderte gedankliche Klarheit, und Einsamkeit rückte die Perspektive zurecht. Wichtig war, daß er seine persönliche Abneigung gegen David Dilbeck beiseite schob und sich auf die Mission konzentrierte, für die er bezahlt wurde. Viele Dinge waren in letzter Zeit außer Kontrolle geraten; es wurde Zeit, sich aufs Wesentliche zu konzentrieren.

Er brauchte Munition, aber Erins Vergangenheit gab in dieser Hinsicht nicht viel her. Die Unterlagen des Sorgerechtsstreits waren voller saftiger Anschuldigungen, aber Moldowsky bezweifelte die Wahrheitsliebe des Ex-Ehemanns; Darrell Grant schien ein verachtenswerter Mistkerl zu sein.

Moldy beschloß, Mrs. Grant sehr zuvorkommend zu begegnen. Ansehen, aber nicht anfassen, hatte er dem Kongreßabgeordneten eingeschärft. Tun Sie nichts, was diese Frau erschrekken oder in Rage bringen könnte. Wenn sie nein sagt, dann versuchen Sie nicht, sie zu überreden. Wenn alles andere keine Wirkung hat, versuchen Sie, mit ihr Freundschaft zu schließen.

Wenn man sich doch nur darauf verlassen könnte, daß Dilbeck sich auch an dieses Drehbuch hält! Das Thema des verstorbenen Jerry Killian sollte tunlichst gemieden werden. Über die Tochter der Stripperin müßten behutsam Erkundigungen eingezogen werden. Falls Mrs. Grant sich wegen der Sorgerechtsregelung beklagte, sollte Dilbeck seine Hilfe anbieten. *Ich kenne den neuen Richter ganz gut* – etwas Beiläufiges in dieser Richtung, nichts Aufdringliches oder Prahlerisches. Wenn Mrs. Grant auf Dilbecks gewalttätiges Auftreten im Eager Beaver zu sprechen käme, sollte der Kongreßabgeordnete sein Bedauern ausdrükken, aber darüber hinaus keine weiteren Angebote machen. Moldy schärfte ihm diesen Punkt besonders ein. Er gab sich Mühe, alles so einfach wie möglich zu halten, da er wußte, daß Dilbecks Hirn von Leidenschaft umnebelt sein würde. Vorsichtsmaßnahmen mußten ergriffen werden, um die Stripperin vor einer unsittlichen Attacke zu bewahren, aber ein Restrisiko blieb. Der Kongreßabgeordnete lief langsam aus dem Ruder. Es war ein Wettrennen mit der Zeit.

Malcolm Moldowsky betrachtete sein Spiegelbild im Panoramafenster, und ihm gefiel, was er sah – ein Sinnbild eleganter Selbstsicherheit unter Streß. Sogar zu Hause fühlte er sich in korrektem Sakko und Krawatte am wohlsten. Er hatte gelesen, daß Nixon ähnliche Gewohnheiten hatte, aber was soll's? Sportliche Kleidung bremste Moldys Genialität; er fühlte sich in einem Turnhemd und abgelatschten Schuhen ganz einfach nicht mächtig. An diesem Vormittag trug er einen dreiteiligen anthrazitfarbenen Anzug, den er in Paris hatte maßschneidern lassen. Die Krawatte war bordeauxrot mit einem grauen, diagonal verlaufenden Streifen.

Moldowsky saß an einem Schreibtisch aus Kirschholz in seinem Herrenzimmer. Das Telefon summte häufig, aber er überließ die Gesprächsannahme dem Anrufbeantworter. Er machte sich Notizen auf einem Schreibblock. »Was will sie?« schrieb er; dann stellte er eine Liste möglicher Szenarios auf, von der schlimmsten bis zur günstigsten Möglichkeit.

Die schlimmste: Die Stripperin konnte den Kongreßabgeordneten abschießen, entweder aus eigenem Antrieb oder im Auftrag eines Feindes. Dazu brauchte sie noch nicht einmal das Foto, eine nachmittägliche Pressekonferenz reichte völlig aus. Die Enthüllung hätte eine augenblickliche Katastrophe zur Folge, und wenn sie Dilbeck auch nicht gleich den Wahlsieg kostete, so würde sie auf jeden Fall die Zuckersubventionen gefährden. Die Rojos könnten dabei Millionen verlieren. Malcolm Moldowsky war fest entschlossen, alles zu tun, um einen solchen Unglücksfall zu verhindern. Er hatte sorgfältig Dilbecks politische Position gefestigt, und das Abstimmungsergebnis des Ausschusses war so gut wie unter Dach und Fach. Das einzige noch zu überwindende Hindernis war ein Republikaner namens Tooley aus Nord-Alabama, der sich öffentlich zu den Wiedergeborenen Christen bekannte und unermüdlich gegen nicht jugendfreie Filme, alle Formen der Rockmusik und die jährliche Schwimmsport-Sondernummer von *Sports Illustrated* wetterte. Moldowsky wußte zufälligerweise, daß Congressman Tooley ein syphilitischer alter Knacker war, aber das tat nichts zur Sache. Der Kerl würde sich auf der Stelle öffentlich von David Dilbeck distanzieren, wenn ein schmutziger Sexskandal ans Licht käme, und niemals genauso abstimmen wie ein den Frauen nachlaufender Heide.

Am Ende von Moldys Liste stand sein Wunschszenario: Was wäre, wenn die Stripperin die ganze Angelegenheit auf sich beruhen ließe? Vielleicht war ihr die Attacke mit der Sektflasche im Grunde gleichgültig. Vielleicht hatte sie auch gar kein Interesse daran, den heißblütigen Kongreßabgeordneten zu erpressen, und vielleicht hatte sie auch keine Zweifel in bezug auf Jerry Killians Ableben. Möglicherweise wollte sie nur in Ruhe gelassen werden.

Nicht sehr wahrscheinlich, dachte Moldowsky. Die Frau brauchte ganz bestimmt Geld, und sicherlich wußte sie auch, wie nachhaltig sie David Dilbeck schaden konnte, wenn sie den Mund aufmachte. Moldowsky vermutete, daß Erin Grants Schweigen käuflich war, und er rechnete sich aus, daß sie mit einer größeren Summe zufrieden wäre und die Stadt mit ihrer kleinen Tochter still und leise verlassen würde. Das wäre prima. Ein Geldtransfer barg zwar gewisse Risiken, aber ein dauerhaftes Verschwinden zu arrangieren war nicht mehr ratsam. Schon gar nicht, wenn ein Cop im Hintergrund lauerte.

Moldy war über Al García beunruhigt. Wie war seine Visitenkarte in das Stahlschließfach des Anwalts gelangt? Untersuchte der Detective Mordecais Verschwinden? Moldy machte sich eine Notiz, diese Frage bei der Anwaltskammer von Florida zu klären. Schließlich war er es gewesen, der den Ermittlern den Tip mit dem Treuhandkonto-»Betrug« des Anwalts gegeben hatte.

Aber es gab noch weitere Rätsel. Weshalb schnüffelte ein Cop des Morddezernats von Dade County in Fort Lauderdale herum? Befaßte García sich etwa mit dem Tod Jerry Killians? Und, noch wichtiger, hatte er etwa das Dia aus Mordecais Stahlschließfach herausgeholt?

Die Erfahrung hatte Malcolm Moldowsky gelehrt, sich stets gegen das Schlimmste zu wappnen. Angenommen, García hatte eine Spur gefunden. Angenommen, er hatte Wind von den Erpressungsversuchen bekommen. Und angenommen, er vermutete, daß etwas mit dem Tod Jerry Killians und dem Verschwinden Mordecais nicht stimmte...

Soll er doch annehmen und vermuten, bis ihm die Ohren abfallen, dachte Moldowsky. Es gibt keinen Beweis, keine Spur, kein noch so schwaches Glied, das den Kongreßabgeordneten mit diesen unseligen Vorfällen in Verbindung bringen könnte. Morde? Ein einsamer Junggeselle hat einen Anglerunfall in Montana, ein schmieriger Anwalt flieht mit erschwindelten Klientengeldern aus der Stadt. Welche Morde? Was zum Teufel führte García im Schilde? Moldy fragte sich, ob der Detective vielleicht sein eigenes Süppchen kochte – vielleicht hatte er die Visitenkarte als Köder hinterlegt. Wenn ja, dann war der einzige kluge Schritt, den Bastard zu ignorieren. Und ganz cool zu bleiben.

Aber Moldowskys Problem war sein übersteigertes Ego. Er war leicht reizbar, besaß überhaupt keine Geduld und war nicht daran gewöhnt, nichts zu tun. Er hatte so viele Verbindungen und soviel Einfluß, daß er reflexartig zum Telefonhörer greifen und irgendwen schmieren wollte. Das war es, was Spezialisten wie er zu tun pflegten. Sie orteten den Verdruß schon im Ansatz und kamen ihm zuvor. Aber jemand, der Einfluß nahm, war stets nur so gut wie die Informationen, die er besaß, und Moldy wußte überhaupt nichts über den aufdringlichen kubanischen Cop. Das setzte ihm den ganzen Vormittag lang zu. Zwei oder drei Telefongespräche würden ihm alles Notwendige verschaffen ... aber weshalb sollte er in Panik geraten? Er war so gründlich vorgegangen, so umsichtig – ein Fehler war praktisch unmöglich. Señor Detective García hatte überhaupt nichts in der Hand. Niemand hätte sich so schnell einen Reim auf alles machen können.

Dennoch ertappte Moldy sich dabei, wie er das Telefon anstarrte. Polierte Fingernägel trommelten ruhelos auf der Schreibtischplatte aus Kirschholz. Er mußte mehr wissen. Seine Hand zuckte über den Schreibtisch zur Rolodex-Kartei. Seine Finger trippelten sacht über die vertrauten Karteikarten. Es war eine erstaunliche Fundgrube von Informationsquellen. Namen und Nummern, Nummern und Namen. Und jeder schuldete Malcolm J. Moldowsky eine Gefälligkeit.

Sie war wie eine Droge, diese Macht, über die er verfügte.

25. KAPITEL

Die beiden Gorillas, die die Yacht der Rojos bewachten, waren von Erins Eintreffen geblendet. Sie trug blutroten Lippenstift, goldene Ohrringe, einen weißen Minirock, hohe Stöckelschuhe und eine ärmellose lachsfarbene Bluse. Sie sah riesig aus, und sie duftete auch riesig. Ein wandelnder Traum.

»Sind Sie Mrs. Grant?«

»Nein«, erwiderte Erin. »Ich bin Tipper Gore.«

»Wer ist Ihr Freund? Er ist nicht eingeladen.«

Shad tauchte aus dem Schatten auf. Die Gorillas in ihren glänzenden schwarzen Anzügen traten unruhig von einem Fuß auf den anderen, ballten die Fäuste und pumpten die Brustkörbe auf, aber den Leibwächter der Stripteasetänzerin schien das überhaupt nicht zu beeindrucken. Er war so breit wie ein Kleiderschrank und trug eine rote Baskenmütze, die kaum die Kuppel seines wuchtigen kahlen Schädels bedeckte. Sein Mund war ein gefährlich aussehender Adlerschnabel, seine hervorquellenden Aalaugen blinzelten. In seinem Gürtel steckte eine .38er, und auf seiner linken Schulter saß ein südamerikanischer Kinkaju, der an einem Keksriegel knabberte.

»Keine Angst«, sagte Shad zu den Gorillas. »Er ist angeleint.«

»Wer zum Teufel sind Sie?«

»Ein Guardian Angel«, sagte Erin. »Seht ihr das denn nicht?«

»Verschwinde«, sagte einer der Gorillas.

Erin ergriff Shads Hand. »Wenn er geht, gehe ich auch.«

Die Gorillas entfernten sich ein paar Schritte und berieten sich. Einer von ihnen verschwand in der Yacht. Er kam mit einer Entscheidung zurück: »Okay, Mr. Guardian Angel, Sie dürfen hier draußen bei uns bleiben. Aber der Affe muß zurück in den Zoo.«

»Das ist kein Affe«, sagte Shad. Der Kinkaju kreischte mit

einem Mund voller Nougatmasse. Als Shad seinen Hals streichelte, drehte das Tier sich um und biß ihm in die Hand. Die Gorillas erschraken, aber Shad zeigte keine Reaktion. Er wischte sich das Blut an seiner tarnfarbenen Kampfhose ab und sagte: »Ich hab ihn von einem Typen im Jai-alai. Er mag Schokolade.«

»Ein Verrückter«, murmelte einer der Schläger.

Zwei Paare schlenderten im Mondschein über den Pier. Die Männer trugen weiße Smokings, und die Frauen, beide blond, steckten in schimmernden Abendkleidern; alle vier tranken Rum Runners und schienen sich zu amüsieren. Die Frauen bewunderten die Angelboote und die prächtigen Yachten, und die Männer, beide viel älter als ihre Begleiterinnen, schienen erfahrene Seeleute zu sein. Als sie die Stelle erreichten, wo die *Sweetheart Deal* festgemacht war, verstummte die Unterhaltung. Die Männer begafften Erin, die verständnisvoll lächelte. Die Gorillas standen Schulter an Schulter wie mit Steroiden aufgemotzte Buchstützen. Shad schob seine rote Baskenmütze zurecht.

Eine der Blondinen wandte sich an ihn. »Sagen Sie, darf ich Ihren Affen mal streicheln?«

»Das ist kein Affe. Sondern ein Kinkaju.«

»Oh, ich liebe Kinkajus.«

»Bitte sehr. Streicheln Sie.«

Einer von den Smokingträgern fragte: »Er beißt doch nicht, oder?«

Shad verzog beleidigt das Gesicht. »Nein, Sir, niemals.«

»Bis später«, verabschiedete sich Erin. Sie schlüpfte zwischen den beiden Schlägern hindurch und öffnete die Kabinentür.

Al Garcías Chef im Morddezernat war Lieutenant William Bowman, der früher als Linebacker für die Universität von Florida gespielt hatte. Bill Bowman haßte Zigarren und war elf Jahre jünger als García, aber García machte das nichts aus, denn Bowman war für einen Anglo ein anständiger Cop. Die meiste Zeit ließ er García in Ruhe.

Am Tag, als Erin für den Kongreßabgeordneten tanzen sollte, rief Bill Bowman García in sein Büro. Zuerst unterhielten sie sich wie üblich über das Elend der Verteidigung der Miami Dolphins, dann kam die Rede auf den Stand der Ermittlungen im Fall Francisco Goyo.

»Wir haben alles gefunden«, teilte García Bowman mit, »bis auf vier Zehen und eine Gesäßhälfte.«

»Gute Arbeit.«

»Billy?«

»Ja?«

»Weshalb bin ich hier?«

Bowman ließ seine Fingerknöchel knacken. »Ist das eine philosophische Frage? Wie zum Beispiel: Worin liegt der Sinn all dessen? Wie sieht Gottes großer Plan aus?«

García brummelte: »Nein, *chico*, ich meine, warum, verdammt noch mal, sollte ich herkommen? In dein Büro. Um dumm rumzulabern.«

»Schließ erst mal die Tür.«

García streckte ein Bein aus und trat die Tür zu.

Bowman räusperte sich. »Ich bekam einen interessanten Anruf vom Chief, der wiederum einen interessanten Anruf von einem County Commissioner erhielt.«

»Erzähl mal«, sagte García.

»Bearbeitest du einen Fall in Broward?«

»Mehrere, Billy.«

»Auch einen verschwundenen Anwalt?«

»Das ist aber eine Überraschung«, sagte García. »Genehmigen wir uns einen Kaffee.«

Während der nächsten halben Stunde erzählte er Billy Bowman die ganze Geschichte, angefangen mit der Wasserleiche in

Montana. Bowman war ein guter Zuhörer, und er stellte präzise Fragen. Als García geendet hatte, sagte der Lieutenant, er sei beeindruckt. »Du hast sie also dazu gebracht, ein Stahlschließfach ohne gerichtliche Verfügung aufzubohren.«

García sagte: »Ich kannte ein Girl in der Bank, sie ist jetzt Vizedirektorin. Wir hatten eine kleine Falle vorbereitet.«

Bill Bowman verzog das Gesicht. »Das habe ich nicht gehört.«

»Wer immer das Schließfach des Anwalts geöffnet hat, hat auch meine Visitenkarte gefunden. Und wer immer die Karte gefunden hat, hat sich daraufhin ans Telefon gehängt.«

»Und genau das hast du gewollt.«

Al García verteilte seine Visitenkarten im Verlauf von Morduntersuchungen recht großzügig. Des öfteren hatte er sie einem Hauptverdächtigen zugesteckt, nur um irgendeine Reaktion auszulösen.

»Soso«, sagte der Lieutenant. »Und unter welchem speziellen Hintern hast du dieses Feuer angezündet?«

»Wenn ich raten müßte«, sagte García, »dann ist es der von Malcolm Moldowsky.«

Bowman sagte, er habe noch nie von diesem Knaben gehört, und García erklärte ihm, das sei schon in Ordnung. Politische Manipulatoren seien wie Vampire: Sie scheuten das Tageslicht.

»Es ist wie folgt gelaufen: Moldowsky ruft den Commissioner an, der ihm wahrscheinlich einen Gefallen schuldig ist. Vielleicht sogar mehrere, wer weiß. Also ruft der Commissioner den Chief an und fragt, wer ist dieser García, weshalb wühlt er in Broward soviel Dreck auf? Das letzte, was die Stadtpolizei sich wünscht, sind irgendwelche Zuständigkeitsdifferenzen mit der BSO.«

»Ob du es glaubst oder nicht«, sagte Bowman, »der Commissioner war beinahe richtig clever. Er behauptet, ein Freund des verschwundenen Anwalts zu sein. Er sagt, sie hätten sich auf einer Wahlveranstaltung für Dukakis kennengelernt, und er könne nicht glauben – wie heißt dieser Heini?«

»Mordecai.«

»Ja. Der Commissioner sagt, er könne nicht glauben, daß Mordecai sich mit erschwindeltem Geld zu den Inseln aus dem Staub gemacht hat.«

García lachte. »Raffiniert, das Ganze als persönliche Angelegenheit auszugeben. Als mache er sich Sorgen wegen seines Freundes.«

»Richtig. Und er sei dankbar für alles, was wir ihm darüber mitteilen könnten – alles natürlich völlig vertraulich.«

Bowman nahm einen Anruf über das Lautsprechertelefon entgegen, während García den restlichen Kaffee verteilte. Ein uniformierter Streifenpolizist hatte nach einer Jagd den Palmetto Expressway hinunter einen Einbrecher erschossen. Bowman machte sich einige Notizen und erwiderte, er sei schon unterwegs. Er legte auf und fluchte, weil der tote Einbrecher eine Tunte war, was erwarten ließ, daß die örtlichen Fernsehstationen wieder mal laut aufheulen würden. Der Lieutenant sagte: »In meiner ganzen Laufbahn habe ich noch nie einen Kerl in einem trägerlosen Cocktailkleid erschossen. Und wie ist es mit dir?«

»Die Welt ändert sich, William.« García prostete ihm mit dem Kaffeebecher zu.

Billy Bowman schwang seine Reeboks Schuhgröße 45 vom Tisch herunter. »Was diesen Anwalt betrifft – denkst du, der ist auch tot?«

»Höchstwahrscheinlich«, sagte García.

»Und er wurde irgendwo abgelegt, wie dieser andere Bursche.«

»Ja, aber wer weiß schon wo.«

»Die Everglades sind dafür ideal«, sagte Billy Bowman. »Warum soll man den weiten Weg in irgendein Nest in Montana auf sich nehmen, wenn man die Everglades vor der Tür hat? Zum Teufel, eine Leiche verfault dort schneller als an jedem anderen Ort im Land. Das ist allgemein bekannt, Al.«

»Jetzt erzähl mir nur nicht, sie hätten auch darüber eine Studie angefertigt.«

»Ernsthaft. Miami hat die schnellste Zersetzungsrate. Wegen der Hitze.«

»Tatsächlich?« sagte García sinnend. »Ich dachte, es liegt an der Feuchtigkeit.«

»Montana ergibt keinen Sinn.«

»Doch, weil das Opfer dort angeblich Urlaub machte. Killian war Forellenangler, erinnerst du dich? Und dieser mickrige Anwalt, wer weiß, wohin sie den gebracht haben. Vermutlich zum nächsten Landschaftsgestaltungsprojekt.«

Der Lieutenant sagte einige Sekunden lang gar nichts. Dann: »Al, du kannst nicht einfach hingehen und einen Congressman einlochen.«

»Das weiß ich auch.«

»Es sei denn, du erwischt ihn auf frischer Tat. Am besten noch auf Video und mit dem Papst und Mary Tyler Moore als Augenzeugen.«

»Billy, darüber bin ich mir im klaren.«

»Wo ist das Dia? Ich bin nur neugierig.«

García ließ die Frage unbeantwortet im Raum hängen. Bowman war ein schlauer Bursche. Er brauchte genau elf Sekunden, um das Problem zu erkennen.

»Du hast recht«, sagte er zu García. »Ich will es gar nicht wissen.«

»Sag dem Chief, es gebe keinen Fall um einen verschwundenen Anwalt in Broward.«

»Du hast nur einen Hinweis überprüft.«

»Richtig«, nickte García. »Und nichts gefunden.«

»Wir bedauern, nicht weiterhelfen zu können.«

»Ja«, sagte García. »Es tut uns aufrichtig leid.«

»Und das gelangt direkt zu Moldowsky?«

»Darauf kannst du wetten.«

»Was geschieht dann, Al? Können wir irgendwann mit einer Verhaftung rechnen?«

García massierte sein Kinn. »Offen gesagt habe ich so gut wie nichts an Beweisen. Aber ich habe einige bildschöne Theorien.«

Bowman mochte Al García, weil er ein hervorragender Detective war und keinen Ehrgeiz hatte, mehr sein zu wollen. Bowman selbst strebte den Posten des Chief an, und Cops wie García ließen ihn sehr oft hervorragend aussehen. Infolgedessen wollte er, daß García zufrieden und produktiv war, nicht gelangweilt und ausgebrannt. Al hatte Spaß an Herausforderungen, und der Lieutenant kam dem meist entgegen. Aber diese Sache...

»Wie sieht es mit unserer Zuständigkeit aus?« wollte Bowman wissen.

»Heikles Thema«, gab García zu. »Dilbeck wohnt in Dade County. Desgleichen Moldowsky.«

»Aber das Verbrechen hat woanders stattgefunden, stimmts?« Bowman ließ wieder seine Knöchel knacken. »Al, wärst du unheimlich sauer auf mich, wenn ich erklärte, du seist in dieser Sache ganz allein auf dich gestellt?«

»Du wärst verrückt, wenn du es nicht tun würdest. Vielleicht feiere ich ein paar Tage krank.«

»Aber als dein Freund will ich dir auch sagen, daß ich mich freuen würde, wenn du diesen Fall aufklärst.«

»Es ist eine riskante Sache, Billy.«

»Ja, aber ich habe auch ein persönliches Interesse daran. Ich habe diesem dämlichen Hund nämlich meine Stimme gegeben.«

»Tatsächlich?« Al García konnte kaum fassen, daß Bowman eingetragener Demokrat war.

Der Lieutenant nahm die Füße vom Tisch. »Ich erinnere mich an etwas, das du mir mal vor längerer Zeit gesagt hast...«

»Die Welt ist eine einzige Gosse, und wir tun nichts anderes, als ständig der Scheiße auszuweichen.«

»Sehr ermunternd, Al. Es wundert mich, daß noch niemand dir das Copyright für diese Erkenntnis abgekauft hat.«

»Es ist eine Lebensweisheit«, sagte García.

»Weißt du, was das Traurige ist? Allmählich fange ich an zu denken, daß du recht hast. Ich komme nach und nach zu der Überzeugung, daß es keine Hoffnung mehr gibt.«

»Natürlich gibt es keine Hoffnung«, sagte García, »aber laß dich davon nicht unterkriegen.«

»Ich bin richtig sauer, Al. Ich habe dieses Arschloch gewählt.«

»Ich gebe dir einen Tip. Gleich morgen früh laß dich eintragen für ein paar Runden auf dem Schießstand. Hol dir eine Uzi, eine von diesen vollautomatischen, und dann schießt du eine Stunde lang wie ein Irrer um dich. Zerleg von mir aus den gesamten Laden. Danach fühlst du dich um tausend Prozent besser.«

Billy Bowman sagte, das klinge wie eine gute Idee. Er verstaute ein Notizbuch und ein Diktiergerät in seinem Aktenkoffer. »Nun, ich sollte mich jetzt lieber auf den Weg machen.«

»Viel Glück mit deiner Einbrechertunte.«

»Vielen Dank, Al. Viel Glück mit dem perversen Congressman.«

David Lane Dilbeck begrüßte Erin schüchtern. Er trug einen dunkelblauen Blazer, ein weißes Oberhemd, eine kamelhaarfarbene Hose und teure Wildlederschuhe. Keine Socken. Sein silberfarbenes Haar sah aus, als sei es während der vorhergehenden Stunde etwa zwanzigmal gekämmt worden. Außerdem roch der Kongreßabgeordnete nach Aramis.

Erin war an Überdosierungen von Eau de Cologne gewöhnt, aber sie war sich nicht sicher, ob sie den lächerlichen Anblick eines Truthahnhalses ertragen konnte.

Sie sagte: »Das Schiff ist wunderschön.«

»Es gehört einem Freund«, erwiderte Dilbeck. »Wann immer ich möchte, kann ich es benutzen.«

»Für so etwas?«

Dilbeck stotterte eine Verneinung.

»Was bringt denn die Stereoanlage?« fragte Erin.

»Dean Martin. Musik für Verliebte.«

Er meint es ernst, dachte Erin. Das ist tatsächlich Dean Martin. »Nun, das klingt ganz hübsch«, sagte sie, »aber ich habe meine eigene Musik mitgebracht.«

»Sehr schön.« Dilbeck klang enttäuscht. »Es ist Ihre Show.«

Erin hatte noch nie mit einem echten Kongreßabgeordneten der Vereinigten Staaten gesprochen. Sie hatte ein geschliffeneres Auftreten erwartet, eine Aura der Selbstsicherheit, wenn nicht gar der Selbstgefälligkeit, aber David Dilbeck erschien ihr nur wie ein ganz normaler alter geiler Bock.

»Versuchen wir es mal damit.« Erin reichte ihm eine Musikkassette. »Ich hab sie selbst aufgenommen.« Sie ging zur Toilette im Bug und schlüpfte in ihr Tanzkostüm, was nicht so einfach war. Die Toilette war furchtbar eng. Erin schlängelte sich in ihren weißen Teddy. Darunter trug sie einen Spitzenbüstenhalter und einen Spitzentanga. Bestimmt würde Dilbeck auf den Flitterwochenlook fliegen.

Als sie herauskam, erklang ZZ Top über die Musikanlage der Rojos. Sie justierte den Baß und drehte die Lautstärke einige Teilstriche höher. Die Bühne war ein Kapitänstisch, der in die Mitte der Kabine geschoben worden war. Der Kongreßabgeordnete versank in einem Leinen-Regiesessel und schlug die Beine übereinander. Ein silberner Sektkühler stand in Reichweite neben ihm.

Erin kletterte auf den Tisch und überprüfte, wie glatt er war. Als sie zu tanzen begann, hatte sie einen leichten klaustrophobischen Anfall. Der Salon der Yacht hatte eine niedrige Decke, und die holzgetäfelten Wände besaßen keinen Spiegel. Erin trat niemals ohne Spiegel auf, und nun fühlte sie sich unbehaglich. Spiegel halfen ihr dabei, sich auf die Fußarbeit zu konzentrieren, und machten es ihr leichter, sich innerlich von den Blicken zu lösen.

Dilbecks Kinn bewegte sich langsam im Rhythmus der Musik. Er gab sich alle Mühe, den überzeugten Rockfan zu mimen. Erin schlüpfte aus ihrem Hemdchen. Dann hakte sie den Büstenhalter auf und ließ ihn auf den Schoß des Kongreßabgeordneten flattern. Voller Ehrfurcht blickte er auf das Kleidungsstück. Sein Mund klaffte auf, und er atmete röchelnd. Als er den Kopf wieder hob, schenkte Erin ihm ihr Millionendollarlächeln. Sie öffnete den Tanga und streifte ihn über den Strumpfgürtel nach unten. Der Hals des Kongreßabgeordneten wurde schlaff, und sein Körper schwankte hin und her.

Gespenstisch, dachte Erin. Eine echte sexuelle Trance. Sie spürte, daß sie Zeuge eines sehr seltenen Phänomens ähnlich einer Sonnenfinsternis wurde.

»She's Got Legs« verklang und ging in »Brown-Eyed Girl« über, darauf folgte »Under My Thumb«. Mit jedem Song wurde das Tanztempo langsamer. Das gleiche geschah mit dem Pulsschlag des Kongreßabgeordneten. Seine Augen verdrehten sich, und sein Kinn sank herab und entblößte ein Vermögen an Jacketkronen. Er schien immer mehr zu schrumpfen – wie eine Marionette, der man die Schnüre durchgeschnitten hatte. Sich vor einem Katatoniker zu produzieren, war eine einsame Sache. Erin vermißte Orlys Spiegelwände.

Als die Musik verklang, richtete David Dilbeck sich ruckartig auf und begann zu applaudieren. Erin erschrak über seine schnelle Erholung. Der Kongreßabgeordnete faltete zwei Hundertdollarscheine zusammen, schob sie ihr in den Strumpfgürtel und bot ihr ein Glas Champagner an. Sie zog wieder den weißen Teddy über und schaltete das Kassettendeck aus. Dilbeck hatte bereits einen Sessel bereitgestellt.

Er sagte: »Sie sind unwahrscheinlich aufregend.«
»Sie auch.«
»Sie haben die unglaublichsten blauen Augen!«
»Sie sind grün«, sagte Erin, »aber trotzdem vielen Dank.«
Dilbeck reichte ihr ein Glas und stieß mit ihr auf ihre neue Freundschaft an. »Erinnern Sie sich an mich?« fragte er. »Als wir uns das letzte Mal sahen, hatte ich einen Schnurrbart.« Er wich bereits von Moldowskys Drehbuch ab.
»Wie kann ich das vergessen«, entgegnete Erin. »Sie hätten mir beinahe den Kopf eingeschlagen.«
»Es tut mir schrecklich leid.«
»Was um alles in der Welt ist nur über Sie gekommen?«
Dilbeck schaute weg. »Ich weiß es wirklich nicht. Es war unentschuldbar.« Er leerte sein Glas Champagner. »Ich hoffe, Sie können mir noch einmal verzeihen.« Es war, so dachte er, ein raffinierter Weg, um Erins grundsätzliche Einstellung zu ergründen. Wenn sie das Thema fallenließ, hatte sie wahrscheinlich nicht die Absicht, bei ihm abzukassieren.
»Na kommen Sie schon«, sagte sie, »wie wäre es mit noch einer Nummer?«
Der Kongreßabgeordnete entspannte sich. »Wunderbar«, sagte er und schälte sich aus seinem Blazer.
Nach der vierten Tanzdarbietung war er hilflos, erschöpft und betrunken. Erin hatte die beste Show ihres Lebens geboten. Dilbeck hockte im Schneidersitz auf dem Fußboden des Salons, hatte seine Wildlederschuhe abgestreift und sein Oberhemd aufgeknöpft. Erin hockte oben ohne auf dem Rand des Kapitänstisches. Dilbeck griff nach ihrem Knie, aber sie stieß seine Hand weg.
»Ich liebe Sie«, sagte er. »Ganz furchtbar.«
»Ich Sie auch, Sweetie.«
»Seien Sie meine Freundin.«
»Ihre was?«

»Wie würde ...« Seine Augen flatterten. »Wie würde Ihnen ein Apartment am Intracoastal gefallen? Und ein Auto – was halten Sie von einem neuen Luxus? Sie können Ihren Job aufgeben und leben wie eine Königin.«

»Sie machen Witze. All das, nur damit ich Ihre Freundin bin?«

»Aber sicher.«

»Donnerwetter.« Erin ergriff die Möglichkeit, sich einen Spaß zu machen, beim Schopf. »Davey, darf ich Ihnen mal eine Frage stellen?«

»Aber bitte, meine Liebe.«

»Ich müßte doch nicht mit Ihnen schlafen, oder doch?«

Dilbeck zwinkerte verwirrt. »Nun ja«, sagte er und bewegte seine Lippen wie ein Ackergaul.

»Ich meine«, sagte Erin, »Sie erwarten sicher keinen Sex als Belohnung für Ihre Großzügigkeit, oder? Ich weiß genau, daß Sie nicht so einer sind.«

Der Kongreßabgeordnete kicherte krampfhaft. Er packte die Champagnerflasche und nahm einen tiefen Schluck.

Erin ließ ihren Fuß an Dilbecks Bein entlangstreifen. »Sie glauben gar nicht, was es für Männer gibt«, seufzte sie. »Sie sind ja solche Schweine. Sie schenken einem einen Sportwagen und erwarten, daß man es ihnen mit der Hand besorgt. Manchmal sogar zweimal.«

»Häh«, machte Dilbeck. »Unvorstellbar.«

Erin gab einen überzeugenden Seufzer des Ekels von sich. »Das sind Typen«, sagte sie. »Herrgott im Himmel.«

»Aber ich liebe Sie.«

»Das glaube ich Ihnen, Davey. Aber ich könnte kein Apartment oder sonstwas annehmen. Es wäre nicht recht.«

»Bitte. Ich möchte, daß Sie ein wundervolles Leben führen.«

Der Kongreßabgeordnete verfolgte mit besorgtem Blick, wie Erin ihren Büstenhalter anzog. Sie genoß dieses Gefühl an

Abenden wie diesen, wenn sie so gut getanzt hatte; das Gefühl, die Kontrolle zu haben, war unbeschreiblich. Wichtiger noch, ein Plan – ein seltsam verwegener Plan – nahm allmählich Form an.

»Was tun Sie eigentlich in Washington?« fragte sie Dilbeck. »Beschreiben Sie doch mal Ihren Job.«

Dilbeck brauchte einige Sekunden, um seine Gedanken neu zu ordnen. »Hauptsächlich helfe ich Menschen. Meinen Wählern.« Er legte eine theatralische Pause ein. »Wahrscheinlich ist es Ihnen gar nicht bewußt, aber ich habe einmal versucht, auch Ihnen zu helfen.«

»Tatsächlich.«

»Jawohl, Ma'am. Und zwar im Zusammenhang mit Ihrer Tochter.«

Erin erstarrte. »Das wußte ich nicht«, sagte sie.

»O ja, o ja. Ich habe mit einem gewissen Richter gesprochen. Aber er wollte sich nicht überzeugen lassen.«

»Etwa mit meinem Scheidungsrichter?«

»Der alte Knabe, ja. Ein schwieriger Mensch, Gott sei seiner Seele gnädig.«

»Weshalb haben Sie das getan?« fragte Erin. »Woher wußten Sie über meinen Fall Bescheid?« Sie versuchte neugierig zu klingen und nicht anklagend. Das war der wichtige Teil, und Al García wollte sicherlich jede Einzelheit erfahren. War Dilbeck betrunken genug, um vielleicht auch über Jerry Killian zu reden?

Offenbar nicht, denn er sagte nur: »Ein kleines Vögelchen hat mir von Ihrem Fall erzählt.«

Erin bohrte weiter, aber er gab nicht mehr preis.

»Ich habe es gerne getan«, sagte der Kongreßabgeordnete. »Ich habe sehr viel Mitgefühl mit berufstätigen Müttern.«

»Vielen Dank. Davon hatte ich keine Ahnung.«

Er rutschte näher an den Tisch heran. »Den neuen Richter kenne ich auch ganz gut.«

Erin gab ihrer Verwunderung darüber Ausdruck, daß jemand, der so wichtig war wie Dilbeck, sich für ihre Familienprobleme interessierte.

»Das ist mein Job«, sagte er. »Menschen zu helfen.« Eine der Hände des Kongreßabgeordneten legte sich auf Erins Oberschenkel. Sie schenkte ihm drei, vielleicht auch vier Sekunden Erregung, bevor sie die Hand wegschob.

»Mein Fall entwickelt sich bestens. Meine Tochter ist jetzt bei mir.«

»Das freut mich zu hören. Aber denken Sie daran, wenn Sie irgendwelche Hilfe brauchen...«

»Sie sind richtig lieb.«

»Was immer Sie brauchen...«

»Hey, Davey?«

»Ja, bitte?«

»Haben Sie den Rasierapparat aus meinem Badezimmer gestohlen?«

David Dilbecks Gesicht wurde grau. Darauf hatte Moldy ihn nicht vorbereitet. »Ja, ich hab's getan.«

»Sie sind aber ganz schön krank.«

»Das sagt Erb auch.«

»Wer ist Erb?«

»Erb Crandall. Er arbeitet für mich.«

Erin fragte: »Weshalb haben Sie den Rasierapparat mitgenommen?«

Das faltige Kinn des Kongreßabgeordneten zitterte. Er schien jeden Augenblick in Tränen auszubrechen. »So sehr liebe ich Sie«, sagte er. »Ich habe auch ein paar Flusen besorgen lassen.«

»Flusen?«

»Von Ihrer Wäsche. Ich bedaure das zutiefst.«

Erin stand auf dem Tisch und stemmte die Hände in die Hüften. Dilbeck lag als Häuflein Elend auf dem Holzfußboden.

»Davey, ich will nicht zu neugierig sein, aber was haben Sie mit meinen Wäscheflusen getan?«

»Ich fürchte, ich habe damit geschlafen.«

Der Raum begann sich zu drehen. »Kommen Sie näher«, forderte Erin den Kongreßabgeordneten auf.

Dilbeck umfaßte die Ecken des Kapitänstisches und zog sich auf die Knie hoch.

»Schließen Sie die Augen«, befahl Erin.

Erin zog einen ihrer Schuhe aus und hämmerte mit aller Kraft den zehn Zentimeter hohen Stöckelabsatz auf die Knochen von David Dilbecks rechter Hand. Soviel zu Garcías Anweisung, auf jeden Fall die Ruhe zu bewahren.

Dilbeck schrie nicht, er wimmerte. Erin raffte eine Handvoll seines Haares zusammen.

»Davey, wenn Sie je meine Wohnung noch einmal betreten sollten, dann erschieße ich Sie. Haben Sie mich verstanden?«

Unter Qualen flüsterte der Kongreßabgeordnete: »Aber ich liebe Sie doch so sehr!«

»Ich weiß, Süßer, ich weiß.«

Die beiden Gorillas fragten Shad, ob er wirklich ein Guardian Angel sei. Er bejahte und sagte, nachts arbeite er aber in einer Nacktbar. Die Gorillas wollten alles darüber wissen. Shad sagte, die Musik sei furchtbar und der Verdienst mäßig.

»Das ist doch egal«, wandte einer der Gorillas ein. »Denk doch mal an die vielen Muschis.«

Shad sagte: »Mit Muschis kann man keine Miete bezahlen.« Er fischte einen Eiswürfel aus seinem Glas und gab ihn dem Kinkaju. Das Tier knurrte, während es kaute.

Der andere Gorilla, der zerknittert aussehende Ohren hatte, erkundigte sich, ob Shad die Tänzerinnen bezahlen müsse, wenn er Sex haben wolle.

»Die bezahlen *mich*«, sagte Shad.

»Ach, erzähl keinen Quatsch.«
»So steht's in meinem Vertrag.«
Der erste Gorilla blickte mißtrauisch. »Stimmt das?«
»Jedes Girl, das ich haben will.«
Shad beförderte den Kinkaju von der einen Schulter auf die andere. Sein Hemd war von den Klauen des Tiers mit Blut getränkt. Der Gorilla mit den zerknitterten Ohren verzog das Gesicht, als er die Schweinerei sah. Er und sein Partner hatten Shad und seinem seltsamen Gefährten eine breite Liege auf dem Achterdeck der Yacht überlassen. Shad wußte, daß die Männer mehr Angst vor dem Kinkaju hatten als vor ihm. Das gehörte zum Plan.
Der erste Schläger sagte: »Darfst du denn auch zusehen, wenn neue Tänzerinnen zum Vortanzen kommen?«
»Zusehen, von wegen. Ich stell sie doch ein.«
»Mann! Dann siehst du ja alles!«
»Richtig«, sagte Shad mit einem listigen Grinsen. »Alles.«
»Und wie lange bist du schon in dem Geschäft?«
»Zehn oder elf Jahre.«
»Stell dir doch nur mal vor, wie viele Titten du schon besichtigt hast.«
»Tausende«, bestätigte Shad. »Das bringt dich um den Verstand.« Er konnte kaum glauben, was für Idioten diese Gorillas waren.
Der erste sagte: »Wenn du dir das Vortanzen ansiehst, wonach beurteilst du sie? Nur nach der Größe? Ich frag nur deshalb, weil ich mal ein Girl mit Riesenmöpsen kannte, die aber gar nicht mehr so toll aussahen, sobald sie den BH abnahm. Du weißt doch, was ich meine, oder?«
Shad nickte. »Wir haben einen sehr hohen Standard.«
Der Gorilla mit den Knitterohren fragte: »Hat bei dir schon mal jemand Berühmtes vorgetanzt? Ich meine, bevor sie berühmt wurde.«

»Na klar«, sagte Shad und dachte schnell nach. Die Trottel glaubten ihm wirklich alles. »Kim Basinger ist mal für eine Weile im Club aufgetreten. Maryl Streep ebenfalls, nur hat sie damals einen anderen Namen gehabt.«

»Im Ernst?«

»Chesty LaFrance. Das war ihr Künstlername.«

Der erste Gorilla schüttelte skeptisch den Kopf. »Kim Basinger, okay. Aber Meryl Streep, Mann, die hat nun wirklich nicht viel anzubieten.«

»Jetzt nicht mehr«, sagte Shad. »Aber du hättest sie mal vor ihrer Operation sehen sollen. Überwältigend.«

Der Kinkaju kletterte an seinem Arm herab und sprang auf das Deck. Shad zog mit einem heftigen Ruck an der Leine. Das Tier knurrte und rollte sich auf den Rücken.

»Wie finde ich denn das«, sagte der Gorilla mit den lädierten Ohren.

»Ja, ich erziehe ihn richtig«, nickte Shad. Eigentlich fand er den Kinkaju nicht so toll und war froh, daß die zwei Stunden fast vorüber waren und er das Tier bald zurückgeben konnte.

»Mal ganz ehrlich, Leute«, sagte Shad, »wie findet ihr denn euren Job?«

Der erste Schläger grinste, er wäre jetzt viel lieber unten im Boot, und der zweite meinte, genau, das schwierigste an dem Job sei wach zu bleiben. Shad wollte wissen, wieviel der Alte ihnen denn zahle.

»Wir arbeiten nicht für den alten Mann. Wir arbeiten für die Rojos.«

»Wer ist das denn?«

»Die Rojo-Farmen«, erklärte der andere Schläger. »Wir bekommen zweihundert pro Tag.«

»Verdammt«, sagte Shad.

»Und meistens hängen wir nur herum.«

Der erste Gorilla sagte: »Sie nennen uns Fahrer, aber das ist

Quatsch. Wir sorgen für die Sicherheit, für den Schutz. Die Rojos feiern jede Menge Partys, und wir passen auf die Gäste auf… wie jetzt zum Beispiel.« Er gab seinem Partner ein Zeichen, und dieser ging zur Salontür und lauschte.

»Die Musik hat aufgehört«, meldete er. »Anscheinend unterhalten sie sich.«

»Wer ist denn der alte Mann da drin?« fragte Shad. »Irgendein hohes Tier?«

»Ein Freund der Familie.«

Der Kinkaju lief unruhig herum und wickelte dabei die Leine um Shads Füße. Die Rojo-Gorillas verfolgten amüsiert die Bemühungen des Kahlköpfigen, sich zu befreien. Entnervt ließ Shad die Leine los. Der Kinkaju trottete in eine Ecke, hockte sich hin und leckte seine Pfoten.

Einer der Gorillas sagte: »Ich hab noch nie eine Stripperin mit Leibwächter gesehen.«

Shad meinte, eine Frau könne in dieser Zeit nicht vorsichtig genug sein.

Der mit den deformierten Ohren deutete auf Shads Pistole. »Ist das eine .38er?«

»Spezial«, bestätigte Shad.

»So was möchte ich auch haben. Wie lange hast du auf den Waffenschein gewartet?«

»Die Mühe habe ich mir gar nicht gemacht. Weißt du, ich hab eine Akte bei der Polizei.«

»Das ist übel«, sagte der Gorilla.

»Scheißcomputer.« Shad leerte sein Glas über die Reling aus.

»Aber sie haben dich trotzdem bei den Guardian Angels angenommen?«

»Kein Problem. Ich hatte Referenzen.« Shad deutete auf seinen Kopf. »Und ich hatte schon die Mütze.«

Erin kam aus dem Salon. Sie sah müde, aber unversehrt aus.

»Alles erledigt?« fragte Shad.

»Bestens.«

Er reichte ihr die Hand, als sie von der Yacht auf den Pier kletterte.

»Was für eine Nacht«, sagte sie und sah lächelnd zum Mond hinauf.

»Wirklich wunderschön«, pflichtete Shad ihr bei. Er winkte den einfältigen Gorillas zum Abschied zu.

»Warte«, rief der mit den normalen Ohren. »Vergiß deinen Affen nicht!«

Al García erwartete sie in einem Café unweit der Jai-alai-Halle in Dania, aber sie verspäteten sich, weil Shad den Burschen nicht finden konnte, der ihm den Kinkaju vermietet hatte. Nachdem er zwanzig Minuten lang immer wieder um den Block gefahren war, lenkte er den Wagen an den Straßenrand, öffnete die Tür und setzte das Tier aus. Dann warf er eine Handvoll Snickers-Riegel aus dem Wagen und fuhr davon. Als er das Café betrat, bemerkte eine Serviererin sein blutgetränktes Hemd und wollte den Rettungsdienst alarmieren, da sie glaubte, Shad sei in eine Messerstecherei geraten.

García saß an einem Tisch im hinteren Teil des Restaurants und nuckelte am Stummel einer sehr alten Zigarre. Er fragte Erin, wie es bei dem Kongreßabgeordneten gelaufen sei.

»Das reinste Kinderspiel.« Sie lieferte ihm einen leicht verkürzten Bericht, in dem das Flusengeständnis des Kongreßabgeordneten der Höhepunkt war. Sogar Shad war verblüfft.

»Das ist aber eine Ehre«, sagte er.

García wollte von Erin wissen, ob Dilbeck während der Tanzdarbietung irgend etwas Seltsames versucht habe. Sie sagte nein, nur die übliche gierige Grapscherei. Ihre Schuhattacke gegen seine Hand verschwieg sie.

»Und welchen Eindruck haben Sie?« fragte der Detective.

»Erstens ist er nicht allzu helle und zweitens weiß er wahrscheinlich nicht genau, was mit Jerry Killian passiert ist.«

García pflichtete ihr bei. »Er hat nicht den Mumm, es selbst zu tun, und die Leute, die es getan haben, sind schlau genug, es ihm nicht zu erzählen.«

»Mit anderen Worten«, sagte Shad, »wir vergeuden unsere wertvolle Zeit.«

Die Serviererin brachte Gebäck und eine Kanne Kaffee. Shad zog sein Hemd aus und bat die entgeisterte Serviererin, es in den Abfall zu werfen. Während sie aßen, bombardierte Al García Erin mit Fragen.

»Hat er gesagt, wem die Yacht gehört?«

»Einem Freund«, antwortete Erin. »Das war alles, was er mir verraten wollte.«

García lächelte. »Erinnern Sie sich noch an den jungen Kubaner, der tausend Dollar für Ihren Schuh bezahlt hat? Die *Sweetheart Deal* gehört seiner Familie.«

»Den Zucker-Leuten?«

»Sie haben Dilbeck irgendwie in der Hand.«

Erin trommelte mit den Fingern auf den Tisch. »Demnach hat der Junge meinen Schuh als Geschenk für Davey gekauft.«

»Nette Geste«, bemerkte Shad. »Der Fetisch des Monats.«

Al García fragte, ob David Dilbeck das entscheidende Foto erwähnt habe. Erin berichtete, sie hätten nicht über jenen Abend im Eager Beaver geredet, außer daß er sich dafür entschuldigt habe.

»Was ist mit Angela?«

»Er hat mir angeboten, sich bei dem neuen Richter für mich zu verwenden«, antwortete Erin. »Das war der einzige Moment, in dem ich nervös war. Er schien mir ein wenig zu interessiert zu sein.«

Shad stand auf, um im Club anzurufen und sich zu vergewissern, daß es in seiner Abwesenheit zu keiner Katastrophe gekommen war. Orly meldete sich und beschimpfte ihn, weil er sich den Tag freigenommen hatte. Ein englischer Soldat sei in der Nudelwanne beinahe erstickt – Monique Sr. habe ihm im letzten Moment das Leben gerettet.

»Tut mir leid, daß ich nicht da war«, sagte Shad. Orly legte auf.

Shad kam zurück und sagte, er fahre lieber los, Mr. Orly sei sauer. García bot Erin an, sie nach Hause zu bringen.

Im Wagen sagte sie: »Erzählen Sie schon.«

»Was denn?«

»Sie summen vor sich hin, Al, das haben Sie noch nie getan. Was ist passiert?«

»Ich mache Fortschritte!« Der Detective wackelte mit dem Zigarrenstummel. »Eine sehr nette junge Dame im Holiday Inn in Missoula erinnert sich an drei Jamaikaner, die ein Zimmer gebucht haben und sich ein halbes Dutzend Rib-eye-Steaks kommen ließen. Das geschah vor ein paar Wochen. Offensichtlich sind um diese Jahreszeit nicht viele Jamaikaner in Montana unterwegs. Wie dem auch sei, die nette junge Dame rief die Rechnung auf dem Computer ab und las mir die verschiedenen Posten vor.«

»Und?«

»Es gab ein zweiundzwanzig Minuten langes Telefongespräch«, sagte García, wobei seine Zigarre zwischen den Lippen hüpfte, »mit einer bestimmten Adresse in Miami, Florida.«

»Dilbeck?« fragte Erin.

»Mein Gott, das wäre zu schön gewesen, um wahr zu sein«, grinste García. »Nein, meine Liebe, es war Malcolm Moldowsky – der wundervolle Pate des Kongreßabgeordneten. Der Kerl, der Ihren Chef schikaniert.«

Dann gab es also keinen Zweifel mehr, dachte Erin. Sie haben Mr. Peepers ermordet.

»Ich werde es niemals beweisen können«, sagte García, »aber

ich kann einigen Wirbel veranstalten. Hat Davey-Baby zufälligerweise Moldowskys Namen erwähnt? Als er richtig scharf war, meine ich?«

»Er hat von einem Kerl namens Crandall gesprochen.«

»Aber nicht von Moldowsky.«

»Heute nicht«, sagte Erin. »Ich versuch's beim nächstenmal.«

Der Fuß des Detectives rutschte vom Gaspedal. »Habe ich mich verhört?«

»Ich tanze noch einmal für Davey.«

»Einen Teufel werden Sie...«

Erin schnitt ihm das Wort ab. »Er hat mir tausend Dollar gegeben, Al. Ich bin mit insgesamt drei Riesen abgezogen. Noch zwei Abende wie der heutige, und mein Anwalt ist bezahlt, und ich habe sogar noch etwas Bargeld auf der Bank.«

»Zu riskant.«

»Er ist harmlos. Vertrauen Sie mir, er ist wie ein kleiner Junge.«

Sie verriet dem Detective nicht, was sie vorhatte, denn er konnte ihr dabei nicht helfen. Wahrscheinlich hätte er sie sogar davon abgehalten, die Sache durchzuziehen. Auch Shad wäre dabei ein ungeeigneter Komplize. Er war zu impulsiv, zu unberechenbar. Wenn es hart auf hart käme, landete er am Ende noch in Handschellen in einem Streifenwagen. Möglicherweise zusammen mit Erin. Sie konnte dieses Risiko nicht eingehen.

»Wo«, fragte García streng, »soll das nächste Rendezvous stattfinden?«

Erin zuckte die Achseln. »Das kann er entscheiden.«

»Um Himmels willen.«

Sie fuhren in angespanntem Schweigen einige Meilen, bevor sie sagte: »Al, raus damit, was ist nicht in Ordnung?«

»Nichts.« Er spuckte den Zigarrenstummel aus dem Fenster. »Ich glaube, es hat Ihnen gefallen. Habe ich recht?«

»Es war heute sehr einfach. Und ich mag es, wenn es einfach ist.«

Er schlug mit beiden Händen auf das Lenkrad. »Mein Gott, das ist kein Spiel. Ich habe schließlich Ihren toten Freund aus dem Fluß gezogen, vielleicht können Sie sich noch daran erinnern!«

Er war heute nicht dabei, dachte sie. Er hat es nicht gesehen. Dilbeck war total hilflos.

García warnte sie und sagte, sie fordere das Schicksal heraus, wenn sie sich noch einmal mit dem Kongreßabgeordneten treffe. Sie erwiderte, er verstehe einfach nicht.

»Ich verstehe sehr gut«, sagte er. »Es geht um das Geld, nicht wahr?«

»Nicht ausschließlich.« Erins Augen blitzten.

»Dann geht es um Macht. Um nichts anderes.«

»Al«, sagte sie, »Sie haben zu oft ›Oprah Winfrey‹ gesehen.«

26. KAPITEL

Am nächsten Tag ging Erin mit ihrer Tochter in einer Einkaufspassage in Süd-Miami in den Film *101 Dalmations.* Nach dem Kino setzten sie sich in eine Eisdiele, wo Erin zwei Becher Schoko-Pistazien-Eis bestellte.

Angela leckte an einer Waffel. »Können wir irgendwann einen Hund haben?«

»Aber sicher«, sagte Erin.

»Aber nicht so einen, wie Tante Rita sie hat.«

»Wie wäre es denn mit einem Dalmatiner? Wie vorhin in dem Film?«

Angela schüttelte den Kopf. »Nein, ich möchte eine Dänische Dogge. Aber eine, die nicht beißt, okay?«

»Dann holen wir uns einen ganz jungen Hund. Wir erziehen ihn dann gemeinsam.«

»Und was ist mit Daddy?«

Erin zerbiß knirschend eine Pistazie. »Gute Frage.«

»Er mag keine Hunde. Aber Vögel.«

»Ich weiß«, sagte Erin. »Der Hund gehört dann dir und mir.«

Angelas Miene war sorgenvoll. »Hat Daddy Ärger?«

»Ja, Baby, das befürchte ich.«

»Hast du auch Ärger?«

»Nein, Angie, mir geht es gut.«

Später schlenderten sie durch Burdine's und sahen sich die Kleider an. Erin kaufte ihrer Tochter zwei Kleidchen, zwei Overalls und ein Paar weiße Nike-Turnschuhe mit pinkfarbenen Streifen.

Angela wunderte sich. »Mami, ich hab doch gar nicht Geburtstag.«

»Ich weiß, Liebling.«

»Was ist denn los?«

»Nichts ist los«, sagte Erin. »Ich hab dich lieb, das ist alles.«

»Ich hab dich auch lieb, Mami. Aber weine nicht.«

»Ich weine nicht. Das ist nur meine Allergie.«

Angela betrachtete sie zweifelnd. »Von einer Allergie muß man niesen und nicht weinen.«

»Zu deiner Information, kleine Lady, es gibt viele verschiedene Arten von Allergien.«

Hand in Hand spazierten sie durch die Einkaufspassage. Ein gutaussehender Südamerikaner kam auf sie zu. Er schob ein Mädchen in einem kleinen Rollstuhl. Das Mädchen war blaß und hatte tiefschwarzes Haar, das zu Zöpfen geflochten war. An einem Bein trug das Kind eine Stahlschiene.

Schnell zog Erin ihre Tochter zum Eingang eines Spielwarenladens hinüber. »Erinnerst du dich noch an all die Barbiepuppen, die du verloren hast.«

»Mami…«

»Komm, wir holen dir ein paar neue.«

»Mami, sieh doch!« Angie hatte den Rollstuhl entdeckt. »Ein Everest-and-Jennings.«

Na wunderbar, dachte Erin. Er hat ihr sogar die Fabrikate beigebracht.

»So macht Daddy es auch immer«, erklärte Angela. »Er schiebt mich. Aber warum fahren sie denn so langsam?«

»Weil das kleine Mädchen ein schlimmes Bein hat. Sie darf nicht schneller fahren.«

»Vielleicht wenn es ihr besser geht.«

»Ja, Baby. Wenn es ihr besser geht.«

Erin überlegte, ob sie ihrer Tochter die Wahrheit sagen sollte – daß es kranke Leute gab, die niemals wieder richtig gesund würden. Es wäre eine ganz gute Überleitung zu Angelas Vater und weshalb Angela nie mehr mit ihm zusammensein würde.

Aber Erin ließ die Gelegenheit verstreichen. Das Kind war erst vier Jahre alt und hatte noch ein ganzes Leben vor sich, um etwas über Traurigkeit zu erfahren. Heute gab es nur Dalmatiner, Eiscreme und neue Puppen. Im Spielwarenladen kaufte Erin zwei neue Barbies mit Badeanzügen und Abendkleidern. Zu Pelzmänteln sagte sie nein, aber Angela begann nicht zu quengeln.

Im Wagen fragte sie: »Mami, wann kann ich wieder nach Hause kommen?«

»Es dauert nicht mehr lange.« Erin betete innerlich darum, daß Angie mit »nach Hause« sie und ihre Wohnung meinte und nicht Darrell Grant. »Du meinst die neue Wohnung, nicht wahr?«

Angela nickte eifrig. »Die Treppen haben mir gefallen. Das hat Spaß gemacht.« Sie überlegte. »Wo geht Daddy denn hin?«

Was soll ich ihr erzählen, dachte Erin. Daddy geht ins Gefängnis? Nein, Gefängnis war ein Wort, das ihr angst machen könnte. Wie wäre es mit: ein ganz spezieller Ort, wo Erwachsene hingehen, wenn sie Ärger haben. Oder besser: ein großes Gebäude, das aussieht wie ein Krankenhaus – bis auf den Stacheldraht. Und wieder entschied Erin, der Frage nach Darrells Schicksal auszuweichen.

»Man wird schon für ihn sorgen«, sagte sie.

»Hat er eine andere Freundin?«

»Das weiß ich nicht.« Die Frage kam für Erin überraschend.

»Ich will nämlich nicht, daß er einsam ist.«

»Er ist nicht einsam, Baby, das verspreche ich dir.« Erin hatte eine deprimierende Vision von Angela als junger Frau, die treu und brav jedes Wochenende ihren Vater in Raiford besuchte. Zweifellos würde Darrell versuchen, sie dazu zu bringen, Zigaretten und Tabletten ins Gefängnis zu schmuggeln.

»Wo fahren wir jetzt hin?«

»Zu Victoria's Secret.«

»Was ist das?«

»Das Geschäft, wo Mami die Kostüme für ihren Job kauft.«

»Deine Serviererinnensachen?«

»Richtig«, sagte Erin seufzend. »Meine Serviererinnentracht.«

Es war fast fünf Uhr, als sie nach Miami zurückkamen. Erin wollte sich noch nicht verabschieden, aber sie hatte nur noch eine Stunde Zeit für die Rückfahrt zum Club, und der Verkehr in Richtung Norden war zähflüssig.

Angela küßte sie auf die Nase und aufs Kinn. Es war ein Spiel, das sie stets wiederholten.

»Mami, danke für die neuen Barbies.«

»Vergiß nicht, immer nett und freundlich zu sein und andere mitspielen zu lassen.«

»Das verspreche ich.« Angie hüpfte aus dem Wagen und hielt krampfhaft die Einkaufstasche fest, in der sich die Puppen befanden. Sie stand auf dem Bürgersteig und winkte.

»Lauf schon rein«, sagte Erin. Sie schickte ihr eine Kußhand und tippte sich mit dem Finger auf die Nase. Während Angela sich umwandte und auf das Haus zuging, entfernte Erin sich langsam. Als sie sich etwa in der Mitte des Blocks befand, warf sie einen Blick in den Rückspiegel und sah ihre Tochter hinter dem Wagen herrennen. Erin bremste so scharf, daß die Reifen quietschten.

»Mami!« Angela stand auf Zehenspitzen und schaute durch das Seitenfenster. Ihre Wangen waren gerötet, und sie war außer Atem. Sie hatte die Arme um die Tasche mit den Puppen geschlungen.

»Was ist los, Baby?« fragte Erin.

»Ich habe Angst.«

»Vor was?« Erin öffnete die Wagentür, und Angela kletterte auf ihren Schoß. Erin sah sich um, ob jemand auf der Straße zu sehen war, der dem Mädchen vielleicht Angst einflößte, aber sie konnte niemanden entdecken.

»Angie, was ist los? Wovor fürchtest du dich?«

»Bitte bekomme nicht genauso Ärger wie Daddy.«

»Ach, Liebling. Ist es das?«

»Bitte!«

»Keine Angst«, sagte Erin und drückte ihre Tochter an sich. »Mach dir wegen mir keine Sorgen.«

Darrell Grant telefonierte vom Supermarkt aus mit seiner Schwester und fragte, wo sich in ihrer Gegend das nächste Gewässer befand.

»Erzähl mir nur nicht, daß du ein Boot hast«, erwiderte Rita.

»Einen Wagen«, sagte Darrell, »aber ich muß ihn loswerden.«

»Nicht im Wasser.«

»Doch, im Wasser.«

»Einen nagelneuen Wagen?«

»Mein Gott, Rita, kannst du nicht mal eine einfache Frage beantworten?«

Darrell versenkte den gestohlenen Thunderbird in einem Entwässerungskanal bei Turkey Point, wo Alberto Alonso arbeitete. Dann fuhr er per Anhalter zum Wohnwagenpark und verzehrte genußvoll eins von Ritas Erdnußbutter- und Bananen-Sandwiches.

»Alle nasenlang rufen hier die Cops an«, murrte Rita. »Alberto meint, du hättest wieder mal Mist gebaut.«

»Hast du eine Flasche Gatorade?« fragte Darrell.

»Sie ist aber nicht kalt.«

»Geht schon so.«

Rita schenkte ihm ein hohes Glas voll. »Ein Adler hat sich einen unserer Welpen geholt.«

»Mach keinen Quatsch«, sagte Darrell. »Ein echter Adler?«

Rita sagte, der Vogel habe verdammt noch mal genau wie ein Adler ausgesehen, als er in den Hof hinunterstieß. »Außerdem hat deine Frau wie eine Wahnsinnige Al mit Tritten traktiert. Danach stürzte sich auch noch Lupa auf ihn ...«

Darrell Grant winkte mit dem Sandwich. »Moment mal ...«

»Er ist heute nachmittag ins Krankenhaus gefahren. Seine Zunge hat sich entzündet.«

»Verdammt, Rita, du hast doch hoffentlich nichts dagegen, daß ich meine Mahlzeit beende?« Darrell blies die Backen auf, um seinen Brechreiz besonders drastisch zu demonstrieren.

Rita entschuldigte sich. Dann sagte sie: »Du kannst nicht hierbleiben.«

»Ich weiß.«

»Die Cops fahren hier dauernd vorbei.«

»Ich muß mir deinen Wagen leihen.«

»Der hat einen Achsenbruch.«

»Und was ist mit dem Pontiac gegenüber?«

»Der gehört Mrs. Gomez«, antwortete Rita. »Wir reden nicht mehr miteinander, weil die Wölfe sich ihre Siamkatze geschnappt haben.«

Darrell sagte, er habe eher daran gedacht, den Pontiac zu stehlen als ihn zu leihen. Rita fragte, seit wann er denn wisse, wie man die Zündung eines Wagens kurzschließe.

»Das weiß ich nicht«, antwortete Darrell Grant. »Aber ich weiß, wie man einen Zündschlüssel benutzt.«

Vom Hof drang ein wüstes Geheul aus zahlreichen rauhen Kehlen herein. Rita schnappte sich ihre Baseballfängermaske und eilte durch die Fliegentür hinaus. Darrell schlich sich ins Bad und durchsuchte den mit Verbandsmull und Heftpflaster vollgestopften Medizinschrank. Schnell entdeckte er eine Flasche mit codeinhaltigen Tylenostabletten, die der vor kurzem verstümmelte Alberto Alonso verschrieben bekommen hatte, und schüttete den Inhalt in eine Vordertasche seiner Jeans.

Er schmierte sich gerade ein zweites Sandwich, als Rita wieder erschien. »Nun, wie sieht dein Plan aus, kleiner Bruder?«

»Hör gut zu«, sagte er und wischte sich den Mund ab. »Ich habe die Absicht, meine bildschöne Tochter aufzulesen und schnellstens aus Florida zu verschwinden. Was hältst du davon?«

»Du willst also ein neues Leben anfangen.«

»Genau.«

»Weil du eigentlich viel zu clever für diesen Scheiß bist.«

»Ich weiß, Rita, ich weiß.«

Rita fand, ihr Bruder hätte mit seinem guten Aussehen Schauspieler werden sollen, und sie konnte ihn sich sehr gut in einer der Seifenopern vorstellen – vielleicht als charmanter junger Herumtreiber in »Alle meine Kinder«.

»Was ist mit deiner Frau?« fragte sie.

Darrell Grant lachte sarkastisch. »Erin kann von Glück reden, wenn ich ihr nichts antue, bevor ich verschwinde.«

Rita schenkte ihm noch mehr Gatorade ein. Diesmal spendierte sie ihm eine Handvoll Eiswürfel. »Na ja, ich weiß nicht, allein ein Kind großziehen . . .«

Ihr Bruder musterte sie mit kaltem Blick. »Was meinst du damit?«

»Ich sage nur, daß es allein vielleicht einfacher wäre.«

»Ich bin ein erstklassiger Vater, Rita.«

»Wer behauptet das Gegenteil?«

»Und außerdem sind Angie und ich Partner.«

»Genau das gefällt mir nicht«, sagte Rita. »Daß du das kleine Mädchen so schamlos benutzt.«

Darrell wehrte sich. »Hey, es macht ihr Spaß. Frag sie doch, ob ihr Daddy ihr nicht ganz toll die Zeit vertreibt.«

»Mein Gott, ganz bestimmt. Indem er Rollstühle klaut.«

»Hey, du solltest mal sehen, wie sie lacht, wenn wir durch die Korridore flitzen. Wie ihr Haar flattert und dabei aussieht wie Seide. Die Krankenschwestern winken und sagen: ›Seht doch mal diesen hübschen kleinen Engel!‹« Er lächelte. »Und schon sind wir durch die Tür nach draußen verschwunden.«

»Du bist viel zu gut dafür, Darrell«, protestierte Rita. »Das ist was für Zigeuner.«

»Na ja, es funktioniert«, sagte Darrell Grant. »Und nun – wo bewahrt denn die alte Mrs. Gomez die Wagenschlüssel auf?«

Am Morgen, nachdem Erin auf der Yacht getanzt hatte, lieferte David Lane Dilbeck eine der großartigsten Vorstellungen seiner politischen Laufbahn. Es begann mit einer Protestveranstaltung in Little Haiti, wo der Kongreßabgeordnete den U.S. Immigration Service wegen seiner herzlosen Behandlung karibischer Flüchtlinge heftigst kritisierte und erklärte, daß Amerika seine Stärke und seine Herkunft den mutigen Boatpeople verdanke und daß die Gründerväter vor Scham tief getroffen wären, könnten sie sehen, wie wir nun die Notleidenden und die Verzweifelten zurückwiesen. Die einzige Unsicherheit entstand, als Dilbeck, der seine Rede in gebrochenem Kreolisch hielt, die Emma-Lazarus-Inschrift am Fuß der Freiheitsstatue falsch übersetzte (»Gebt mir euer Vieh, eure samenlosen Guavas, eure geplatzten Traktorkühler...«) Obgleich verwirrt, reagierte das haitanische Publikum mit begeistertem Applaus.

Als nächstes jagte der Kongreßabgeordnete zu einem Grillfest der American Legion, wo er sich so genau an die Schlacht von Inchon erinnerte, daß viele der atemlos lauschenden Veteranen annahmen, er sei wirklich in Korea im aktiven Einsatz gewesen. Das war er nicht, denn ein hochstehender Hoden hatte seinen Eintritt in die Armee verhindert. Der Kongreßabgeordnete erzählte seine Geschichte mit vorgerecktem Kinn, und seine Stimme brach, als er ergreifend das persönliche Herzeleid eines jungen Mannes beschrieb, dem die Möglichkeit verweigert wurde, für sein Vaterland zu kämpfen. Als er das Rekrutierungsbüro an jenem traurigen Herbsttag des Jahres 1951 verließ, erzählte Dilbeck, habe er sich geschworen, sein Handikap zu überwinden und Amerika genauso hingebungsvoll zu dienen wie jeder andere Mann mit zwei normalen Hoden. Sein patriotischer Geist führte ihn zuerst in die kommunale Regierung, danach ins Repräsentantenhaus der Vereinigten Staaten! Erhaltet mir meinen Traum, dröhnte David Dilbeck. Laßt mich wieder dienen! Hochrufe erklangen von den Veteranen, die ihre Spareribs ablegten und, mit fettigen Fingern, Dutzende von amerikanischen Fähnchen schwenkten. Der Kongreßabgeordnete legte eine bandagierte Hand auf sein Herz und stimmte »The Star-Spangled Banner« an.

Die letzte Station war die Sunset-Bay-Apartmentanlage, und dort schaffte Dilbeck seinen Höhepunkt – er war geistig völlig klar, herzlich und verdammt noch mal beinahe redegewandt. Erb Crandall war völlig platt. Er rief Malcolm Moldowsky aus einer Telefonzelle außerhalb des Tagesraums an, wo der Kongreßabgeordnete zu dreihundert Pensionären sprach.

»Malcolm, er ist unglaublich«, sagte Crandall. »Er rührt sie zu Tränen.«

»Der Israel-Termin?«

»Ja, aber er hat das Manuskript gar nicht rausgeholt. Er redet völlig frei von der Leber weg.«

»O mein Gott«, stöhnte Moldy. »Irgendwelche Reporter in Sicht?«

»Nur von Channel 10, aber das ist okay. Er hat einen Riesentreffer gelandet, Malcolm. Sie sitzen da und heulen auf ihr Gebäck.«

Moldowsky versuchte sich die Szene vorzustellen. »Erb, ich möchte eine ehrliche Antwort. Weiß David überhaupt irgend etwas über den Mittleren Osten?«

»In Geographie ist er eher schwach«, gab Crandall zu, »aber die Palästinafrage beherrscht er aus dem Effeff. Ich habe bis jetzt vier stehende Ovationen gezählt.«

Moldowsky schnalzte mit der Zunge. »Und er sieht okay aus?«

»Ganz riesig. Das beste war, daß Eloy Flickman zu einer Stegreifdiskussion erschienen ist. Aus diesem Grund ist auch das Fernsehen hergekommen.«

»Dieser raffinierte Hund.«

»Davey hat ihn in der Luft zerrissen«, sagte Crandall. »Es war phantastisch. Flickman trollte sich wie ein Chihuahua, dem man auf den Schwanz getreten ist.«

»Tatsächlich?« An Crandalls Ende, im Hintergrund, hörte Moldowsky das Aufbranden neuen Applauses. Es schien zu schön, um wahr zu sein. Was war nur gestern abend zwischen Dilbeck und der Stripperin vorgefallen? Sie muß ihn dumm und dämlich gebumst haben.

Moldowsky wünschte eine ausführliche Schilderung. »Holen Sie David ans Telefon.«

»Er ist voll in Fahrt, Malcolm. Er hat gerade mit dem Holocaust angefangen.«

»Ich warte.«

Sechs Minuten und zwei Ovationen später kam der Kongreßabgeordnete ans Telefon.

»Dan, erzählen Sie mal von Ihrem heißen Rendezvous«, forderte Moldowsky ihn auf.

»Es war wunderbar«, antwortete Dilbeck etwas außer Atem.

»Keine Geldforderungen? Ich will die Wahrheit wissen. Was ist mit dem Foto?«

»Das Thema wurde überhaupt nicht angesprochen. Sie war die perfekte Lady.«

»Und Sie waren der vollendete Gentleman.«

»Der reinste Mönch, Malcolm. Übrigens brauche ich die Yacht in ein paar Tagen noch einmal. Erin kommt wieder, um zu tanzen.«

»Weshalb?«

»Weil es ihr Spaß gemacht hat.« Der Tonfall des Kongreßabgeordneten klang verteidigend. »Sie kann mich sehr gut leiden, Malcolm. Ach ja, und ich brauche mehr Bargeld.«

»David, ich will, daß meine Leute aufpassen.«

»Das wird nicht nötig sein ...« Ein Durcheinander krähenähnlicher Stimmen ertränkte Dilbecks Worte. »Malcolm, ich muß ein paar Autogramme geben. Reden Sie mit Erb, okay?«

Moldy rutschte nervös hin und her, bis Crandall sich wieder meldete. »Malcolm, das sollten Sie sehen. Sie haben ihm sogar eine Jarmulke aufgesetzt!«

»Bleiben Sie für ein paar Tage in seiner Nähe.«

»Ich fürchte, das wird nicht gehen.« Crandall wollte mit Dilbecks libidinösen Abenteuern nichts mehr zu tun haben. »Ich gehe nach Atlantic City.«

»Einen Teufel tun Sie«, widersprach Moldy.

»Malcolm, ich will Ihnen mal was erklären. Ich arbeite nicht für Sie, ich arbeite für David. Und David findet, es wäre toll, wenn ich ein paar Tage frei nähme und nach Atlantic City flöge.«

»Das sagt er doch nur, weil er irgendwas plant.«

»Nun«, sagte Erb Crandall, »ich habe zwei Logenkarten für ein Cher-Konzert.«

»Wirklich? Ich hoffe, daß Ihre Maschine gegen einen Berg rast.«

»Danke, Malcolm. Ich schicke Ihnen eine Ansichtskarte, wenn ich heil angekommen bin.«

»Könnten Sie wenigstens versuchen herauszubekommen, wann er dieses Girl wiedersieht? Oder ist das schon zuviel verlangt?«

»Ich sehe zu, was ich tun kann«, versprach Crandall. »Was immer gestern abend passiert ist, David ist ein völlig neuer Mensch. Er funkelt geradezu, Malcolm.«

»Ich nehme an, das ist ein gutes Zeichen. Er funkelt?«

»Laut den Hadassah-Ladys geradezu kennedyhaft.«

»Sehr lustig.«

»Na, sehen Sie«, sagte Crandall spöttisch, »ich dachte mir schon, daß Ihnen das gefallen wird.«

»Der Mann ist krank. Sie wissen es, ich weiß es.«

»Er hat Ihren Schuh in seinem Aktenkoffer.«

»Und Sie treiben sich in den Spielkasinos herum.«

»Malcolm?«

»Ja? Was ist?«

»Ich werde Sie vermissen.«

Erb Crandall kam auf den Parkplatz, als die Limousine des Kongreßabgeordneten ihn gerade verließ. Crandall winkte freundlich. Pierre, der Fahrer, tippte an seine Mütze. David Lane Dilbeck blieb hinter getönten Scheiben unsichtbar.

Ein häßliches Geschwür blühte auf Orlys Unterlippe. Erin konnte ihn gar nicht ansehen, obgleich sie in eine hitzige Diskussion vertieft waren. Sie ließ ihre Blicke über die roten Samtimitatwände wandern, während Orly ihr erklärte, sie könne verdammt noch mal auf keinen Fall Samstagabend freinehmen.

»Das wäre ja schon das zweite Mal in dieser Woche.«

Erin nickte. »Ich kann zählen.«

»Die Antwort lautet verdammt noch mal nein. Ich habe den Verdacht, daß du irgendwoanders auftrittst.«

»Tue ich auch«, sagte sie. »Vor Congressman Dilbeck.«

»Scheiße.« Orly blieb keine andere Wahl, als klein beizugeben. Er wollte nicht unbedingt einen Kongreßabgeordneten verärgern, und er wollte auch ganz sicher keine weiteren Schwierigkeiten mit diesem Moldowsky.

»Ich mache am Montag eine Doppelschicht«, versprach Erin.

»Das will ich erst mal sehen.« Orly betastete nachdenklich das Geschwür auf seiner Lippe. »Sag mir nur eins – wie ist er?«

»Nicht besonders.«

»Ist er spendabel?«

»Ganz anständig.« Sie wußte, auf was Mr. Orly hinauswollte. »Ich habe nicht mit ihm geschlafen«, sagte sie. »Sie können Shad fragen.«

»Das habe ich schon getan.«

»Und was hat er gesagt?«

»Er sagte, du hättest nur getanzt.«

»Tun Sie doch nicht so überrascht.«

Orly hob seine runden Schultern. »Er ist ein hohes Tier. Diese Kerle wollen immer das volle Programm.«

Erins Arme begannen zu jucken. Das passierte immer, wenn sie zu lange in Orlys Büro saß.

»Lorelei hat eine Venenentzündung«, erzählte Orly. »Sie fliegt zurück nach Dallas.«

»Das tut mir leid«, sagte Erin.

»Das war diese verdammte Schlange. Sie hat sich um ihre Beine geschlungen und zu fest zugedrückt.«

Tapfer wagte Erin einen Blick auf Orlys Gesicht. Er sah niedergeschlagen und kleinlaut aus, und natürlich munterte ihn das Geschwür in seinem Gesicht nicht gerade auf.

»Wie war die Yacht?«

»Schön, nur gibt es dort keine Spiegel. Ich muß praktisch blind tanzen.«

»Ich brauche Shad hier im Club. Für die Nudelringkämpfe – gestern abend ist ein Typ beinahe hops gegangen.«

»Ich komme schon allein zurecht«, sagte Erin. »Hören Sie, es ist zwar noch früh, aber warum soll ich nicht jetzt schon mit meinen Nummern anfangen?«

Orly war einverstanden, wollte aber keine langsame Musik. »Ich will nicht schon wieder davon anfangen, aber es ist mein Ernst. Man kann zu diesem beschissenen Jackson Browne nicht strippen.«

»Congressman Dilbeck wäre da sicherlich anderer Meinung.« Erin stand auf und schob den Sessel beiseite. »Dies hier hat ihm am besten gefallen.«

Dann sang sie: »›Down on the boulevard, they take it hard.‹« In ausgebeulten Jeans und Turnschuhen tanzte sie eine Kickbox-Attacke – zwei Tritte mit dem rechten Bein, dann eine Pirouette. »›They look at life with such disregard.‹« Ein Boxhieb, zwei Tritte, ein Spagat.

Als sie fertig war, stieß Orly einen Pfiff aus. »Donnerwetter.«

»Ich hab's Ihnen doch gesagt.«

»Das ist Jackson Browne?«

»Die Mädels auf den Tischen«, sagte Erin, »wissen gar nicht, was ihnen entgeht.«

Urbana Sprawl sagte, draußen säße ein Typ in einem grünen Pontiac und hole sich einen runter. Shad ging zur Tür und ließ seinen Blick über den Parkplatz gleiten. Der grüne Pontiac parkte weit entfernt in der Nähe der Straße. Hinter dem Lenkrad war eine Silhouette zu erkennen. Shad ging zur Bar zurück, um sein Brecheisen zu holen, doch dann rief Orly ihm zu, er solle einen Streit zwischen zwei Männern am Kickerautomaten beenden. Männer in Strumpfhaltern! brüllte Orly. Als Shad endlich zum Pontiac hinausging, war dieser leer. Shad beschloß, sich umzusehen.

Darrell Grant war bereits durch den Notausgang in den Club eingedrungen und saß in der Garderobe, als Monique Sr. hereinkam, um ihr Make-up aufzufrischen. Sie schenkte ihm ein strahlendes Lächeln und fragte: »Sind Sie Kiefer Sutherland?«

»Der bin ich.« Darrell war vollgestopft mit Kodein und Halcions und einigen nicht näher identifizierbaren zitronengelben Kapseln, die er bei einem Zeitungsverkäufer auf dem Dixie Highway erstanden hatte. Seine Augenlider hingen auf Halbmast, und seine Zunge klebte an seinen Zähnen. »Ich suche Missus Erin Grant. Sie arbeitet hier in einer nackten Stellung.«

Monique Sr. bat ihn, das Messer wegzustecken. Darrell Grant hatte gar nicht bemerkt, daß er es in der Hand hielt.

»Sie sind aber schlank geworden, seit Ihrem letzten Film«, sagte Monique Sr. Als sie die Hand ausstreckte, schlug Darrell mit dem Messer zu. Die Tänzerin schrie auf und zog die Hand zurück. Ein Streifen Blut erschien auf ihren Fingern.

»Sei still«, sagte Darrell Grant, packte ihren Arm und zog sie auf seinen Schoß. Monique Sr. bat ihn aufzuhören und ballte die Hand zur Faust, um die Blutung zu stoppen.

Darrell Grant rieb mit seinen Bartstoppeln über den Nacken der Tänzerin. Er ließ sie auf seinen Knien hüpfen und sagte: »Jetzt kommt die große Neuigkeit, Sweetie. Ich bin nicht Keith O'Sutherland.«

»Das habe ich mir schon gedacht.«

Er schnitt den Träger ihres Bikinioberteils durch, und das Kleidungsstück landete auf dem Teppichboden. Im Spiegel studierte Monique Sr. das matte Grinsen und die verhangenen Augen des Mannes. Sie spürte, wie er unter ihr eine Erektion bekam.

»Lassen Sie mich aufstehen«, sagte sie. »Ich suche Erin.«

»Weshalb so eilig?« Er hatte einen Stapel Geldscheine in ihrem schwarzen Strumpfhalter entdeckt. »Wieviel hast du da?«

»Keine Ahnung. Hundert vielleicht.«

»Na prima.« Er fuhr mit dem Messerrücken an Monique Sr.s Bein entlang und schob ihn unter den Strumpfgürtel. Dann drehte er die Klinge, und der Gürtel wurde durchgetrennt. Die Geldscheine fielen auf den Fußboden und landeten in einem Büstenhalterkörbchen.

»Heb's auf«, befahl Darrell Grant.

Während sie sich bückte, bemerkte er: »Du hast aber tolle Titten.«

»Bitte, lassen Sie mich gehen.«

Er klemmte das Steakmesser wie einen Bleistift hinter sein rechtes Ohr, griff um Monique Sr. herum und legte die Hände auf ihre Brüste. »Ich schätze«, sagte er, »daß die dreimal größer sind als die meiner Ex-Frau.«

»Scheiße!« sagte Monique Sr. »Jetzt weiß ich, wer Sie sind.«

Sie schlug mit einem Ellbogen zu und erwischte Darrell Grant genau an der rechten Schläfe, aber in den leblosen blauen Augen zeigte sich keinerlei Schmerzreaktion. Er schlang beide Arme um den Brustkorb der Tänzerin und drückte zu. Dabei gab er ein Knurren von sich, das tief in seiner Kehle begann und sich zu einem musikalischen Summen steigerte.

Monique Sr., die acht Jahre lang Klavierstunden gehabt hatte, erkannte den Ton als ein hohes C. Gleichzeitig erschrak sie über die Kraft des Mannes und sah im Spiegel, wie sie bleich wurde. Die Wände begannen zu pulsieren, während das unheimliche Summen des Mannes ihren Kopf ausfüllte. Nach wenigen Sekunden wurde sie ohnmächtig.

Als sie das Bewußtsein wiedererlangte, hörte Monique Sr. Darrell Grants Stimme. »Wach auf, kleine Dorothy.« Sie spürte die Knie des Mannes unter ihrem Gesäß und begriff, daß er sie noch immer auf seinem Schoß festhielt. Sie schlug die Augen auf und sah im Spiegel, daß er ihr den Tanga aufgeschnitten hatte.

Sie sagte: »Wenn Sie unbedingt bumsen wollen, dann beeilen Sie sich.«

Darrell wand sich unter ihr. »Ich würde gern, aber irgendwie habe ich die Lust verloren.«

»Dann lassen Sie mich los. Ich sollte schon seit zehn Minuten im Käfig tanzen.«

»Einen Moment noch«, sagte er. »Vielleicht klappt es, wenn ich noch mal die Titten anfasse.«

»Nichts da«, sagte Monique Sr. »Sie sind für heute fertig. Das spüre ich.«

»Halt die Klappe!«

»Es ist nicht deine Schuld, Schätzchen. Es sind die Drogen.«

Darrell Grant fummelte mit einer Hand an seinem Hosenstall herum, aber es hatte keinen Zweck. »Sieh mal, was du getan hast«, jammerte er.

»Das war ich nicht.«

Er fuhr mit der Messerklinge an den Bikinirändern entlang. »Was hältst du von einer Tätowierung da unten? Du wärst damit die erste im Laden.«

»Bitte verletzen Sie mich nicht noch mal«, flehte Monique Sr. Eine Tänzerin mit Narben bekam nicht so leicht eine Arbeit – jedenfalls nicht in den guten Clubs.

Als Darrell sie mit dem Messer piekste, versprach sie, alles zu tun, was er wollte. »Braves Mädchen«, lobte er sie.

In diesem Moment ging die Tür auf, und Erin kam herein. Sie brauchte ein paar Sekunden, um die Szene in sich aufzunehmen: ihr Ex-Mann auf dem Schminkstuhl, Monique Sr. zitternd auf seinem Schoß, ein stählernes Glänzen an ihrem sonnengebräunten Bauch.

Darrell Grant kicherte. »Das ist ja geradezu perfekt. Mach die Tür zu und hol dir einen Stuhl.«

Erin konnte erkennen, daß er völlig hinüber war, und bedauerte, die Pistole zu Hause liegengelassen zu haben.

»Ich werde der Lady zum Ritt ihres Lebens verhelfen«, grinste Darrell, »und du wirst zusehen.«

»Verdammt noch mal«, sagte Erin, setzte sich und zwinkerte Monique Sr. zu, was diese aber kein bißchen beruhigte. Sie hob eine Hand hoch, um Erin das Blut zu zeigen.

»Wir liefern dir eine Peep-Show«, tönte Darrell.

»Fang ruhig an«, sagte Erin und schlug die Beine übereinander.

Darrells unsicheres Lächeln verschwand, und seine Lippen schürzten sich in einem Ausdruck kindlicher Konzentration. Er befahl Monique Sr. ihn anzufassen. Sie sagte, das tue sie bereits. Dann verlangte er, daß sie fester zupackte.

»Auch das tue ich«, sagte sie.

»Ich fühle verdammt noch mal nichts.«

»Damit wären wir zu zweit«, sagte Monique Sr.

Erin verschränkte die Arme. »Ich warte, Mr. Sex Machine.«

Darrell Grant blinzelte, bäumte sich auf und entblößte die Zähne.

»Vielleicht brauchst du ein Abführmittel«, meinte Erin.

Monique Sr. mußte gegen ihren Willen lachen. Darrells Muskeln – Beine, Arme, Hals – wurden in seiner Niederlage schlaff. »Verdammte Schlampe«, fauchte er Erin an.

»Schön. Und jetzt laß Monique los, und wir besprechen das Problem wie Erwachsene.«

»Nicht bevor du mich nicht zu Angie gebracht hast.«

»Du solltest lieber mit dem Richter reden«, sagte Erin. Sie konnte der Versuchung einfach nicht widerstehen, denn genau diesen Satz hatte er so viele Male zu ihr gesagt.

Er hielt das Messer an Moniques Hals. Tränen und zerlaufende Mascara zeichneten Streifen auf die Wangen der Tänzerin. Erin wußte, daß es nun darauf ankam, daß ihr Mann in seiner Wachsamkeit nachließ. Aber jedes Anzeichen von Schwäche würde ihn wieder dreister werden lassen.

»Monique, ich muß mich entschuldigen. Der erste Eindruck, den Darrell hinterläßt, ist immer beschissen.«

»Er hat meine verdammte Hand verletzt«, schimpfte die Tänzerin und zeigte erneut die Wunde. »Das ist nicht lustig, Erin. »Gib ihm, was er haben will.«

»Ich will meine Tochter«, schnaubte Darrell Grant.

»Nun«, entgegnete Erin, »ich hab sie nicht mehr.«

Darrell nahm die Neuigkeit ziemlich unfreundlich auf. Er stieß Monique Sr. zu Boden und stürzte sich wie wild auf Erin. Die Schnelligkeit seiner Attacke überrumpelte sie völlig. Sie versuchte, die Beine hochzuheben, um ihn wegzustoßen, aber er war bereits bei ihr. Der Stuhl kippte nach hinten, und sie landeten zusammen auf dem Fußboden. Darrell Grant bohrte sein Knie in Erins Brust und brüllte und fluchte, bis er außer Atem war. Sie hatte aufgehört mitzuzählen, wie oft er sie Fotze schimpfte.

Sie machte sich Sorgen wegen des Messers: Wo war es? Darrells Arme hingen an seinen Seiten herab. Flach auf dem Boden liegend konnte Erin die Hände ihres Ex-Mannes nicht sehen, und sie konnte auch nicht den Kopf heben, um sich einen besseren Überblick zu verschaffen.

Darrell Grant keuchte. »Ich will noch heute meine Angie zurückhaben.«

»Du erdrückst mich«, protestierte Erin.

Monique Sr. mußte die Flucht gelungen sein, denn die Tür stand weit offen, und der Raum war mit Tanzmusikklängen aus der Bar erfüllt: irgend etwas mit Bläsern von Gloria Estefan. Nicht gerade eine ideale Nummer, um dabei zu sterben, dachte Erin.

»Wer hat sie?« fragte Darrell.

»Ich bring dich hin«, ächzte Erin.

Sein rechter Arm kam mit dem verrosteten Steakmesser hoch. Er hielt es an der Klingenspitze zwischen Daumen und Zeigefinger fest.

Darrell Grants Stimme klang weinerlich und nuschelnd. »Man hat mir mein kleines Baby gestohlen.«

»Das stimmt nicht«, widersprach Erin.

»Und alles nur wegen dir.«

»Darrell, es ist noch nicht zu spät.«

Er drehte das Messer in der Hand und umfaßte den Messergriff. »Verstehst du nicht? Ich bin aus dem Knast abgehauen. Das heißt, daß ich wohl keine Zukunft mehr habe.«

Erin hob die Schultern. »Jeder baut irgendwann im Leben mal Mist.«

»Ich wollte mich mit Angie aus dem Staub machen. Und das geht jetzt nicht mehr.«

Eines seiner Augenlider hatte sich geschlossen. Erin betete, daß dadurch seine Zielgenauigkeit mit dem Messer beeinträchtigt würde. »Wenn du mich tötest«, warnte sie, »siehst du sie nie wieder.«

»Und wenn ich dich nicht umbringe«, sagte er, »werde ich mich für immer hassen, weil ich es nicht versucht habe.«

Erin hatte immer geglaubt, daß ihr Ex-Mann zu einem Mord nicht fähig war, aber als sie nun beobachtete, wie Darrell mit dem billigen Besteck herumfuchtelte, wurde ihr klar, daß sie ihn vielleicht falsch eingeschätzt hatte. Wenn er sie nun erstach? Verrückterweise mußte Erin daran denken, wie enttäuscht ihre Mutter sein würde. Wenn die einzige Tochter, nur mit einem paillettenbesetzten Bikinioberteil und einem Tanga bekleidet, erstochen wird – nun, dann gibt es wohl kaum eine Möglichkeit, das seinen Freunden im Orchideenclub plausibel zu erklären.

»Darrell«, setzte Erin an.

»Mach die Augen zu. Ich schaffe es nicht, wenn du mich ansiehst.«

Aber Erin hatte nicht vor, die Augen zu schließen. »Ich lasse nicht zu, daß du Angela das antust.«

»Schnauze«, brüllte er. »Wer hat denn hier das Messer, häh?«

»Ich lasse es nicht zu.«

»Mach endlich die verdammten grünen Augen zu!«

»Weshalb?« fragte Erin. »Erinnern sie dich an jemanden?«

»Herrgott noch mal!« Er hob das Messer mit beiden Händen hoch.

»Leg es weg, Darrell.« Ein gehauchtes Flüstern.

»Niemals.«

»Darrell, bitte. Um Angies willen.«

»Ich sagte, schließ die Augen!«

»Laß das verdammte Messer fallen!« Von der Tür erklang die Stimme eines Mannes, und Erin spürte, wie Darrell Grant erstarrte. Er legte den Kopf auf die Seite, wartete, aber er ließ das verdammte Messer nicht fallen.

»Junior«, sagte die Stimme, die Shad gehörte. »Ich zähle bis drei.«

Erin verfolgte, wie ihr Mann lautlos vor sich hin murmelte: eins Mississippi, zwei Mississippi ... und dann zerbrach ein Ast. Jedenfalls klang es genauso.

Darrell schnellte von Erin hoch, und ein klagendes Geheul brandete auf, untermalt von Melodien von Gloria Estefan. Erin richtete sich auf und bedeckte ihre Brüste mit den Händen. Da stand Shad mit seinem Brecheisen, Mr. Orly umklammerte eine Dose Dr. Pepper, und Darrell Grant kreischte. Einer seiner Arme hing krumm herab und war am Ellbogen gesplittert. Ein heller Knochensplitter bohrte sich durch die graue Haut. Etwas Dunkles tropfte auf die Vorderseite seiner Jeans.

»Du zählst zu langsam, Junior«, sagte Shad. Er riß sich die Mütze vom Kopf und beugte seine glänzende Schädelplatte in

Darrell Grants Richtung. »Erinnerst du dich noch, wie du an diesem Kürbis rumgeschnitzt hast? Ich möchte fast wetten, daß du es noch weißt.«

»Schaff ihn raus«, murmelte Orly und verschwand im Korridor.

Erin kam schwankend auf die Füße. Die Gesichter im Spiegel verschwammen. Sie deutete auf das Spiegelbild, das ihrem Ex-Mann am ähnlichsten sah. »Darrell«, sagte sie. »Ich wußte, daß du es nicht schaffen würdest.« Dann: »O mein Gott, ich fühle mich gar nicht gut.«

Shad fing sie mit einem Arm auf, als sie zusammensackte. Der wimmernde Darrell Grant quälte sich irgendwo auf die Füße und stolperte aus der Garderobe hinaus. Shad legte Erin auf ein kleines Sofa und schob ihr ein muffig riechendes Kissen unter den Kopf.

»Ich bin gleich zurück«, sagte er zu ihr. »Junior hat sein Messer vergessen.«

27. KAPITEL

Shad suchte die Umgebung ab, konnte Darrell aber nicht finden. Er ging nach nebenan und überprüfte die Hähnchenbraterei und danach die Toiletten der Videospielhalle ein Stück weiter die Straße runter. Als er zum Tickled Pink zurückkam, war der Pontiac verschwunden. Das Arschloch war schon wieder abgehauen.

Erin war überraschend ruhig. Sie benutzte Orlys Telefon und wählte die Nummer des Sheriff's Office von Martin County, um zu melden, daß sie ihren flüchtigen Ex-Ehemann gesehen habe. Sie beschrieb seine gräßliche Verletzung und deutete an, daß Darrell sicherlich in Kürze in der Notaufnahme irgendeines

Krankenhauses in der Umgebung auftauchen könnte. Der Cop am anderen Ende der Leitung nahm die Information zurückhaltend auf und stellte zahlreiche unsinnige Fragen. Erin mußte ihren Namen dreimal buchstabieren, weil er sie ständig fragte: »Aaron – wie der Baseballspieler?«

Als sie den Telefonhörer auflegte, sagte Orly: »Es gibt eine Regel, die Ehemännern und Freunden den Zutritt zum Club untersagt.«

»Darrell ist keins von beiden«, gab Erin zurück. »Ich habe ihn nicht eingeladen.«

»Ist er verrückt genug, um noch mal zurückzukommen?«

»Das ist schwer zu sagen, Mr. Orly. Die Polizei ist hinter ihm her.«

»Wie hübsch. Vielleicht kommt es noch zu einer Schießerei in der Nudelwanne.«

Shad schüttelte den Kopf. »Der Junge ist nicht in Form, um zu kämpfen. Ich habe ihm die Elle zertrümmert.«

Orly runzelte fragend die Stirn. »Seine was?«

Erin verkündete, daß sie nach Hause fahre, um heiß zu duschen. Shad holte seine .38er Special und folgte ihr in seinem Wagen, aber ein grüner Pontiac war nirgendwo zu entdecken. Er parkte vor Erins Wohnung, bis dort das Licht gelöscht wurde. Dann umrundete er den Komplex viermal und fuhr zurück zum Club. Orly erwartete ihn an der vorderen Bar.

»Diese verdammten Lings«, schäumte er. »Sie versuchen, Urbana abzuwerben. Tausend Dollar haben sie ihr geboten!«

Shad sagte nichts. Er ahnte, daß noch mehr kam.

Orly senkte die Stimme. »Außerdem haben sie mich beim Gesundheitsamt verpfiffen.« Er faltete ein gelbes Formular auseinander, glättete es mit seinen Handkanten und schob es über die Bar zu Shad hinüber. »Lies!«

Die Beschwerde warf Orly vor, »verschmutzte Lebensmittelprodukte auf eine Art und Weise zu benutzen, die eine direkte und akute Bedrohung der öffentlichen Sicherheit« darstelle. Shad vermutete, daß die Beschwerde sich auf die nackten Nudelringkämpfe bezog.

»Das ist eine verdammte Lüge«, entrüstete sich Orly.

»Ich weiß«, sagte Shad. »Das Zeug ist immer frisch. Ich überprüfe jedesmal selbst das Haltbarkeitsdatum.«

»Genau das habe ich dem kleinen Knilch auch erzählt.«

»Und?«

»Er behauptet, er habe eine Probe verdorbener Vermicelli aus der Ringkampfwanne entnommen – ich hab ganz vergessen wann, am vergangenen Dienstag oder so. Es steht auf dem Wisch. Er hat das Zeug in ein Glas gefüllt und in irgendein Labor in Miami gebracht.«

Drei Arten sehr unangenehm klingender Bakterien – Escherichia coli, Cigella dysenteriae und Staphylococcus – waren in der Beschwerde des Gesundheitsinspektors aufgeführt. »Das ist Quatsch«, sagte Shad. »Wir wurden reingelegt.«

»Lies weiter«, befahl ihm Orly.

Im Bericht stand geschrieben: »Während der sogenannten Ringkämpfe wurden männliche Gäste dabei beobachtet, wie sie versuchten, verschmutzte Lebensmittelprodukte in die Münder und andere Körperöffnungen der weiblichen Teilnehmer einzuführen.«

Shad reichte das Schriftstück Orly zurück. »Das passiert doch nicht jeden Abend. Die Kerle besaufen sich, und Sie wissen ja, wie das so läuft.«

Orly wandte sich von der Bar ab. »So, wie sie es ausdrücken, klingt es widerlich. Im Grunde sind es doch nur gewöhnliche Nudeln.«

Die beiden Männer schwiegen. Sabrina stand auf der Hauptbühne, Monique Sr. arbeitete im Käfig, und ein neues Girl namens Suzette tanzte in der ersten Reihe auf den Tischen. Suzettes erster Vorgeschmack auf den Bühnenruhm war ein

Auftritt in einem Georg-Michael-Video gewesen. Orly hatte erzählt, sie spiele darin eine Nonne in Radfahrhosen.

Jeder Song, den Kevin auflegte, war von Prince oder Madonna oder Marky Mark. Die Heftigkeit seiner Kopfschmerzen ließ Shad vermuten, die Musik habe möglicherweise sein Gehirn anschwellen lassen. Er nahm die Mütze ab und balancierte einen Beutel voller Eiswürfel auf seiner pulsierenden Schädeldecke.

»Wo ist Urbana?« wollte er wissen.

Orly erwiderte, sie sei zur Flesh Farm gegangen, um mit den Lings zu verhandeln. »Soviel zum Thema Loyalität.« Er hielt inne. »Haben die Lings eine Windmaschine? Urbana tanzt nämlich niemals in der Nähe eines solchen Apparats.«

»Richtig«, nickte Shad.

»Aber was rede ich da? Ein Tausender ist nun mal ein Tausender.«

Shad riet ihm, sich keine Sorgen zu machen. »Sie absolviert keine Intimtänze. Nicht für eine Million Bucks.«

»Hast du schon mal daran gedacht«, schnauzte Orly ihn an, »daß diese Kerle sie vielleicht gar nicht für diese Tänze haben wollen?«

Shad gab dem Barkeeper ein Zeichen, er solle dem Boss eine frische Dose Dr. Pepper bringen. »Die Ling-Brüder sind nicht dumm«, fuhr Orly fort. »Sie erkennen eine Möglichkeit auf Schadenersatz schon auf den ersten Blick. Mit diesen Titten könnte sie durchaus jemanden umbringen.« Er stellte die Sodadose ab. »Ich habe eine Theorie: Sie wollen mit den Kontakttänzen aufhören und was Besseres bieten. Sie versuchen, sich etwas Klasse zu kaufen, weißt du? Sie wollen genauso seriös sein wie wir.«

»Seriös«, wiederholte Shad ungläubig. Mr. Orly konnte manchmal sehr amüsant sein. Shad verschob den Eisbeutel, damit er sich seiner Schädelform besser anpaßte. »Sind Sie sicher, daß es die Lings waren, die uns verpfiffen haben?«

»Wer sonst. Sie sind immer noch wegen der Schlangentänzerin sauer, wie hieß sie doch gleich?«

Kevin näherte sich der Bar und bestellte fröhlich ein Perrier. Sein Gesicht verdüsterte sich, als er Shads bohrenden Blick bemerkte. Der Discjockey verzog sich schnell wieder.

»Dieser verdammte Gesundheitsinspektor«, sagte Orly, »er kämmte den gesamten Laden durch. Buchstäblich.«

»Und?«

»Ich geriet dabei leicht in Panik. Ich habe deinen Hüttenkäse in die Toilette geworfen.«

Shad schloß die Augen. »Verdammt.«

»Ich mußte es tun«, beteuerte Orly. »Der Kerl war gnadenlos. Wenn er nun den verdammten Skorpion gefunden hätte, was dann? Er hat bereits gedroht, unseren Laden zu schließen.«

»Sie haben ihn weggespült.«

»Hol dir einen neuen. Und gib mir die Rechnung.«

Shad war niedergeschlagen. »Ich bin eben ein geborener Pechvogel.«

Orly bedeutete seinem Rausschmeißer, mit ihm nach draußen zu gehen. Shad war darüber froh; der Verkehrslärm kam ihm im Vergleich mit dem geistlosen Scheiß, den Kevin über die Stereoanlage jagte, wie ein Wiegenlied von Brahms vor.

Auf dem Parkplatz suchte Orly sich eine Volvo-Limousine und ließ sich auf der Motorhaube nieder. »Also – was tun wir jetzt mit diesen Lings? Ich bin für jeden Vorschlag zu haben.«

»Mein Gehirn tut zu weh«, sagte Shad.

»Du bist der einzige, dem ich trauen kann.«

»Ich bin kein Brandstifter, Mr. Orly. Ich kann noch nicht mal ein Grillfeuer anzünden.«

»Na schön, dann laß uns mal nachdenken.«

Ein anthrazitfarbener Acura rollte auf den Parkplatz und hielt unweit des Eingangs, und Urbana Sprawl stieg aus. Sie war gekleidet, als wolle sie einen Wohltätigkeitsball der Krebsgesellschaft in Palm Beach besuchen. Orly und Shad hatten sie noch nie in derart vollständiger Kleidung gesehen.

»Nun, wie ist es gelaufen?« Orlys Stimme klang angespannt.

»Ich bin hier, oder?« sagte die Tänzerin. »Vergessen wir das Thema.«

Shad warf Orly einen vielsagenden Blick zu. »Ich hab's Ihnen doch gesagt.«

Orly rutschte von der Motorhaube herunter. »Moment, Schätzchen. Du hast tausend Dollar abgeschlagen, um hier zu bleiben und weiterhin für mich zu arbeiten?«

»Bilden Sie sich nur nichts ein«, sagte Urbana ungehalten.

Shad drückte ihre Hand. »Du mußt nicht darüber reden.«

»Er wollte mit meinen Möpsen ›Scheibenwischer‹ spielen.«

»Wer?« fragte Orly.

»Ling. Er hat versucht, meine Träger runterzustreifen und ...«

»Welcher Ling?« fragte Shad.

»Der kleine. Ich hab mir zwei Fingernägel in seinem Gesicht abgebrochen.« Urbana zeigte ihre demolierte Maniküre. »Ich würde nicht einmal für eine Million für diese Bastarde arbeiten.« Sie schlüpfte zwischen Orly und Shad hindurch in den Club.

Orly seufzte. »Einer von uns sollte auf die Tür aufpassen.«

Shad blickte die Straße hinunter zum fernen Neonblinken der Flesh Farm. »Mr. Orly«, fragte er, »welcher Ling ist der kleine?«

»Ist das jetzt wichtig?«

»Nee. Eigentlich nicht.«

Die *Princess Pia* lockte bereits an dem Tag Fische an, an dem sie in neunundsiebzig Fuß Tiefe vor dem Strand von Fort Lauderdale auf dem Meeresboden aufsetzte. Tauchbootkapitäne wie Abe Cochran steuerten den verschrotteten Frachter regelmäßig an, und zwar vor allem dann, wenn sie nur noch wenig Sprit hatten und sich nicht zu weit vom Hafen entfernen wollten.

Wohin auf dem Atlantik sie ihre Kunden brachten, hing von den Kunden selbst ab. Weitgereiste Sporttaucher gaben sich nicht damit zufrieden, einen derart offensichtlichen Touristenschwindel wie ein erst kürzlich versenktes Bananenboot zu erforschen. Touristen hingegen waren die reinsten Trottel und scharf darauf. Sie waren schon von aufsteigenden Luftbläschen begeistert und total fasziniert von jedem noch so flüchtigen Hinweis auf Leben unter der Wasseroberfläche. Viele von ihnen konnten einen Fisch nicht vom nächsten unterscheiden, was Captain Abe Cochran die Möglichkeit gab, das Unterwasserrevier frei zu wählen.

Am Morgen des 6. Oktober kletterten Kate Esposito und ihr Freund an Bord von Abe Cochrans Charterboot, der *Alimony III*. Sie erhielten Gesellschaft von vier jungen Reisebüroangestellten, die in Fort Lauderdale an einem Kongreß teilnahmen. Abe Cochran schätzte die Truppe gleich richtig ein und nahm Kurs auf das Wrack der *Princess Pia*. Das Meer war ruhig, und der Anker hielt bereits beim ersten Abwurf. Die Reisebüroangestellten waren stark verkatert, daher teilte Abe Cochran Schnorchel aus und instruierte sie, stets in der Nähe des Hecks zu schwimmen, wo er sie im Auge hatte. Kate Esposito und ihr Freund tauchten allein zu dem Frachter hinab.

Kate hatte das Tauchen als Teenager in einem Schwimmbekken des YMCA in Boston gelernt, aber sie träumte seitdem davon, einmal in die Tropen zu reisen. Sie wartete gespannt auf ihre erste Begegnung mit einer Muräne. Ihr Freund hatte für diese Gelegenheit eine billige Unterwasserkamera gekauft.

Als sie sich rückwärts von Abe Cochrans Boot kippen ließen, bemerkte Kate Esposito, daß das Wasser trüber war, als sie erwartet hatte. »Klar wie Gin« hatten die Urlaubsbroschüren versprochen, aber Kate konnte kaum drei Meter weit sehen. Ihre Enttäuschung ließ nach, als sie sich dem Wrack der *Princess Pia* näherten, das unversehrt auf der Steuerbordseite lag. Kate erschien es genauso überwältigend und gespenstisch wie die *Titanic*. Gemeinsam mit ihrem Freund schwamm sie an dem Frachter entlang. Wolken kleiner, bläulich gestreifter Fische flitzten durch die Dynamitlöcher ein und aus, und einmal segelte ein Rochen elegant aus dem Steuerhaus hervor. Jede Entdeckung erzeugte neue aufgeregte Luftblasen von Kate und ihrem Freund, der von jedem Meereslebewesen, auf das sie stießen, Fotos zu schießen versuchte.

Kate war die bessere Taucherin, und sie war es auch, die entschied, das Innere des Schiffsrumpfs zu untersuchen. Aus Filmbeiträgen im naturwissenschaftlichen Kabelkanal wußte sie, daß Muränen dunkle und verwinkelte Spalten bevorzugten; vielleicht hatte eines dieser Tiere sich in der *Princess Pia* verkrochen. Kate klopfte ihrem Freund auf die Preßluftflasche und teilte ihm per Zeichensprache ihre Absichten mit, aber er winkte lustlos ab und reichte ihr die Kamera. Durch die Tauchmaske flackerten Kates Augen ungehalten. Allein schwamm sie durch eine offene Luke auf dem Achterdeck. Ihr Freund verfolgte, wie die orangefarbenen Schwimmflossen im Schiff verschwanden, und nach einem Blick auf seine Armbanduhr schwamm er hinter ihr her.

Milchige Lichtbalken durchbrachen die Dunkelheit des Frachtraums. Kate Esposito tastete sich vorsichtig vorwärts. Die Metalloberfläche war glatt und nicht verkrustet, weil das Wrack noch so neu war. Seetang hing in Girlanden von den Stahlstreben herab, und kleinere Fische, die in dem verschwommenen Halbdunkel wie Spiegelscherben glitzerten, gab es im Überfluß. Während Kate tiefer in den Laderaum vordrang, fühlte das Wasser sich an ihren Beinen kühler und schwerer an. Ein untertassenförmiger Gegenstand hob sich hell von der stumpfen Eisenhaut des Frachters ab. Kate griff nach der glänzenden Scheibe, wohl wissend, daß es nichts Seltenes oder Wertvolles sein konnte, aber eine Radkappe hatte sie dann doch nicht erwartet.

Vor ihr nahm eine lange, graue Form Gestalt an. Während sie darauf zuschwamm, erkannte Kate Esposito rechtwinklige Ekken aus Chrom und Glas – ein Automobil, das an eine Strebe des Rumpfs gekettet war! Und es war kein Schrottwagen, sondern eine amerikanische Limousine jüngeren Datums. Auf einem Kotflügelschild entdeckte sie den Namen: Lincoln Continental.

Seltsam, dachte Karen. Weshalb versenkte jemand einen nagelneuen Lincoln? Vielleicht war es ein Gag, eine Publicity-Aktion von einem der Rundfunksender. Mit einem Finger schrieb sie ihren Vornamen in die dünne Algenschicht, die sich auf dem Vinyldach gebildet hatte. Dann machte sie von dem Wagen und ihrem Freund ein Foto.

Abgesehen von dem zerbrochenen Fenster auf der Fahrerseite befand der Continental sich in einem erstaunlich guten Zustand. Sogar der Aufkleber auf der Stoßstange existierte noch: HABEN SIE HEUTE SCHON IHREN ANWALT GELOBT?

Kate bemerkte, daß der Kofferraum des Wagens einen Spaltbreit offen stand – sicher ein ideales Versteck für eine Muräne. Aus einem Tauchnetz holte sie eine Handvoll gefrorener Sardinen, die Abe Cochran ihr zum Füttern der Meeresfauna mitgegeben hatte. Kate nahm einen der steifen Fische zwischen Daumen und Zeigefinger und hielt ihn vorsichtig über den halbgeöffneten Kofferraum des Lincoln. Aber kein sich windender grüner Aal tauchte auf, um den Köder zu verschlingen. Nach einer Minute zerfiel die Sardine zwischen ihren Fingern. Kate holte eine weitere aus dem Netz und versuchte es erneut, wackelte dabei mit dem toten Fisch hin und her. Erneut Fehlanzeige.

Niemand zu Hause, dachte Kate. Mit der Ecke einer Schwimmflosse trat sie gegen den Kofferraumdeckel. Er öffnete sich im Zeitlupentempo.

Kates Freund versuchte gerade eine junge Wasserschildkröte zu fangen, als Kate durch die Luke des Frachters schoß und aufgeregt zur Oberfläche hinaufstieg. Der junge Mann folgte der

Blasenspur hinauf zu Abe Cochrans Boot, wo Kate auf die Tauchplattform aus Teakholz geklettert war. Dort kauerte sie auf allen vieren und würgte das Frühstück hervor. Die Reisebüroangestellten, die sich wassertretend unweit des Bugs im Meer aufhielten, riefen aufgeregt etwas durch ihre Schnorchel.

Abe Cochran befahl lakonisch alle Mann ins Boot. Kates Freund riß sich die Maske vom Gesicht und fragte sie, was sie im Innern der *Princess Pia* gesehen habe.

»Krabben«, schluchzte sie, »die einen toten Anwalt fraßen.«

Die Taucher des Sheriffs von Broward County brauchten vier Stunden, um die Leichen von Mordecai und seiner Cousine Joyce zu bergen. Einen unter Wasser gelegenen Tatort zu sichern, erwies sich als zu schwierig, vor allem als ein ganzer Schwarm aggressiver Zitronenhaie erschien. Der Lincoln Continental wurde für einen weiteren Tag in Ruhe gelassen.

Gegen Mittag meldeten die Fernsehnachrichten den Fund zweier Leichen im Wrack der *Princess Pia*. Kapitän Abe Cochran weigerte sich, mit Reportern zu reden, und unterstrich seine Haltung, indem er eine Preßluftflasche dazu benutzte, einen Kameramann von Channel 7 zu attackieren. Kate Espositos Freund war umgänglicher. Im Verlauf eines Interviews auf dem Pier beschrieb er ziemlich anschaulich, wie Kate den toten Anwalt im neuen Lincoln entdeckt hatte. Sergeant Al García, der in seinem Büro einen Fernseher hatte, rief sofort einen Freund im Büro des amtlichen Leichenbeschauers in Broward an und bat um die Erlaubnis, der Autopsie beizuwohnen. Der Arzt sagte, klar, weshalb nicht – angesichts des unangenehm fortgeschrittenen Verwesungszustands der Verstorbenen würden sich sowieso nicht sehr viele Leute einfinden.

García, der zuerst bei Mordecais Bank vorbeischaute, erschien als letzter im Büro des Coroners in Hollywood. Die Truppe, der die Leichenbeschau zugeteilt worden war, bestand aus drei Gerichtspathologen, drei Detectives aus dem Sheriff's Office in Broward County sowie aus ein paar Medizinstudenten im ersten Jahr von der Universität von Miami. Die Anwaltskammer von Florida hatte darauf verzichtet, einen Vertreter zu schicken.

Bevor er den Autopsiesaal betrat, drückte García seine Zigarre aus und besprenkelte das Innere der Einwegoperationsmaske mit Old Spice. Der Leichensack mit Mordecai wurde als erster geöffnet. Die Krabben hatten gründliche Arbeit geleistet. Der Schädel war praktisch völlig sauber gefressen, wodurch es die Pathologen etwas einfacher hatten, die drei kleinkalibrigen Einschußlöcher zu untersuchen. Die Detectives von Broward County machten sich Notizen und deuteten mit gelben Bleistiften der Härte Nr. 2 hierhin und dorthin. Niemand blickte auf, als die von Unwohlsein befallenen Medizinstudenten durch die Tür nach draußen stürzten.

Die Ärzte hatten Mühe, den triefnassen Nadelstreifenanzug des Anwalts wegzuschneiden. García kam näher an den Operationstisch heran und fragte, ob er die Taschen durchsuchen dürfe. Die Ärzte zuckten die Achseln und arbeiteten weiter.

García hielt die Luft an, während er so tat, als kontrolliere er Mordecais Anzug. Einer der Detectives fragte unwirsch, wonach zum Teufel er denn suche.

»Danach«, sagte Al García. Er hielt einen kleinen Schlüssel hoch.

Malcolm J. Moldowsky verpaßte die Mittagsnachrichten im Fernsehen, weil er mit zwei nervösen Senatoren in New York zu Mittag aß, und er verpaßte auch die Sechs-Uhr-Nachrichten. Diesmal hielt er sich im Bad auf und bereitete sich auf ein wichtiges Abendessen mit dem Gouverneur vor. In letzter Zeit setzten die staatlichen Behörden Floridas den Betreibern von Phosphatbergwerken zu, weil sie ihren radioaktiven Abfall in Trinkwasserschutzzonen abluden. Die Phosphatindustrie hingegen betrachtete die Vorstellung, den eigenen Abfall zu reinigen und sicher zu lagern, als subversiv. Malcolm Moldowsky war für ein sechsstelliges Honorar angeheuert worden, um sich bei seinem alten Freund, dem Gouverneur, für diese Sache zu verwenden, damit der Vorschriftenkatalog für die Bergwerke wieder auf ein normales Maß schrumpfte.

Moldy kleidete sich stets nach der gleichen Routine an, angefangen mit den Socken. Dann folgten Unterwäsche, Oberhemd, Manschettenknöpfe, Krawatte, Hose und schließlich die Schuhe. Es war nicht ungewöhnlich für ihn, zwanzig Minuten damit zuzubringen, einen perfekten Windsorknoten zu knüpfen, und es geschah in dieser wichtigen Phase, daß jemand an die Wohnungstür klopfte. Moldowsky war durch die Störung ungehalten und verwirrt, denn der Wachmann in der Halle sollte ihn eigentlich benachrichtigen, wenn ein Besucher erschien. Moldy schritt mit nackten Beinen zur Tür, wo er von einem stämmigen Kubaner mit buschigem Schnurrbart, einem feuchten Zigarrenstummel und einem Mobiltelefon unterm Arm erwartet wurde.

»Ja?« sagte Moldowsky und schlug einen befehlenden Ton an.

Al García zeigte seine Dienstmarke und kam lässig hereingeschlendert. Er grinste, als er das Porträt John Mitchells entdeckte. »Entweder haben Sie einen ganz besonderen Sinn für Humor«, sagte er zu Moldy, »oder Sie sind der makaberste Mistkerl, den ich je kennengelernt habe.«

»Ich habe Ihren Namen nicht verstanden«, sagte Moldowsky steif.

García nannte ihn.

Moldy runzelte die Stirn. »Und Sie gehören zu wem?«

»Morddezernat der Metropolitan.«

»Gibt es irgendwelchen Ärger hier im Haus?«

»Sicher«, sagte García, »aber deshalb bin ich nicht hergekommen. Meinen Sie nicht, Sie sollten mal eine Hose anziehen?«

Malcolm J. Moldowsky nickte eisig, verschwand im Schlafzimmer und zog sich roboterhaft zu Ende an. Er kam heraus, während er die Flusen von seinem Wolljackett bürstete. Hundert Möglichkeiten schossen ihm durch den Kopf, und keine davon sah gut aus. Er hatte zu dreist agiert, indem er dem County Commissioner auf die Zehen getreten war. Der Versuch, Sergeant Al García unter Druck zu setzen, schien sich als Rohrkrepierer zu entpuppen.

»Ich bin mit dem Gouverneur zum Abendessen verabredet«, sagte Moldowsky, »deshalb habe ich es ein wenig eilig.«

»Ich auch«, sagte García. »Ich gehe nämlich mit Ivana Trump zum Bowling.«

Der spöttische Blick des Detectives sprach Bände. Moldowsky suchte sich einen Sessel. Er gab sich selbst die Anweisung, den Mund zu halten, vorsichtig zu sein und aufmerksam zuzuhören.

»Kennen Sie einen Rechtsanwalt namens Mordecai?« fragte García.

»Nein, kenne ich nicht.«

»Er wurde ermordet. Hey, ich weiß, was Sie denken, und Sie könnten durchaus recht haben. Vielleicht wurde der Öffentlichkeit damit ein Dienst erwiesen. Vielleicht sollten wir sogar dem Killer einen Orden verleihen. Ein toter Anwalt ist immerhin einer weniger von der Sorte, richtig?«

Moldowsky sagte nichts. Seine Kehle fühlte sich an, als habe er Rasierklingen verschluckt.

»Ohne mich in allzu drastischen Einzelheiten zu ergehen«, sagte García, »ergibt sich folgendes Szenario. In der Tasche des toten Anwalts finden sie den Schlüssel zu einem Bankschließfach oben in Lauderdale. Und in dem Schließfach liegt eine Rolodex-Karteikarte mit Ihrem Namen und Ihrer Telefonnummer...«

»Das ist unmöglich«, sagte Moldowsky und dachte: Du raffinierter Hund. »Sergeant, ich habe diesen Mann nie gesehen.«

»Ich denke, Sie lügen, Malcolm, aber das spare ich mir für ein andermal auf. Wollen Sie nicht hören, was sonst noch in dem Schließfach gefunden wurde?«

»Das betrifft mich in keinster Weise.« Moldowksy erkannte seine eigene Stimme nicht wieder.

»Sie haben ein Diapositiv gefunden.« Al García hielt inne, um Moldowskys Reaktion zu beobachten, ein schnelles Blinzeln. »Das Foto wurde in einem Nachtclub geschossen. Es zeigt einen allseits bekannten Kongreßabgeordneten.«

Moldowsky tat weiterhin so, als wisse er nichts von dieser Angelegenheit. Er hatte Angst, in den Wandspiegel zu blicken, denn er befürchtete, daß seine Oberlippe feucht war und zitterte.

García holte ein Notizbuch hervor und zog die Kappe von einem Bic-Kugelschreiber ab. »Dieser tote Anwalt, sind Sie ganz sicher, daß er nicht versucht hat, Sie zu erpressen? Er und eine Frau namens Joyce Mizner?«

Moldy erhob sich und zupfte seine Hemdmanschetten zurecht. »Sergeant, ich bin schon ziemlich spät dran. Kommen Sie doch morgen in mein Büro.«

Der Detective, der fröhlich seine Angel auswarf, erwähnte nun den Namen, den Erin von dem Kongreßabgeordneten aufgeschnappt hatte. »Kennen Sie einen Typ namens Erb Crandall?«

»Natürlich«, antwortete Moldowsky. Seine Gesichtsmuskeln bekamen allmählich einen Krampf von der Anstrengung, ruhig und gelassen zu erscheinen.

»Woher kennen Sie ihn?« hakte der Detective nach.

»Aus meiner politischen Arbeit. Wir können uns morgen darüber unterhalten.«

»Aber sicher!« García klappte das Notizbuch zu und stopfte es in seine Jackentasche. Dann holte er ein Stück Papier hervor und fuhr mit dem Finger einer langen Reihe von Nummern entlang. Danach griff er nach seinem Mobiltelefon und wählte.

Das Telefon auf Malcolm Moldowskys Schreibtisch begann zu summen. Er starrte es haßerfüllt an.

»Gehen Sie dran«, forderte Al García ihn auf.

Moldy rührte sich nicht. »Ich habe für solche Spielchen nicht viel übrig.«

Das Telefon summte weiter. »Es ist für Sie«, versicherte García.

»Was wollen Sie damit andeuten?«

García schaltete das Mobiltelefon aus. Moldowskys Telefon verstummte. García lächelte. Er kam sich vor wie Columbo. »Sie haben eine nicht registrierte Nummer«, sagte er.

»Natürlich«, gab Moldy zu. »Aber Sie sind Polizeibeamter. Sie brauchen nur bei Southern Bell nachzufragen.«

»So habe ich sie aber nicht herausbekommen.« García zeigte Moldowsky das Stück Papier. Es war eine Kopie der Rechnung aus dem Holiday Inn in Missoula, wo die Killer abgestiegen waren, nachdem sie den toten Jerry Killian in den Clark Fork River geschafft hatten.

»Jemand in Zimmer 212 hat an diesem Abend hier angerufen«, sagte García, »und eine ganze Weile geredet.«

»Ich erinnere mich nicht an ein solches Gespräch.« Moldys Wangen glühten feuerrot. Er hatte angenommen, die Jamaikaner hätten mit einer Kreditkarte telefoniert und nicht direkt von ihrem Zimmer aus!

»Vielleicht wollen Sie sich mit Ihrem Anwalt in Verbindung setzen«, sagte García.

Moldowsky lachte rauh und sagte, er solle sich nicht lächerlich machen.

»Wie Sie wollen«, sagte der Detective. »Eine Frage noch, *chico.* Wo finde ich heute abend David Dilbeck?«

Moldowsky erwiderte, er habe keine Ahnung.

»Tatsächlich nicht? Mir wurde erzählt, er wische sich ohne Ihre Erlaubnis noch nicht mal den Hintern ab.«

Moldy verlor schließlich doch seine Selbstbeherrschung. Er brüllte herum und rannte durch seine Wohnung und schlug mit der Faust auf den Barschrank und schwor, daß Al García für den Rest seines jämmerlichen Polizistenlebens nur noch Strafzettel verteilen werde.

»Demnach«, sagte García, »sind Sie wohl ein einflußreicher Mann.«

»Das ist verdammt noch mal richtig.«

»Und ich habe Sie beleidigt?«

»Schlimmer als das, Sergeant.«

»Dann akzeptieren Sie bitte meine tiefempfundene Entschuldigung.« García erhob sich. »Ich werde den Kongreßabgeordneten schon allein finden.« Er zupfte Moldowskys Krawattenknoten gerade und versicherte ihm, er sehe phantastisch aus. »Aber mit Ihrem Eau de Cologne könnten Sie eine Made vergasen«, sagte er. »Ich für meinen Teil ziehe die Hausmarken vor.«

In dem Augenblick, als die Tür sich hinter dem Detective schloß, war Malcolm Moldowsky am Schreibtisch und griff nach dem Telefon – dem Werkzeug seiner Genialität, dem Medium seines Verrats. Es in seiner Hand zu spüren, die vertraute Art und Weise, wie es sich in seine Hand schmiegte, all das beruhigte ihn, aber er war sich unschlüssig über seinen nächsten Schachzug. Wen könnte er anrufen, um dieses enorme Problem zu lösen? Wer hätte die Macht, all das zu vertuschen?

Niemand, mußte Moldy sich eingestehen. Die Leiche des Anwalts war gefunden worden, desgleichen das vermaledeite Foto aus dem Eager Beaver. Das Bankschließfach war geöffnet und ausgeräumt worden. Dann hatte man es erneut geöffnet und mit Beweismitteln gefüllt – die Rolodex-Karteikarte war ein gerissener Schachzug. Wenigstens hatte dieser Mistkerl García einen Sinn für Ironie …

Moldowksys Blick fiel auf das Porträt des großen, des einzigartigen John Newton Mitchell – er sah die verhangenen Augen, den arroganten Zug um den fleischigen Mund. Was würde dieser raffinierte alte Sack in so einer Situation tun? *Alles dementieren.* Natürlich. Nur nichts zugeben, alles leugnen. Es hätte funktioniert. Watergate wäre völlig ausgetrocknet und verweht worden wie Hühnerscheiße, wenn... wenn Nixon, dieser paranoide Zwerg, nur auf ihn gehört hätte.

Lieber Gott, dachte Moldowsky. Ich muß David finden, bevor dieser verdammte Kubaner an ihn herankommt.

Er wählte die Privatnummer des Kongreßabgeordneten. Es klingelte zweimal, dann schaltete sich der Anrufbeantworter ein. Moldy hinterließ eine knappe Nachricht, gab aber keine Instruktionen, da diese David Dilbeck nur unnötig verwirrt hätten. Als nächstes versuchte Moldy, Erb Crandall in Atlantic City aufzustöbern, aber keines der großen Hotels hatte seinen Namen im Gästebuch. Entweder war Erb in einer billigen Hütte abgestiegen, oder er hatte in bezug auf sein Reiseziel gelogen.

Moldowsky spürte auf seinem Herzen eine eisige, erdrükkende Last. Er legte den Telefonhörer auf und nahm seine Wagenschlüssel vom Tisch.

Wann war Dilbeck mit dieser Stripperin verabredet? Etwa an diesem Abend?

28. KAPITEL

Erin kam mit einem Geschenk für Monique Sr. in den Club. Es war eine Seidenbluse von Neiman's.

»Tut mir leid wegen des Abends neulich«, sagte Erin. »So ist Darrell nun mal. Fürchterlich.«

Monique Sr. gefiel die Bluse. Sie zog sie sofort über ihren Bikini und knöpfte sie zu. »Oh, Erin, sie ist wunderschön!«

»Die ist nicht für die Arbeit, sondern für jemand ganz besonderen.«

»Für jemand besonderen? Das wünsche ich mir.« Sie drehte sich vor dem Spiegel, erst links herum, dann rechts herum. »Rate mal, wer auf einem Ringplatz sitzt? Garrick Utley.«

Erin schüttelte den Kopf. »Du kannst nicht ringen. Nicht mit deiner verletzten Hand.«

»Ich trage rosa Handschuhe, bis die Wunde verheilt ist. Mr. Orly sagt, ich sehe aus wie Mamie Van Doren.« Monique Sr. erzählte Erin von Urbana Sprawls ernüchtender Begegnung mit den Ling-Brüdern.

»Das tut mir leid«, sagte Erin. »Ich habe schon oft gehört, daß sie jeden betatschen.«

Es gab weitere beunruhigende Nachrichten aus der Garderobe. Orly hatte schon wieder den Thermostaten auf 18 Grad Celsius runtergedreht, um die Brustwarzenerektionen auf der Bühne zu fördern. Außerdem hatte Sabrina dreitausend Dollar für ihre Mitwirkung in einem Pornofilm am South Beach angeboten bekommen.

»Das wird sie wohl machen«, meinte Monique Sr.

»Wo ist sie?«

»Im Käfig.« Monique Sr. zog die Bluse aus und hängte sie auf den Kleiderbügel. »Du bist noch viel zu angezogen«, sagte sie zu Erin. »Ich gehe raus und sag ihr Bescheid, daß du hier bist.«

Sabrina war wie immer gut gelaunt. Sie fühlte sich mit Erin verwandt, weil sie beide nur kleine Brüste und Gauner als Ehemänner hatten.

»Erzähl mir mal von dem sogenannten Film«, bat Erin.

»Sie meinten, ich müsse mit zwei Typen in einer Badewanne bumsen, und das sei alles.«

»Weshalb tust du das?«

Die Frage schien Sabrina zu verwirren. »Sie bezahlen mich dafür.«

»Wenn du Geld brauchst, gebe ich es dir.«

Die Augen der Tänzerin weiteten sich belustigt. »Drei Riesen? Ich bitte dich.«

»Was du willst.«

»Erin, du verstehst nicht. Ich kann diesen Ringkampfmist nicht mehr ertragen. Die Nudeln sind genauso ekelhaft wie der süße Mais.«

»Aber wenn du anfängst, bei Pornos mitzumachen...«

»Hey, du hast ja keine Ahnung, wie es da oben wirklich ist. Besoffene versuchen dauernd, dir Maiskörner oder Nudeln in die Spalte zu drücken – mein Gott, du solltest es irgendwann mal selbst ausprobieren.« Sabrina geriet richtig in Wut.

»Ich rede mit Orly. Wir sehen zu, daß wir diesen Unsinn beenden.«

»Sieh mal, so ein Film kann auch nicht schlimmer sein als die Ringerei.«

»Hast du schon mal einen gesehen?«

Sabrina verneinte.

»Nun, ich schon«, sagte Erin. »Als ich beim FBI gearbeitet habe, wurde auf dem Flughafen eine ganze Lkw-Ladung Videobänder beschlagnahmt. An einem Abend veranstalteten die Agenten eine private Vorführung im Keller.«

Sabrinas Neugier war echt. »Wie waren sie denn? Wirklich so schlimm?«

»Weißt du, was der Samen-Schuß ist?«

Sabrina verneinte. Erin erklärte ihr diese spezielle Kameraeinstellung.

»Ekelhaft!« Sabrina errötete. »Das hat der Regisseur mir nicht gesagt.«

»Das kann ich mir gut vorstellen.«

»Ich lasse es mir noch mal durch den Kopf gehen.«

»Tu das«, sagte Erin.

Sabrina frischte ihren Lippenstift auf und kehrte in die Bar zurück. Urbana Sprawl erschien in der Garderobe und zeigte Erin ihre abgebrochenen Fingernägel. »Männer sind der Abschaum der Welt.«

»Stimmt hundertprozentig«, pflichtete Erin ihr bei.

»Ich denke, du magst diesen kubanischen Cop.«

»Er ist glücklich verheiratet.«

»Schon wieder ein Herzensbrecher.«

»Seine Frau kümmert sich um meine Tochter«, erzählte Erin. »Sie ist auch ganz toll.«

»Und du sitzt hier, und wir haben Samstagabend.«

»Nun, ich habe große Pläne«, sagte Erin. »Heute tanze ich für den Kongreßabgeordneten.«

»Ach, du meine Güte«, sagte Urbana. »Verrat mir nur, warum.«

Erin gähnte und reckte die Arme über den Kopf. »Weil es meine bürgerliche Pflicht ist.«

Vorsichtig reinigte Rita die Wunde ihres Bruders.

»Mit dem Bruch kann ich nicht viel tun«, stellte sie fest.

»Versuch es auch gar nicht erst.«

»Was ist das klebrige Zeug auf deinem Hemd?«

»Mozzarella«, knurrte Grant. »Frag nicht weiter.«

Rita bastelte eine Schiene für seinen gebrochenen linken Arm. Sie benutzte dazu elastische Binde, Klebeband und Alberto Alonsos Neunereisen. Der Kopf des Golfschlägers ragte am selben Ende heraus wie Darrell Grants Finger.

»Alles klar«, sagte Rita und trennte den letzten Streifen Klebeband mit den Zähnen durch. »Und jetzt verschwinde, bevor Alberto nach Hause kommt.«

Darrells Haut hatte die Farbe von Haferschleim, und sein Atem ging hektisch. »Ich könnte ein wenig Morphin vertragen«, meinte er.

»Wir haben kein Morphin. Wie wäre es mit Nuprin?«

»Herr im Himmel!«

»Sie sollen besser sein als Tylenol.«

»Rita, ich flehe zu Gott...«

»Schon gut, schon gut. Ich habe noch ein paar spezielle Tabletten für Lupa. Der Tierarzt gab sie mir, als Lupa ihre Jungen bekam.«

Darrell Grant sah sie hoffnungsvoll an. »Hundemorphin?«

»Ja, ich glaube.«

Sie fand das Fläschchen und versuchte den Namen des Medikaments zu entziffern. Weder sie noch ihr Bruder hatten je davon gehört.

»Es heißt, alle sechs Stunden zwei Kapseln.«

»Wenn man ein Pudel ist«, sagte Darrell. »Gib mir vier und eine kalte Dose Bier.«

Anschließend übergab er sich fünfundzwanzig Minuten lang. Rita tupfte ihm ständig das Kinn ab und trieb ihn an, sich zu beeilen – Alberto war vom Kernkraftwerk unterwegs nach Hause. Darrell wandte ein, er sei nicht fit genug, um zu verschwinden. Rita half ihm die Vordertreppe hinunter und zeigte ihm, wo er sich verstecken konnte, nämlich in dem Zwischenraum unter dem Wohnwagen.

»Wo hast du den Pontiac geparkt?« fragte sie. »Für den Fall, daß Mrs. Gomez mal ihre Brille aufsetzt.«

»Unten, hinter der Circle K.« Darrell schlängelte sich unter den Wohnwagen. Er bewegte den gebrochenen Arm wie ein nutzloses Stück Holz. Der Kopf des Neunereisens kratzte eine Rinne ins Erdreich.

»Ich bring dir eine Decke«, sagte Rita.

»Was ist mit den verdammten Wölfen?«

»Mach dir keine Sorgen. Die sind auf der anderen Seite.«

»Rita, ich kann nicht hier unten bleiben!«

Ein Wagen rollte in die Einfahrt. Rita legte den Finger auf die Lippen, dann war sie verschwunden.

Darrell Grant hörte Alberto Alonsos Stimme, das Knirschen von Kies unter seinen Arbeitsschuhen, das Zuschlagen der Fliegentür ...

In der Falle! dachte Darrell. Er drehte den Kopf langsam nach links, dann nach rechts, um die Verhältnisse in seinem Bunker zu überprüfen. Er rechnete sich die Möglichkeit aus, daß Ritas Wohnwagen von seinem Sockel rutschte und ihn zerquetschte wie ein Ungeziefer. Unwahrscheinlich, entschied er, das Ding war praktisch nagelneu. Er drückte mit dem gesunden Arm gegen das Aluminium – es schien so stabil zu sein, wie man es bei einem Wohnwagen erwarten konnte. Dennoch fühlte er sich in seinem Versteck unbehaglich. Die Luft war so kühl wie in einem Sarg und roch beißend nach Mäusedreck. Aber es war immer noch um einiges besser, als eine weitere Nacht in einem Müllcontainer hinter dem Pizza Hut zu verbringen.

Der Schmerz in seinem verstümmelten Arm war schneidend und ließ nicht nach. Schüttelfrostanfälle ließen seine anderen Gliedmaßen beben. Sein ganzes Leben lang hatte Rita ihm immer wieder erklärt, wie schlau und attraktiv und glücklich er sei. »Du kannst auf dieser Welt alles schaffen, was du willst. Du hast das nötige Aussehen und kannst reden.« Rückblickend erkannte Darrell Grant, daß seine Ehe mit Erin der absolute Höhepunkt gewesen war. Falls er jemals den Kurs seines Lebens hätte grundlegend ändern können, dann mit dieser Frau. Zur Hölle, er hatte sich auch abgestrampelt, um sie glücklich zu machen, hatte es mit einem völlig normalen Leben versucht: Nüchternheit, Monogamie, ein Achtstundenjob, alles, was dazugehörte. Aber es ging einfach nicht. Er war der ganzen Verantwortung nicht gewachsen. Als die Ehe in die Brüche ging, war Rita enttäuscht. Darrell erklärte dazu: »Ich brauche eine Partnerin, die nicht langfristig plant, sondern auf kurze Frist. So wie ich es tue.«

Nun, auf kurze Sicht konzentrierte Darrell Grant sich auf

zwei Probleme: auf die Schmerzen in seinem Arm und wie man sie lindern könnte, und darauf, wie er Angie seiner Ex-Frau wegnehmen könnte.

Nach dem Abendessen kam Rita heraus und warf einen Blick unter den Anhänger. Sie hatte sich auf ein weiteres Lernprogramm mit den Wolfshunden vorbereitet – Baseballfängermaske, Holzfällerhandschuhe, ausgefranster Hausanzug. Darrell bemerkte, daß sie ihrer Kluft Schienbeinschützer aus Plastik hinzugefügt hatte.

»Ich habe dir etwas Brathuhn mitgebracht«, sagte Rita. »Besonders knusprig.«

Sie schob ihm einen kalten Hühnerschenkel in den Mund. Darrell biß ein großes Stück ab und spuckte den Knochen aus. Er fragte: »Ist es Mrs. Gomez, die Krebs hat?«

»Nein, ihr Mann. Er ist im August gestorben.«

»Ich wette, sie hat noch seine Pillen.«

»Darrell, nein!«

»Im Badezimmerschrank, ich wette.« Er hob den Kopf. »Rita, ich werde vor Schmerzen fast verrückt. Bitte!«

»Du hast der armen Frau schon den Wagen gestohlen.«

»Aber ihr Mann ist doch tot, nicht wahr? Welchen Sinn hat es denn, gute Medizin verderben zu lassen? Sag schon, Rita.«

»Ich weiß doch nicht, wonach ich Ausschau halten soll.«

»Demerol, Dilaudids, Kodein – Scheiße, bring mir alles, worauf der Name des alten Mannes steht.«

»Aber dann mußt du verschwinden«, verlangte Rita, »bevor die verdammten Cops wieder vorbeikommen.«

»Das verspreche ich dir«, sagte Darrell Grant.

Es gab noch etwas anderes, das er nötig hatte, aber darum konnte er seine Schwester nicht bitten, denn damit wäre sie niemals einverstanden. Nicht einmal, wenn Weihnachten und Ostern auf einen Tag fallen würden.

Aber das ist schon in Ordnung, dachte Darrell Grant, denn

ich weiß, wo sie ist. Ich weiß genau, wo Alberto sie aufbewahrt – am gleichen Ort wie jeder Machoschwachkopf in Miami.

Im Handschuhfach seines Wagens. Und zwar geladen.

Die Verabredung zum Abendessen abzusagen war einfach. Ein weniger abgelenkter Malcolm J. Moldowsky hätte sicherlich den erleichterten Unterton in der Stimme des Gouverneurs wahrgenommen. Sie haben sich den Magen verdorben? Das tut mir aber leid, Malcolm. Rufen Sie mich an, wenn es Ihnen wieder besser geht. Als er auflegte, zwinkerte der Gouverneur einem Mitarbeiter zu und sagte: »Wollen wir hoffen, daß es Magenkrebs ist.«

Während er auf die Türme von Turnberry Isle zufuhr, versuchte Moldowsky, seine Panik in den Griff zu kriegen. Der Cop hatte eigentlich gar nichts in der Hand außer einem Diapositiv und einer Motelrechnung.

Der Telefonanruf aus Missoula ließ sich leicht erklären. Moldy würde behaupten, er habe an diesem Abend Gäste gehabt, und es habe eine Menge Ferngespräche gegeben, ausgehende wie eingehende. Es dürfte nicht schwierig sein, jemanden aufzutreiben, der (gegen entsprechende Bezahlung) sagen würde: *Ja, sicher, jetzt fällt es mir wieder ein. Der Patenonkel von irgendeinem Freund hat aus Montana angerufen. Hat völlig besoffen irgendwelchen Unsinn gelabert... wie hieß er noch gleich?*

Das Foto aus der Tittenbar war schon etwas anderes. Dieser verdammte García kannte die Geschichte seiner Entstehung. Malcolm Moldowsky umklammerte krampfhaft das Lenkrad und schlängelte sich im Zickzackkurs durch den Verkehr. Eine gräßliche Szene spielte sich ständig vor seinem geistigen Auge ab...

Der Kongreßabgeordnete, nur mit Cowboystiefeln und Boxershorts bekleidet, stand niedergeschlagen und verkatert am Bug der Yacht.

Der kubanische Polizist, der mit spöttischem Grinsen seine

Zigarre paffte, umkreiste ihn wie ein hungriger Panther, wedelte mit dem Diapositiv und schoß brutale Fragen schneller ab, als David Lane Dilbeck halbwegs glaubhafte Antworten erfinden konnte.

Dilbeck – zitternd und sich windend – kapitulierte schließlich. Ja, Sergeant, das auf dem Bild bin ich. Ich mit einer Sektflasche. Bitte verstehen Sie doch, mir geht es nicht gut. Ich brauche Hilfe, um meine animalischen Triebe unter Kontrolle zu bekommen. Fragen Sie die Lady, gehen Sie nur hin. Ich hatte niemals die Absicht, irgend jemand zu schaden...

Moldy fuhr schneller. Zum Trost klammerte er sich an die Tatsache, daß Dilbeck keine Ahnung hatte, was mit den Erpressern geschehen war. Der Kongreßabgeordnete hatte keinen Schimmer, welche drastischen Schritte unternommen worden waren, um ihn vor einem Skandal zu bewahren. Dieser Arsch García könnte ihn den lieben langen Tag verhören und wäre am Ende doch nicht schlauer. Es gab sicherlich viele Vergehen, die ein in die Enge getriebener Dilbeck gestehen könnte, aber Mord gehörte nicht dazu.

Der Verkehr stockte, weil sich ein mit Kalkstein beladener Truck auf einer Auffahrt quergestellt hatte. Moldowsky fluchte, schnaubte, kratzte mit seinen polierten Fingernägeln über das Armaturenbrett. Er konnte Garcías Interesse an einem ertrunkenen Angler und einem ermordeten Rechtsanwalt überhaupt nicht verstehen. Die Fälle gehörten doch in die Zuständigkeit von Broward County und nicht in die von Dade. Was wollte er? Hinter was war er her? Wenn er nur daran dachte, wie dieser verrückte Hund ihn in die Zange genommen hatte, ohne auch nur einen Anflug von Respekt oder Höflichkeit – als sei es eine ganz persönliche Angelegenheit.

Die Wagen schoben sich mit entnervender Langsamkeit vorwärts. Als Therapie hämmerte Moldowsky mit beiden Fäusten auf den Hupknopf. In dem Kombiwagen vor ihm zeigte eine

Frau mit Afrofrisur den Finger. Der Mann auf der Beifahrerseite hielt eine MAC-10 aus dem Fenster als gutgemeinte Aufforderung an Moldy, sich in Geduld zu üben und verdammt noch mal mit der Huperei aufzuhören.

Um sich abzulenken, schaltete Moldowsky das Radio ein und landete in einer Telefon-Talk-Show, deren Studiogast zufälligerweise Eloy Flickman war, Dilbecks republikanischer Gegner im Kampf um einen Sitz im Repräsentantenhaus. Moldy wurde durch das, was er zu hören bekam, getröstet. Flickman forderte jetzt die zwangsweise Sterilisierung aller ledigen Mütter, die Lebensmittelgutscheine beantragten. Einem anderen Anrufer erklärte Flickman, daß Kubas aufstrebende Tourismusindustrie zu viele europäische Besucher von Miami weglocke und daß nur ein direkter Atombombenabwurf auf Havanna diese zunehmende wirtschaftliche Bedrohung bannen könne. Wunderbar! dachte Moldy. Der Mann ist irrenhausreif. Dilbeck hat seine Wiederwahl so gut wie in der Tasche – falls er nicht in den Schlagzeilen auftaucht.

Der Verkehrsstau löste sich langsam auf. Malcolm Moldowsky suchte einen Sender mit klassischer Musik und versuchte, sich zu entspannen. Seine Aufgabe war unkompliziert: Er mußte den Kongreßabgeordneten nur von der Yacht der Rojos runterholen und ihn von allen nackten Frauen möglichst fernhalten.

Falls der Detective vor ihm dort wäre... Vielleicht schaffte man es mit Schmiergeld. Möglicherweise war es das, was García wollte.

Moldy hoffte es. Es würde ihm das Leben erheblich leichter machen.

Als die Dunkelheit hereinbrach, holte Darrell Grant sich die Pistole aus Albertos Wagen und kroch zurück unter den Wohnanhänger. Später erschien Rita mit drei Tablettenfläschchen, die dem verstorbenen Rogelio Gomez gehört hatten. Darrell Grant schüttete die Pillen in die Handfläche seines heilen Arms und schluckte je drei von jeder Sorte. Eine Stunde später war die ganze Welt ein einziges verschwommenes Farbenmeer, aber Darrell fühlte sich wunderbar. Die Schmerzen in seinem Arm waren ebenso verschwunden wie ein großer Teil seines Kurzzeitgedächtnisses. Rita mußte ihm erklären, wo er den gestohlenen Pontiac abgestellt hatte.

Sobald er die Schnellstraße gefunden hatte, fuhr Darrell Grant mit greisenhaftem Tempo nach Norden. Seine Sicht und seine Reflexe waren furchtbar. Ritas Armschiene erwies sich als stabil, aber hinderlich, denn das Neunereisen kam Darrell ständig beim Lenken in die Quere. Er mußte den Arm aus dem Seitenfenster des Wagens heraushängen, als zeige er dauernd ein Abbiegen nach links an, aber da er sich in Dade County befand, achtete niemand auf ihn.

Die Fahrt nach Fort Lauderdale dauerte anderthalb Stunden. Darrell Grant verbrachte davon die meiste Zeit im Windschatten eines langsam fahrenden Busses. Wie durch ein Wunder entdeckte er die Abfahrt zum Commercial Boulevard rechtzeitig genug, um sie zu benutzen. Er hielt vor einem Imbißrestaurant neben dem Tickled Pink und parkte den Wagen in der Drive-in-Spur. Von einem ungehaltenen Hilfsmanager aufgescheucht, suchte Darrell Grant sich einen anderen Platz. Dieser bot ihm einen ungehinderten Blick auf Orlys Stripschuppen. Erins beschissener Fairlane parkte unweit des Baldachins zwischen einem Porsche und einem Cadillac.

Als ob sie etwas Besonderes sei, dachte Darrell.

Er brach in schallendes Gelächter aus. Alles kam ihm an diesem Tag überaus spaßig vor. Der Anblick eines toten Opossums auf dem Highway hatte ihn von der Okeechobee Road bis nach Miramar in einem fort kichern lassen. »Gott segne Sie, Señor Gomez!« sagte er und grüßte den Himmel mit seinem Neunereisen.

Nach einiger Zeit fuhr eine Limousine vor Orlys Nachtclub vor, und Darrell Grant glaubte, seine Augen spielten ihm einen Streich.

Der Chauffeur, ein Schwarzer mit Mütze, stieg aus und hielt eine der Türen auf. Im Pontiac beugte Darrell sich vor und versuchte den Schleier von seinen Augen wegzublinzeln. Er hoffte, einen Blick auf einen Prominenten erhaschen zu können, denn bekanntermaßen waren des öfteren Rockstars in Nacktbars anzutreffen. Darrell hatte einmal bei MTV ein entsprechendes Video gesehen.

Aber es war seine Ex-Frau, die aus dem Club trat und auf die Limousine zuging. Sie trug Bluejeans, ein weites weißes T-Shirt und Sandalen. Bei sich hatte sie eine Schultertasche und einen Schuhkarton. Sah ganz so aus, als mache sie Feierabend. Sie war außerdem allein. Keine Spur von Angela.

Verblüfft beobachtete Darrell Grant, wie sie in die Limousine stieg. »Diese Fotze«, fluchte er und ließ den Motor des Pontiac an. Für was, zum Teufel, hält sie sich eigentlich?

Dann brach er wieder in Gelächter aus.

Als die Limousine vom Parkplatz des Clubs rollte, folgte ihr dicht dahinter ein Pontiac.

29. KAPITEL

Shad kaufte bei Sears zwei Jumbo-Mülltonnen mit verschließbaren Deckeln, dann fuhr er zu einer Schlangenfarm unweit des Tamiami Airport, westlich von Miami. Der Mann, dem die Schlangenfarm gehörte, hieß Jungle Juan und erzählte Shad, daß der größte Teil seines Reptilienbestandes vom Hurrikan vernichtet worden sei. Leider habe seine Versicherung immer noch nicht gezahlt.

»Sie behaupten, ich hätte die Forderung künstlich erhöht«, beklagte sich Jungle Juan, »aber ich hatte für jede Scheißschlange ein Zertifikat. Amtlich bestätigt.«

»Und alle kamen während des Sturms ums Leben?« fragte Shad.

»Schwer zu sagen.« Jungle Juan zupfte an seinem brillantbesetzten Ohrstecker herum. »Sie waren überwiegend verschwunden. Ich vermute, einige sind geflüchtet, und ich denke, einige sind eingegangen.«

Shad versuchte einen hoffnungsvollen Ton anzuschlagen. »Schlangen sind ziemlich zäh.«

»Einige ja, andere nicht. Der Sturm hat zum Beispiel eine alte Diamondback hochgeweht und sie knallen lassen wie eine Bullenpeitsche. Ich hab's selbst gesehen.«

Shad sagte: »Aber die Ratten und Mäuse sind doch okay, oder?«

»Im großen und ganzen ja, natürlich. Wie viele brauchen Sie denn?«

»Hundert müßten reichen. Aber nur Ratten.«

»Es sind aber keine weißen«, warnte Jungle Juan. »Sondern halbwilde Norweger.«

»Wunderbar.«

Der Käfig, zweieinhalb Meter lang und anderthalb Meter hoch, war aus Sperrholz und Hühnerdraht gefertigt. Darin befand sich eine wogende Masse Ungeziefer, zwei, drei Lagen hoch. Da sie etwas zum Fressen erwarteten, drängten die Ratten sich lärmend an der Käfigtür, als Jungle Juan näherkam. Geschickt holte er mit bloßen Händen die quiekenden Tiere aus dem Gewimmel und ließ sie nacheinander in die Jumbotonnen fallen.

Shad, der keine Aversion gegen Nagetiere hatte, sah teilnahmslos zu. »Sieht so aus, als hätten Sie genug davon.«

Jungle Juan schnaubte. »Ratten jede Menge, aber keine Schlangen, die sie fressen. Da haben Sie Ihre hundert Stück.« Er befestigte den Deckel auf den Mülltonnen. »Gott sei Dank erwarte ich am Montag eine Lieferung Boas. Die sind sicher hungrig.«

»Wir hatten mal eine Tänzerin, die es mit einer Boa versucht hat«, sagte Shad.

»Wie groß?«

»Die Schlange? Gut zwei Meter.«

»Die kleinen Pythons sind besser für Bühnenzwecke geeignet. Sie beißen nicht so oft.«

Shad fragte, wieviel er schuldig sei. Jungle Juan meinte fünfzig Dollar.

»Mann, das ist billig.« Shad gab ihm das Geld.

»Hurrikan-Rabatt«, erklärte Jungle Juan. »Ich muß diese Burschen loswerden, bevor ich mit dem Tierschutz aneinandergerate. Jeden Tag kommt ein Dutzend neuer Würfe hinzu, und es ist kaum zu glauben, aber sie fangen schon an, sich gegenseitig aufzufressen.«

Er und Shad schleppten die Mülltonnen hinaus zu Shads Wagen. Man konnte die vielen Rattenpfoten hören, die fieberhaft an der Plastikwandung kratzten. Während sie die Tonnen in den Wagen luden, erkundigte sich Jungle Juan nach der Tänzerin mit der Boa constrictor. Shad erwiderte, sie sei krank geworden und nach Texas zurückgekehrt.

»Was ist mit der Schlange?« fragte Jungle Juan gespannt.

»Die habe ich in einen Lagerraum im Club gesperrt.«

»Gesund?«

»Ein bißchen weitsichtig, aber sonst okay.«

»Nun, ich könnte das Tier gebrauchen«, sagte Jungle Juan, »falls Sie daran denken, sie zu verkaufen.«

»Noch nicht«, erwiderte Shad.

Als er in den Club zurückkehrte, wollte Mr. Orly die Ratten sehen. Shad ließ ihn einen Blick in eine der Tonnen werfen.

»Verdammt.« Orly verzog das Gesicht.

»Ist alles vorbereitet?«

»Jawohl«, nickte Orly. »Ich wünschte, ich könnte dabei sein. Diese Scheiß-Lings.« Er lachte ätzend. »Am liebsten würde ich alles auf Video aufnehmen.«

Shad fragte nach Erin, und Orly erklärte, sie sei unterwegs, um diesen geilen Kongreßabgeordneten zu treffen.

»Wo?« wollte Shad wissen.

»Auf dem Boot, nehme ich an. Aber wen interessiert das schon?«

Shad rief in Al Garcías Büro an und hinterließ eine Nachricht. Dann ging er in den Lagerraum und kam mit einem schmutzigen Kissenbezug wieder heraus, der an der offenen Seite zugeknotet war. Orly wünschte ihm viel Glück.

»Komm gleich wieder zurück«, bat er den Rausschmeißer. »Hier dürfte bald eine Menge Betrieb sein.«

»Wie lange ist sie schon weg?«

»Erin? Eine halbe Stunde, höchstens.« Orly musterte ihn wachsam. »Mach dir keine Sorgen wegen ihr. Sieh nur zu, daß du deinen Hintern schnellstens wieder herbewegst, klar?«

Shad umkreiste die Flesh Farm, bis er den Wagen des Gesundheitsinspektors entdeckte, einen grauen Dodge Aries mit gelben Behördenkennzeichen. Monique Sr. war auserkoren worden, zu telefonieren, denn ihrer hilflosen Kleinmädchenstimme konnte niemand widerstehen. »Die Ratten, sie sind überall!« hatte sie geschrien. »Sie beißen mich! Hilfe, sie beißen mich!« Das Gesundheitsamt hatte sein Versprechen gehalten, gleich jemanden rüberzuschicken. Die Inspektoren, das wußte Shad, rissen sich um einen solchen Einsatz.

Shad parkte den Wagen, lehnte eine Leiter gegen die Seitenfront des Gebäudes und schaffte die Jumbomülleimer auf das Dach. Die Luftschächte der Klimaanlage standen wie gedrungene Kamine an jedem Ende des Gebäudes. Shad riß die verrosteten Schutzgitter aus ihren Halterungen und kippte die Ratten in das Rohrleitungssystem. Die kleinen Racker schienen für die plötzliche Freiheit überaus dankbar zu sein.

Nachdem die Lings einer der Tischtänzerinnen den Auftrag erteilt hatten, den Gesundheitsinspektor zuerst betrunken zu machen und ihn dann zu kompromittieren, zogen sie sich in ihr Büro zurück. Dort wurden sie von Shad überrascht.

»Was ist in dem Sack?« fragte der eine Ling, der einen schwarzen Smoking und eine Yankee-Mütze trug und auf einem mit Rissen übersäten Kunstledersofa saß, das die Farbe von Ochsenblut hatte. Shad wußte, daß dieser Ling als Saalmanager fungierte. Der andere, der einen grauen Pullover trug und an dessen Hals zwei seilartige Goldketten funkelten, saß hinter dem Schreibtisch. Auch er erkundigte sich nach dem Inhalt des Kopfkissenbezugs.

»Aufstehen«, befahl Shad.

Beide Lings reagierten auf die gleiche unangenehme Art, indem sie beim Ausatmen grinsend die Zähne zeigten und die Luft beim Einatmen zischend einsogen. Shad holte die .38er hervor und schoß drei ausgefranste Löcher in ein Familienporträt an der Wand. Eine der Kugeln vernichtete das Konterfei der Großmutter väterlicherseits der beiden Lings, was die Brüder zu entsetzen schien.

»Bingo«, sagte Shad. »Wer ist der nächste?«

Die Lings erhoben sich hastig. Shad stellte die beiden Rücken an Rücken mitten im Büro auf.

Einer der beiden fragte: »Erschießen Sie uns jetzt?«

»Nee«, antwortete Shad. »Ich messe eure Körpergröße. Nimm die verdammte Mütze ab.«

Er entschied schnell, daß der Ling im Smoking mindestens fünf Zentimeter größer war als der mit den Goldketten. »Du bist es«, sagte Shad zu dem kleineren Bruder, »der meiner Freundin an die Brust gefaßt hat.«

Der kleinere Ling wurde unruhig. Urbanas Fingernagelspuren waren auf einer Wange noch deutlich sichtbar. Jemand klopfte an die Tür, und Shad versteckte die Pistole hinter seinem Gürtel.

Eine aufgeregte Stimme rief: »Mr. Ling, kommen Sie schnell! Sofort!« Der Schrei der Frau durchschnitt die Tanzmusik. Die Brüder sahen einander erschrocken an. Shad befahl dem Smokingträger, rauszugehen und nachzusehen.

Der größere Ling meinte: »Vielleicht sollten wir die Polizei rufen.«

»Eher schon einen Kammerjäger«, riet ihm Shad.

Mit beiden Händen zog der größere Bruder sich die Yankee-Mütze über den Kopf, so daß der Schirm fast seine Nase berührte. Wortlos verließ er das Büro. Shad verriegelte die Tür und stieß den kleineren Ling in den Drehsessel.

»Das Ganze hat nichts mit Ihnen zu tun«, protestierte der Bruder. »Ihr Boss ist an allem schuld. Mister Super-Mafia-Mann.«

Shad verdrehte Lings Handgelenk, um auf die nachgemachte Rolex-Uhr zu sehen. Es wurde allmählich spät.

Ling zog seine Hand weg. »Fat Tony, so ein Scheiß.« Vor Aufregung war seine Aussprache feucht. »Orly hält uns wohl für blöd, was? In Japan gibt es auch die Mafia. Jede Menge Mafia sogar!«

Shad knotete den Kissenbezug auf. Er fühlte sich rein und zufrieden – es war ein seltener Augenblick moralischer Klarheit.

»Ich habe niemandem an die Brust gefaßt«, sagte Ling gerade.

Shad öffnete den Kopfkissenbezug und hielt ihn unter die Deckenlampe, damit er den Inhalt begutachten konnte.

Ling bemerkte eine schlängelnde Bewegung im Leinensack, durch den sich die Umrisse dicker, muskulöser Windungen abzeichneten.

»Das sollten Sie lieber nicht tun!« rief er entsetzt.

Shad befahl Ling aufzustehen und seine Jeans herunterzuziehen, aber Ling weigerte sich. Shad zückte seine Pistole und bohrte den Lauf in den Bauchnabel des Mannes. Der Bruder schob entschlossen das Kinn vor und erklärte: »Lieber lasse ich mich erschießen!«

Was für ein Schauspieler diese Pfeife sein kann, dachte Shad.

Ling fixierte den Kopfkissenbezug ängstlich. »Sie sind krank, Mann«, sagte er zu Shad.

»Wirklich? Ihr habt doch den armen Bubba in Stücke gesäbelt.«

Der Bruder blinzelte verwirrt. »Bubba?«

Shad schlug ihm mit dem Griff der .38er gegen die Schläfe, worauf Ling kurz das Bewußtsein verlor. Als er aufwachte, war er nackt und fühlte sich sehr unbehaglich. Shad hatte ihn an die Bürotür gehängt und seine Hände am Kleiderhaken befestigt.

Der kleinere Ling fluchte und wand sich, wobei er mit den Fersen und den Ellbogen gegen das Holz hämmerte. Auf dem Flur hörte man die Geräusche eines allmählich zunehmenden Chaos. Shad saß auf dem Kunstledersofa und versorgte die befreite Boa constrictor. Als sie die Stadt verließ, hatte Lorelei vergessen, das Klebeband vom Maul der Schlange zu entfernen.

»Was tun Sie da?« wollte Ling wissen.

»Unser alter Freund ist halb verhungert«, antwortete Shad und legte das Reptil auf den Fußboden unter den baumelnden und hilflosen Ling. Während sich das hell- und dunkelbraune Geschlinge langsam entwirrte, zitterte die Oberlippe des Bruders vor Angst. Die Boa, die normalerweise auf Bäumen lebte, suchte nach irgendeiner Klettermöglichkeit. In Ermangelung eines Baums entschied sie sich für Lings nacktes Bein. Je heftiger der Bruder um sich trat, desto enger zog die Schlange ihre Windungen.

»Weißt du was?« sagte Shad. »Dein Dödel sieht genauso aus wie ein Goldhamster.«

Nach kurzem Nachdenken stieß Ling eine Reihe hoher, schriller Schreie aus und kreischte: »Sie beißt mir gleich ins Männlein!«

Shad hielt das für äußerst belustigend. »Dein was? Nennt ihr das so in Japan?«

»Nehmen Sie sie weg, verdammt noch mal!«

Die Schlange setzte ihren bedrohlichen Aufstieg fort.

»Du warst sehr unhöflich«, sagte Shad, »als du neulich meiner Freundin die Möpse betatscht hast.«

»E-e-s tut mir so leid. Ich konnte nicht anders.« Ling stimmte nun ein mitleiderregendes Gejammer an. »Einige Mädchen haben nichts dagegen.«

»Oh, da habe ich aber erhebliche Zweifel.« Shad fragte sich, wie lange der Kleiderhaken wohl das Gewicht des Bruders tragen würde.

Ling bemühte sich, reglos dazuhängen. Wenn er sich wehrte, so befürchtete er, würde das die Schlange nur noch mehr reizen. »Bitte«, flüsterte er verzweifelt, »nehmen Sie sie weg. Ich tue alles, was Sie wollen.«

Shad gähnte, nahm seine Mütze vom Kopf und klopfte den Staub ab. Die Zunge der Boa zuckte vor und zurück. Sie hatte einen Schweißtropfen auf Lings einschrumpfendem Geschlechtsorgan gewittert.

»Oho«, sagte Shad. Das arme Ding war wirklich fast verhungert.

Ling wurde an der Tür schlaff. Er gab einen unfreiwilligen Wimmerlaut von sich. »Sie frißt mich auf«, prophezeite er. Die verhangenen Augen der Boa folgten jedem Zittern und Baumeln von Lings glücklosem Glied.

»Wenn du dich benimmst wie ein Tier«, sagte Shad, »dann wirst du auch so behandelt. Denk immer daran.«

»Ich sagte doch, daß es mir leid tut.«

Shad grinste freudlos. »Leid ist genau das richtige Wort.«

Der Kopf der Schlange erhob sich in einem gleitenden Bogen, und der cremefarbene Hals nahm durch Anspannung der Muskulatur die Form eines S an.

»Mach dich fertig«, warnte Shad.

»O mein Gott!«

»Sei nicht so ein Jammerlappen. Sie ist nicht mal giftig.«

»Aber mein Männlein!«

Der Stoß der Boa war zu schnell für das menschliche Auge. Ling spürte den nadelspitzen Einstich von Zähnen, ehe sein Geist das Bild des offenen, zustoßenden Schlangenmauls registrierte. Mitten im Schrei wurde er ohnmächtig.

Als er wieder zu sich kam, fand er sich mit dem Gesicht auf dem muffigen Hirtenteppich wieder. Von Shad oder der weitsichtigen Boa constrictor war nichts zu sehen. Als er sich auf den Rücken drehte, löste diese Anstrengung eine Schmerzwelle zwischen seinen Beinen aus. Er ließ eine Hand zu der mißhandelten Zone hinunterwandern. Der Bruder atmete dankbar auf: Er war zwar angestochen, aber sonst noch intakt.

In erschöpfter Erleichterung schloß Ling die Augen. »Ein kranker Mann«, flüsterte er. »Ein sehr kranker Mann.«

Ein leises Geräusch in der Zimmerdecke fesselte seine Aufmerksamkeit. Er schlug gerade noch rechtzeitig die Augen auf, um mitanzusehen, wie eine fette braune Ratte aus dem Schacht der Klimaanlage heraussprang und mit einem verwirrten Quieken mitten auf seinem erstaunten Gesicht landete.

Einige der Flesh-Farm-Gäste waren derart betrunken, daß die Ungezieferinvasion sie nicht weiter störte. Die Künstlerinnen und Serviererinnen reagierten jedoch intelligenter: sie flüchteten. Auf der Stelle brachen alle Kontakttänze ab. Der größere Ling bewaffnete seine beiden Rausschmeißer mit Aluminium-Softballschlägern und führte einen wilden, aber wirkungslosen Gegenangriff an. Die Nagetiere erwiesen sich als schnellfüßig und schwer faßbar. Als habe die Vorsehung ihre Hand im Spiel, sprang eine Ratte von oben auf den Tisch des Gesundheitsinspektors und verdarb seinen Whisky Sour.

Shad, der das Geschehen von einem Barhocker aus verfolgte, fand, daß die Sache ziemlich gut lief. Als Sabotage war die Aktion nicht gerade besonders clever, aber Mr. Orly konnte auf die Schnelle keine Wunder erwarten. Das von ihm gewünschte Großfeuer wäre visuell sicherlich weitaus befriedigender gewesen, aber es hätte die Ling-Brüder nicht aus dem Geschäft gedrängt. Sie hätten einfach mit dem Geld der Versicherung alles neu aufgebaut und wahrscheinlich Verbesserungen vorgenommen – ein neuer Baldachin, neue Inneneinrichtung, neue Musikanlage. Orly gefiel diese Aussicht überhaupt nicht, und er entschied sich als Alternative für die Rattenplage. Zeitungsmeldungen von Ungezieferverseuchung wären für die Flesh Farm tödlich.

Die Fernsehteams schlugen die Polizei um fünf Minuten. Auf der Bühne kniete eine bildschöne nackte Brasilianerin und schlug auf einen leblosen Fellappen ein. Ihre Waffe war ein ordinärer Stöckelschuh. Mit jedem Hieb schwangen die Brüste der Tänzerin im Takt hin und her, genauso wie Kirchenglocken. Shad fragte sich, wie die Fernsehleute das Videoband schneiden würden, um es in den Elf-Uhr-Nachrichten senden zu können.

Er schlenderte auf den Parkplatz, um die Ankunft der Streifenwagen zu beobachten. Bei neun hörte er auf zu zählen. Eine ganze Busladung Waisenkinder könnte von einer Brücke stürzen, und man bekäme bei weitem nicht so viele Polizisten zu sehen. Shad grinste; nichts aktivierte die Kavallerie so schnell und gründlich wie Stripperinnen in Not.

Eine der Tänzerinnen, eine zierliche Brünette, erkannte Shad in der Menschenmenge und sprach ihn an: »Sie arbeiten doch ein Stück die Straße runter.«

»Bis heute ja.«

»Ich habe vor zwei Monaten bei Ihnen vorgetanzt. Damals hieß der Laden noch Eager Beaver.«

Shad sagte, er erinnere sich schwach, obgleich das nicht der Wahrheit entsprach. Die Tänzerin streifte sich ein langes rosafarbenes Sweatshirt über ihr durchsichtiges Bühnenkostüm. Shad fand sie außerordentlich attraktiv. Mehr und mehr verehrte er Frauen, die bekleidet waren.

Die Brünette bemerkte den Kopfkissenbezug. »Was haben Sie denn da?«

»Eine Boa constrictor«, antwortete Shad. »Wollen Sie sie haben?«

»Wofür?«

»Für Ihre Bühnennummer.«

Die Brünette verneinte und meinte, eine Schlangentänzerin in der Stadt reiche.

»Aber Lorelei ist weg«, informierte Shad sie. »Es gibt eine riesige Marktlücke.«

»Ich weiß nicht, ich bin nicht gerade scharf auf Schlangen.«

»Wer ist das schon?« Er reichte ihr die Boa im Kissenbezug. »Überlegen Sie es sich«, sagte er. »Denken Sie sich eine Nummer aus.«

Er kehrte ins Tickled Pink zurück und meldete Orly, daß die Ratten ein Riesenerfolg seien. Orly erwiderte, das habe er sich fast gedacht. Der Club füllte sich mit Gästen, die aus der Flesh Farm vertrieben worden waren. Orly wollte wissen, ob Urbanas Ehre gerächt worden sei, und Shad erzählte ihm die Geschichte vom kleineren Ling. Orly lachte so heftig, daß ihm Cream Soda aus der Nase lief.

»Diese Scheißkerle«, sagte er glucksend, »sind am Ende.«

»Herzlichen Glückwunsch«, sagte Shad und wandte sich ab.

Orly bat ihn, mal an Tisch vier nachzusehen. »Dort sitzen ein paar angekokste Dachdecker. Einer von ihnen hat einen Dildo mitgebracht.«

Shad sagte: »Ich muß mich um Erin kümmern.«

»Von wegen. Du hast heute Dienst.«

»Nein, Mr. Orly, mir reicht es jetzt.« Er flankte über die Bartheke, öffnete die Registrierkasse und entnahm ihr vierundsechzig Dollar. »Mein Lohn für gestern«, sagte Shad und fächerte die Geldscheine auseinander. »Das von heute war gratis.« Er schob sich das Camus-Taschenbuch in den Hosenbund.

»Mann, laß mich nicht im Stich«, flehte Orly.

»Es wird Zeit.«

»Was zum Teufel soll das heißen? Es wird Zeit für was?« Orly versperrte Shad den Weg. »Willst du eine Gehaltserhöhung? Ist das deine Methode, mehr aus mir herausholen zu wollen?«

Shad legte die Hände auf das weiche Fleisch von Orlys Schultern. »Ich ersticke in dieser Welt«, sagte er.

»Mal ganz im Ernst«, sagte Orly und befreite sich aus Shads Griff. »Ein ganzer Laden voller Muschis, und du erstickst? Nimm's mir nicht übel, wenn ich nicht zusammenbreche und zu heulen anfange.«

»Es ist nicht Ihre Schuld, Mr. Orly. Ich habe zuviel gesehen.«

Orly schlug vor, er solle Urlaub machen. Shad könne eine Woche freinehmen, auf die Inseln fliegen und rund um die Uhr bumsen. Shad schüttelte den Kopf. »Eine Woche reicht nicht.«

»Dann von mir aus zehn Tage.«

»Sie verstehen nicht, Mr. Orly. Ich muß total aussteigen. Ich habe jeglichen Sinn für Wunder verloren.«

»Oh, um Himmels willen«, sagte Orly. Er ging mit Shad in eine stille Ecke, möglichst weit weg von der Tanzfläche. »Als du noch ein kleiner Junge warst, was wolltest du als Erwachsener werden? Ich meine, war in deinem Lebensplan vorgesehen, daß du in einem Nacktschuppen fremde Schädel einschlagen würdest?«

»Ich wollte bei den Forty-niners spielen«, sagte Shad.

»Richtig! Und was ist passiert?«

»Ich bin im neunten Schuljahr von der Schule geflogen.«

Orly verdrehte die Augen. »Der Punkt ist der, daß fast niemand das im Leben bekommt, was er sich wünscht. Ich, zum Beispiel, wollte immer Geburtshelfer werden.« Er deutete mit einer schlaffen, bleichen Hand auf die von einem Stroboskopblitz erleuchtete Szene hinter sich. »Und gelandet bin ich hier. Verstehst du mich? Man nennt dies, sich der Realität stellen.«

Shad wurde durch die lachhafte Vorstellung, daß Mr. Orly eine ärztliche Laufbahn anstreben wollte, kurzfristig abgelenkt. Es war die phantastischste Lüge, die er seit langer Zeit gehört hatte.

»Es gibt auch noch eine andere Art von Realität«, erklärte er Orly. »Und ich möchte in meiner wieder das Wunderbare, das Geheimnisvolle sehen können.«

»Scheiß auf Geheimnis, reden wir lieber von Loyalität. Als ich dich einstellte, hattest du noch Augenbrauen. So lange ist das schon her.«

Shad blieb bei dieser sentimentalen Andeutung ungerührt. Er konnte sich an keine einzige Weihnachtsgratifikation erinnern.

»Ob es dir nun gefällt oder nicht«, fuhr Orly fort, »aber das hat Gott für dich geplant. Das ist es, wofür du geschaffen bist ...«

»Sie hätten Fernsehprediger werden sollen«, sagte Shad.

»Wenn es wegen dieser Skorpionsache ist, dafür habe ich mich entschuldigt. Ich geriet ganz einfach nur in Panik, als dieser Inspektor auftauchte.«

Shad sagte, das sei nicht so schlimm.

»Was, zum Teufel, kann ich sonst noch sagen?«

»Einfach nur *adios*«, schlug Shad vor.

Orly schien in sich zusammenzufallen. Er schüttelte Shads massige Hand und sagte: »Ich nehme an, du hast schon was anderes in Aussicht.«

»Nein, aber ich habe ein paar interessante Ideen.« Damit verabschiedete er sich. Niedergeschlagen verfolgte Orly, wie die mächtige helle Kugel über der Gästeschar zur Tür schwebte.

Urbana Sprawl sprang von einem Tisch und hielt Shad mit einer innigen Umarmung auf. »Mein Held«, schnurrte sie.

»Ich bin's nur, Babe.« Shad holte die rote Mütze aus der Tasche und setzte sie in einem verwegenen Winkel auf Urbanas Kopf. »Ist Erin auf der Yacht?« fragte er.

»Sie tanzt sich die edle Seele aus dem Leib.«

»Was zum Teufel hat sie vor?« Shad war gezwungen zu brüllen, weil Kevin die Rap-Nummer sadistischerweise bis auf neunzig Dezibel aufgedreht hatte.

Urbana schrie ihm ins Ohr: »Ich glaube, Sie hat etwas Schlimmes im Sinn!«

Die Musik schien Shads Konzentration und sein Gleichgewicht zu beeinträchtigen. Jeder Baßton fühlte sich an wie ein Hammerschlag auf seine Schädeldecke. Er fragte sich, wieviel Kugeln wohl nötig wären, um die Wandlautsprecher auszuschalten.

»Es geht immer weiter und immer bergauf«, sagte er zu Urbana Sprawl und bahnte sich einen Weg aus der Bar hinaus.

Das Apartmenthaus, auf dem sich Malcolm J. Moldowskys Penthaus befand, lag genau zwanzig Autominuten von Jesse James Bradens Einfamilienhaus entfernt. Wenn man Al García gefragt hätte, hätte es genausogut ein ganzes Universum sein können.

Die Ermordung von Jesse James Braden wurde durch zwei miteinander zusammenhängende Ereignisse eingeleitet. Am 6. Oktober um genau 17.10 Uhr kippte Jesse James Braden einen ganzen Mixbecher Bloody Marys auf die frisch gereinigten Sitzpolster des Toyota Camry seiner Frau. Das war das erste Ereignis. Um genau 17.11 Uhr lachte Jesse James Braden schallend über das, was er getan hatte. Das war das zweite Ereignis. Um genau 17.12 Uhr zerrte Jesse James Bradens Frau ihn aus dem Toyota und tötete ihn durch Schüsse in die Genitalien.

Die Nachbarn waren sich uneins in der Beantwortung der Frage, ob Mrs. Braden vielleicht übertrieben reagiert hatte. Die Zeugen waren sich darin einig, daß Jesse ein notorischer Sünder war und häufig ein Verhalten an den Tag legte, das einen Mord geradezu herausforderte. Die Schießerei an sich war gar nicht so wichtig wie Mrs. Bradens Wahl des anatomischen Ziels. Die Männer in der Schar der Schaulustigen waren der Auffassung, daß das bloße Verschütten eines alkoholischen Getränks – und das darauffolgende gedankenlose Gelächter – kaum drei Kugeln durch den Penis rechtfertigte. Die Frauen aus der Nachbarschaft hingegen bekräftigten, daß der Dahingeschiedene genau das bekommen hatte, was er verdiente – eine gerechte Strafe für jahrelanges Herumhuren, Gewalttätigkeiten in betrunkenem Zustand und allgemeines schlechtes Benehmen. Jesse James Braden, so sagten sie, hatte weder Respekt vor seiner Frau noch vor ihrem persönlichen Eigentum.

In diese aufgeregte Debatte drängte sich Al García um genau 18.47 Uhr. Er wollte eigentlich gar nicht dort sein. Viel lieber hätte er einem echten Kongreßabgeordneten der Vereinigten Staaten eine Falle gestellt – ihm seine Polizeimarke gezeigt, ihm seine Rechte vorgelesen und dem Bastard soviel Angst eingejagt, daß er sich in die Hosen machte. Er hatte die unbestimmte Ahnung, daß der Bursche zusammenbrechen und zu reden anfangen würde.

Statt dessen stand der Detective auf der Rasenfläche eines Vorgartens, die sich in nichts von Millionen anderer Rasenflächen in Vorgärten unterschied, außer daß der Mann, der sie gemäht hatte, mit weggeschossenem Penis tot zwischen den Bromelien lag. Die Sanitäter erklärten, Jesse James Braden sei innerhalb von drei Minuten verblutet. Es sei wie bei einem Feuerwehrschlauch, sagten sie, es laufe einfach heraus.

García hoffte, die Verhöre innerhalb einer Stunde abzuschließen, da die Zeugen sich in jedem Detail einig waren bis auf das, was Jesse James Braden als letztes von sich gab – eine kurze, aber wüste Schimpfkanonade. Seine Frau, nun in Handschellen, bestand darauf, García die Tomatensaftflecken auf ihren Autositzen zu zeigen, und verlangte, daß der Polizeifotograf davon ein Bild aufnahm, damit der Richter sehen konnte, was dieser wertlose Jesse getan hatte. Als Al García nach der Mordwaffe fragte, führte Mrs. Braden ihn in die Küche des Hauses; sie hatte die Pistole in den Kühlschrank gelegt, zu dem Schnaps ihres toten Mannes.

Die Arbeit des Detectives machte gute Fortschritte, bis Jesses von Trauer übermannter Bruder am Tatort eintraf und das Feuer mit einer 16-Gauge Schrotflinte eröffnete. Francis Scott Braden verfehlte Jesses Frau um sechs Meter, aber er erwischte einen Polizisten mit einem Streifschuß und zertrümmerte das Heckfenster von Al Garcías Caprice. Diese chaotische Unterbrechung bedeutete für García zwei Stunden zusätzlicher Papierkrieg, und er wurde wieder einmal daran erinnert, wie sehr er Familienmorde haßte. Das war keine Arbeit für einen Detective, sondern eher für einen Hausmeister.

García erhielt Shads Nachricht erst, als er wieder im Wagen saß und über die Interstate rollte, während der Wind durch die Fensterhöhle pfiff und seine Polizeiunterlagen durcheinanderwirbelte. Er fuhr mit dem Caprice so schnell er konnte und verfluchte den Samstagabendverkehr, weil er dadurch die große Show verpaßte: Erin, die ein furchtbares Unwetter herbeitanzte.

30. KAPITEL

Erin mixte sich aus der Minibar im Fond der Limousine einen Drink und dachte über einen Traum nach, den sie in der vergangenen Nacht gehabt hatte: In einem Wäldchen von Kokospalmen hatte sie sich mit einem Mann geliebt, der entfernte Ähnlichkeit mit Al García hatte. In dem Traum war es Tag gewesen, eine zitronengelbe Sonne stand hoch und brennend am Himmel. Der Mann war nackt gewesen, aber Erin hatte ein schwarzes Kleid getragen, das bis zum Hals hochgeschlossen war. Sie erinnerte sich, sich auf den Mann gesetzt und zu ihm gesagt zu haben, er solle leise sein und sich entspannen. Auf der rauhen Unterlage trockener Zweige und Äste hatte sie ihre Knie wundgescheuert. Im Traum war auch Musik erklungen, Linda Ronstadt sang »Carmelita«. Erin konnte sich nicht erinnern, zum Höhepunkt gelangt zu sein, aber sie entsann sich, wie sie sich umdrehte und den Mann sanft mit sich zog, als sei er nicht schwerer als ein Kind. Er legte den Kopf auf ihre Brüste und schloß die Augen und hatte geheimnisvollerweise keine Ähnlichkeit mehr mit Al García. Nun war es jemand anderer, ein Fremder, aber Erin stieß ihn nicht weg, sondern ließ ihn liegen. Im Traum war sie noch immer erregt. Vom Meer her wehte ein Wind durch das Wäldchen, und der porzellanartige Himmel füllte sich mit bunten tropischen Vögeln – Aras, Kakadus, Papageien und Flamingos. Erin erinnerte sich, den Mann auf die Stirn geküßt zu haben, um ihn zu wecken, damit er die leuchtenden Farben sehen konnte, wie sie durch den Himmel segelten. Der Mann bewegte sich und murmelte etwas auf spanisch, schlug aber nicht die Augen auf. Im Traum schien der farbige Vogelzug den gesamten Vormittag anzudauern. Schließlich entdeckte Erin ihre Tochter, die barfuß zwischen den Bäumen umherrannte. Angelas Augen waren freudig geweitet, und sie lachte, während sie dem kaleidoskopbunten Zug der Vögel folgte. Erin schlängelte sich unter dem schlafenden Fremden hervor und lief durch den Palmenhain hinter ihrer Tochter her. Im Traum schwankten die kahlen Stämme der Palmen und bogen sich bedrohlich, um ihr den Weg zu versperren. Angies Lachen schien immer mehr von weiter entfernt zu kommen. Erin erinnerte sich, wie sie atemlos stehengeblieben war und ihr Gesicht der Sonne zuwandte – der Himmel war leer, die Vögel verschwunden. Schweißgebadet war sie aufgewacht.

Jetzt, in der Limousine, lieferte ihr der Beefeater's keine weiteren Erkenntnisse über die Bedeutung des Traums, wappnete sie jedoch für einen Abend mit David Dilbeck. Erin war sich sicher, daß dem Kongreßabgeordneten keine Verbindung zum Mord an Jerry Killian nachgewiesen werden konnte und daß er daher von Al García nicht belangt werden könnte. Aber die Vorstellung, daß der arrogante alte Bock unbehelligt davonkäme, war für sie nicht zu ertragen, daher wollte sie ihn zerstören. Dilbeck würde kein physischer Schaden entstehen, er würde nicht mißhandelt oder gar getötet werden – nur vernichtet. Das schien das mindeste zu sein, was sie tun konnte, und sie mußte es alleine tun. Es war reine Frauenarbeit.

Sie leerte das Martiniglas und begann sich für den Kongreßabgeordneten zurechtzumachen. Sie entschied sich für einen Spitzen-BH und einen dazu passenden Tanga, das Modell mit den roten Seepferdchen. Auch ihre Schuhe waren leuchtendrot. Ein weinrotes Minikleid vervollständigte die Verpackung. Als Halsschmuck wählte sie zwei lange Ketten künstlicher Perlen. Während Erin sich anzog, bemerkte sie, daß der haitianische Chauffeur Pierre sie im Rückspiegel beobachtete. Sie streckte ihm die Zunge heraus.

»Entschuldigung«, sagte er und schaute sofort weg.

Erin zog auf einen der Klappsitze um und legte dem Fahrer die Hand auf die Schulter. »Sie sprechen Englisch?«

»Zuweilen«, sagte er.

Erin schenkte ihm eine Cola aus der Minibar ein. Dankbar nahm Pierre das Glas an.

»Gibt es in diesem Wagen ein Telefon?« erkundigte sie sich.

Der Chauffeur deutete mit einem Kopfnicken auf einen Mobilempfänger unter dem Armaturenbrett. Erin drehte sich um, knipste die Innenbeleuchtung an und öffnete ihre Handtasche. Sie schrieb etwas auf ein Stück Papier und reichte dieses Pierre. Ohne einen Blick darauf zu werfen, verstaute er die Notiz in seiner Brusttasche.

»Das ist eine Telefonnummer«, erklärte sie ihm. »Es ist möglich, daß heute abend irgend etwas passiert. Ungefähr gegen elf.«

»Es wird nicht das erste Mal sein«, meinte Pierre.

»Ich habe volles Verständnis, wenn Sie mir nicht helfen können«, sagte Erin zu ihm. »Nur müßte ich das jetzt wissen.«

»Sie überschätzen meine Loyalität.«

»Ein Job ist ein Job«, sagte Erin. »Ich möchte Ihre Position nicht in Gefahr bringen.«

Vor ihnen tauchte das Wachhäuschen von Turnberry Isle auf. Pierre ließ die Scheinwerfer aufleuchten und rollte auf das Tor zu. Ohne sich umzudrehen, sagte er: »Aber ein Telefonanruf könnte doch von wer weiß wo erfolgen, nicht wahr?«

Sie lächelte. »Sie sind ein anständiger Kerl, Pierre.«

»*Oui*«, antwortete er und tippte mit einem Finger gegen den Mützenschirm.

Congressman David Lane Dilbeck glänzte vor Aufregung und von einer dünnen Schicht Vaseline. Er zog seine Garth-Brooks-Kluft an, wienerte seine Stiefel, tupfte sich etwas Designer-Cowboy-Cologne auf, zupfte einige störrische Nasenhärchen aus...

Die Tänzerin hatte am Vormittag angerufen und eine interessante Bitte geäußert. Eigentlich war es sogar ein wenig beängstigend. Nicht alle Männer hätten sich dazu bereit erklärt.

Aber Dilbeck war sofort einverstanden, weil er eine allmählich wachsende fleischliche Verbindung mit der Frau spürte. Irgend etwas knisterte zwischen ihnen, eine Verheißung auf Lust. Beim erstenmal hatte sie sich zunächst so unnahbar gegeben, rein geschäftsmäßig. Aber im Verlauf des weiteren Abends hatte Dilbeck ein Nachlassen ihrer ablehnenden Haltung beobachtet, erste Spuren der Zuneigung gar. Die Zeichen waren kaum wahrnehmbar, sicher, aber sie hatte immerhin seine Hand mit einem ihrer Stöckelschuhe mißhandelt.

Doch auch dies erschien später, als er von der Tänzerin angerufen wurde, einleuchtend. Vielleicht war der Schmerz ein notwendiger Bestandteil ihrer Liebe. Diese Aussicht erregte Dilbeck, denn er hatte schon öfter von solchen wilden Frauen gehört; nun bot sich ihm die Chance, eine zu zähmen und zu besitzen. So fühlte er sich zu allen Schandtaten bereit und strotzte vor Kühnheit.

Kurz nach Einbruch der Dämmerung traf er in Turnberry ein. Außer dem Gegenstand, um den Erin gebeten hatte, hatte er zwei Magnumflaschen Champagner, drei Dutzend rote Rosen, ein goldenes Armband und eine Einkaufstasche mit diversen CDs mitgebracht. die Smithereens, Pearl Jam, Toad the Wet Sprocket, Men II Boyz, REM, Wilson Phillips. Dilbeck hatte keine Ahnung von dieser Art Musik, und sie interessierte ihn auch nicht. Er hatte einfach einen eifrigen jungen Verkäufer bei Peaches gebeten, das Nötige zusammenzusuchen, in der Hoffnung, daß auf dem einen oder anderen Album Songs wären, die sich als Erins Lieblingsnummern erweisen würden. Wenn er mit direkten Geschenken nicht weiterkäme, würde er dazu übergehen, ihr mit Klatsch aus den höchsten Kreisen Washingtons den Kopf zu verdrehen.

An jenem ersten Abend auf der Yacht war es Dilbeck so

vorgekommen, als sei Erin von seinem Titel völlig unbeeindruckt. Die meisten Frauen, die mit ihm schliefen, taten dies vorwiegend, weil er als Mitglied des Repräsentantenhauses zu dem kleinen Zirkel der »Mächtigen« gehörte. Erin hingegen behandelte ihn wie einen ordinären, geilen, reichen alten Kerl. Sie bekundete überhaupt kein Interesse an seiner Position oder seinen schamlos ausgeschmückten Erfolgen und wich jeder Unterhaltung aus, die zu einer Aufzählung Washingtoner Prominenter geführt hätte. Die Beziehung konnte sich nicht entwikkeln, entschied Dilbeck, bevor die Frau nicht in angemessener Weise über seine Bedeutung aufgeklärt war. Daher hatte er als Vorbereitung einige seiner erfolgreichsten Partythemen aufpoliert. Außerdem, um die Richtigkeit seiner Erzählungen zu dokumentieren, hatte er auch noch daran gedacht, einige Fotos einzustecken.

Erin kam gegen Viertel nach acht an Bord der *Sweetheart Deal.* Als sie den Salon betrat, fühlte sich sich wieder eingesperrt. »Wo sind Abbot und Costello?«

»Wer?«

»Na, die Wächter.«

»Auf den Bahamas«, erwiderte der Kongreßabgeordnete. »Mit den Rojos.« Der Anblick des Minikleids löste einen weiteren leichten Krampf unterhalb der Narbe seiner doppelten Bypass-Operation aus.

Erin lobte Dilbecks County-and-Western-Outfit. »Dwight Yoakam?« riet sie.

»Eigentlich Garth Brooks.«

»Nun, auf jeden Fall steht es Ihnen.« Erin stellte zufrieden fest, wie überzeugend sie klang. Der Mann sah einfach absurd aus. Und woher kam nur dieser seltsame Glanz auf seiner Haut?

Dilbeck überreichte ihr die Geschenke. »Ich habe auch noch ein paar Bilder mitgebracht.«

»Wovon?« Sie war nicht in Stimmung für Pornos.

»Bilder von mir«, erklärte der Kongreßabgeordnete, »während meiner Arbeit.«

»Tatsächlich?« staunte Erin und unterdrückte ein Gähnen.

Sie bedankte sich höflich für die Rosen und das Armband, aber Dilbeck dachte, daß sie die Dinge mit der Miene eines Menschen entgegennahm, der solche Aufmerksamkeiten gewohnt war. Sie ging den Stapel CDs durch und legte alles bis auf die Smithereens beiseite. Wie schon vorher hatte sie ihre eigene Musik zum Tanzen mitgebracht. Im Angedenken an Jerry Killian legte sie nur ZZ Top auf.

Der Kongreßabgeordnete sagte mit einem Ausdruck maskuliner Kultiviertheit: »Es hat zwar einige Mühe gekostet, aber ich habe gefunden, was Sie suchten.«

Erin drückte seinen Arm. »Süßer, ich wußte, daß du es schaffst.«

Ihre Berührung ließ ihn angenehm erschauern, und für einen Moment sah Dilbeck darin eine Art Vorspiel für einen Ganzkörperkontakt. Dann begriff er, daß Erin ihn nur als Stütze benutzte, um auf den Kapitänstisch zu klettern. Blitzschnell war sie aus dem Minikleid geschlüpft. Nur die Perlenketten blieben.

»Weshalb so eilig?« fragte Dilbeck. »Ich dachte, wir unterhalten uns noch eine Weile.«

Erin begann zu tanzen. Der rote Büstenhalter fiel.

»Mein Gott«, murmelte der Kongreßabgeordnete.

»Setz dich, Cowboy«, rief Erin ihm zu. »Und genieße.«

Malcolm J. Moldowsky näherte sich wie zufällig dem Pier, als habe er nichts anderes als einen Abendspaziergang im Sinn, und nahm seine Krawatte ab, um mehr wie ein Yachtbesitzer auszusehen.

Zweimal schlenderte er an der *Sweetheart Deal* vorbei, entdeckte aber keine Spur von dem kubanischen Detective.

Schließlich kletterte er leise an Bord. Von drinnen hörte er ein dumpfes Dröhnen: Schlagzeug, satte Gitarrenklänge. Eigentlich bevorzugte der Kongreßabgeordnete eher Schnulzensänger, daher wußte Moldowsky, daß David Dilbeck nicht allein war. Die Show hatte begonnen, Erin Grant war auf dem Boot.

Moldy beglückwünschte sich, vor García die Yacht erreicht zu haben, und legte das Ohr an die Tür, hörte aber nur Rockmusik, keine menschlichen Geräusche. Er nahm das als ermutigendes Zeichen; schließlich war Stille immer dem Lärm eines Streits vorzuziehen.

Er hatte gerade die Hand auf den Türknauf gelegt, als ein Schatten über das Deck huschte. Malcolm Moldowsky fuhr herum und sah auf dem Heckaufbau einen Mann, dessen Silhouette sich deutlich vor der Pierbeleuchtung im Hintergrund abzeichnete. Der Mann wiegte sich im Rhythmus der gedämpften Rockmusik von einem Fuß auf den anderen.

»Was haben Sie hier zu suchen?« fragte Moldowsky.

Der Mann sprang vom Aufbau herab und kam auf ihn zu. »Ich will meine Tochter.«

Moldowsky lächelte mit erzwungener Geduld, denn der Mann war zu jung, um der Vater der Tänzerin zu sein. »Da liegt wohl ein Irrtum vor. Ihre Tochter ist nicht hier.«

»Ich kann Sie auch erschießen«, sagte der Mann.

Beim Anblick der Pistole hob Moldowsky die Hände über den Kopf. Der Eindringling schien leicht verrückt zu sein. Sein fettiges blondes Haar war auf einer Kopfseite verklebt, die Knie seiner Jeans waren schmutzig, die Augen verhangen und feucht. Ein Golfschläger war bedrohlich an einem notdürftig bandagierten Arm befestigt. Moldy vermutete, daß der Mann ein Opfer des Hurrikans war, nunmehr heimatlos und um den Verstand gebracht. Sie trieben sich noch immer da draußen herum, verwirrte Streuner, die nach den Bruchstücken ihres zerstörten Lebens suchten.

»Sie ist nicht hier«, wiederholte Moldowsky, »Ihre Kleine, meine ich.«

Darrell Grant brachte die Pistole in Anschlag und kniff zielend ein Auge zu. »Sag adieu, Shorty.«

Moldowsky gab einen Seufzer von sich und schlug die Hände vors Gesicht. In Erwartung des Todes beschäftigten seine Gedanken sich egoistischerweise mit dem, was danach kam. Erschossen auf einer Yacht in Gesellschaft eines betrunkenen Kongreßabgeordneten und einer Stripteasetänzerin – so sähe die Schlagzeile aus! Was für ein Foto würden sie zu dieser Meldung wohl auswählen? Ein Porträt aus dem Fotostudio, hoffte Moldy, und keinen Schnappschuß vom Tatort. Und wie würde er wohl im Text beschrieben werden – als politischer Berater? Als mächtiger Mann im Hintergrund? Als Gauner?

Schicksalsergeben wartete Moldy auf den trockenen Knall des Pistolenschusses, aber nichts geschah.

Das Problem war, daß Darrell im Umgang mit Schußwaffen völlig unerfahren war, denn eigentlich hatte er für sie nichts übrig, hatte nie eine mit sich geführt, niemals eine abgefeuert. Und nun konnte er den verdammten Abzug nicht finden! Sein Finger suchte angestrengt, wurde jedoch von einer harten Plastikscheibe gebremst. Er hielt die Pistole ins Licht und inspizierte das unüberwindliche Hindernis.

»Ich werd verrückt«, heulte er auf.

Es war ein Schloß. Darrell konnte sein verdammtes Pech nicht fassen. Der bescheuerte Alberto mußte ausgerechnet einer der wenigen Bürger in ganz Dade County sein, der auf die Idee gekommen war, sich eine Abzugssperre zu kaufen. Der in der Werbung beschriebene Zweck dieser Einrichtung bestand darin, Diebe wie Darrell Grant davon abzuhalten, eine gestohlene Handfeuerwaffe gegen einen unschuldigen Bürger zu benutzen. Darrell hingegen hegte den Verdacht, daß Alberto Alonso eher fürchtete, von Rita im Schlaf erschossen zu werden.

Auf jeden Fall war die derart gesicherte Pistole genauso tödlich wie ein Türstopper. Darrell Grant schleuderte sie über das Steuerhaus mitten in den Intracoastal Waterway. »Nicht zu glauben«, kicherte er.

Als er das Klatschen hörte, riskierte Malcolm Moldowsky einen Blick zwischen seinen Fingern hindurch. Die Pistole war verschwunden, was Moldy bestätigte, daß der Eindringling ziemlich durcheinander war.

»Aus dem Weg«, befahl Darrell Grant und winkte mit dem Kopf des Golfschlägers, der aus dem Schienenverband herausragte.

Moldowsky mimte Besorgtheit. »Der Arm ist aber ziemlich schlimm zugerichtet.«

»Hey, das habe ich noch gar nicht bemerkt.« Darrell Grant hob das bandagierte und verlängerte Glied und stieß es Malcolm Moldowsky in den Bauch. »Ein doppelter Bruch«, sagte er, »aber wissen Sie was? Ich hatte eingewachsene Fußnägel, die mir schlimmere Probleme bereitet haben.«

»Kommen Sie, ich fahre Sie zu einem Arzt.«

Darrell Grant senkte die Stimme und sprach sehr langsam, als erkläre er einem ausländischen Touristen den Weg. »Geh... mir... verdammt... noch... mal... aus... dem... Weg. *Por favor*?«

Moldy drückte sich mit dem Rücken gegen die Kabinentür. ZZ Top hämmerte gegen die Wirbel seines Rückgrats. »Ich kann Sie dort nicht reinlassen«, sagte er zu dem Fremden. Die Öffentlichkeit, Geisteskranke eingeschlossen, durfte auf keinen Fall von den heimlichen Ausschweifungen des Kongreßabgeordneten erfahren.

»Aber meine Tochter«, sagte Darrell schwerfällig.

»Ich sagte Ihnen doch, sie ist nicht hier. Sie haben sich geirrt.«

Darrells Gesicht verzerrte sich zu einem schiefen Grinsen.

»Hey, ich bin ihrer Mutter bis hierher gefolgt, klar? Und zwar den ganzen Weg von der Tittenbar. Und es ist noch keine Viertelstunde her, da sah ich, wie sie in dieses Boot stieg. Und jetzt will mir so ein beschissener Zwerg weismachen, ich hätte mich geirrt?«

Wunderbar, dachte Moldowsky. Der Ex-Mann der Stripperin. Ausgerechnet heute abend.

Er sagte: »Wir können auch ins Restaurant gehen. Dann spendiere ich Ihnen einen Drink.«

»Einen Drink?« Darrell Grant warf den Kopf in den Nacken und heulte die Sterne an. »Mann, ich brauche keinen Drink, ich bin bis obenhin voller Drogen, klar? Ich stehe unter Strom. Die besten Drogen, die man sich vorstellen kann!«

»Na, prima«, seufzte Moldowsky.

»Diese Pillen sind so verdammt gut«, sagte Darrell. »Ich kam her auf der Suche nach Schmerz, verstanden? Ich bin hier, um Schmerzen auszuteilen, denn mir kann man nicht weh tun. Es ist nicht möglich. Wenn ich einen Nagel hätte, dann würde ich ihn dir in diesem Moment geben . . .«

»Beruhigen Sie sich«, sagte Moldy.

». . . und von dir verlangen, daß du mir den verdammten Nagel glatt durch den Schädel hämmerst, sagen wir an dieser Stelle . . .« Darrell deutete mitten auf seine Stirn. »Und weißt du was? Ich würde verdammt nicht das geringste spüren, so toll ist der Stoff, von dem ich rede.«

»Bitte«, sagte Moldowsky, »sprechen Sie leise.«

»Ich habe noch nie einen Zwerg getötet.«

»Wir sollten darüber reden.«

»No, Sir, beweg nur deinen winzig kleinen Arsch aus dem Weg. Ich bin gekommen, um meine Tochter zu holen.«

»Zum letzten Mal«, sagte Moldy, »sie ist nicht auf diesem Boot.«

Darrell Grant packte seinen Ärmel. »In einem Punkt hast du

recht, Shorty. Es ist das letzte Mal.« Er schleuderte Malcolm Moldowsky zu Boden und sprang auf seine Brust.

Moldy wand sich kraftlos, schrie aber nicht. Lächerlicherweise glaubte er noch immer, öffentliches Aufsehen vermeiden zu können. Er durfte keine Schaulustigen zur Yacht der Rojos locken – nicht solange David Dilbeck im Boot war und wer weiß was mit einer nackten Tänzerin anstellte. Aus Angst, daß das Eager-Beaver-Debakel sich wiederholen könnte, versuchte Moldowksy, den Eindringling mit Versprechungen zu besänftigen.

»Wenn Sie mich aufstehen lassen«, sagte er zu dem verrückten Ex-Ehemann, »dann helfe ich Ihnen, Ihre kleine Tochter zu suchen.«

»Weee-heee!« brüllte Darrell Grant.

»Ich habe«, keuchte Moldy, »alle möglichen Beziehungen.«

Der erste Treffer war kein richtiger Schlag, sondern ein Chipshot. Moldy spürte, wie seine Nase explodierte. Durch die blutige Masse sah er den Ex-Ehemann, wie er zu einem weiteren Schlag ausholte. Diesmal erwischte der Schlägerkopf Malcolm Moldowsky voll am Hals. Verzweifelt rang er nach Luft.

»Treffer!« schrie Darrell.

Moldowsky schloß die Augen. Das war noch schlimmer, als erschossen zu werden. Die Zeitungen würden ihren Spaß haben.

Hilflos streckte er die Hände nach den Beinen des Verrückten aus. Die nächsten beiden Treffer lösten seinen Unterkiefer aus den Gelenken. Seine Wangen füllten sich mit warmem Blut, Speichel und zerbrochenem Zahnersatz. Selbst wenn er sich jetzt doch noch entschlossen hätte, um Hilfe zu rufen, er hätte es nicht gekonnt.

Mein Gott, dachte er, was für eine jämmerliche Art zu sterben.

Ist es ein Neunereisen oder ein Wedge? Diese Mistkerle von

der Presse würden es ganz genau wissen wollen. Ganz sicher sogar.

Der Kongreßabgeordnete bot Erin einen Job als Chefsekretärin in Washington an.

»Was soll ich dort tun?« fragte sie und spielte mit ihren Perlenketten.

»Mich bei guter Laune halten«, sagte David Dilbeck. »Fünfundvierzig Riesen im Jahr sowie kostenlose ärztliche Versorgung.« Er hielt die Champagnerflasche wie eine Puppe im Arm.

Erin schaute vom Kapitänstisch auf ihn herab und sagte: »Du bist wirklich süß.« Sie tippte ihm spielerisch mit einem Fuß auf die Schulter. Dilbeck versuchte ihn zu küssen. Erin ermahnte sich, wachsam zu bleiben. Der geile alte Sack war fast hinüber.

»Ist es jetzt soweit für das Dschungelspielzeug?« fragte er.

»Noch nicht ganz. Gefällt dir dieser Song?«

»Klar, Ma'am.« Der Kopf des Kongreßabgeordneten wakkelte hin und her, und der Cowboyhut landete auf dem Fußboden. Er hob ihn hoch und setzte ihn wieder auf.

»Er heißt ›Whipping Post‹«, sagte Erin.

Dilbeck richtete sich auf. »Ist das wahr? Prügelbock?«

»Von den Allman Brothers.«

»Nun, ich war so ein unartiger Junge«, sagte er, »ich glaube, ich habe auch eine Tracht verdient.«

Erin tanzte weiter. Offenbar würde es heute abend keine sexuellen Trancezustände geben. Davey war hellwach und wollte etwas erleben.

»Würdest du mich auspeitschen?« fragte er. »Ich bin ein böser, böser Junge.«

»Es ist doch nur ein Song, Süßer.«

»Aber ich liebe dich doch so.«

»Natürlich liebst du mich.«

»Warte, ich beweise es dir.« Er stellte die Champagnerflasche in den Sektkühler und begann, an den Knöpfen seiner Jeans herumzufummeln.

Erin entfernte sich mit einer Drehung von ihm, bewegte ihre Hüften zu dem Bluesrhythmus und dachte: Los geht's.

Der Kongreßabgeordnete sagte: »Sieh hier!«

Sie drehte sich um, zeigte ihr strahlendstes Lächeln. »Er ist wunderbar.«

Er stand auf, schwankte und schüttelte das schlaffe Ding mit der Hand. »Bitte faß ihn an.«

»Ich bin Tänzerin, Schätzchen, keine Urologin.« Erin trat ihm sacht vors Brustbein, und er plumpste zurück auf den Stuhl.

»Mein Gott, ich habe viel zuviel getrunken. Habe ich dir schon dein Geld gegeben?«

»Das hast du.«

»Habe ich dir auch meine Bilder gezeigt?«

»Steck deinen kleinen Freund wieder weg«, sagte sie.

»Siehst du dir dann meine Bilder an?«

Erin war einverstanden, sie brauchte sowieso eine kleine Pause. Während David Dilbeck seine Pracht wieder einpackte, stieg sie vom Tisch herunter, schlüpfte in ihr Kleid, drehte die Stereoanlage leise, schenkte sich ein Ginger Ale mit Eiswürfeln ein und zog sich einen Sessel heran. Ihre Handtasche behielt sie in Reichweite.

Dilbeck schlug ein Fotoalbum auf, das auf seinem Schoß lag. Er zeigte auf ein Foto von sich selbst und einem korpulenten weißhaarigen Mann. »Weißt du, wer das ist?«

»Tip O'Neill«, antwortete Erin.

Dilbeck war verblüfft. »Du bist wirklich etwas ganz Besonderes.«

»Der ehemalige Sprecher des Weißen Hauses.«

»Richtig!«

»Was habe ich jetzt gewonnen?« wollte Erin wissen. »Einen Servierwagen?«

»Tip und ich sind gute Freunde«, erklärte der Kongreßabgeordnete strahlend.

»Das kann ich sehen. Es sieht so aus, als kraulst du ihm die Eier.«

Dilbeck errötete. »Bitte! Wir waren zusammen bei einem Gottesdienst mit anschließendem Empfang.«

Erin blätterte weiter. Das nächste Foto war vor dem Weißen Haus aufgenommen worden: Dilbeck hatte einen Arm um General Colin Powell gelegt, der aussah, als wäre er gerade ausgestopft worden.

»Das war während des Golfkriegs«, sagte Dilbeck beiläufig. »Colin und der Präsident hatten einige Mitglieder des Kongresses zu einer Lagebesprechung eingeladen. Streng geheim.«

Erin fragte, ob dabei auch Luftballons verteilt worden seien. Dilbeck bekam beinahe einen Wutanfall. »Du solltest ein wenig Respekt zeigen!« Seine Stimme klang eisig.

»Tut mir leid, Davey.«

Schnell blätterte er nun das Album durch und deutete auf wichtige Erinnerungsfotos. »Sieh mal: Bill Bradley, Chris Dodd... und das dort ist Al D'Amato – wir waren auf einer Informationsreise in Riad. Das da bin ich mit Newt Gingrich – erinnere mich irgendwann mal daran, daß ich dir die Gingrich-Story erzähle.«

»Hoffentlich ist das da auf seiner Krawatte nur Quarksauce«, meinte Erin.

»Paß mal auf«, belehrte Dilbeck sie mit einem leichten Champagnerlallen, »das sind alles verdammt wichtige Leute. Ich bin eine wichtige Persönlichkeit.« Er klappte das Album zu und hob es mit beiden Händen hoch, als sei es ein geweihter Gegenstand. »Das sind die Männer, die diese Nation lenken, die Männer, die das Schicksal der Welt bestimmen!«

Erin gab sich Mühe, nicht zu lachen. Der arme Säufer glaubte tatsächlich, er sei eine Säule des Staates.

»Es ist schwierig, die Macht genau zu beschreiben«, fuhr der Kongreßabgeordnete fort. »Sie macht einen süchtig, Liebling. Total abhängig. Wenn du mit mir nach Washington kämst, würdest du es sofort spüren. Du würdest auch ihre Verlockungen verstehen.«

Erin beteuerte, sie habe sich nicht lustig machen wollen. Dilbeck legte das Album auf den Tisch und betonte erneut, dies seien alles wichtige Männer.

»Auch Chuck Norris?«

»Das war während einer Wohltätigkeitsveranstaltung in Georgetown...«

»Ich bitte dich, Davey...«

»Für Kinderlähmung oder so was.«

»Ich weiß, aber...«

»Sieh mal, Erin, es geht darum, daß du zur Kenntnis nimmst, wer ich bin. Es ist eine Frage des Respekts.«

»Davey, weißt du, welches Bild ich wirklich gerne mal sehen würde? Das von Malcolm Moldowsky. Ist er auch in deinem Album?«

Dilbeck biß die Zähne zusammen. »Nein.« Dann, mißtrauisch: »Kennst du Moldy?« War das möglich? Hatte der kleine Scheißer ihm etwas verheimlicht? Eilig formulierte Dilbeck die Frage um: »Wie kennst du Moldy?«

»Nur seinem Ruf nach«, sagte Erin augenzwinkernd.

Der Kongreßabgeordnete, verblüffter als zuvor, stieß einen Fluch aus. »Hör auf, verdammt noch mal! Mach keine dummen Scherze, sondern beweise mal ein wenig Achtung.«

»Achtung?« Erin lächelte. »Bist du denn nicht der Gentleman, der sich auf meinen Wäscheflusen einen runtergeholt hat?«

»Wechseln wir lieber das Thema.«

Sie ergriff seine Handgelenke und legte seine schlaffen Hände auf ihre Brüste. Dilbeck schien wachsam und gespannt zu sein, als erwarte er einen elektrischen Schlag.

Erin ließ nicht zu, daß er die Hände wegzog, und sagte: »Aufregend, was? Zwei hübsche Hände voller Fett.«

»Mein Gott …«

»Das und nicht mehr ist die menschliche Brust, Davey. Achtundneunzig Prozent Fett mit einer Kirsche obendrauf. Was ist daran so toll?«

Er wich ruckartig zurück und preßte die Fäuste auf seinen Bauch.

»Tausende von Dollars«, sagte Erin, »nur für einen Blick und ein bißchen Fummeln. Das macht mich geradezu sprachlos, Sweetie.«

»Jetzt reicht es.« Der Kongreßabgeordnete war grau im Gesicht. »Du bringst mich um. Du verdirbst mir den ganzen Abend. Ist das deine Absicht?«

Erin zuckte die Achseln. »Ich bin neugierig, mehr nicht.« Sie ermahnte sich, etwas zurückhaltender zu sein, ihre Wut im Zaum zu halten.

Dilbeck sagte gerade: »Ich kämpfe ständig gegen meine fleischlichen Gelüste an. Das tun alle Männer.«

»Du bist doch eine Frau, Davey.«

Er streckte die Hand nach dem Sektkühler aus. »Herzlichen Glückwunsch«, schnappte er. »Jetzt ist der Abend wirklich ruiniert.«

Erin legte ihre liebste Van-Morrison-Kassette ein, zog das Kleid aus, kletterte auf den Kapitänstisch und begann wieder zu tanzen – diesmal langsam. Schon bald verschwanden David Dilbeck und seine kummervollen Stöhnlaute aus ihrem Bewußtsein. Sie fühlte sich euphorisch und voller Energie. Jede Bewegung war perfekt – jeder Schritt, jede fließende Drehung, jeder Hüftschwung. Sie nahm die Perlen zwischen die Zähne und schloß die Augen und stellte sich Mondschein vor.

Draußen auf dem Deck war ein lautes Geräusch zu hören. Erin verdrängte es aus ihrem Bewußtsein. Sie war weit, weit weg, tanzte an einem mit Zucker bedeckten Strand auf den Inseln. Oberhalb der Düne wiegte sich ein Palmenhain, und das einzige Geräusch war der Gesang der wilden Vögel.

Darrell Grant konnte sich nicht mehr erinnern, wann er das letzte Mal seine Ex-Frau unbekleidet gesehen hatte. Er war ziemlich sicher, daß es im Badezimmer gewesen war – sie hatte sich die Haare gewaschen, während er heimlich den Arzneischrank nach Darvons durchsucht hatte. Vor einer verdammt langen Zeit, dachte Darrell. Er hatte vergessen, was für einen schönen Körper sie hatte. Ein bißchen mager obenherum, mein Gott, aber tolle Beine! Als er schwankend in der Türöffnung der Kabine stand und sich auf sein Neunereisen stützte, verspürte er ein aufregendes Ziehen in seinen Lenden. Wirklich erstaunlich, wenn man die hochwirksamen Pharmazeutika berücksichtigte, die er geschluckt hatte.

In der Yacht befand sich ein alter Mann in steifen neuen Jeans, einem gestreiften Hemd und einem schwarzen Zehn-Gallonen-Hut. Er sah betrunken oder unwohl aus, wahrscheinlich beides. Darrell Grant betrat den Salon und setzte sich neben den alten Cowboy. Mit seinem heilen Arm winkte er schelmisch seiner früheren Frau zu, die oben auf dem Tisch tanzte. Darrell spürte, wie er allmählich hart wurde. Er beugte sich vor und sagte: »Hey, du bist verdammt gut. Zeig uns doch mal diese süße kleine Muschi!«

Der Anblick ihres Ex-Mannes traf Erin wie ein Schwall eisiger Luft. Sie hatte angenommen, daß Shad Darrell endgültig verjagt hätte, aber da war er und brachte alles durcheinander. Seine Anwesenheit erhöhte die Wahrscheinlichkeit für ein Fiasko erheblich. Erin tanzte weiter und starrte durch ihn hindurch, während sie fieberhaft überlegte.

Darrell Grant spürte eine leichte Hand auf seiner Schulter. Es war der alte Cowboy, der sich im Sessel aufrichtete. Er legte seine Lippen an Darrells Ohr und fragte: »Wissen Sie, wer ich bin?«

Der Atem des Mannes ließ Darrell das Gesicht zu einer Grimasse verziehen. »Haben Sie schon mal was von Listerine-Mundwasser gehört?«

»Ich bin verliebt in diese Lady«, gestand der Kongreßabgeordnete.

»Du armer alter Sack.«

»Und meine Stiefel sind voll Vaseline.«

»Ich hab sie auch mal geliebt«, sagte Darrell Grant, »aber sie hat mich nur zurückgewiesen.«

Dilbeck betrachtete ihn mitfühlend. Darrell sagte: »Sie kann einem ganz schön das Selbstwertgefühl rauben.«

»Das ist wirklich schlimm«, gab der Kongreßabgeordnete zu, »aber ich bin immer noch ganz hin und weg von ihr.«

Er sagte, im Barschrank stünde noch eine Menge Sodawasser, falls Darrell Grant die Blutflecken aus seinem Hemd herauswaschen wolle. Darrell winkte dankend ab. Seine zerschmetterten Knochen hatten zu pochen begonnen, und Darrell befürchtete, daß die Schmerzmittel des verstorbenen Señor Gomez in ihrer Wirkung allmählich nachließen. Er schüttete sich ein weiteres halbes Dutzend Pillen in die Hand, stopfte sie sich in den Mund und trank dazu lauwarmen Champagner, bis ihm die Augen tränten.

»Ich habe noch ein paar extra starke Tylenols«, sagte der Kongreßabgeordnete.

»Lieber Himmel.«

Das Van-Morrison-Band war zu Ende, aber Erin tanzte weiter. Sie begann »Carmelita« zu singen. Der Titel war fast zu langsam für einen Tischtanz.

Darrell Grant versuchte, ihre Füße mit dem Neunereisen festzuhalten. »Wo ist Angie?« wollte er wissen. Erin wich ihm aus.

»Lassen Sie sie weitertanzen«, sagte Dilbeck, »das ist so schön.«

»Ja, das reinste Scheißballett.« Darrell Grant wühlte in seinen Taschen herum. »Hey, du Schöne, das ist für dich!«

Er erhob sich halb aus dem Sessel und schob etwas unter das elastische Band von Erins Strumpfhalter. Es war ein Nickel. Erin hörte auf zu singen und zu tanzen, nahm die Münze und legte sie sich auf eine Handfläche. Die beiden Männer warteten, was sie als nächstes tun würde.

Erin lächelte verschmitzt, während sie vom Tisch stieg, und sie lächelte noch immer, als sie sich anzog.

»Ich glaube, für heute ist Schluß«, sagte der Kongreßabgeordnete.

Darrell schlug mit dem Neunereisen heftig auf den Tisch. »Erin, ich will meine Tochter. Keine dummen Spielchen mehr.«

»Es ist vorbei«, sagte sie und ordnete die Perlenketten.

»Scheiß auf die Gerichte«, brüllte Darrell. »Angie und ich gehen nach Arizona. In das Pensionärsparadies von Nordamerika!«

Erin öffnete die Handtasche und ließ den Nickel hineinfallen. Dann holte sie die .32er hervor.

»Wir machen jetzt eine Spazierfahrt«, sagte sie.

Darrell Grant fluchte unterdrückt. Der Kongreßabgeordnete spürte, wie sich etwas in seiner Brust zusammenzog.

Ist das nicht ein toller Samstagabend? dachte Erin. Ich und die beiden Männer in meinem Leben. Ich bin wirklich ein Glückspilz.

31. KAPITEL

Wie vorauszusehen war, wurde Shad am Wachhaus vor Turnberry Isle aufgehalten. Die Wächter erinnerten sich noch an seinen vorherigen Besuch mit dem Affentier auf der Schulter und erklärten, sein Name stehe heute abend auf keiner Gästeliste. Shad vermied eine unangenehme Diskussion, indem er Gutscheine für kostenlose Rumcocktails und nackte Nudelringkämpfe in Orlys Club verteilte. Die Wachmänner zeigten sich daraufhin von ihrer freundlichsten Seite. Sergeant Al García erschien, während sie Shad durch das Tor winkten. Der Detective zeigte seine Dienstmarke und rollte in die Anlage. Er parkte neben Shad, und die beiden Männer rannten gemeinsam zur *Sweetheart Deal.*

Das erste, was sie bemerkten, waren Blutspuren auf dem Deck. Im Salon inspizierte García die leeren Champagnerflaschen, das Fotoalbum und einen Stapel CDs, die immer noch in Plastikfolie eingeschweißt waren. Shad ging einen Stapel Tonbandkassetten durch, die auf der Stereoanlage lagen.

»Die hier gehören ihr«, stellte er fest.

Sie durchsuchten die Mannschaftsräume, fanden aber keine Leichen oder andere Anzeichen von Gewalt. Erin und der Kongreßabgeordnete waren verschwunden.

»Mierda«, fluchte Al García, ging hinaus aufs Deck und untersuchte die bräunlichen Flecken. Offenbar war das Opfer über das Deck geschleift und dann hinuntergeworfen worden. García erlebte einen kurzen Anflug von Übelkeit. Es war nicht der Anblick des Blutes, sondern der Gedanke, von wem es stammen könnte. Shad stand kurz vor einem Wutausbruch. Er umklammerte die Reling und starrte gequält in das teefarbene Wasser. Sein rosiger Schädel glänzte vor Schweiß, und er zischte drohend, als er einatmete.

»Stellen Sie lieber keine allzu wilden Vermutungen an«, sagte García.

Ein tiefes Brummen drang aus Shads Kehle. »Klar, was bedeutet schon ein bißchen Blut.«

Der Detective stieg vom Boot auf den Pier und ging in die Knie. »Hier ist noch mehr davon. Wissen Sie, was das heißt?«

»Er hat sie nicht über Bord geworfen. Na, und?«

Neben der Yacht der Rojos war ein dreiundfünfzig Fuß großes Hatteras Convertible festgemacht, das García überprüfen wollte. Shad fand eine Taschenlampe auf der Brücke der *Sweetheart Deal.* Gemeinsam bestiegen sie das Angelboot. Sie fanden weitere Blutflecken im Cockpit und in der Nähe der Angelsitze sowie die Schmierspur eines teilweisen Fußabdrucks: der halbrunde Absatz eines Männerstiefels.

Düster stellte Shad fest: »Das ist unser Mann.«

»Vielleicht, vielleicht auch nicht.« Al García deutete auf die Fischkiste. »Soll ich das übernehmen?«

»Wenn Sie nichts dagegen haben.« Shad wandte den Kopf ab.

Der Detective löste die Verschlüsse und klappte den Deckel auf.

Shad wagte einen Blick. »Wer zum Teufel ist denn das?«

»Einer der mächtigsten Männer in Florida.«

»Jetzt nicht mehr.«

»Nein«, sagte Al García. »Er hat es wohl hinter sich.«

Malcolm J. Moldowsky paßte leicht in die Fischkiste, die er sich mit drei Bonitos teilte. Der Gestank der toten Fische konnte Moldys ausländisches Eau de Cologne nicht überdecken.

»Ich versteh das nicht«, sagte Shad.

»Die Bonitos sind wahrscheinlich der Haiköder für morgen«, vermutete García. »Mr. Moldowsky ist nur ein nachgereichter Gang auf ihrer Speisekarte.«

Shad bückte sich zu einem eingehenderen Blick. »Das ist der berühmte Melvin Moldowsky?«

»Malcolm«, korrigierte García. »Und Sie können von ihm in der Vergangenheitsform reden.«

»Schönes Stoffchen, das er am Leibe hat.«

»Fühlen Sie sich jetzt etwas besser?«

»Ja«, nickte Shad. »Und wer hat das getan?«

García schüttelte den Kopf. »Vielleicht ist Dilbeck durchgedreht.«

»Sagen Sie das nicht.«

Sie machten sich Sorgen um Erin, denn wer immer Moldowsky erschlagen hatte, mußte eine mörderische Wut gehabt haben. Shad betrachtete stirnrunzelnd die mißhandelte Leiche. »Ich glaube, Sie sollten jemanden benachrichtigen.«

»Aber nicht unbedingt jetzt gleich.« Al García klappte die Fischkiste zu. »Der hält sich noch.«

Sie kehrten auf die *Sweetheart Deal* zurück und durchsuchten den Salon etwas sorgfältiger. Der Menge des konsumierten Champagners nach zu urteilen, rechnete García sich aus, war der Kongreßabgeordnete zu betrunken, um ein Auto zu lenken. »Er ist mit der Limousine hier«, sagte Shad. »Die Mädels im Club haben es gesehen.«

»Demnach ergibt sich die Frage«, sagte der Detective, »wo sind sie jetzt?«

Der Hinweis befand sich in der Bugtoilette, wo Erin mit Lippenstift etwas auf den schmalen Spiegel geschrieben hatte: BELLE GLADE. Shad stieß einen Fluch aus, während García ein goldenes Armband aus der Toilette fischte. Während er den triefnassen Schmuck betrachtete, sagte er: »Sie ist ziemlich impulsiv, nicht wahr? Ein simples ›nein, danke‹ hätte doch wohl gereicht.«

Während sie zu den Wagen rannten, meinte Shad, García solle per Funk Hilfe anfordern, aber der Detective erklärte ihm, er habe wohl zuviel Fernsehen gesehen. »Erstens befinden wir uns hier in Palm Beach County, und das ist weit von meinem

Zuständigkeitsbereich entfernt. Und zweitens – was soll ich ihnen erzählen, *chico*?« Spaßeshalber spielte er den Anruf vor: »Hört mal, Jungs, da ist eine Stripperin, die von diesem Kongreßabgeordneten entführt wurde. Er bringt sie in seinem Cadillac ausgerechnet nach Belle Glade. Ja, ich sagte ›Kongreßabgeordneter‹. Ja, Belle Glade. Weshalb? Nun, das wissen wir auch nicht genau. Aber wir würden uns über sechs oder sieben Streifenwagen riesig freuen ...«

»Scheiße«, murmelte Shad.

»So heiß und innig Cops Stripteasetänzerinnen lieben, so sehr hassen sie Politiker«, sagte García. »Wenn sie hören, daß es sich um Dilbeck handelt, dann haben entweder alle dienstfrei oder sind unabkömmlich.«

»Demnach sind wir die gesamte Scheißkavallerie?«

»Was dagegen, wenn ich fahre?«

»Überhaupt nicht«, sagte Shad. »Sie haben schließlich die Sirene.«

Darrell Grant war noch nie in einer Limousine gefahren und genoß es derart gründlich, daß die Begleitumstände völlig unwichtig erschienen. So fand er sich sogar mit der Tatsache ab, daß seine Ex-Frau ihn mit einer Pistole in Schach hielt.

Darrell wandte sich an Dilbeck. »Ist das dein Wagen?«

Der Kongreßabgeordnete nickte. »Er steht mir zur freien Verfügung.«

»Was treibst du denn so?«

»Ich bin Mitglied des Repräsentantenhauses.«

»Was bedeutet ...?«

»Ich vertrete das Volk von Süd-Florida im Kongreß. Und Sie?«

»Ich stehle Rollstühle«, erwiderte Darrell Grant.

Dilbeck sah flehend zu Erin, die auf der Sitzbank den beiden Männern gegenübersaß. Die Rosen des Kongreßabgeordneten lagen neben ihr. Die Hand, die die Pistole hielt, war völlig ruhig.

»Darrell und ich waren mal einige Zeit verheiratet. Was soll ich sonst dazu sagen?« Erin spürte in sich eine unerklärliche Ruhe, die durch die sanfte, kühle Fahrt des Wagens noch gesteigert wurde.

Dilbeck wollte von Darrell Grant wissen, was mit seinem Arm passiert war. Er sagte, Erins Scheißfreund habe ihn mit einem Scheißbrecheisen gebrochen. Dann: »Hey, Fahrer, funktioniert der Fernseher?«

In verletztem Ton flüsterte Dilbeck Erin zu: »Welcher Freund?«

Erin brachte ihn mit einem bösen Blick zum Schweigen. Wie armselig die beiden sind, dachte sie. Lässig griff sie sich unter das Minikleid, um den Tanga und den Tanz-BH auszuziehen, und stopfte beides in ihre Schultertasche. Immer noch die Pistole im Anschlag haltend, bemühte sie sich mit gymnastischen Verrenkungen, einen schlichten Baumwollbüstenhalter und einen weißen Schlüpfer anzuziehen. Das war ein ganz entscheidender Punkt. Erin wollte nicht, daß man sie bekleidet wie eine Stripteasetänzerin antraf. Während sie ihre Unterwäsche wechselte, sah der Kongreßabgeordnete sie fragend an und sagte mit dem öligen Anflug eines Lächelns: »Warum weiß?«

»Nur für dich, Baby«, entgegnete sie.

Darrell Grant lehnte seinen benommenen Kopf an das Seitenfenster. Sie befanden sich auf der Interstate und ließen die Skyline der Innenstadt in zügiger Fahrt hinter sich. Das Geschlängel der weißen Linien auf dem Asphalt und der Strom der entgegenkommenden Scheinwerfer brachten ihn völlig durcheinander. »Ich bin absolut abgefüllt«, bemerkte er.

Erin lieferte dem Kongreßabgeordneten eine Erklärung. »Mein Ex-Mann hat ein Drogenproblem, nur für den Fall, daß du dich über ihn wunderst.«

»Ich wünschte, du würdest endlich die Pistole wegstecken.«

»Du hörst niemals richtig zu, nicht wahr?«

Darrell Grants Stimme klang schläfrig. »Ich habe dich noch nie tanzen gesehen. Das war verdammt gut.«

»Ach, Quatsch«, sagte Erin.

»Das mit dem Nickel tut mir leid.«

»Ich hatte es schon fast vergessen«, sagte sie, »du alter Geizhals.«

Darrell Grant kostete die Geräumigkeit der Limousine voll aus. »Daran könnte ich mich gewöhnen«, sagte er und streckte die Beine aus. »Klimatisierter Luxus. Jawohl, Sir!«

David Dilbeck ergriff wieder das Wort und redete, als könnte Darrell ihn nicht hören. »Dieser Bruch sieht schlimm aus, Erin. Er sollte einen Arzt aufsuchen.«

»Rita hat mir den Arm verbunden«, erzählte Darrell und hob ihn voller Stolz hoch. »Meine große Schwester.«

»Sie sorgt sich um dich«, erklärte Erin ihm. »Sie ist als einzige übriggeblieben.«

»Nein, Angie sorgt sich um mich. Angie liebt ihren Daddy.«

»Sie findet dich unterhaltsam«, sagte Erin. »Das ist ein Unterschied.«

»Sie liebt mich!«

Erin ließ das Thema fallen. Vielleicht hatte Darrell recht. Sie wollte jetzt nicht darüber nachdenken.

»Wie lange dauert es noch, bis wir da sind?« fragte der Kongreßabgeordnete. »Ich muß mal austreten.«

Erin ignorierte ihn. Ihr Ex-Mann sagte: »Ich habe heute einen Kerl umgebracht.«

»Was du nicht sagst.«

»Auf dem Boot.«

»Gab es irgendeinen besonderen Grund?«

»Ich versuche gerade, mich daran zu erinnern.«

Erin vermutete, daß er sich diesen Vorfall einbildete. Darrell Grant sagte: »Es hat gar nicht das Gefühl ausgelöst, das ich erwartet hatte. Jemanden zu töten, meine ich.«

»Du bist auf die Werbung hereingefallen«, sagte Erin. »Wie üblich.« Sie fragte sich, was sie mit ihm tun sollte. Er vermasselte ihr sämtliche Pläne mit dem Kongreßabgeordneten.

»Das mit Angie ist mir ernst«, sagte er.

»Machst du Witze? Damit wanderst du ins Gefängnis, Darrell.«

»Nee, nach Arizona. Die Rollstuhl-Metropole von Nordamerika.«

»Du bist verrückt.«

»Und ich nehme unsere Tochter mit.«

»Vorher erschieße ich dich«, warnte ihn Erin.

David Dilbeck begann plötzlich zu schluchzen und packte den Türgriff. Er ließ sich erst zurückfallen, als Erin ihm den Lauf der .32er gegen die eingefallene Wange drückte.

»Seit wann hast du denn eine Kanone?« fragte Darrell. »Mein Gott, wie ich die hasse!«

»Meine Prostata streikt«, verkündete der Kongreßabgeordnete.

»Hört auf zu quengeln«, schnappte Erin. »Alle beide.«

Darrell kratzte sich mit dem Kopf des Neunereisens am Kinn. »Dann verrat uns wenigstens, wohin wir unterwegs sind. Hey, Fahrer, du sprechen Amerikanisch?«

Pierre reagierte nicht.

»Ich verrate dir, wohin wir fahren«, sagte Erin. »Dorthin, wo wir unseren Congressman bei der Arbeit bewundern können.«

Anfang Oktober ist das Zuckerrohr am Lake Okeechobee grün, buschig und drei Meter hoch. Das Schwemmland ist der flachste Teil Floridas, und die Felder scheinen sich von Horizont zu Horizont zu erstrecken. Innerhalb eines Monats treffen fast zweitausend Wanderarbeiter aus der Karibik ein und beginnen das Zuckerrohr zu schneiden, und die Fabriken sind vierundzwanzig Stunden am Tag in Betrieb. Anfang Oktober jedoch wird die Erntearbeit vorwiegend von Maschinen geleistet. Ein unwahrscheinliches, krabbenähnliches Ungetüm namens Schneidebalken-Schwadenbinder mäht das Zuckerrohr und legt es bündelweise ab. Andere Maschinen sammeln dann die Ernte ein, damit sie zu den Fabriken gebracht wird, wo man schließlich den Zucker erzeugt.

Congressman David Lane Dilbeck interessierte sich kaum für den Zuckerrohranbau, ihm reichte völlig, daß die Rojos nette Menschen, wohlhabend und großzügig waren. Die enormen Wahlkampfspenden waren natürlich wichtig, aber Dilbeck hätte ihnen seine Stimme im Kongreß auch allein dafür verkauft, daß er gelegentlich ihre herrliche Yacht benutzen durfte. Er schätzte außerdem den gesellschaftlichen Kontakt zu Christopher, der seine Vorliebe für lustvolle Zerstreuung teilte und es niemals versäumte, die Rechnungen zu bezahlen. Für David Dilbeck war die Aufmerksamkeit reicher, mächtiger Leute ein zusätzlicher Vorteil seines Jobs.

Der Kongreßabgeordnete sah nichts Unrechtes in den Subventionen, die aus den Rojos Multimillionäre gemacht hatten. Die Getreide-, Milch- und Tabaklobby saugte die Steuerzahler schon seit Jahren aus, indem sie möglichst melodramatisch auf die Not des »landwirtschaftlichen Familienbetriebs« hinwiesen. Warum sollte das nicht auch für den Zuckeranbau gelten? Gleichermaßen kostete ihn der Gedanke an den Schaden, der damit den armen Karibiknationen zugefügt wurde, keine Minute seines Schlafs. Auch beunruhigte den Kongreßabgeordneten in keinster Weise die Millionen Kubikmeter ungeklärter Abwässer, die die Zuckeranbauer in die Everglades leiteten. Dilbeck verstand die ganze Aufregung gar nicht. Tatsächlich interessierte er sich kaum für die Everglades. Sie waren eintönig, sumpfig, und es wimmelte dort von Insekten. Einmal, als er während des Wahlkampfs in ein Miccsukeedorf kam, erklärte der Kongreßabgeordnete sich zu einer Fahrt mit einem Propellerboot bereit, weil Erb Crandall dies für eine sensationelle Fotogelegenheit hielt. Dem Propellerboot ging mitten auf dem Shark River der Sprit aus, und Dilbeck verbrachte zwei schlimme Stunden damit, sich mit Blut vollgesogene Moskitos aus den Ohren zu puhlen.

»Und ich habe schon viel saubereres Wasser in einem Schweinetrog gesehen«, sagte er zu Erin.

Sie beschimpfte ihn, weil er sich für die Rojos prostituierte. »Was meinst du denn, wo unser Trinkwasser herkommt?« Sie deutete durch die Fenster der Limousine. »Von dort, Davey. Und deine Freunde schütten Kunstdünger rein.«

Darrell Grant langweilte sich zu Tode. Wiederholt versuchte er, Pierre in eine Unterhaltung zu verwickeln, aber stets ohne Erfolg. Der Highway verengte sich zu zwei unbeleuchteten Fahrspuren, die Darrell als U.S. 27 identifizierte. Die Limousine sauste durch die Dunkelheit. Der einzige Hinweis auf die Stadt war ein ungewisses schwefelgelbes Leuchten weit im Osten. Darrell hatte nicht den leisesten Schimmer, wohin Erin mit ihnen fuhr, und der alte Knacker in der Cowboykluft blieb ihm ein Rätsel. War das ein reicher neuer Freund? Die Vorstellung von Erin als Goldgräberin gefiel ihm – wie die Mutter so die Tochter?

Darrell begann einen Plan zu entwerfen, aber die Drogen störten seine Konzentration. Eigentlich wollte er nur noch schlafen.

Es war halb elf, als sie in Belle Glade eintrafen. Pierre verließ die Hauptstraße und fuhr langsam durch ein leerstehendes Arbeitercamp. Erschrocken befahl David Dilbeck dem Chauffeur, Gas zu geben, bevor irgendwelche Desperados aus dem Slum herausstürzten und die Limousine demolierten. »Sie ist nur geleast«, erklärte er Erin.

»Erzähl mir nicht, daß du noch nie hier draußen warst.«

»Was regt es dich auf«, meckerte der Kongreßabgeordnete.

Die angenehme Benommenheit des Champagners hatte sich in eine quälende Migräne verwandelt.

Pierre kehrte auf den Highway zurück und fuhr weiter, bis die Stadt wieder in grüne Zuckerrohrfelder überging. Erin bat ihn, am Straßenrand anzuhalten.

»Er versteht kein Englisch«, sagte Dilbeck ungeduldig.

Pierre lenkte den Wagen vom Asphalt herunter und bremste auf dem Straßenbankett. Er ließ den Motor laufen.

»Hier steigen wir aus«, verkündete Erin fröhlich. »Und, Davey, vergiß dein Dschungelspielzeug nicht.«

Dilbeck blickte argwöhnisch in die Nacht.

Vor der Ernte wird Zuckerrohr angezündet, um die Blätter tragenden Spitzen abzubrennen, die nutzlos sind, und um die Tiere von den Feldern zu vertreiben. Daher steigt während der Saison Qualm in mächtigen Säulen von den Zuckerrohrhalmen auf und verdunkelt manchmal den gesamten Himmel. An diesem Abend aber war der Himmel kristallklar und übersät mit Sternenkonstellationen, die man in der Stadt niemals sehen konnte. Ein abnehmender gelber Mond stand tief am Himmel.

Pierre öffnete die hintere Tür der Limousine, und der Kongreßabgeordnete stieg als erster aus, unter dem Arm ein schlankes braunes Paket. Ihm folgte mit unsicheren Schritten Darrell Grant. Das herausragende Neunereisen schlug scheppernd gegen ein hinteres Kotflügelblech. Als letzte tauchte Erin aus dem Wagen auf und bewegte sich vorsichtig auf ihren Stöckelschuhen. Pierre gab ihr zur Pistole eine kleine Taschenlampe.

Darrell Grant klagte über Blähungen. »Ich würde lieber hierbleiben und schlafen.«

»Klar. Im Kofferraum.« Erin winkte mit der Pistole. »Pierre, öffnen Sie bitte Mr. Grants *Boudoir*.«

Der haitianische Chauffeur klappte den Kofferraumdeckel hoch und schob den Ersatzreifen zur Seite, um Platz zu schaffen.

»Im Kofferraum?« Darrell Grant schlug dem Kongreßabgeordneten auf den Rücken. »Habe ich dir nicht gesagt, daß sie einem das Ego ruiniert?«

David Dilbeck machte ein sorgenvolles Gesicht. »Erin, ich habe es am Herzen.«

»Wer hat das nicht? Darrell, steig schon in den verdammten Kofferraum.« Sie leuchtete ihm mit der Taschenlampe in die Augen.

»Erschießt du mich sonst?« Er kicherte nach Junkieart. »Irgendwie glaube ich dir das nicht.«

Erin befahl ihm, sich hinzulegen und ein Nickerchen zu machen. Darrell Grant lehnte sich gegen den Kotflügel der Limousine. »Eines wollte ich dich schon immer mal fragen: Wie schaffst du das eigentlich? Ich meine, Fremden dein Fleisch vorzuführen?« Er stieß dem Kongreßabgeordneten mit dem Golfschläger erbost in die Seite. »Perversen alten Scheißern wie ihm, ich begreife nicht, wie du das tun kannst.«

»Es ist die Musik, die mich dazu bringt. Mehr nicht.«

»Du meinst, es ist nur eine Show? Da bin ich mir nicht so sicher.«

»Männer lassen sich leicht den Kopf verdrehen.«

Ein gequältes Stöhnen drang aus David Dilbecks Kehle. »Ich muß mal pinkeln.«

Erin ließ den Taschenlampenstrahl zu den Reihen Zuckerrohr hinüberwandern. »Nur zu«, sagte sie. Dilbeck watschelte davon und fingerte an den Knöpfen seiner Jeans herum.

Darrell Grant schnaubte. »Ich wäre nie auf die Idee gekommen, daß du als Stripperin arbeiten könntest.«

»Du hast das Sparkonto leergeräumt«, sagte Erin lakonisch. »Und ich mußte meinen Anwalt bezahlen.«

»Außerdem hast du das Geschäft in diesen Nacktschuppen durchschaut, stimmt's? Du fährst ihnen durch die Haare, spielst mit ihrer Krawatte und erklärst ihnen, wie gut sie riechen.«

»Vielleicht ist das der Grund, warum sie die Stripperei ein Spiel nennen.«

»Mein Gott, du bist wirklich eiskalt.«

Man konnte hören, wie der Kongreßabgeordnete das Zuckerrohr bewässerte. Er blickte über die Schulter und rief: »Ich liebe dich wirklich!«

»Bemitleidenswert«, sagte Darrell.

Erin lächelte. »Damit ist meine Beweisaufnahme abgeschlossen.«

»Weißt du, was ich glaube? Ich glaube, du fährst total darauf ab.«

»Darrell, heute abend redest du zuviel. Verzieh dich in den Kofferraum, dir gefällt dieser verdammte Wagen doch so gut.«

Er ignorierte die Aufforderung. »Ich gebe Angie nicht auf, damit du es weißt. Ich verfolge euch auf Schritt und Tritt, wenn es sein muß auch bis in die Hölle und wieder zurück.« Er drängte sich an ihr vorbei und ging auf das Zuckerrohrfeld zu.

»Darrell, bleib stehen.« Sie hob die .32er mit einer Hand und hielt in der anderen die Taschenlampe.

Ihr Ex-Mann drehte sich um. Der Lichtstrahl erhellte sein grinsendes Gesicht. »Du tötest mich nicht. Nicht den Vater deines einzigen Kindes!«

Erin dachte darüber nach. Sie stellte sich vor, wie er Angies Puppen zerstörte, und ihr Pistolenarm versteifte sich. »Du hast dem Richter erzählt, ich sei als Mutter unfähig. Glaubst du das wirklich?«

»Das war typischer Anwaltsjargon, mein Gott. Du nimmst jeden Scheiß immer gleich persönlich.« In einer flehenden Geste breitete er die Arme aus. Dabei glänzte der Schaft des Neunereisens. »Zur Hölle, du warst eine gute Mutter. Und ich ein guter Daddy. Das war doch alles nur das Gerede der Anwälte, mehr nicht.«

In diesem Moment wußte Erin, daß sie nicht schießen würde.

Sie brauchte es nicht zu tun. Der armselige Kerl war bereits am Ende. Pleite, ausgelaugt, verletzt, verkrüppelt und auf der Flucht vor dem Gesetz. Darrell Grant zu töten würde überhaupt nichts bringen.

»Komm zurück«, sagte sie zu ihm. »Ich habe bestimmte Pläne mit dir.«

»Du meinst Pläne wie das Gefängnis? Nein, vielen Dank, Zuckerpüppchen.« Er winkte ihr schelmisch zu und setzte seine Flucht fort.

Sie feuerte zweimal dicht neben Darrell Grants Stiefeln auf den Boden. Der Knall der Schüsse wurde vom Zuckerrohrdickicht verschluckt. Sie hörte ihren Ex-Mann das Wort *Biest* brüllen. Als sie den Lichtstrahl der Taschenlampe auf die Stelle richtete, wo er gestanden hatte, war er verschwunden und brach wie ein fliehendes Reh durch das Zuckerrohr. Langsam ließ sie den Lichtstrahl im Kreis herumwandern, bis er auf dem Kongreßabgeordneten, der sich gerade nervös die Hose zuknöpfte, zur Ruhe kam. Er stakste aus dem hohen Gras heraus und fragte: »Alles in Ordnung?«

Die Pistole war ganz heiß in Erins Hand. Dieser verdammte Darrell, dachte Erin. Vielleicht tritt er auf eine Klapperschlange.

Sie konzentrierte sich auf David Dilbeck. »Zieh dich aus«, forderte sie ihn auf.

»Ich wußte es. Du läßt mich tanzen.«

»Du hast es dir gewünscht«, sagte Erin.

Nachdem das Zuckerrohr geschnitten ist, sammelt eine Maschine die Halme auf, zieht die überschüssigen Blätter ab und kippt die Ladung in eine Feldlore. Wenn die Lore sich füllt, transportiert ein Förderband das Zuckerrohr in lange Anhänger mit Stahlgitterbehältern, die an Traktoren angehängt werden. Jeder Behälter faßt zwanzig Tonnen und hat eine Seitenkippvorrichtung. In regelmäßigen Abständen stehen diese Hänger auf den Fahrzeugen, die die Zuckerrohrfelder von Okeechobee begrenzen.

Zuerst dachte Darrell Grant, er sei vor dem Zaun eines Zuchthauses gelandet, aber beim Näherkommen erkannte er, daß die Konstruktion die Seitenwand eines Truckaufbaus war. Indem er einen der Riesenreifen als Leiter benutzte, begann Darrell hinaufzuklettern.

Der Zuckerrohrtransporter bot einen doppelten Vorteil: Er sah aus, als biete er ein sicheres Versteck vor seiner mordlustigen Ex-Frau und als sei er ein hervorragender Schlafplatz. Es war für Darrell wichtig, daß er sich schnellstens ausstrecken konnte, bevor er umkippte. Die Krebstabletten hatten seinen Kreislauf völlig durcheinandergebracht. Offensichtlich hatte er sich hinsichtlich der Dosierung geirrt und seine eigene Belastbarkeit erheblich falsch eingeschätzt.

Nachdem er das Drahtgitter überwunden hatte, ließ er sich auf das feuchte Bett aus nach Qualm riechendem Zuckerrohr fallen und grub sich hinein wie ein Erdwurm. Er fühlte sich clever, unsichtbar und sicher. Wäre er nüchtern und Herr seiner Sinne gewesen, hätte er sich wahrscheinlich Gedanken über den Bestimmungsort des Lastwagens und über die Weiterverwendung seines Inhalts gemacht.

Die beladenen Anhänger werden von den Feldern zur Fabrik gebracht und kippen ihren Inhalt auf Förderbänder. Der erste Schritt der Verarbeitung ist die Zerkleinerung des Zuckerrohrs, die durch zahlreiche Reihen glänzender Messer vorgenommen wird. Die Fasern werden dann einem Druck von fünfhundert Tonnen ausgesetzt. Auf diese Weise werden die wichtigen Säfte entzogen. Trocknungsvorrichtungen verwandeln den gereinigten Zuckerrohrsaft in einen Sirup, der vorsichtig erhitzt wird, bis er eine Mischung aus Zuckermelasse und -kristallen darstellt. Die Trennung der beiden Substanzen wird mit Hilfe von Hochgeschwindigkeitszentrifugen erreicht.

Gewöhnlich ist eine halbe Tonne Zuckerrohr nötig, um hundert Pfund Rohzucker zu erhalten. Sowohl Gewicht als auch Reinheit können jedoch erheblich beeinflußt werden, wenn fremde Substanzen hinzugefügt werden, wie zum Beispiel menschliche Körperteile.

Darrell Grant hatte eine zu starke Medikamentation gewählt und sich zu gut versteckt. Gegen Tagesanbruch, als der Anhänger, in dem er sich zur Ruhe gelegt hatte, in Richtung Zuckerfabrik losrollte, befand er sich in einem tiefen Junkieschlaf, erwachte nicht, zumindest nicht, um den Prozeß noch aufzuhalten. Weder Hilferufe noch Schreie noch Schmerzlaute unterbrachen den Fabrikationsablauf. Es war das Neunereisen an Darrell Grants Arm, das die Messerklingen stoppte und die Jungs von der Qualitätskontrolle zur Zerkleinerungsanlage rief.

Die Fabrik stellte den Betrieb für drei Stunden ein, während die örtliche Polizei die Überreste aufsammelte und in einen Sack füllte. Der Sheriff von Palm Beach gab wenig später eine Pressemeldung heraus, in der er verlauten ließ, daß ein Wanderer während eines Unfalls in der Fabrik auf den Rojo-Farmen ums Leben gekommen sei. Die Behörden baten die Öffentlichkeit um Hilfe bei der Identifikation des Opfers, das als weiß, männlich, Anfang Dreißig und blond beschrieben wurde. Eine Phantomzeichnung wurde nicht beigefügt, da der Zerkleinerer herzlich wenig übriggelassen hatte, womit der Polizeizeichner hätte arbeiten können. In der Pressemitteilung hieß es weiter, das Opfer habe Jeans und Stiefel getragen und sei vermutlich begeisterter Golfer gewesen.

In der Fabrik wurde eine Hausmitteilung formuliert, die den Angestellten versicherte, der Unglücksfall mindere die hervorragende Qualität des Firmenprodukts in keinster Weise. Insgeheim fragten sich die Arbeiter jedoch voller Sorge, wieviel von dem toten Wanderarbeiter tatsächlich in die Tagesproduktion gelangt war.

Unappetitliche Gerüchte wucherten ungehindert, und viele Arbeiter verzichteten darauf, ihren Kaffee und ihren Tee zu süßen. Wie alle Zuckerhersteller hatten auch die Rojo-Farmen eine Vorschrift gegen die Verwendung künstlicher Süßstoffe durch Angestellte auf dem Firmengelände erlassen. Wenige Tage nach Darrell Grants gräßlichem Tod begann jedoch eine geheim operierende Organisation von Angestellten Päckchen mit Sweet-'n-Low-Süßstoff in die Cafeterias der Rojo Company zu schmuggeln. Eine interne Untersuchung schaffte es nicht, die Schuldigen zu überführen oder den Süßstoffstrom zu stoppen. Um das unangenehme Aufsehen eines Arbeitskampfs zu vermeiden, ließ das Fabrikmanagement die Angelegenheit auf sich beruhen. Die Rojos selbst erfuhren von alledem nichts.

32. KAPITEL

Shad schlug mit der Faust heftig auf das Armaturenbrett.

»Jetzt reicht's!« sagte Al García. »Rauchen Sie 'ne Zigarre!«

»Wir sind vielleicht ein paar Helden!«

García fuhr mit über neunzig Sachen über die Interstate. Shads glatte Schädeldecke reflektierte auf seltsame Art das bläuliche Funkeln der Armaturenbrettbeleuchtung. Der Fahrtwind pfiff durch das zertrümmerte Fenster. Shad spuckte wütend in die Nacht.

»Immer mit der Ruhe«, sagte García. »Hey, ich habe schon vor langer Zeit aufgehört, den Helden zu spielen. Dinge in Gang zu setzen ist manchmal das beste, was man tun kann.« Der Detective paffte ausgiebig an einer frischen Zigarre. »Deshalb habe ich meine Visitenkarte in das Bankschließfach des toten Anwalts gelegt. Ich hatte mir ausgerechnet, daß Mr. Moldowsky dadurch zu einigen dummen Reaktionen animiert würde.«

»Das hier ist kein Spiel«, knurrte Shad. »Das waren Ihre eigenen Worte.«

»Dennoch muß man manchmal ein Spiel inszenieren. Wir haben es getan.«

»Und sehen Sie sich an, was passiert ist. Erin wurde entführt.«

»Unterschätzen Sie die Lady nicht.« Der Detective drehte sein Seitenfenster herunter und streifte ein Stück Asche von seiner Zigarre. »Ist Ihnen an der Spiegelinschrift irgend etwas aufgefallen? Außer, daß es Lippenstift war?«

Shad hockte mit düsterer Miene auf seinem Sitz, damit beschäftigt, sich für den Kongreßabgeordneten ein angemessenes Schicksal auszumalen. Dabei dachte er an Salzsäure und klaffende Wunden im Gesicht.

»Mir ist folgendes ins Auge gesprungen«, fuhr García fort. »Die Worte auf dem Spiegel waren nicht in Blockbuchstaben geschrieben, sondern in makelloser Handschrift. Und nun erzählen Sie mir mal eins, *chico*, wer schreibt schon perfekt leserlich, während einem die Pistole an den Kopf gehalten wird und man gekidnappt werden soll? Ich glaube, niemand.«

Shad runzelte nachdenklich seine Stirn. Im Dunkel des Wagens sah seine glatte rosige Schädelkugel wie der Kopf eines riesigen Neugeborenen aus. »Wollen Sie behaupten, sie hat das alles geplant?«

García nickte. »Möglich.«

»Diesen Kerl in der Fischkiste hat sie niemals erschlagen.«

»Das denke ich auch.« Der Gesichtsausdruck des Detectives wurde von einer wirbelnden blauen Qualmwolke verhüllt. »Trotzdem hatte sie einen genauen Plan.«

Shad erinnerte sich, daß Urbana Sprawl gesagt hatte: Erin habe irgend etwas Schlimmes vor.

»In solchen Situationen«, redete der Detective weiter, »frage ich mich immer, wer die Trümpfe in der Hand hat. Und das ist ganz eindeutig Erin, nicht Dilbeck. Auf der einen Seite haben wir diesen arroganten alten Knacker, der glaubt, er sei für jede Muschi das Geschenk des Himmels, dabei wünscht er sich auf der ganzen weiten Welt nichts anderes als die Liebe dieser einen wunderschönen Tänzerin. Ich denke, er würde sich im siebten Himmel fühlen, wenn dieses Girl seinen Schwanz auch nur anlächeln würde. Können Sie mir folgen?«

Shad fischte sich eine Zigarre aus Al Garcías Hemdtasche und riß die Umhüllung mit den Zähnen ab.

García kicherte. »Soviel Champagner. Ich wette, der alte Davey hat heute überhaupt nichts mehr hochgekriegt. Und Erin ist ihm IQ-mäßig um mindestens dreißig Punkte voraus, wenn nicht mehr.«

»Männer spielen wegen ihr schon mal verrückt«, sagte Shad. »Ich hab's des öfteren erlebt.«

»Dilbeck ist nicht gerade der typische Vergewaltiger, er ist viel zu sehr von sich eingenommen.«

»Er braucht gar nicht typisch zu sein«, sagte Shad und biß von der Zigarre die Spitze ab. »Er braucht nur auf dumme Gedanken zu kommen.«

García sagte für mehrere Meilen gar nichts. Der Verkehr wurde spärlicher, je weiter sie nach Westen kamen.

Schließlich murmelte Shad: »Belle Glade, so eine Scheiße. Wohin in Belle Glade?« Er sah García fragend an. »Ich nehme an, Sie haben eine Vorstellung.«

»Wie ich schon vorher über das Dinge-in-Bewegung-Setzen sagte – sehen Sie, es gibt Menschen, die haben eine bestimmte Vorstellung von Gerechtigkeit. Sie reden über das ›System‹ und meinen damit Cops, Richter, Geschworene und Gefängnisse. Wenn das System funktionieren würde, sagen sie, dann gäbe es kein Verbrechensproblem! Die Straßen wären sicher, die Bösen wanderten für den Rest des Lebens hinter Gitter.«

Shad stieß ein verzweifeltes Lachen aus, zog den Zigarettenanzünder aus dem verbeulten Armaturenbrett und hielt ihn an seine Zigarre. »Sehen Sie sich nur Erins verrückten Mistkerl von einem Ex-Ehemann an. Daran erkennen Sie, wie toll dieses System funktioniert.«

»Genau«, sagte García und schlug mit einer Hand in die Luft. »Darrell Grant war Spitzel für die Cops. Die Guten bezahlen die Bösen im Namen der allmächtigen Gerechtigkeit. Das kann der einfache Steuerzahler nicht verstehen. Sehen Sie, ›das System‹ ist ein Spiel, mehr nicht. Typen wie Moldowsky kann ich nichts anhaben. Das gleiche gilt für den Kongreßabgeordneten. Also, was tue ich? Ich versuche, irgendwelche Dinge in Bewegung zu setzen. Ich werfe mit Scheiße um mich und sehe mir an, wo sie klebenbleibt.«

»Weil Sie gar keinen richtigen Fall haben«, sagte Shad.

»Überhaupt keinen. Aber das heißt nicht, daß es nicht doch Gerechtigkeit geben kann.«

»Mann, Sie sind ein Träumer.«

»Kann schon sein«, sagte Al García, »aber ich bin sicher, daß Moldowsky die Morde an Jerry Killian und an diesem schmierigen Anwalt und seiner Cousine arrangiert hat. Ich weiß genauso sicher, daß ich ihm das nie und nimmer hätte nachweisen können.« Er hob eine buschige schwarze Augenbraue. »Aber soviel weiß ich: Heute abend habe ich eine stinkende Fischkiste geöffnet und Mr. Malcolm J. Moldowsky gefunden. Schicksal, Ironie, nennen Sie es, wie Sie wollen. Wenigstens kann ich jetzt meinem Jungen etwas erzählen.«

»Ihrem Jungen?« fragte Shad.

»Er war es, der die Leiche im Fluß gefunden hat.«

Shad knurrte etwas Unverständliches.

»Wenigstens kann ich ihm versichern, daß es vorbei ist«, sagte García. »Endlich einmal hat der Böse bekommen, was er verdient hat.«

»Ich bin noch nicht in Stimmung, um zu feiern«, knurrte Shad. »Ich möchte vorher Erin lebendig wiedersehen.« Er machte einen zischenden, stinkenden Zug an der Zigarre. »Sie sollten lieber hoffen, nicht die falschen Dinge in Bewegung gesetzt zu haben.«

»Ja«, erwiderte der Detective leise. »Diese Gefahr besteht natürlich immer.«

Shad beruhigte sich ein wenig. Er fühlte sich etwas besser, wenn noch die Möglichkeit bestand, daß Erin die Situation unter Kontrolle hatte.

»Versprechen Sie mir nur eins«, sagte er zu Al García. »Versprechen Sie mir, daß Sie nicht schon wieder einen menschlichen Schädel in Ihrer Kühlbox da hinten haben.« Er deutete mit dem Daumen auf den Kofferraum des Caprice.

García grinste. »Die Nacht ist noch jung«, sagte er.

Der Kongreßabgeordnete zog sich aus bis auf seine Boxershorts und die Cowboystiefel. Erins Taschenlampenstrahl glitt über seine schwammige Erscheinung. Sie schämte sich ein wenig für ihn, aber diese Empfindung verflüchtigte sich sehr schnell.

»Was nun?« fragte Dilbeck und schlug mit der flachen Hand nach Insekten, die ihn umschwirrten.

»Du weißt schon, was jetzt kommt.«

»Ah.« Sein Tonfall änderte sich. Aufgeregt wickelte er das braune Paket aus und hielt die Machete mit beiden Händen, die Klinge flach auf den Handflächen, um sie Erin zu zeigen. »Willie Rojo hat sie mir geliehen. Sie hängt an der Wand in seinem Arbeitszimmer.«

»Sehr geschmackvoll.«

Der Kongreßabgeordnete fuhr mit einem Finger an der Klinge entlang und grinste affektiert. »Ich glaube, ich weiß, was du willst.«

»Das bezweifle ich«, murmelte Erin.

»Du spielst gerne«, sagte Dilbeck hoffnungsvoll.

»Ach, hör auf.«

»Rollenspiele...«

»Nein, Süßer.«

»Du bist die Herrin und ich der Sklave! Wie läuft denn nun dein kleines Spiel?«

»Dann paß mal auf: Ich will, daß du Zuckerrohr schneidest.«

Er kicherte nervös. »Aber ich weiß nicht, wie das geht.«

»Ach, versuch es einfach«, sagte Erin. »Mir zuliebe.«

»Ich würde mich viel besser fühlen, wenn du die Pistole weglegen würdest.«

»Bald«, sagte sie. »Das verspreche ich dir.«

Mit der Taschenlampe dirigierte sie den Kongreßabgeordneten zu einer Reihe reifen Zuckerrohrs. Er trat vor und schwang die Machete. Die Halme zitterten, brachen aber nicht ab.

»Mit einer Champagnerflasche kannst du aber viel besser umgehen«, meinte Erin.

David Dilbeck schnaubte. »Paß auf«, sagte er und begann zuzuschlagen. Jeder Hieb wurde von einem schrillen Keuchlaut begleitet, der Erin an die Tennisspielerin Monica Seles erinnerte. Die Erntetechnik des Kongreßabgeordneten war ebenfalls verbesserungsbedürftig: Die Zuckerrohrhalme wurden weniger abgeschnitten als vielmehr zerhackt. Erin richtete weiterhin den Lichtstrahl auf die Stangen, damit Dilbeck erkennen konnte, auf was er einschlug, denn sie wollte nicht, daß er im Eifer des Gefechts auch noch seine eigenen Zehen erntete.

Nach knapp einer Minute hörte der Kongreßabgeordnete auf. Sein Gesicht war gerötet, seine Brust hob und senkte sich heftig, und sein schlaffer Bauch war schweißbedeckt. Die Boxershorts waren heruntergerutscht und entblößten einen Teil seines marmorbleichen Hinterns. Er keuchte wie ein zahnloser alter Löwe.

Erin sagte: »Süßer, nicht aufhören. Du verleihst dem Begriff ›Diener des Volkes‹ eine ganz neue Bedeutung.«

Dilbeck knickte in der Hüfte ein und atmete mühsam. Dann sagte er: »Du bist ja noch immer angezogen.«

»Natürlich bin ich das.«

»Schön, schön.« Er wischte sich die Handflächen an seiner Unterhose ab. »Wieviel noch, bis wir mit unserem Spiel anfangen?«

»Ich dachte an mindestens eine Tonne.«

»Sehr lustig.«

»Ein Wanderarbeiter«, erklärte Erin, »schneidet am Tag acht Tonnen.«

»Acht Tonnen«, murmelte der Kongreßabgeordnete. Das hatte ihm auch Chris Rojo erzählt. Es schien absolut unmöglich.

»Ein Arbeiter, ganz alleine«, bekräftigte Erin. »Ich habe einiges über den Zuckerrohranbau gelesen, damit wir uns eingehend darüber unterhalten können.« Sie schleuderte ihre Stökkelschuhe von den Füßen. »Ich nahm an, daß du alles über Zucker weißt in Anbetracht der Tatsache, daß die Rojos deinen Arsch besitzen.«

»Das ist eine verdammte Lüge.« Dilbeck versteifte sich.

Erin richtete die Taschenlampe auf ihn – er war aufrichtig wütend, aber es war nicht einfach, in Boxershorts beleidigt auszusehen. Sie sagte: »Rate mal, was die Rojos ihren Arbeitern zahlen.«

»Das ist mir völlig gleichgültig«, schnappte der Kongreßabgeordnete. »Es ist auf jeden Fall besser, als in den *barrios* von Kingston zu verhungern.«

»Ah – dann ist das Ganze also ein Unternehmen der Menschlichkeit.« Erin wischte sich eine imaginäre Träne aus dem Auge. »Bitte entschuldigen Sie, Mister Congressman, es war wohl ein Mißverständnis. Ich hatte angenommen, Ihre Freunde seien geldgierige Geschäftsleute, die notleidende, verzweifelte Seelen ausnutzen. Jetzt muß ich feststellen, daß sie eigentlich richtige Heilige sind!« Sie winkte mit der Pistole. »Mach weiter, Süßer. Und übrigens, in Jamaika gibt es keine *barrios*. Man nennt sie Slums. Du bringst schon wieder alles durcheinander.«

Dank seiner Wut mit frischer Energie erfüllt, attackierte Dilbeck das Zuckerrohr wie ein Wilder. Zwischen seinen Ächzlauten keuchte er: »Wer bist du schon, daß du mich belehren willst!«

»Lediglich ein Wähler«, sagte Erin. Sie erinnerte ihn daran, daß sein Saufkumpan, der junge Señor Rojo, ihr tausend Dollar für einen ihrer Schuhe gezahlt hatte. »Aber ich vermute, daß er es sich leisten kann«, bemerkte sie, »wenn man bedenkt, was er seinen Arbeitern bewilligt.«

Der Kongreßabgeordnete legte eine kurze Pause ein. »Das ist eine simplifizierende Betrachtungsweise, junge Dame. Überaus simplifizierend sogar.«

»Davey, wann stimmt dein Komitee über die Zuckersubventionen ab? Ich frage mich, wie die Rojos reagieren, wenn du dort einfach nicht erscheinst.«

Dilbeck konnte nicht verstehen, wie ein Abend, der so vielversprechend begonnen hatte, sich derart katastrophal hatte entwickeln können: eine Stripperin mit einer Pistole irgendwo in einem beschissenen Niemandsland – und er, bis zu den juckenden Eiern im Zuckerrohr. Traurig kam er zu dem Schluß, daß wilder Cowboysex nicht mehr auf dem Terminplan stand. Erschreckendere Szenarios entstanden vor seinem inneren Auge. All das Gerede von Sklavenarbeit, von den Rojos, von der Abstimmung im Ausschuß ... warum redete eine Frau von solchen Dingen?

Er schwang die Machete, bis sein Arm ganz taub war. Dann sank er auf die Knie.

»Gute Arbeit«, lobte Erin. »Nur noch neunzehnhundert Pfund.« Sie fragte sich, was ihre Mutter, die notorische Opportunistin, zu dieser Szene sagen würde. David Dilbeck war der Typ, den Mom als ehelichen Siegespreis betrachten würde – reich, prominent und, wenn anständig angezogen, durchaus präsentabel.

»Was willst du wirklich?« fragte er.

Erin kauerte sich neben ihn. »Erinnerst du dich an einen Mann namens Jerry Killian?«

Dilbeck nickte wachsam. »Er war es, der mich erpressen wollte. Damals sprach ich mit dem Richter über eine, äh, Neubewertung deines Sorgerechtsstreits.«

»Und was ist passiert, Davey?«

»Der Richter lehnte ab. Er saß plötzlich auf dem hohen Roß.«

»Und was war mit Killian?«

»War er ein Freund von dir?« Der Kongreßabgeordnete redete zögernd weiter. »Ich weiß nicht, was geschah. Malcolm sagte, man kümmere sich darum. Wir haben nie wieder etwas von dem Mann gehört.«

»Natürlich, weil er ermordet wurde.«

Dilbeck kippte nach vorne auf die Hände. »Mein Gott«, sagte er. »Stimmt das? Das ist doch nicht möglich.«

»Und ob.« Erin stand auf. »Nur wegen dir, wegen der Rojos«, sie beschrieb mit der Pistole eine ausholende Geste, »und wegen des Zuckers hier draußen.« Sie verfolgte, wie er sich in eine sitzende Position hochkämpfte. »Ein Mann ist tot, Davey, und nur, weil du ein Gauner bist.«

Der Kongreßabgeordnete sah aschfahl und am Boden zerstört aus. Er bat Erin, ihm verdammt noch mal nicht ständig in die Augen zu leuchten. »Neunzehn Jahre«, sagte er heiser. »Neunzehn Jahre habe ich in Washington, D.C., gedient. Wage nicht, mein Verdienst in irgendeiner Weise zu schmälern.«

»Ein Mann ist tot«, sagte Erin.

»Dann sieh dir mal an, was ich alles geleistet habe. Ich habe für jeden Gesetzesvorschlag zur Verbesserung der Bürgerrechte gestimmt, der je im Kongreß vorgelegt wurde. Es waren die wichtigen Themen unserer Zeit – Sozialversicherung, gleiches Wohnrecht für alle, niedrigere Kabelfernsehgebühren. Sieh dir nur mal an, wie ich gestimmt habe. Und die Farmer, ja, da hast du verdammt recht. Ich unterstütze den landwirtschaftlichen Familienbetrieb, und ich schäme mich nicht, das offen zu verkünden!«

Erin seufzte innerlich. Dilbeck plapperte papageienhaft eine seiner Wahlreden herunter.

»Und wer hat ganz allein die letzte Diätenerhöhung im Kongreß verhindert? Ich! Ich habe die entscheidende Stimme abgegeben. Glaubst du nicht, daß das einiges an Mut gekostet hat?«

Hastig unterbrach Erin den Monolog. »Ich habe dein Büro auch einmal angerufen.«

Dilbeck hielt inne. »In Washington? Weshalb?«

»Um mich nach Jerry Killian zu erkundigen. Du warst gerade beschäftigt.«

Der Kongreßabgeordnete sagte: »Wenn ich gewußt hätte ...«

»Was haben die Rojos für dich getan? Partys, Mädchen, Kreuzfahrten mit der Yacht – was sonst noch? Las Vegas? Ab und zu mal ein Urlaub auf den Inseln?« Erin umkreiste ihn. »Ich glaube, du bist jemand, der zu nichts nein sagen kann, was er umsonst bekommt.«

Dilbeck wischte sich theatralisch über die Stirn. »Mein Vater«, sagte er in erprobtem beifallheischenden Tonfall, »war ein einfacher Arbeiter. Weißt du, womit er seinen Lebensunterhalt verdient hat? Mit dem Auspumpen von Faulbehältern.«

Sie nickte. »Den könnten wir jetzt gut gebrauchen.« Dann ging sie zur Limousine, um einen Punkt mit Pierre zu klären, und kehrte mit einem Martini in einem Plastikbecher zurück.

»Gott segne dich«, sagte der Kongreßabgeordnete und soff wie ein Hund.

Sie öffnete den Reißverschluß ihres Minikleids, streifte es bis zu ihren Füßen hinab und schleuderte es weg. Ein Ausdruck lustvoller Verwirrung kehrte in David Dilbecks Miene zurück. In den eingefallenen Augen flackerte Hoffnung. In dem schlichten weißen Büstenhalter sah die Tänzerin jungfräulich und toll aus. Der Kongreßabgeordnete verspürte ein vertrautes Brennen der Lust. Die Frau war ein Engel in finsterer Nacht.

»Du bist wahrlich teuflisch«, murmelte er. »Ich liebe dich wahnsinnig.«

»Hast du«, fragte sie, »auch nur den Hauch einer Vorstellung, was hier geschieht?«

Dilbeck schüttelte schicksalsergeben den Kopf. »Es liegt alles in der Hand Gottes.«

»O Gott!«

Er warf den leeren Becher weg. »Ich bin Kirchendiakon.«

»Ja, und ich eine singende Nonne. Steh auf, Davey.«

Sich zu erheben, erwies sich als ziemlich schwierig, denn der Kongreßabgeordnete war total erschöpft. Aber schließlich kam er mit Hilfe der Machete doch hoch und stand mit schlaff herabhängenden Armen da, während Erin mit der Taschenlampe eine letzte Inspektion vornahm. Aus den lächerlichen Stiefeln ragten mit blauen Adern übersäte Beine heraus, die immer noch von Vaseline glänzten. Der Lichtstrahl wanderte an seinem Körper hoch: rote und faltige Knie, tiefhängende Boxershorts, ausladender grauer Bauch, hochrote Operationsnarbe, erwartungsvolles Patriziergesicht und silbergraue Haare, nun jedoch ein verfilzter Wust, garniert mit Schlammspritzern und Zuckerrohrschnipseln.

»Du gibst vielleicht ein Bild ab«, sagte Erin.

Sie schätzte die Uhrzeit auf elf bis halb zwölf. Jetzt oder nie, dachte sie. Sie schleuderte die Taschenlampe so weit sie konnte in das Zuckerrohrfeld, wo sie lautlos landete. Dann tat sie das gleiche mit der Pistole.

Ich muß bescheuert sein.

»Hey!« sagte Dilbeck.

Im gelblichen Mondschein konnte Erin sein breites Grinsen erkennen.

»Demnach habe ich mich bei dir doch nicht geirrt«, sagte er.

Ich bin völlig verrückt.

»David«, sagte sie, »willst du tanzen oder quatschen?«

»Kontakt?«

Ich muß total verrückt sein.

»Was du möchtest, Süßer.« Irgendwo in der Nacht begann Jackson Browne zu singen.

Wo, zum Teufel, bleiben sie nur?

Auf einer zweispurigen Landstraße, die am Loxahatchee-Naturpark vorbeiführte, jagten drei Fahrzeuge nach Nordwesten auf die Stadt Belle Glade zu. Jeder der drei Wagen war ein schiefergrauer Ford jüngeren Baujahrs, jeder wurde von einem adrett aussehenden Mann in dunklem Anzug gelenkt. Es waren insgesamt sechs Männer – zwei in jedem Fahrzeug – und eine gutaussehende dunkelhaarige Frau mit einem kleinen Mädchen. Die Männer trugen alle Pistolen in den Schulterhalftern unter ihren Anzugjacken. Das kleine Mädchen umklammerte zwei Barbiepuppen, eine blonde und eine brünette. Die Frau saß neben dem Mädchen auf dem Rücksitz des dritten Wagens und sagte zu dem Mädchen, es brauche keine Angst zu haben, alles sei bald in bester Ordnung.

Angela Grant erwiderte, sie habe kein bißchen Angst.

Sergeant Al García hing hinter einem langsam fahrenden Kombiwagen, der mit flotten religiösen Sprüchen beklebt war. Entweder sah der Fahrer das blinkende Blaulicht im Rückspiegel nicht, oder er hatte keine Ahnung, was es bedeutete. García fragte sich, weshalb Leute mit JESUS-Aufklebern auf der Stoßstange stets mit zwanzig Meilen unter dem Tempolimit durch die Gegend gondelten. Wenn Gott *mein* Beifahrer wäre, dachte er, dann wäre ich nur noch mit hundertzwanzig Sachen unterwegs.

Shad zog an seiner Zigarre und erzählte traurige Geschichten von verpaßten Gelegenheiten – die Kakerlake im Joghurt, der

Skorpion im Hüttenkäse. »Es war alles vorbereitet und ausgedacht«, klagte er. »Es war verdammt noch mal perfekt.«

»Für mich klingt das verdächtig nach Betrug«, brummte García.

»Scheiße. Sagen Sie bloß, Sie haben ein Herz für Versicherungsgesellschaften.«

García trat aufs Gaspedal und überholte den Christentransporter auf dem Bankett. Ein paar Minuten später rollte der neutrale Caprice in den bescheidenen Industriebezirk von Belle Glade. Der Detective verlangsamte die Fahrt und hielt Ausschau nach der Limousine des Kongreßabgeordneten.

Shad beschrieb gerade, wie man kunstvoll eine ausgewachsene Kakerlake in ein gekühltes Milchprodukt bugsierte. Das Geheimnis, so vertraute er García an, sei eine gute Pinzette.

Der Detective, immer daran interessiert, neue Einsichten über die kriminelle Denkweise zu gewinnen, fragte: »Was ist denn mit der Kakerlake selbst? Muß sie etwas Besonderes sein?«

»Je frischer desto besser«, riet Shad.

In diesem Moment jagte ein Konvoi von drei grauen Fords in entgegengesetzter Richtung an ihnen vorbei. »So sieht es also aus!« rief García und wendete den Caprice. Cleveres Mädchen, dachte er. Das muß man ihr lassen.

»Was, zum Teufel, geht hier vor?« wollte Shad wissen. Zur Sicherheit stützte er beide Hände auf das Armaturenbrett. »Darf ich mal was fragen?« Die Zigarre hüpfte bei jedem Schlagloch zwischen seinen Lippen. »Angenommen, Sie wären ein Ex-Sträfling und hätten jetzt gerade eine Kanone bei sich.«

»Ich würde zusehen, daß ich sie schnellstens loswerde«, erwiderte Al García.

»Ja?« Shad drehte das Seitenfenster herunter. »Dann machen Sie mal die Augen zu«, bat er den Detective.

Erin sagte: »Entspann dich, Süßer.«

»Wie kann ich das?«

Sie preßte sich sacht gegen ihn, wiegte sich und träumte davon, daß sie mit jemand anderem zusammen wäre.

»Jetzt begreife ich«, sagte der Kongreßabgeordnete. »Du versuchst mich umzubringen. Du willst, daß ich einen Herzinfarkt bekomme.«

»Red keinen Quatsch«, sagte Erin. »Ich könnte dir jederzeit zu einem Herzinfarkt verhelfen.«

Feuchte Arme umschlangen ihre Taille. Eine Hand hielt noch immer die Machete.

»Vorsicht«, flüsterte Erin.

»Wir könnten in ein paar Wochen von hier weggehen«, sagte David Dilbeck. »Wir könnten die Yacht nehmen.«

»Klingt interessant.«

»Ich könnte dich glücklich machen«, sagte er. »Nach der Wahl könntest du mich nach Washington begleiten.«

»Ich weiß nicht, Süßer.«

Dilbeck spielte den reichen Gönner. »Es würde dir dort gefallen. Man kann dort phantastisch einkaufen.«

Erin widerstand dem Drang zuzubeißen. »Erzähl mir von dem Abend im Club«, forderte sie ihn auf, »von dem Abend, als du den jungen Mann angegriffen hast.«

Der Kongreßabgeordnete wand sich unbehaglich. »Ich kann mich kaum an etwas erinnern.« Er verstärkte den Druck seiner Arme. »Ich war überwältigt, benommen, völlig machtlos – normalerweise bin ich nie so gewalttätig. Ich glaube, das merkt man doch.«

»Du hast mir angst gemacht«, sagte Erin. Die Sekunden vertickten so langsam. Während sie auf das dichte Zuckerrohrfeld blickte, dachte sie an Darrell Grant und fragte sich, ob er einen Gegenangriff plante. Was würde er tun, wenn er sähe, wie der Kongreßabgeordnete sie vergewaltigte? Applaudieren?

»Malcolm meinte, dem jungen Mann ginge es gut, ich meine den, der mit der Flasche verletzt wurde«, sagte Dilbeck.

»Du hast ihm noch nicht mal einen Obstkorb geschickt.«

»Wie hätte ich das tun können?« Der Kongreßabgeordnete hörte auf zu tanzen und ergriff ihre Ellbogen. »Du verstehst noch immer nicht, oder? Die Position, die ich bekleide, ist bedeutend und empfindlich und mächtig. Wir haben ein Wahljahr, Liebling.«

»Du hast beinahe einen Menschen umgebracht«, sagte Erin.

»Sieh mal, ich will nicht in einem Atemzug mit Wilbur Mills und Gary Hart und allen anderen von der Sorte genannt werden. Kannst du meine Situation gar nicht nachempfinden?« Er drückte sie heftig an seine klebrige Brust. »Wir leben in einer gnadenlosen Welt, Engelchen.«

Wie recht du hast, dachte sie. »Davey, bitte schieb nicht deine Hände in meinen Schlüpfer.« Die Klinge der Machete berührte kühl ihren Oberschenkel.

Er sagte: »Nun ... ich warte auf den Kontakt.«

»Das ist er.«

»Nein, Liebes, das ist nur ein langsamer Tanz.«

»Entschuldige«, sagte Erin und wiegte sich weiter.

»Ich bin nicht den weiten Weg für eine derart harmlose Nummer hergekommen.«

»Davey, du bist so romantisch.«

»Sei nicht so zickig!« Erneut legten Dilbecks Arme sich um sie. Unbeholfen rieb er seinen Unterleib an ihrem Bauch. »Da! Wie ist es damit?« wollte er wissen.

»Hör auf«, sagte Erin kaum hörbar. Die feuchten Haare auf Dilbecks Brust fühlten sich an ihrer Wange wie Moos an. In gewisser Weise war sie dankbar für die Dunkelheit. So brauchte sie wenigstens nicht jede furchtbare Kleinigkeit mitanzusehen, falls irgend etwas schiefging.

»Mir reicht diese Spielerei jetzt«, verkündete der Kongreßabgeordnete. Abrupt begann er seine eigene krampfhafte Version eines erotischen Tanzes – er zerrte Erin hin und her, hüpfte, wobei sein eingefetteter Wanst gegen Erins Körper klatschte. Sie spürte, wie der Büstenhalter hochrutschte, wie die Perlen sich in ihre Brust drückten. Mit beiden Händen hielt sie ihren Schlüpfer fest.

David Dilbecks wildes Drängen hob Erin vom Erdboden hoch. Mit den Fäusten auf seine Schultern einzuschlagen, erwies sich als wirkungslos, daher versuchte sie zu schreien.

Dem Kongreßabgeordneten schien ihre Angst zu gefallen. »Endlich fängst du an zu begreifen.« Er packte die Perlenketten und drehte sie zu einer Schlinge. Nach und nach zog sie sich um Erins Hals zusammen.

Sie schrie ein zweites Mal – nicht gerade laut – und erneut, bis es weh tat. Schließlich rissen die Ketten, und Perlen ergossen sich auf ihre Brüste und kullerten wie winzige Hagelkörner ins Zuckerrohr.

33. KAPITEL

Pierre lehnte wartend an der Tür der Limousine und steckte die Finger in die Ohren, weil auf Anweisung der jungen Frau die Stereoanlage mit voller Lautstärke lief. Der Song erzählte von verliebten Anwälten. Pierre verstand es nicht und vermutete, daß er es auch nie verstehen würde.

Als er die sich nähernden Fahrzeuge entdeckte, schaltete er die Stereoanlage ab. Staub wirbelte auf, als die drei grauen Wagen in einem Dreieck zum Stehen kamen. Die Scheinwerfer durchschnitten die Nacht, Motten wirbelten wie Konfetti durch die grellweißen Lichtstrahlen.

Pierre legte die Hände auf den Kopf und zerknüllte seine

Chauffeursmütze. Er zählte sechs Männer in dunklen Anzügen, die wie Sargträger aussahen und die beim Aussteigen Pistolen zückten. Der größte, der ordentlich gekämmte blonde Haare hatte und eine Schildpattbrille trug, kam auf ihn zu und erkundigte sich, ob er derjenige sei, der sie angerufen habe.

»M-pa komprann«, antwortete Pierre und wiederholte es hastig zweimal, um Nichtverstehen anzudeuten.

Die bewaffneten Fremden berieten sich kurz und kamen zu dem Ergebnis, daß keiner von ihnen Kreolisch sprach. Der blonde Mann packte Pierre am Hemdkragen. »Wo ist sie?« fragte er entschlossen. »Sie wissen genau, wen ich meine.«

Seine Hände immer noch an der Mütze, deutete Pierre mit dem Ellbogen in die entsprechende Richtung. In diesem Moment durchbrach ein Schrei die Stille, gefolgt von weiteren. Der blonde Mann und drei andere verschwanden zwischen den Zukkerrohrhalmen. Pierre staunte, wie schnell sie rennen konnten, wo sie doch gekleidet waren, als wollten sie zu einer Beerdigung.

Der Kongreßabgeordnete tanzte sich selbst in Trance. Seine Augenlider gingen auf Halbmast, und die bleichen Falten an seinem Hals zitterten, wenn er stöhnte. Dennoch war sein Griff, mit dem er Erin festhielt, eisenhart. Er drängte sie tiefer ins Feld, wobei die Halme unter dem Druck schwankten und sich bogen. Erin kämpfte darum, auf den Füßen zu bleiben, denn sie wollte auf keinen Fall hinstürzen. Dilbeck war ein großer Mann. Wenn er erst einmal auf ihr läge, gäbe es für sie kaum mehr zu tun als die Zähne zusammenzubeißen, die Augen zu schließen und sich der Musik hinzugeben...

Sie versuchte es mit einem weiteren Schrei, aber heraus kam nur ein matter Ruf. Sie erstickte unter der säuerlichen Hitze des Mannes, seinem stinkenden Keuchen, dem durchdringenden Aroma seines Schweißes. Eine knubblige, aber entschlossene Steifheit drückte durch seine Boxershorts gegen sie.

»Baa-aaby«, wimmerte er zum hundertstenmal.

Erin versuchte einen Todesgriff nach den Hoden des Kongreßabgeordneten, aber da sie nicht wußte, daß nur einer vorhanden war, blieb ihre Hand leer. Dilbeck verstärkte seine Umarmung, ließ sich langsam wie eine morsche Eiche zur Seite fallen und zog Erin mit sich. Im Fallen dachte sie daran, wie schlecht die Idee mit der Machete gewesen war – clever, sicher, aber nicht gerade intelligent. Denn nun bestand die Gefahr, daß sie von dem verdammten Ding aufgespießt wurde.

Glücklicherweise landete der Kongreßabgeordnete als erster, und Erin fiel federnd auf ihn. Der Aufprall weckte Dilbeck aus seiner Benommenheit. Er begann ihre Haare zu liebkosen und erzählte ihr dabei murmelnd, wie sexy sie rieche. Der weiße Büstenhalter war über ihre Brüste nach oben gerutscht, ihre Wangen lagen auf seinen Rippen. Die Musik hörte sie nicht mehr. Vielleicht waren sie zu weit ins Zuckerrohr vorgedrungen, vielleicht hatten die Stangen auch ihre Schreie verschluckt.

Werden sie mich jemals hier draußen finden? fragte sie sich.

Plötzlich warf der Kongreßabgeordnete sie brutal ab, und sie landete schmerzhaft auf Nacken und Schultern. Das feuchte Erdreich ließ sie frösteln. Dilbeck kroch auf sie, unbeholfen, und lähmte sie mit seinem Gewicht. Erin spürte, wie die Machete an ihrer Hüfte entlangrutschte und den elastischen Bund ihres Schlüpfers durchsägte.

Während er mit der anderen Hand an sich selbst herumfummelte, sagte Dilbeck: »Das ist jetzt die wahre Liebe.«

Erin drehte den Kopf und drückte ihre Lippen sanft gegen seine Brust.

»Ja, das ist sie«, sagte er.

Dann huschte ihre Zunge hervor, liebkoste ihn...

»Der reinste Himmel«, sagte der Kongreßabgeordnete.

...erforschte seine Haut, bis sie die Wülste seiner Operationsnarbe spürte...

»Kreise«, sagte er. »Mach Kreise.«

... und dann zubiß, mit aller Kraft, an ihm riß und zerrte wie eine Katze, bis er sie von sich riß, kreischend, und matt das ausgefranste Loch in seiner Brust betastete...

Erin richtete sich auf, spuckte Blut, Fleisch und Haare aus. »Wahre Liebe«, sagte sie und wischte sich heftig den Mund ab. »Und wie war's?«

Ungläubig kämpfte Dilbeck sich auf die Füße. »Du Biest!«

Erin bedeckte sich mit den Armen. »Du schuldest mir einen neuen Schlüpfer«, sagte sie.

In der dunkelvioletten Dunkelheit und inmitten der abgemähten Zuckerrohrstangen fand der Kongreßabgeordnete irgendwie Willie Rojos Machete. Sein Atem kam in pfeifenden Stößen. Mit beiden Händen hob er das Haumesser hoch. »Du wolltest mir das Herz ausreißen«, sagte er und krümmte sich, um zuzuschlagen.

Erin machte kehrt und rannte barfuß durch die Felder. Sie stellte sich vor, daß Dilbeck plötzlich über olympische Schnelligkeit verfügte und mit seinen Stiefeln das Zuckerrohr niedertrampelte. Sie dachte an Spinnen, Würmer, Schlangen und an das Ungeziefer, das unter ihren Füßen wimmelte. Sie stellte sich vor, daß Darrell sich im hohen Gras versteckte und auf seine Rache wartete. Aber sie rannte weiter, träumte von einem kalten tiefen Teich, in den sie eintauchen und sich reinwaschen könnte. Sie dachte an Angela, die mit den Puppen am Ufer auf sie wartete, und rannte schneller.

Direkt in die Arme eines vertrauten blonden Mannes.

Spezialagent Thomas Cleary.

»Ich kann alles erklären«, sagte der Kongreßabgeordnete.

Die drei Männer befahlen ihm, die Waffe fallenzulassen und die Hände hochzuheben. Sie hatten sich bereits als Angehörige des FBI ausgewiesen. David Dilbeck war aufrichtig erleichtert.

»Wissen Sie, wer ich bin?« fragte er und blinzelte in die grellen Lichtkegel. Er warf die Machete weg. Federnd blieb sie im schwarzen Erdreich stecken. »Gentlemen, bitte«, sagte er. »Ich kann alles erklären.«

Das FBI bildete seine Agenten in allen möglichen Aufgaben aus, aber sich die Gesichter aller fünfhundertfünfunddreißig Mitglieder des Repräsentantenhauses zu merken, gehörte nicht dazu. Überdies hätten nicht einmal Dilbecks engste Freunde und Kollegen ihn in seiner jetzigen Aufmachung auf Anhieb erkannt. Die Augen waren gerötet, er hatte eine halbe Erektion, und sein Markenzeichen, die silbergraue Mähne, war schmutzig und zerzaust. Der Lichtstrahl eines Agenten ruhte auf der schlimmen Bißwunde des Kongreßabgeordneten, die auf seiner Brust klaffte. So wie er dastand, ähnelte Dilbeck überhaupt nicht der distinguierten Persönlichkeit auf seinen Wahlplakaten. Für die Agenten sah er viel eher aus wie ein Allerweltsperverser, der während einer Vergewaltigung erwischt worden war.

»Gott sei Dank, daß Sie da sind«, sagte der Kongreßabgeordnete erfreut. War es nicht der Job des FBI, Leute zu retten?

Ein Agent informierte ihn über sein Recht zu schweigen.

»Jesus, Maria und Josef«, zischte Dilbeck. »Wissen Sie denn nicht, wer ich bin?« Er erklärte es ihnen und wiederholte es lautstark, während sie ihm Handschellen anlegten.

Die Männer des FBI blieben höflich und unnachgiebig, sogar, als Dilbeck sie als junge Nazi-Braunhemden beschimpfte.

»Sir, gehört der Ihnen?« Einer der Agenten hatte den schwarzen Cowboyhut gefunden und setzte ihn Dilbeck auf den Kopf.

»Das ist verkehrt herum«, knurrte der Kongreßabgeordnete.

»Nee«, sagte der Agent. »Es sieht gut aus. Wen wollen Sie denn darstellen – George Strait? Dwight Yoakam?«

»Niemanden!« bellte Dilbeck. »Verdammt noch mal!«

Die FBI-Männer verbanden seine blutende Wunde, gaben ihm vier Aspirintabletten gegen die Schmerzen und verfrachteten ihn in einen der Wagen. Zutiefst verwirrt blickte Dilbeck aus dem Fenster und mußte blinzeln. Die Versammlung draußen wuchs um weitere FBI-Agenten, seinen Fahrer Pierre, eine dunkelhaarige Frau, ein kleines Mädchen im Pyjama, das auf den Schultern eines massigen Cro-Magnon-Menschen saß. Irgendwann bückte ein grimmig aussehender Kubaner sich zu seinem Fenster hinunter und grinste ihn an. Blauer Zigarrenrauch kräuselte sich zwischen seinen Zähnen hervor.

Was für ein gottverdammter Zirkus! dachte der Kongreßabgeordnete. Er brauchte dringend ein Telefon, damit er Moldy anrufen konnte. Der würde dieses verdammte Durcheinander schon wieder in Ordnung bringen.

Al García gab seiner Frau einen Kuß. »Schön, daß ich dich hier treffe.«

»Sie wollten Angie abholen«, erklärte Donna. »Aber ich wollte sie nicht alleine mitfahren lassen – Al, was geht hier vor?«

García wußte, daß seine Frau den Agenten die Hölle heiß gemacht und weiß der Teufel wen angerufen hatte, um sich die Echtheit ihrer Ausweise bestätigen zu lassen. Junge, Junge, so etwas gefiel den Leuten vom FBI überhaupt nicht. Er erkundigte sich bei Donna nach Andy und Lynne.

»Sie sind bei deiner Mutter, und wechsle ja nicht das Thema. Erzähl mir, was hier draußen vor sich geht.«

»Das reinste Chaos, soweit ich es beurteilen kann.« García machte seine Frau mit Shad bekannt, der mit Angie, die jubelnd auf seinen Schultern saß, durch das Zuckerrohr galoppiert war.

»Wo ist Mami?« wollte das Mädchen wissen.

»Sie ist gleich hier«, versprach García und hoffte, daß es der Wahrheit entsprach. Die FBI-Burschen sagten wie immer nichts. Sie betrachteten die Dienstmarke des Sergeants ebenso mißtrauisch wie den angeschossenen Caprice. Dabei signalisierten sie ein Minimum an Neugier und null Verständnis.

Shad störte ihr überhebliches Auftreten. »Warum hat sie ausgerechnet die gerufen?« Er redete so leise wie möglich. »Was können die denn, was Sie nicht können?«

»Sie sind zuständig«, sagte García. Indem sie das FBI rief, hatte Erin ihm mindestens eine Tonne Papierkrieg erspart.

Shad stellte Angie auf den Erdboden, damit sie ihre Puppen wieder holen konnte. Dann schlenderte er zu einem der grauen Fords hinüber und studierte das Gesicht hinter dem Fenster: ein alter geiler Bock mit einem verkehrt herum sitzenden Cowboyhut auf dem Kopf. David Dilbeck hatte den aufgeregten Blick eines streunenden Hundes, der in den Zwinger gebracht werden sollte.

»Unser Perverser«, murmelte Shad.

»Zeigen Sie ein wenig Respekt.« García war neben ihn getreten. »Der Mann ist ein Kongreßabgeordneter der Vereinigten Staaten.«

»Unglaublich«, sagte Shad. Vielleicht wurde es wirklich Zeit, sich einen Wahlausweis zu besorgen.

Sie standen nebeneinander im Zuckerrohr. Agent Cleary, der nervös und ein wenig verlegen aussah, hüllte Erin in sein Anzugjackett. Es erschütterte ihn, sie in diesem Zustand zu sehen.

»Wo ist Angie?« fragte Erin. »Hast du sie nicht mitgebracht?«

Cleary nickte und wischte sich das Kondenswasser von den Brillengläsern. »Ich weiß nicht genau weshalb. Ich weiß auch nicht, mit was wir es hier zu tun haben.«

»Mit einem Kidnapping, mehr oder weniger.« Erin lieferte eine gekürzte Schilderung des Abends. Sie war versucht, über den Kongreßabgeordneten alles zu erzählen, was sie wußte, angefangen bei dem Zwischenfall im Eager Beaver, aber das hätte wenig Sinn. Cleary war ein geradliniger Denker, kein verträumter Verschwörer. Er wollte eindeutige Handlungen und beweisbare Verbrechen.

Mit gepreßter Stimme stellte er fest: »Du bist also Tänzerin.«

»Bis heute abend«, sagte Erin. »Anwälte sind teuer, Tom. Ich habe dir ja schon früher erzählt, daß Darrell mich immer wieder auflaufen ließ. Er ist übrigens auch irgendwo da draußen.« Sie deutete auf die Zuckerrohrfelder.

Bei der Erwähnung ihres Ex-Mannes verdüsterte sich die Miene des Agenten. Erin wußte, daß Cleary sich ziemlich mies fühlte, weil er ihr bei ihren Problemen mit Darrell nicht schon an dem Abend geholfen hatte, als sie ihn in seinem Haus aufgesucht hatte. Aber Vorschriften waren nun mal Vorschriften. Jetzt stand sie hier, mitten im Zuckerrohrfeld.

Cleary sagte: »Es scheint, als hättest du einiges hinter dir.«

Er versuchte, Ordnung in das Chaos zu bringen. Verzweifelt wehrte er sich gegen die Vorstellung von seiner Ex-Sekretärin, wie sie nackt auf irgendwelchen Tischen tanzte. Dann holte er das Notizbuch heraus und stellte seine Fragen: Hat Mr. Dilbeck dich vergewaltigt? »Nein.« Hat er dich tätlich angegriffen? »Ja.« Hat er versucht, in dich einzudringen? »In etwa.« Hatte er eine Waffe? »Jawohl.« Hat er dich bedroht? »Ganz gewiß.« Hat er sich selbst entblößt? »Er hat's versucht.«

Der Agent schrieb und dachte gleichzeitig nach. »Ich bin nicht sehr glücklich, was unsere Zuständigkeit hier betrifft.« Kritzel, kritzel. »Er hat dich nicht über die Staatsgrenze verschleppt, daher bewegen wir uns rein technisch in einer Grauzone.« Weitere Notizen. »Andererseits hat er dich mit einer Waffe bedroht, daher ergibt sich dort eine Möglichkeit.«

Erin nahm ihm ungeduldig den Kugelschreiber aus der Hand. »Tom, der Mann ist Kongreßabgeordneter. Damit bist du verdammt noch mal zuständig.«

»Ja«, sagte Cleary lahm.

»Du siehst blaß aus«, stellte sie fest, »oder liegt es am Mondschein?«

Die Blässe war echt. Wenn er an die Folgen dachte, war Tom

Cleary plötzlich übel – die täglichen Nachfragen aus dem Justizministerium, der mehr oder weniger offen ausgeübte Druck, Ermittlungsergebnisse mitzuteilen, die nervenaufreibenden Verlautbarungen an die Medien. Eine Sexanklage gegen einen hohen Politiker war der Alptraum eines jeden aktiven Agenten. Cleary stellte sich Papierstapel so hoch wie das Washington Monument vor und sah den Wendepunkt in seiner einstmals vielversprechenden Karriere genau vor sich. »Ich brauche die ganze Geschichte«, verlangte er mürrisch von Erin, »wenn du erwartest, daß wir eine Anklage vorbereiten.«

Lachend legte sie ihm eine Hand auf den Arm. »Tom, ich erwarte ganz sicher nicht, daß ihr eine Anklage vorbereitet.«

»Was dann?« Wut schwang in seiner Stimme mit. »Das ist kein Scherz, Erin. Wir haben es immerhin mit einem Mitglied des Repräsentantenhauses zu tun.«

»Der schmierige alte Scheißer wollte mich bumsen.«

Als Cleary das Notizbuch zuklappte, gab Erin ihm den Schreiber zurück und sagte: »Der Mann ist krank.«

»Möchtest du deinen Namen in allen Zeitungen lesen?«

»Nicht unbedingt«, gab sie zu. Jedenfalls nicht vor der letzten Anhörung in ihrer Sorgerechtssache.

»Dann treten wir auf der Stelle, nicht wahr?«

Sie bat ihn, einmal nicht wie ein FBI-Mann zu denken, sondern wie jemand, der sich um ein öffentliches Amt bewirbt. Cleary blies die Backen auf und tat so, als würge er.

»Du brauchst ihn nicht zu verhaften, Tom. Erkläre ihm nur die Tatsachen des Lebens.«

Sie unterhielten sich noch einige Minuten lang, dann gingen sie zu den Wagen zurück. »Ich habe immer noch jede Menge Fragen«, beschwerte sich Cleary.

»Es gibt da jemanden, mit dem du dich mal unterhalten solltest. Einen Detective.« Sie ergriff die Hand des Agenten. »Ist Angie nicht gewachsen?«

»Sie ist bildhübsch«, sagte Cleary. »Sie hat die wunderschönen grünen Augen ihrer Mutter.« Sekunden später, leise: »Hat der Kerl dir irgendwelchen Schaden zugefügt?«

»Nein, Tom, mir geht es gut.«

Die Szene am Straßenrand erinnerte an eine Drogenrazzia: ein wahres Blinklichtfeuerwerk, das Gedränge bewaffneter Männer, das ständige Quäken aus den Sprechfunkgeräten. Cleary hatte wirklich alle Register gezogen. Erin war tief gerührt. Sie kannte die anderen Agenten zwar nicht, dankte jedem von ihnen jedoch ausdrücklich. Die Männer waren ausnahmslos höflich und versuchten, nicht zu offensichtlich auf ihre Brüste unter der weitgeschnittenen Jacke zu starren.

Als Angela ihre Mutter entdeckte, drückte sie Shad die Puppen in die Hand und rannte zu ihr. Erin nahm sie auf die Arme, kniff sie ins Kinn und küßte sie auf die Nasenspitze. Kichernd tat Angela das gleiche bei ihrer Mutter.

Sergeant García schaute zu und spielte auf der Motorhaube des Caprice den entspannten Beobachter. Ihm waren die Zigarren ausgegangen, daher hatte er sich auf Kaugummi verlegt. Donna holte zwei Flaschen Bier aus der Minibar in David Dilbecks Limousine. Als Erin mit der ausgelassenen Angela auf dem Arm zu ihnen trat, meinte der Detective, sie habe einen offensichtlichen Hang zur Dramatik.

»Seien Sie mir nicht zu böse«, bat Erin.

»Wer, zum Teufel, ist böse?«

»Al, ich wollte Sie nicht in Schwierigkeiten bringen. Und dich, Shad, auch nicht.«

»Wie auch immer«, sagte García mit leisem Tadel. »Ich bin einfach nur dankbar für die Einladung. Das ist ja weitaus lustiger als Wrestlemania.« Er deutete auf die teigige Gestalt, die im Regierungsford kauerte. »Das ist also Ihr Typ. Congressman Romeo.«

Dilbeck klopfte mit den Handschellen gegen die Seitenscheibe und winkte Erin. Sie winkte fröhlich über die Schulter zurück.

»Möchten Sie mit Agent Cleary reden?« fragte sie García.

»Mit einem echten FBI-Mann? Das wäre mir eine große Ehre.« García bot Angela einen Streifen Kaugummi an.

»Ich glaube, es gibt einen Weg, um diese Angelegenheit zu regeln«, meinte Erin.

»Da haben Sie recht.«

Shad kam zum Wagen. Er hielt die beiden Barbiepuppen wie zwei Dynamitstangen in den Händen. »Du bist mir einiges schuldig«, sagte er zu Erin, die gegen ihren Willen lachen mußte.

Er ging mit ihr ein Stück beiseite und erzählte ihr, wie sie Malcolm Moldowsky in der Fischkiste gefunden hatten. Erin war entsetzt. Flüsternd schilderte sie Darrell Grants verrückten Auftritt im Tablettenrausch. Shad bot ihr großzügig an, ihn zu suchen und zu Hundefutter zu verarbeiten, aber Erin meinte, sie und Angie seien jetzt außer Gefahr.

»Wir fahren in Urlaub, und zwar noch heute.«

»Den hast du verdient«, sagte Shad und mußte daran denken, wie sehr er sie vermissen würde.

David Lane Dilbeck, der sich selbst für einen Meister der raffinierten Formulierungskunst hielt, ging davon aus, daß er sich aus diesem Desaster würde herausreden können. Um seine Glaubwürdigkeit zu bekräftigen, lachte er dreist über den Vorschlag, einen Anwalt hinzuzuziehen. Daher setzten die Agenten ihn auf die Stoßstange des Wagens und versammelten sich im Halbkreis um ihn, um zuzuhören. Cleary gestattete Al García, sich hinzuzugesellen.

Dilbeck erzählte eine wilde Geschichte. Die Agenten machten ihre Notizen beim Licht ihrer Bleistiftleuchten, und García hatte schon jetzt Mitleid mit ihren Sekretärinnen.

Als der Kongreßabgeordnete geendet hatte, sagte Cleary: »Um sämtliche Unklarheiten zu beseitigen: Sie sind in dieser Sache das Opfer und nicht der Täter.«

»Natürlich, auf jeden Fall. Ich wurde mit Waffengewalt entführt.«

»Hmmm«, machte Cleary. Al García dachte, daß in diesem Augenblick eine stärkere Reaktion wohl eher am Platze wäre, so was wie ein schriller Pfiff und deutliche Entrüstung.

»Sie ist schon seit Wochen hinter mir her«, sagte Dilbeck.

»Sie waren also alleine auf der Yacht«, sagte Cleary, »und haben an einer Wahlrede gearbeitet, als plötzlich diese verrückte Frau erschien und Sie zu verführen versuchte.«

»Ziemlich heftig sogar«, fügte Dilbeck hinzu, »und als ich sie abwies, bekam sie einen Wutanfall.«

»Und bei diesem Verführungsversuch trug sie einen einfachen Baumwoll-BH für neun Dollar?«

»Nein, sie trug einen roten. Mit Spitzenkörbchen. Dazu einen Tanga mit Paisleymuster! Erst später, als wir alle im Wagen saßen, zog sie ihr weißes Unterzeug an.«

Agent Cleary setzte seine Brille wieder auf. »Wir sollen also davon ausgehen, daß Mrs. Grant Sie aus sexuellen Motiven entführte. Kann man das so ausdrücken?«

»Sie war völlig vernarrt in mich«, sagte der Kongreßabgeordnete. »Sicherlich haben Sie schon von solchen traurigen Fällen gehört.«

García ergriff das Wort. »Was, auch Politiker haben Groupies? Ich dachte, so etwas gibt es nur bei Rockstars und Detectives des Morddezernats.«

Cleary ließ sich nicht ablenken. »Mr. Dilbeck, erklären Sie uns die Wunde in Ihrer Brust.«

»Sie hat mich gebissen«, erwiderte er, »wie ein wildes Tier.«

Der Agent fragte Dilbeck nun, wer bestätigen könne, daß er von einer Nackttänzerin verfolgt worden sei.

»Ein Mann namens Malcolm J. Moldowsky«, sagte Dilbeck. »Er wird alles bezeugen.«

»Das ist unwahrscheinlich«, meinte García.

»Was meinen Sie damit?« krähte der Kongreßabgeordnete.

García wandte sich an Cleary. »Darf ich es ihm erzählen? Bitte?«

»Ja, machen Sie nur.«

»Was wollen Sie mir erzählen?« fragte Dilbeck.

»Ihr Freund Malcolm«, sagte der Detective, »schläft bei den Fischen.«

Der Kongreßabgeordnete rutschte seitlich von der Stoßstange, und die Agenten bemühten sich eilfertig, ihn aus dem Dreck hochzuheben.

Cleary seufzte und sah García mißbilligend an. »War das wirklich nötig?«

Die beiden Männer saßen allein im Caprice. García balancierte eine Flasche Bier auf einem Knie. Er schwenkte das goldene Armband vor der Nase des Kongreßabgeordneten.

»Haben Sie das verloren?«

Dilbeck wandte sich kühl ab. »Ich habe es mir mit dem Anwalt anders überlegt.«

»Zu spät.« García produzierte mit seinem Kaugummi eine Blase, die mit leisem Knall zerplatzte. Er barg das Armband in seiner Handfläche. »Sie sind fertig«, erklärte er Dilbeck.

»Jetzt hören Sie mal zu...«

»Seien Sie lieber still«, empfahl ihm der Detective, »und versuchen Sie zu begreifen, was hier passiert ist. Das FBI erhält einen Anruf über eine gerade stattfindende Entführung. Der angebliche Täter ist ein Kongreßabgeordneter der Vereinigten Staaten. Das angebliche Opfer ist eine ehemalige Angestellte des FBI. Können Sie mir folgen?«

»Erin hat für die gearbeitet?«

»Ist das nicht toll? Wie dem auch sei, die Agenten treffen ein und finden den Tatverdächtigen – das sind Sie – nackt bis auf die Unterhose und mit einer Machete bewaffnet. Sie sind gerade im Begriff, das angebliche Opfer über eine landwirtschaftliche Nutzfläche zu jagen, die Joaquin und Wilberto Rojo gehört. Weitere Ermittlungen werden ergeben, daß die von Ihnen benutzte Waffe ebenfalls Eigentum dieser prominenten und einflußreichen Familie ist. Mister Congressman, stellen Sie sich all das einmal auf der Titelseite des *Miami Herald* vor.«

Dilbeck wiegte sich hin und her und zupfte mit Daumen und Zeigefinger sinnend an seiner Unterlippe.

»An Ihrer Stelle«, sagte der Detective, »würde ich darüber nachdenken, wie meine Version der Geschichte, nämlich daß ich von einer mannstollen Stripperin gekidnappt wurde, bei den Rojos und den Wählern ankommt. Bedenken Sie, daß es keine Pistole, keinen Beweis und nicht einen einzigen Zeugen gibt, um Ihre Behauptung zu untermauern. Sogar Ihr Chauffeur sagt, daß die Lady die Wahrheit erzählt.«

»Unmöglich«, protestierte Dilbeck gepreßt. »Er spricht kein Englisch.«

García lächelte. »Ihr Chauffeur ist ein bescheidener Bursche. Er ist ausgebildeter Hotelkaufmann. Hat er Ihnen das nie erzählt?«

Der Kongreßabgeordnete hörte auf, sich hin und her zu wiegen und legte beide Arme auf den Kopf, als wolle er vor einem Angriff in Deckung gehen. »Da war auch noch ein anderer Mann auf der Yacht«, krächzte er. »Durrell oder so ähnlich.«

»Sie meinen sicherlich Darrell Grant, zur Zeit flüchtig und wegen mehrerer Gewaltvergehen gesucht.« Garcías Gesicht wurde durch eine fette rote Kaugummiblase halb verdeckt. »Ich würde mich an Ihrer Stelle auch nicht auf die Aussage eines Junkies verlassen.«

»Aber was ist denn damit?« David Dilbeck schlug mit der

flachen Hand auf seine bandagierte Brust. »Ich wurde angegriffen und ernsthaft verletzt – das sieht doch sogar ein Blinder.« Er kratzte das Heftpflaster und den Verbandsmull weg. »Sehen Sie!« sagte er. »Meine Brustwarze ist weg! Verschwunden!«

Al García zuckte die Achseln. »Ich möchte Sie wirklich nicht enttäuschen, *chico*, aber das ist eine eindeutige Notwehrverletzung. Wenn ein Mann auf einer Frau liegt und sie festhält – was soll sie sonst tun?«

Der Kongreßabgeordnete sammelte die Verbandsreste ein und versuchte wie ein Schwachsinniger, sie wieder auf seine Wunde zu legen.

»Staatsanwälte lieben Bißwunden«, führte García aus. »Einmal hatten wir ein Opfer, das irgendeinem Kerl den halben Schwanz abgebissen hat. So erwischten wir ihn auch – er tauchte in einer Notaufnahme in Jackson auf und erklärte, er sei mit dem Ding in den Rasenmäher gekommen. Wie dem auch sei, die Jungs von der Gerichtsmedizin haben die Verletzungen am Schwanz des Knaben mit dem Zahnmuster des Opfers verglichen. Die Geschworenen brauchten keine dreißig Sekunden, um sich zu beraten.«

Niedergeschlagen blickte Dilbeck auf seine Wunde, als sei sie ein Brandzeichen. »Was passiert denn nun? Ich meine mit dem Wahlkampf und so.«

»Wenn es nach mir ginge«, sagte García, »dann würde ich Ihren fetten Arsch ins Gefängnis stecken. Sie haben Glück, daß es nicht nach mir geht.« Er nahm die leere Bierflasche und stieg aus dem Wagen. Erin Grant nahm seinen Platz ein und zog Agent Clearys Jackett zurecht, damit ihre Brüste nicht zu sehen waren. Sie wollte, daß Dilbeck durch nichts abgelenkt wurde.

»David«, sagte sie, »du steckst ja in einem ganz schönen Schlamassel.«

Der Kongreßabgeordnete wich vor ihr zurück wie eine verbrühte Schnecke und drückte sich an die gegenüberliegende

Wagentür. Seine Stimme klang vorwurfsvoll. »Du hast mich sogar ›Süßer‹ genannt.«

»Vielleicht sage ich zu jedem ›Süßer‹.«

Er erhob die Stimme. »Ich liebe dich nicht mehr!«

Erin schwieg. Schließlich bequemte Dilbeck sich zu einer gewundenen Entschuldigung für sein ungehöriges Benehmen. Er erkundigte sich, ob Erin ihn anzeigen wolle.

»Das ist Plan B«, erwiderte sie.

»Und Plan A?«

»Du fährst gleich nach Hause«, erklärte sie ihm, »und hast einen Herzanfall.«

Der Kongreßabgeordnete verzog ungehalten das Gesicht. »Das ist kein bißchen witzig.«

»Einen ganz leichten nur«, schlug Erin vor, »nach dem du ein paar Wochen Bettruhe und strenge Diät halten mußt und dich aus allen Geschäften zurückziehst.«

»Mit anderen Worten, ich soll nicht zur Wahl antreten.«

»Davey, ich versuche nur, dir eine Brücke zu bauen. Wenn dir natürlich Plan B lieber ist, na gut. Hat man dich schon mal im Fernsehen richtig aufgemischt?«

Dilbecks letzte Hoffnung verflüchtigte sich. »Ein Herzanfall, mein Gott. Kommt noch was?«

»Süßer, natürlich kommt noch was.« Erin streckte die Hand aus und drehte den Cowboyhut des Kongreßabgeordneten herum, so daß er nicht mehr verkehrt auf seinem Kopf saß.

Frühstück, vor Tagesanbruch. Eine Raststätte an der alten Route 441, der Parkplatz voll mit Sattelschleppern, Müllwagen, Milchtankwagen, Pickups und Tiefladern, die Landmaschinen transportierten.

Shad, Donna und Al García saßen zu dritt auf den Vordersitzen des Caprice. Donna trank einen schwarzen Kaffee, Shad verputzte seinen siebten Doughnut mit Zuckerguß, und Al García attackierte scharf gewürzte Schweinswürstchen in der Hoffnung, damit den schalen Zigarrenrauch aus seinem Mund zu brennen.

»Disney World«, sagte der Detective nachdenklich.

»Ich finde es süß«, sagte seine Frau, »obgleich ich mir bei dem Fahrer nicht so sicher bin.«

Shad meinte, der Fahrer sei in Ordnung.

Pierre tankte die Limousine gerade an der Super-Zapfsäule auf. Er spürte das Gewicht des goldenen Armbands in der linken Hosentasche. Ein Geschenk für Ihre Frau, hatte der Polizist gesagt. Sehr seltsam, dachte Pierre. Überhaupt der ganze Abend.

Angela lag zusammengerollt auf der Sitzbank und schlief. Erin hatte Jeans, T-Shirt und Sandalen angezogen und ihr Haar zu einem Pferdeschwanz gebunden. Sie lehnte sich an die Tür der Limousine und unterhielt sich mit Cleary, dem FBI-Mann, der seine Notizen vervollständigte. Es sah müde aus und wollte schnellstens weg. Es gefiel García, zu sehen, wie ein anderer Gesetzesvertreter im gleichen übermüdeten Zustand seiner Arbeit nachging, vor allem ein Mann vom FBI.

»Wo sind die anderen?« fragte Donna.

»Sie haben den Kongreßabgeordneten nach Hause begleitet«, erzählte ihr Mann. »Er fühlte sich nicht besonders.«

Shad unterbrach sein Doughnut-Gelage, um sich zu beschweren, daß Dilbeck so leicht aus der Sache rauskam. »Ich bin für Gefängnis«, sagte er, »oder eine Kugel in den Schädel. Das ist es, was dieser Hurensohn verdient hat.«

García widersprach ihm begütigend. »Für Politiker gibt es ein Schicksal, das schlimmer sein kann als der Tod. Erins Idee war doch glänzend, oder nicht?«

Donna sagte, daß Angela von der Aussicht auf die Fahrt nach Disney World begeistert sei. »Am liebsten fährt sie mit dem Teetassen-Karussell. Sie sagt, es sei so schön, wenn man nachher einen Drehwurm hat.« Donna hielt inne. »Während der Fahrt hierher hat sie auch nach ihrem Vater gefragt.«

García sagte, er verstecke sich noch immer im Zuckerrohr. »Er kommt sicher raus, wenn sie die Felder abbrennen. Er und die anderen Landstreicher.«

Shad, der sich gerade den Mund vollgestopft hatte, nuschelte: »Mit etwas Glück erwischt das Feuer ihn im Schlaf.«

Donna befahl ihm, keinen weiteren Bissen zu nehmen, und fischte das restliche Stück Doughnut aus seiner Hand. »Das ist ja ekelhaft«, sagte sie. »Ein Käfer.«

Shad entriß ihr das Gebäckstück, knipste die Innenbeleuchtung an und untersuchte den Fund. Sein hoffnungsvoller Gesichtsausdruck verging.

»Er ist so verdammt klein«, meinte er zweifelnd und pulte den Schuldigen aus dem trockenen Doughnutrest heraus – ein Tausendfüßler mit einem glänzenden, kakaofarbenen Panzer.

»Schwierig«, sagte García. »Sie bräuchten eine Jury aus absoluten Trotteln.«

»Ja?« Shad setzte das Insekt auf die Spitze seines kleinen Fingers und hielt diesen dicht an die Glühbirne.

»An Ihrer Stelle«, sagte García, »würde ich auf eine neue Riesenkakerlake warten.«

Donna schüttelte ungehalten den Kopf. »Wovon um alles in der Welt redet ihr?«

»Träume«, sagte Shad. »Nichts Wichtiges.« Er schnippte den Tausendfüßler aus dem Fenster und schob den Rest des Doughnut zwischen seine von Zuckerguß glänzenden Lippen.

Agent Cleary hatte seine Notizen zu einem Münzfernsprecher mitgenommen, wo er in ein amtliches Gespräch vertieft war. Pierre setzte den Cadillac rückwärts von den Benzinzapfsäulen weg. Erin Grant schob den Kopf aus dem Fenster und winkte fröhlich. Shad und Donna winkten zurück, Al García mimte heftigen Applaus.

»Ein wundervolles Lächeln«, sagte er, während die Limousine sich entfernte.

»Sie sieht nicht älter aus als sechzehn«, sagte Shad.

García lenkte den Caprice an die Zapfsäulen heran, um den Tank vor der langen Heimfahrt aufzufüllen. Er hatte schon ein Bein aus der Tür geschoben, als der Wagen heftig erschüttert wurde. Er hörte das Klirren von zertrümmerten Rücklichtern und sagte: »So eine Scheiße!«

Eine Zugmaschine mit Anhänger hatte das Heck des neutralen Polizeiwagens eingedrückt. Der Fahrer stand mit blödem Gesichtsausdruck vor Garcías verbogener Stoßstange. Der Schaden am Caprice war eher gering, aber das tröstete den Detective nicht: ein weiterer ausführlicher Unfallbericht wäre nötig, und zwar in dreifacher Ausfertigung. Zeugen müßten befragt werden. Man brauchte eine genaue Zeichnung vom Unfallort. Polaroidfotos für die Versicherung wären nötig.

»Herzlichen Glückwunsch«, erklärte er dem Truckfahrer. »Sie haben soeben einen Cop erwischt.«

»Tut mir leid.« Der Mann hatte rote Haare und zuckende Dexedrin-Augen. »Ich hab Sie wirklich nicht gesehen.«

»Soviel hatte ich auch schon angenommen«, sagte García. Er klappte den Kofferraum auf, um die entsprechenden Formulare herauszusuchen. Donna und Shad stiegen aus, um sich den Schaden anzusehen.

Nachdem er den Wagen umkreist hatte, sagte Shad: »Hey, Al! Wissen Sie was?«

»Was denn?« García stand gebückt da und suchte eifrig.

»Mein Hals tut weh«, sagte Shad.

Mit dem Formularblock in der Hand schlug García die Kofferraumhaube zu. »Sie haben doch überhaupt keinen Hals.«

Der Rausschmeißer zwinkerte verschlagen und deutete mit einem Kopfnicken auf den Schlepper. »Ehrlich, Mann, ich habe schlimme Schmerzen.«

Donna stellte sich auf die Zehenspitzen, um die Blessur zu inspizieren. »Zeigen Sie mal genau, wo es weh tut.«

»Überall«, antwortete Shad und verzog theatralisch das Gesicht.

Vorsichtig massierte Donna die harten Wülste zwischen seinem Schädel und den Schultern und sagte: »Kommen Sie in den Wagen. Sie sollten sich lieber hinsetzen.«

»Ja«, gab Shad ihr recht. »Ich bin ganz schön traumatisiert.«

Der bedrückte Truckfahrer entschuldigte sich und schlich davon, um seine Blutwerte mit schwarzem Kaffee aufzubessern. García ging zum Anhänger, um ihn eingehender zu betrachten. Bald hörte Donna ihn lachen, obgleich sie sich den Grund nicht vorstellen konnte. Es war ein herzliches Gelächter, lauthals und sorglos. Andere Trucker starrten herüber, irritiert durch die Störung ihrer allmorgendlichen Routine.

Donna fand García neben dem Anhänger stehend. Er hatte die Finger in das Gitter der Ladefläche gehakt und zitterte am ganzen Körper von seinem Gelächter. Der Anhänger war bis obenhin mit Zuckerrohr beladen. Ein blau-weißes Schild an der Seitenwand verkündete: ROJO FARMS.

Donna nickte. »Jetzt begreife ich.«

»Nun mach schon«, sagte ihr Mann außer Atem. »Ruf für Mr. Shad einen Krankenwagen.«

»Also wirklich, Al.«

»Süße Gerechtigkeit«, sang der Detective. Er wischte sich die Augen, versuchte sich zusammenzureißen und sich wie ein Erwachsener zu benehmen. Dann spürte er wieder, wie das Gelächter in seiner Kehle hochstieg. Es war ein wunderbarer Augenblick.

EPILOG

Drei Wochen vor der Wahl wurde gemeldet, daß DAVID LANE DILBECK, während er im Bett lag und las, einen leichten Herzanfall erlitten habe. Obgleich er während des restlichen Wahlkampfs nicht mehr zur Verfügung stand, konnte er zweiundfünfzig Prozent der Wählerstimmen auf sich vereinigen und gewann die Wiederwahl für das Repräsentantenhaus. Am folgenden Tag verblüffte er seine politischen Anhänger und Förderer, indem er wegen chronischer Gesundheitsprobleme seinen Sitz zur Verfügung stellte. Orthopäde, Kardiologe und Urologe des Kongreßabgeordneten gaben eine gemeinsame Erklärung heraus, die seine Rücktrittsentscheidung ausführlich begründete.

Dilbecks Gegner, ELOY FLICKMAN, zog sich aus der Politik zurück und wurde Rundfunkkommentator in Süd-Florida. Innerhalb weniger Monate führte er die Liste der Sittenwächter des Tagesprogramms an und bezeichnete sich selbst als der »Rush Limbaugh der Weight-Watchers«. Eines Tages, nachdem er einen Vertrag mit dem Liberty Radio Network unterschrieben hatte, kam Flickman während einer Live-Übertragung anläßlich einer Demonstration vor einer Abtreibungsklinik ums Leben. Die Fahrerin des Wagens hatte die Kontrolle über ihr Fahrzeug verloren, als eines ihrer sieben Kinder mit den Turnschuhen das Lenkrad blockierte.

Im Januar befürwortete der Landwirtschaftsausschuß, der früher von Congressman Dilbeck geleitet wurde, einen Gesetzesvorschlag zur erneuten Bewilligung von mehreren Millionen Subventionen für die amerikanischen Zuckerrohranbauer. Die Verfügung passierte das Repräsentantenhaus nach kurzer Debatte mit 271 zu 150 Stimmen. Verteidigt wurde der Vorschlag in einer geschliffenen Rede von REP. BO TOOLEY, dem Republikaner aus Nord-Alabama, der noch nie zuvor eine Kreuzfahrt auf einer Yacht unternommen hatte, die so luxuriös eingerichtet war wie die *Sweetheart Deal.* Zu seiner besonderen Freude konnte er mit dem Kurzwellenradio der Yacht seine liebsten Bibel-Sender empfangen.

Kurz nach der rätselhaften Rattenplage wurde die Flesh Farm aufgrund zahlreicher Verstöße gegen diverse Gesundheitsvorschriften geschlossen. Zwei Wochen später brannte das Gebäude bis auf die Grundmauern nieder. Die LING-Brüder erklärten, daß das Feuer ausbrach, als die gezähmte Schlange einer Tänzerin sich im elektrischen Leitungsnetz verfing. Später wegen Versicherungsbetrugs angeklagt, flohen die Lings nach West-Kanada und eröffneten dort eine Kette von Massagesalons unter einem Eishockey-Logo.

Die sterblichen Überreste von Darrell Grant wurden anhand einer einzigen Fingerkuppe identifiziert. Drei Tage später setzte die SWEETHEART SUGAR CORPORATION in einem vertraulichen Schreiben die Großhändler davon in Kenntnis, daß sie sämtlichen zwischen dem 6. und dem 9. Oktober produzierten Zucker wegen »möglicher Ungezieferverschmutzung während der Herstellung« zurückrufe.

Nach Gesprächen mit PAUL GUBER und anderen Klienten gab die Anwaltskammer von Florida einen strengen öffentlichen

Tadel gegen den RECHTSANWALT JONATHAN MORDECAI wegen »standeswidrigen Verhaltens« heraus. Die Auswirkung dieser Rüge war minimal, da Mordecai tot war. Paul Guber kündigte in seiner Maklerfirma und ging auf die Rabbinerschule in Chicago. Er erwähnte nie mehr seine kurze Verlobung mit der verstorbenen JOYCE MIZNER oder seine verunglückte Junggesellenparty im EAGER BEAVER Club.

ERB CRANDALL kehrte nicht nach Florida zurück. Statt dessen ließ er sich in Atlantic City nieder und übernahm einen Job als leitender politischer Berater bei einem populären, aber hoffnungslos überschuldeten Stadtrat. Im darauffolgenden Sommer wurde Crandall, nachdem er für seinen Chef eine hohe Schmiergeldzahlung in Empfang genommen hatte, von drei Straßenräubern angegriffen, die die Herausgabe der Papiertüte verlangten, die er bei sich trug. Seine Leiche – eine Hand umklammerte loyal immer noch die zerrissene Tüte – wurde von deutschen Touristen in der Nähe des in »Under the Boardwalk« besungenen legendären Gehsteigs gefunden. Der Stadtrat verlieh daraufhin im Andenken an Crandall einer Straße seinen Namen.

Die Gruppe orthopädischer Chirurgen, denen das TICKLED PINK gehörte, verkauften den Nachtclub an eine Gruppe von Zahnärzten, die ihm einen flotten neuen Namen gaben (Bare Essentials II) und ein unerschrockenes neues Management (Johnny »Three Toes« Spladiano) einsetzten. Mr. Spladianos erste geschäftliche Entscheidung bestand in der Kündigung von MR. ORLY, der Einführung eines Parkservice für Gäste und der Vergrößerung der Ringkampfarena. Orly löste daraufhin sein bescheidenes Sparkonto auf und zog nach Pensacola, wo er und seine Frau eine Oben-ohne-Austern-Bar namens Eat Me Raw eröffneten.

URBANA SPRAWL trat weiterhin im Bare Essentials II auf, bis Mr. Spladiano im Ringkampfbecken den süßen Mais mit Sahne durch Ölsardinen ersetzte. Sie bereitet sich zur Zeit auf das Medizinstudium an der Emory-Universität in Atlanta vor. SABRINA gab das Tanzen auf und arbeitete für kurze Zeit beim Pornofilm, bevor sie die Rolle der Lucette, des reizenden Pariser Werbemodells für Thig-Diver-Fitneßgeräte, erhielt. Die beiden Moniques zogen sich ebenfalls vom Nackttanz zurück. MONIQUE JR., deren richtiger Name Loretta Brickman lautete, ehelichte einen vierundsiebzigjährigen Diamantengroßhändler, der bereits drei Ehefrauen überlebt hatte. MONIQUE SR., die mit richtigem Namen Frances Cabrera hieß, heiratete einen Töpfereilehrer mittleren Alters, der, in ihren verliebten Augen, Keith Richards täuschend ähnlich sah.

Der Mann, den man allgemein nur als SHAD kannte und dessen voller Name Gerard L. Shaddick lautete, verklagte Rojo Farms, Rojo Trucking und die Sweetheart Sugar Corporation auf Schadenersatz wegen angeblich erlittener Verletzungen, als ein beladener Zuckerrohrtransporter auf Sergeant Al Garcías Polizeiwagen auffuhr. Im Prozeß klagte Shad über Nackenschmerzen, Migräneanfälle, eingeschränkte Sehfähigkeit, Schwindelanfälle, sexuelle Funktionsstörungen und chronische Angstgefühle. Der Fall wurde nach Zahlung von 2,3 Millionen Dollar außergerichtlich beigelegt. Kurz darauf erwarb Shad ein Reihenhaus in Telluride, Colorado, und verlobte sich mit seiner Krankengymnastin, einer kurz vorher eingewanderten Norwegerin.

RITA GRANT klagte ebenfalls gegen Rojo Farms und verlangte fünf Millionen Dollar Schadenersatz für den Unfalltod und die Zerkleinerung ihres Bruders Darrell. Die Klage wurde schnellstens zurückgezogen, als Rita mit Lupa, ihrem geliebten Wolfshund, Dade County verlassen mußte. Beamte der Haustier-

Kommission hatten die Herausgabe des Tiers angeordnet, nachdem es den drei Meter hohen Zaun des Stadtzoos übersprungen und einen ausgewachsenen afrikanischen Springbock gerissen hatte.

Der Mord an MALCOLM J. MOLDOWSKY wurde nicht aufgeklärt. In den Tagen nach seinem Tod wurde der Tatort von den Zeitungen in allen gräßlichen Details minutiös beschrieben, darunter auch die Tatwaffe, die von MacGregor als Neunereisen identifiziert wurde. Ein örtlicher Kolumnist beschrieb Moldy als skrupellosen und windigen politischen Gauner, der am Ende den falschen Leuten in die Quere gekommen war. Moldys Totenredner, Congressman Bo Tooley, bezeichnete die Geschichte zornig als »verdammenswerte Lüge« – ein Zitat, das er sich freudig bei Moldowskys Watergate-Idol John Mitchell ausgeliehen hatte. Die Begräbnisfeier war kurz und spärlich besucht. Von seinem Krankenbett aus schickte David Dilbeck aufrichtige Beileidsgrüße.

CHRISTOPHER ROJO wurde während einer nächtlichen Ruhestörung auf dem Kennedy-Grundstück in Palm Beach verhaftet. Zeugen sagten aus, er habe versucht, seine Fähigkeiten im Ölringkampf an Maria Shriver, Daryl Hannah und anderen Gästen zu demonstrieren. Nachdem ihm der Verlust mehrerer Treuhandvermögen in Aussicht gestellt wurde, begab Christopher sich freiwillig in eine Klinik für die Behandlung von Drogen- und Alkoholmißbrauch. Dort lernte er seine spätere Ehefrau kennen, eine Korrektorin bei *Vanity Fair.*

Die älteren Rojos sind immer noch in der Zuckerindustrie Floridas tätig. Insgeheim verkaufen sie Optionen auf große Teile ihrer Zuckerrohrfelder für eine spätere Nutzung als Bauland und Golfplätze. Wenige Tage, bevor der Kongreß über neue

Subventionen für den Zuckerrohranbau abstimmte, gaben Wilberto und Joaquin Rojo die Einrichtung zweier Stipendien an der Georgia-State-Universität bekannt. Die Nutznießer waren KATHERINE und AUDREY KILLIAN, deren Vater kurz vorher bei einem Unfall während einer Floßfahrt in Montana ums Leben gekommen war.

PIERRE ST. BAPTISTE kündigte bei Gold Coach Limousines und wurde Catering-Manager des neuen Sheraton Hotels in Key West. Abends unterrichtet er die Kinder haitianischer Einwanderer in englischer Sprache.

Ein Richter in Broward County sprach ERIN GRANT das uneingeschränkte Sorgerecht für ihre Tochter ANGELA zu. Sie zogen nach Orlando, wo Erin einen abendlichen Tänzerinnenjob als Aschenbrödels ältere Stiefschwester in der berühmten Main Street Parade in Disney World antrat. Tagsüber arbeitet sie als Dateneingabe-Spezialistin im örtlichen FBI-Büro. Ihre Bewerbung für die Akademie in Quantica wird zur Zeit geprüft.